PAPILLON D'OBSIDIENNE

DU MÊME AUTEUR
AU FLEUVE NOIR

LES AVENTURES D'ANITA BLAKE

PLAISIRS COUPABLES
LE CIRQUE DES DAMNÉS
LE SQUELETTE SANGLANT
LUNE BLEUE

Laurell K. Hamilton

Laurell K. Hamilton est née en 1963.
Diplômée d'anglais et de biologie, elle vit dans le Missouri avec son mari, sa fille, et toute une petite ménagerie. Elle est l'auteur des aventures d'Anita Blake, la chasseuse de vampires (collection « Thriller fantastique » aux éditions Fleuve Noir), dont chaque épisode est classé désormais dans les meilleures ventes du *New York Times*.
Elle récidive avec *Le Baiser des ombres,* premier volume d'une série plus fantasy, mais toujours imprégnée par une grande sensualité et une bonne dose de sang. Cette nouvelle saga est déjà best-seller aux Etats-Unis. Le deuxième volet, *La Caresse de l'aube,* a paru aux éditions Fleuve Noir dans la collection « Rendez-vous ailleurs ».

COLLECTION THRILLER FANTASTIQUE

LAURELL K. HAMILTON

PAPILLON D'OBSIDIENNE

Traduit de l'anglais
par Isabelle Troin

Fleuve Noir

Titre original :
Obsidian Butterfly

Edition originale
Jove Books

ISBN : 2-265-07945-6

1

J'étais couverte de sang, mais ce n'était pas le mien, donc je m'en fichais. En fait, ce n'était même pas du sang humain. Si le bilan des victimes de la soirée s'arrêtait à six poules et une chèvre, je m'en serais bien tirée. J'avais relevé sept cadavres en une nuit. C'était mon record personnel.

J'arrivai chez moi juste avant l'aube. Le ciel était encore noir et plein d'étoiles. Trop crevée pour m'embêter à rentrer ma Jeep dans le garage, je la laissai dans l'allée. On était en mai, mais on se serait plutôt cru en avril. A St. Louis, la transition entre l'hiver et l'été est toujours très brève. Un jour, vous vous gelez les fesses ; le lendemain, il fait quarante degrés. Mais cette année, pour une fois, nous avions droit à un vrai printemps, doux et humide.

Mis à part le nombre de zombies que j'avais sortis de leur tombe, ça avait été une soirée typique pour moi. J'avais commencé par un soldat de la guerre civile qu'une association d'historiens locaux souhaitait interroger, et fini par une mère abusive avec laquelle son fils voulait régler ses comptes une bonne fois pour toutes. Rien de problématique, mais rien de très marrant non plus. Mon collègue Jamison, lui, avait eu affaire à deux avocats qui s'étaient battus en plein cimetière pour une histoire de testament douteux. C'est toujours les mêmes qui ont de la chance.

A cette heure-ci, le fond de l'air était encore frais. Je me dirigeai vers la porte d'entrée en frissonnant. Au moment où j'introduisis ma clé dans la serrure, j'entendis le téléphone sonner. Je poussai le battant d'un coup d'épaule et me ruai à l'intérieur. Personne ne vous appelle à une heure pareille si ça n'est pas important. Dans mon cas, c'est généralement la police qui sollicite ma présence sur une scène de crime.

Le temps que j'arrive dans la cuisine, mon répondeur s'était mis en marche et avait déjà fini de débiter mon message.

— Anita, c'est Edward, lança une voix familière. Si tu es là, décroche.

Je fis une embardée sur mes talons hauts, saisis le combiné au vol et faillis le lâcher comme je m'écrasais contre le mur.

— Edward, c'est moi ! Qu'est-ce qui t'arrive ? demandai-je en reprenant mon souffle et mon équilibre.

— Tu te souviens de cette faveur que tu me dois ?

Je déglutis. Aucune chance que j'oublie ça. L'année précédente, Edward était venu me seconder dans une affaire privée. Il avait amené un de ses amis en renfort – un certain Harley. Et j'avais fini par descendre Harley. D'accord, il avait essayé de me tuer le premier ; je m'étais seulement montrée plus rapide. Mais Edward l'avait mal pris. Parfois, il peut se montrer très susceptible. Il m'avait donné le choix : ou bien on s'affrontait et on découvrait enfin lequel de nous deux était le meilleur, ou bien je lui devrais une faveur dont il pourrait exiger le remboursement n'importe quand. J'avais opté pour la deuxième solution. Je n'avais aucune envie de me mesurer à Edward. Parce que je savais comment ça se terminerait pour moi : dans un de ces cimetières où je passe déjà beaucoup trop de temps.

Edward est un assassin professionnel. Il s'est spécialisé dans les monstres : vampires, métamorphes et tout le tremblement. Il existe des gens qui, comme moi, exécutent ces créatures dans le cadre de la loi. Mais Edward ne s'est jamais soucié ni du droit, ni de la morale. A l'occasion, il prend même des contrats sur des humains – des collègues à lui ou d'autres criminels redoutables. Il ne fait jamais de discrimination. Le sexe, la religion, la race ou l'espèce, tout cela lui importe peu. Son seul critère, c'est que sa cible soit dangereuse. Il est le prédateur ultime, celui qui traque et élimine les autres prédateurs.

Une fois, quelqu'un a voulu l'engager pour me liquider. Il a refusé et s'est pointé en ville pour me servir de garde du corps. Je lui ai demandé pourquoi il faisait ça. Sa réponse a été très simple. S'il acceptait le boulot, il ne tuerait que moi. S'il me protégeait, il aurait une chance de faire beaucoup plus de victimes. Ce genre de raisonnement, c'est du Edward tout craché.

Pour résumer, Edward est un sociopathe, ou il y ressemble tellement que je n'arrive pas à faire la différence. Je suis sans doute l'une des rares personnes au monde qu'il considère comme une amie, et ça ne m'empêche pas de me méfier de lui. Il me fait penser à un léopard apprivoisé, le genre d'animal qui peut dormir au pied de votre lit et vous laisser lui gratter la tête, mais qui reste susceptible de se retourner contre vous et de vous tailler en pièces sans avertissement préalable.

— Anita, tu es toujours là ?

— Oui.

— Tu n'as pas l'air contente de m'entendre.

— Disons que je suis prudente. Quel genre de faveur as-tu l'intention de me demander ?

— J'ai besoin de tes services.

— La Mort réclame des renforts pour faire son boulot ? Décidément, j'aurai tout vu...

— Non. C'est Ted Forrester qui a besoin des services d'une exécutrice de vampires, me détrompa Edward.

Ted Forrester est son alter ego, sa seule identité légale

à ma connaissance : un chasseur de primes spécialisé dans les créatures surnaturelles autres que les vampires. Les vampires sont un cas à part. Très impliqués dans les affaires et la politique, ils ont obtenu des droits civils. Du coup, il existe des exécuteurs licenciés pour s'occuper d'eux. Ce qui n'est pas le cas des autres espèces. Les chasseurs de primes comme Ted se chargent des missions qui ne concernent ni la police ni les exécuteurs licenciés. Ils travaillent surtout dans les communautés rurales où il est encore légal de tuer la vermine pour de l'argent. Les lycanthropes sont inclus dans la définition de « vermine ». On peut les abattre à vue dans six états américains du moment que des tests sanguins post mortem confirment leur nature.

— Très bien. Pourquoi Ted a-t-il besoin de moi ? reformulai-je sur un ton faussement agacé.

En fait, j'étais plutôt soulagée. En tant que lui-même, Edward m'aurait probablement réquisitionnée pour l'épauler dans une affaire illégale, voire un meurtre. Et je n'avais jamais abattu quelqu'un de sang-froid. Du moins, pas encore.

— Viens me rejoindre à Santa Fé, et je t'expliquerai tout, promit-il.

— Santa Fé ? Au Nouveau-Mexique ?

— Oui.

— Quand ?

— Maintenant.

— Je ne suis pas encore couchée, protestai-je. Tu me laisses le temps de dormir un peu avant d'aller prendre l'avion ?

— Tu as quelques heures devant toi, mais ne tarde pas trop. Nous avons déjà déplacé les corps ; nous ne pourrons pas préserver le reste de la scène de crime pendant très longtemps.

— De quel genre de crime s'agit-il ?

— Je pourrais te répondre « un meurtre », mais ce

serait un doux euphémisme. « Un carnage » ou « une boucherie » me semblent plus appropriés. Avec une petite pincée de torture pour relever le tout.

— Tu essaies de me faire peur ?

— Absolument pas.

— Alors, laisse tomber le mélo et raconte-moi ce qui s'est passé.

Edward soupira, et pour la première fois, je perçus de la lassitude dans sa voix.

— Nous avons douze victimes confirmées et dix personnes portées disparues.

Je lâchai un juron.

— Comment se fait-il que ni les journaux ni la télé n'en aient parlé ?

— Les canards à scandale ont publié quelques articles sur les disparitions. Avec des gros titres du style « Un Triangle des Bermudes dans le désert ». Quant aux victimes, ce sont les membres de trois familles. Leurs voisins ont découvert les cadavres aujourd'hui.

— Depuis combien de temps étaient-elles mortes ?

— Plusieurs jours. Près de deux semaines dans un cas.

— Doux Jésus ! Et personne ne s'en est aperçu plus tôt ?

— Durant la dernière décennie, la population de Santa Fé s'est presque entièrement renouvelée. Des tas de gens viennent s'installer dans le coin pour quelques mois ou quelques années, et beaucoup d'autres y possèdent une résidence secondaire. Les autochtones les surnomment « Californicateurs ».

— Charmant. Et Ted Forrester, est-il un autochtone ?

— Il habite dans la proche banlieue, oui.

Un frisson d'excitation me parcourut. Edward ne parlait jamais de choses personnelles. Il faisait tellement de mystères que je ne savais presque rien de lui.

— Cela signifie-t-il que je vais voir ta maison ?

— Pendant ton séjour, tu logeras chez Ted Forrester.

— Mais c'est toi, Ted Forrester. Donc, je vais loger chez toi, pas vrai ?

Silence à l'autre bout de la ligne.

— Oui, répondit enfin Edward.

Soudain, cette expédition me paraissait beaucoup plus attrayante. J'allais pouvoir mettre mon nez dans la vie privée d'Edward – s'il en avait une.

Cependant, une chose me préoccupait.

— Tu as parlé de trois familles. Y avait-il des enfants parmi les victimes ?

— Curieusement, non.

— C'est déjà ça.

— Tu as toujours eu du mal avec les cadavres de gamins.

— Pas toi ?

— Non.

Je savais que rien ne perturbait Edward. Mais tous les flics que je connais détestent aller sur une scène de crime quand la victime est un enfant. Même ceux qui n'en ont pas. J'avais du mal à accepter qu'Edward puisse rester indifférent face à une telle horreur.

— Tu me trouves trop sensible, hein ?

— C'est l'un de tes plus gros défauts, acquiesça-t-il avec une pointe d'humour dans la voix.

— Tu ne voudrais quand même pas que je m'excuse de ne pas être une sociopathe comme toi !

— Tu n'as pas besoin d'être une sociopathe pour m'aider sur ce coup-là. Tu as juste besoin d'être une flingueuse, et je sais que tu l'es. Tu tues aussi facilement que moi, si les circonstances adéquates sont réunies.

Je pouvais difficilement le contredire. Aussi décidai-je de me concentrer sur l'affaire plutôt que sur ma décrépitude morale.

— Donc, résumai-je, la population de Santa Fé est

très mobile. Les gens connaissent mal leurs voisins, et ils ne prêtent guère attention à leurs allées et venues.

— Exactement, approuva Edward.

Quelque chose dans le ton de sa voix me mit la puce à l'oreille.

— Tu es persuadé qu'il y a d'autres victimes dont on n'a pas encore retrouvé le cadavre.

Ça n'était pas une question.

Edward ne répondit pas tout de suite.

— Ça ne me plaît pas beaucoup que tu sois capable de lire dans mes pensées, lâcha-t-il enfin.

— Désolée. A l'avenir, je tâcherai de brider mon intuition.

— Surtout pas. C'est l'une des choses qui t'ont maintenue en vie aussi longtemps. Tu te fies à ton instinct; tu réagis à tes émotions au lieu d'écouter ta raison. C'est une force – et une faiblesse.

— Je sais : j'ai le cœur trop tendre.

— Oh, il ne l'est qu'en partie. Pour le reste… Il est aussi mort que le mien.

C'était un peu effrayant – pas qu'Edward nous mette tous les deux dans le même panier, mais qu'il admette que quelque chose était mort en lui.

— Est-ce que ce que tu as perdu te manque parfois ? lui demandai-je.

C'était la question la plus personnelle que je lui aie jamais posée.

— Non. Et toi ?

Je réfléchis un moment. Je faillis dire « oui » et me retins de justesse. La vérité, toute la vérité, rien que la vérité entre nous.

— Non. Je suppose que non.

Edward eut un petit rire.

— Ça, c'est ma copine.

J'étais à la fois flattée et irritée qu'il me considère

comme « sa copine ». Dans le doute, toujours se concentrer sur le boulot en cours.

— De quel genre de monstre s'agit-il, Edward ?

— Je n'en ai pas la moindre idée.

Je fronçai les sourcils. Edward chassait déjà les monstres quand j'étais encore au lycée. Et il avait voyagé dans le monde entier pour son boulot. Il avait personnellement eu affaire à des bestioles dont je n'avais fait que lire la description dans des bouquins.

— Comment ça, tu n'en as pas la moindre idée ?

— Je n'avais jamais vu aucune créature tuer de cette façon, Anita.

Dans sa voix, je captai quelque chose de nouveau – quelque chose qui ne me plut pas du tout. Edward, que les vampires et les métamorphes surnommaient « la Mort », avait peur. Ça ne me disait rien qui vaille.

— Tu as l'air choqué, Edward. Ça ne te ressemble pas.

— Attends de voir les victimes pour me juger. Tu devras te contenter de photos des autres scènes de crime, mais j'ai gardé la dernière intacte rien que pour toi.

— J'imagine que les flics du coin ont dû être ravis.

— Bah, Ted est un bon petit gars. Ils ont un faible pour lui. Si Ted leur dit que tu peux les aider, ils le croient.

— D'accord. Je prendrai un vol pour Santa Fé cet après-midi ou en début de soirée.

— Je préférerais que tu arrives à Albuquerque, contra Edward. Je passerai te prendre à l'aéroport.

— Je peux louer une voiture.

— J'ai des trucs à faire là-bas. Ça ne me dérange pas.

— Edward… Tu me caches quelque chose.

— M'accuserais-tu d'avoir des secrets ?

— Et comment ! Tu adores ça. Ça te donne l'impression de détenir le pouvoir.

— C'est possible, gloussa-t-il. Dès que tu auras fait ta réservation, rappelle-moi pour me donner ton heure d'arrivée. (Il baissa la voix comme si quelqu'un était entré dans la pièce.) Je dois y aller.

Et il raccrocha.

2

Le seul vol pour Albuquerque qui n'était pas déjà complet décollait à midi. Autrement dit, j'avais cinq heures de sommeil devant moi avant de devoir me lever pour courir à l'aéroport. J'allais rater mon cours de kempo – une forme de karaté que je ne pratiquais que depuis quelques semaines. Franchement, j'aurais préféré être sur un tatami plutôt que dans les airs. Je déteste prendre l'avion. D'une part, je suis claustrophobe. D'autre part, remettre ma vie entre les mains d'un pilote que je ne connais pas et dont j'ignore s'il est soûl ou drogué, ça me donne des frissons dans le dos. Je le reconnais : je ne suis pas du genre confiant.

C'est une caractéristique que je partage avec les compagnies aériennes. Pour embarquer avec une arme à feu, tout passager a besoin d'un certificat délivré par l'Administration Fédérale de l'Aviation et attestant qu'il a suivi une formation adéquate. Ce qui était mon cas. J'avais également sur moi une lettre affirmant que j'étais en mission officielle pour le compte de la police. L'inspecteur divisionnaire Rudolph Storr, chef de la Brigade Régionale d'Investigations Surnaturelles, me l'avait faxée sur du papier à en-tête. Ça impressionne toujours.

Je bosse souvent avec Dolph, et il me fait confiance. Quand je suis sur une affaire officielle, il me fournit tout ce dont j'ai besoin, même si son unité n'est pas directement impliquée. Evidemment, si Edward avait fait appel à moi pour une affaire non officielle, je me serais bien gardée de lui en parler. D'une rectitude morale sans faille, Dolph n'apprécie guère « Ted Forrester ». A sa décharge, quand Ted est dans les parages, les cadavres ont tendance à se multiplier d'une façon assez louche.

Je m'abstins soigneusement de regarder par le hublot. Je me donnais beaucoup de mal pour prétendre que je n'étais pas dans un 727, mais dans un bus bondé. Pour ne pas y penser, je me concentrai sur le livre que j'avais emporté – un roman de Sharon Shinn. Ses histoires sont assez prenantes pour retenir toute mon attention, même quand je me trouve plusieurs centaines de pieds au-dessus du sol avec juste une plaque de métal entre moi et l'éternité.

Je ne peux donc pas vous dire à quoi ressemble Albuquerque vue des airs, et la petite passerelle couverte que j'empruntai pour gagner l'intérieur de l'aéroport n'avait rien de particulier – à ceci près qu'on sentait déjà la chaleur presser telle une main géante sur ses parois de plastique. Ici, c'était déjà l'été.

Je scrutai la foule qui attendait dans le hall des arrivées, et mon regard dépassa Edward avant que je réalise que c'était lui. Peut-être parce qu'il portait un chapeau de cow-boy orné de trois petites plumes sur le devant. Une chemise blanche à manches courtes, comme on peut en acheter dans n'importe quel grand magasin, un jean indigo apparemment tout neuf et une paire de chaussures de randonnée à l'aspect fatigué complétaient sa tenue.

Des chaussures de randonnée ? Edward ? Je l'avais toujours pris pour un rat des villes. Pourtant, il semblait très à l'aise dans son attirail de bouseux. Sans ses yeux, je ne l'aurais peut-être pas reconnu. Même s'il s'était déguisé en Prince Charmant sur un char de parade Disney, ses yeux auraient incité les petits enfants à s'enfuir en hurlant. Ils sont aussi bleus et froids qu'un ciel hivernal. En fait, avec ses cheveux blonds et son teint pâle, Edward a tout du WASP – le bon anglo-saxon blanc protestant. Il peut prendre l'air inoffensif quand il le désire. Il est très bon acteur, mais quand il ne fait pas attention, ses yeux le trahissent. Si les yeux sont les fenêtres de l'âme, Edward est salement dans la merde parce que les siens donnent sur une maison vide.

Quand il me sourit, quelque chose de presque chaleureux fit fondre la glace de ses prunelles. Il était sincèrement content de me voir. Cela ne me réconforta guère. L'une des principales raisons pour lesquelles il m'aime bien, c'est qu'ensemble, on tue toujours beaucoup plus de gens – et de choses – que séparément. A moins que ça ne soit valable que pour moi. Si ça se trouve, Edward décime peut-être des armées entières quand il n'est pas avec moi.

— Anita, me salua-t-il.

— Edward.

Son sourire se changea en grimace.

— Tu n'as pas l'air heureuse de me voir.

— Parce que tu as l'air trop heureux de me voir. Tu es soulagé que je sois venue ; ça me fout les jetons.

Sa grimace s'estompa, et son visage se vida de toute bonne humeur comme un verre fendu laisse échapper l'eau qu'il contient.

— Je ne suis pas soulagé, répliqua-t-il d'une voix atone.

— Menteur.

Il me fixa de ses yeux impitoyables et hocha légèrement la tête. Peut-être aurait-il verbalisé son aveu si une femme n'était pas soudain apparue à ses côtés. Elle lui passa les bras autour de la taille et se blottit contre lui. Elle semblait avoir une bonne trentaine d'années – un peu plus qu'Edward, même s'il ne m'a jamais dit son âge. Ses cheveux bruns coupés courts, mais dans un style flatteur, encadraient un visage bronzé. Elle n'était pas maquillée ; pourtant, je la trouvai ravissante. Quand elle sourit, les petites rides qui se formèrent au coin de ses yeux et de sa bouche me firent rajouter dix ans à mon estimation initiale.

Elle était plus petite qu'Edward, mais plus grande que moi. Bien que menue, elle n'avait pas l'air fragile : au contraire, elle exsudait une force tranquille, un aplomb confiant. Elle portait un jean aux plis si marqués qu'il devait avoir été repassé, un T-shirt blanc un peu transparent sous lequel elle avait enfilé un débardeur à fines bretelles, et un fourre-tout en cuir marron presque aussi gros que mon sac de voyage. L'espace d'un instant, je me demandai si elle ne venait pas juste de débarquer, elle aussi, mais elle semblait trop fraîche et trop détendue pour ça.

— Je suis Donna, dit-elle en me tendant la main.

Elle avait une poigne ferme et une paume légèrement calleuse. Le travail manuel ne devait pas lui être inconnu. Elle me plut instantanément.

— Et vous devez être Anita. Ted m'a tellement parlé de vous !

— Vraiment ?

Je levai les yeux vers Edward. Sa posture et son expression avaient changé du tout au tout. Ses épaules étaient légèrement affaissées ; un sourire à la fois charmeur et paresseux flottait sur ses lèvres. C'était une performance digne d'un Oscar. On aurait vraiment dit qu'il avait échangé sa personnalité contre celle d'un gentil cow-boy.

— Oh, oui !

Donna me toucha le bras comme pour ponctuer sa joyeuse exclamation. A force de fréquenter des métamorphes, je me suis habituée aux gestes affectueux, mais ça n'est toujours pas ma tasse de thé.

Quand Edward prit la parole, ce fut d'une voix légèrement traînante, à la manière d'un Texan qui n'est pas retourné chez lui depuis des lustres. Or, à la base, il n'a pas d'accent – ni rien qui trahisse ses origines ou son passé, comme si les endroits traversés et les gens rencontrés n'avaient laissé aucune empreinte sur lui.

— Anita, je te présente Donna Parnell, ma fiancée.

La mâchoire inférieure m'en tomba. Je le dévisageai, bouche bée. En temps normal, j'essaie d'être un peu plus sophistiquée, ou tout simplement polie. J'aurais voulu dissimuler mon effarement, mais j'en étais incapable.

Donna éclata d'un rire chaleureux et pressa le bras d'Edward.

— Tu avais raison, Ted. Sa réaction valait bien le voyage.

— Je te l'avais dit, sucre d'orge, grimaça Edward en la serrant contre lui et en déposant un baiser dans ses cheveux.

Je refermai la bouche et tentai de me ressaisir.

— C'est… c'est super, bredouillai-je. Vraiment. Je… Félicitations.

— Hé oui, Ted a enfin accepté de se laisser mettre la corde au cou. Il m'avait prévenue que vous ne voudriez pas y croire. Mais franchement… Si vous aviez vu votre tête ! gloussa Donna.

Je ne suis pas aussi bonne actrice qu'Edward. Il m'a fallu du temps pour apprendre à dissimuler mes émotions, et plus encore pour mentir par mes expressions ou mon langage corporel. Aussi m'efforçai-je de sourire tout en lui lançant un regard qui signifiait : « Toi, tu as des explications à me fournir, mon bonhomme ! ».

Par-dessus la tête de Donna, Edward m'adressa un rictus moqueur. Ce qui eut le don de me mettre en rogne. Il se délectait de ma surprise, ce salaud.

— Ted, as-tu oublié tes bonnes manières ? s'écria soudain Donna. Prends les bagages d'Anita.

Edward et moi fixâmes le petit sac de voyage que je tenais dans ma main gauche. Il me gratifia du sourire de

Ted, mais sa réplique fut bien une de celles que j'avais l'habitude d'entendre dans sa bouche.

— Anita préfère se débrouiller seule.

Donna me jeta un regard interloqué, comme si elle n'arrivait pas à y croire. Peut-être n'était-elle pas aussi indépendante qu'elle en avait l'air.

— Ted a raison, dis-je en appuyant un peu trop sur le prénom. Je suis assez grande pour porter mes propres bagages.

Donna était trop polie pour insister, mais de toute évidence, elle jugeait mon attitude incompréhensible. Son expression me rappela ma belle-mère Judith – une femme d'une autre génération, pour qui la galanterie masculine était un privilège et non une insulte. Donc… Donna était soit une quinquagénaire extrêmement bien conservée, soit une trentenaire prématurément vieillie par les UV.

Edward et elle traversèrent l'aéroport bras dessus bras dessous. Je les suivis trois pas en arrière, non parce que mon sac était trop lourd mais parce ce que j'avais besoin de me ressaisir. Je regardai Donna poser sa tête sur l'épaule d'Edward et lever vers lui un visage rayonnant. Avec un sourire très tendre, Edward lui chuchota à l'oreille quelque chose qui la fit rire.

Je n'allais pas tarder à gerber. Qu'est-ce qu'Edward fichait avec cette nana ? Donna était-elle aussi un assassin et une remarquable actrice ? Je n'en avais pas l'impression. Et si elle était réellement ce dont elle avait l'air – une femme amoureuse de Ted Forrester, qui n'existait pas – j'allais botter les fesses d'Edward, et pas qu'un peu ! Comment osait-il impliquer une innocente dans sa couverture ? A moins que… Etait-il possible qu'il partage ses sentiments ? Si vous m'aviez posé la question dix minutes plus tôt, je vous aurais répondu qu'il était incapable d'une affection sincère. A présent… Je ne savais plus que croire.

Les aéroports se ressemblent tous. Impossible de dire dans quelle partie du pays, ou même du monde, on se trouve tant qu'on n'a pas mis le nez dehors. Mais celui d'Albuquerque fait exception à la règle. Sa décoration est typique du sud-ouest américain : mosaïques multicolores sur le sol et les murs, devantures de boutiques turquoise ou bleu cobalt…

Au-delà des larges baies vitrées s'étendait une immense plaine encerclée par des montagnes noires qui évoquaient un décor de carton-pâte. Je n'étais pas habituée à des paysages aussi vastes, et cela ajouta à mon malaise. Une des choses que j'avais appréciées chez Edward jusque-là, c'est qu'il ne changeait pas. Dans le genre psychotique, il était plutôt fiable. Mais il venait de bousculer jusqu'à mes repères géographiques, et je ne savais vraiment pas comment réagir.

Soudain, Donna s'arrêta et pivota vers moi, forçant Edward à faire de même.

— Anita, ce sac est trop lourd pour vous. Je vous en prie, laissez Ted le porter.

Et elle le poussa dans ma direction.

Edward s'approcha de moi. Il marchait en roulant des hanches comme quelqu'un qui a passé beaucoup de temps à cheval ou sur un bateau, et il arborait toujours le sourire de Ted. Seuls ses yeux ne collaient pas avec le reste de son personnage – des yeux morts, vides, dans lesquels ne brillait nul amour. L'enfoiré. Il se pencha et saisit la poignée de mon sac.

— Ne fais pas ça, sifflai-je.

Dans ces trois mots, je mis toute la colère qui bouillonnait en moi.

Edward comprit que je ne parlais pas seulement de mes bagages. Il se redressa et lança par-dessus son épaule :

— Elle ne veut pas que je l'aide.

Donna secoua la tête et rebroussa chemin vers nous.

— Ne faites pas la mauvaise tête, Anita. Il n'y a pas de honte à laisser un homme porter vos bagages.

Je levai les yeux. Je savais que mon expression était tout sauf neutre, mais je n'arrivais pas à la contrôler.

Donna eut un léger mouvement de recul.

— Je vous ai vexée.

— Ce n'est pas après vous que j'en ai, la détrompai-je.

Elle jeta un coup d'œil à Edward.

— Ted, mon chéri, j'ai l'impression qu'Anita t'en veut.

— Tu as sûrement raison, approuva Edward avec une grimace amusée.

Je tentai de rattraper le coup.

— C'est juste que… Ted aurait dû me prévenir que vous étiez fiancés. Je n'aime pas les surprises.

Donna pencha la tête sur le côté et me dévisagea longuement. Elle ouvrit la bouche pour dire quelque chose, puis parut se raviser.

— Dans ce cas, je ferai en sorte de ne plus vous surprendre.

Elle glissa son bras sous celui d'Edward en un geste possessif, et l'éclat chaleureux de ses yeux bruns se ternit un chouïa.

Je poussai un soupir. Donna croyait que j'étais jalouse. Ma réaction n'avait rien de normal pour une collègue de travail, ni même pour une simple amie. Je laissai filer. Mieux valait qu'elle pense que Ted et moi étions sortis ensemble autrefois. Pour elle, ça serait bien plus facile à accepter que la vérité.

Nous nous remîmes en marche vers la sortie de l'aéroport. Puisque Donna n'aimait pas que je traîne en arrière, je pris soin de rester à son niveau.

Je n'ai jamais été douée pour les bavardages oiseux. Un silence pesant ne tarda pas à s'installer entre nous. Donna fut la première à le rompre.

— Ted m'a dit que vous étiez réanimatrice et chasseuse de vampires.

— Je préfère le terme « exécutrice », mais c'est exact. (Parce que je voulais désespérément me montrer amicale, j'ajoutai :) Et vous, qu'est-ce que vous faites ?

Donna m'adressa un large sourire.

— Je suis propriétaire d'une boutique à Santa Fé.

— Elle vend du matériel de divination, précisa Edward.

Mon expression se durcit.

— Quel genre de matériel ? m'enquis-je sur le ton le plus neutre possible.

— Des cristaux, des tarots, des livres – ce genre de choses.

Je me mordis les lèvres pour ne pas répliquer : « Mais vous n'avez aucun don psychique ». Je connais beaucoup de gens convaincus à tort qu'ils en possèdent. Si Donna se berçait d'illusions, de quel droit aurais-je fait éclater sa bulle ? Aussi me contentai-je de demander :

— Y a-t-il vraiment un marché pour ce genre d'articles à Santa Fé ?

— Avant, il y avait beaucoup de boutiques comme la mienne. Les gens du coin sont très branchés New Age, mais ces cinq dernières années, les taxes locales ont crevé le plafond, et la plupart de mes anciens collègues ont déménagé à Taos. L'énergie de Santa Fé a beaucoup changé. C'est toujours un endroit très positif, mais plus autant que Taos. Je ne sais pas vraiment pourquoi.

Donna parlait d'« énergie » comme si c'était un fait indiscutable, et comme s'il était évident que je comprendrais. Sans doute supposait-elle que quand on gagne sa vie en relevant des morts, on possède forcément d'autres dons psychiques. Ce qui n'est pas toujours le cas. Mais je voyais ce qu'elle voulait dire. Moi, j'appelle ça les « vibrations ». Certains endroits en ont de bonnes, d'autres de mauvaises, qui décuplent ou sapent vos forces mentales. Et ce n'est jamais qu'un autre nom pour désigner le concept très ancien de *genius loci*.

— Vous tirez les cartes ? demandai-je.

C'était une façon polie de découvrir si elle pensait avoir des pouvoirs.

— Oh, non. Je ne suis pas douée pour ça. J'adorerais être capable de prédire l'avenir en utilisant les tarots ou les cristaux, mais je ne suis qu'une commerçante. Ma mission dans cette vie est d'aider les autres à découvrir leur talent.

Donna parlait comme ces thérapeutes qui croient en la réincarnation. J'en fréquentais suffisamment dans le cadre de mon boulot pour connaître leur jargon.

— Donc, vous n'êtes pas une voyante, résumai-je.

Je voulais être sûre qu'elle s'en rendait compte.

— Absolument pas, confirma-t-elle en secouant la tête pour plus d'emphase.

Alors, je remarquai que ses petites boucles d'oreilles en or étaient des ankhs – des croix de vie égyptiennes.

— La plupart des gens qui évoluent dans ce milieu le sont.

Donna poussa un soupir.

— D'après la voyante que je consulte en ce moment, je suis bloquée dans cette vie parce que j'ai fait un mauvais usage de mes dons dans la précédente. Elle dit que tout devrait rentrer dans l'ordre la prochaine fois.

Je me gardai bien de lui apprendre que j'étais chrétienne et que je ne partageais absolument pas ses convictions. Après tout, il existe sur cette planète plus de religions qui croient en la réincarnation que de religions qui n'y croient pas. Je pourrais très bien me tromper.

Je ne pus retenir ma question suivante.

— Et avez-vous déjà rencontré Ted dans une autre vie ?

— Non. Il est tout neuf pour moi – même si Brenda affirme que son âme est déjà très ancienne.

— Brenda, c'est votre voyante ?

Donna acquiesça.

— Sur ce point, je suis d'accord avec elle, lâchai-je.

Edward me jeta un coup d'œil soupçonneux.

— Vous aussi, vous avez perçu sa résonance ? s'enthousiasma Donna. Brenda dit qu'elle entend comme un son de cloche dans sa tête chaque fois qu'il est dans les parages.

Un son de cloche ? Plutôt une alarme !

— Parfois, on peut alourdir son âme en l'espace d'une seule vie, grimaçai-je.

Donna me fixa d'un air perplexe. Elle n'était pas idiote, je le voyais bien, mais elle était naïve. Elle avait envie de croire à tout ça. Ce qui faisait d'elle une proie facile pour les charlatans et les hommes du genre d'Edward – les menteurs professionnels.

— J'aimerais bien rencontrer Brenda, déclarai-je.

Par-dessus la tête de Donna, je vis Edward écarquiller les yeux.

Le visage de Donna s'éclaira.

— Je serai ravie de vous la présenter. Elle n'a encore jamais rencontré de réanimateur. Je suis sûre qu'elle adorerait ça.

— Je n'en doute pas.

Je n'étais pas motivée par la curiosité, mais par l'envie de découvrir si Brenda possédait réellement un don de voyance. Dans le cas contraire, je la dénoncerais aux autorités pour fraude. Je déteste les gens qui profitent de la crédulité des autres pour s'enrichir.

Tandis que nous descendions un escalator, j'admirai une fresque murale représentant des conquistadors et des Indiens en pagne. Je portais toujours mon sac sans problème. Comme quoi, ça paye de faire de la muscu.

En arrivant au rez-de-chaussée, Donna avisa une rangée de cabines téléphoniques sur la droite.

— Laissez-moi une minute pour appeler les enfants, dit-elle.

Elle déposa un baiser sur la joue d'Edward et s'éloigna avant que je puisse réagir.

— Les enfants ? m'exclamai-je.

— Oui, répondit prudemment Edward.

— Combien ?

— Deux.

— Quel âge ?

— Un garçon de quatorze ans et une fille de six.

— Où est leur père ?

— Donna est veuve.

Je le fixai d'un regard très éloquent.

— Non, ce n'est pas ma faute. Il était déjà mort depuis longtemps quand nous nous sommes rencontrés.

Je me rapprochai de lui en tournant le dos aux cabines pour que Donna ne puisse pas voir mon visage.

— A quoi joues-tu, Edward ? Elle a des enfants et elle est tellement amoureuse de toi que ça me donne envie de gerber.

— Donna et Ted sortent ensemble depuis deux ans. Ils sont amants. Elle s'attendait à ce qu'il la demande en mariage, donc, il l'a fait, m'expliqua Edward en souriant, mais sur un ton dénué de la moindre émotion.

— Tu parles de Ted à la troisième personne. Mais Ted, c'est toi, et tu es fiancé ! As-tu l'intention d'épouser Donna ?

Il haussa les épaules.

— Et merde, sifflai-je, furieuse. Tu ne peux pas faire ça.

Son sourire s'élargit, et il me contourna pour tendre les mains à Donna qui revenait vers nous.

— Comment vont les petits ? demanda-t-il en la serrant contre lui.

Par-dessus sa tête, il m'adressa un regard d'avertissement. « Ne t'avise pas de tout gâcher. » Pour une raison que je ne m'expliquais pas, c'était important pour lui.

Donna leva les yeux.

— Alors, de quoi parliez-vous ? Vous aviez l'air si préoccupés !

— De l'affaire, répondit Edward.

— Oh, crotte.

Je ne pus m'empêcher de hausser un sourcil. L'homme le plus dangereux que je connaissais était fiancé à une mère de famille qui disait « oh, crotte ». C'était vraiment trop bizarre.

Donna pivota dans l'étreinte d'Edward.

— Au fait, Anita, où est votre sac à main ? Vous ne l'auriez pas oublié dans l'avion ?

— Je n'en ai pas apporté. J'avais assez de place dans mon sac de voyage pour mettre toutes mes affaires.

Elle me dévisagea comme si j'avais parlé chinois.

— Mon Dieu. Je me sentirais toute nue sans ma monstruosité, dit-elle en tapotant son énorme fourre-tout.

— Où sont vos enfants ?

— Avec mes voisins – un couple de retraités qui adore ma petite Becca. (Elle fronça les sourcils.) Ils ont un peu plus de mal à communiquer avec Peter, mon fils de quatorze ans… Et ils ne sont pas les seuls. On m'avait prévenue que l'adolescence était une période difficile, mais je n'aurais jamais pensé que ça soit aussi dur.

— Il s'est déjà attiré des ennuis ?

— Pas vraiment. Je veux dire, ce n'est pas un délinquant, précisa-t-elle très vite. Mais depuis quelque temps, il ne m'écoute plus. Il y a deux semaines, il devait rentrer après l'école pour surveiller sa sœur. Au lieu de ça, il a été chez un de ses amis. Quand je suis arrivée, la maison était vide, et je n'avais aucune idée de l'endroit où pouvaient bien se trouver mes enfants. Les Henderson étaient sortis, donc Becca ne pouvait pas être avec eux. J'ai paniqué. En fin de compte, une autre voisine l'avait recueillie, mais sans elle, Becca serait restée dehors pendant des heures. Peter n'a pas exprimé le moindre remords. Le temps qu'il arrive, je m'étais persuadée que quelqu'un l'avait enlevé et qu'il gisait mort dans un fossé. Et puis il a débarqué en sifflotant comme s'il n'avait rien fait de mal.

— Il est encore puni ?

Donna acquiesça fermement.

— Privé de sorties, d'argent de poche et de télé pendant un mois.

— Comment a-t-il réagi en apprenant que vous alliez épouser Ted ?

C'était une question sadique, mais je n'avais pas pu m'empêcher de la poser.

Donna eut l'air affligé.

— Il n'a pas sauté de joie.

— Bah, il a quatorze ans, et c'est un garçon. Il n'a pas envie qu'un autre mâle vienne s'installer sur son territoire – c'est normal.

— Je suppose que oui.

Edward serra Donna contre lui.

— Ne t'en fais pas pour ça, sucre d'orge. Pete et moi, on finira bien par trouver un terrain d'entente.

Je n'aimais pas du tout la façon dont il avait dit ça. Je le dévisageai mais ne pus rien déceler derrière son masque de Ted – comme s'il avait réellement laissé la place à son alter ego. Ça faisait moins d'une heure que j'étais là, et son numéro de Dr Jekyll et M. Hyde commençait déjà à me taper sur les nerfs.

— Tu as d'autres bagages ? me demanda-t-il.

— Bien sûr qu'elle a d'autres bagages ! s'exclama Donna. C'est une femme.

Edward éclata d'un rire cynique qui la fit sursauter et me réconforta quelque peu.

— Anita ne ressemble à aucune autre femme.

Donna plissa les yeux. L'enfoiré. Il avait compris qu'elle était jalouse, et il en profitait. C'était le meilleur moyen d'expliquer ma réaction à l'annonce de leurs fiançailles sans risquer de bousiller sa couverture. Comme je n'avais pas du tout assuré sur ce coup-là, je pouvais difficilement l'en blâmer – même si je savais que nous n'avions jamais eu la moindre pensée romantique l'un pour l'autre.

— Oui, j'ai d'autres bagages, soupirai-je.

— Ah, tu vois ? triompha Donna.

— Tous mes flingues ne rentraient pas dans mon sac.

Elle se figea et pivota lentement vers moi. Soudain, elle écarquilla les yeux et retint son souffle. Ce n'était pas mon visage qu'elle fixait. Si elle avait été un homme, je l'aurais accusée de reluquer mes seins. Je suivis la direction de son regard et réalisai que ma veste avait glissé sur ma hanche gauche, dévoilant le Browning calé sous mon aisselle. Je me hâtai de la rajuster. D'habitude, je suis plus prudente que ça. Exhiber des armes en public, ça tend à rendre les gens nerveux. La preuve.

— Vous vous baladez vraiment avec un flingue, souffla Donna, impressionnée.

— Je te l'avais bien dit, gloussa Edward.

— C'est vrai. Mais je n'avais encore jamais rencontré de femme qui… Tuez-vous aussi facilement que Ted ?

C'était une question intelligente. De toute évidence, Donna n'était pas si aveugle à la véritable personnalité de son fiancé que j'avais bien voulu le croire. Aussi lui répondis-je sincèrement.

— Non.

Edward la serra contre lui et me jeta un regard d'avertissement par-dessus sa tête.

— Anita ne croit pas que les métamorphes soient des animaux. Elle est persuadée qu'on peut encore sauver les monstres. Parfois, ça la rend trop scrupuleuse.

Donna pinça les lèvres.

— Mon mari a été tué par un loup-garou sous mes yeux et sous ceux de Peter. Peter n'avait que huit ans.

Je ne savais pas quelle réaction elle attendait de ma

part. Aussi m'efforçai-je d'adopter une expression et un ton neutres pour demander :

— Qu'est-ce qui vous a sauvés ?

— John, mon mari, avait chargé un fusil avec des balles en argent. Il a réussi à blesser le loup-garou, mais ça n'a pas suffi. La bête lui a sauté dessus, et il a lâché son arme.

Tandis qu'elle se souvenait, son regard se fit distant, horrifié. Je devinai que le pire était encore à venir.

— La semaine précédente, John avait montré à Peter comment tirer. Il était encore si petit... Mais je l'ai laissé ramasser le fusil. Je l'ai laissé tuer ce monstre. Je l'ai laissé se dresser face à lui pendant que je me recroquevillais sur le sol, paralysée de terreur.

Je hochai lentement la tête. Je comprenais. Donna avait laissé son fils la protéger, jouer le rôle de l'adulte dans une situation cauchemardesque. Elle avait échoué dans sa mission de parent, et l'enfance du jeune Peter avait brutalement pris fin ce jour-là. Pas étonnant qu'il déteste Edward. Il avait gagné sa place d'homme de la maison – il l'avait gagnée dans le sang. Et maintenant, sa mère voulait lui imposer un père de substitution. A sa place, moi aussi, je l'aurais mal pris.

Donna cligna des yeux et prit une profonde inspiration. Elle parut faire un effort physique pour s'arracher au passé et revenir dans le présent. Cette scène la hantait. Six ans s'étaient écoulés, et elle n'acceptait toujours pas ce qui s'était passé. Elle souffrait. Apparemment, son fils aussi.

Je reportai mon attention sur Edward. Il me fixait, impassible et silencieux comme un prédateur. Comment osait-il se mêler de la vie de ces gens ? Qu'il épouse Donna ou non, il ne ferait qu'ajouter à leurs tourments. Lui seul s'en tirerait indemne. Quoi que... J'avais peut-être mon mot à dire sur la question.

Cela dut se lire sur ma figure, car Edward plissa les

yeux et me jeta un regard qui me fit froid dans le dos. Il était très dangereux, mais pour préserver cette famille, j'étais prête à tester ses limites et les miennes. J'allais le faire sortir de la vie de Donna et de ses enfants, ou… Ou j'y laisserais ma peau. Quand on traite avec la Mort, il n'y a pas trente-six alternatives.

Nous nous dévisageâmes par-dessus la tête de Donna tandis qu'il la serrait contre lui, caressait ses cheveux et lui murmurait des paroles apaisantes. Ses gestes et sa voix étaient pour elle, mais son regard, son expression n'étaient adressés qu'à moi. Il savait exactement à quoi je pensais. Il devinait à quelle conclusion j'étais parvenue, même s'il ne comprenait pas nécessairement pourquoi son intrusion dans la vie de Donna était la goutte d'eau qui avait fini par faire déborder le vase. Et il sentait que ma décision était prise – que s'il refusait de s'effacer, je le tuerais.

Il avait raison. Je serais capable de lui tirer dessus, et je ne viserais pas pour blesser. Cette certitude était pareille à un poids glacial dans mon estomac ; elle me rendait à la fois plus forte et plus solitaire. Edward m'avait sauvé la vie plus d'une fois, et réciproquement. Pourtant… S'il ne me laissait pas le choix, je l'abattrais. Il s'est toujours demandé pourquoi j'éprouve autant de compassion pour les monstres. La réponse est très simple. Parce que j'en suis un.

3

A la sortie de l'aéroport, un vent brûlant nous assaillit. Il devait faire plus de trente-cinq degrés, et on n'était encore qu'en mai. Ça promettait une sacrée canicule pour l'été à venir. Mais l'air était assez sec pour rester respirable. Passé l'éblouissement initial, mes yeux s'accoutumèrent à la lumière du soleil et mon corps à la température ambiante. Quand je rentrerais à St. Louis, le thermomètre flirterait sans doute avec les quarante degrés, et le taux d'hygrométrie serait supérieur à quatre-vingts pour cent. A condition, évidemment, que je finisse par rentrer. Si Edward et moi en venions aux mains, ce n'était pas gagné d'avance. Il existait une possibilité très réelle qu'il me tue. J'espérais vraiment réussir à le convaincre de laisser Donna et ses enfants tranquilles sans recourir à la violence.

Le paysage m'aida à oublier la chaleur. Jusqu'aux montagnes qui découpaient leur silhouette noire à l'horizon, la plaine d'Albuquerque était dépourvue du moindre relief, comme si un gigantesque engin de terrassement avait arraché ou pulvérisé tout ce qui présentait un quelconque intérêt. On aurait dit une carrière laissée à l'abandon une fois ses ressources épuisées. Elle dégageait un sentiment de désolation presque hostile que Donna aurait sûrement qualifié d'« énergie négative ».

Edward portait les deux valises que j'avais récupérées sur le carrousel à bagages. En temps normal, j'en aurais gardé une. Là, je préférais qu'Edward ait les mains occupées par autre chose qu'un flingue. Il ne m'aurait probablement pas descendue devant Donna, mais on ne sait jamais. Il avait bien assez de ressources pour maquiller un meurtre de sang-froid en accident. Du coup, je marchais à nouveau trois pas derrière lui. Vous pensez peut-être que c'était de la paranoïa. Connaissant Edward, je dirais que c'était juste de l'instinct de survie.

Il demanda à Donna d'aller ouvrir la voiture. Puis il ralentit et se tourna vers moi. Nous nous fîmes face au bord du trottoir tels deux cow-boys dans un vieux western. Edward ne posa pas mes valises. Il devait se rendre compte que j'étais assez nerveuse pour dégainer au moindre mouvement suspect.

— Tu ne te demandes pas pourquoi je t'ai laissée marcher derrière moi ? lança-t-il.

— Tu savais que je ne te tirerais pas dans le dos.

Il sourit.

— Et toi, tu savais que j'en serais capable.

Je penchai la tête sur le côté et plissai les yeux pour les protéger contre l'éclat du soleil. Bien entendu, Edward portait des lunettes noires qui m'empêchaient de voir les siens. Ça n'était pas une grosse perte. De toute façon, ils ne m'auraient rien révélé. Et pour l'instant, ses mains me préoccupaient bien davantage que ses yeux.

— Tu aimes te mettre en danger, Edward. C'est pour ça que tu chasses les monstres. Si tu ne risques pas ta vie à chaque mission, ça ne t'excite pas.

— Exact. Et alors ?

— Tu veux savoir lequel de nous deux est le meilleur. Ça fait très longtemps que tu te poses la question. Si tu me prends en traître, tu ne connaîtras jamais la réponse.

— Puisque tu en es persuadée, pourquoi m'as-tu laissé porter tes valises et fait passer devant ?

— Parce que si je me trompais sur ce coup-là, ça serait ma dernière erreur.

Edward éclata d'un rire à la fois doux et sinistre.

— J'adorerais te chasser, Anita. J'en ai souvent rêvé. (Il poussa un soupir presque triste.) Mais j'ai besoin de toi pour résoudre cette affaire. Et même si j'aimerais connaître cette fameuse réponse, j'admets que tu me manquerais. Tu es l'une des rares personnes au monde dont j'apprécie la compagnie.

— Et Donna ?

— Quoi, Donna ?

— Ne fais pas semblant de ne pas comprendre.

Par-dessus son épaule, je vis Donna nous faire signe depuis le parking. Je hochai la tête pour lui indiquer que nous arrivions.

Edward ne m'avait pas quittée des yeux.

— Tu ne pourras pas faire correctement ton travail si tu passes ton temps à me surveiller. Donc, je te propose une trêve jusqu'à ce que l'affaire en cours ait été élucidée.

— Et tu me donnes ta parole que tu ne feras rien contre moi d'ici là ?

— Oui.

— Ça me va.

Il eut une grimace amusée.

— La seule raison pour laquelle tu vas te contenter de ma promesse, c'est que tu tiens toujours les tiennes.

Je secouai la tête.

— Je ne suis pas idiote : je sais que la plupart des gens n'ont aucun sens de l'honneur. Mais tu ne m'as jamais trahie, Edward. Tu as toujours respecté tes engagements envers moi. Tu n'essaies pas de me cacher ce que tu es… Même si j'ai conscience que tout le monde ne peut pas en dire autant.

Nous pivotâmes tous deux vers Donna et nous mîmes

à marcher vers elle côte à côte, comme si nous avions conclu un accord tacite.

— Comment as-tu pu laisser les choses aller aussi loin ? Comment en es-tu arrivé à te fiancer avec elle ?

Edward garda le silence si longtemps que je crus qu'il n'allait pas répondre.

— Je ne sais pas trop, admit-il enfin. Un soir, je me suis laissé prendre à mon propre rôle. Ted a demandé sa main à Donna, et l'espace d'une seconde, j'ai oublié que c'était moi qui allais me marier.

Je lui jetai un coup d'œil en biais.

— Tu m'as révélé plus de choses personnelles en l'espace d'une demi-heure que pendant les cinq années qui ont précédé. Tu es toujours aussi bavard quand tu te trouves sur le territoire de Ted ?

Il fit un signe de dénégation.

— Je savais que ça ne te plairait pas de me voir impliqué dans la vie de Donna et de sa famille – même si je ne pensais pas que tu réagirais aussi violemment. Je me doutais que pour préserver la paix entre nous, il faudrait que je te parle, que je t'explique la situation. Je l'avais déjà accepté quand je t'ai appelée.

Nous pénétrâmes dans le parking en souriant à Donna qui nous attendait quelques rangées de voiture plus loin. Du coin des lèvres, je murmurai :

— Je te connais peut-être mieux que personne, et réciproquement. Tu me manquerais si tu n'étais plus là, et réciproquement. Pourtant, chacun de nous serait capable d'abattre l'autre sans hésitation. Comment est-ce possible ?

— Les faits seuls ne te suffisent pas ? As-tu vraiment besoin d'une raison ?

— Oui.

— Pourquoi ?

— Parce que je suis une fille.

Edward éclata d'un rire surpris. Je pouvais compter

sur les doigts d'une main le nombre de fois où j'avais obtenu de lui une telle réaction. L'espace d'un instant, il me parut beaucoup plus jeune, presque innocent. Mon cœur se serra. Comment pouvions-nous parler si sereinement de nous entre-tuer ? Non, ça ne me suffisait pas de savoir que nous en étions capables. Il devait y avoir une explication autre que le fait que nous étions tous deux des monstres ou des sociopathes.

Donna me fixa d'un air méfiant tandis que nous la rejoignions. Elle se jeta sur Edward pour l'embrasser, et dès qu'il eut posé mes valises, elle se plaqua contre lui telle une adolescente en chaleur. Si Edward fut gêné par cette démonstration, il n'en laissa rien paraître. Au contraire, il repoussa son chapeau de cow-boy pour l'enlacer plus étroitement.

Je ne m'écartai pas d'un pouce. S'ils voulaient de l'intimité, ils pouvaient prendre une chambre d'hôtel. Leur petit numéro se prolongea si longtemps que je songeai à me racler la gorge ou à regarder ostensiblement ma montre. Mais je me retins et restai adossée à la voiture, les bras croisés sur la poitrine et l'air suprêmement ennuyé.

Edward s'écarta de Donna en poussant un soupir de bien-être.

— On ne s'est séparés que quelques minutes. Mais je suis ravi de t'avoir manqué à ce point.

— Tu sais bien que je suis toujours contente de te voir, roucoula Donna. (Sans le lâcher, elle tourna la tête vers moi et me fixa droit dans les yeux.) Désolée. Je ne voulais pas vous embarrasser.

— Oh, il en faudrait beaucoup plus que ça pour m'embarrasser, répliquai-je nonchalamment.

Toute trace de bienveillance s'évapora de son visage.

— Par exemple ? demanda-t-elle sur un ton sec.

— Ecoutez, Donna, mettons les choses au clair. Je ne suis pas, je n'ai jamais été intéressée par Edward…

par Ted, corrigeai-je très vite. Vous n'avez pas besoin de marquer votre territoire. Lui et moi, nous nous ressemblons beaucoup trop pour envisager de sortir ensemble. Ce serait quasiment de l'inceste.

Malgré son bronzage, je la vis rougir.

— Et bien… Vous êtes très directe, bredouilla-t-elle.

Je haussai les épaules.

— Ça fait gagner du temps.

Edward lui donna un baiser rapide.

— On se voit demain, sucre d'orge.

Je dus avoir l'air étonné, car il m'expliqua :

— Donna est venue avec sa voiture pour qu'on puisse passer une partie de la journée ensemble. Maintenant, elle va aller retrouver ses enfants pendant que nous vaquerons à nos petites affaires.

Donna se tourna vers moi et me dévisagea longuement.

— Je veux bien vous croire, Anita, lâcha-t-elle du bout des lèvres. Mais j'ai quand même l'impression que vous me cachez quelque chose.

Moi, je cachais quelque chose ? La pauvre. Si elle savait…

Très sérieusement, elle poursuivit :

— Je vous confie la troisième personne la plus importante de ma vie. Pour moi, Ted vient tout de suite après mes enfants. N'allez pas gâcher la meilleure chose qui me soit arrivée depuis la mort de mon mari.

— Tu vois ? sourit Edward. Donna aussi sait être directe.

— Ça me paraît évident, acquiesçai-je.

Donna m'adressa un bref signe de tête et entraîna Edward un peu plus loin. Ils échangèrent quelques phrases à voix basse pendant que je patientais dans la chaleur sèche d'Albuquerque. Cette fois, Donna voulait de l'intimité ; aussi me détournai-je pour la lui donner.

Je laissai mon regard dériver vers l'horizon. Les

montagnes semblaient toutes proches, mais je savais par expérience qu'elles ne devaient pas l'être tant que ça. Comme des rêves lointains sur lesquels on fixe son regard pour avancer, elles ne sont jamais là quand on a besoin d'elles.

J'entendis les chaussures d'Edward crisser sur le bitume avant qu'il parle. Je lui fis face, les bras croisés sur la poitrine et ma main droite prête à saisir le flingue niché sous mon aisselle gauche. Je voulais bien croire qu'il était sincère en me proposant une trêve, mais mieux vaut pécher par excès que par manque de prudence.

Edward s'adossa au 4×4 garé sur l'emplacement voisin et reproduisit ma posture tel un miroir. Mais je savais qu'il n'avait pas d'arme sur lui. Une licence de chasseurs de primes ne lui aurait pas permis d'introduire un flingue dans l'aéroport – ni même un gros couteau. Evidemment, il avait pu en planquer un dans la voiture de Donna et le récupérer pendant que j'avais le dos tourné. Ça serait bien son style.

Il m'adressa un sourire estampillé Edward, un sourire destiné à éveiller ma méfiance. En général, ça signifie qu'il ne me veut pas de mal – qu'il se contente de me mener en bateau. Mais il savait que je le savais, et il pouvait s'en servir pour me donner un faux sentiment de sécurité. Ou pas.

Mmmh. Je réfléchissais beaucoup trop. Edward avait raison : je suis plus performante quand je me laisse piloter par mon instinct et que je consigne mon intellect sur la banquette arrière.

— Tu me rends nerveuse, avouai-je.

Son sourire s'élargit.

— Donc, tu as encore peur de moi. Je commençais à en douter.

— Le jour où tu cesses d'avoir peur des monstres est le jour où les monstres te tuent.

— Et je suis un monstre ?

— Tu sais exactement ce que tu es, Edward.

Il se rembrunit.

— Tu m'as appelé Edward devant Donna. Elle n'a rien dit, mais à l'avenir, tâche d'être plus prudente.

— Désolée. Je ne suis pas aussi bonne menteuse que toi. Et de toute façon, Ted est l'un des diminutifs d'Edward.

— Mais le prénom inscrit sur mon permis de conduire est Théodore.

— Si tu me laissais t'appeler Teddy, je pense que je m'en souviendrais.

— Je n'ai pas d'objections contre « Teddy », déclara-t-il, impassible.

— C'est vraiment difficile de te taquiner, Ed… Ted.

— Les noms ne signifient rien, Anita. Ils sont trop faciles à changer.

— Edward, c'est ton vrai prénom ?

— Maintenant, oui.

Je secouai la tête.

— J'aimerais vraiment savoir.

— Pourquoi ?

A travers ses lunettes de soleil, je sentis le poids de son regard. Ce n'était pas une question en l'air.

J'écartai ma main de la crosse de mon flingue. Je n'avais pas besoin de ça – pas aujourd'hui. Mais il y aurait d'autres jours, et pour la première fois, je n'étais pas sûre que nous survivrions tous les deux à ma visite. Cela me rendit triste et grognon.

— Parce qu'il faudra bien que je fasse inscrire quelque chose sur ta tombe.

Edward éclata de rire.

— La confiance en soi est une qualité, mais la prétention est un vilain défaut.

Je laissa retomber mes bras et m'écartai de la voiture.

— Ecoute, Edward, Ted ou qui que tu sois réellement.

Nous avons convenu d'une trêve jusqu'à ce que l'affaire en cours ait été résolue. Que se passera-t-il ensuite ?

— Nous verrons bien.

— Tu ne pourrais pas tout simplement rompre tes fiançailles avec Donna ?

— Non.

— Pourquoi ?

— Parce qu'il me faudrait une bonne raison pour lui briser le cœur et disparaître de la vie de ses enfants.

— A mon avis, si Ted mettait les voiles, son fils – Peter, c'est ça ? – sauterait de joie.

— Je n'en doute pas. Mais Becca me connaît depuis deux ans, et elle n'en a que six. C'est moi qui vais la chercher à l'école, moi qui, une fois par semaine, l'emmène à son cours de danse pour ne pas que Donna soit obligée de fermer la boutique plus tôt.

Edward s'était exprimé sans la moindre trace d'émotion, comme s'il récitait une liste de faits insignifiants. Sous l'effet de la colère, mes épaules se crispèrent. Je serrai les poings.

— Tu n'es qu'une ordure.

— Peut-être. Mais en rompant avec Donna, je risque de lui faire plus de mal qu'en l'épousant.

— As-tu déjà envisagé de lui dire la vérité ?

— Pas une seule seconde. Crois-tu vraiment qu'elle pourrait l'accepter ?

Je fus obligée d'admettre que non.

— Et merde ! m'exclamai-je, levant les mains en un geste de reddition. Je ne suis pas venue jusqu'ici en catastrophe pour discuter de ta vie amoureuse sur un parking. On n'avait pas un crime à résoudre, par hasard ?

— On pourrait discuter de *ta* vie amoureuse, suggéra Edward. Le loup-garou ou le vampire – lequel des deux baises-tu en ce moment ?

Dans sa voix, je décelai une pointe d'amertume. Pas

de la jalousie, mais une désapprobation absolue. On tue les monstres ; on ne couche pas avec eux. C'est l'une des règles d'Edward, et c'était aussi l'une des miennes autrefois. Un exemple supplémentaire de ma décrépitude morale.

— Ni l'un ni l'autre. Et c'est tout ce que tu tireras de moi sur ce sujet.

Il baissa légèrement ses lunettes de soleil pour que je puisse voir ses yeux bleu pâle.

— Tu les as plaqués tous les deux ?

Pour une fois, il avait l'air intéressé.

Je secouai la tête.

— Si je suis d'humeur à me confier, je te le ferai savoir. Maintenant, explique-moi à quoi tu as l'intention de me mêler – ta sordide vie amoureuse mise à part. Parle-moi de ces meurtres, Edward. Dis-moi pourquoi tu m'as fait venir.

Il remit ses lunettes en place et hocha la tête.

— D'accord.

Il ouvrit la portière conducteur et me laissa me débrouiller avec la mienne. Il l'aurait probablement tenue pour Donna, mais nous n'avions pas ce genre de relation. Si nous devions finir par nous tirer dessus, je pouvais bien me passer de sa galanterie.

4

La voiture de Ted était un gros machin carré à mi-chemin entre Jeep et camionnette. Une épaisse couche de boue rouge recouvrait la carrosserie, et le pare-brise était tellement sale qu'il en devenait opaque autour des deux éventails propres découpés par les essuie-glaces.

— Je n'ai jamais vu de bagnole aussi crade, commentai-je tandis qu'Edward ouvrait le coffre pour y ranger mes bagages. Une vraie poubelle.

— C'est un Hummer, et ça coûte plus cher qu'une maison en banlieue, répliqua-t-il.

Comme je lui tendais mon sac de voyage, je captai une odeur de cuir et de plastique. Le véhicule devait être neuf, ce qui expliquait pourquoi le revêtement intérieur était encore immaculé, ou presque.

— Pour ce prix-là, tu pourrais en prendre un plus grand soin, non ?

— Je l'ai acheté parce qu'il peut rouler sur n'importe quel type de terrain et par n'importe quel temps. Si je n'avais pas eu l'intention de le salir, j'aurais opté pour un autre modèle.

Edward referma le coffre.

— Comment Ted peut-il s'offrir une bagnole pareille ?

— La chasse à la vermine est une activité très lucrative.

— Pas à ce point.

— La plupart des gens ignorent ce que gagne un

chasseur de primes ; donc, je peux me payer des trucs qui ne sont pas réellement dans les moyens de Ted.

Il contourna le Hummer pour se diriger vers la portière conducteur ouverte. Seul le haut de son chapeau de cow-boy dépassait du toit poussiéreux.

Je me hissai tant bien que mal sur le siège passager, en me réjouissant de ne pas être en jupe. L'avantage de bosser avec Edward, c'est qu'il ne s'attend pas à ce que je sois tirée à quatre épingles. Du coup, je n'avais emporté que des jeans et des Nike. Ma seule fringue un tant soit peu présentable était la veste noire que j'avais enfilée par-dessus mon polo en coton pour planquer mon flingue.

— Quelle est la réglementation en matière de port d'arme au Nouveau-Mexique ?

Edward démarra et me jeta un coup d'œil.

— Pourquoi me demandes-tu ça ?

— Je veux savoir si je peux tomber la veste et me promener le flingue à l'air, ou si je vais devoir le planquer pendant tout mon séjour, expliquai-je en bouclant ma ceinture de sécurité.

— Tu peux porter une arme sur toi du moment qu'elle n'est pas dissimulée. Porter une arme dissimulée sans permis est illégal.

— Si je comprends bien, je peux me balader flingue en vue avec ou sans permis, mais s'il est caché sous mes fringues et que je n'ai pas de permis, je suis en infraction ?

— C'est ça.

— Intéressant.

Je me tortillai pour enlever ma veste malgré la ceinture de sécurité. Par chance, j'avais pas mal d'entraînement.

— Mais les flics peuvent quand même t'arrêter s'ils voient que tu es armée. Alors, tâche de n'avoir rien à te reprocher, grimaça Edward. Encore une chose : tu ne peux pas entrer dans un bar avec une arme à feu, même déchargée.

— Je ne bois pas d'alcool. Eviter les bars ne devrait pas me poser trop de problèmes.

La route sur laquelle s'engagea Edward était bordée par un grillage qui ne masquait nullement le paysage alentour.

— Comment s'appellent ces montagnes ? m'enquis-je en fixant l'horizon.

— Sangre del Cristo – le sang du Christ.

Je le dévisageai pour voir s'il plaisantait. Apparemment pas.

— Quel drôle de nom… Pourquoi les avoir baptisées ainsi ?

— Je n'en ai pas la moindre idée.

— Depuis combien de temps Ted habite-t-il ici ?

— Presque quatre ans.

— Et tu n'es pas curieux ?

— Je ne m'intéresse qu'aux choses susceptibles d'affecter mon boulot.

— Justement. Et si le monstre qu'on traque était une sorte de croquemitaine local ? Le nom de ces montagnes est peut-être lié à une légende, un massacre qui aurait eu lieu ici dans le temps. Il pourrait nous fournir un indice. Il existe des créatures qui ne vivent que dans des conditions climatiques bien particulières, et qui ne font surface qu'une fois par siècle – comme des cigales avec une très longue espérance de vie.

— Des cigales ?

— Oui. Sous leur forme immature, elles restent enfouies dans le sol pendant plusieurs années et n'émergent qu'en atteignant l'âge adulte.

— La chose qui a tué tous ces gens n'était pas une cigale géante, Anita.

— La question n'est pas là. Je pense seulement qu'il ne faut négliger aucune piste potentielle.

— Je ne t'ai pas fait venir pour jouer les « Alice détective ».

— Bien sûr que si. Si tu voulais juste un as de la gâchette, tu aurais pu faire appel à quelqu'un d'autre. Ce qui t'intéresse chez moi, c'est ma compétence en biologie surnaturelle, pas vrai ?

Edward ne répondit pas. Je laissai mon regard dériver vers le bas-côté. De petites maisons d'adobe bordaient la route. Leurs jardins bien entretenus étaient bourrés de cactus et de lilas aux fleurs étonnamment minuscules. Peut-être une variété qui avait besoin de moins d'eau que ceux qu'on trouvait dans l'est du pays.

Le silence s'installa dans la voiture, et je ne fis rien pour le rompre. Je me contentai d'observer le paysage. Je n'étais encore jamais venue dans la région ; autant jouer les touristes pendant que j'en avais le loisir.

Au moment où nous tournâmes dans Lomos Street, Edward lâcha enfin :

— Tu as raison. Je ne t'ai pas fait venir juste pour me servir de renfort. J'ai déjà ce qu'il me faut sur place.

— Quelqu'un que je connais ?

— Non. Mais vous vous rencontrerez à Santa Fé.

Je poussai un grognement.

— Dis-moi qu'on ne va pas directement à Santa Fé. Je n'ai rien avalé de la journée ; je commence à crever la dalle.

— La dernière scène de crime se trouve à Albuquerque. On va y passer, et ensuite, on ira déjeuner.

— Tu crois que j'aurai encore faim après l'avoir examinée ?

— Je ne te garantis rien.

— Et si on mangeait d'abord ?

— Pas le temps. On doit s'arrêter quelque part avant d'aller chez les victimes.

— Où ça ?

Pour toute réponse, Edward m'adressa un sourire mystérieux. Il adore tester les limites de ma patience.

— D'accord. Qui est ton autre renfort ?

— Je t'ai déjà dit que tu ne les connaissais pas.

— « Les » ? Tu as au moins deux partenaires sous la main et tu m'as quand même appelée ? Tu dois vraiment être désespéré !

C'était censé être une plaisanterie, mais Edward ne se départit pas de son sérieux.

— Je veux résoudre cette affaire coûte que coûte, Anita.

— Tes autres renforts… Ils te doivent une faveur, eux aussi ?

— L'un des deux m'en doit une.

— Ce sont des assassins ?

— A l'occasion.

— Des chasseurs de primes comme Ted ?

— Bernardo, oui. Parfois, il joue aussi les gardes du corps.

— Il a l'air d'avoir beaucoup de cordes à son arc.

— Pas tant que ça, non.

— Et l'autre type ?

— Il s'appelle Olaf.

— Lui, il n'est ni chasseur de primes ni garde du corps. Que fait-il quand il n'est pas en train d'assassiner des gens ?

Edward ne répondit pas.

— Bernardo ou Olaf possèdent-ils des talents spéciaux, mis à part leur totale absence de scrupules à tuer ?

— Oui.

Je sentis la moutarde me monter au nez.

— Edward, je ne suis pas venue pour jouer aux devinettes. Parle-moi de tes autres renforts.

— Tu les rencontreras bientôt. Tu pourras te faire ta propre opinion.

— Très bien. Alors, parle-moi de notre premier arrêt.

Il secoua la tête.

— Tu commences à me les briser menu, aboyai-je. Si tu ne craches pas très vite le morceau, je vais m'énerver pour de bon.

— Je croyais que tu étais déjà en rogne à cause de Donna.

— Je le suis. Et je veux bien passer là-dessus pour me concentrer sur ton affaire de meurtre. Mais je vais avoir du mal à m'y intéresser si tu ne me fournis aucun élément. Bernardo et Olaf sont déjà dans le coup. Je veux savoir avec qui je vais bosser. Ou tu te mets à table, ou tu fais demi-tour et tu me ramènes à l'aéroport.

— D'accord. Je ne leur ai pas dit que tu te tapais un loup-garou et un vampire.

— Pour l'instant, je ne sors même pas avec eux, mais la question n'est pas là. La vie sexuelle de tes renforts ne m'intéresse pas, Edward. Je veux juste savoir pourquoi tu as fait appel à eux. Quels sont leurs domaines d'expertise ?

— Tu as rompu avec Richard *et* avec Jean-Claude ?

C'était bien la première fois que je percevais une telle curiosité dans sa voix. Devais-je m'en réjouir ou m'en inquiéter ?

— Non, pas vraiment. Disons plutôt qu'on fait une pause. J'ai besoin de passer un peu de temps seule pour décider ce que je veux faire.

— Tu penses à quelque chose de précis ? interrogea-t-il avidement.

— Je n'ai pas l'intention de les tuer, si c'est ce que tu insinues.

— Dommage. A mon avis, tu aurais dû buter Jean-Claude avant que ça devienne trop sérieux entre vous.

— Tu parles de quelqu'un qui est mon amant depuis plus d'un an ! Tu pourrais peut-être étrangler Donna dans son lit, mais moi, j'en serais incapable.

— Tu es amoureuse de lui ?

Venant d'Edward, c'était une question très étrange.

— Je crois que oui.

— Et tu es amoureuse de Richard ?

C'était vraiment bizarre de parler de mes sentiments avec lui. J'ai quelques autres amis hommes, et la plupart d'entre eux préféreraient se faire arracher une dent sans anesthésie plutôt que d'avoir ce genre de conversation.

— Oui.

— Donc, tu crois être amoureuse de Jean-Claude, mais tu es certaine d'aimer Richard. La solution est simple, Anita. Elimine Jean-Claude. Je t'aiderai.

— Sans vouloir insister lourdement, je suis sa servante humaine. Et Richard est son loup. Nous sommes liés par des marques vampiriques. Si l'un de nous meurt, il risque d'entraîner les autres avec lui.

— Ça, c'est ce que prétend Jean-Claude. Ça ne serait pas la première fois qu'il t'aurait menti.

— Ecoute, Edward… Quand je voudrai ton avis sur ma vie privée, je te le demanderai. Jusqu'à ce qu'on puisse faire du patin à glace en enfer, économise ta salive. Et parle-moi de cette affaire.

— Tu as le droit de me dire avec qui je dois sortir ou pas, mais je ne peux pas en faire autant ?

— Ce n'est pas la même chose. Donna a des enfants.

— Ça fait une si grosse différence pour toi ?

— Oui.

— Je ne pensais pas que ton instinct maternel soit si développé.

— Il ne l'est pas. C'est juste que… Les enfants sont dépendants des adultes qui les entourent, obligés de subir les choix de leurs parents. Donna est assez grande pour prendre soin d'elle-même. Mais si tu lui fais du mal, Peter et Becca souffriront aussi. Et ça, ça me pose un problème.

— Je m'en doutais un peu.

— Sur ce coup-là, tu as été plus clairvoyant que moi. Jamais je n'aurais imaginé que tu sautes une mère de famille branchée New Age. Tu me semblais plutôt du genre à payer pour ce genre de service.

— Ted n'irait jamais voir une prostituée.

— Et Edward ?

Il haussa les épaules.

— Le sexe n'est qu'un besoin physiologique, comme manger ou dormir.

La froideur de cette réponse me réconforta.

— Ça, c'est l'Edward que j'ai appris à connaître et à craindre.

— Tu as peur de moi, mais tu serais prête à m'affronter pour une femme que tu viens à peine de rencontrer et deux enfants que tu ne connais même pas – alors que je n'ai aucune intention de les tuer. Je ne comprends pas.

— Peu importe, du moment que tu le sais.

— Je te crois, Anita. De toutes les personnes que je connais, tu es la seule qui ne bluffe jamais.

— Parce que Bernardo et Olaf bluffent, eux ?

Edward secoua la tête et éclata de rire.

— Bien vu, mais je ne te dirai rien sur eux.

— Pourquoi ?

— Parce que.

Je détaillai son profil.

— Ça t'amuse, pas vrai ? Tu es impatient de voir comment je réagirai en les rencontrant.

— Tout comme j'étais impatient de voir ta réaction quand tu rencontrerais Donna.

— Même si tu savais que ça me foutrait en rogne.

Il acquiesça.

— La tête que tu as fait… Ça valait bien une menace de mort.

— Franchement, tu commences à m'inquiéter.

— Je commence juste ? Je dois avoir perdu la main.

— Très bien, ne me parle pas de Bernardo et d'Olaf. Parle-moi de l'affaire.

Edward pénétra dans un parking. Levant les yeux, j'aperçus un hôpital droit devant.

— C'est la scène du crime ?

— Non, répondit-il en se garant et en coupant le moteur.

— Alors, pourquoi sommes-nous ici ?

— Pour rendre visite aux survivants.

J'écarquillai les yeux.

— Quels survivants ?

— Les survivants de l'attaque.

Il ouvrit sa portière, mais je le saisis par le bras pour l'empêcher de sortir.

Lentement, il tourna la tête et fixa ma main crispée sur sa peau nue. Pour l'avoir souvent utilisé, je connaissais très bien ce truc. Edward attendait que je le lâche, comme l'aurait fait toute personne ne voulant pas s'exposer à une réaction violente. Au lieu de ça, je resserrai mon étreinte – pas assez pour lui faire mal, mais assez pour lui faire comprendre qu'il ne se débarrasserait pas de moi aussi facilement.

— Parle-moi, Edward. Quels survivants ?

Il leva les yeux vers moi. Je réprimai une forte envie de lui arracher ses lunettes de soleil. De toute façon, son regard ne m'aurait rien révélé.

— Je t'ai dit qu'il y avait des blessés.

— Non.

— Ah. J'ai dû oublier.

— Ben voyons. Je sais que tu adores faire des mystères, Edward, mais ça commence à devenir lassant.

— Lâche-moi.

— Si je le fais, répondras-tu à mes questions ?

— Non. Mais si tu ne le fais pas, je t'y forcerai. Et ça ne te plaira pas du tout.

Sa voix était plaisante, presque dénuée d'inflexion. Pourtant, j'obtempérai et me rencognai contre la portière. Parce que je le croyais.

— Parle-moi, Edward.

Ce fils de pute m'adressa un immense sourire.

— Appelle-moi Ted.

Et il sortit de la voiture.

Je le regardai traverser le parking et s'arrêter au bord de la petite route qui longeait l'hôpital. Il pivota vers moi, ôta tranquillement ses lunettes de soleil, glissa l'une des branches dans la poche de sa chemise et attendit que je le rejoigne.

Ce serait bien fait pour lui si je refusais de bouger. Bien fait pour lui si je rentrais à St. Louis en le laissant se débrouiller seul. Pourtant, j'ouvris la portière et descendis du Hummer. Vous vous demandez sans doute pourquoi. D'une part, je savais qu'il finirait par tout me révéler. D'autre part, j'avais très envie de découvrir ce qui avait réussi à franchir son armure de détachement et à lui flanquer une telle trouille.

La curiosité est à la fois une force et une faiblesse. Dans le cas présent, j'aurais parié qu'elle s'avérerait être une faiblesse.

5

De tous les grands bâtiments que j'avais observés de loin depuis mon arrivée à Albuquerque, l'hôpital Santa Lucia était l'un des seuls qui ne soit pas décoré dans le style mexicain. Peut-être parce que les touristes n'étaient pas censés le visiter. Bande de veinards…

Malgré la simplicité de son architecture, il était plutôt moderne et accueillant. Mais bon, un hôpital reste un hôpital – un endroit qu'on ne fréquente que quand les choses ont mal tourné. Le seul point positif, c'est que cette fois, ce n'était ni moi ni un de mes proches qui gisait dans un lit aux barreaux de fer.

Nous enfilâmes un long couloir aux murs pâles, dans lesquels se découpaient des tas de portes fermées. Un flic en tenue était posté devant l'une d'elles. Mon petit doigt me dit que nous étions arrivés.

Edward s'approcha et se présenta. Il se la jouait brave gars jovial, mais avec toute la retenue qu'exigeaient les circonstances. Apparemment, le flic avait entendu parler de lui, ce qui aurait dû accélérer la procédure.

Il tourna son attention vers moi. Il semblait encore jeune ; pourtant, ses yeux gris étaient déjà froids et vides, comme s'il bossait dans la police depuis des années et avait perdu toute capacité à s'émouvoir. Mais il me fixa un peu trop longtemps, un peu trop intensément. Je sentis presque une bouffée de testostérone monter à la surface. Ou bien il n'avait pas confiance en sa propre virilité, ou bien il n'était pas aussi expérimenté qu'il en avait l'air.

S'il espérait me mettre mal à l'aise, il allait être déçu. Je soutins son regard avec un sourire calme, limite blasé. Il fut le premier à cligner des yeux.

— Le lieutenant est dans la chambre. Il veut la voir avant qu'elle entre.

— Pourquoi ? interrogea Edward sans se départir de son amabilité.

Le flic haussa les épaules.

— Je ne fais que suivre les ordres, monsieur Forrester. Je ne demande pas pourquoi on me les donne. Attendez ici.

Il entrebâilla la porte et se faufila par l'ouverture sans nous laisser voir grand-chose de la pièce. Et au lieu d'attendre que le battant se referme tout seul, il le poussa derrière lui.

Edward se rembrunit.

— Je ne comprends pas.

— Moi, si. Je suis une fille et, techniquement, une civile. La plupart des flics ne me font pas confiance.

— Je me suis porté garant de toi.

— Apparemment, ton opinion n'a pas autant de poids que tu aimerais le penser.

Quand la porte se rouvrit, je vis tout son visage se transformer. Ses yeux se remirent à pétiller, la commissure de ses lèvres se releva, et sa propre personnalité s'évanouit comme par enchantement. Je réprimai un frisson. La facilité avec laquelle il basculait d'un personnage à l'autre était un peu effrayante.

L'homme qui se tenait sur le seuil de la chambre était à peine plus grand que moi, un mètre soixante-cinq à tout casser. N'y avait-il pas une taille minimum requise pour entrer dans la police du Nouveau-Mexique ? Ses cheveux blond doré, éclaircis par le soleil, étaient coupés très court. Son visage à la mâchoire carrée me parut un poil trop bronzé. D'abord Donna, et maintenant lui. Personne n'avait entendu parler du cancer de la peau, dans le coin ?

Il me fixa de ses yeux vert clair, couleur de bourgeons à peine éclos et frangés de longs cils qui adoucissaient la sévérité de ses traits. Bien que très beaux, ces yeux n'avaient rien d'amical. Et ce n'était pas dû à la réserve habituelle des flics : leur regard était franchement hostile. Comme je n'avais jamais rencontré cet homme, je supposai qu'il était mal disposé envers moi parce que j'étais une femme et/ou une réanimatrice. Donc, il était soit macho, soit superstitieux. Je ne savais pas trop quelle hypothèse je préférais.

J'attendis patiemment qu'il se lasse de me dévisager. J'avais déjà subi des épreuves bien pires que rester plantée dans un couloir d'hôpital où rien ne me menaçait physiquement. En général, quand personne n'essaie de me tuer, je peux m'estimer heureuse.

Edward tenta de nous sortir de cette impasse.

— Lieutenant Marks, je vous présente Anita Blake. Le commissaire Appleton vous a prévenu de son arrivée.

— Alors, c'est vous la fameuse réanimatrice, lâcha Marks d'un air dubitatif. Autant vous prévenir : je déteste que des civils viennent piétiner mes plates-bandes. (Du pouce, il désigna Edward.) Forrester a déjà prouvé sa valeur. Mais vous… Je ne vous connais pas.

Edward ouvrit la bouche pour dire quelque chose. Marks l'en empêcha d'une main levée.

— Non, laissez-la répondre toute seule.

— Je répondrai quand vous m'aurez posé une question. Pour l'instant, vous n'avez fait que balancer des affirmations.

Marks plissa les yeux.

— Si vous croyez que je vais me laisser marcher sur les pieds par une putain de reine des zombies…

Ah. J'avais affaire à un bigot. Un mystère de résolu.

— Lieutenant Marks, on m'a demandé de venir ici pour vous aider à résoudre cette affaire. Vous pouvez vous passer de mes services ? Pas de problème. Mais quelqu'un va devoir expliquer à mon patron pourquoi j'ai fait un aller-retour au Nouveau-Mexique pour des prunes.

— Si je ne suis pas gentil avec vous, vous allez rapporter, c'est ça ?

— Pourquoi êtes-vous aussi agressif, Marks ? Je vous rappelle votre ex-femme, peut-être ?

— Je suis marié à ma seule et unique femme, s'indigna-t-il.

— Félicitations. Alors, c'est parce que j'utilise le vaudou pour relever les morts ? Les pouvoirs mystiques vous rendent nerveux ?

— Je n'aime pas la magie noire.

Instinctivement, il toucha l'épingle de cravate en forme de croix incluse dans l'uniforme réglementaire de tous les flics.

— Je ne fais pas de magie noire, Marks, répliquai-je en tirant sur la chaîne d'argent que je portais autour du cou pour lui montrer mon crucifix. Je suis chrétienne – épiscopalienne, plus précisément. J'ignore ce que vous avez entendu au sujet des réanimateurs, mais ce que je fais n'a rien de maléfique.

— Bien entendu, vous n'allez pas dire le contraire.

— L'état de mon âme immortelle ne concerne que Dieu et moi. Gardez-vous de juger si vous ne voulez pas être jugé en retour. A moins que vous ayez sauté ce passage de la Bible pour ne retenir que ceux qui vous arrangent…

Le visage de Marks s'assombrit, et une veine se mit à palpiter sur sa tempe. Une telle colère était injustifiée, même pour un extrémiste religieux.

— Qu'y a-t-il derrière cette porte qui vous foute autant les foies ? demandai-je brusquement.

Marks sursauta.

— Je n'ai pas les foies.

— Si, et vous vous vengez sur moi.

— Vous ne me connaissez pas, protesta-t-il.

— Non, mais je connais des tas d'autres flics. Je sais quand ils ont peur.

Il fit un pas en avant et s'immobilisa si près de moi que j'aurais pu l'embrasser en me haussant sur la pointe des pieds. Si nous avions été en train de nous battre, j'aurais reculé. Comme je ne m'attendais pas vraiment à ce qu'il me frappe, je ne bougeai pas d'un pouce.

— Vous croyez que vous êtes coriace, hein ? gronda-t-il.

— Je ne crois pas : je le sais.

Il eut un sourire mauvais.

— Dans ce cas, je vous en prie.

Il s'écarta et, d'un large geste, me fit signe d'entrer dans la chambre.

Je voulais demander ce qu'il y avait derrière cette porte. Qu'est-ce qui pouvait bien être assez horrible pour effrayer Edward et un lieutenant de police chevronné ? Je fixai le battant lisse et blanc qui dissimulait tous ses secrets.

— Qu'attendez-vous, mademoiselle Blake ? Allez-y.

Je jetai un coup d'œil à Edward.

— Un petit indice, peut-être ?

Il secoua la tête.

— Salaud, marmonnai-je entre mes dents.

Et je poussai la porte.

6

La porte ne donnait pas sur la chambre même, mais sur une petite pièce au fond de laquelle se dressait une seconde porte – vitrée, celle-là. Un homme se tenait sur le côté. Il portait une blouse et un pantalon verts, des chaussons en plastique et un masque chirurgical autour du cou. Il était grand et mince, l'un des premiers autochtones que je rencontrais qui ne soit pas cramé par les UV.

— Mettez ça, ordonna-t-il en me tendant une tenue identique à la sienne.

— Vous êtes le docteur ?

— Non, juste un infirmier.

— Vous avez un nom ?

— Ben. Je m'appelle Ben.

— Merci, Ben. Moi, c'est Anita. Pourquoi ai-je besoin de ces vêtements ?

— Pour protéger les patients contre les infections que vous pourriez leur transmettre.

Je suis plus douée pour prendre des vies que pour les préserver. Donc, j'allais m'en remettre à son expérience. J'enfilai le pantalon par-dessus mon jean et attachai le cordon le plus serré possible autour de ma taille. Mais les jambes mesuraient bien vingt centimètres de trop.

Ben sourit en voyant ma mine déconfite.

— Nous ne nous attendions pas à ce qu'on nous envoie un inspecteur aussi… minuscule.

Je fronçai les sourcils.

— Je ne suis pas flic.

Il jeta un coup d'œil au holster qui se détachait contre mon polo en coton rouge.

— Vous portez une arme.

— Selon la loi en vigueur dans cet état, j'y suis autorisée tant que je ne la dissimule pas.

— Si vous n'êtes pas flic, pourquoi en avez-vous besoin ?

— Parce que je suis une exécutrice de vampires.

Ben me tendit une blouse qui se fermait dans le dos. Je glissai mes bras dans les manches (trop longues, elles aussi), et il l'attacha pour moi.

— Je croyais que les balles n'arrêtaient pas les vampires.

— Les balles ordinaires, non. Mais les balles en argent peuvent les ralentir, voire les tuer si elles leur font un trou dans la tête ou dans le cœur. A condition qu'ils ne soient pas trop vieux ou trop puissants, précisai-je par acquit de conscience.

J'eus un peu de mal à caser tous mes cheveux sous la charlotte dont l'élastique m'irritait la nuque chaque fois que je tournais la tête. Ben voulut m'aider à enfiler des gants chirurgicaux, mais je lui prouvai que ça n'était pas nécessaire. Il haussa les sourcils.

— On dirait que vous avez l'habitude.

— J'en porte toujours sur les scènes de crime, ou quand je ne veux pas me mettre de sang sous les ongles.

Il noua les liens du masque en tissu à l'arrière de mon crâne.

— Vous devez voir beaucoup de sang dans votre métier.

— Pas autant que vous, je parie.

Je pivotai vers lui. Seuls mes yeux étaient encore visibles entre la charlotte et le masque. Il me toisa d'un air pensif.

— Je ne suis pas infirmier en chirurgie.

— Dans quel service travaillez-vous ?

— L'unité des grands brûlés.

J'écarquillai les yeux.

— Les survivants ont été brûlés ?

— Non, mais tout leur corps n'est qu'une plaie ouverte. Le protocole à suivre est similaire dans les deux cas.

— Comment ça, tout leur corps n'est qu'une plaie ouverte ?

Quelqu'un toqua à la porte vitrée. Je fit volte-face. Un homme attifé comme Ben et moi me foudroya du regard. Il appuya sur le bouton de l'interphone, et sa voix me parvint bien assez nette pour que je perçoive son irritation.

— Si vous devez entrer, dépêchez-vous. Je veux leur administrer des calmants, et je ne pourrai le faire que quand vous aurez fini de les interroger… d'après ce qu'on m'a dit.

Puis il lâcha le bouton et disparut derrière un rideau blanc qui masquait le reste de la pièce.

— C'est fou ce que je suis populaire aujourd'hui, marmonnai-je.

Ben saisit le masque qui pendait à son cou et l'ajusta sur le bas de son visage.

— Ça n'a rien de personnel. Le Dr Evans est l'un des meilleurs dans sa spécialité.

Il actionna un interrupteur. La porte vitrée glissa sur le côté avec un chuintement pareil à celui d'un sas de décompression. Dès que je fus passée, elle se referma. A présent, seul le rideau s'interposait entre moi et les fameux survivants.

Je n'avais aucune envie d'entrer dans cette chambre. Tous ceux qui l'avaient fait semblaient complètement retournés. Je savais que ça allait être affreux. Des corps qui n'avaient pas été brûlés, mais qui étaient pareils à des plaies ouvertes. Que leur était-il donc arrivé ? Comme le dit le proverbe, il n'y avait qu'un seul moyen de le découvrir. Je pris une profonde inspiration et écartai le rideau.

La pièce qui s'offrit à ma vue était encore plus blanche et aseptisée que le reste du bâtiment. Elle abritait une demi-douzaine de lits. Chacun d'eux était surmonté par une tente en plastique transparent qui recouvrait la tête et les épaules de son occupant. Une sorte d'armature surélevait les draps – pour ne pas qu'ils touchent les blessés, supposai-je.

Le Dr Evans se tenait au chevet du patient le plus proche. Au fond de la pièce, une femme également déguisée en chewing-gum à la chlorophylle géant tripotait l'un des nombreux appareils électroniques agglutinés autour des lits. Elle leva les yeux vers moi. La partie exposée de son visage était noire comme de l'ébène. Afro-Américaine, corpulence et taille moyennes – c'est tout ce que je pouvais dire d'elle. Si je l'avais croisée en civil dix minutes plus tard, je n'aurais pas été foutue de la reconnaître. Cet anonymat me perturbait. Baissant les yeux, elle se dirigea vers un autre lit en griffonnant quelque chose sur un bloc-notes.

Je m'approchai du Dr Evans. Sans un mot, il s'écarta pour me montrer son patient. Je cillai deux ou trois fois. Mes yeux refusaient de voir, ou peut-être mon cerveau rejetait-il les images qu'ils lui transmettaient. Quoi qu'il en soit, je mis un moment à comprendre ce que je regardais.

Le visage de la victime était rouge et à vif, mais il ne saignait pas. On aurait dit une grosse boule de viande crue modelée en forme de tête humaine. Le nez avait été coupé ; des tubes de plastique s'enfonçaient dans les trous des narines. Des yeux marrons roulèrent dans leurs orbites pour se fixer sur moi. Ils avaient quelque chose d'étrange – et ça n'était pas juste l'absence de peau tout autour. Il me fallut quelques secondes pour réaliser que les paupières avaient été tranchées elles aussi.

Soudain, je trouvai qu'il faisait beaucoup trop chaud dans cette pièce. Je suffoquais sous mon masque. Je voulus le baisser pour respirer, mais le docteur me saisit le poignet.

— Ne l'enlevez pas. Chaque nouvelle personne qui entre ici met la vie de ces malheureux en danger. (Il me lâcha.) Justifiez le risque que vous leur faites courir. Dites-moi ce qui les a mis dans cet état.

Je me concentrai sur ma respiration. Quand je pus de nouveau parler, je demandai :

— A quoi ressemble le reste de son corps ?

Le Dr Evans me fixa.

— Vous êtes déjà livide. Vous voulez vraiment voir ?

— Non, répondis-je, sincère. Franchement, je préférerais tourner les talons, sortir de cette chambre et ne m'arrêter qu'une fois très loin de votre hôpital. Je fais déjà bien assez de cauchemars. Mais on m'a appelée pour que je donne mon opinion d'experte. Je ne peux pas m'en faire une sans avoir constaté par moi-même toute l'ampleur des dégâts. Si je pouvais m'en passer, croyez-moi, je ne vous demanderais pas de me montrer.

— Qu'espérez-vous y gagner ?

— Je ne suis pas là pour jouer les voyeuses, docteur. Mais j'ai besoin d'indices pour déterminer quel genre de créature a agressé ces gens. Et la plupart du temps, les indices se trouvent sur le corps des victimes.

Des spasmes de douleur agitèrent l'occupant du lit. Il tourna la tête en tous sens tandis que de petits bruits pitoyables s'échappaient de sa bouche sans lèvres. Je fermai les yeux et tentai de respirer normalement.

— S'il vous plaît, docteur. Il faut que je voie.

Je rouvris les yeux. Evans était en train de rabattre soigneusement le drap, révélant le corps de son patient centimètre par centimètre. Quand il arriva à la taille, je compris que le malheureux avait été entièrement écorché vif. Jusque-là, j'avais espéré que son bourreau s'était contenté de sa figure. Ce qui était déjà assez atroce en soi. Mais il faut une éternité pour éplucher tout un corps adulte, et une éternité et demie pour l'éplucher avec une telle précision.

Lorsqu'Evans me révéla le bas-ventre de la victime, je vacillai. Son entrejambe était lisse, sans la moindre protubérance. Je levai les yeux vers sa poitrine. Sa structure osseuse semblait masculine.

— C'est un homme ou une femme ?

— Un homme.

— Merde, dis-je tout bas.

De nouveau, je fermai les yeux. Il faisait tellement chaud dans cette chambre... J'entendais le sifflement de l'oxygène, le frottement des chaussons de l'infirmière sur le linoléum, les halètements de l'homme qui se débattait et tirait sur ses entraves. Des sangles matelassées immobilisaient ses poignets et ses chevilles. Au début, je n'y avais pas fait attention. Je n'avais vu que le corps. Oui, le corps. Je préférais le considérer comme un objet plutôt que comme une personne. Si je ne prenais pas un minimum de distance, j'allais péter les plombs.

Concentre-toi sur ton boulot, ma fille. Je rouvris les yeux et fixai le Dr Evans comme si son visage aimantait mon regard. Pour ne pas devoir reporter mon attention sur le corps, j'étais prête à continuer jusqu'à ce que j'aie gravé dans ma mémoire la moindre des rides minuscules qui entouraient ses yeux.

— Pourquoi avez-vous attaché ces gens ? demandai-je d'une voix légèrement étranglée.

— Pour les empêcher de partir.

Je fronçai les sourcils.

— Dans l'état où ils sont, ils n'iraient bien loin.

— Nous leur administrons de très fortes doses de

calmants. Chaque fois que la douleur devient supportable, ils essaient de se lever.

— Tous ?

— Oui.

Je me forçai à jeter un coup d'œil à l'occupant du lit.

— Je ne comprends pas pourquoi on m'a appelée. Je suis experte en créatures surnaturelles, et cette horreur pourrait très bien avoir été perpétrée par un humain.

— Il n'y a pas de traces de lame sur les tissus, révéla Evans. C'est comme si leur peau s'était dissoute.

— Tout agent corrosif capable de ronger le derme et les parties molles d'un corps – nez ou organes génitaux masculins – ne s'arrêterait pas là. Il boufferait le reste dans la foulée, fis-je remarquer.

— A moins qu'on le nettoie immédiatement, acquiesça Evans. Mais nous n'avons pas trouvé le moindre résidu d'agent corrosif, ni la moindre trace de brûlure. Le nez et les organes génitaux ont été arrachés. Autour des parties manquantes, les tissus présentent des signes de déchirure. (Il secoua la tête.) J'ai voyagé dans le monde entier pour aider la police à coincer des tortionnaires. Je croyais avoir tout vu, mais je me trompais.

— Vous êtes médecin légiste ?

— Oui.

— Ces gens ne sont pas morts !

— Non, mais les compétences qui me permettent de « faire parler » un cadavre – si vous me passez l'expression – s'appliquent également à leur cas.

— Ted Forrester m'a dit qu'il y avait des morts. Ont-ils succombé des suites de l'écorchement ?

A présent que j'étais lancée, l'atmosphère de la chambre me paraissait moins suffocante. Si je me concentrais froidement sur les faits, avec un peu de chance, je ne vomirais pas sur les patients.

— Non, ils ont été découpés en morceaux et abandonnés sur les lieux.

— Découpés ? Je présume donc qu'on a utilisé un instrument tranchant.

— Oui, mais pas forcément du genre auquel vous pensez. Les traces ne correspondaient pas à une épée ou à un couteau – ni même à une baïonnette. Les entailles étaient profondes mais pas très nettes. Une lame d'acier aurait fait le boulot plus proprement.

— Alors, quoi ?

— Je n'en sais rien. Mais l'instrument utilisé n'a pas pu trancher les os. Les articulations ont été arrachées à la main. Aucun humain n'aurait la force de faire ça, ou en tout cas, pas plusieurs fois d'affilée.

— Probablement pas, concédai-je.

— Et ça ? me demanda-t-il en désignant le lit. Vous pensez vraiment que ça pourrait être l'œuvre d'un humain ?

— Vous avez assez d'expérience pour savoir quelles horreurs nous sommes capables de nous infliger les uns aux autres.

— Oh, je ne doute pas que quelqu'un puisse être assez cruel pour faire ça. Je doute juste qu'il puisse être assez habile.

Je hochai la tête.

— A la limite, les morts auraient pu être tués par un humain. Mais si vos patients avaient été écorchés par un humain, leur corps porterait des traces d'instrument.

— Vous dites « instrument » et pas « lame ». La plupart des gens croient qu'il faut une lame pour écorcher quelqu'un.

— N'importe quel objet tranchant peut suffire. Mais ça va moins vite et c'est plus gore. Ça… C'est étrangement propre.

— Exactement, approuva Evans. Horrible, mais propre – sauf pour les parties arrachées.

— C'est un peu comme si nous avions affaire à

deux… (Je faillis dire « tueurs », mais ces gens étaient toujours vivants.) … Mutilateurs différents.

— Comment ça ?

— Taillader un corps avec un instrument qui ne peut pas sectionner les articulations et finir le travail à mains nues, c'est la marque d'un esprit désorganisé. Ecorcher quelqu'un de façon aussi méticuleuse, ça relève d'un esprit organisé. Et pourquoi s'être donné la peine d'éplucher consciencieusement le visage et le bas-ventre pour arracher ensuite le nez et les organes génitaux ? Il s'agit soit de deux criminels différents, soit de deux personnalités différentes.

— Vous pensez à un schizophrène ?

— Pas forcément. Certains tueurs en série échappent à toute tentative de classification. Les criminels méthodiques sont parfois sujets à des accès de brutalité, ou deviennent de plus en plus désorganisés au fur et à mesure des meurtres qu'ils commettent. L'inverse ne se produit jamais. Un criminel désorganisé à la base ne possède pas l'intelligence nécessaire pour employer des méthodes organisées.

— Donc, c'est soit un tueur organisé qui cède parfois à une violence aveugle, soit… quoi ?

Le bon docteur s'exprimait à présent sur un ton très raisonnable, voire intéressé. Il n'était plus en rogne contre moi. J'avais réussi à l'impressionner – ou du moins, je ne l'avais pas encore déçu.

— Il pourrait s'agir d'un duo d'assassins : un tueur organisé qui dirige les opérations et un tueur désorganisé qui le suit. Ce n'est pas si rare que des criminels travaillent en tandem.

— Comme les Etrangleurs de la Colline.

Je souris derrière mon masque.

— Et beaucoup d'autres. Souvent, ce sont deux hommes ; parfois, un homme et une femme. Dans tous les cas, une personnalité dominante et une personnalité dominée. Cette dernière peut se laisser entraîner à contrecœur, parce qu'elle est totalement subjuguée par son partenaire ou parce qu'elle a peur de lui. Elle peut aussi prendre un vrai plaisir à le seconder.

— Et vous êtes certaine qu'il s'agit d'un ou de deux mutilateurs en série ?

— Non. C'est juste la solution la plus « normale » qui me vient à l'esprit. Mais je suis experte en créatures surnaturelles. On fait rarement appel à moi quand le tueur est un humain, même monstrueux.

— Bizarre. L'agent du FBI semblait très sûr de lui…

Je dévisageai Evans.

— Les Fédéraux sont déjà passés ? Et ils vous ont dit la même chose que moi ?

— Dans les grandes lignes, oui. Ils sont convaincus que nous avons affaire à un mutilateur en série, un humain.

— Parfois, les Fédéraux affirment des choses, et même s'ils réalisent qu'ils se sont trompés, ils n'aiment pas revenir dessus. Les flics sont pareils. Dans la plupart des affaires de meurtre, la solution la plus évidente est la bonne. Quand un homme marié se fait tuer, sa femme est généralement la coupable. Ça n'encourage pas les enquêteurs à se casser la tête.

— Et vous, pourquoi n'optez-vous pas pour la solution la plus évidente ?

— Pour plusieurs raisons. Premièrement, si c'était un humain qui avait fait le coup, la police ou le FBI aurait déjà trouvé des indices. Et ils seraient moins paniqués. Deuxièmement, je n'ai pas de supérieur auquel rendre des comptes. Personne ne va me passer un savon ou me rétrograder si ma théorie s'avère fausse. Je ne mets ni mon boulot ni mon salaire en jeu.

— Vous n'avez pas de chef ? s'étonna Evans.

— J'ai un patron, mais c'est un homme d'affaires, pas un représentant de la loi. Il se fiche de ce que je peux bien faire du moment que je boucle mes missions sans offenser trop de gens au passage. Je gagne ma vie en relevant les morts, docteur Evans. C'est une capacité très rare. Si mon patron me prenait la tête, je connais au moins deux autres boîtes de réanimation qui m'engageraient dans la minute suivante. Je pourrais même me mettre à mon compte.

— Vous êtes si douée que ça ?

— Apparemment. Du coup, je me fiche de ménager l'ego des autres enquêteurs. Je fais ce que j'ai à faire et je dis ce que je pense. Mon but est d'empêcher que le ou les tueurs fassent de nouvelles victimes. Il se peut que je me trompe et que la police et le FBI aient raison. Dans ce cas, je me couvrirai de ridicule, mais personne n'en mourra – même pas moi. Mais si la police et le FBI se trompent, et si j'abonde dans leur sens… (Je baissai les yeux vers l'occupant du lit.) Alors, cette horreur continuera. Et je ne le supporterai pas.

— Pourquoi ?

— Parce que nous sommes les gentils, et que la chose ou la personne qui fait ça est définitivement un méchant. Le bien est censé triompher sur le mal, docteur : sinon, à quoi servirait le paradis ?

— Vous êtes chrétienne ?

— Oui.

— Je ne pensais pas qu'une chrétienne pouvait relever des zombies.

Je grimaçai.

— Surprise !

Evans hocha la tête.

— Vous avez besoin de voir les autres, ou ça vous suffit ?

— Vous pouvez recouvrir ce malheureux, mais… Oui, il faut au moins que je jette un coup d'œil aux autres. Sinon, je risque de louper un indice.

— Aucun visiteur n'a encore réussi à faire le tour

complet de cette chambre. Moi-même, je n'y suis pas arrivé la première fois.

Il se dirigea vers le lit voisin, et je le suivis. Je n'étais toujours pas ravie de me trouver là, mais je me sentais mieux. *Tu peux le faire*, m'exhortai-je. *A condition de te concentrer sur ton boulot et d'enfermer ta compassion à double tour.* Pour le moment, l'empathie était un luxe que je ne pouvais pas me permettre.

Le second homme était presque identique au premier – juste un peu plus grand et avec des yeux bleus au lieu de marron. Je détournai la tête pour ne pas avoir à soutenir son regard. Il fallait que j'ignore les personnes prisonnières à l'intérieur de ces corps torturés, sinon, j'allais m'enfuir en hurlant.

Un spectacle différent m'attendait dans le troisième lit. Le torse de la victime semblait plus amoché, et quand le Dr Evans baissa le drap sur ses jambes, je réalisai que c'était une femme. Mon regard remonta vers sa poitrine. Ses seins avaient été arrachés. Elle roulait des yeux ; sa bouche s'ouvrait et se refermait en émettant de petits gémissements. Alors, je compris pourquoi aucun des patients ne parlait. De sa langue, il ne restait plus qu'un moignon qui se tortillait dans sa bouche sans lèvres tel un ver de terre boursouflé.

Une bouffée de chaleur m'assaillit. La pièce tourna autour de moi. Je ne pouvais plus respirer. Je fis volte-face et me dirigeai lentement vers la porte vitrée. Je ne voulais pas courir, mais si je ne sortais pas d'ici, j'allais restituer le maigre contenu de mon estomac ou m'évanouir. Je préférais encore la première solution.

Sans un mot, le Dr Evans appuya sur le bouton qui commandait l'ouverture de la porte.

Ben l'infirmier se tourna vers moi en plaquant hâtivement son masque sur sa bouche. Quand la porte se fut refermée dans mon dos, il le laissa retomber.

— Vous allez bien ? s'inquiéta-t-il.

Incapable d'articuler le moindre mot, je me bornai à secouer la tête. J'arrachai mon masque. Peine perdue ; je n'arrivais toujours pas à respirer. Tout était beaucoup trop calme dans cette antichambre. J'avais besoin de bruit, de voix humaines.

Je saisis ma charlotte et la fourrai hâtivement dans les mains de Ben. Mes cheveux retombèrent sur mes épaules, me caressant le visage. Doux Jésus, j'étais en train de suffoquer.

— Je suis désolée, gargouillai-je. Je reviens.

J'ouvris la porte extérieure et m'enfuis.

7

Le couloir me parut plus frais, même si je savais que ça n'était qu'une impression. Les yeux clos, je m'adossai au mur et inspirai profondément. J'entendis des bruits de pas un peu plus loin, puis la voix du lieutenant Marks.

— Alors, mademoiselle Blake ? Vous ne faites plus la maligne, pas vrai ?

Je rouvris les yeux et le fixai. Il était assis dans la chaise qu'on avait dû apporter pour le jeune flic de garde. Ce dernier avait disparu. Seul Edward était adossé au mur d'en face, les mains derrière son dos. Il me dévisageait intensément, comme s'il voulait s'imprégner de ma peur et de mon dégoût.

— J'ai examiné trois patients avant d'être obligée de sortir. Et vous, Marks, vous en avez examiné combien ?

— Je n'ai pas été obligé de sortir.

— Le Dr Evans a dit qu'aucun visiteur n'avait réussi à faire le tour complet de la chambre. Alors, allez vous faire foutre.

Marks bondit sur ses pieds.

— Espèce de… de sorcière ! cracha-t-il comme si c'était la pire insulte qu'il pouvait concevoir.

— Vous ne voulez pas plutôt dire « salope » ?

Je me sentais déjà mieux. Echanger des insultes avec Marks, c'était une promenade de santé comparé à mes autres options.

— Non.

— Si vous ne connaissez pas la différence entre une sorcière et une réanimatrice, pas étonnant que vous n'ayez pas encore attrapé la chose qui a fait ça.

— Comment ça, la « chose » ?

— Le monstre, la créature, si vous préférez.

— Les Fédéraux pensent que c'est un mutilateur en série.

Je jetai un coup d'œil à Edward.

— C'est gentil de m'avoir prévenue.

Edward ne broncha pas. Il conserva la même expression de détachement affable. Je reportai mon attention sur Marks.

— Dans ce cas, pourquoi les corps écorchés ne portent-ils aucune trace d'instrument ?

Du menton, Marks désigna une infirmière qui poussait un chariot, un peu plus loin dans le couloir.

— On ne discute pas d'une affaire en cours dans un lieu public où n'importe qui pourrait nous entendre.

— Très bien. Dès que j'aurai fini d'examiner les trois autres... victimes, nous irons dans un endroit plus tranquille pour en parler.

Il me sembla qu'il pâlissait d'un ton.

— Vous allez retourner là-dedans ?

— Il le faut bien, si je veux découvrir des indices.

— Je pourrais vous emmener sur les scènes de crime, suggéra-t-il.

C'était la chose la plus gentille qu'il m'ait dite depuis mon arrivée.

— Parfait. Il faut que je les voie, de toute façon. Mais pour l'instant, nous sommes ici, et les seuls indices éventuels se trouvent dans cette pièce.

Ma respiration était redevenue normale, et la sueur avait séché sur mon front. Je devais être encore un peu verdâtre, mais à part ça, tout allait bien.

Je m'avançai au milieu du couloir et fis signe à Edward de me rejoindre, comme si j'avais quelque chose à lui dire en privé. Il s'écarta du mur et vint vers moi. Quand il fut à la bonne distance, je feignis de lui décocher un coup de pied dans les rotules. Il baissa les yeux une fraction de seconde, et mon second coup de pied l'atteignit à la mâchoire. Il partit en arrière. Instinctivement, il leva les bras : il était assez malin pour se protéger la figure au lieu d'amortir sa chute.

Mon cœur battait à tout rompre – pas à cause de la fatigue, mais à cause de l'adrénaline. Je ne m'étais encore jamais servi des mouvements que j'avais appris au kempo. Les tester sur Edward, ce n'était probablement pas une idée lumineuse; mais bon, ça avait marché. Même si j'en étais la première surprise.

Une partie de moi se demanda si Edward ne m'avait pas laissée faire. L'autre partie répliqua qu'il était beaucoup trop fier pour ça. Et je la crus. Aussi restai-je immobile au milieu du couloir, jambes légèrement écartées, genoux fléchis et poings en garde au cas où Edward déciderait de riposter.

Quand il réalisa que je n'avais pas l'intention d'enchaîner, il baissa les bras et me foudroya du regard.

— Tu peux m'expliquer ce que tu fous ?

— Je prends des cours de kempo depuis quelque temps.

— C'est quoi, le kempo ?

— Ça ressemble au taekwondo, mais avec moins de coups de pied et des mouvements plus fluides.

— Une ceinture noire de judo, ça ne te suffisait pas ?

— Le judo, c'est super pour se dépenser, mais pas idéal pour se défendre. Ça t'apprend juste à te battre au corps-à-corps. Avec le kempo, je peux rester hors de portée de mon adversaire et lui infliger quand même des dégâts.

Edward toucha sa lèvre inférieure et vit le sang sur ses doigts.

— Et pourquoi t'es-tu sentie obligée de me faire une démonstration ?

— Parce que tu ne m'avais pas prévenue au sujet des victimes, espèce d'enfoiré ! Tu ne m'avais pas dit ce qui m'attendait dans cette chambre !

— Quand j'y suis allé, je ne le savais pas non plus. Je voulais voir comment tu réagirais.

— Et merde, Edward… Ted. Ce n'est pas une compétition ! Je sais que tu es meilleur que moi, plus solide, plus froid. Tu as déjà gagné, d'accord ?

— Je n'en suis pas si sûr, murmura-t-il. Souviens-toi : moi non plus, je n'ai pas pu faire un tour complet.

Je secouai la tête.

— Tu veux qu'on se mesure l'un à l'autre ? OK. Mais pas maintenant. On est censés enquêter sur une affaire de meurtre et de disparition, censés faire en sorte que ce qui est arrivé à ces pauvres gens ne se reproduise jamais. Jusqu'à ce qu'on ait chopé le ou les coupables, tiens-toi tranquille si tu ne veux pas que je me mette sérieusement en rogne.

Edward se releva lentement. Je reculai. Je ne l'avais encore jamais vu utiliser les arts martiaux, mais rien ne m'aurait étonnée de sa part.

D'étranges hoquets se firent entendre derrière moi. Je pivotai en gardant un œil sur Edward. Plié en deux, Marks se tenait les côtes. Son visage était presque violet. Je cru d'abord qu'il s'étouffait. Mais non, réalisai-je au bout de quelques secondes. Il riait si fort qu'il avait du mal à respirer.

Edward et moi le fixâmes sans rien dire. Petit à petit, il se calma.

— Vous balancez votre pied dans la gueule d'un type, et vous n'êtes pas sérieusement en rogne ? (Il se redressa en appuyant sur son flanc droit comme s'il avait un point de côté.) Comment vous réagissez quand vous êtes vraiment furax ?

Je sentis mon visage se figer, mes yeux se vider de toute lumière. Un instant, je laissai Marks contempler le gouffre qui béait à l'endroit où ma conscience aurait dû se trouver. Ce n'était pas voulu : simplement, je n'avais pas pu m'en empêcher. Peut-être étais-je plus secouée que je ne le croyais. Je ne voyais pas d'autre excuse valable.

L'hilarité de Marks s'évapora instantanément. Il remit son masque de flic – mais dans ses yeux, je décelai une hésitation qui ressemblait beaucoup à de la peur.

— Souriez, lieutenant, lui enjoignis-je. C'est une belle journée. Personne n'est mort.

La commissure de ses lèvres frémit. Il comprenait très bien ce que je voulais dire. Ce n'est pas conseillé de faire savoir à un flic que vous êtes prête à tuer, mais j'étais à bout de nerfs et il fallait encore que je retourne dans la chambre. Que Marks aille se faire foutre.

La voix d'Edward résonna sur ma gauche.

— Et tu te demandes pourquoi je me sens en compétition avec toi…

Je reportai mon attention sur lui et secouai la tête.

— Je ne me demande rien du tout. Je veux juste que tu arrêtes tes conneries jusqu'à ce qu'on ait résolu cette affaire.

— Et ensuite ?

— Ensuite… On verra.

Dans ses yeux, je ne lus aucune peur. Juste de l'impatience. C'était toute la différence entre nous. Edward aimait tuer ; moi pas. Ce qui me foutait les boules, c'est que c'était peut-être la dernière chose qui nous distinguait encore. Et ça ne suffisait pas pour que je lui jette la pierre. Certes, j'avais plus de règles que lui. Mais depuis quelque temps, cette liste ne cessait de raccourcir.

La panique me noua l'estomac. Je n'avais pas peur d'Edward ou de ce qu'il pourrait me faire. Je me demandais à quel moment j'avais franchi la frontière, à quel moment j'étais passée du côté des monstres. J'avais dit au Dr Evans que nous étions les gentils, mais si Edward et moi étions du côté des anges, qu'est-ce qui pouvait bien rester en face ?

Réponse : une créature capable d'écorcher vifs des gens sans utiliser aucun instrument ; une créature capable d'arracher le pénis d'un homme et les seins d'une femme à mains nues. Aussi moralement corrompus que nous soyons, Edward et moi, il existe des choses bien pires en ce bas monde. Et nous étions sur le point de donner la chasse à l'une d'elles.

8

Je retournai dans la chambre – et non, je ne découvris pas un seul indice sur les trois derniers corps. Toute cette bravoure gaspillée… Enfin, pas complètement. Je m'étais prouvé que je pouvais supporter un truc hideux sans vomir ni tourner de l'œil. Je me fichais bien d'impressionner Edward ou Marks. Je m'étais impressionnée moi-même, c'est tout ce qui comptait.

J'avais également dû impressionner le Dr Evans, car il m'invita à le suivre dans le bureau des docteurs et des infirmières pour boire quelque chose de chaud.

Un café vraiment imbuvable, ça n'existe pas. Mais dans l'intérêt d'Evans, j'espérais que le thé qu'il venait de se préparer serait meilleur. Même si j'en doutais. Le café sortait d'une canette et le thé d'un sachet. Quand on veut de la qualité, on n'achète pas de produits préemballés. Chez moi, je mouds mon propre grain, mais je n'étais pas chez moi, et le breuvage amer me réconforta quelque peu.

En versant de la crème dans ma tasse, je remarquai que mes mains tremblaient. Et que j'avais froid. Ça devait être les nerfs.

Si Edward avait des nerfs, il n'en laissait rien paraître. Adossé au mur, il buvait son café noir sans sucre, comme le dur-à-cuire qu'il était. Mais je le vis frémir, et pas parce que le café était brûlant. Sa lèvre inférieure était légèrement enflée. Je sais que c'est puéril, mais ça me rasséréna.

Marks s'était installé sur le canapé. Il soufflait prudemment sur son café. Comme moi, il avait accepté du sucre et de la crème. Assis sur l'unique chaise confortable de la pièce, Evans touillait son thé en soupirant.

Edward m'observait. Je réalisai qu'il ne s'assiérait pas avant moi. Et merde. Je choisis une chaise au dossier trop droit pour être confortable, mais placée de sorte que je puisse surveiller la porte et tous les occupants de la pièce.

Un petit frigo se dressait contre le mur du fond. C'était un vieux modèle marronnasse, qu'on aurait cru échappé d'une sitcom des années 70. Le reste du coin cuisine en forme de L comprenait quelques placards, un évier, un four à micro-ondes et deux cafetières dont une qui ne contenait que de l'eau – celle dont le Dr Evans s'était servi pour son thé.

Sur le plan de travail, j'avisai un paquet de cuillères en plastique blanc et une chope pleine de touillettes. Un assortiment de sachets de sucre et d'édulcorant. Un rond brunâtre probablement laissé par une tasse de café. Je me concentrai sur tous ces détails en m'efforçant de ne pas réfléchir. Je n'avais encore rien mangé de la journée, et je n'en avais plus aucune envie.

— Vous aviez des questions à me poser, mademoiselle Blake, lança le Dr Evans, rompant le silence.

Je sursautai, et Marks aussi. Seul Edward resta nonchalamment adossé au mur, ses yeux bleu pâle nous observant comme s'il n'était pas concerné – comme si nous étions les acteurs d'un drame et lui un simple spectateur. Peut-être faisait-il juste semblant. Je n'en savais plus rien.

Je déglutis et tentai de me concentrer.

— Hum. Oui. Comment tous ces gens ont-ils survécu ?

Evans pencha la tête sur le côté.

— Vous me demandez comment nous les maintenons en vie ? Vous voulez que je vous décrive le protocole médical ?

— Non, le détrompai-je. Mais j'imagine que la plupart des gens ne survivraient pas à un traumatisme pareil.

— Probablement pas.

— Donc, je comprendrais qu'une ou deux personnes s'en soient tirées. Mais toutes sans exception… Je trouve ça étonnant. Il n'y a pas eu d'autres victimes d'écorchement que celles que je viens de voir, n'est-ce pas ? Aucune d'entre elles n'est morte avant d'arriver à l'hôpital ?

Evans fit un signe de dénégation.

— D'après vous, comment se fait-il que six personnes de sexe, d'âge et de condition physique différents aient toutes survécu à un traumatisme aussi massif ?

— Elles sont costauds, voilà tout, grommela Marks.

Je lui jetai un coup d'œil, puis fixai Evans d'un air interrogateur.

— Votre verdict ?

— Deux des hommes fréquentaient une salle de gym, et l'une des femmes courait le marathon. Mais les trois autres étaient de purs sédentaires. Et l'un d'eux frôle la soixantaine. (Il secoua la tête.) Non, ils n'étaient pas particulièrement costauds – d'un point de vue physique, en tout cas. Cela dit, l'expérience m'a appris que les gens les moins solides en apparence sont généralement ceux qui tiennent le plus longtemps sous la torture. Souvent, les machos sont les premiers à craquer.

— Ça ne m'explique pas pourquoi ces six personnes sont toujours en vie. Au moins l'une d'entre elles aurait dû succomber – je ne sais pas, moi… – à l'hémorragie ou à une crise cardiaque.

— Le salaud qui les a écorchés est un expert, suggéra Marks. Il savait comment les maintenir en vie.

— Non, intervint Edward. Aussi doué que vous soyez

pour la torture, vous perdez toujours une partie de vos sujets. Vous aurez beau leur infliger exactement les mêmes sévices, certains tiendront le coup et d'autres pas – et vous ne saurez jamais pourquoi.

Il avait parlé tout bas, mais sa voix résonna de façon sinistre dans le silence du bureau.

— C'est vrai, admit Evans. Même un expert n'aurait pas dû obtenir un taux de survie de cent pour cent. Je ne comprends pas comment ces gens ne sont pas morts avant d'arriver ici – ou après. Je m'attendais à ce qu'ils contractent une infection secondaire... Mais non, ils se portent comme un charme.

Marks se leva si brusquement qu'il renversa du café sur ses mains. Il jura, se dirigea vers l'évier à grandes enjambées et y laissa tomber sa tasse.

— Comment pouvez-vous dire qu'ils se portent comme un charme ? jeta-t-il par-dessus son épaule en se rinçant les mains à l'eau froide.

— Ils sont toujours vivants, lieutenant. Dans leur état, c'est ce que j'appelle « se porter comme un charme ».

— Ça pourrait être de la magie, avançai-je.

Tous les regards se tournèrent vers moi.

— Il existe des sorts capables de maintenir une personne en vie afin qu'elle puisse être torturée plus longtemps.

Marks arracha un énorme morceau de Sopalin et se tourna vers moi en s'essuyant avec des gestes saccadés.

— Et vous osez dire que vous ne pratiquez pas la magie noire ?

— J'ai dit qu'il existait des sorts capables de le faire – pas que je les utilisais.

Il dut s'y reprendre à trois fois pour jeter le Sopalin humide dans la poubelle.

— Connaître leur existence, c'est déjà un péché mortel.

— Pensez ce que vous voulez, Marks. Mais une des

raisons pour lesquelles vous avez dû m'appeler, c'est qu'à préserver si jalousement votre blancheur virginale, vous n'en savez pas assez pour aider ces gens. Si le salut de votre âme ne vous préoccupait pas davantage que les crimes perpétrés autour de vous, vous auriez déjà résolu cette affaire.

— Sauver une âme, c'est plus important que résoudre n'importe quel crime, répliqua-t-il en marchant sur moi.

Je me levai, mon café à la main.

— Si la religion vous intéresse davantage que la justice, vous auriez dû devenir prêtre. Moi, j'ai besoin d'un flic – un vrai.

Nous nous toisâmes. Un instant, je crus que j'allais devoir me battre avec lui. Mais je vis dans ses yeux qu'il se souvenait de ce que j'avais fait à Edward dans le couloir. Il me contourna prudemment et se dirigea vers la porte.

Le Dr Evans nous observait avec une mine perplexe. Il sentait bien que quelque chose lui avait échappé.

Avant de sortir, Marks se retourna en braquant un index accusateur sur moi.

— Si j'ai mon mot à dire, vous reprendrez l'avion en sens inverse dès ce soir. On ne demande pas l'aide d'un démon pour en capturer un autre.

Et il claqua la porte derrière lui.

Evans laissa passer quelques secondes avant de lancer :

— Il doit y avoir en vous autre chose que de l'intelligence et du courage, mademoiselle Blake – autre chose que je n'ai pas décelé. Parce que je jurerais que le lieutenant Marks a peur de vous.

Je haussai les épaules.

— Il a peur de l'idée qu'il se fait de moi. Quand on est obsédé par le démon, on finit par le voir même là où il n'est pas.

Evans me dévisagea longuement. Puis il se leva et alla rincer sa tasse dans l'évier.

— J'ignore si je rencontrerai le démon un jour. Mais je sais reconnaître le mal quand je le vois, et quel que soit son auteur, nous devons y mettre un terme.

— Vous pouvez compter sur moi.

Il se retourna et me sourit. Mais une immense lassitude voilait son regard.

— Je n'en doute pas. Pendant que vous enquêterez, mes collègues et moi ferons notre possible pour découvrir pourquoi ces six personnes ont survécu.

— Et si c'est de la magie ?

— Ne le dites pas au lieutenant Marks, mais ma femme est une sorcière. Elle m'accompagne souvent dans mes voyages à travers le monde. Parfois, ce que nous découvrons relève de ses compétences plutôt que des miennes – mais ce n'est pas très fréquent. Les gens sont tout à fait capables de se tourmenter les uns les autres sans recourir à la magie.

— Ne le prenez pas mal, mais… Pourquoi ne l'avez-vous pas encore consultée dans cette affaire ?

Evans prit une profonde inspiration et expira bruyamment.

— Elle est à l'étranger pour son travail. Je sais : j'aurais pu lui demander de rentrer. Mais on avait besoin d'elle ailleurs, et le FBI semblait persuadé que c'était l'œuvre d'un humain. (Il jeta un coup d'œil à Edward, puis reporta son attention sur moi.) En vérité, mademoiselle Blake, cette affaire me perturbe. Et je ne suis pas quelqu'un d'impressionnable.

— Vous avez peur pour votre femme, devinai-je.

Il me fixa comme s'il pouvait lire dans mes pensées avec ses yeux pâles.

— A ma place, que feriez-vous ?

Je lui touchai gentiment le bras.

— Faites confiance à votre instinct, docteur. Si vous ne le sentez pas, tenez votre femme à l'écart.

Il se dégagea en grimaçant et jeta à la poubelle le Sopalin avec lequel il s'était essuyé les mains.

— Ce serait une réaction bien superstitieuse pour un scientifique...

— Oubliez la raison, pour une fois. Vous aimez votre femme ? Alors, écoutez votre cœur plutôt que votre tête.

Il acquiesça pensivement.

— Je vais y réfléchir. Maintenant, il faut vraiment que j'y aille.

Je lui tendis la main. Il la serra.

— Merci pour le temps que vous m'avez accordé, docteur.

— Tout le... plaisir était pour moi, mademoiselle Blake. (Du menton, il salua Edward.) Monsieur Forrester...

Et il s'en fut.

— Ecoutez votre cœur plutôt que votre tête, hein ? Drôle de conseil, venant de ta part, fit remarquer Edward après son départ.

— Laisse tomber, tu veux ?

J'avais déjà la main sur la poignée de la porte.

— A quoi ressemblerait ta vie amoureuse si tu pratiquais ce que tu prêches ?

Je sortis dans le couloir blanc sans répondre.

9

La proposition de Marks semblait s'être évaporée en même temps que son sang-froid. Edward se chargea donc de me conduire à la dernière scène de crime en date.

Nous ne desserrâmes pas les lèvres pendant une bonne partie du trajet. Edward n'est pas du genre à parler pour ne rien dire, et je n'en avais tout simplement pas l'énergie. J'étais encore sous le choc. J'avais déjà contemplé bien des spectacles atroces, mais rien de comparable à cette demi-douzaine corps suppliciés. Je flottais dans une bulle de silence ouaté, et tout me paraissait irréel. Il allait falloir que je me ressaisisse très vite. On ne part pas à la chasse aux monstres avec la tête dans les nuages – surtout quand les monstres sont aussi sanguinaires.

— Je sais pourquoi tu as peur de cette chose, lâchai-je enfin.

Edward me jeta un coup d'œil en biais et ne dit rien. Il attendait la suite.

— La mort ne t'effraie pas. Tu as depuis longtemps accepté l'idée que tu ne ferais pas de vieux os.

— « Nous », corrigea-t-il. *Nous* avons depuis longtemps accepté l'idée que *nous* ne ferions pas de vieux os.

J'ouvris la bouche pour protester et me ravisai. J'avais vingt-six ans, et si les quatre prochaines années ressemblaient aux quatre dernières, je ne fêterais jamais mon trentième anniversaire. Jusque-là, je n'y avais pas vraiment réfléchi, mais disons que le montant de ma future retraite de réanimatrice ne me préoccupait guère. Je savais que je n'en verrais pas le premier cent. Mon style de vie ressemblait beaucoup à du suicide passif.

A cette idée, mon cœur se serra. Je m'attendais à périr de mort violente. Je n'en avais pas envie, mais je m'y attendais, réalisai-je.

Je déglutis.

— D'accord : « nous ». La question n'est pas là. Tu n'as pas peur de mourir – tu as peur de vivre comme ces malheureux que je viens de voir à l'hôpital. Tu as peur de finir comme eux.

— Pas toi ?

— J'essaie de ne pas y penser. Parce que ça risquerait de me paralyser, ou tout au moins de me ralentir. Et je ne peux pas me le permettre.

— Il y a deux ans de ça, c'est moi qui t'aurais fait la leçon.

Dans la voix d'Edward, je décelai une pointe de colère, ou de quelque chose de très approchant.

— Tu as été un bon professeur.

Ses mains se crispèrent sur le volant.

— Je ne t'ai pas encore enseigné tout ce que je sais, Anita. Ne va pas te croire plus monstrueuse que moi.

Je scrutai son profil – la crispation de ses mâchoires, la veine saillante le long de son cou…

— C'est moi ou toi que tu essaies de convaincre… Ted ? demandai-je sur un ton léger, presque moqueur.

D'habitude, je ne provoque Edward que si j'ai une très bonne raison. Mais pour une fois que je décelais une faille dans son armure, j'avais bien l'intention d'en profiter.

Il enfonça brutalement la pédale de frein. Dans un crissement de pneus, le Hummer s'immobilisa au bord de la route.

La seconde d'après, mon Browning était pointé sur sa

tempe – si près que si j'appuyais sur la détente, sa cervelle repeindrait tout le pare-brise. Lui aussi avait un flingue à la main. Et je ne savais pas d'où il l'avait sorti. Mais la bonne nouvelle, c'est qu'il ne le braquait pas sur moi.

— Calme-toi, Edward.

Il ne réagit pas. Un instant, je vis l'intérieur de son âme comme par une fenêtre grande ouverte.

— Ta peur te ralentit. Parce que tu préférerais mourir ici, sous mes balles, plutôt que de survivre comme ces pauvres gens. Tu cherches un meilleur moyen de partir. Si tu avais voulu me tuer, tu aurais dégainé avant de t'arrêter. Tu ne m'as pas fait venir ici pour chasser des monstres. Tu m'as fait venir pour t'achever si ça tourne mal.

Il eut un infime hochement de tête.

— Ni Olaf ni Bernardo ne sont assez bons pour ça. (Très lentement, il posa son flingue sur l'accoudoir entre nos deux sièges.) Même toi… Tu auras du mal si je ne suis pas un peu plus lent que d'habitude.

Sans le quitter du regard, je m'emparai de son arme.

— Je ne crois pas une seule seconde que tu n'aies pas d'autres flingues dans cette bagnole. Mais j'apprécie le geste.

Il éclata d'un rire amer.

— Je n'aime pas avoir peur, Anita. Je ne suis pas doué pour ça.

— Tu veux dire que tu n'as pas l'habitude.

— En effet.

Je baissai mon Browning, mais ne le rangeai pas.

— Si tu finis dans le même état que ces malheureux, je te promets que je te couperai la tête.

Edward me fixa, et malgré ses lunettes de soleil, je vis combien il était surpris.

— Tu ne te contenteras pas de m'achever : tu me couperas la tête.

— C'est le seul moyen de m'assurer – de *nous* assurer – que le boulot sera vraiment fait.

Son visage et ses épaules se détendirent.

— Je savais que je pouvais compter sur toi, Anita. Sur toi, et sur personne d'autre.

— Dois-je me sentir flattée ou insultée ?

— Olaf a bien assez de sang-froid pour me buter et jeter mon corps dans un trou, mais jamais il ne penserait à me couper la tête. (Edward ôta ses lunettes et se frotta les yeux.) Et si une balle ne suffisait pas ? Je me retrouverais enterré vif à cause de sa négligence.

Il secoua la tête comme pour chasser cette image de son esprit. Puis il remit ses lunettes. Quand il se tourna vers moi, son expression était redevenue impassible, indéchiffrable. Mais à présent, je savais ce qu'il y avait sous le masque. Edward m'avait laissé voir deux choses que je ne m'attendait pas à trouver en lui – de la peur et de la confiance. Il ne se contentait pas de me confier sa vie : il me confiait sa mort. Pour un homme comme lui, il n'existait pas de plus grande preuve d'amitié.

Nous n'irions jamais faire les boutiques ensemble, et nous ne nous goinfrerions pas de pâtisseries en nous plaignant que les hommes étaient tous des salauds. Jamais il ne m'inviterait chez lui pour un dîner ou un barbecue. Jamais nous ne serions amants. Mais il y avait de grandes chances pour que l'un de nous soit la dernière personne que l'autre verrait en ce bas monde. Ce n'était pas de l'amitié au sens où l'entendent la plupart des gens ; et pourtant... C'en était quand même.

Je connais plusieurs personnes à qui je confierais ma vie, mais aucune autre à qui je confierais ma mort. Par amour – ou pour quelque chose qui y ressemble –, Jean-Claude et Richard tenteraient de me maintenir en vie coûte que coûte. Ma famille et mes autres amis en feraient autant. Mais si je veux la mort, Edward me la donnera. Parce que nous comprenons tous les deux que ce n'est pas mourir qui nous effraie. C'est vivre.

10

La scène du crime était un ranch de deux étages – le genre de baraque qu'on aurait pu trouver dans n'importe quelle banlieue bourgeoise du Midwest. Son grand jardin ne contenait pas le moindre brin d'herbe : juste des pierres artistiquement disposées entre de grands cactus et un cercle de lilas à fleurs minuscules. De toute évidence, les occupants des lieux avaient tenu compte du climat et tenté de ne pas gaspiller d'eau. Mais à présent, l'écologie devait être la dernière de leurs préoccupations…

Je sortis de la voiture en priant pour qu'ils soient tous morts. D'habitude, sur une scène de crime, je prie exactement pour le contraire. Une preuve de plus que cette affaire n'avait rien d'ordinaire.

Une patrouilleuse était garée devant la maison. Un agent en tenue s'en extirpa tandis qu'Edward et moi traversions le jardin. Il ne devait pas mesurer plus d'un mètre soixante-dix, et, à vue de nez, il pesait autant qu'un homme de deux mètres. Toute la surcharge était concentrée autour de sa taille, ce qui lui donnait une allure presque sphérique. Le temps de faire les cinq pas qui le séparaient de nous, son visage blême ruisselait déjà de sueur. Il remit sa casquette et, crochetant les pouces dans sa ceinture, nous fixa d'un air hostile.

— Je peux vous aider ?

Edward lui tendit la main en souriant.

— Je suis Ted Forrester, agent… (Il prit le temps de déchiffrer le nom sur son badge.) … Norton. Et voici Anita Blake. Le commissaire Appleton a pris les dispositions nécessaires pour que nous puissions accéder à la scène de crime.

Norton nous détailla sans la moindre aménité. Il ne serra pas la main d'Edward.

— Vous avez une pièce d'identité ?

Edward sortit son portefeuille et l'ouvrit à la pochette plastifiée qui contenait son permis de conduire. Norton n'y jeta qu'un bref coup d'œil. Je lui tendis ma licence d'exécutrice. Il l'examina en plissant les yeux.

— Cette licence n'est pas valable au Nouveau-Mexique.

— Je sais.

— Alors, que faites-vous ici ?

Je me forçai à grimacer un sourire qui ne monta pas jusqu'à mes yeux.

— Je suis ici en tant qu'experte en biologie surnaturelle, pas en tant qu'exécutrice.

Norton me rendit ma licence.

— Alors, pourquoi avoir amené votre quincaillerie ? demanda-t-il avec un signe brusque du menton.

Je baissai les yeux vers mon Browning, dont le holster se détachait bien en évidence sur mon polo rouge.

— Mon arme n'est pas dissimulée, agent Norton. Et j'ai un permis de port fédéral pour ne pas être obligé d'en réclamer un chaque fois que je change d'état.

— Très bien, capitula-t-il. On m'a dit de vous laisser passer tous les deux. Mais je suis censé vous escorter pendant votre inspection, mademoiselle Blake.

Je voyais bien que ça ne lui plaisait pas des masses. Le plupart des flics détestent que des civils se mêlent de leurs oignons. Non seulement je suis une civile, mais je suis une femme – et une chasseuse de vampires pour couronner le tout. Autrement dit, trois menaces en une.

Et je m'étonne de n'être pas la bienvenue sur les scènes de crime…

— Par ici, dit Norton en se dirigeant vers la porte d'entrée.

A l'intérieur, tout était trop calme. Seul le ronronnement de l'air conditionné troublait le silence. Un instant, nous restâmes plantés dans le hall sans rien dire. Puis je pénétrai dans le salon. Norton me suivit. En fait, il ne me lâcha pas d'une semelle tandis que j'examinais la pièce. On aurait dit un toutou particulièrement collant, mais le message qu'il m'envoyait ne contenait ni confiance ni adoration : juste du soupçon et de la désapprobation.

Edward s'installa dans un des trois confortables fauteuils bleus. Les jambes étendues devant lui, il s'enfonça dans les coussins avec un soupir de bien-être. Il n'avait même pas enlevé ses lunettes de soleil.

— Tu t'ennuies ? demandai-je, sarcastique.

— J'ai déjà vu le spectacle.

Ça, ça ressemblait plus à Edward qu'à Ted. Peut-être se fichait-il de l'opinion de Norton, ou peut-être en avait-il assez de jouer un rôle. Dans les deux cas, ce n'était pas moi qui allais m'en plaindre.

Le salon, la salle à manger et la cuisine formaient une seule grande pièce de plain-pied. Je n'aime pas ce genre de disposition. J'ai besoin de cloisons, de barrières, de séparations. D'accord, je ne suis pas la personne la plus ouverte du monde. Si cette maison ressemblait aux gens qui l'habitaient, je dirais qu'ils étaient chaleureux et conventionnels. Tous leurs meubles étaient assortis : fauteuils et canapé bleu poudré dans la partie salon, table et chaises en bois sombre près de la baie vitrée…

Un livre de recettes gisait sur un plan de travail carrelé. Le ticket de caisse servait encore de marque-page. La cuisine était la plus petite des trois zones, longue et étroite avec des placards blancs et une déco à thème « vache » dont le motif de taches noires se répétait un peu partout. Il y avait même une boîte à biscuits qui meuglait quand on l'ouvrait. Elle était pleine de cookies aux pépites de chocolat achetés dans le commerce. Et non, je ne me servis pas malgré la faim qui recommençait à me tenailler.

— Tu as trouvé des indices dans la boîte à biscuits ? me lança Edward sur un ton goguenard.

— Non. Je voulais juste voir si elle meuglait vraiment.

Norton émit un petit bruit qui aurait pu être un gloussement. Je l'ignorai. Tâche peu aisée, car il se tenait à moins de cinquante centimètres de moi. Je pivotai brusquement, et il faillit me rentrer dedans.

— Vous pourriez me laisser un peu de place pour respirer ? grinçai-je.

— Je ne fais que suivre les ordres, répliqua-t-il. (Avec une pointe d'amertume, il ajouta :) C'est ma grande spécialité.

Il devait avoir cinquante ans et des poussières. Donc, pas loin de trente ans de métier. Et il portait toujours un uniforme. Il était toujours le genre de flic qu'on laisse dehors dans une patrouilleuse pour veiller sur une scène de crime. S'il avait, un jour, rêvé d'une carrière brillante, tous ses espoirs devaient s'être évanouis depuis longtemps. Il avait accepté la réalité, mais elle ne lui plaisait pas beaucoup.

— Vos ordres spécifient-ils que vous devez rester assez près pour danser le tango avec moi ?

Les coins de sa bouche frémirent.

— Non. Je dois juste vous empêcher de déranger la scène de crime.

— Génial. Alors, reculez de deux pas, voulez-vous ?

La porte s'ouvrit, et un homme entra. Il avait relevé les manches de sa chemise blanche sur ses avant-bras. Sa peau était brun foncé. Pas spécialement bronzée : juste très mate. Il devait avoir des origines hispaniques ou indiennes – peut-être un peu des deux. Ses cheveux étaient coupés à ras, par souci de facilité plus que d'esthétique. Il portait un flingue à la hanche et un écusson doré à la ceinture. Sa cravate était à moitié défaite.

— Inspecteur Ramirez, se présenta-t-il. Désolé d'être en retard.

Il m'adressa un sourire qui semblait sincère. Mais je ne m'y fiai pas. Je connais bien les flics. Ils peuvent tourner casaque en un clin d'œil. Ramirez essayait d'attraper les mouches avec du miel plutôt qu'avec du vinaigre ; ça ne signifiait nullement qu'il n'avait pas de vinaigre en réserve. Il faut un minimum d'acidité pour devenir inspecteur en civil. Elle n'est pas toujours perceptible en surface, mais il suffit de creuser un peu pour la trouver.

Nous nous serrâmes la main. La poigne de Ramirez était ferme, son expression cordiale, mais ses yeux vifs ne laissaient rien filer. Je savais que si je sortais de la pièce dans la seconde suivante, il serait capable de me décrire jusqu'au moindre détail.

Norton était toujours planté derrière moi telle une demoiselle d'honneur obèse et velue. Ramirez reporta son attention sur lui, et son sourire se flétrit légèrement aux entournures.

— Merci, agent Norton. Je prends la relève.

Le regard que lui jeta Norton n'avait rien d'amical. Peut-être était-il raciste ou jaloux du statut de Ramirez – voire les deux. Peut-être avait-il un caractère de cochon, en plus de son physique. Ou peut-être était-il simplement de mauvais poil ce jour-là. Quoi qu'il en soit, il sortit et referma la porte derrière lui.

Le sourire de Ramirez s'épanouit comme il se tournait vers moi. Je réalisai qu'il était plutôt mignon, et qu'il le savait. Il n'était pas imbu de sa personne, non. Mais j'étais une femme, et il voulait user de son charme pour que ça se passe bien entre nous. Le pauvre. S'il avait su combien j'étais imperméable à ce genre d'arguments…

Je secouai la tête d'un air amusé.

— Quelque chose ne va pas ? demanda Ramirez avec un froncement de sourcils très craquant.

Sans doute avait-il passé des heures devant la glace à perfectionner cette expression.

— Non, inspecteur, tout va bien.

— Je vous en prie, appelez-moi Hernando.

— Moi, c'est Anita.

— Joli prénom.

— Pas spécialement, non. Et nous sommes en train d'enquêter sur un crime, pas de dîner en tête à tête parce que des amis communs nous ont persuadés qu'on se plairait. Que je vous trouve séduisant ou non, ça ne m'empêchera pas de collaborer avec vous, inspecteur Ramirez.

— Hernando, insista-t-il.

— Si vous voulez. Mais vraiment, vous n'avez pas besoin de vous donner tout ce mal pour me conquérir.

Cela le fit rire.

— Suis-je transparent à ce point ?

— Vous êtes nickel dans le rôle du gentil flic, et vous avez un certain charme juvénile. Mais comme je viens de vous le dire, il n'est pas nécessaire d'en faire étalage pour moi.

— D'accord, Anita. (Son sourire éclatant baissa de quelques watts mais resta aimable et chaleureux.) Avez-vous déjà fait le tour de la maison ?

— Pas encore. L'agent Norton me collait un peu trop aux basques.

Cette fois, le sourire s'évanouit, mais le regard se fit plus direct, plus sincère.

— Vous êtes une femme, et avec des cheveux aussi noirs, vous devez avoir des origines plus méridionales que le reste de votre apparence le laisse supposer.

— Ma mère était mexicaine, révélai-je, mais la plupart des gens ne le remarquent pas.

— Vous êtes dans une partie du pays où la population est très métissée, dit Ramirez avec un sérieux qui le fit paraître plus âgé tout à coup. Les gens qui veulent remarquer remarqueront.

— Je pourrais être à moitié italienne.

— Il n'y a pas beaucoup d'italiens au Nouveau-Mexique.

— Je ne suis pas ici depuis assez longtemps pour m'en être rendu compte.

— C'est la première fois que vous venez dans le coin ?

— Oui.

— Et qu'en pensez-vous pour le moment ?

— Je n'ai vu qu'un hôpital et un bout de cette maison. C'est un peu léger pour me faire une opinion.

— Si vous avez quelques heures libres, je me ferai un plaisir de vous servir de guide.

Je clignai des yeux. L'offensive de charme n'était peut-être pas juste une technique de flic. Ramirez était peut-être en train de me draguer.

Avant que je puisse trouver une réponse, Edward nous rejoignit.

— Inspecteur Ramirez, c'est un plaisir de vous revoir.

Ils se serrèrent la main, et Ramirez adressa à Edward un sourire qui semblait aussi sincère que le sien. Comme je savais à quel point Edward jouait la comédie, la similitude de leur expression me perturba.

— Plaisir partagé, Ted. (Ramirez reporta son attention sur moi.) Je vous en prie, poursuivez votre inspection. Ted m'a beaucoup parlé de vous, et dans notre intérêt à tous, j'espère que vous êtes aussi douée qu'il le dit.

Je jetai un coup d'œil à Edward, qui arborait son air le plus benoît.

— Je vais tâcher de ne décevoir personne, lâchai-je, les sourcils froncés.

Je rebroussai chemin vers le coin salon. Ramirez m'emboîta le pas. Il me laissait plus de place pour manœuvrer que Norton, mais il guettait chacun de mes mouvements, chacune de mes réactions. Même s'il voulait un rencard et ne s'en cachait pas, il me surveillait comme un flic. Son professionnalisme le fit monter d'un cran dans mon estime.

Au moment où je le dépassais, Edward baissa ses lunettes de soleil et me jeta un regard éloquent, accompagné d'une légère grimace. La tentative de drague de Ramirez l'amusait. Masquant ma main droite de la gauche, je lui montrai mon majeur en un geste tout aussi éloquent. Il éclata de rire, et, malgré les événements tragiques qui venaient de se produire, son hilarité ne parut nullement déplacée. Cette maison était faite pour la joie. Quant il se tut, le silence se referma sur son rire comme de l'eau sur une pierre.

Plantée au milieu du salon lumineux et accueillant, je songeai que ce ranch ressemblait à une maison témoin n'attendant que l'arrivée de l'agent immobilier et des acheteurs potentiels. Mais je repérais certains détails qu'aucun agent immobilier digne de ce nom n'aurait laissé passer. Par exemple, les deux journaux abandonnés sur la table basse : le *New York Times*, ouvert à la section « économie », et le *Los Angeles Tribune* plié en quatre.

Sur un coin de cette même table basse, un agrandissement couleur montrait un couple d'âge mûr, la cinquantaine bien tassée, avec un garçon de seize ou dix-sept ans. Les trois sujets se souriaient et se touchaient les uns les autres. Ils avaient l'air détendu, mais ça pouvait très bien n'être qu'une pose. Il est facile de berner un appareil photo.

Je regardai autour de moi. D'autres clichés de plus

petite taille étaient disséminés parmi des bibelots sur les étagères blanches qui recouvraient la quasi-totalité des murs. Pris sur le vif, ils dégageaient la même impression de gaieté affectueuse, d'harmonie et de prospérité familiales. L'homme et l'adolescent, bronzés et grimaçants sur un bateau de pêche, avec la mer en toile de fond et un énorme poisson entre eux. La femme et trois fillettes en tabliers de cuisine assortis, couverts de farine. Quatre couples de jeunes adultes avec un ou deux gamins chacun.

Je fixai le couple âgé et l'ado que je présumai être leur petit dernier en espérant qu'ils étaient morts – parce que l'idée qu'ils soient allongés dans cette chambre d'hôpital, changés en tas de viande sanguinolente et souffrant le martyre, me soulevait l'estomac.

Je tournai mon attention vers les bibelots qui encombraient les étagères. Des trucs indiens. Reproductions de poteries aux teintes sourdes, trop neuves pour être authentiques. Poupées Kachina qui n'auraient pas déparé dans une chambre d'enfant. Têtes de serpents à sonnette à la gueule ouverte pour exposer leurs crocs.

Mais parmi ces souvenirs bon marché, je repérai des choses plus intéressantes. Un bol ébréché, à la peinture délavée gris pâle et coquille d'œuf. Un javelot à la pointe de pierre et au manche orné de plumes, accroché au-dessus de la cheminée. Un petit collier de perles et de coquillages enfilés sur une lanière de peau. Toutes ces pièces étaient protégées par une vitrine, tandis que les bibelots sans valeur prenaient la poussière sur les étagères.

Fixant le collier, je lançai :

— Je n'y connais pas grand-chose en matière d'artefacts indiens, mais certaines de ces pièces mériteraient d'être dans un musée.

— D'après les experts, oui.

Je pivotai vers Ramirez. Son expression était redevenue neutre, grave.

— Tout est en règle ?

— Vous me demandez si ces objets ont été volés ou non ?

Je hochai la tête.

— Ceux dont nous avons pu remonter la piste ont été achetés à des particuliers.

— Il y en a d'autres ?

— Oui.

— Montrez-les-moi.

Ramirez se détourna et m'entraîna vers un long couloir central. Ce fut à mon tour de lui coller aux basques, même si je lui laissai plus de champ que lui ou Norton ne m'en avaient laissé. Je ne pus m'empêcher de remarquer que son pantalon de costard moulait agréablement la partie la plus charnue de son individu. Je secouai la tête. Flirtait-il réellement avec moi, ou étais-je lasse des deux hommes de ma vie ? Une relation moins compliquée m'aurait reposée, mais une partie de moi savait que je ne pouvais plus revenir sur mon choix.

Aussi admirai-je son postérieur juste pour le plaisir des yeux. J'avais déjà assez de problèmes sans sortir avec un flic local. J'étais une civile et une femme. La seule chose qui pouvait encore me faire dégringoler dans l'estime de Marks, Norton et Cie, c'était sortir avec l'un d'eux. Je ne serais plus mademoiselle Blake, exécutrice de vampires et experte en biologie surnaturelle, mais juste Anita, la petite amie de l'inspecteur Ramirez.

Edward nous suivait de loin, comme s'il voulait nous laisser un peu d'intimité. Pensait-il que ce soit une bonne idée de flirter avec le gentil inspecteur, ou estimait-il que n'importe quel humain vaudrait mieux qu'un monstre ? Du diable si je le savais.

Ramirez s'arrêta au bout du couloir et désigna les deux portes qui l'encadraient.

— Artefacts à gauche, trucs dégueus à droite, annonça-t-il sur un ton désinvolte, fort peu approprié aux circonstances.

— Trucs dégueus ? répétai-je.

Il hocha la tête. Je me rapprochai de lui et plongeai mon regard dans ses yeux bruns. Ils étaient aussi vides que ceux de n'importe quel flic chevronné. Alors, je réalisai que son sourire était l'équivalent de la plus neutre des expressions : un masque impénétrable qui ne dévoilait rien de ses véritables sentiments. Cela me perturba.

— OK. Les trucs dégueus d'abord, décidai-je.

Ramirez ne se départit pas de son sourire, mais je crus voir quelque chose vaciller dans ses prunelles.

— Vous n'êtes pas obligée de jouer les dures-à-cuire avec moi, Anita.

— Oh, elle ne joue pas, grimaça Edward, qui venait de nous rejoindre.

Ramirez lui jeta un bref coup d'œil.

— Sacré compliment venant de votre part, Forrester.

Si seulement il savait...

— Ecoutez, inspecteur, j'arrive juste de l'hôpital. Quoi qu'il y ait derrière cette porte, ça ne peut pas être pire que ce que j'ai vu là-bas.

— Comment pouvez-vous en être aussi sûre ?

— Parce que même avec l'air conditionné, ça puerait beaucoup plus que ça.

Le sourire de Ramirez s'élargit.

— Bien vu, acquiesça-t-il. J'aurais dû me douter que vous aviez un sens pratique très développé.

— Pourquoi ?

D'un petit mouvement circulaire de l'index, il désigna mon visage.

— Vous n'êtes pas maquillée.

Je me rembrunis.

— Peut-être que je me fiche de mon apparence.

— Oui, c'est possible.

Ramirez tendit la main vers la poignée de la porte, mais je le pris de vitesse. Il haussa les sourcils. A sa décharge, il ne protesta pas, se contentant de reculer pour me laisser passer.

Une fois de plus, j'allais entrer la première. Mais ça n'était que justice. Ramirez et Edward avaient déjà vu le spectacle. L'ouvreuse n'avait pas encore déchiré mon ticket.

11

Je m'attendais à trouver beaucoup de choses dans cette pièce : des taches de sang, des signes de lutte, peut-être même un indice. En revanche, je ne m'attendais pas à trouver une âme. Mais dès l'instant où je pénétrai dans la chambre vert pâle, je sus qu'elle était là, flottant sous le plafond.

Ce n'était pas la première âme dont je sentais la présence. Les enterrements, c'est toujours une vraie partie de plaisir. Souvent, l'âme du défunt traîne dans le coin comme si elle ne savait pas trop où aller. Mais en général, trois jours après la mort, il ne reste plus personne.

Je levai les yeux et ne vis rien. Les âmes n'ont pas de forme physique. Pourtant, si vous m'aviez donné un crayon capable d'écrire dans l'air, j'aurais pu tracer ses contours, délimiter l'espace exact qu'elle occupait. Enfin, quand je dis « espace »... Une âme, c'est de l'énergie, pas de la matière. Donc, je ne suis pas certaine qu'elle possède le même genre de dimensions que des meubles, par exemple.

— Depuis combien de temps ces gens sont-ils morts ? demandai-je à voix basse, comme pour ne pas l'effrayer.

— Ils ne sont pas morts, répondit Ramirez.

Je clignai des yeux et pivotai vers lui. Son sourire s'était évanoui. Il me fixait d'un air très sérieux.

— Comment ça, ils ne sont pas morts ?

— Vous avez dû voir les Bromwell à l'hôpital. Ils sont tous deux encore en vie.

Je reportai mon attention sur la présence invisible.

— Quelqu'un est mort ici, insistai-je.

— Personne n'a été charcuté dans cette maison, s'entêta Ramirez. D'après le département de police de Santa Fé, notre psychopathe découpe ses victimes en morceaux. Regardez autour de vous. Il n'y a pas assez de sang.

Je baissai les yeux. Il avait raison. Seules quelques taches sombres, pareilles à du sirop de cassis, maculaient la moquette vert pâle. La quantité correspondait à un ou deux écorchements, pas à un démembrement. Je reniflai. Une légère odeur d'excréments planait encore dans l'air. Les boyaux d'une des victimes avaient lâché sous la torture ou dans la mort. C'est un phénomène assez commun.

Je secouai la tête. Si j'avais été chez moi, avec Dolph, Zerbrowski et le reste de la brigade, j'aurais dit que j'avais vu une âme. Mais je ne connaissais pas Ramirez, et la plupart des flics sont mal à l'aise en présence de quelqu'un qui possède des pouvoirs mystiques. Lui raconter ou ne pas lui raconter ? Telle était la question que je me posais quand des bruits résonnèrent dans la pièce principale. Edward, Ramirez et moi pivotâmes vers la porte que nous avions laissée grande ouverte.

Des voix masculines. Des pas qui se rapprochent. Je venais de saisir mon Browning quand un homme cria :

— Ramirez, bordel, où êtes-vous ?

C'était le lieutenant Marks. Je lâchai mon flingue et pris ma décision. Je ne parlerais pas de l'âme au plafond.

Marks s'immobilisa sur le seuil de la chambre. Derrière lui, j'aperçus un petit bataillon de flics en tenue – comme s'il s'attendait à du grabuge. Son regard se posa sur moi. Il semblait à la fois furieux et ravi.

— Bas les pattes, Blake. Ne touchez plus à mes putains de preuves. Vous foutez le camp – tout de suite.

Sourire aux lèvres, Edward s'avança pour jouer les négociateurs.

— Un instant, lieutenant. Qui a donné cet ordre ?

— Le commissaire Appleton. (Marks pivota vers ses acolytes.) Escortez-la jusqu'à la sortie.

Je levai les mains et me dirigeai vers la porte avant que quiconque puisse faire le moindre geste.

— C'est bon, j'y vais. Pas la peine de s'énerver.

Marks plissa les yeux et me siffla au visage :

— Je ne suis pas énervé, Blake. Mais approchez-vous encore de moi, et ça pourrait bien changer.

Je me plantai face à lui et soutins son regard. La colère assombrissait ses yeux vert clair.

— Je n'ai rien fait de mal, Marks.

— « Point ne souffriras que vive une sorcière », récita-t-il à voix basse.

J'aurais pu répliquer de tout un tas de façons qui m'auraient valu de me faire sortir *manu militari*. Or, si l'un de nous deux devait être humilié, je préférais largement que ce soit Marks.

Je me haussai sur la pointe des pieds et lui plantai un gros baiser baveux sur la bouche. Il eut un mouvement de recul si violent qu'il trébucha et s'étala sur la moquette de la chambre. Des rires tonitruants explosèrent dans le couloir. Marks s'empourpra.

— Vous êtes allongé dans vos putains de preuves, lieutenant, susurrai-je.

— Faites-la sortir d'ici ! Tout de suite !

Je lui soufflai un baiser et rebroussai chemin, encadrée par deux haies de flics grimaçants. L'un d'eux se proposa même pour être ma prochaine « victime ». Je lui répondis sur un ton taquin que je ne savais pas si son pacemaker tiendrait le coup. Je quittai la maison sous une nuée de sifflets et de compliments peu raffinés mais néanmoins flatteurs.

Edward était resté en arrière. Sans doute essayait-il d'arranger les choses, comme tout bon Ted qui se respecte. Au bout de quelques minutes, il me rejoignit près de sa voiture. Il adressa un sourire et un signe de la main aux flics qui l'avaient raccompagné. Dès que nous fûmes à l'abri des regards indiscrets derrière les vitres crasseuses du Hummer, son expression se figea.

— Marks a réussi à te faire jeter de l'enquête. Je ne sais pas comment il s'y est pris, mais il a réussi.

— Le commissaire et lui fréquentent peut-être la même église, suggérai-je.

— Tu n'as pas l'air plus ennuyée que ça, remarqua-t-il en démarrant.

Je haussai les épaules et bouclai ma ceinture de sécurité.

— Marks n'est pas le premier fanatique religieux qui me cherche des noises, et il ne sera probablement pas le dernier.

— Où est passé ton célèbre mauvais caractère ?

— Il faut croire que je mûris.

Edward secoua la tête.

— Qu'as-tu vu dans la chambre ? On aurait dit que tu fixais quelque chose dans le coin du fond.

— Une âme.

— Une âme ? répéta-t-il, stupéfait.

— Oui. Ce qui signifie que l'un des occupants de cette maison est mort, et depuis moins de trois jours.

— Pourquoi trois jours ?

— Parce que passé ce délai, les âmes quittent notre monde pour l'au-delà – le paradis, l'enfer ou je ne sais quoi d'autre. Seuls les fantômes peuvent s'attarder plus longtemps parmi nous.

— Mais les Bromwell sont vivants. Tu les as rencontrés à l'hôpital.

— Et leur fils ?

— Il est porté disparu.

— C'est gentil à toi de l'avoir précisé.

J'aurais voulu engueuler Edward, mais je n'en avais pas l'énergie. La réaction de Marks me turlupinait. Combien de chrétiens m'avaient déjà traitée de sorcière, ou pire ? Ça ne me mettait plus en rogne : simplement, ça me fatiguait.

— Si les parents sont vivants, le fils ne doit plus l'être, affirmai-je.

Edward regagna la route, zigzaguant entre les patrouilleuses et les voitures de police banalisées que Marks avait amenées avec lui.

— Mais toutes les autres victimes de meurtre ont été découpées, protesta-t-il. Nous n'avons pas trouvé de morceaux chez les Bromwell. Si le gamin est mort, ça signifie que l'assassin a un nouveau mode opératoire. Et nous n'avions même pas encore réussi à piger l'ancien !

— Je sais. Je n'y suis pour rien.

Il poussa un soupir.

— D'accord. Balance ta théorie.

— Je pense que le fils des Bromwell est mort. Que la chose qui a écorché ses parents l'a tué, mais proprement. Elle ne l'a pas taillé en pièces ; sinon, il y aurait beaucoup plus de sang dans la chambre. Son forfait accompli, elle a emporté son corps.

— Tu es sûre de toi ?

— Une âme flotte dans cette maison, Edward. Ses habitants étaient au nombre de trois, et nous savons où se trouvent deux d'entre eux. Le calcul est simple.

Je regardais par la fenêtre, mais je ne voyais pas le paysage – et pas juste à cause de la poussière. La seule chose que je voyais, c'était le visage souriant du jeune homme sur les photos.

— Bonne déduction, commenta Edward. Je suis impressionné.

— Ouais, une vraie Sherlock Holmes au féminin, grognai-je. Au fait, maintenant que je me suis fait virer de l'enquête, où m'emmènes-tu ?

— Au resto. Tu m'as dit que tu n'avais rien mangé de la journée.

Je hochai la tête.

— Ça me va. (Je laissai passer quelques secondes et demandai :) Comment s'appelait-il ?

— Qui ?

— Le fils des Bromwell.

— Thad. Thaddeus Reginald Bromwell.

— Thad, répétai-je tout bas.

Avait-il été forcé de regarder pendant que le monstre écorchait ses parents ? Ou ses parents l'avaient-ils vu mourir avant de commencer à saigner ?

— Où est ton corps, Thad ? Et pourquoi cette chose l'a-t-elle emporté ?

Je ne reçus pas de réponse. Je n'en attendais pas. Les âmes, ce n'est pas comme les fantômes. A ma connaissance, il est impossible de communiquer directement avec elles. Pourtant, j'allais avoir besoin de réponses, et le plus tôt serait le mieux.

— Edward, il faut que je voie les photos des autres scènes de crime – et tout ce que la police de Santa Fé a pu ramasser. Tu as dit que seule la dernière attaque avait eu lieu à Albuquerque. Que Marks et ses collègues aillent se faire foutre. Je vais commencer l'enquête à l'autre bout.

Edward sourit.

— J'ai des copies de tout le dossier chez moi.

— Chez toi ? Depuis quand la police partage-t-elle sa doc avec les chasseurs de primes ?

— Je t'ai dit que les flics de Santa Fé m'avaient à la bonne.

— Tu m'as dit la même chose des flics d'Albuquerque.

— Oh, ils m'ont à la bonne. C'est toi qu'ils n'aiment pas.

Là, il marquait un point. Je voyais encore la haine flamboyer dans le regard de Marks quand il avait craché : « Point ne souffriras que vive une sorcière ». Doux Jésus. C'était bien la première fois qu'on me balançait ce verset à la figure. Je m'attendais à ce que quelqu'un le fasse tôt ou tard, mais venant d'un flic, ça manquait de professionnalisme.

— Marks n'arrivera pas à résoudre cette affaire.

— Tu veux dire qu'il n'y arrivera pas sans toi ?

— Il aurait besoin de quelqu'un qui s'y connaisse en surnaturel – pas forcément moi, mais un expert. Le tueur n'est pas humain. Les méthodes ordinaires ne permettront pas de l'appréhender. Si Marks ne met pas un peu d'eau dans son vin, il faudra le remplacer.

— Je vais voir ce que je peux faire. (Edward grimaça.) Pour prendre sa place, que penserais-tu du charmant inspecteur Ramirez qui t'a trouvée si fascinante ?

— Laisse tomber, Edward.

— Il a un avantage très net par rapport à tes deux autres chevaliers servants.

— Lequel ?

— Il est humain.

J'aurais voulu protester, mais…

— Quand tu as raison, tu as raison.

— Tu es d'accord avec moi ?

— Ni Jean-Claude ni Richard ne sont humains, et pour ce que j'ai pu en voir, Ramirez l'est. Donc, je peux difficilement te contredire.

— Je te taquinais, c'est tout. Pas la peine de faire cette mine lugubre.

Je poussai un soupir.

— Si tu savais comme ça me changerait d'être avec un homme qui s'intéresse à moi pour moi, et pas parce que je peux servir ses plans machiavéliques !

— Veux-tu dire que Richard a essayé de te manipuler, lui aussi ?

— Je veux juste dire que je ne sais plus trop qui sont les gentils. Richard est devenu plus dur, plus secret, parce que son nouveau statut d'Ulfric l'exigeait. Et – que Dieu me vienne en aide – parce que *je* l'exigeais. Je le trouvais trop mou ; je ne cessais de le harceler pour qu'il se fasse respecter.

— Résultat, il t'a obéi, et tu n'es toujours pas contente.

— Non. Mais comme c'est en partie ma faute, je peux difficilement le lui reprocher.

— Alors, plaque-les tous les deux, lui et le vampire, et sors avec des humains.

— A t'écouter, ça a l'air si simple !

— Et pourquoi ça ne le serait pas ?

J'ouvris la bouche et la refermai aussitôt. Je n'avais pas de bonne réponse à fournir à Edward. Pourquoi ne pas plaquer Jean-Claude et Richard pour sortir avec des humains ? Parce que j'étais déjà amoureuse de deux hommes, et que je trouvais ça bien suffisant.

Je ne pouvais cependant pas nier que la situation m'usait peu à peu. Jean-Claude se servait de moi pour consolider son pouvoir. Et Richard et lui se pelotonnaient autour de mon humanité comme si c'était la dernière flamme subsistant dans un monde de glace et de ténèbres. Richard, en particulier, s'accrochait à moi parce qu'avoir une petite amie humaine semblait l'ancrer dans la normalité.

Le problème, c'est que ma soi-disant humanité laissait de plus en plus à désirer. Richard avait été humain jusqu'à ce qu'il devienne un loup-garou. Jean-Claude avait été humain jusqu'à ce qu'il devienne un vampire. Moi… J'avais vu ma première âme à l'âge de dix ans. J'avais accidentellement relevé mon premier mort à l'âge de treize ans. De nous trois, j'étais la seule qui n'ait jamais réellement été humaine.

A quoi ça ressemblerait, de sortir avec quelqu'un de normal ? Je n'en savais rien. Voulais-je le découvrir ? Je fus surprise de réaliser que oui. J'avais envie de fréquenter quelqu'un de normal et de faire des choses normales, pour une fois. J'étais déjà la maîtresse d'un vampire, la femelle d'un loup-garou et une reine des zombies. Depuis un an, j'étudiais la magie rituelle pour apprendre à contrôler toutes les autres créatures surnaturelles – donc, je suppose que je pouvais ajouter « apprentie sorcière » à la liste. Parfois, je me sentais dépassée par les événements.

C'est pour ça que j'avais décidé de faire une pause avec Jean-Claude et Richard. J'avais besoin de respirer. Ils m'étouffaient, et je ne savais pas comment les en empêcher.

Un petit rencard avec quelqu'un d'autre, ça ne pouvait pas me faire de mal, non ? Probablement pas. Mais je n'en étais pas sûre. Dans le doute, mieux valait que je fuie Ramirez et tous les gentils garçons qui auraient envie de sortir avec moi.

12

Edward était déjà en train de chercher une place dans le parking du *Los Cuates* lorsque je réalisai que c'était un resto mexicain. D'accord, le nom aurait dû me mettre la puce à l'oreille, mais je n'avais pas fait attention. Si ma mère aimait la bouffe mexicaine, elle n'a pas vécu assez longtemps pour m'en transmettre le goût. Blake est un nom anglais, mais avant que mon arrière-grand-père arrive aux USA par Ellis Island, il s'appelait Bleckenstein. Mon idée de la cuisine ethnique, c'est *wiener schnitzel* et *sauerbraten*. Aussi fut-ce sans enthousiasme que je laissai Edward m'entraîner vers la porte de derrière.

Après avoir longé un couloir obscur, nous débouchâmes dans une grande salle aux murs de stuc blanc. Affiches aux couleurs criardes, perroquets empaillés pendus au plafond, chapelet de piments séchés un peu partout… Ça puait la gargote à touristes. Mais la plupart des clients avaient le type hispanique, ce qui me rassura quelque peu. S'ils venaient ici, c'est que la cuisine ne devait pas être trop mauvaise.

Une femme au teint mat et aux cheveux noirs s'approcha pour demander si nous voulions une table. Edward lui sourit.

— Merci, mais le reste de notre groupe est déjà arrivé.

Je suivis la direction de son regard. Donna était

assise dans un box en compagnie de deux gamins : un adolescent et une fillette de six ans environ. Mon petit doigt me dit que j'allais faire la connaissance des beaux-enfants d'Edward. Je réprimai une grimace.

Donna se leva et adressa à son fiancé un sourire qui aurait fait fondre dans ses chaussettes n'importe quel homme un peu moins dur. Et pas seulement parce qu'il semblait promettre quantité d'acrobaties sexuelles : il était plein de chaleur, de cette confiance absolue que vous inspire un véritable amour. Edward lui rendit un sourire tout aussi rayonnant. Le problème, c'est que le sien n'était pas sincère. Même quand il ne disait rien, sa bouche mentait pour lui.

La petite fille s'extirpa de la banquette et courut vers nous, ses tresses auburn volant derrière elle.

— Ted ! glapit-elle en se jetant dans ses bras.

Edward la souleva et la lança vers le plafond. Elle éclata de ce rire joyeux, cette expression de ravissement absolu que tous les enfants finissent par perdre, comme si le monde étouffait peu à peu leur gaieté et leur spontanéité.

Le garçon se contenta de nous fixer. Il avait les mêmes cheveux brun-roux que sa sœur, coupés court avec une frange qui lui tombait dans les yeux. Si je n'avais pas connu son âge réel, je ne lui aurais pas donné plus de douze ans. D'un air sombre et hostile, il regarda Ted étreindre sa mère.

Edward n'avait pas lâché la fillette, de sorte que tous trois formaient un charmant tableau familial. Il chuchota quelque chose à l'oreille de Donna. Celle-ci éclata de rire et s'écarta en rougissant. Edward baissa les yeux vers la gamine.

— Alors, comment va ma petite chérie ?

La fillette gloussa et se mit à parler très vite, d'une voix aiguë et excitée. Elle lui raconta une histoire dans laquelle il était question de papillons, d'un chat, d'un oncle Raymond et d'une tante Esther – sans doute les fameux voisins qui l'avaient gardée pendant la journée.

Le garçon reporta son attention sur moi. Il garda les sourcils froncés, mais dans ses yeux, la colère céda la place à de la curiosité, comme si je ne ressemblais pas à ce qu'il avait imaginé. Je provoque souvent ce genre de réaction.

— Bonjour, dis-je en lui tendant la main. Je suis Anita Blake.

Il la serra en hésitant. Sans doute n'avait-il pas l'habitude qu'on le traite en adulte.

— Peter. Peter Parnell.

— Ravie de faire ta connaissance.

J'aurais pu ajouter que sa mère m'avait dit beaucoup de bien de lui, mais ça n'aurait pas été vrai, et quelque chose me disait que Peter accordait une grande importance à la vérité.

Il hocha vaguement la tête, et son regard glissa vers Ted et sa mère. Il n'aimait pas du tout les voir ensemble. Franchement, je ne pouvais pas l'en blâmer. Je me souvenais de ma réaction quand mon père avait ramené Judith à la maison. Je ne lui avais jamais pardonné de s'être remarié deux ans à peine après la mort de ma mère. Je n'étais toujours pas remise du choc, et lui, il avait déjà tourné la page. Il était de nouveau heureux. Je l'avais haï pour ça – et j'avais haï Judith encore plus.

Même si Edward avait réellement été Ted Forrester, un brave gars animé d'intentions honorables, la situation aurait été délicate. Là… elle craignait carrément.

Becca portait une robe jaune à fleurs blanches. Ses tresses étaient attachées par des rubans assortis. La main qu'elle plaquait sur sa bouche pour étouffer ses gloussements avait encore les rondeurs potelées d'une main de bébé. Elle fixait Ted comme s'il était la huitième merveille du monde. En cet instant, je détestai Edward. Je le détestai d'être capable de mentir ainsi à une enfant et de ne pas comprendre pourquoi c'était mal.

Quelque chose dut passer sur mon visage, car Peter me fixa d'un air pensif. Je me forçai à adopter une expression neutre et soutins son regard. Il fut le premier à détourner les yeux.

Donna prit sa fille des bras d'Edward et se tourna vers moi.

— Anita, voici Becca.

— Salut, Becca, dis-je en souriant, car c'était le genre d'enfant à laquelle il est impossible de résister.

— Et ça, c'est Peter.

— On se connaît déjà.

Donna sursauta.

— Je voulais dire qu'on s'était présentés, précisai-je.

Elle se détendit et eut un petit rire nerveux.

— Bien sûr. Que je suis bête !

— Non. Tu étais juste trop occupée pour t'en rendre compte, lâcha Peter sur un ton méprisant.

Donna le fixa comme si elle ne savait pas quoi répondre.

— Je suis désolée, Peter, dit-elle enfin.

Elle n'aurait pas dû s'excuser. Ça sous-entendait qu'elle avait fait quelque chose de mal, ce qui n'était pas le cas. Elle ignorait que Ted Forrester était une illusion. Elle voulait juste refaire sa vie et être heureuse. C'était son droit le plus strict.

Elle se faufila dans le box la première, suivie par Becca, puis par Edward qui garda une jambe à l'extérieur. Peter occupait déjà la banquette d'en face. Il ne se poussa pas pour me faire de la place. Je m'assis tellement près de lui que nos épaules et nos hanches se touchaient. Il voulait jouer les ados pénibles avec Edward et sa mère ? Pas de problème. Mais avec moi, ça ne marchait pas.

Quand il réalisa que je n'avais pas l'intention de bouger, il s'écarta de vingt centimètres en soupirant bruyamment. J'étais désolée pour lui, mais ma compassion n'est pas infinie, et en règle générale, les casse-bonbons atteignent très vite ses limites.

Toute contente de se retrouver entre sa mère et Ted, Becca balançait ses jambes dans le vide avec un sourire radieux. Elle n'était pas seulement heureuse : elle se sentait protégée, en sécurité. A cette vue, mon cœur se serra. Edward avait raison. Il ne pouvait pas la laisser tomber comme ça. Elle le méritait encore moins que Donna. Je cherchai une excuse valable et n'en trouvai aucune.

Une serveuse s'approcha et nous distribua des menus plastifiés, puis s'éloigna pour nous laisser le temps de faire notre choix.

— Je déteste la bouffe mexicaine, grommela Peter.

— Peter… commença Donna sur un ton d'avertissement.

Mais je ne pus m'empêcher d'ajouter :

— Moi aussi.

Peter me jeta un regard de biais, comme s'il doutait de ma sincérité.

— Vraiment ?

Je hochai la tête.

— Vraiment.

— C'est Ted qui a choisi le restaurant.

— Tu crois qu'il l'a fait exprès pour nous embêter ?

Peter en resta bouche bée.

— Oui. Je crois que oui, articula-t-il enfin.

— Moi aussi.

Donna nous contemplait, stupéfaite.

— Peter ! Anita ! (Elle se tourna vers Edward.) Qu'allons-nous faire d'eux ?

Qu'elle s'en remette à lui pour régler un problème

aussi insignifiant la fit baisser d'un cran dans mon estime.

— On ne peut rien faire d'Anita, répondit Edward. Pour Peter… (Il fixa l'adolescent de ses yeux bleu pâle.) … Je ne sais pas encore.

Peter baissa les yeux et se tortilla sur la banquette. Ted le mettait mal à l'aise, et pas seulement parce qu'il se tapait sa mère. En fait, j'aurais parié que Ted foutait les jetons à Peter, et qu'il n'avait pourtant rien fait pour ça. Qu'il s'était donné autant de mal pour le conquérir que pour séduire sa sœur – mais que Peter n'avait pas mordu à l'hameçon.

Au début, ça n'avait sans doute été que le ressentiment normal d'un ado vis-à-vis du nouveau petit ami de sa mère. Deux ans plus tard… Ted le rendait nerveux comme s'il avait perçu un peu du véritable Edward sous son masque affable. Ce qui était à la fois une bonne et une mauvaise chose. Si jamais il découvrait la vérité… Disons qu'Edward était prêt à tout pour protéger ses secrets, et totalement dénué de scrupules comme je l'ai déjà mentionné.

Un seul problème à la fois. Peter et moi parcourûmes nos menus en faisant des commentaires désobligeants sur chaque plat. Le temps que la serveuse revienne nous apporter du pain, j'avais réussi à le faire sourire deux fois. Je me suis toujours bien entendue avec mon petit frère Josh. D'accord, ce n'est pas très difficile puisqu'il a bon caractère. Mais si jamais je dois avoir des enfants, un jour, je préférerais des garçons. Au moins, je sais par quel bout les prendre.

Le pain n'était pas vraiment du pain, mais un genre de galettes appelées sopapillas et accompagnées d'un pot de miel. Peter en saisit une.

— C'est la seule chose que j'aime dans les restos mexicains, dit-il en se confectionnant une tartine.

Je grimaçai.

— Je déteste le miel.

— Je ne suis pas fan non plus, mais celui-là n'est pas mauvais. Vous devriez goûter.

J'étalai une infime quantité de miel sur un coin de galette et mordis prudemment dedans. En effet, ça ne ressemblait pas du tout au miel de trèfle dont j'avais l'habitude. C'était un peu plus parfumé, mais meilleur.

— C'est du miel de sauge, m'expliqua Edward. Une spécialité locale.

Je me demandai si tous les types de miel prenaient le goût de la plante que les abeilles avaient butinée pour le confectionner. Ça semblait probable. Comme quoi, on en apprend tous les jours.

Je finis par commander une enchilada au poulet – parce que je ne voyais pas ce qu'un cuisinier pouvait faire à du poulet pour le rendre immangeable. Mais je manquais peut-être d'imagination. Peter opta pour une enchilada au fromage. Comme moi, il jouait la sécurité plutôt que l'audace.

Je venais d'attaquer ma deuxième sopapilla quand des méchants entrèrent dans le restaurant. Qu'est-ce qui me disait que c'était des méchants ? L'instinct ? Non : l'habitude.

Le premier mesurait un mètre quatre-vingts, et il était incroyablement large d'épaules. Les manches de son T-shirt étaient tendues à craquer sur ses biceps. Ses cheveux noirs et raides pendaient dans son dos en une longue tresse. Il avait dû les attacher ainsi pour la touche ethnique, car il aurait pu faire la couverture du *GQ* amérindien avec ses pommettes hautes, son teint cuivré, sa mâchoire carrée et ses yeux noirs légèrement bridés.

Il portait un jean moulant – assez pour que je constate qu'il n'était pas aussi musclé du bas que du haut. Je ne connais qu'un endroit où les gens travaillent une seule moitié de leur corps : la prison. Ils soulèvent de la fonte pour avoir l'air impressionnant, afin que personne n'ose s'en prendre à eux. Le reste, ils s'en balancent. Je cherchai une confirmation de ma théorie et la trouvai presque aussitôt. Des fils de fer barbelés tatoués autour de ses bras, à peine visibles sous les manches de son T-shirt.

Deux autres hommes l'accompagnaient : un grand et un petit. Le grand semblait plus costaud, mais le petit était nettement plus effrayant avec la cicatrice qui coupait presque son visage en deux. Il ne manquait qu'un néon au-dessus de leur tête pour annoncer que ces trois-là étaient des ennuis sur pattes.

Curieusement, je ne fus guère surprise de les voir se diriger vers nous. Je jetai un coup d'œil à Edward et articulai :

— Que se passe-t-il ?

Mais le plus étrange, c'est que Donna les connaissait. Je vis à son expression qu'elle savait qui ils étaient, et qu'elle avait peur d'eux. Et je croyais avoir vécu une journée étrange jusque-là…

13

— Oh, mon Dieu, souffla Peter.

Très vite, il se ressaisit et remit son masque d'ado maussade, mais j'avais eu le temps de voir la peur dans ses yeux écarquillés.

Je reportai mon attention sur Becca. Recroquevillée au fond de la banquette, elle jetait des coups d'œil craintifs par-dessus le bras de Ted. Génial. Tout le monde savait ce qui se passait, sauf moi.

Je n'eus pas longtemps à attendre. Les trois menaces ambulantes foncèrent droit vers notre box. Je me raidis, prête à me lever en même temps qu'Edward. Mais il resta assis, les mains planquées sous la table. Sans doute avait-il déjà sorti un flingue.

Je laissai tomber ma serviette et me penchai pour la ramasser de la main gauche. Quand je me redressai, mon Browning Hi-Power était calé dans ma main droite. Si je tirais sous la table, je ne tuerais personne, mais je ferais un beau trou dans une jambe ou un bas-ventre, selon la taille de ma cible.

— Harold, lança Edward. Tu as amené des renforts.

Sa voix était toujours celle de Ted, c'est-à-dire plus expressive que d'habitude, mais le ton employé n'avait rien de plaisant. Du coup, la tension monta d'un cran supplémentaire. Becca enfouit son visage dans la manche de Ted. Donna l'attrapa et l'attira contre elle. De la mère ou de la fille, je n'aurais su dire qui était la plus effrayée. Quant à Edward, il souriait, mais ses yeux étaient vides. C'était ses vrais yeux. J'avais vu des monstres pâlir sous ce regard.

Le nabot à la cicatrice se dandina nerveusement.

— Ouais. Ça, c'est Russell, dit-il en désignant l'Indien. Et ça, c'est Newt.

— Tom et Benny sont toujours à l'hôpital ? interrogea Edward sur le ton de la conversation.

« Benny ? C'est le cousin de Jerry ? », faillis-je ricaner. Mais je me dis que nous avions déjà assez de problèmes sans que j'en rajoute. Et on ose prétendre que je ne sais pas me taire quand les circonstances l'exigent !

Pour le moment, personne ne nous prêtait beaucoup d'attention. Quelques clients nous jetaient des coups d'œil curieux, sans plus. J'aurais parié que ça ne durerait pas.

— Nous ne sommes pas Tom et Benny, répliqua aimablement Russell.

Il souriait, mais chez lui, ça n'était jamais qu'une façon de montrer les dents, devinai-je. Aussi, je ne pus m'empêcher de lancer :

— Tant pis pour vous.

Son regard se braqua sur moi. Ses yeux étaient si noirs qu'on ne pouvait distinguer les pupilles des iris.

— Vous aussi, vous êtes une médium politiquement correcte qui veut préserver les terres indiennes et défendre les droits des pauvres sauvages ?

Je secouai la tête.

— On m'a déjà accusée de beaucoup de choses, mais jamais d'être politiquement correcte.

Si j'appuyais sur la détente, ma balle lui emporterait la cuisse, et il resterait peut-être handicapé à vie. Il se tenait vraiment très près de la table. J'aurais préféré qu'il recule, mais Edward ne semblait pas perturbé, et c'était à lui de gérer la situation.

— Vous devriez partir, suggéra-t-il d'une voix qui n'était plus tout à fait celle de Ted.

Peu à peu, ses traits se figeaient ; ses yeux devenaient aussi vides et froids qu'un ciel hivernal. Il émergeait du cocon de son alter ego tel un papillon sortant de sa chrysalide – même si l'analogie n'était pas tout à fait appropriée. Car le véritable Edward n'avait rien de charmant ou de mignon.

Russell posa ses mains sur la table et se pencha vers Donna. Ou bien il était stupide, ou bien il pensait que nous n'oserions pas ouvrir le feu dans un lieu public. Et il avait raison en ce qui me concernait. Pour Edward… Je n'en aurais pas mis ma tête à couper.

— Tenez-vous à l'écart de nos affaires, toi et tes amis, si vous ne voulez pas que ça tourne mal, lâcha-t-il sur un ton tranchant. Tu as une jolie petite fille. Ça serait vraiment dommage qu'il lui arrive quelque chose.

Donna blêmit et serra Becca un peu plus fort contre elle. Je ne saurai jamais comment Edward avait prévu de réagir, parce que Peter le prit de vitesse.

— Ne menacez pas ma sœur, gronda-t-il d'une voix basse, coléreuse.

Russell pivota vers lui et approcha lentement son visage du sien. Peter ne bougea pas, mais ses yeux dardèrent de droite et de gauche comme s'il cherchait un moyen de s'échapper, et je le vis agripper le bord de la banquette si fort que ses jointures pâlirent.

— Sinon, que feras-tu, gamin ?

— Ted ? appelai-je sur un ton interrogateur.

Russell me jeta un bref coup d'œil avant de reporter son attention sur Peter. Il savourait la peur qu'il lui inspirait, et il avait bien l'intention de le forcer à reculer. Difficile de préserver une réputation de gros dur si on n'arrive pas à faire plier un môme de quatorze ans. Du coup, il ne se préoccupait pas de moi. Ce qui était une grosse erreur.

Je ne pouvais pas voir Edward parce que les larges épaules de Russell le masquaient à ma vue, mais j'entendis sa voix atone et glaciale :

— Vas-y.

Non, je ne tirai pas. Ce n'était pas ce que j'avais demandé la permission de faire, et ce n'était pas ce à quoi Edward m'avait autorisée. Non, nous ne communiquions pas par télépathie. Mais nous nous connaissions assez bien pour n'avoir pas besoin de mots dans ce genre de circonstances.

Je fis passer mon flingue dans ma main gauche et expirai doucement, jusqu'à ce que mes épaules soient tout à fait détendues. Puis je me centrai comme on me l'avait appris dans mes cours d'arts martiaux, et je visualisai mes doigts transperçant la gorge de Russell. Quand vous vous battez pour de vrai, vous ne vous imaginez pas en train de frapper l'adversaire : vous imaginez que votre poing le traverse et ressort de l'autre côté. Mais cette fois, j'allais me retenir un chouïa. L'attaque que je voulais utiliser peut bousiller la trachée d'un homme, et je n'avais aucune envie de finir en prison.

Je laissai tomber mon bras droit sur la banquette et me relevai en lançant ma main vers le haut, deux doigts tendus comme une pointe de lance. Russell vit le mouvement mais ne réagit pas assez vite. Il hoqueta, porta les mains à sa gorge et s'écroula à demi sur la table. Je le saisis par les cheveux et lui cognai la tête contre le plateau – une fois, deux fois, trois fois. Du sang jaillit de son nez.

Il glissa et s'affaissa sur le plancher, le corps secoué par de gros spasmes. S'il avait pu respirer normalement, il aurait sans doute perdu connaissance. Mais son nez était en miettes et sa gorge meurtrie. On ne peut pas s'étrangler et s'évanouir en même temps.

Plantée devant le box, je baissai les yeux vers lui. Mon Browning pendait toujours au bout de mon bras gauche, plaqué contre mon jean noir. La plupart des gens ne l'auraient même pas vu. Ils n'auraient vu que le sang et l'homme à terre.

Harold et le grand gaillard prénommé Newt s'étaient figés.

— Vous n'auriez pas dû faire ça, dit Harold en secouant la tête.

Edward se leva à son tour, comme pour faire un bouclier de son corps à Donna et à Becca. Il parla assez doucement pour que les autres clients ne puissent pas l'entendre.

— Ne menace plus jamais ces gens, Harold. Ne t'approche plus d'eux, pour quelque raison que ce soit. Dis à Riker qu'ils sont hors limites, ou la prochaine fois, on ne s'arrêtera pas à un nez cassé.

— J'ai vu les flingues, acquiesça Harold.

Il s'accroupit près de Russell. Les yeux de l'Indien avaient roulé dans ses orbites. Son T-shirt bleu couvert de sang avait viré au violet.

— Qui diable êtes-vous ? demanda Harold en levant les yeux vers moi.

— Anita Blake.

— Jamais entendu ce nom.

— Apparemment, ma réputation ne m'a pas précédée.

— Elle le fera désormais.

— Peter, donne-moi des serviettes en papier, réclamai-je avec un vague signe du menton pour le distributeur posé sur la table.

Peter obtempéra. De ma main libre, je tendis les serviettes à Harold. Celui-ci les prit sans me quitter des yeux, son regard passant de mon visage au flingue planqué le long de ma cuisse.

— Merci.

— De rien.

Il fourra les serviettes sous le nez de Russell et lui saisit un bras.

— Aide-moi à le relever, Newt.

Le hurlement d'une sirène se fit entendre dans la rue. Il se dirigeait vers le restaurant. Quelqu'un avait appelé les flics.

Russell vacillait. Il avait l'air grotesque avec son nez en chou-fleur et les bouts de serviettes ensanglantés qui lui collaient à la figure. Il dut se racler la gorge deux fois avant de réussir à parler.

— Salope, articula-t-il d'une voix enrouée. Tu me le paieras très cher.

— Quand tu tiendras debout tout seul et que ton nez ne pissera plus le sang, appelle-moi. On fera la revanche, lui proposai-je aimablement.

Il cracha dans ma direction, mais il n'était pas en état de viser, et son mollard s'écrasa sur le carrelage sans toucher personne.

— Viens, dit Harold en essayant de l'entraîner vers la sortie.

Malheureusement, Russell n'en avait pas terminé. Il pivota vers Edward, forçant ses deux acolytes à l'imiter.

— Je vais baiser ta pute et donner ses gamins à bouffer aux coyotes.

J'émis un claquement de langue désapprobateur.

— Russell n'apprend pas vite.

Becca sanglotait à présent, et Donna était si pâle que je crus qu'elle allais tomber dans les pommes. Je ne pouvais pas regarder Peter sans tourner le dos aux méchants ; donc, je ne savais pas quelle tête il faisait.

Deux flics en tenue déboulèrent avant qu'Harold ait pu emmener Russell. Edward et moi profitâmes de la confusion pour rengainer nos flingues. Ils ne savaient pas trop qui arrêter, mais plusieurs clients attestèrent que Russell nous avait menacés avant que je lui flanque une raclée. C'était bien la première fois que je voyais des témoins aussi coopératifs. D'habitude, les gens sont sourds et aveugles. Mais la présence d'une jolie petite fille en larmes aidait ceux-là à se souvenir.

Edward sortit son permis de conduire ; apparemment, les flics le connaissaient de réputation. Je présentai ma licence d'exécutrice et mon permis de port fédéral. Techniquement, mon arme était dissimulée. J'expliquai que j'avais mis une veste pour ne pas effrayer les enfants. Les flics prirent des notes et parurent accepter notre version des faits. Evidemment, Russell avait la gueule de l'emploi et n'arrêtait pas de les insulter, tandis que j'étais une femme petite, menue et pleine de bonne volonté. Cela joua certainement en notre faveur. Edward leur donna son adresse et leur dit que je logerais chez lui pendant mon séjour. Ils nous autorisèrent à partir.

Le restaurant nous proposa une autre table, mais curieusement, Donna et les gamins avaient perdu l'appétit. Moi, j'avais encore faim, mais personne ne me demanda mon avis. Edward paya la note et refusa d'emporter notre commande. Je laissai un pourboire généreux pour compenser le bordel que nous avions mis. Puis nous sortîmes. Une sopapilla, c'est tout ce que j'avais réussi à manger de la journée. Si je le demandais gentiment, Edward accepterait peut-être de passer au drive-in du McDonalds le plus proche.

14

Donna se mit à pleurer dans le parking. Becca ne tarda pas à l'imiter. Seul Peter garda le silence et ne s'abandonna pas à l'hystérie familiale. Plus Donna sanglotait, plus sa fille paniquait, et plus elle perdait les pédales. Bientôt, toutes deux commencèrent à s'étrangler. Je jetai un coup d'œil à Edward en haussant les sourcils. Il ne réagit pas. Je lui donnai un coup de coude.

— Laquelle ? articula-t-il en silence.

— La fille.

Donna s'était assise sur le pare-chocs du Hummer, berçant Becca dans son giron. Edward s'accroupit devant elle.

— Laisse-moi emmener Becca faire un petit tour.

Donna cligna des yeux et le dévisagea comme si elle le voyait, l'entendait mais ne comprenait absolument rien. Edward saisit Becca et voulut l'attirer contre lui. Donna lâcha la fillette, qui s'accrocha à elle en hurlant.

Edward dut littéralement l'arracher à sa mère. Dès qu'il l'eut prise dans ses bras, elle se blottit contre sa poitrine. Il me lança un regard interrogateur par-dessus sa tête, et je lui fis signe de s'éloigner. Sans discuter, il se dirigea vers le trottoir qui longeait le parking, caressant les cheveux de Becca et lui murmurant des paroles apaisantes.

Donna s'était couvert le visage de ses mains et à demi écroulée en avant, de sorte que ses avant-bras reposaient sur ses cuisses. Elle poussait des sanglots déchirants. Et merde.

Je jetai un coup d'œil à Peter. Il l'observait avec une expression mi-embarrassée, mi-dégoûtée. En cet instant, je compris qu'il avait assumé le rôle de l'adulte dans leur relation – et pas seulement quand il avait tué l'assassin de son père. Donna s'autorisait à craquer ; lui, non. En cas de crise, c'était lui qui assurait. Je trouvais ça vraiment injuste.

— Peter, tu pourrais nous laisser une minute ? demandai-je.

Il secoua la tête.

— Non.

Je soupirai, puis haussai les épaules.

— Comme tu voudras. Mais ne t'en mêle pas, d'accord ?

Je m'agenouillai devant Donna et posai mes mains sur ses épaules tremblantes.

— Donna. Donna !

Pas de réaction. La journée avait été longue. J'attrapai une poignée de ses cheveux courts et lui tirai la tête en arrière.

— Regardez-moi, sale égoïste, aboyai-je.

Peter fit un pas en avant. Je le retins d'un index tendu.

— Ne bouge pas.

Il recula mais continua à m'observer avec une expression orageuse, prêt à intervenir si je m'avisais encore de maltraiter sa mère. Par chance, je n'eus pas besoin d'aller plus loin. Donna me fixait, les yeux écarquillés et le visage baigné de larmes. Sa respiration était toujours hoquetante, mais elle me regardait, elle m'écoutait.

Je la lâchai lentement.

— Votre fille de six ans vient d'être témoin d'une scène affreuse. Elle était en train de se calmer, de surmonter le choc quand vous avez piqué votre crise d'hystérie. Vous êtes sa mère. Elle s'en remet à vous pour la protéger. Quand elle vous a vu tomber en morceaux, ça l'a terrifiée.

— Je ne voulais pas..., balbutia Donna. Je n'ai pas pu m'en empêcher.

— Je me fiche de ce que vous ressentez. C'est vous, l'adulte. Vous allez tenir le coup jusqu'à ce que Becca ne soit plus là pour vous voir vous effondrer. C'est compris ?

— Je... Je ne sais pas si j'en serai capable.

— Pour l'amour de Dieu, Donna ! Cessez de vous conduire comme si vous aviez l'âge de votre fille et assumez vos responsabilités !

Je sentais que Peter nous observait, qu'il enregistrait jusqu'au moindre détail de cette scène pour se la repasser plus tard.

— Vous avez des enfants ? demanda Donna.

Et je sus ce qui allait suivre.

— Non.

— Alors, de quel droit osez-vous me dire comment élever les miens ? s'indigna-t-elle.

Elle se redressa et s'essuya la figure avec des gestes brusques. Assise sur le pare-chocs du Hummer, elle était plus grande que moi à genoux. Je levai les yeux vers elle et lui dis la vérité.

— J'avais huit ans quand ma mère est morte. Les gendarmes nous ont appelés pour nous prévenir qu'elle avait eu un accident. Mon père a complètement pété les plombs. Il a lâché le téléphone et il s'est mis à hurler – pas à pleurer, à hurler. Il m'a prise par la main, et nous avons marché jusque chez ma grand-mère qui habitait deux rues plus loin. Le temps d'arriver, des dizaines de voisins étaient sortis de chez eux et demandaient ce qui se passait. C'est moi qui ai dû leur répondre : « Ma maman est morte ». Mon père s'était écroulé dans les bras de sa mère, mais moi, personne ne séchait mes larmes, personne ne me réconfortait.

Donna écarquilla les yeux. Sa colère semblait s'être évaporée.

— Je suis désolée, dit-elle doucement.

— Ne soyez pas désolée pour moi, Donna. Soyez une mère pour votre fille. Tenez le coup. Becca a besoin que vous la rassuriez. Plus tard, quand vous serez seule ou avec Ted, vous pourrez vous écrouler. Mais pas maintenant. Pas devant vos enfants. C'est également valable pour Peter.

Elle jeta un coup d'œil à son fils et rougit. Hochant la tête, elle prit une profonde inspiration et carra les épaules.

— D'accord. Je m'excuse pour ce qui vient de se passer. La vue du sang ne me dérange pas s'il vient d'un accident ou d'une coupure, mais je ne supporte pas la violence. Vous comprenez ?

— Je comprends. (Je me relevai.) Je vais aller chercher... Ted et Becca.

— Merci.

— De rien.

Je traversai le parking et me dirigeai vers le bout de la rue. Edward devait absolument prendre ses distances avec cette famille. Donna ne supportait pas la violence. Doux Jésus. Si elle savait quel genre d'homme elle avait accueilli dans son lit, dans sa vie ! Elle serait bonne à enfermer.

Edward s'était arrêté devant une petite maison au jardin bien entretenu. Il portait toujours Becca dans le creux de son bras gauche, et de la main droite, il lui désignait quelque chose. Un grand sourire éclairait le visage de la fillette. Je sentis mes épaules se détendre. Quand elle tourna la tête vers moi, je vis qu'un brin de lilas était glissé dans le ruban d'une de ses tresses. Le mauve et le jaune, ce n'est pas ma combinaison préférée, mais elle était ravissante quand même.

A ma vue, son sourire se flétrit. J'avais dû lui

faire peur dans le restaurant. Elle n'avait plus du tout confiance en moi. Tant pis. On ne fait pas de tortilla sans casser des œufs.

Edward la posa à terre, et ils rebroussèrent chemin. Becca avait levé la tête vers Ted ; elle lui souriait et balançait joyeusement son bras. Quant à Ted… Il la couvait du regard. Si je n'avais pas connu la vérité, je m'y serais laissée prendre. Edward aurait vraiment pu passer pour le père de Becca. Comment allait-il sortir de la vie de toute la famille Parnell sans faire un mal affreux à cette gosse ? Peter serait content qu'il disparaisse, et Donna était assez grande pour prendre soin d'elle, mais Becca… Et merde.

— Alors, comment ça va ? me lança Edward avec la voix de Ted.

— Au poil, répondis-je un peu sèchement. Donna et Peter vous attendent.

Le nez en l'air, Becca me dévisageait.

— Tu as tapé le méchant, souffla-t-elle.

— Oui.

— Je ne savais pas qu'une fille pouvait faire ça.

Cela me fit grincer des dents.

— Une fille peut faire tout ce qu'elle veut, y compris se défendre et taper un méchant en cas de besoin.

— Ted a dit que tu l'avais frappé parce qu'il voulait me faire du mal.

Je jetai un coup d'œil à Edward. Impossible de distinguer quoi que ce soit sous son masque jovial.

— C'est vrai.

— Il dit que tu ferais n'importe quoi pour me protéger, comme lui.

Je soutins le regard inquiet de Becca et acquiesçai gravement.

— Ça aussi, c'est vrai.

Alors, elle eut un sourire glorieux, pareil à la lumière

du soleil surgissant entre deux nuages. Elle m'offrit sa main libre, et je la pris.

Edward et moi revînmes vers le parking en tenant la fillette qui dansait plus qu'elle ne marchait entre nous. Elle croyait en Ted, et Ted lui avait dit qu'elle pouvait croire en moi. Cela lui suffisait. Le plus étrange, c'est que j'étais effectivement prête à blesser ou à tuer pour elle. Par-dessus sa tête, je fixai Edward. Il soutint mon regard sans ciller ni manifester la moindre émotion, mais je savais qu'il pensait la même chose que moi. Comment allions-nous nous tirer de ce guêpier ?

— Faites-moi la balançoire, réclama Becca.

Edward compta :

— Un, deux, trois.

Et nous la soulevâmes tandis qu'elle éclatait d'un rire extatique.

Nous ne la reposâmes qu'arrivés devant sa mère. Entre-temps, Donna s'était ressaisie. Elle avait séché ses larmes et souriait. Becca leva vers moi un visage rayonnant.

— Maman dit que je suis trop grande pour me balancer, maintenant, mais toi, tu es forte, pas vrai ?

Je hochai la tête, et ce fut en fixant Edward que je répondis :

— Oui, je suis forte.

15

Donna et Edward se firent des adieux tendres mais décents. Peter leva les yeux au ciel et se rembrunit comme s'ils avaient fait beaucoup plus qu'échanger un chaste baiser. Il aurait fait une drôle de tête s'il avait été témoin de la séance de pelotage dans le parking de l'aéroport.

Becca embrassa Ted sur la joue en gloussant. Peter l'ignora et monta en voiture dès que possible.

Edward agita la main jusqu'à ce que la berline familiale ait disparu au coin de Lomos Street. Puis il se tourna vers moi et attendit.

— Tu sais déjà ce que je vais te dire, hein ? lançai-je sévèrement. Tu as des explications à me fournir. Mais j'aimerais autant qu'on se mette au frais d'abord.

Il déverrouilla son Hummer, grimpa sur le siège conducteur et mit le contact. Un silence à peine troublé par le bourdonnement de la clim s'installa entre nous.

— Tu comptes jusqu'à dix ? finit-il par me demander.

— Plutôt jusqu'à mille. Il va bien me falloir ça pour me calmer.

— Vas-y, pose-moi toutes tes questions. Je sais que tu en meurs d'envie.

— D'accord. Je vais t'épargner une salve de reproches pour avoir entraîné Donna et ces gamins dans ton merdier, et te demander directement qui est Riker et pourquoi il t'a envoyé ses sbires.

— D'abord, je tiens à préciser que c'est le merdier de Donna, et que c'est elle qui m'y a entraîné.

Mon incrédulité dut se lire sur mon visage, car Edward poursuivit :

— Ses amis et elle appartiennent à une association d'archéologues amateurs qui tente de préserver les sites amérindiens dans la région. Tu sais comment se déroulent les fouilles ?

— Vaguement. Je sais que les types marquent avec des ficelles l'endroit où un objet a été découvert, qu'ils prennent des photos et qu'ils font des croquis – un peu comme la police avec un cadavre avant de le déplacer.

— Je n'aurais pas trouvé meilleure analogie. A plusieurs reprises, j'ai accompagné Donna et les enfants sur un site, le week-end. Ils utilisent des brosses à dents et des pinceaux à trois poils pour nettoyer la terre. Parfois même, ils se servent de cure-dents.

— Où veux-tu en venir ?

— Il existe des gens surnommés « chasseurs de pots » qui, au lieu de procéder avec tout ce luxe de précautions, font appel à des bulldozers et à des pelleteuses pour extraire un maximum de choses en un minimum de temps.

J'en restai bouche bée.

— Mais c'est stupide ! Ils doivent détruire plus d'objets qu'ils n'en récupèrent. Et puis, si on déplace une relique avant que son site d'extraction ait été enregistré, elle perd beaucoup de sa valeur historique. Le sol dans lequel elle était enfouie permet généralement de la dater, et les autres reliques qui l'entourent, de la situer dans un contexte précis.

— Les chasseurs de pots se fichent de la dimension historique. Ils prennent ce qu'ils trouvent et le revendent à des collectionneurs privés, ou à des intermédiaires peu regardants sur la provenance de leur marchandise. Il y a quelque temps, certains d'entre eux ont ainsi pillé un site sur lequel Donna travaillait bénévolement.

— Et elle t'a demandé d'enquêter pour les retrouver.

— Tu la sous-estimes, Anita. Ses amis médiums et elle étaient à peu près sûrs qu'il s'agissait d'un coup de Riker. Ils ont pensé qu'ils pourraient le raisonner. Mais ils ne réalisaient pas à quel point ce type est dénué de scrupules. La police le soupçonne d'être responsable du meurtre de deux flics locaux. C'est l'une des raisons pour lesquelles on ne nous a pas fait d'ennuis au restaurant. Tous les flics du coin savent que Riker est soupçonné d'avoir tué leurs collègues – ou plutôt, de les avoir fait tuer. Car bien sûr, il n'est pas du genre à se salir les mains.

Je grimaçai.

— Je me demande combien de contraventions ses gars et lui ont chopé depuis le début de cette histoire.

— Assez pour que son avocat menace d'intenter un procès pour harcèlement. On n'a aucune preuve que Riker soit impliqué dans la disparition des deux flics. Mais les corps ont été retrouvés sur un site que des bulldozers venaient de ravager, et un témoin a partiellement relevé un numéro d'immatriculation qui pourrait être celui d'un des véhicules de Riker.

— Ce témoin est-il encore en vie ?

— Tu piges vite, hein ?

— Je considère ça comme un « non ».

— Il est porté disparu.

— Alors, pourquoi s'en prendre à Donna et à ses enfants ?

— Parce que ses amis ont organisé une manifestation. Ils ont fait le piquet autour d'un site privé que Riker avait obtenu la permission de fouiller. Donna leur a servi de porte-parole. Et ce jour-là, elle avait amené les enfants avec elle.

— C'est idiot ! Elle n'aurait jamais dû les mêler à tout ça.

— Comme je te l'ai déjà dit, à l'époque, elle ne se doutait pas que Riker pouvait être aussi violent.

— Que s'est-il passé ?

— Ses amis et elle se sont fait tabasser. Ils se sont enfuis. Donna avait un œil au beurre noir.

— Comment Ted a-t-il réagi ? demandai-je en l'étudiant soigneusement.

Je ne voyais que son profil, mais ça me suffisait. Il l'avait mal pris. Ce n'était peut-être que de la fierté masculine, parce que Donna lui appartenait et qu'il n'aimait pas qu'on touche à ses joujoux. Mais c'était peut-être autre chose.

— Donna m'a demandé d'aller parler à leurs agresseurs.

— Laisse-moi deviner : et c'est comme ça que deux types ont fini à l'hôpital.

Edward acquiesça.

— Deux blessés et zéro mort ? Tu ramollis, raillai-je.

— Je ne pouvais tuer personne sans que Donna l'apprenne. Donc, je me suis contenté de faire un exemple.

— Un de ces deux hommes était l'auteur du cocard ?

— C'est ça. Tom.

— Et l'autre ?

— Il a poussé Peter et menacé de lui casser le bras.

Je secouai la tête. Il commençait à faire bien frais dans la voiture. La preuve : j'avais la chair de poule…

— Et maintenant, c'est lui qui a un bras cassé.

— Entre autres choses, oui.

— Edward, regarde-moi.

Il tourna vers moi ses yeux bleu pâle, si inexpressifs.

— Dis-moi la vérité. Te soucies-tu réellement de cette famille ? Serais-tu prêt à tuer pour la protéger ?

— Tu sais bien que je serais prêt à tuer rien que pour m'amuser, Anita.

— Cesse de plaisanter. Que représente Donna pour toi ?

— Tu m'as déjà demandé si j'étais amoureux d'elle, et je t'ai répondu non.

— Une fois de plus, tu esquives la question. Je ne crois pas que tu sois amoureux d'elle. Je ne crois pas que tu puisses être amoureux de quiconque. Mais tu éprouves quelque chose. Et je voudrais bien savoir quoi.

Edward me fixa sans broncher. J'avais envie de hurler, de le gifler et de le secouer comme un prunier jusqu'à ce qu'il crache le morceau. J'avais toujours su où j'en étais avec lui, même quand il avait l'intention de me faire du mal. Là... je n'étais plus certaine de rien.

— Mon Dieu... Tu es vraiment attaché à elle, soufflai-je.

Je m'affaissai dans mon siège. Je n'aurais pas été plus choquée s'il lui avait soudain poussé une deuxième tête. Ça aurait été bizarre, mais pas à ce point.

Edward, le tueur le plus froid que j'aie jamais rencontré, détourna les yeux. Il ne pouvait ou ne voulait pas soutenir mon regard. Il passa la première, me forçant à boucler ma ceinture de sécurité.

Je le laissai sortir du parking sans dire mot. Mais quand nous nous arrêtâmes à un stop, au coin de Lomos Street, je ne pus m'empêcher de demander :

— Que comptes-tu faire ?

— Je ne sais pas. Je ne suis pas amoureux de Donna.

— Mais... ?

Edward s'engagea lentement dans l'avenue principale.

— Elle a besoin d'un homme dans sa vie. Elle croit à ces conneries new age, adhère à toutes les nouvelles théories fumeuses qui font leur apparition. Elle est douée pour les affaires, mais elle fait trop confiance aux gens. Et elle n'a aucun sang-froid. Tu l'as bien vu tout à l'heure. (Il se concentrait sur la route, serrant le volant si fort que ses jointures pâlissaient.) Becca est comme elle : douce, gentille mais… plus solide, je pense. Et je ne te parle même pas de Peter.

— Ils n'ont pas eu le choix, remarquai-je sur un ton désapprobateur.

— Je sais, soupira Edward. Je connais Donna par cœur. Elle m'a raconté toute sa vie, depuis la naissance jusqu'à maintenant.

— Tu t'es ennuyé ?

— Par moments.

— Mais pas tout le temps.

— Non, pas tout le temps.

— Edward… Es-tu en train de me dire que tu aimes Donna ?

Pour toute l'attention que je prêtais au paysage, nous aurions aussi bien pu rouler sur la face cachée de la lune. En cette seconde, rien ne m'importait davantage que l'expression d'Edward. Et sur son visage, je crus déceler une chose que je voyais pour la première fois : une incertitude mêlée d'angoisse.

— Non. Je dis juste que… Parfois, quand tu joues un rôle depuis trop longtemps, tu te laisses prendre à ton personnage. Il devient plus réel qu'il n'était censé l'être.

— Donc, tu as vraiment l'intention d'épouser Donna ? De te coltiner tous les devoirs d'un époux et d'un père ?

— Tu sais très bien que c'est impossible. Si je vivais avec elle et les enfants, je n'arriverais pas à leur cacher ma véritable identité vingt-quatre heures sur vingt-quatre. Je ne suis pas si bon acteur. Et… une petite partie de moi le regrette.

Je le fixai, bouche bée. Edward, assassin extraordinaire, prédateur ultime, souhaitait avoir, non pas une famille, mais cette famille-là. Une veuve farfelue, son fils au caractère de cochon et son adorable petit bout de fille.

— Que vas-tu faire ? demandai-je lorsque je recouvrai la parole.

— Je n'en sais rien, admit Edward.

Je ne voyais rien qui puisse l'aider, aussi me rabattis-je sur l'humour – le dernier de tous mes recours dans ce genre de situation.

— Dis-moi au moins qu'ils n'ont pas de barrière blanche et de chien.

— Pas de barrière blanche, non. Mais un chien, oui. Et même deux.

— Quel genre ?

Edward me fixa en souriant, impatient de voir ma réaction.

— Des bichons maltais. Ils s'appellent Piképic et Colégram.

— Tu te fous de moi ?

— Donna veut qu'ils soient sur la photo de notre faire-part.

J'ouvris et refermai la bouche tel un poisson hors de l'eau. Edward éclata de rire.

— Je suis vraiment content que tu sois venue, Anita, parce que je n'aurais pu raconter ça à personne d'autre.

— Te rends-tu compte que ta vie amoureuse est plus compliquée que la mienne, à présent ?

— Oh oh. Là, je sais que je suis dans la merde, plaisanta Edward.

Et la discussion s'acheva sur cette note relativement légère. Mais Edward venait de me confier un problème très personnel. A sa façon, il avait réclamé mon aide pour le résoudre. Pourrais-je la lui apporter ? Je n'en étais pas sûre. Je me sentais de taille à élucider l'affaire de meurtres et de mutilations en série ; après tout, la violence et la mort étaient mes grandes spécialités. L'amour… J'avais déjà tellement de mal à gérer ma propre vie privée !

Edward n'avait pas sa place dans la vie d'une femme dont les chiens de poche se prénommaient Piképic et Colégram. Ça ne pouvait pas marcher entre eux. Mais pour la première fois, je réalisais que si Edward n'avait pas de cœur à briser, il regrettait de ne pas en avoir un à donner.

Cela me rappela la scène du *Magicien d'Oz* où Dorothy et l'Epouvantail cognent sur la poitrine de l'Homme en Fer-Blanc et qu'elle sonne creux, parce que le fabricant a oublié de lui mettre un cœur. Edward avait arraché le sien et l'avait abandonné quelque part sur le bord de la route, des années auparavant. Je le savais depuis le début. Ce que je n'aurais jamais deviné, c'est qu'il le regrettait. Et à mon avis, jusqu'à sa rencontre avec Donna Parnell, il l'ignorait lui aussi.

16

Edward me conduisit à un drive-in, mais il ne voulut pas s'arrêter pour me laisser manger. Il semblait anxieux, pressé d'arriver à Santa Fé. Je ne l'avais encore jamais vu aussi nerveux ; du coup, je ne protestai pas. Je lui demandai juste si nous pouvions nettoyer le Hummer pendant que j'avalerais mes frites et mon cheeseburger.

Sans un mot, il quitta la nationale et pénétra dans une de ces stations automatisées qui vous permettent de rester assis dans votre bagnole pendant le lavage. Quand j'étais petite, j'adorais regarder l'eau savonneuse dégouliner sur les vitres, observer le va-et-vient des énormes rouleaux. D'accord, je n'avais plus cinq ans. Mais je voulais y voir par toutes les vitres du Hummer, dont l'opacité crasseuse avait failli réveiller ma claustrophobie.

Avant de quitter Albuquerque, j'avais fini mon repas. Je sirotai mon soda tandis que nous sortions de la ville et nous dirigions vers les montagnes. Pas les noires que j'avais aperçues au loin en arrivant, mais une autre chaîne d'aspect plus « normal ». Ses pics étaient déchiquetés ; une guirlande scintillante festonnait leur base telle une rivière de diamants.

— C'est quoi, ce spectacle pyrotechnique ? demandai-je.

— Hein ?

— Les lumières, là-bas.

Edward jeta un coup d'œil dans la direction que je lui indiquais.

— Oh. C'est juste le soleil qui se reflète sur les vitres des maisons.

— Tu es sûr ? Ça brille vraiment fort…

— Albuquerque se situe à plus de deux mille mètres d'altitude. Ici, l'air est plus rare qu'à St. Louis. Ça influe sur la qualité du rayonnement.

— En tout cas, c'est très beau.

— Si tu le dis…

Nous nous tûmes. Edward déteste parler pour ne rien dire ; quant à moi, j'étais encore sous le choc. Je n'arrivais pas à croire qu'il soit amoureux – ou tout comme. Aussi me contentai-je d'admirer le paysage par la fenêtre.

Les collines étaient très rondes, couvertes d'une herbe sèche et brunâtre. Elles m'inspirèrent le même sentiment de désolation que celui que j'avais eu en sortant de l'aéroport. Je crus qu'elles étaient toutes proches jusqu'à ce que j'aperçoive une vache sur le flanc de l'une d'elles – si minuscule que je pouvais la couvrir de deux doigts tendus. Donc, les collines étaient en réalité de petites montagnes, beaucoup plus lointaines qu'il n'y paraissait.

L'après-midi touchait à sa fin. Il faisait encore jour, mais je devinais la nuit tapie sous l'éclat du soleil. Je la sentais prête à étendre son emprise ténébreuse sur le paysage. Un peu parce que j'étais d'humeur plutôt sombre ; un peu par déformation professionnelle. En tant qu'exécutrice de vampires, j'ai appris à déceler les signes avant-coureurs du crépuscule et de l'aube. Combien de fois n'ai-je dû mon salut qu'au lever du soleil ? Rien de tel que frôler la mort pour affiner une capacité.

L'horizon s'empourprait déjà lorsque j'en eus assez de tout ce silence.

— Y a-t-il autre chose que tu m'aies caché à propos

de cette affaire ? Autre chose qui risque de me mettre en rogne quand je le découvrirai ?

— Tu changes de sujet, constata Edward.

— Je ne m'étais pas rendu compte que nous parlions d'un quelconque sujet.

— Tu vois très bien ce que je veux dire.

Je poussai un soupir.

— Ouais. (Les bras croisés sur mon ventre, je m'affalai dans mon siège – autant que ma ceinture de sécurité m'y autorisa.) Je n'ai rien à ajouter en ce qui concerne Donna et ses enfants. Du moins, rien qui fasse avancer le schmilblick.

— Donc, tu te focalises sur le boulot.

— Comme vous me l'avez appris, Dolph et toi. « Reste concentrée sur les choses importantes. Les choses importantes sont celles qui peuvent te tuer. » Donna et ses enfants ne constituent pas une menace mortelle. Je penserai à eux plus tard.

Edward eut ce sourire secret qui signifiait « je sais quelque chose que tu ignores ». Parfois, il le fait juste pour m'irriter. Comme maintenant.

— Je croyais que tu me tuerais si je ne rompais pas avec Donna.

Je frottai ma nuque contre le cuir luxueux du siège, tentant de dissiper la crispation grandissante de mes épaules.

— Tu as raison, Edward. Tu ne peux pas disparaître du jour au lendemain. Becca aurait trop de peine. Mais tu ne peux pas non plus continuer à sortir indéfiniment avec Donna. Tôt ou tard, elle va te demander de fixer une date pour votre mariage. Et que feras-tu alors ?

— Je n'en ai aucune idée.

— Moi non plus. C'est pour ça que je préfère parler de l'affaire. De ce côté-là, au moins, on sait à quoi s'en tenir.

— Ah bon ?

— On sait qu'on veut mettre un terme aux meurtres et aux mutilations, pas vrai ?

— Oui.

— Et bien, c'est plus qu'on ne peut en dire au sujet de Donna.

— Dois-je comprendre que tu ne veux plus que je rompe ? s'enquit Edward avec un rictus si arrogant que j'eux envie de le gifler.

— Je ne sais plus ce que je veux que tu fasses, d'accord ? aboyai-je. Donc, on laisse tomber jusqu'à ce qu'il me vienne une idée brillante.

— Entendu.

— Bien. Et maintenant, revenons à la question que je t'ai posée. M'as-tu caché, au sujet de ces crimes, des éléments que tu penses que je voudrais connaître – ou plutôt, que je pense que je voudrais connaître ?

— Je ne suis pas télépathe, Anita. Je ne peux pas deviner ce que tu as envie de savoir ou pas.

— Ne fais pas le malin, Edward. Crache le morceau, un point c'est tout.

Il garda le silence si longtemps que je crus qu'il n'allait pas répondre.

— Edward… Je suis sérieuse.

— Je réfléchis.

Il roula des épaules comme pour se débarrasser d'une tension gênante. Pour lui aussi, la journée avait dû être stressante. J'avais toujours cru qu'il traversait la vie avec le zen du parfait sociopathe, que rien ne le touchait vraiment. Et je m'étais trompée.

Je me remis à observer le paysage. Le crépuscule s'éternisait comme si la lumière du jour se retirait à contrecœur, luttant pour rester le plus longtemps possible et maintenir les ténèbres à distance. Je n'avais pas hâte que la nuit tombe. Il me semblait percevoir quelque chose dans ces collines pelées, quelque chose qui attendait l'obscurité pour sortir de sa cachette. Mon imagination hyperactive me jouait peut-être des tours. Ou peut-être pas. Le plus délicat, avec les pouvoirs psychiques, c'est de savoir faire la différence entre le vrai et le faux. Parfois, ce n'est pas votre instinct qui vous met en garde contre un danger – juste vos angoisses personnelles qui vous font voir des fantômes là où il n'y en a pas.

Evidemment, il n'existait qu'un seul moyen d'en avoir le cœur net.

— Tu pourrais t'arrêter à l'écart de la nationale ? demandai-je.

Edward me jeta un coup d'œil intrigué.

— Pourquoi ?

— Je... je sens quelque chose, et je voudrais vérifier que je ne suis pas en train de délirer.

Sans rien ajouter, il prit la sortie suivante, tourna à droite et s'engagea sur une route de terre battue, bourrée d'ornières. Les amortisseurs du Hummer absorbaient tous les chocs ; j'avais l'impression de rouler sur de la soie. Plus loin, j'aperçus un amas de bâtiments et une petite église qui se dressait un peu à l'écart. Une croix surmontait son clocher. Le village ne semblait guère prospère, mais il n'était pas non plus abandonné. Or, je préférais opérer sans témoins.

— Arrête-toi là, ordonnai-je à Edward.

Il se rangea sur le bas-côté, soulevant un nuage de fine poussière qui vint se poser sur la carrosserie toute propre.

— Il ne pleut pas souvent dans le coin, pas vrai ?

— Non.

N'importe qui d'autre aurait brodé sur le sujet, mais pas Edward. Les conditions météo ne l'intéressaient que si elles étaient susceptibles d'affecter son travail.

Je descendis de voiture et m'éloignai à travers l'herbe sèche jusqu'à ce que je ne sente plus Edward derrière moi. Quand je jetai un coup d'œil par-dessus mon épaule, il était adossé à la portière conducteur, le chapeau repoussé en arrière pour mieux mater le spectacle. Je ne connaissais personne d'autre qui m'aurait laissée faire sans me demander ce que je fabriquais. J'étais curieuse de voir s'il poserait des questions après.

Les ténèbres étaient suspendues dans le ciel tel un voile soyeux que la lumière mourante maintenait encore en l'air. Une brise légère caressait ma peau et faisait onduler mes cheveux. Tout paraissait normal. Avais-je été victime de mon imagination ? Les problèmes d'Edward ou le souvenir de ces pauvres gens torturés affectaient-ils mon jugement ?

Je faillis laisser tomber et regagner la voiture. Mais si je m'étais trompée, ça ne pouvait pas faire de mal de vérifier, et si j'avais vu juste... Tournant le dos au Hummer et au village, je pivotai vers le paysage désertique. Le vent faisait bruisser l'herbe sèche comme les épis de maïs en automne, juste avant la récolte. Le sol couvert d'une fine couche de gravier rougeâtre montait en pente douce vers les collines.

Je pris une profonde inspiration pour me purifier. Puis j'expirai en baissant mes défenses et en ouvrant les bras comme pour étreindre le ciel. En réalité, c'était mon pouvoir que je déployais autour de moi. Ma magie, si vous préférez – l'énergie qui me permet de relever les morts et de me mêler aux loups-garous. Je la projetai vers la présence que j'avais perçue, ou cru percevoir.

Là ! Je la sentis tel un poisson tirant sur ma ligne. Je pivotai vers la route. Oui, elle était là, dans la direction de Santa Fé. Elle savait qu'elle ne pouvait pas se mouvoir en plein jour, et elle attendait impatiemment la nuit. D'un point de vue psychique, elle devait être énorme : je me trouvais à des kilomètres d'elle, et je l'avais captée quand même. Elle ne semblait pas maléfique. Ça ne voulait pas dire qu'elle ne l'était pas – juste qu'elle ne se considérait pas comme telle. Elle n'était pas humaine. Elle n'avait même pas d'existence physique. Un esprit, peut-être. Aucune enveloppe charnelle ne l'emprisonnait. Elle flottait librement… Non, pas librement, réalisai-je.

L'instant d'après, quelque chose me percuta de plein fouet. Ce fut comme si un camion invisible m'était rentré dedans. Je me retrouvai sur le cul dans le gravier, le souffle coupé et des étoiles dansant devant les yeux. J'entendis des pas se précipiter vers moi, et je ne parvins pas à me retourner. J'étais trop occupée à réapprendre comment respirer.

Edward s'agenouilla près de moi, le flingue à la main.

— Que s'est-il passé ?

Il ne me regardait pas : il scrutait la pénombre en quête d'un danger, d'une cible à abattre. Ses lunettes de soleil avaient disparu.

Je lui agrippai le bras et secouai la tête, essayant de parler. Mais quand j'eus assez d'air pour ça, tout ce qui sortit de ma bouche fut un chapelet de jurons.

— Merde, merde, merde !

D'accord, ce n'était pas très instructif. A ma décharge, j'avais une trouille de tous les diables. Quand je suis face à un monstre vraiment horrible, plein de crocs et de griffes, le choc me glace. Quand j'ai affaire à une entité ou à un phénomène psychique, je reste à température normale, mais mes nerfs me picotent comme si j'avais mis les doigts dans une prise. Là, je me sentais carrément court-circuitée.

Je me hâtai de remonter mes boucliers comme on s'enveloppe de son manteau en plein blizzard. Mais curieusement, la présence avait battu en retraite. D'après l'avant-goût qu'elle venait de me donner, son pouvoir aurait pu me découper, me faire mijoter dans mon jus et me servir sur du pain grillé si elle l'avait voulu. Donc, elle ne l'avait pas voulu. Et aussi soulagée que je sois, je me demandais pourquoi.

Je me posais un tas d'autres questions. Comment avions-nous pu nous percevoir mutuellement par-delà une si grande distance ? D'habitude, c'est avec les morts que j'ai le plus d'affinités. Cela signifiait-il que la présence était morte, ou qu'elle avait un rapport avec la mort ? Ou venait-elle de réveiller en moi un pouvoir psychique latent ? Marianne m'avait prévenue que ça pourrait arriver. J'espérais qu'elle se trompait : j'avais déjà bien assez de mal à maîtriser mes dons actuels.

Je poussai un soupir.

— Baisse ce flingue, Edward. Je vais bien. De toute façon, il n'y a rien ni personne à descendre.

Il glissa un bras sous le mien et me releva avant que je sois prête. J'aurais vraiment aimé rester assise un peu plus longtemps. Je m'appuyai sur lui, et il m'entraîna vers la voiture. Après avoir manqué m'étaler deux ou trois fois, je balbutiai :

— Arrête-toi, s'il te plaît.

Il obtempéra en promenant un regard méfiant à la ronde. Il n'avait pas rengainé son flingue. J'aurais dû m'en douter. C'était son doudou ; il ne pouvait pas s'en passer.

Peu à peu, ma respiration redevint normale. Ma peur s'estompa parce qu'elle ne servait à rien. J'avais tenté d'utiliser mon pouvoir, et je m'étais plantée. J'étudiais la magie rituelle, mais je n'étais encore qu'une débutante. Le pouvoir seul ne suffit pas : il faut savoir le manipuler. Sinon, c'est comme un flingue à la sécurité enclenchée. Ça fait un chouette presse-papier, et ça s'arrête là.

Je me glissai dans la voiture, refermai et verrouillai ma portière avant même qu'Edward soit monté du côté conducteur.

— Raconte-moi ce qui s'est passé, Anita, exigea-t-il en s'installant au volant.

Je levai les yeux vers lui.

— Ça serait bien fait pour toi si je me contentais de te fixer en souriant, hein ?

— C'est vrai. Mais c'est toi qui as dit qu'on devait arrêter de jouer et collaborer pour résoudre cette affaire au plus vite, me rappela-t-il. Donc… Je t'écoute.

— Commence par démarrer et par ficher le camp d'ici, s'il te plaît.

Je n'avais pas envie de rester immobile sur le bord de la route dans les ténèbres grandissantes. Je voulais avancer, ne serait-ce que pour me donner l'illusion de faire quelque chose.

Edward obtempéra. Il fit demi-tour et revint vers la nationale.

— Parle.

— Je n'étais encore jamais venue au Nouveau-Mexique. Ce que j'ai senti n'est peut-être qu'un croquemitaine local, une entité qui traîne dans les parages depuis la nuit des temps.

— Qu'as-tu senti ?

— Quelque chose de puissant. Quelque chose qui se trouve à des kilomètres d'ici en direction de Santa Fé. Quelque chose qui pourrait avoir un rapport avec les morts – ça expliquerait l'intensité de la connexion qui s'est établie entre nous. Je vais avoir besoin d'un bon médium pour déterminer si elle fait partie du paysage ou non.

— Donna connaît des médiums. Je ne peux pas te dire s'ils sont bons ou pas – et à mon avis, elle non plus.

— Ce sera déjà un début. (Je me recroquevillai dans mon siège et m'enveloppai de mes bras.) Y a-t-il dans le coin un réanimateur, un nécromancien ou n'importe qui d'autre qui bosse avec les morts ? Si c'est lié à mon type de pouvoir, un médium ordinaire ne le percevra peut-être pas.

— Je n'en sais rien, mais je me renseignerai.

— Merci.

Nous avions regagné la nationale. La nuit était très noire, comme si des nuages dissimulaient la lune. Les phares du Hummer découpaient deux trouées jaunes dans l'obscurité.

— Crois-tu que cette présence soit impliquée dans notre affaire ?

— Aucune idée.

— Décidément, tu ne m'aides pas beaucoup, grommela Edward.

— C'est le problème avec la magie et les pouvoirs psychiques. Le résultat n'est jamais garanti à cent pour cent.

— Je ne t'avais encore jamais vu faire ce genre de truc. Tu as toujours dit que tu détestais ça.

— Oui, mais il a bien fallu que j'accepte ce que je suis. Ça fait partie de moi ; je ne peux pas y échapper. Je gagne ma vie en relevant les morts. Pourquoi es-tu si choqué que je possède d'autres capacités qui sortent de l'ordinaire ?

— Je ne suis pas choqué. Je t'ai appelée en renfort parce que tu es chatouilleuse de la gâchette, mais surtout parce que tu es la personne la plus calée que je connaisse en matière de surnaturel. Contrairement à beaucoup de médiums, tes pouvoirs ne t'empêchent pas d'avoir les pieds sur terre. Ils ne te coupent pas de la réalité.

— Tu te trompes, Edward. Aujourd'hui, j'ai vu une âme flotter dans la chambre des Bromwell. Et elle était aussi réelle que le flingue dans ton holster. Ce n'est pas parce que tu ne perçois pas une chose qu'elle n'existe pas. Tous les médiums, les voyants et les sorciers ont les pieds sur terre. Simplement, ils traitent avec un aspect de la réalité qui t'échappe.

Edward ne trouva rien à répondre à ça. Le silence emplit la voiture, et je m'en réjouis parce que j'étais terriblement fatiguée. La magie m'épuisait beaucoup plus vite que n'importe quelle activité physique. Je courais six kilomètres trois ou quatre fois par semaine ; je faisais de la muscu ; je prenais des cours de judo et de kempo, et rien de tout ça ne m'avait jamais crevée autant que le simple fait de m'ouvrir à cette présence.

D'habitude, je ne dors pas en voiture. J'invoque toujours des tas d'excuses plus ou moins vraisemblables pour rester éveillée, mais la vérité, c'est que j'ai trop peur que le conducteur provoque un accident et qu'il me tue. C'est comme ça depuis la mort de ma mère. Pourtant, je me rencognai contre la portière et cherchai une position confortable. Mes yeux me brûlaient. Je les fermai pour les reposer, et le sommeil m'attira par le fond tel un courant sous-marin.

J'aurais pu lui résister. Je ne le fis pas. J'avais besoin de repos, et j'en avais besoin tout de suite, ou je ne serais bientôt plus bonne à rien. Tandis que je m'autorisais à me détendre, une pensée étrange traversa mon esprit. Je faisais confiance à Edward. Traitez-moi de folle si ça vous chante.

Je n'émergeai que lorsque la voiture s'arrêta.

— Nous sommes arrivés, annonça Edward.

Je luttai pour me redresser. J'avais des crampes un peu partout, mais je me sentais beaucoup mieux.

— Où ça ?

— Chez Ted.

Cette réponse eut le don de dissiper instantanément les derniers lambeaux de sommeil. Chez Ted. Autrement dit, chez Edward. J'allais enfin voir l'endroit où il habitait. Et bien sûr, j'allais fouiller dès qu'il aurait le dos tourné. Si je ne me faisais pas tuer, percer ses mystères à jour suffirait à justifier mon voyage. Et si je me faisais tuer… Je reviendrais le hanter, histoire de lui prouver que les fantômes étaient bien réels.

17

« Chez Ted », c'était une maison en adobe qui paraissait soit authentique, soit assez vieille – je n'y connais pas grand-chose en architecture. J'aidai Edward à sortir mes bagages du coffre de la Hummer, mais je n'avais d'yeux que pour sa maison. Jamais je n'aurais cru voir l'endroit où il habitait. Edward était un peu comme Batman : il débarquait en ville, il me sauvait la mise et il disparaissait. Une invitation à dîner dans la Bat Cave ne faisait pas partie du service. Et à présent, j'étais plantée devant son repaire. Cool.

Cette maison ne ressemblait pas du tout à ce que j'avais imaginé. Je m'attendais à ce qu'Edward occupe un loft ou un appartement avec terrasse au dernier étage d'un gratte-ciel, à Los Angeles par exemple. Je n'avais pas envisagé une seule seconde qu'il puisse vivre dans une demeure aussi modeste. Certes, elle faisait partie de son identité secrète, mais quand même. Il devait avoir une autre raison de la choisir que « c'est ce que Ted aimerait ». Je commençais à croire que je ne le connaissais pas du tout.

Une applique s'alluma au-dessus de l'entrée ; je dus détourner la tête pour protéger ma vision nocturne. Deux pensées me traversèrent l'esprit. Un : qui avait appuyé sur l'interrupteur ? Deux : la porte était peinte en bleu, un bleu violacé riche et vibrant. J'avais vu le même à l'aéroport et dans les rues d'Albuquerque – souvent relevé de petits fleurs et d'une touche de fuchsia.

— Pourquoi avoir peint la porte de cette couleur ? demandai-je à Edward.

— Peut-être que ça me plaît.

— Beaucoup des maisons que j'ai aperçues depuis mon arrivée ont une porte bleue ou turquoise. Il doit bien y avoir une raison.

— Tu es très observatrice.

— C'est un de mes plus grands défauts. Allez, accouche.

— Il paraît que les sorcières ne peuvent pas franchir une porte peinte en bleu ou en vert.

J'écarquillai les yeux.

— Tu y crois vraiment ?

— Je doute que quiconque y croie encore. La plupart des gens ne doivent même pas se souvenir des origines de cette tradition. Mais ça fait partie du style local.

— D'accord. Question numéro deux – parce que je suis si observatrice : peux-tu me dire qui vient d'allumer la lumière ?

— Bernardo ou Olaf.

— Tes autres renforts. J'ai hâte de faire leur connaissance.

— Par esprit de coopération, et puisque tu ne veux plus de surprises, je préfère te prévenir qu'Olaf n'aime guère les femmes.

— Il est homo ?

— Non, et le sous-entendre devant lui risque de déclencher une belle bagarre ; aussi, je te remercierai de t'abstenir. Si j'avais su que je ferais appel à toi, je ne l'aurais jamais appelé. Vous deux sous le même toit, en train de bosser sur la même affaire… Ça va être un désastre.

— Tu crois qu'on n'arrivera pas à s'entendre ?

— Je ne crois pas : j'en suis persuadé.

La porte s'ouvrit, interrompant notre conversation. Je me demandai si c'était le redoutable Olaf. L'homme qui se tenait sur le seuil n'avait pas une tête à porter ce prénom, mais on ne sait jamais.

Il mesurait environ un mètre quatre-vingts. C'était difficile de deviner sa taille exacte, parce que tout le bas de son corps était enveloppé d'un drap blanc que sa main droite retenait au niveau de sa taille. Le tissu bouillonnait autour de ses jambes comme une robe de mariée. Mais le haut de son corps n'avait absolument rien de féminin. Il était mince et musclé, avec un magnifique jeu d'abdominaux. Sa peau avait une appétissante couleur de pain d'épices – mi-bronzage, mi-naturelle. Car il était indien, et pas qu'un peu. Ses cheveux d'un noir de jais, rabattus sur une de ses épaules, lui tombaient jusqu'à la taille. Son visage était triangulaire, avec une bouche aux lèvres pleines et une fossette au menton. Serait-ce raciste de dire que ses traits étaient plus blancs qu'indiens ?

— Tu peux refermer la bouche, maintenant, me chuchota Edward.

Je refermai la bouche.

— Désolée, marmonnai-je.

Comme c'était embarrassant. D'habitude, les hommes ne me font pas cet effet, surtout quand je les rencontre pour la première fois. J'étais complètement à côté de mes pompes aujourd'hui.

L'inconnu empoigna le drap de sa main libre. Il le rabattit sur son bras pour dégager ses pieds et pouvoir descendre les deux marches sans s'étaler.

— J'étais déjà en train de dormir, s'excusa-t-il. Sinon, je serais venu vous donner un coup de main.

Il semblait parfaitement à l'aise dans sa toge improvisée, même quand il la lâcha pour saisir ma valise.

— Bernardo Cheval-Tacheté, Anita Blake, nous présenta Edward.

Bernardo hésita un instant. Au lieu de poser la valise, il fit le mauvais choix et me tendit la seule main qui tenait encore le drap. L'inévitable se produisit. Je détournai la tête très vite, en me réjouissant que l'obscurité dissimule le feu de mes joues.

— On se serrera la main plus tard, bredouillai-je avec un geste vague dans sa direction. Quand vous porterez des vêtements, par exemple.

— Je suis navré.

— Edward et moi, on va s'occuper des bagages. Allez donc vous chercher une robe de chambre.

Je sentis quelqu'un s'approcher, et je sus que ça n'était pas Edward.

— Vous êtes pudique. D'après les descriptions faites par Edward, je m'attendais à beaucoup de choses, mais pas à ça.

Je pivotai lentement. Bernardo se tenait bien trop près de moi. Invasion caractérisée de mon espace personnel. Je le foudroyai du regard.

— Vous vous attendiez à quoi ? A la putain de Babylone ?

Quand je suis gênée, je démarre au quart de tour. Ma colère dut s'entendre dans ma voix, car le sourire de Bernardo se flétrit légèrement.

— Je ne voulais pas vous offenser, dit-il en levant la main comme pour me caresser les cheveux.

Je reculai.

— Bas les pattes.

— Pourquoi ? s'étonna-t-il. J'ai vu de quelle façon vous m'avez regardé tout à l'heure.

De nouveau, mes joues s'empourprèrent. Mais cette fois, je ne détournai pas la tête.

— Si vous vous la jouez page centrale de Playgirl, ne vous étonnez pas que je vous regarde. N'en tirez pas non plus de conclusions erronées. Vous êtes bien foutu, je vous l'accorde. Mais me faire un rentre-dedans aussi grossier, ce n'est flatteur ni pour vous ni pour moi. Ça sous-entend soit que vous êtes un garçon facile – et je veux bien le croire –, soit que vous me prenez pour une fille facile – et vous vous trompez. (Je marchai sur lui, pâle et furieuse.) Dans les deux cas : bas les pattes.

Bernardo hocha la tête. Il s'écarta de moi, arrangea le drap de manière à se couvrir un maximum et s'inclina. C'était un geste désuet mais courtois, apparemment sincère. Et qui fit tomber ses cheveux noirs en rideau devant sa figure. J'avais déjà vu plus appétissant, mais pas depuis six mois.

Quand il se redressa, il arborait une expression solennelle.

— Deux sortes de femmes sont prêtes à traîner avec Edward et moi en tout connaissance de cause. Les premières sont des putains – peu importe le nombre de flingues qu'elles ont sur elles. Les secondes ne se préoccupent que de leur boulot. Je les appelle les madones, parce qu'elles ne couchent jamais avec personne. Elles se donnent beaucoup de mal pour qu'on les traite comme des hommes. (Un léger sourire effleura ses lèvres.) Pardonnez-moi d'être déçu que vous soyez une madone. Je suis ici depuis deux semaines, et je commence à me sentir seul.

Je secouai la tête.

— Deux semaines, pauvre bébé. (Je le dépassai en le bousculant presque, saisis mon sac de sport et jetai un coup d'œil à Edward.) La prochaine fois, une petite mise en garde serait la bienvenue.

Edward leva une main comme pour prêter le serment des boy scouts.

— Je n'avais jamais vu Bernardo se comporter ainsi avec une femme qu'il vient juste de rencontrer. Je te le jure.

Je plissai les yeux. Je le croyais, mais…

— Alors, qu'est-ce qui me vaut cet honneur ?

Il empoigna ma valise en grimaçant.

— Tu aurais dû voir ta tête quand il s'est approché de toi. (Il éclata de rire.) Tu étais rouge comme une tomate.

Bernardo nous rejoignit.

— Je ne voulais pas m'exhiber devant vous, Anita. Mais je dors tout nu, et j'ai attrapé la première chose qui m'est tombée sous la main quand je vous ai entendus arriver.

— Où est Olaf ? s'enquit Edward.

— Il boude parce que tu l'as appelée.

— Génial, grinçai-je. Un de vous deux se prend pour Don Juan et l'autre ne veut même pas me parler.

Je suivis Edward jusqu'à la maison.

— Ne vous méprenez pas sur Olaf, Anita, lança Bernardo derrière moi. Il aime avoir des femmes dans son lit, et il n'est pas aussi scrupuleux que moi sur la façon dont il les y amène. A votre place, je me méfierais.

— Edward..., grondai-je.

Edward venait de pousser la porte. Il pivota vers moi.

— Oui ?

— Bernardo a-t-il raison ? Olaf est-il dangereux pour moi ?

— Je peux lui dire à ton sujet ce que je lui ai dit au sujet de Donna.

— C'est-à-dire ?

— Que s'il te touche, je le tuerai.

— Si tu me protèges, il ne me respectera pas. Il ne voudra pas bosser avec moi.

— C'est exact.

Je soupirai.

— D'accord. Je me débrouillerai.

Bernardo se rapprocha. Personne ne lui avait appris à garder ses distances ? Mine de rien, je lui balançai un petit coup de sac dans les tibias pour le forcer à reculer.

— Olaf a fait de la prison pour viol, révéla-t-il.

Je fixai Edward, les yeux écarquillés.

— Il est sérieux ?

Edward acquiesça.

— Tout à l'heure, je t'ai dit que je n'aurais pas fait appel à lui si j'avais su que tu viendrais.

— Mais tu t'es bien gardé de me parler de sa condamnation.

— J'aurais dû, hein ?

— Oui. Qu'y a-t-il d'autre à savoir sur ce bon vieil Olaf ?

— C'est tout. (Par-dessus mon épaule, Edward jeta un coup d'œil à Bernardo.) Tu vois quelque chose à ajouter ?

— Rien, sinon qu'il se vante d'avoir violé cette fille et raconte ce qu'il lui a fait par le menu à qui veut l'entendre.

Je pinçai les lèvres.

— D'accord. J'ai juste une question.

— Je t'écoute, dit Edward.

— Si je descend encore un de tes renforts, est-ce que je te devrai une autre faveur ?

— Pas s'il l'a mérité.

Je lâchai mon sac de sport sur le seuil de la maison.

— Et merde, Edward ! Si tu n'arrêtes pas de me coller des cinglés comme partenaires, je serai obligée de les buter l'un après l'autre et j'aurai une dette envers toi jusqu'à ma mort.

— Vous êtes sérieuse, réalisa Bernardo, surpris. Vous avez vraiment tué son dernier renfort ?

— Absolument. Et je veux la permission d'en faire autant avec Olaf s'il me cherche, sans devoir une autre livre de chair à Edward.

— Qui avez-vous déjà abattu ?

— Harley, répondit Edward à ma place.

Bernardo lâcha un petit sifflement.

— Sans déconner…

Je me plantai devant Edward et posai mes poings sur mes hanches.

— Alors, tu me la donnes, cette permission ?

— Que feras-tu dans le cas contraire ? demanda-t-il à voix basse.

— Je partirai en quête d'un hôtel, parce qu'il est hors de question que je dorme sous le même toit qu'un violeur fier de son crime si je ne peux pas le flinguer.

Edward me fixa longuement de ses yeux bleu pâle, inexpressifs. Puis il acquiesça.

— Permission accordée, tant que tu es sous mon toit. A l'extérieur de cette maison, tâche de te tenir à carreaux.

Je voulais négocier, mais je me rendais compte que je n'obtiendrais rien de plus. Edward était très protecteur avec ses renforts, et comme j'en faisais partie, je pouvais difficilement me plaindre. Je ramassai mon sac.

— Merci. Et maintenant, si tu veux bien me montrer ma chambre…

— Je suis certain qu'elle s'adaptera très vite, lança Bernardo.

Quelque chose dans le ton de sa voix m'incita à pivoter vers lui. Son expression affable s'état évaporée, ne laissant derrière elle qu'un vide insondable au milieu duquel ses yeux sombres brûlaient comme deux charbons ardents. On aurait dit qu'il avait laissé tomber son masque et qu'il me laissait voir son vrai visage parce qu'il me jugeait assez monstrueuse pour le supporter. Je suppose que j'aurais dû me sentir flattée. En tout cas, une chose était sûre : ni Bernardo ni Olaf n'avait intérêt à faire du somnambulisme.

18

Il y avait une cheminée contre le mur de gauche, mais elle était blanche et étroite, taillée dans la même matière lisse que les murs. Un crâne d'animal un peu plus massif que celui d'un cerf, et avec des cornes incurvées, était accroché au-dessus. Deux défenses d'éléphant et une poignée de crânes plus petits reposaient sur le bord du manteau.

Je pris mon temps pour inspecter le reste de la pièce. Contre le mur de droite, un canapé blanc flanqué d'un bloc de marbre brut, sur lequel reposait une petite lampe au pied de porcelaine. Au-dessus de cette lampe, une alcôve occupée par un gros morceau de cristal blanc. Contre le mur du fond, entre les deux portes, une table en laque noire et une deuxième lampe plus imposante. Face à l'âtre, deux fauteuils en cuir noir, aux accoudoirs et aux pieds sculptés en forme de lions ailés.

— Par ici, s'impatienta Edward.

— Minute, papillon. J'ai attendu longtemps pour voir ta maison. Ne me bouscule pas.

— Ça t'ennuie si je porte tes bagages dans ta chambre pendant que tu feras le tour du propriétaire ?

— Je t'en prie. Il faut bien que le petit personnel s'amuse.

— Madame est trop aimable, railla-t-il. (Il ramassa mon sac de sport et lança :) Viens, Bernardo. Je te rappelle que tu dois t'habiller.

— Tu ne nous as pas laissés farfouiller seuls, Olaf et moi.

— Vous ne me l'avez pas demandé.

— C'est l'un des avantages d'être une fille, grimaçai-je. J'ai le droit d'être curieuse.

Ils sortirent par l'une des portes du fond, et je poursuivis mon inspection. Près de la cheminée, un petit tas de bûches reposait dans un panier d'osier très clair, presque blanc. Je caressai la surface lisse et fraîche de la table basse en marbre noir, au milieu de laquelle se dressait un vase plein de fleurs sauvages – des boutons d'or, peut-être. Leurs pétales jaune vif juraient avec la décoration. Même le tapis navajo qui recouvrait presque tout le sol était un camaïeu de noir, de gris et de blanc. J'aperçus d'autres fleurs dans une alcôve, entre les portes du fond. L'alcôve avait la taille d'une fenêtre, mais elle ne donnait sur rien. Les fleurs s'en déversaient telle une cascade brune et dorée, un foisonnement indiscipliné.

Lorsqu'Edward revint – sans Bernardo –, j'étais assise sur le canapé. Les jambes étendues sous la table basse et les mains croisées sur le ventre, je tentais d'imaginer une froide soirée d'hiver et un feu rugissant. Mais la cheminée semblait trop propre, presque stérile.

Edward s'assit près de moi.

— Heureuse ?

J'acquiesçai.

— Qu'en penses-tu ?

— Ce n'est pas une pièce accueillante. Et regarde-moi ces murs nus ! Pour l'amour de Dieu, achète-toi des tableaux !

— Je l'aime telle qu'elle est, dit-il en s'affalant dans la même position que moi.

Il voulait me charrier ? Grand bien lui fasse. Ça ne m'empêcherait pas de passer toute cette baraque au crible avant mon départ. La curiosité est un vilain défaut. Mais je me fichais d'avoir l'air cool devant

Edward. Nous avions depuis longtemps dépassé ce stade. Je ne cherchais plus à l'impressionner… Même si la réciproque n'était pas nécessairement vraie.

— Je sais déjà ce que je vais t'offrir pour le prochain Noël, le taquinai-je.

— On ne s'offre pas de cadeaux de Noël, me rappela-t-il.

Nous fixions tous deux la cheminée, comme si nous tentions de visualiser un feu absent.

— Il est peut-être temps de commencer. Voyons… Que dirais-tu d'une photo de gamin déguisé en chou-fleur, ou d'un clown peint sur du velours ?

Edward fit la moue.

— Si ça ne me plaît pas, je ne l'accrocherai pas.

Je lui jetai un coup d'œil en biais.

— Sauf si ça vient de Donna.

Il se figea.

— Probablement.

— C'est elle qui a apporté les fleurs, pas vrai ?

— Oui.

— Des arums ou une orchidée, ça aurait pu aller. Mais des boutons d'or…

— Elle trouve que ça égaye la pièce.

— Ah, ça, c'est sûr…

Il soupira.

— Je sais ! m'écriai-je. Je vais lui dire que tu adores ces posters de chiens qui jouent au poker. Avec un peu de chance, elle t'en achètera un.

— Elle ne te croira pas.

— Non, mais je dois pouvoir trouver quelque chose de plus plausible que tu détesteras tout autant.

— Tu n'oserais pas.

— Chiche ?

— Ça sent le chantage à plein nez. Que veux-tu en échange de ton silence ?

— Donc, tu admets que tu es assez attaché à Donna et à ses enfants pour céder à un chantage les concernant ?

Je dévisageai Edward. Il me rendit un regard impassible, mais je ne m'y laissai pas prendre. Je voyais la faille dans son armure. Elle était assez large pour qu'un 38 tonnes puisse y passer.

— Si jamais quelqu'un s'en rend compte, ils feraient d'excellents otages, dis-je sur un ton sévère.

Edward ferma les yeux.

— Crois-tu que je n'y aie pas déjà pensé ?

— C'est vrai, tu as raison. On n'apprend pas aux vieux singes à faire des grimaces. Donc, je ne vais pas te rappeler que tes ennemis peuvent utiliser tes proches pour faire pression sur toi. C'est pour ça que je ne sors jamais avec des humains. J'ai une existence trop... mouvementée. Je ne peux pas me permettre de fréquenter des gens incapables de se défendre, des gens qui seraient autant de vulnérabilités supplémentaires pour moi. C'est toi qui me l'as enseigné.

— Et à présent, j'ai enfreint la règle, dit-il doucement.

— Oui.

— Et Jean-Claude et Richard ? Tu n'as pas peur pour eux ?

— Je vois. Je t'ai mis sur la sellette, et maintenant, c'est mon tour.

— Contente-toi de répondre, s'il te plaît.

Je n'eus pas besoin de réfléchir longtemps, parce que je venais de passer les six derniers mois à retourner cette question dans ma tête.

— Jean-Claude a vécu quatre siècles. Et il est le Maître de St. Louis. Si quelqu'un est capable de se débrouiller seul, c'est bien lui.

— Et Richard ?

Edward me dévisageait attentivement, comme je le faisais quand j'essayais de lire dans ses pensées. Pour la première fois, je me demandai si mon visage était devenu aussi inexpressif que le sien, si je cachais mes sentiments en permanence.

— Richard peut survivre à une décharge de chevrotine en pleine poitrine, si les cartouches ne sont pas en argent. Peux-tu en dire autant de Donna ?

C'était une façon brutale mais pertinente de présenter les choses.

Quelque chose passa dans les yeux d'Edward, comme s'il venait de tirer des rideaux pour masquer l'intérieur d'une maison.

— Tu m'as dit qu'ils se pelotonnaient autour de ton humanité. Il me semble que de ton côté, tu te pelotonnes autour de leur monstruosité.

— C'est vrai. J'ai mis du temps à m'en rendre compte, et plus encore à l'accepter. Mais j'ai déjà perdu assez de gens qui comptaient pour moi. Je ne veux pas que ça se reproduise. Or, il y a de grandes chances pour que les garçons me survivent tous les deux. (Je levai une main avant qu'Edward puisse protester.) Je sais : techniquement, Jean-Claude n'est pas vivant. Crois-moi, je le sais mieux que personne.

— Vous avez l'air bien sérieux. Vous discutez de l'affaire ?

Bernardo entra dans la pièce. Il portait un jean et rien d'autre. Ses cheveux tressés à la hâte pendaient dans son dos. Il s'approcha de nous pieds nus, et mon cœur se serra. Richard se baladait toujours torse et pieds nus à l'intérieur. Il ne mettait une chemise et des chaussures que pour sortir ou recevoir du monde.

Un homme très séduisant marchait vers moi, mais ce n'était pas lui que je voyais. Ce n'était pas lui que je désirais. *Avoue-le : Richard te manque.*

Je poussai un soupir et me redressai sur le canapé. Edward m'imita.

— Non, nous ne discutions pas de l'affaire.

Bernardo nous dévisagea tour à tour en souriant, mais son regard demeura froid et calculateur. Il n'aimait pas qu'on le tienne à l'écart – pas pour une chose qui semblait si importante. A sa place, j'aurais demandé de quoi nous étions en train de parler. Edward ne m'aurait pas répondu, mais j'aurais demandé quand même. Parfois, ça a du bon d'être une fille.

— Tu as dit que tu avais le dossier de la police sur les cas de Santa Fé, rappelai-je à Edward.

Il hocha la tête et se leva.

— Je vais l'apporter dans la salle à manger. Bernardo, tu peux lui montrer le chemin ?

Bernardo esquissa une légère courbette.

— Avec grand plaisir.

— Faire preuve de galanterie avec Anita serait une erreur. Ça m'ennuierait de devoir te remplacer à ce stade de la partie.

Sur ces mots, Edward sortit par la porte de droite. J'eus le temps de sentir une bouffée d'air frais et de capter un bourdonnement d'insectes avant qu'il referme le battant derrière lui.

Bernardo me fixa en secouant la tête.

— Je n'avais encore jamais entendu Edward parler d'une femme comme il parle de vous.

Je haussai un sourcil.

— C'est-à-dire ?

— Comme si vous étiez dangereuse.

Ses yeux bruns brillaient d'intelligence – une intelligence que, jusque-là, il avait dissimulée soit sous ses manières charmeuses, soit derrière son masque de monstre. Le sous-estimer serait une grossière erreur, réalisai-je. Il était bien plus qu'un porte-flingue. Quoi au juste ? Ça restait à voir.

— Vous attendez quoi ? Que je confirme ? (Du menton, je lui désignai le couloir.) Passez devant.

Il pencha la tête sur le côté.

— Pourquoi ne marcherions-nous pas côte à côte ?

— Parce qu'il n'y a pas la place.

— Pensez-vous vraiment que je pourrais vous tirer dans le dos ? (Il écarta les bras et pivota lentement sur lui-même.) Ai-je l'air armé ? me demanda-t-il avec un sourire éblouissant.

Mais je ne m'y laissai pas prendre.

— Ça, je ne peux pas en être sûre sans avoir passé la main dans vos cheveux et à l'intérieur de votre pantalon.

Son sourire s'estompa.

— La plupart des gens ne pensent pas aux cheveux.

Ce qui signifiait qu'il avait vraiment planqué une arme dans sa tresse. Sinon, il m'aurait proposé de le fouiller au corps, histoire de me provoquer.

— Ça ne peut être qu'une lame. Vos cheveux ne sont pas assez épais pour dissimuler un flingue – pas même un Derringer.

Il passa une main dans sa nuque et dégagea le stylet qu'il avait glissé dans sa tresse. Il me le montra puis se mit à jouer avec, le lançant dans les airs et le rattrapant tantôt par le manche, tantôt par la lame.

— Un Indien doué pour le maniement des armes blanches… Ça fait un peu stéréotype ethnique, non ? suggérai-je.

Bernardo éclata de rire, mais pas comme s'il avait trouvé ça drôle. Il fit tournoyer le stylet entre ses longs doigts minces. Je me raidis. J'étais toujours derrière le canapé, mais s'il était vraiment bon, je n'arriverais jamais à me mettre à couvert ni à dégainer mon flingue à temps. Il était beaucoup trop près de moi.

— J'aurais beau me raser la tête et porter un costard, les gens me verraient toujours comme un Indien. Puisque je ne peux rien y faire, autant que j'en profite.

D'un mouvement fluide, il rangea le stylet dans son fourreau soyeux. A sa place, j'aurais dû utiliser un miroir – et je me serais probablement coupé la moitié des cheveux.

— Vous avez essayé de bosser dans le milieu corporatiste ?

— Oui.

— Et ça n'a rien donné. Donc, vous avez arrêté.

— Pas vraiment. Je suis toujours dans le secteur – j'ai juste changé de fonction. Désormais, je protège les hommes d'affaires qui ont besoin d'un garde du corps exotique pour impressionner leurs amis.

— Et vous leur faites le numéro du couteau à la demande ?

Il haussa les épaules.

— Parfois.

— J'espère pour vous que ça paye bien.

— Si ça ne paye pas bien, je ne le fais pas. Je suis peut-être l'Indien de service, mais je suis un riche Indien de service. Et si vous êtes aussi douée qu'Edward le prétend, vous pourriez gagner encore plus de fric que moi.

— Pourquoi ?

— Parce que la plupart des clients veulent que leurs gardes du corps se fondent dans le paysage. Ils cherchent une escorte plus discrète que moi. Vous êtes jolie, mais vous n'êtes pas d'une beauté renversante.

— Drôle de manière de rentrer dans mes bonnes grâces, grimaçai-je – même si, dans le fond, j'étais d'accord avec lui.

— Vous m'avez déjà fait comprendre que je n'avais aucune chance avec vous, alors pourquoi me donnerais-je la peine de mentir ?

Je ne pus m'empêcher de sourire.

— Bonne remarque.

— Vous êtes légèrement typée, mais vous pouvez passer pour blanche.

— Passer pour… ? Mais je *suis* blanche. Il se trouve juste que ma mère était mexicaine.

— Vous avez la peau de votre père ?

— Oui, et alors ?

— Personne ne vous a jamais fait chier avec ça, pas vrai ?

Je me souvins de la façon dont, lorsque j'étais enfant, Judith précisait toujours très vite que je n'étais pas sa fille – et que non, je n'avais pas été adoptée. J'étais la fille du premier lit de son mari. Les gens vraiment malpolis demandaient alors :

— Et sa mère, elle était quoi ?

— Hispano-américaine, répondait Judith.

Ah ça ! Personne ne pouvait l'accuser d'être politiquement incorrecte. De son vivant, ma mère était fière de se proclamer mexicaine. Et si c'était assez bien pour elle, ça l'était aussi pour moi.

Je ne racontai pas ce souvenir d'enfance à Bernardo. Je ne l'avais même pas raconté à mon père. J'en choisis un autre, plus récent mais presque aussi douloureux.

— A la fac, j'étais fiancée à un garçon blond aux yeux bleus, issu d'une très respectable famille d'anglo-saxons protestants. Quand sa mère a découvert mes origines à moitié mexicaines, elle s'est opposée à notre mariage. Elle ne voulait pas que j'assombrisse son arbre généalogique.

C'était une façon froide et succincte de présenter les choses. La vérité, c'est que ce garçon avait été mon premier amour – et mon premier amant. Il était tout pour moi, mais ça ne fonctionnait pas dans les deux sens. Depuis notre rupture, je ne m'étais jamais autorisée à craquer complètement pour quelqu'un. Jean-Claude et Richard payaient toujours pour sa trahison.

— Vous considérez-vous comme blanche ? s'enquit Bernardo.

Je hochai la tête.

— Mais pour certaines personnes, je ne le suis pas suffisamment.

— Quel genre de personnes ?
— Ça, ça ne vous regarde pas.
— Désolé, je ne voulais pas vous froisser.
— Je suis persuadée du contraire.
— Vraiment ?
— Oui. Je pense que vous êtes jaloux.
— Jaloux de quoi ?
— Que je puisse passer pour blanche, et pas vous.

Il ouvrit la bouche, et des vagues d'émotion se succédèrent sur son visage : colère, amusement, déni. Finalement, il opta pour un sourire crispé.

— Vous êtes vraiment une chienne.

Je hochai la tête.

— Ne tirez pas sur ma laisse et je ne tirerai pas sur la vôtre.

— Marché conclu. Maintenant, permettez-moi d'escorter votre petit cul blanc comme neige jusqu'à la salle à manger.

Je secouai la tête.

— Je vous suis, bel étalon ténébreux.

— Seulement si vous me promette de me dire comment vous avez trouvé la vue, négocia-t-il.

— La vue ? (J'écarquillai les yeux.) Vous voulez que je fasse des commentaires sur vos fesses ?

Il acquiesça avec un grand sourire.

— Etes-vous narcissique à ce point, ou essayez-vous de me mettre mal à l'aise ?

— Devinez.

— Les deux.

— Décidément, vous êtes aussi maligne que vous en avez l'air.

— Allez, on se bouge, Roméo. Edward n'aime pas qu'on le fasse attendre.

— Et comment !

Nous nous engageâmes dans le petit couloir, Bernardo en tête, moi sur ses talons. Je vis bien qu'il tortillait exagérément des hanches – et, oui, j'admirai le spectacle. J'étais à peu près certaine qu'il me demanderait ce que j'en avais pensé, probablement en public. Comment se fait-il qu'il n'y ait jamais personne pour prendre votre fric quand vous avez un pari couru d'avance à faire ?

19

La salle à manger d'Edward. Encore des murs blanc cassé et des poutres apparentes sombres. Des chaises noir et argent. Une table dont je ne pourrais rien vous dire, sinon qu'elle était recouverte par une sorte de tapis indien à rayures noires, blanches et rouges. En son centre, un chandelier noir avec des bougies rouges – enfin une tache de couleur qui n'avait pas été introduite par Donna !

Il m'a fallu des années pour venir à bout de la fixation que Jean-Claude faisait sur le noir et le blanc. Je n'étais que l'amie d'Edward, pas sa petite amie ; donc, je n'allais pas me mêler de la décoration de son intérieur. Mais ce n'était pas l'envie qui m'en manquait.

Dans un coin, une cheminée presque identique à celle du salon. Sur son manteau, une collection de bougies rouges de toutes les tailles et de toutes les formes, certaines posées à même le stuc blanc, d'autres plantées dans des bougeoirs en métal. Un miroir argenté, qui avait l'air d'une antiquité, était suspendu derrière elles – pour refléter leur flamme quand elles étaient allumées, supposai-je. Bizarre. Je n'aurais jamais cru qu'Edward soit amateur de dîners aux chandelles. Même pour Ted... Ça me paraissait un poil trop romantique.

La pièce n'avait pas de fenêtres, juste deux portes encadrées de moulures qui se faisaient face. L'absence d'ornements sur les murs blancs accentuait son côté étouffant au lieu de l'atténuer.

Un homme entra par la porte du fond. Il dut se pencher pour ne pas se cogner la tête au linteau. Il était plus grand que Dolph, qui mesure déjà deux mètres – autrement dit, c'était le type le plus grand que j'aie jamais rencontré. Il n'avait pas un poil sur le caillou : juste de gros sourcils noirs et un début de barbe. Il portait un bas de pyjama en satin noir et des claquettes assorties. Je ne supporte pas ce genre de pantoufles ; j'ai toujours l'impression qu'elles vont me tomber des pieds. Mais Olaf – car ça ne pouvait être que lui – se déplaçait avec comme si elles étaient un prolongement de son corps.

Dès qu'il eu franchi le seuil, il se redressa et se dirigea vers nous. Il se mouvait telle une mécanique bien huilée, ses muscles roulant sous sa peau pâle. Il était plutôt tanké, et il n'avait pas un seul gramme de graisse. Instinctivement, je me mis à contourner la table en sens inverse. Je voulais maintenir un obstacle entre lui et moi.

Il s'immobilisa. J'en fis autant. Nous nous fixâmes par-dessus la table.

Debout près de la porte, Bernardo nous observait d'un air inquiet. Sans doute se demandait-il s'il devrait venir à mon secours au cas où la situation dégénèrerait. Ou peut-être la tension qui régnait dans la pièce le rendait-elle nerveux.

Si je n'avais pas manifesté une telle méfiance d'entrée de jeu, les choses se seraient-elles mieux passées entre Olaf et moi ? Possible. Mais j'ai appris à faire confiance à mon instinct, et mon instinct me disait de rester hors de sa portée. Ce qui ne m'empêcha pas de faire un effort pour apaiser la tension ambiante.

— Vous devez être Olaf, dis-je aimablement. Je ne connais pas votre nom de famille. Moi, je suis Anita Blake.

Ses yeux sombres, profondément enfoncés dans leurs orbites, évoquaient l'entrée de deux cavernes jumelles. Même en plein jour, ils devaient rester dans l'ombre de ses arcades sourcilières. Il me fixa sans broncher, comme si je n'avais rien dit.

Je fis une seconde tentative. Têtue ? Qui, moi ?

— Coucou ! La Terre à Olaf !

Il ne cilla même pas. S'il ne m'avait pas foudroyée du regard, j'aurais pensé qu'il m'ignorait.

Je jetai un bref coup d'œil à Bernardo.

— Que se passe-t-il ? Il n'est pas muet, par hasard ?

— Oh, non. Il parle.

Je reportai toute mon attention sur Olaf.

— Mais il ne veut pas me parler à moi, c'est ça ?

Pas de réaction. Je passai la troisième.

— Tu crois me punir en me privant du son de ta douce voix ? Loupé. La plupart des mecs ne racontent que des conneries, de toute façon. Le silence, ça me change un peu. Merci pour ta considération, Olaf chéri.

— Je ne suis pas ton chéri, grogna enfin Olaf.

Sa voix était aussi caverneuse qu'on pouvait s'y attendre, et j'y décelai une pointe d'accent guttural – allemand, peut-être.

— Mon Dieu, ça parle. Sois sage, mon cœur, raillai-je.

Olaf se rembrunit.

— Je n'étais pas d'accord pour qu'Edward te fasse venir. Nous n'avons pas besoin de l'aide d'une femme.

— Navrée de te contredire, chéri, mais vous avez besoin de l'aide de quelqu'un, parce que jusqu'ici, vous avez fait chou blanc sur cette affaire.

Un peu de couleur lui monta aux joues.

— Ne m'appelle pas « chéri ».

— Tu préfères « bébé » ou « trésor » ?

La couleur vira du rose au rouge et s'étendit à tout son visage.

— N'utilise pas ces petits noms débiles avec moi. Je ne suis le chéri de personne.

J'étais prête à balancer une autre remarque sarcastique, mais au dernier moment, je décidai de modifier mon approche.

— Comme c'est triste, commentai-je.

Olaf serra les poings.

— Tu as pitié de moi ? gronda-t-il tel un chien sur le point de mordre.

— On devrait tous être le chéri de quelqu'un, répondis-je sur un ton neutre.

Je savais que je n'aurais pas dû le provoquer. Ma seule excuse, c'est qu'il me faisait peur – parce que c'était un violeur. Et par un réflexe très masculin, je venais de tirer sur la queue du lion pour me prouver combien j'étais courageuse. C'était idiot. A l'instant où je le réalisai, je tentai de faire machine arrière.

— Je ne me laisse embobiner par personne, articula soigneusement Olaf.

Mais je remarquai que son accent devenait de plus en plus épais, comme souvent chez les gens qui sont en proie à une émotion violente. Il se mit à contourner très lentement la table, tel un gros félin cherchant à s'approcher de sa proie sans l'effrayer. J'écartai le pan gauche de ma veste pour lui montrer mon flingue. Il se figea, l'air furibond.

— Et si on reprenait tout à zéro, Olaf ? proposai-je. Edward et Bernardo m'ont dit que tu étais un type dangereux, ce qui m'a mise sur la défensive. Et quand je suis sur la défensive, je peux être très casse-couilles. Désolée. Faisons comme si je savais tenir ma langue et comme si tu n'étais pas aussi impressionnant, d'accord ?

La tension des muscles d'Olaf se relâcha, s'écoula de son corps telle de l'eau dégoulinant le long d'une falaise. Et je devinai d'où elle provenait : d'un insondable abîme de rage. Le fait que cette rage soit essentiellement dirigée contre les femmes n'était qu'accessoire. Olaf avait besoin d'une cible pour ne pas devenir un de ces malades qui défoncent les vitrines des restaurants avec leur bagnole et se mettent à canarder des gens qu'ils ne connaissent même pas.

— Edward a beaucoup insisté sur la nécessité de ta présence, mais je n'étais pas d'accord. Tu peux dire ce que tu veux ; je ne changerai pas d'avis.

Je hochai la tête.

— Tu es de Hapsburg ?

Il cligna des yeux et, un instant, son hostilité céda la place à de l'étonnement.

— Oui.

— Il me semblait bien avoir reconnu ton accent.

— Tu es experte en langues ? demanda-t-il sur un ton légèrement sarcastique.

— Non. Mais mon oncle Otto était de Hapsburg.

— Tu n'es pas allemande, j'en suis sûr.

— La famille de mon père l'était, révélai-je. Mes grands-parents venaient de Baden-Baden, à la frontière de la Forêt Noire, mais mon oncle Otto habitait Hapsburg avant de s'installer en Amérique. Il n'a jamais perdu son accent.

— Qu'est-il devenu ?

— Il est mort.

— Comment ?

— D'après grand-maman Blake, ma tante Gertrude a fini par le tuer à force de le houspiller.

Les lèvres d'Olaf frémirent.

— Si les hommes se laissent faire, les femmes deviennent très vite des tyrans.

— C'est valable pour les deux sexes. Si l'un des partenaires fait preuve de faiblesse, l'autre prend automatiquement le dessus.

— La nature a horreur du vide, intervint Bernardo.

Nous lui jetâmes un coup d'œil. J'ignore quel genre

de tête nous faisions, mais ça devait être assez éloquent car il leva les mains en un geste d'excuse.

— Navré de vous avoir interrompus.

Olaf et moi recommençâmes à nous fixer. Il était trop près pour que je puisse sortir mon Browning à temps en cas d'attaque. Mais si je reculais maintenant, tous mes efforts n'auraient servi à rien. Ou bien il se sentirait insulté, ou bien il considérerait ça comme un aveu de mon infériorité. Dans les deux cas, je serais fichue.

Aussi restai-je à ma place. Une boule dure s'était formée dans mon estomac ; je me donnais beaucoup de mal pour ne pas que ma tension transparaisse dans ma voix. Je n'aurais pas d'autre chance. Si je fichais celle-là en l'air, Olaf et moi serions à couteaux tirés jusqu'à la fin de ma visite, et nous n'arriverions pas à nous concentrer sur l'affaire – encore moins à la résoudre.

— Il n'existe que deux sortes de gens : les décideurs et les suiveurs, déclara Olaf. A quelle catégorie appartiens-tu ?

— Je veux bien suivre une personne, à condition qu'elle me paraisse digne d'être suivie.

— Si Edward me confiait le commandement, me suivrais-tu ?

— J'ai confiance en son jugement, donc… Oui. Et maintenant, je te retourne la question. Si Edward me confiait le commandement, me suivrais-tu ?

— Non.

Je hochai la tête.

— Parfait. Comme ça, on sait où on en est.

— C'est-à-dire ?

— La seule chose qui compte pour moi, Olaf, c'est d'atteindre mes objectifs. Je suis venue pour élucider un crime, et je réussirai. Si ça m'oblige à suivre tes ordres à un moment donné… tant pis ; je survivrai. Par contre, si Edward te demande de m'obéir et que ça ne te plaît pas, tu t'arrangeras avec lui.

— Tu rejettes la responsabilité sur un homme. C'est bien une réaction de femme.

Je comptai jusqu'à dix et haussai les épaules.

— Tu parles comme si ton opinion avait la moindre importance pour moi, Olaf. Mais ça n'est pas le cas. Je me fiche de ce que tu penses.

— Les femmes se soucient toujours de ce que les hommes pensent d'elles.

Cette fois, je fus forcée d'éclater de rire.

— Je commençais à me sentir insultée, mais... Tu es vraiment trop drôle.

Olaf se pencha vers moi pour essayer de m'intimider. D'accord, il faisait plus de deux mètres. Mais j'ai toujours été la plus petite de ma classe ; j'ai eu le temps de m'habituer à choper des torticolis en regardant les gens.

— Je ne m'arrangerai pas avec Edward : je m'arrangerai avec toi. A moins que tu n'aies pas les couilles pour m'affronter. (Il eut un rire pareil à un aboiement.) Oh pardon, j'oubliais. Tu n'as pas de couilles ; tu te contentes de casser celles des autres.

Il tendit un bras vers moi. Je pense qu'il voulait me peloter, mais je n'attendis pas de le vérifier. Je me jetai en arrière et dégainai mon Browning avant même que mes fesses touchent le sol. Du coup, je ne pus amortir ma chute en giflant le parquet, comme j'avais appris à le faire dans mes cours d'arts martiaux. L'impact fut rude ; l'onde de choc remonta le long de ma colonne vertébrale.

Olaf avait sorti, de je ne sais où, une lame aussi longue que son avant-bras. Il était en train de l'abattre sur moi, et mon Browning n'était pas tout à fait braqué sur sa poitrine. Impossible de dire lequel de nous deux tirerait le premier sang, mais une chose était sûre : nous allions saigner tous les deux. Le monde parut se cristalliser autour de moi, comme si j'avais amplement le temps de viser et d'esquiver – et comme si tout se produisait trop vite pour que je réagisse.

La voix d'Edward résonna derrière nous.

— Arrêtez ! Je descendrai personnellement le premier des deux qui blessera l'autre.

Nous nous figeâmes en plein mouvement. Olaf cligna des yeux comme si le temps venait de reprendre son cours normal. Nous n'allions peut-être pas nous entre-tuer ce soir. Mais mon Browning était toujours braqué sur lui, et il brandissait toujours son couteau. Quoi que... A partir de quelle longueur un couteau devient-il une épée ? Et surtout, d'où l'avait-il tiré ?

— Lâche ton couteau, Olaf, ordonna Edward.

— Dis-lui d'abord de ranger son flingue.

Je soutins le regard d'Olaf. Et dans ses yeux, je vis la même haine que j'avais vue un peu plus tôt sur le visage du lieutenant Marks. Tous deux me haïssaient pour des raisons qui ne dépendaient pas de moi : l'un, à cause d'un don que m'avait donné Dieu, l'autre, parce que j'étais une femme. Les préjugés aveugles sont tous aussi ridicules les uns que les autres.

Je ne bougeai pas. J'avais vidé mes poumons pour ne pas que mes bras tremblent, et j'attendais qu'Olaf décide de la suite des événements. Allions-nous passer la nuit à enquêter sur un crime ou à creuser une tombe – deux, s'il était assez doué ? Je savais à quelle option allait mon vote, mais le résultat du scrutin ne dépendait pas de moi. Ni même de lui. C'était à sa haine de se prononcer.

— Lâche ton couteau et Anita rangera son flingue, insista Edward.

— Ou bien elle profitera de ce que je sois désarmé pour tirer.

— Anita ne ferait jamais une chose pareille.

— Elle a peur de moi.

— Peut-être, mais elle a encore plus peur de moi.

Olaf baissa les yeux vers moi, et je vis une lueur d'incrédulité percer à travers sa colère.

— Je vais lui passer cette lame au travers du corps, protesta-t-il.

— Dis-lui, Anita, ordonna Edward.

— Je te tirerai deux balles dans la poitrine. Tu arriveras peut-être à me frapper avant de t'écrouler. Si tu es vraiment bon, il se peut même que tu me tranches la gorge. Mais ça ne te sauvera pas.

J'espérais qu'Olaf ne tarderait plus à prendre sa décision, parce que ma position était particulièrement inconfortable. C'est difficile de tenir quelqu'un en joue quand on est assise par terre. Si je ne bougeais pas très vite, j'allais choper une crampe.

La peur s'estompait, ne laissant derrière elle qu'une morne indifférence. J'étais crevée, et la nuit ne faisait que commencer. J'avais encore plusieurs heures à tenir avant de pouvoir me coucher. Olaf me fatiguait. Je sentais que si je ne le descendais pas ce soir, une autre chance se présenterait bientôt.

— De qui as-tu le plus peur, Anita : Olaf ou moi ? demanda Edward.

Sans quitter Olaf des yeux, je répondis :

— Toi.

— Dis-lui pourquoi.

Ça ressemblait à un numéro prof-étudiante, et venant de n'importe qui d'autre, je n'aurais pas laissé passer. Mais ça venait d'Edward, alors…

— Parce que tu ne te serais jamais mis dans un état pareil. Tu n'aurais jamais laissé tes émotions compromettre ta sécurité.

Olaf cligna des yeux.

— Tu n'as pas peur de moi ?

Il semblait déçu, comme un petit garçon qui vient de découvrir que le Père Noël n'existe pas.

— Je n'ai peur que de ce que je ne peux pas tuer.

— Edward peut être tué.

— Oui, mais peut-il être tué par l'un des occupants de cette pièce ? C'est toute la question.

Olaf me dévisagea, plus perplexe que furieux à présent. Lentement, il baissa son couteau.

— Lâche-le, ordonna Edward sur un ton neutre.

Olaf laissa tomber son arme, qui heurta le plancher avec un tintement métallique.

Je me dressai sur les genoux et reculai le long de la table en baissant mon flingue au fur et à mesure. Arrivée près de Bernardo, je me levai et lui fis un signe du menton.

— Allez vous mettre près d'Edward.

— Je n'ai rien fait !

— Ne discutez pas, Bernardo. J'ai besoin d'un peu d'espace pour respirer, c'est tout.

Il ouvrit la bouche pour protester, mais Edward le prit de vitesse.

— Obéis.

Quand ils furent tous à l'autre bout de la pièce, je rengainai le Browning. Alors, je remarquai qu'Edward tenait dans ses bras un carton bourré de dossiers. Il le posa sur la table.

— Tu n'avais même pas de flingue, grommela Olaf.

— Je n'en avais pas besoin, répliqua calmement Edward.

Olaf le bouscula et sortit de la pièce à grandes enjambées. J'espérais qu'il allait faire ses valises et se casser, mais je doutais d'avoir cette chance. Je le connaissais depuis moins d'une heure, et je savais déjà pourquoi il n'était le chéri de personne.

20

Un meurtre engendre toujours des tas de paperasse, mais quand il s'agit d'une série de crimes liés entre eux, vous pourriez vous noyer dans les comptes rendus, les photos, les dépositions et les analyses des spécialistes. Edward, Bernardo et moi nagions vaillamment à contre-courant.

Nous étions plongés dans les dossiers depuis une heure, et Olaf n'était toujours pas réapparu. Peut-être avait-il décidé de rentrer chez lui. Je n'avais pas entendu de porte claquer ni de voiture démarrer, mais la maison était bien insonorisée. Quoi qu'il en soit, Edward ne semblait pas inquiet, et ce n'était pas moi qui allais me faire du mouron pour ce barbare.

J'avais lu un des rapports de la première à la dernière page, histoire de me faire une idée d'ensemble et de voir si un élément me sautait aux yeux. Ce qui avait été le cas. Les experts avaient retrouvé des éclats d'obsidienne dans les corps découpés. L'assassin avait peut-être utilisé une lame en obsidienne. Ce qui, d'un point de vue strictement culturel, me chiffonnait.

— Les Aztèques sont remontés jusqu'ici ? demandai-je à la cantonade.

Edward n'eut pas l'air de trouver que c'était une question étrange.

— Oui.

— Donc, je ne suis pas la première à faire remarquer que l'assassin a pu utiliser de la magie aztèque ?

— Non.

— Merci de m'avoir prévenue.

— La police a interrogé le plus grand expert de la région. D'après le Pr Dallas, il n'existe pas de divinité ni de créature du folklore aztèque qui tuait ou mutilait ses victimes de la sorte.

— On dirait que tu récites mot à mot. C'est marqué quelque part dans un de ces dossiers ?

Edward balaya la montagne de paperasse du regard.

— Ouais, quelque part.

— Je croyais qu'il existait une divinité à qui les prêtres aztèques offraient des victimes écorchées. Mais je confonds peut-être avec les Mayas.

Il haussa les épaules.

— Dallas n'a pas réussi à établir de lien. C'est pour ça que je ne t'en ai pas parlé. La police explore la piste aztèque depuis des semaines. Et ça n'a rien donné. Je t'ai fait venir pour que tu trouves de nouvelles pistes, pas pour que tu suives les vieilles.

— J'aimerais quand même parler au professeur, si ça ne te dérange pas, dis-je sur un ton sarcastique.

— Examine d'abord les rapports, tâche de repérer ce qui nous a échappé, et ensuite, je te présenterai à Dallas.

— Quand ?

— Ce soir.

Je haussai les sourcils et dévisageai Edward. Mais comme d'habitude, ses yeux bleu pâle ne trahissaient aucune émotion.

— C'est drôlement rapide... D'autant que tu sembles croire que ce sera une perte de temps.

— Elle passe la plupart de ses nuits dans un club près d'Albuquerque.

— Elle ? Le Pr Dallas est une femme ?

— Oui.

— Qu'est-ce que ce club a de si spécial ?

— Si tu étais spécialisée en histoire et en mythologie aztèques, ça ne te plairait pas de rencontrer et de bavarder avec une véritable Aztèque ?

Je ne tentai même pas de dissimuler ma surprise.

— Une véritable Aztèque ? Encore vivante ? Ici ? Comment est-ce possible ?

— Encore vivante, c'est peut-être un peu exagéré, grimaça Edward.

— Une vampire, devinai-je.

Edward hocha la tête.

— Elle a un nom ?

— Le Maître de la Ville se fait appeler Itzpapalotl.

— Comme la déesse aztèque ?

— Oui.

Je poussai un grognement.

— Misère ! Encore une mégalomane. Les flics l'ont interrogée ?

— Oui. Elle ne leur a pas été d'un grand secours. Elle a dit qu'elle ne savait absolument rien au sujet des meurtres, des mutilations et des disparitions.

— Mais tu ne l'as pas crue.

Ce n'était pas une question.

— Les flics non plus. Cela dit, elle était sur la scène de son club pendant au moins trois des assassinats.

— Donc, elle a un alibi en béton.

— C'est pourquoi je veux d'abord que tu lises les rapports, Anita. Nous avons négligé quelque chose. Tu trouveras peut-être quoi, mais pas si tu t'obstines à chercher des croquemitaines aztèques.

— Dans ce cas, pourquoi offrir de me mener à elle ce soir ?

— Ce n'est pas parce qu'elle est innocente qu'elle ne détient pas d'informations susceptibles de nous aider. Le fait qu'elle ait joué l'ignorance devant les flics ne signifie rien. Les vampires détestent parler à la police – mais curieusement, ils adorent te parler, à toi.

— Pourquoi ne m'as-tu pas dit tout de suite que tu m'emmenais voir le Maître d'Albuquerque ce soir ?

— Parce que j'aurais préféré m'abstenir. J'espérais que tu ne ferais pas le lien avec les Aztèques avant d'avoir tout lu.

— Pourquoi ?

— Je te l'ai dit : cette piste conduit dans une impasse. Nous avons besoin d'idées nouvelles, d'hypothèses que nous n'avons pas encore envisagées, de solutions que nous n'avons pas déjà rayées de la liste.

— Mais vous n'avez pas rayé Itz-bidule de la liste, pas vrai ?

— La déesse te laissera l'appeler par la traduction anglaise de son nom, « Papillon d'Obsidienne ». C'est également le nom de son club.

— Tu crois qu'elle est impliquée dans cette affaire – je me trompe ?

— Je pense qu'elle sait quelque chose qu'elle racontera peut-être à une nécromancienne, mais pas à une exécutrice de vampires.

— Donc, j'y vais incognito, si on peut dire.

— Si on peut dire.

— Je suis la servante humaine de Jean-Claude, un tiers de son triumvirat de pouvoir. Si je rends visite au maître de cette ville sans une accréditation de la police, je vais devoir jouer à la politique vampirique. Et je déteste ça.

Edward balaya la table du regard.

— Quand tu auras épluché ta centième déposition de la soirée, tu changeras peut-être d'avis. Même la politique vampirique ressemble à une promenade de plaisir après toute cette merde.

— Pourquoi tant d'amertume ?

— Parce que je suis expert en monstres, Anita, et que je n'ai pas l'ombre d'un début d'explication.

Nous nous fixâmes quelques instants, et, de nouveau, je perçus sa peur, son impuissance – des sentiments qu'il n'avait pas l'habitude d'éprouver.

Bernardo entra avec un plateau de café.

— J'ai raté quelque chose ?

— Non, dit Edward en reportant son attention sur les papiers posés devant lui.

Je me levai et commençai à trier les dossiers.

— Vous n'avez rien raté du tout.

— J'adore qu'on me mente, railla Bernardo.

— Nous ne mentons pas.

— Alors, pourquoi y a-t-il une tension à couper au couteau dans cette pièce ?

— La ferme, Bernardo, dit calmement Edward.

Bernardo ne prit pas ça comme une insulte. Il la ferma et se mit à distribuer les tasses.

Je passai les trois heures suivantes à éplucher les dépositions de témoins. J'avais lu un rapport de la première à la dernière page sans rien trouver qu'Edward et la police n'aient déjà repéré depuis des semaines. A présent, je cherchais quelque chose de nouveau, quelque chose qui avait échappé à la police, à Edward et à tous les spécialistes extérieurs appelés en renfort. Ça semblait un peu prétentieux de ma part, mais Edward me faisait confiance. Ou peut-être était-il juste désespéré. Quoi qu'il en soit, j'allais faire de mon mieux pour lui donner satisfaction.

Je sais que la plupart des gens lisent un dossier en entier, ou presque, avant de passer au suivant. Mais dans le cas de crimes en série, il faut tâcher de mettre le doigt sur des similitudes, des points communs qui vont permettre d'établir le *modus operandi* de l'assassin. Aussi ai-je appris à diviser les dossiers en plusieurs parties : les dépositions de témoins, puis les rapports d'autopsie, puis les photos de scènes du crime, etc. Parfois, je commence par les photos, mais là, je préférais les garder pour la fin. Je n'étais pas encore remise de ma visite aux survivants, et je ne manquais pas d'autres éléments à disséquer en attendant. J'adore pouvoir justifier ma procrastination.

Bernardo continua à nous faire du café et à nous offrir de quoi grignoter. Ni Edward ni moi ne voulûmes rien avaler.

— Je ne voudrais pas avoir l'air d'une ingrate, dis-je quand il m'apporta ma Xième tasse pleine, mais pourquoi jouez-vous les parfaites maîtresses de maison ? Vous n'avez pas le type, et vous n'êtes même pas chez vous.

Il prit ma question pour une invitation à se rapprocher jusqu'à ce que sa cuisse touche l'accoudoir de ma chaise.

— Vous voulez demander à Edward d'aller chercher du café ?

Je jetai un coup d'œil à Edward, assis face à moi. Il ne leva même pas les yeux du dossier qu'il était en train de parcourir.

— Non, je pensais plutôt aller le chercher moi-même.

Bernardo pivota. Il posa ses fesses sur le bord de la table et croisa les bras sur sa poitrine, ce qui fit ressortir ses biceps. A mon avis, il ne l'avait pas fait exprès – c'était juste une habitude.

— Vous voulez la vérité ? demanda-t-il.

Je levai les yeux vers lui et sirotai le café qu'il m'avait apporté.

— J'aimerais bien, oui.

— J'ai lu ces dossiers deux ou trois fois. Je n'ai aucune envie de remettre ça. J'en ai marre de jouer les détectives ; je voudrais juste qu'on puisse se mettre en chasse et tuer quelque chose.

— Moi aussi, intervint Edward, qui s'était interrompu pour nous observer. Mais nous devons savoir ce que nous chassons, et la réponse se trouve quelque part là-dedans.

D'un geste ample, il désigna les monceaux de paperasse.

Bernardo secoua la tête.

— Alors pourquoi ne l'avons-nous pas encore découverte ? (Du bout du doigt, il caressa la pile la plus proche.) Ça m'étonnerait que des dossiers nous aident à attraper ce monstre.

Je souris.

— Vous vous ennuyez, c'est tout.

Il me fixa avec une expression légèrement étonnée. Puis il rejeta la tête en arrière et éclata de rire comme il aurait hurlé à la lune.

— Vous ne me connaissez pas depuis assez longtemps pour lire dans mes pensées.

Ses yeux bruns pétillaient de bonne humeur, et je me surpris à regretter que ça ne soit pas les yeux de quelqu'un d'autre. Mon cœur se serra. Richard me manquait tellement… Je baissai la tête. Si mon chagrin se lisait sur ma figure, je ne voulais pas que Bernardo le voie. Si mon désir se lisait sur ma figure, je ne voulais pas que Bernardo le prenne pour lui.

— Alors ? Tu t'ennuies ou pas ? lança Edward.

Bernardo tourna le buste vers lui.

— Ici, il n'y a pas de femmes, pas de télévision et rien à tuer. Alors, oui : je m'ennuie.

Je me retrouvai le nez à quelques centimètres de sa poitrine. Je fus saisie par une envie brûlante de me lever, d'envoyer promener tous ces foutus dossiers et de caresser sa peau brune avec ma langue. L'image fut si forte qu'elle me saisit à la gorge. Je dus fermer les yeux. J'avais déjà eu ce genre d'impulsions en présence de Richard et de Jean-Claude, mais jamais face à des inconnus. Pourquoi Bernardo m'affectait-il de la sorte ?

— Vous allez bien ?

Je rouvris les yeux. Il était penché sur moi, si près que son visage emplissait tout mon champ de vision.

Sursautant, je repoussai ma chaise et me levai si brusquement qu'elle bascula en arrière. Les dépositions que j'étais en train de parcourir s'éparpillèrent autour de moi.

— Et merde ! jurai-je avec conviction.

Je redressai la chaise. Bernardo s'accroupit pour m'aider à ramasser les papiers. Je regardai les muscles de son dos remuer sous sa peau couleur de pain d'épices. Fascinée – il n'y avait pas d'autre mot. J'étais fascinée.

Je m'écartai précipitamment. Edward m'observait depuis l'autre côté de la table. Son regard était intense, pénétrant, comme s'il savait à quoi je pensais et ce que je ressentais. Bien sûr, je me faisais des idées. Mais il me connaissait mieux que la plupart des gens, et je ne voulais pas qu'il se rende compte que j'étais attirée par Bernardo. C'était trop embarrassant. La honte absolue.

— Laisse-nous, Bernardo, réclama Edward au bout d'un moment.

Bernardo se releva, un tas de papiers à la main. Son regard fit la navette entre Edward et moi.

— J'ai encore loupé quelque chose ?

— Oui, répondit Edward. Maintenant, laisse-nous.

Bernardo me lança un coup d'œil interrogateur. Je ne bronchai pas. Soupirant, il me tendit les papiers.

— Quand pourrai-je revenir ?

— Je t'appellerai.

— Génial. Je serai dans ma chambre jusqu'à ce que papa décide que ma punition est terminée.

Il se dirigea à grandes enjambées vers la porte par laquelle Olaf avait disparu.

— Tu l'as traité comme un gamin, fis-je remarquer sur un ton désapprobateur.

— Parce qu'il n'y a pas d'autre façon de lui faire

entendre raison, répliqua Edward sans me quitter des yeux.

Son expression grave me mit mal à l'aise. J'entrepris de trier les dépositions, utilisant le coin de table que j'avais dégagé quelques heures plus tôt quand je me tenais encore droite sur ma chaise. Très concentrée sur mon travail, je ne levai la tête qu'en sentant Edward s'approcher de moi.

— Tu m'as dit que tu ne sortais plus avec les garçons depuis six mois.

J'acquiesçai.

— Entre-temps, tu as couché avec quelqu'un d'autre ?

Sans un mot, je secouai la tête. Mon cœur battait la chamade. Je ne voulais pas qu'il comprenne.

— Pourquoi ?

Incapable de soutenir son regard, je détournai les yeux.

— J'ai renoncé à pas mal de mes valeurs morales, mais le sexe sans engagement, ça n'est toujours pas mon truc.

— Tu fais un bond de trois mètres chaque fois que Bernardo s'approche de toi.

Je sentis le rouge me monter aux joues.

— Ça se voit tant que ça ?

— Je pense être le seul à l'avoir remarqué.

Dieu merci…

— Je ne comprends pas, marmonnai-je. C'est un salaud. Même mes hormones ont meilleur goût que ça d'habitude.

Edward était assis sur le bord de la table, les bras croisés sur sa poitrine – dans la même position que Bernardo quelques minutes plus tôt. Mais ça ne me faisait rien du tout, et pas seulement parce qu'il portait une chemise.

— Il est séduisant, et tu es en manque.

Mes joues déjà bien rouges s'embrasèrent.

— Ne dis pas ça.

— C'est la vérité.

Alors, je tournai la tête vers lui et le foudroyai du regard.

— Va te faire foutre.

— Ton corps sait peut-être ce dont tu as besoin, suggéra-t-il sans s'émouvoir.

— C'est-à-dire ?

— C'est-à-dire, une bonne partie de jambes en l'air.

— Où veux-tu en venir ?

— Couche avec Bernardo. Donne à ton corps ce qu'il désire. Tu n'es pas obligée de retourner voir les monstres pour avoir ta dose de sexe.

— Je n'arrive pas à croire que tu me dises ça.

— Si tu couchais avec quelqu'un d'autre, ne serait-ce pas plus facile d'oublier Richard et Jean-Claude ? Admets-le, Anita. Si tu ne t'enfermais pas dans l'abstinence, ils te manqueraient beaucoup moins.

J'ouvris la bouche pour protester, la refermai et réfléchis. Edward avait-il raison ? C'est vrai que ma frustration sexuelle commençait à atteindre un niveau stratosphérique, mais…

— Le sexe me manque, oui, mais pas autant que l'intimité, avouai-je. J'aimais les regarder tous les deux et savoir qu'ils m'appartenaient. J'aimais les connaître par cœur, les posséder entièrement. J'aimais que Richard vienne mater de vieux films à la maison, le dimanche après la messe. J'aimais que Jean-Claude me regarde manger. (Je grimaçai tristement.) Toutes ces petites choses me manquent beaucoup plus que le sexe.

— Ton problème, Anita, c'est que tu compliques tout.

Je ne sus pas si je devais sourire ou me mettre en colère.

— Vraiment ? grinçai-je. Parce que ta relation avec Donna est simple comme bonjour, peut-être ?

— Elle l'était au début. Et tes relations avec Jean-Claude et Richard ?

— Intenses dès le départ. Je ne fais jamais rien à moitié, Edward. Tu le sais bien.

Il soupira.

— Oui, je le sais. Quand tu donnes ton amitié, c'est pour la vie. Quand tu hais, c'est pour la vie aussi. Quand tu dis que tu vas tuer quelqu'un, tu le fais. Une des raisons pour lesquelles tu te prends la tête avec les garçons, c'est que pour toi, l'amour devrait être éternel.

— Qu'y a-t-il de mal à ça ?

Edward secoua la tête.

— Parfois, j'oublie combien tu es jeune.

— Qu'est-ce que ça signifie ?

— Ça signifie que tu te prends trop au sérieux. Tu te lances dans tout ce que tu fais comme si c'était une question de vie ou de mort. Tu manques de légèreté, Anita.

— Et tu crois que coucher avec Bernardo résoudrait le problème ?

— Ça serait un bon début.

— Non.

— C'est ton dernier mot ?

— Oui.

— Très bien. Je ne t'en reparlerai plus.

— Génial. (Je marquai une pause et le dévisageai.) Etre avec Donna, ça fait ressortir ton empathie. Je ne suis pas certaine d'aimer le nouvel Edward.

— Honnêtement… Moi non plus.

Il regagna son côté de la table, et nous nous remîmes à lire dans un silence tendu. Jusqu'ici, nos rapports étaient toujours restés sur un plan strictement professionnel. Si on m'avait dit qu'un jour, nous échangerions des conseils sur notre vie privée, ça m'aurait fait beaucoup rire. Là, je trouvais ça plus pathétique que drôle.

21

Une heure plus tard, j'avais fini de lire les dépositions des témoins. Sans me lever de ma chaise, je me penchai en avant jusqu'à ce que le bout de mes doigts touche le sol. Au bout de trois tentatives, je pus poser mes mains à plat à côté de mes pieds. Ces étirements terminés, je me redressai et jetai un coup d'œil à ma montre. Minuit. Je me sentais encore raide et engourdie, étrangère à cette pièce silencieuse et paisible. Ma tête était encore pleine de ce que je venais de lire, et ce que je venais de lire se classait plutôt dans la catégorie « bruyant et agité ».

Je me levai. De l'autre côté de la table, Edward s'était allongé par terre et avait étalé ses dossiers autour de lui. Si j'en avais fait autant, je me serais endormie. Edward a toujours eu une volonté d'acier.

Il me jeta un coup d'œil, et je vis ce qu'il était en train d'examiner. Les photos. Je dus tressaillir ou grimacer, car il les recouvrit de la main.

— Tu as terminé ?

— Avec les dépositions des témoins, oui.

Il me fixa sans rien dire.

Je m'assis dans la chaise qu'il avait libérée. Il roula sur le flanc, face à moi. Sa position me faisait penser à celle d'un gros chat, mais la froideur qui émanait de lui était plus reptilienne que féline.

— La majorité des scènes de crime étaient des maisons isolées ; elles appartenaient à des gens assez riches pour se payer une vaste propriété et l'intimité qui va avec. Mais trois d'entre elles se trouvaient dans des quartiers résidentiels un peu plus modestes, comme celui des Bromwell. Dans les trois cas, les attaques ont eu lieu un soir où les voisins étaient tous sortis.

— Et ?

— Et je croyais qu'on allait réfléchir ensemble à ce que ça impliquait.

Edward secoua la tête.

— Je t'ai fait venir pour bénéficier d'un regard neuf sur cette affaire. Si je te raconte nos théories, elles risquent de t'entraîner sur les pistes erronées que nous avons déjà explorées de long en large.

Je fronçai les sourcils. Son raisonnement était logique, mais j'avais l'impression qu'il me cachait des choses, et ça ne me plaisait pas beaucoup. Je soupirai.

— Si le criminel était un humain, je dirais qu'il surveille les environs nuit après nuit et attend que la voie soit dégagée pour agir. Mais la probabilité que tous les habitants d'une rue de banlieue s'absentent simultanément est plus que mince. Quelques voisins avaient déjà des projets pour la nuit fatidique. Un couple devait se rendre à l'anniversaire de sa nièce. Une famille avait son dîner mensuel chez les beaux-parents. Deux hommes célibataires devaient travailler tard. Mais les autres n'avaient rien prévu de particulier. Ils sont juste partis de chez eux au même moment, la même nuit, pour des raisons différentes.

Edward me fixait d'un regard intense et neutre à la fois. Impossible de dire s'il avait déjà entendu ça une douzaine de fois ou si j'étais la première à le lui faire remarquer. Dolph n'aime pas influencer ses collaborateurs, donc, j'ai l'habitude de me débrouiller seule. Mais à côté d'Edward, Dolph mériterait le Nobel de l'expressivité.

Je continuai à patauger vaillamment.

— L'inspecteur en charge de la seconde enquête a trouvé ça bizarre. Il a demandé à tous les gens pourquoi ils s'étaient absentés. Et dans chaque cas, il a obtenu une réponse identique, ou presque.

— Je t'écoute.

— Et merde, Edward ! Tu as lu les rapports. Je ne fais que répéter des choses que tu sais déjà.

— Mais peut-être parviendras-tu à une conclusion nouvelle. S'il te plaît, Anita, poursuis ton raisonnement.

— Ils ont tous été pris par la bougeotte. Une envie subite d'emmener les enfants manger des glaces, de passer au supermarché à onze heures du soir ou de monter dans leur voiture et de rouler sans destination précise en tête. Une femme, Mme Emma… Zut ; j'ai oublié son nom.

Je tendis la main vers les papiers abandonnés de l'autre côté de la table et les feuilletai rapidement.

— Mme Emma Taylor a dit, je cite : « C'était une nuit étouffante. Je ne supportais pas de rester enfermée. Dehors, l'air était suffocant, difficile à respirer. »

— Et alors ?

— Et alors, je veux lui parler.

— Pourquoi ?

— Je pense qu'elle est, sinon médium, du moins sensible à l'énergie psychique.

— Les rapports ne le mentionnent pas.

— Si tu as le don et que tu l'ignores, ou que tu fais semblant de ne rien savoir, il ne disparaît pas pour autant. Le pouvoir finit toujours par ressortir d'une façon ou d'une autre, Edward. Si cette femme possède une sensibilité très développée et qu'elle la néglige depuis des années, elle doit être folle ou dépressive. Elle aura sûrement été soignée pour troubles mentaux. La gravité de son état dépendra du niveau de son pouvoir.

Pour la première fois, Edward eut l'air intéressé.

— Veux-tu dire que les pouvoirs psychiques peuvent induire la folie ?

— Non, je dis qu'ils peuvent être confondus avec une maladie mentale. Les chasseurs de fantômes entendent les voix des morts ; c'est comme si quelqu'un chuchotait à leur oreille – un symptôme classique de la schizophrénie. Les empathes sombrent parfois dans la dépression parce qu'ils sont entourés de gens dépressifs et ne savent pas se protéger contre les émotions qu'ils captent. Et cetera, et cetera.

— Je vois. (Edward se redressa. Il ne semblait pas avoir la moindre crampe.) Mais je ne comprends pas pourquoi tu veux parler à cette femme. Sa déposition a été prise par l'inspecteur Loggia. Il a posé de bonnes questions, et il n'a négligé aucun détail.

— Toi aussi, tu as remarqué qu'il avait passé plus de temps à interroger les voisins que ses collègues chargés des autres scènes de crime ?

Edward haussa les épaules.

— Loggia a jugé étrange que tout le monde se soit barré en même temps. Il trouvait ça un peu trop commode pour l'assassin, mais il n'a rien découvert qui puisse étayer la thèse de la conspiration.

— De la conspiration ? (Je faillis éclater de rire.) Il pensait que les habitants d'un quartier chic avaient pu se liguer pour éliminer un de leurs voisins ?

— C'était la seule façon d'expliquer qu'ils soient tous partis de chez eux dans un intervalle d'une demi-heure le soir des meurtres.

— Donc, Loggia a enquêté sur ces gens.

— C'est de là que vient l'excédent de paperasse.

— Et ?

— Rien. Quelques disputes parce que des gamins avaient massacré des massifs de fleurs avec leur ballon, un cas de couple assassiné dont le mari couchait avec la femme du voisin… (Edward grimaça.) Le voisin a eu de la chance que son rival se soit fait découper au beau milieu d'une série de crimes identiques. Sinon, il aurait figuré en tête de la liste des suspects.

— Ça aurait pu être un copieur.

— La police n'est pas de cet avis, et crois-moi, elle a tout essayé pour faire coller les morceaux.

— Je te crois. Les flics détestent laisser filer un bon motif. D'autant que dans la plupart des cas, les assassins n'en ont pas vraiment. Ils tuent pour des choses stupides ou sous l'impulsion du moment.

— Vois-tu une raison logique pour laquelle tous ces gens seraient partis de chez eux au moment pile où le meurtrier s'apprêtait à agir ?

— Oui.

Edward eut un léger sourire.

— Je t'écoute.

— Dans les cas de hantise, il est très fréquent que les gens se sentent mal à l'aise à l'endroit où la présence du fantôme est la plus forte.

— Tu veux dire que le coupable est un fantôme ?

J'agitai la main en un geste agacé.

— Attends que j'aie fini.

— D'accord : éblouis-moi.

— Il existe des sorts capables de perturber les gens, de les faire se sentir mal à l'aise dans un endroit précis. Mais ceux que j'ai lus ne peuvent affecter qu'une personne ou un lieu à la fois. Un chapitre de sorcières œuvrant toutes ensemble ne parviendrait pas à couvrir une zone aussi large. Du moins, je ne le pense pas. Mais je n'y connais pas grand-chose en la matière. Il faudra trouver une sorcière pour lui poser la question. A mon avis, elle confirmera mes soupçons. Je n'ai mentionné cette possibilité que par acquit de conscience.

— Les flics ne l'avaient même pas envisagée.

— C'est bon de savoir que je n'ai pas totalement gaspillé ces cinq dernières heures.

— Mais tu ne penses pas que des sorcières aient fait le coup.

Je secouai la tête.

— Les sorcières croient à la loi du triple – c'est-à-dire que tout ce qui est fait revient à l'envoyeur multiplié par trois. Dans le cas présent, aucune d'elles ne voudrait s'exposer au retour de bâton. Les sorcières sont également censées ne pas faire de mal à autrui, mais il existe de mauvais païens comme il existe de mauvais chrétiens. Ce n'est pas parce qu'une religion interdit une chose que certains de ses adeptes ne vont pas enfreindre les règles à l'occasion.

— Donc, d'après toi, qu'est-ce qui a poussé tous ces gens à vider les lieux quand le meurtrier en avait besoin ?

— Je pense que la chose qui a fait ça est assez puissante pour les avoir fait partir juste parce qu'elle le voulait.

Edward fronça les sourcils.

— Je ne comprends pas.

— Notre monstre arrive sur place. Il sait exactement où il veut aller. Il projette une aura de crainte sur les maisons voisines pour faire fuir leurs occupants. Et, plus impressionnant encore, il fait en sorte qu'elle ne touche pas la maison qui l'intéresse. Je connais des créatures capables de répandre la peur autour d'elles – essentiellement pour maintenir leurs prédateurs à distance. Mais je n'en connais aucune qui puisse déclencher une panique sélective, contrôlée.

— Autrement dit, tu ne sais pas du tout à quoi nous avons affaire.

Dans la voix d'Edward, j'entendis une pointe de déception.

— Pas encore. Mais si j'ai vu juste, on peut éliminer un paquet de choses. Les vampires, les métamorphes… Même un démon n'aurait pas pu faire ça.

— Pourquoi ?

— Parce que j'aurais perçu des traces de son passage chez les Bromwell, tout à l'heure.

— N'aurait-il pas pu être assez puissant pour te masquer sa présence ?

— Je ne suis pas prêtre, donc, c'est possible. Mais ça ne colle pas avec les faits. L'auteur des mutilations ne cherche pas à se cacher. (Je secouai la tête.) Ce n'est pas un démon, j'en mettrais ma main au feu. Cela dit, je ne suis pas infaillible.

— Donna pourra nous aiguiller vers une sorcière, mais je ne crois pas qu'elle connaisse de démonologue.

— Il n'y en a que deux dans tout le pays. Le père Simon McCoupen, qui détient le record du nombre d'exorcismes effectués dans ce pays au XXe siècle, et le Dr Philo Merrick, qui enseigne à l'Université de San Francisco.

— Tu en parles comme si tu les connaissais.

— J'ai suivi les cours de Merrick et assisté à une conférence donnée par McCoupen.

— J'ignorais que tu t'intéressais aux démons.

— Disons que vu la fréquence à laquelle j'en rencontre, je préfère savoir un minimum de choses sur eux.

Edward me dévisagea, intrigué.

— A quelle occasion as-tu rencontré des démons ?

— Je n'en parle jamais la nuit. Si tu veux vraiment savoir, repose-moi la question demain, quand le soleil brillera.

Il me fixa une seconde ou deux, comme s'il voulait insister. Puis il abandonna avec un léger haussement d'épaules. C'était aussi bien. Les mots ont du pouvoir. Evoqués après le crépuscule, certains souvenirs semblent gagner en poids et en substance, comme si les choses qui vous les ont infligés écoutaient avidement. Parfois, le seul fait d'y penser semble alourdir l'air autour de vous. Au fil des ans, j'ai appris à réprimer mes pires souvenirs. C'est le seul moyen de ne pas basculer dans la folie.

— La liste de tout ce que notre meurtrier n'est pas s'allonge à vue d'œil, commenta Edward. Maintenant, j'aimerais bien savoir ce qu'il est.

— Pour l'instant, je ne peux te dire qu'une chose : c'est une créature surnaturelle. (Je feuilletai les dépositions, m'arrêtant sur celles dont j'avais corné un coin.) Quatre des personnes qui sont actuellement à l'hôpital de Santa Fé ont été retrouvées errant à l'extérieur de chez elles en pleine nuit.

Edward acquiesça.

— Il y a une transcription des appels passés au SAMU quelque part dans ce bazar. La femme qui a découvert les Carmichael était littéralement hystérique.

Je songeai à ce que j'avais vu dans la chambre stérilisée, et je tentai de m'imaginer découvrant un de mes voisins – un ami, peut-être – écorché et saignant au beau milieu de la rue. Je secouai la tête pour chasser cette image de mon esprit. J'avais déjà bien assez de mes propres cauchemars, merci beaucoup.

— Je ne l'en blâme pas. Mais ce que je voulais dire, c'est : comment pouvaient-ils se balader dans cet état ? Un des survivants a attaqué le voisin qui essayait de lui venir en aide. Il l'a mordu si fort que le gars a dû être transporté à l'hôpital en même temps que lui. D'après le Dr Evans, s'ils ne sont pas attachés, les survivants d'Albuquerque essaient de se lever et de s'en aller. Tu ne trouves pas ça étrange ?

— Bien sûr que si. Où veux-tu en venir ? demanda Edward d'une voix éraillée par la fatigue.

— Je pense que le monstre qui les a écorchés appelle ses victimes.

— Qu'il les appelle ? Comment ça ?

— De la même façon qu'un vampire appelle une

personne qu'il a mordue et dont il a violé l'esprit. Les mutilations doivent lui donner un ascendant sur elles.

— Pourquoi ne se contente-t-il pas de les emmener la nuit de l'attaque ?

— Je n'en sais rien.

— Peux-tu prouver ce que tu avances ?

— Non, mais si les docteurs nous donnaient le feu vert, on pourrait suivre un de leurs patients et voir où il va. Peut-être nous conduirait-il droit à son tortionnaire.

— Les docteurs ne nous laisseront jamais faire. Et entre nous, Anita... Je ne suis pas certain que je supporterais.

— Le grand Edward admet enfin qu'il a peur ! lança une voix moqueuse.

Nous pivotâmes. Olaf se tenait sur le seuil de la salle à manger. Il portait un pantalon de costard noir et un polo assorti dont les manches longues s'arrêtaient au-dessus de ses poignets. Je suppose qu'on ne peut pas faire le difficile quand on s'habille au même rayon que le Géant Vert.

Il entra d'un pas souple. Si je n'avais pas passé autant de temps avec des vampires et des métamorphes, j'aurais dit qu'il glissait. Pour un humain, il était vraiment gracieux.

Edward se leva.

— Que veux-tu, Olaf ?

— Ta copine a déjà résolu le mystère ?

— Pas encore.

— Mais tu penses qu'elle y arrivera. Pourquoi as-tu tellement confiance en elle ?

— Quatre heures à ruminer, et c'est la meilleure question dont tu aies réussi à accoucher ? raillai-je.

Olaf se tourna vers moi en découvrant les dents.

— La ferme !

Je fis un pas en avant. Edward me toucha le bras et secoua la tête. Vaguement soulagée, je reculai. Je n'étais pas de taille à faire un bras de fer avec Olaf, et je ne pouvais pas le descendre juste pour m'avoir aboyé dessus. Ce qui limitait sérieusement mes options.

Edward répondit à la question restée en suspens.

— Quand tu la regardes, tu ne vois que la surface, l'emballage petit et mignon. Mais à l'intérieur du joli paquet-cadeau, il y a quelqu'un qui pense comme un tueur, un flic et un monstre. Je ne connais personne qui soit aussi polyvalent qu'Anita. La plupart des experts en surnaturel sont des spécialistes : sorcières, clairvoyants ou démonologues. Mais Anita est une généraliste. Elle s'y connaît un minimum dans tous les domaines, et pour le reste, elle sait à qui s'adresser.

— Tu m'as déjà dit tout ça avant qu'elle arrive, s'impatienta Olaf. Tu n'as pas cessé de vanter ses capacités. Mais j'ai déjà bossé avec tes experts en magie par le passé, et tu n'as jamais parlé d'eux comme tu parles d'elle. Qu'est-ce que cette fille a de si spécial ?

Edward me jeta un coup d'œil, puis reporta son attention sur Olaf.

— Dans l'antiquité, les Grecs pensaient qu'au commencement du monde, toutes les âmes étaient asexuées. Puis elles furent coupées en deux : une moitié mâle et une moitié femelle. D'après les Grecs, ton autre moitié est le partenaire idéal pour toi, la personne qui te complète aussi bien sexuellement qu'affectivement. Moi, je crois qu'elle te ressemble trop pour ça, mais que si tu réussis à la trouver, ce sera quand même ton âme sœur.

Je luttai pour masquer la surprise que m'avait inspirée ce petit discours.

— Où veux-tu en venir ? aboya Olaf.

— Anita est un morceau de mon âme.

— Tu es complètement cinglé !

Pour une fois, j'étais d'accord avec lui.

— Alors, pourquoi mon plus grand fantasme est-il de

lui donner un flingue et de la chasser ? demanda doucement Edward.

— Parce que quelque chose ne tourne pas rond dans ta tête, assena Olaf.

La vérité sort de la bouche des simples d'esprit, songeai-je. Mais je gardai cette réflexion pour moi.

— Tu sais que venant de moi, il n'existe pas de plus grand compliment. Si je voulais te tuer, Olaf, je le ferais sans me poser de questions. Pareil pour Bernardo – parce que je sais que je suis meilleur que vous deux. Mais Anita... Tant qu'on ne se sera pas affrontés pour de bon, je garderai toujours un doute. Je regretterais beaucoup de mourir sans avoir découvert lequel de nous deux est le meilleur.

Olaf toisa Edward de toute sa hauteur.

— Tu ne veux quand même pas dire que cette fille, *diese Zimtzicke*, vaut mieux que Bernardo ou que moi.

— Si, c'est exactement ce que je veux dire.

Diese Zimtzicke – cette emmerdeuse. Je n'étais pas en position de protester. Je soupirai. Olaf ne pouvait déjà pas me voir en peinture. Maintenant, il allait se sentir en compétition avec moi. Je n'avais vraiment pas besoin de ça. Et compliment ou pas, ça ne me rassurait guère de savoir que le plus grand fantasme d'Edward était de me tuer. Pardon : de me donner un flingue et de me chasser pour voir lequel de nous deux était le meilleur. C'est vrai que c'était beaucoup plus raisonnable.

Je consultai ma montre. Une heure et demie du matin.

— Franchement, les garçons, je ne sais pas si je dois me sentir flattée ou effrayée, mais je sais une chose : il est tard, et je suis crevée. Si vous voulez aller voir la grande méchante vampire, c'est maintenant ou jamais.

— Tu n'as pas envie de regarder les photos ce soir, c'est tout, m'accusa Edward.

— Non, en effet. Je n'ai même pas envie de lire les

rapports des légistes. Je m'en occuperai demain matin à la première heure.

— Elle a peur, railla Olaf.

Je soutins son regard.

— J'ai besoin d'un minimum de sommeil pour fonctionner correctement. Si je mate ces photos juste avant d'aller me coucher, je ne suis pas sûre de réussir à fermer l'œil.

Il se tourna vers Edward.

— Ton âme sœur est une mauviette.

— Non, elle est honnête, voilà tout.

— Merci, Edward.

Je me rapprochai d'Olaf et dus me tordre le cou pour continuer à le fixer dans les yeux. Mais je voulais lui montrer qu'il ne m'impressionnait pas.

— Si j'étais un homme, je me serais sans doute sentie obligée de regarder les photos pour prouver que j'étais digne des louanges d'Edward. Mais un des avantages d'être une femme, c'est que la testostérone ne me monte pas à la tête.

Olaf fronça les sourcils.

— La testo… quoi ?

Il devait faire cette tête chaque fois que quelqu'un employait un mot de plus de trois syllabes en sa présence.

— Edward t'expliquera après m'avoir montré ma chambre. Si je dois interroger des vampires, j'aurai besoin d'un peu de matos supplémentaire.

Notre hôte m'entraîna vers la porte par laquelle ses autres invités s'étaient éclipsés. Le couloir était blanc, si dépourvu d'ornements qu'il semblait inachevé. Edward me désigna la chambre de Bernardo, puis celle d'Olaf – qui se trouvait juste à côté de la mienne. J'écarquillai les yeux.

— Tu crois vraiment que c'est une bonne idée de nous faire coucher à trois mètres l'un de l'autre ?

— Ça montre que je n'ai pas peur pour toi.

— Mais moi, si.

Edward sourit.

— Contente-toi de prendre les précautions de base, et tout ira bien.

— C'est bon de voir que l'un de nous deux au moins me croit en sécurité, lâchai-je sur un ton sarcastique. Au cas où tu ne l'aurais pas remarqué, Olaf pèse une tonne de plus que moi.

— Mais tu n'es pas assez bête pour l'affronter au corps-à-corps. Je te connais. S'il passe ta porte en pleine nuit, tu le descendras sans sommation.

Perplexe, je dévisageai Edward.

— Es-tu en train de lui tendre une embuscade pour que je l'élimine ?

— Non, pas du tout. Je pensais ce que je lui ai dit à l'instant. Si je voulais le tuer, je le ferais, un point c'est tout. Je t'ai donné la chambre voisine de la sienne parce que je sais comment il raisonne. Il pensera que c'est trop facile, que ça doit être un piège, et il se tiendra à carreaux ce soir.

— Et demain soir ?

Edward haussa les épaules.

— Une seule nuit à la fois.

Je secouai la tête et ouvris la porte. Avant même que je puisse entrer ou allumer la lumière, Edward m'appela. Je pivotai vers lui.

— Tu sais que n'importe quelle femme aurait fondu en entendant un homme lui dire qu'elle est son âme sœur.

— Je ne suis pas n'importe quelle femme.

Son sourire s'élargit.

— Amen.

— Tu sais, Edward… Tu m'as foutu les jetons tout à l'heure. Que tu fantasmes sur le fait de me chasser et de me tuer… Je trouve ça très inquiétant. Mais si tu me considérais comme ton âme sœur dans le sens romantique du terme, ça me ferait encore beaucoup plus peur. Depuis qu'on se connaît, je sais que tu finiras peut-être par me buter, mais tomber amoureux de moi… Ça serait vraiment trop bizarre.

Son expression se fit grave, pensive.

— Si on sortait ensemble, nos vies seraient bien moins compliquées.

— Dis-moi la vérité, Edward. As-tu jamais eu envie d'être avec moi ?

Il n'eut même pas besoin d'y réfléchir.

— Non.

— Moi non plus. Je te retrouve devant la voiture.

— Je t'attendrai ici, contra-t-il.

— Pourquoi ?

— Parce que je ne veux pas que tu cherches des noises à Olaf, et réciproquement, si je ne suis pas là pour vous empêcher de vous battre.

— Tu me crois capable de faire une chose pareille ? demandai-je de mon air le plus innocent.

Edward secoua la tête.

— Dépêche-toi de t'équiper. J'aimerais me coucher avant qu'il fasse jour.

— Bonne idée.

J'entrai dans la chambre et refermai derrière moi. Presque aussitôt, quelqu'un frappa à la porte. Je la rouvris lentement, mais ce n'était qu'Edward.

— Je te présenterai comme mon invitée, une simple amie de passage à Santa Fé. Si les vampires ne savent pas qui tu es, ils laisseront peut-être échapper un indice, quelque chose que je ne remarquerais pas mais qui te mettra la puce à l'oreille.

— Que se passera-t-il si je suis démasquée pendant la soirée ? Ne crains-tu pas que Sa Grandeur t'en veuille un tantinet d'avoir introduit l'Exécutrice dans son club ?

— Je lui dirai que tu voulais voir le meilleur spectacle

de la ville, et que tu n'avais pas envie de te faire refouler à l'entrée à cause de ton boulot, mais que tu es en mode « vacances ».

— En mode « vacances » ? C'est vraiment le terme que tu emploieras ?

— Probablement. Elle n'aime que les hommes très sérieux ou très drôles.

— Tu parles comme si tu la connaissais bien.

— Ted ne tue que les renégats. Il est le bienvenu dans la plupart des repaires de monstres locaux.

— Tu mériterais un Oscar.

— Ça te met toujours mal à l'aise quand je fais l'acteur, pas vrai ?

— Disons que… Tu es tellement doué que parfois, je ne sais plus quand tu dis la vérité et quand tu joues la comédie.

Le sourire d'Edward s'évanouit.

— Va chercher tes affaires, Anita.

Je refermai la porte sur lui. D'une certaine façon, je le comprenais mieux que les deux hommes avec qui je sortais. Et d'une autre façon, il restait un mystère complet pour moi.

Je promenai un regard à la ronde. Si nous ne revenions pas avant l'aube, je serais pressée de me coucher, donc potentiellement imprudente. Je préférais procéder aux aménagements nécessaires pendant que j'étais encore à peu près fraîche.

L'unique chaise de la pièce me servirait à coincer la poignée de la porte. Je saisis les poupées Kachina qui ornaient la commode et les plaçai sur l'appui de la fenêtre. Si quelqu'un essayait de rentrer par là, elles tomberaient et, avec un peu de chance, feraient assez de bruit pour me réveiller. Un petit miroir encadré par des bois de cerf était accroché au mur. Je le disposai sous la fenêtre au cas où les poupées ne suffiraient pas.

Dernière précaution : je laisserais ma valise devant

la porte pour qu'Olaf trébuche dessus s'il parvenait à entrer sans renverser la chaise, décidai-je. Evidemment, il y avait de grandes chances pour que ce soit moi qui trébuche dessus en allant aux toilettes. Cette idée n'avait pas plus tôt traversé mon esprit que j'eus besoin d'y aller. Tant pis. Ça attendrait que je sois prête. Edward pourrait monter la garde devant la porte et s'assurer qu'Olaf ne vienne pas me déranger.

Je fouillai dans ma valise. Je n'avais pas le droit de trimballer mon matos anti-vampires sans un ordre d'exécution délivré par le tribunal ; si je me baladais avec et que je l'utilisais, je pourrais être accusée de meurtre avec préméditation. Mais aucune loi ne m'interdisait d'emporter quelques accessoires – comme ces deux fioles d'eau bénite. Une pression du pouce suffisait pour faire sauter leur bouchon de caoutchouc et les changer en grenades inoffensives pour l'utilisateur. Je les glissai dans les poches arrière de mon jean.

Je porte toujours un crucifix autour du cou, mais il est déjà arrivé qu'on me l'arrache. En règle générale, je prévois donc des croix de rechange. Une dans la poche avant de mon jean et une dans la poche de ma veste, ça devrait aller, estimai-je. Puis j'ouvris les deux boîtes de munitions que j'avais nichées entre mes polos de rechange.

Deux ans plus tôt, je vivais en appartement et je chargeais tous mes flingues avec des Glazer Sécurité parce que je ne voulais pas que mes voisins ramassent une balle perdue. Les Glazer ne traversent pas les murs' – mais comme Edward et les flics me l'avaient fait remarquer, j'avais eu beaucoup de chance. Si les Glazer brisent les os, elles ressortent rarement de l'autre côté. C'est toute la différence entre un tir de carabine et de fusil à pompe.

Un jour, Edward était venu à St. Louis juste pour m'emmener au stand de tir et me faire tester différentes sortes de munitions. Il m'avait interrogée sur toutes les fois où j'avais utilisé des Glazer pour me défendre et expliqué que si j'étais encore en vie, c'est parce que j'avais presque toujours tiré à bout portant. J'avais besoin de quelque chose d'efficace à une distance supérieure à la longueur de mon bras. Quelque chose qui ne soit pas conçu pour blesser mais pour tuer. Parce que soyons lucides : quand je tire, c'est généralement pour tuer. Si ma cible s'en sort avec une simple blessure, c'est que j'ai foiré mon coup.

J'avais fini par arrêter mon choix sur des Homady Custom XTP. Pour être plus précise, des Luger 9 mm, 147 JHP/XTP – plaquées argent, bien entendu. Il existe d'autres balles à tête creuse dont la masse augmente davantage après pénétration, mais la plupart ne s'enfoncent pas autant dans leur cible. Quand on a affaire à un vampire, faire un gros trou ne suffit pas : il faut toucher un organe vital.

Par ailleurs, certaines balles s'enfoncent tellement bien qu'elles tendent à ressortir de l'autre côté, ce qui constitue un danger pour les témoins innocents. Mais les Homady XTP sont conformes aux critères de sécurité du FBI. Les Fédéraux sont encore plus regardants que moi sur la protection des civils. Ils ne peuvent pas se permettre de toucher par mégarde un gamin, une femme enceinte ou une nonne en train de faire sa promenade matinale. Donc, ils utilisent des balles qui resteront à l'intérieur de leur cible mais l'empêcheront de se relever. Si les Homady XTP étaient assez bien pour eux, elles étaient assez bien pour moi, raisonnais-je.

Mais pas pour Edward. Du moins, pas telles quelles. Aussi les avait-il améliorées en remplissant leur tête creuse d'eau bénite et de mercure, avant de les sceller avec de la cire. Il m'avait dit qu'elles infligeaient de sacrés dégâts aux vampires. Que même si elles n'atteignaient pas un organe vital, elles explosaient dans leur corps et les rongeaient de l'intérieur comme de l'acide. Il suffisait de toucher un buveur de sang dans un bras ou dans une jambe pour qu'il se désintéresse complètement de vous et ne pense plus qu'à trouver un moyen d'arrêter la douleur.

Je croyais Edward sur parole. Personnellement, je n'avais pas encore osé tester ses balles maison. J'hésitai un instant face aux deux boîtes, et finis par charger mon flingue avec des Homady XTP normales. Je n'avais pas d'ordre d'exécution. Si j'étais forcée de tirer sur un vampire, utiliser des munitions à l'effet aussi ravageur passerait forcément pour de la préméditation.

En revanche, si j'utilisais des balles ordinaires et que je tombais sur jury compatissant, je pourrais m'en sortir avec une condamnation pour « coups et blessures ayant entraîné la mort sans intention de la donner ». L'addition n'est pas du tout la même. Et puis, nous n'allions pas là-bas pour nous battre mais juste pour poser quelques questions. Il n'y avait pas de raison pour que ça dérape.

Du moins tentai-je de m'en persuader alors que je refermais ma valise sur la boîte intacte de « balles à la Edward ». J'étais bien placée pour savoir que les situations les plus simples tendent à devenir très compliquées dès qu'on y mêle un vampire. A plus forte raison un Maître de la Ville. J'en avais déjà tué trois : un avec une épée, un avec du feu, et le dernier en éliminant sa servante humaine. Jamais d'une simple balle. Je n'aurais probablement pas l'occasion de m'en servir ce soir, mais…

Me ravisant, je rouvris ma valise et remplis mon chargeur de rechange avec les balles explosives d'Edward. Je ne les utiliserais qu'une fois vidé mon premier chargeur. Si j'avais déjà logé treize Homady XTP dans le corps d'un vampire et qu'il était toujours debout, ma priorité serait de survivre, pas d'éviter la prison. C'est l'une des leçons qu'Edward m'a enseignée – et croyez-moi, elle n'est pas tombée dans l'oreille d'une sourde.

22

Je me reposais au salon quand Bernardo et Olaf émergèrent de leurs chambres respectives. Tous deux s'étaient changés.

Bernardo portait un pantalon de costard blanc à pinces, avec un petit revers dans le bas. Un gilet assorti révélait ses bras musclés et mettait en valeur sa peau couleur de pain d'épices. De lourds bracelets d'argent enserraient ses biceps et ses poignets. Une médaille sainte, en argent également, scintillait entre ses pectoraux. Ses cheveux noirs pendaient sur ses épaules tel un rideau de soie; du côté droit, il s'était fait une tresse à laquelle il avait mêlé des fils d'argent ornés de minuscules clochettes dont le tintement ponctuait chacun de ses pas. L'ensemble était plutôt spectaculaire.

J'eus du mal à m'arracher à la contemplation de Bernardo pour jeter un coup d'œil à son comparse. Olaf avait enfilé une chemise noire transparente, et une veste en cuir noir pour dissimuler son holster d'épaule. Il faisait beaucoup trop chaud pour porter ce genre de fringue, mais j'admets que la veste allait bien avec son crâne rasé, son jean noir et ses bottes coquées.

— Vous êtes bien chics, commentai-je sans la moindre ironie.

— Nous allons en boîte, me rappela Bernardo.

— Je sais.

Il fronça les sourcils.

— Vous devriez vous changer.

Je me levai du canapé.

— Pourquoi ?

Il s'approcha de moi. J'aperçus un bout de peau mate entre ses mocassins en cuir blanc et l'ourlet de son pantalon. Pas de chaussettes, donc.

— Je sais que vous pouvez être aussi renversante que nous. (Il grimaça.) Ou du moins, aussi renversante qu'Olaf. Peut-être pas autant que moi.

Il m'adressa un sourire ravageur, destiné à faire fondre des organes situés bien plus bas que mon cœur. Mais je m'étais blindée contre son charme. Je n'étais pas esclave de ma libido ; Jean-Claude et Richard pouvaient en attester.

— A quoi bon essayer si je n'ai aucune chance de réussir ? demandai-je sans m'émouvoir.

Son sourire s'élargit, se fit moins parfait et plus sincère. Je préférais ça, et de loin. Cet homme savait flirter, pas de doute. Mais si quelque chose me coupe toute envie, c'est bien les dragueurs professionnels dont la technique semble avoir été rôdée sur un millier de femmes. Je déteste qu'on me traite comme si j'étais une petite nana parmi tant d'autres. Je trouve ça insultant.

— En vous donnant beaucoup de mal, vous pourriez peut-être approcher ma bouleversante perfection, plaisanta-t-il.

Je ne pus m'empêcher de sourire.

— Ça n'en vaut pas la peine, Bernardo.

— J'ai été forcé de me changer. Donc, tout le monde se change, intervint Olaf.

Je pivotai vers lui. Il n'était pas vraiment beau, mais il exsudait un certain charme dangereux. Avec une expression un tout petit peu moins hargneuse, il aurait pu ramasser un tas de filles au club. Et même avec son expression actuelle… Je suis toujours stupéfaite par l'attirance que les mauvais garçons exercent sur la plupart des femmes. Personnellement, je préfère les hommes gentils.

— Je ne me rappelle pas qu'on t'ait nommé chef de cette expédition. Quand Edward me demandera de me changer, je le ferai. Pas avant.

Olaf fit un pas vers moi. Je ne sus jamais ce qu'il comptait dire ou faire car, à cet instant, Edward entra dans la pièce. Il portait un débardeur rouge avec une chemise de soie à manches courtes assortie, qui pourrait dissimuler son flingue s'il se montrait prudent. Son jean était noir et tout neuf. Ses cheveux blonds avaient juste assez poussé pour boucler dans sa nuque, et l'ensemble était presque mignon.

Je compris que je ne gagnerais pas cette partie-là. Levant les mains, je me dirigeai vers le couloir des chambres. Puis je m'arrêtai et pivotai vers Edward.

— Une petite minute. Je croyais que tu m'emmenais là-bas parce que les monstres parleraient peut-être à une nécromancienne. Donc, il ne s'agit pas d'une mission sous couverture.

— Quel rapport avec le fait d'être bien habillée ? interrogea Bernardo.

Je lui jetai un coup d'œil, puis reportai mon attention sur Edward.

— Si tu as besoin de mes services, tu me prends comme je suis. Je ne fais pas d'efforts vestimentaires en dehors du bureau.

— Je préférerais que tu la joues discrète pour commencer. Que tu t'imprègnes de l'atmosphère et que tu rencontres les monstres avant qu'ils découvrent ton identité.

— Pourquoi ?

— Tu le sais très bien.

— Tu veux que je fouine en utilisant ma compétence avant qu'ils se rendent compte que j'ai de l'expérience ?

Edward hocha la tête.

— Mais tu veux aussi que je sois Anita Blake et que je les impressionne.

— Oui.

— Difficile de faire les deux à la fois.

— Joue les touristes jusqu'à ce qu'ils te démasquent, puis redeviens toi-même.

— Le meilleur des deux mondes, hein ?

— Exactement.

Je poussai un soupir.

— D'accord. Je vais voir ce que je peux faire.

Malheureusement, je n'avais pas prévu de faire la tournée des boîtes du Nouveau-Mexique – ce qui signifiait que je n'avais rien emporté de très festif. J'enfilai mon jean le plus noir. Je gardai mes Nike parce que je n'avais pas d'autres chaussures. Quant à mes hauts… J'avais le choix entre mes sempiternels polos à manches courtes et quelques T-shirts dans une variété de couleurs mais une seule coupe : moulant à col rond. Si je trouve une fringue confortable et qui me va bien, j'ai tendance à l'acheter en plusieurs exemplaires. Ça me simplifie le shopping. Du coup, je suis souvent habillée à la mode de l'année précédente, mais je m'en contrefiche.

J'optai donc pour un T-shirt d'un bleu assez doux. J'ajoutai une touche d'ombre à paupières, un épais trait d'eyeliner, une bonne couche de mascara, un soupçon de fard à joues et un rouge à lèvres écarlate, très « femme fatale ». Je ne me voyais pas en entier dans le petit miroir que j'avais ramassé et posé sur la commode, mais mon maquillage avait l'air potable, et ma veste dissimulerait mon holster d'épaule. Comme je ne pourrais sans doute pas l'enlever de toute la soirée, j'attachai mes fourreaux de poignet et leurs couteaux en argent le long de mes avant-bras. Quitte à crever de chaud, autant planquer un maximum de quincaillerie sur moi. Je me donnai un coup de brosse et décidai que ça suffirait.

Je devais être à peu près présentable, car en me voyant revenir, Bernardo déclara :

— Je retire ce que j'ai dit. Si vous aviez emmené une robe, vous seriez plus renversante que moi.

Je secouai la tête.

— Je sais que non, mais merci quand même pour le compliment.

— Son décolleté est trop plongeant, protesta Olaf.

Je jetai un coup d'œil éloquent à sa chemise transparente.

— Je vois tes tétons.

Son visage s'assombrit. De colère ou d'embarras ?

— Salope.

— C'est celui qui dit qui est, répliquai-je avec une moue boudeuse.

Edward s'interposa entre nous. Il calma Olaf, puis se tourna vers moi.

— Si tu ne veux pas d'ennuis, ne le provoque pas.

— C'est lui qui a commencé.

Il nous toisa tous deux d'un air glacial.

— Encore une dispute stupide comme celle-là, et je ne chercherai pas à savoir qui a commencé. Par contre, je vous assure que c'est moi qui y mettrai un terme. C'est clair ?

Olaf et moi nous entre-regardâmes. Lentement, nous acquiesçâmes tous les deux.

— C'est clair, dit-il.

— Limpide, renchéris-je.

— Bien. (Un sourire presque juvénile éclaira le visage d'Edward.) Dans ce cas, allons-y.

23

Le *Papillon d'Obsidienne* était situé entre Santa Fé et Albuquerque, un peu à l'écart de la route comme les casinos indiens. Il empestait le piège à touristes friqués. Le parking était tellement plein que nous dûmes faire tout le tour pour trouver une place.

Le bâtiment ressemblait à un temple aztèque. Pour ce que j'en savais, *c'était* un temple aztèque. Mais vu de l'extérieur, on aurait dit un décor de cinéma. Des néons rouges épelaient son nom et soulignaient les visages sculptés sur la façade. La file d'attente disparaissait à l'angle et se perdait dans l'obscurité moite. Je n'étais pas à St. Louis, et je ne connaissais pas le gérant. Donc, je ne pouvais pas passer devant tout le monde. Mais je n'avais vraiment pas envie de faire la queue.

Edward se dirigea vers la porte avec aplomb. Nous le suivîmes tels des chiots obéissants. Nous n'étions pas le seul quatuor à vouloir entrer. Mais nous étions le seul qui ne se compose pas de deux couples. Pour ne pas faire tache, il nous aurait fallu au moins une femme de plus.

Apparemment, Edward ne se souciait pas de ce genre de détail. Il s'approcha du videur : un Indien aux larges épaules qui ne portait qu'un pagne, une sorte de gros collier doré pareil à un plastron et une couronne en plumes d'ara. C'était une tenue assez spectaculaire, qui augurait bien du spectacle que nous allions voir. Même si je ne voulais pas penser au nombre de malheureux oiseaux qui avaient dû être massacrés pour confectionner cette coiffe.

— Nous sommes avec le Pr Dallas, annonça Edward de son ton le plus jovial. Elle nous attend à l'intérieur.

— Vos noms, réclama le videur en baissant les yeux vers la liste qu'il tenait à la main.

— Ted Forrester, Bernardo Cheval-Tacheté, Olaf Gundersson et Anita Lee.

Je luttai pour masquer ma surprise. Ainsi, il était sérieux en disant qu'il voulait que je passe incognito.

— Papiers, s'il vous plaît.

Curieuse de voir comment il allait négocier cet obstacle, je jetai un coup d'œil à Edward. Il tendit deux permis de conduire au videur et me sourit.

— Tu avais oublié le tien dans la voiture.

Le videur examina nos fausses pièces d'identité pendant plus longtemps que nécessaire, comme s'il soupçonnait quelque chose. Au bout d'un moment, il les rendit à Edward sans un mot, puis se tourna vers Olaf et Bernardo.

Edward recula d'un pas et me fourra mon nouveau permis dans la main. Il avait été émis dans l'état du Nouveau-Mexique, pour une certaine Anita Lee résidant à une adresse dont je n'avais jamais entendu parler. Mais c'était bien moi sur la photo, et les autres indications – taille, poids, couleur des yeux – étaient exactes.

— Mieux vaudrait le mettre dans ta poche, me conseilla Edward. Je ne serai pas toujours là pour voler à ta rescousse.

Le faux permis rejoignit le vrai, mon rouge à lèvres, quelques billets de dix dollars et une croix de rechange dans la poche de ma veste. Je ne savais pas si je devais me sentir flattée ou insultée qu'Edward se soit donné la peine de m'inventer une identité secrète. Bien sûr, il s'était peut-être contenté de me procurer un faux permis. Mais le connaissant, ça m'aurait beaucoup étonnée.

Un autre type musclé et en pagne, qui n'arborait ni couronne de plumes ni collier tape-à-l'œil, nous ouvrit la grande porte à double battant. Nous pénétrâmes dans un hall obscur, aux murs couverts de lourdes draperies. Une odeur d'encens planait dans l'air. Au fond, une seconde porte à double battant donnait sur le club proprement dit. Elle nous fut ouverte par un blondinet aux cheveux courts et au teint doré, qui m'adressa un clin d'œil. Mais de nous tous, ce fut Bernardo qui retint son attention le plus longtemps. Il le suivit des yeux d'un air pensif. Peut-être se demandait-il s'il était armé – ou peut-être se contentait-il de mater ses fesses.

La salle du *Papillon d'Obsidienne* était si vaste que ses murs se perdaient dans la pénombre. Les clients étaient assis autour de tables de pierre carrées qui ressemblaient étrangement à des autels. La scène occupait la quasi-totalité du mur de gauche. Ce n'était pas une vulgaire estrade, mais une pyramide décapitée qui m'avait tout l'air authentique. Que faisait-elle si loin des jungles luxuriantes dans lesquelles elle avait dû être bâtie des siècles plus tôt ?

Une femme apparut devant Edward. Elle avait des pommettes très hautes, finement ciselées, et un rideau de cheveux noirs qui lui descendait jusqu'aux genoux. Elle portait une robe de soie rouge à motifs noirs – une tenue vaguement orientale qui jurait avec la décoration et les tuniques plus grossières des serveuses. Dans ses mains brunes parfaitement manucurées, elle tenait des menus ; aussi supposai-je que c'était le maître d'hôtel. Elle avait l'allure et la beauté d'un mannequin, mais ne semblait pas à sa place dans cet endroit.

Elle nous conduisit à l'une des tables les plus proches de la scène. Une femme y était déjà assise. En nous voyant approcher, elle se leva pour nous serrer la main.

Le Pr Dallas – « je vous en prie, appelez-moi Dallas » – était encore plus petite que moi, et si menue qu'on aurait pu la prendre pour une ado. Elle portait un pantalon de toile beige, un polo blanc et une veste en tweed avec des pièces aux coudes : le parfait costume du professeur d'université. Elle avait des cheveux longs, châtains et très fins, coiffés en queue-de-cheval ; un petit visage pâle et triangulaire, et des yeux noisette auxquels ses grosses lunettes à monture métallique donnaient un aspect légèrement globuleux. Si c'était son idée d'une tenue de soirée, toute son éducation était à refaire. A mon avis, elle se fichait comme d'une guigne de ce qu'elle avait sur le dos.

Un homme sortit par la porte qui surplombait le temple. A l'instant où il apparut, un silence total se propagea autour de lui en ondulations concentriques, gagnant le fond de la salle à une vitesse stupéfiante. Malgré les apparences, ce n'était pas de la magie. Pourtant, le public le fixait en retenant son souffle, comme hypnotisé. Cet homme avait une présence démentielle. Et une tenue qui, à elle seule, aurait probablement suffi à capter l'attention des spectateurs les plus blasés.

Il portait une cape et une coiffe de plumes irisées, dont la couleur indéfinissable – un peu verte, un peu bleue, un peu dorée – changeait au gré de ses mouvements, de sorte qu'il semblait enveloppé par un arc-en-ciel. Le corps que j'apercevais dessous était brun et bien bâti. J'étais assez près de lui pour distinguer ses traits, mais j'aurais été infoutue de dire s'il était beau ou pas. Franchement, avec une présence pareille, il aurait pu avoir un nez crochu ou un menton en galoche, et personne n'y aurait fait attention.

Je me surpris à redresser les épaules sur ma chaise, comme pour me mettre au garde-à-vous. Alors, je compris que même si ça n'était pas de la magie, ce n'était pas naturel. Je luttai pour m'arracher à la fascination que cet homme exerçait sur moi et détaillai les autres occupants de la table.

Bernardo et Dallas l'observaient. Edward surveillait la foule captivée. Olaf détaillait Dallas. Il la regardait, non comme un homme regarde une femme, mais comme un chat regarde un oiseau à travers les barreaux de sa cage. Si Dallas l'avait remarqué, elle n'en laissait rien paraître. Et à mon avis, elle ne l'avait pas remarqué. Cela m'inquiéta un peu : à sa place, j'aurais senti un frisson glacé le long de mon échine. Je pris mentalement note de ne jamais la laisser seule avec Olaf. Son instinct de survie n'était pas à la hauteur.

L'homme vêtu comme un roi ou un grand prêtre prit la parole. Je crus saisir quelque chose à propos du mois de Toxcatal et d'un élu. Je n'arrivais pas à me concentrer sur sa voix, et je ne m'autorisais pas à le fixer de peur de retomber sous son emprise. Même s'il n'avait pas ensorcelé son public, il détenait un pouvoir dont j'ignorais la nature. Or, la prudence est mère de sûreté.

Les vibrations qui émanaient de lui étaient humaines, mais incroyablement anciennes. Il n'existe pas trente-six façons de prolonger une existence humaine au-delà de cent ou cent vingt ans. L'une d'elles consiste à devenir le serviteur d'un maître vampire. A moins que Papillon d'Obsidienne soit d'une générosité frisant l'inconscience, un homme aussi puissant et charismatique ne pouvait que lui appartenir. Les maîtres vampires, surtout quand ils règnent sur une ville, finissent toujours par détruire ou s'approprier ceux qui risquent de leur faire de l'ombre. Pour avoir réussi à soumettre cet homme, Papillon d'Obsidienne devait être vraiment redoutable.

Je roulai des épaules pour sentir la masse dure du Browning sous mon aisselle gauche et savourai le contact des deux fourreaux sur mes avant-bras. J'avais bien fait de prendre un chargeur de rechange et des couteaux. On peut poignarder un vampire sans le tuer et lui faire quand même… une impression très pointue.

A force de tendre l'oreille, je réussis à passer outre le pouvoir de la voix de l'homme et à distinguer ses mots. Beaucoup de vampires peuvent utiliser leur voix pour manipuler vos émotions et vous contrôler. S'ils vous disent qu'une chose est belle, vous vous émerveillez. S'ils vous disent qu'elle est effrayante, votre cœur s'emballe. Mais le pouvoir de cette voix-là ne dépendait pas des mots qu'elle prononçait. Il était pareil à un bourdonnement, un bruit de fond qui recouvrait presque tout. Le public était suspendu aux lèvres du grand prêtre, mais le résultat aurait été le même s'il avait récité une liste de courses.

— Dans notre numéro d'ouverture, vous l'avez vu sous les traits du dieu Tezcathpoca. A présent, contemplez-le sous les traits d'un homme.

Les lumières avaient baissé pendant la présentation. Lorsque le grand prêtre se tut, seule la lueur irisée de ses plumes souligna encore ses mouvements.

Un projecteur s'alluma de l'autre côté de la scène, révélant un homme de dos. Ses cheveux noirs étaient coupés à ras. Sa peau pâle scintillait presque. Un instant, je crus qu'il était nu. Depuis le renflement de ses mollets jusqu'à l'ampleur de ses épaules, en passant par la ferme rondeur de ses fesses et la minceur de sa taille, rien ne rompait la courbe de son corps. Puis il pivota lentement, et je vis qu'il portait un string – d'une couleur si proche de celle de sa peau que l'illusion de nudité ne pouvait être que calculée.

Son visage brillait comme une étoile, resplendissant de pureté et de perfection. Une ligne de poils noirs descendait le long de sa poitrine et de son estomac pour aller se perdre sous son string. Notre table était assez près de la scène, et son teint assez pâle, pour que je distingue les deux cercles de poils qui entouraient ses mamelons.

Je secouai la tête pour m'éclaircir les idées. Peut-être était-ce le résultat de six mois de chasteté, ou peut-être la voix du serviteur humain n'était-elle pas la seule magie qui planait dans l'air.

Reportant mon attention sur la scène, je réalisai que si la peau de l'homme semblait luire, ce n'était qu'un effet de la lumière. Je jetai un coup d'œil au Pr Dallas. Penchée vers Edward, elle lui parlait à voix basse. Si elle venait ici tous les soirs, elle devait connaître le spectacle par cœur. Tout de même, son indifférence me poussa à regarder autour de moi.

La plupart des clients – les femmes, surtout – fixaient la scène d'un air hypnotisé. Mais pas tous. D'autres buvaient, bavardaient entre eux ou caressaient la main de leur partenaire. Misère. Ainsi, la fascination que cet homme exerçait sur moi n'était que la réaction normale d'un corps féminin en manque face à un homme quasi nu et diablement séduisant. J'aurais préféré un sort : ça m'aurait permis de rejeter la faute sur quelqu'un d'autre.

Les lumières se rallumèrent progressivement jusqu'à ce que le grand prêtre soit de nouveau visible.

— La tradition voulait que, vingt jours avant la cérémonie, on lui choisisse des épouses.

J'aperçus de la fourrure derrière lui, et un instant, je crus que c'était des métamorphes sous leur forme mi-humaine, mi-animale. Mais non. Ce n'était que des hommes vêtus de peaux de léopards. Celles-ci ne pendaient pas dans leur dos comme des capes : elles semblaient cousues autour de leur corps. Certaines, trop petites pour leur porteur, laissaient entrevoir trente bons centimètres de jambes ou de bras au-delà de leurs pattes griffues.

Les hommes enveloppés de fourrure se faufilèrent

parmi les tables en une ligne gracieuse, leur visage encadré par les mâchoires ouvertes des animaux morts. Comme l'un d'eux passait tout près de moi, je pus détailler les taches noires qui mouchetaient la peau dorée. Ce n'était pas du léopard.

Depuis quelques mois, je passais beaucoup de temps avec les léopards-garous de St. Louis. J'avais tué Gabriel, leur chef, parce qu'il avait tenté de me violer et de me tailler en pièces – entre autres choses. Du coup, les léopards s'étaient retrouvés sans protecteur, et j'avais accepté de prendre la place de Gabriel jusqu'à ce qu'on trouve une meilleure solution. J'essayais de faire de leur pard (leur meute, si vous préférez) un groupe fort et soudé. Or, pour renforcer les liens entre métamorphes, une certaine proximité physique est nécessaire. Même si je ne suis pas quelqu'un de démonstratif à la base, j'avais appris à toucher et à me laisser toucher dans l'intérêt du pard.

Instinctivement, je tendis la main pour caresser la fourrure de l'homme. Les taches étaient plus grosses et moins nettes que celles d'un léopard. Je levai les yeux. La tête était trop carrée, bien loin des lignes arrondies et presque féminines du léopard. *Des jaguars*, réalisai-je. C'était des jaguars. Ce qui collait bien avec le thème aztèque. Mais je me demandai comment les organisateurs du spectacle avaient obtenu les peaux, et si c'était par des moyens légaux.

L'homme pivota et me fixa. Il avait des yeux bleus et un teint doré, de la même couleur que la fourrure qu'il portait. A l'instant où son regard se posa sur moi, je sentis de l'énergie danser sur ma peau tel un souffle chaud. Un métamorphe. Génial.

Il n'y a pas si longtemps, mon pouvoir aurait réagi à sa présence, et je n'aurais pu l'empêcher de me trahir. Mais plus maintenant. Je lui rendis son regard, bien à l'abri derrière mon bouclier psychique, et il s'éloigna sans m'accorder plus d'intérêt. Ce qui me convenait parfaitement.

Çà et là, je captai d'autres bouffées d'énergie à travers la salle. A moins que leur costume soit l'ultime publicité mensongère, tous ces hommes devaient être des jaguars-garous. J'imaginais mal que les peaux soient là seulement pour l'esbrouffe dans un décor aussi grandiose et en présence d'un authentique grand prête aztèque.

Circulant entre les tables, ils choisirent plusieurs femmes dans le public, les prirent par la main et les entraînèrent vers la scène. Une petite blonde gloussante. Une trentenaire trapue, à la peau tannée couleur de cuir et à l'expression contrariée. Une grande Hispanique mince dont les longs cheveux noirs ondulaient tel un rideau d'ébène liquide. Elle trébucha sur les marches du temple, et seule la main de son chevalier servant l'empêcha de s'étaler. Elle se redressa en riant. Apparemment, elle était soûle.

Une silhouette apparut devant moi, me masquant la scène. Je levai la tête vers un visage brun encadré par des mâchoires menaçantes, et surplombé par les yeux dorés de l'animal mort qui semblait me fixer lui aussi. Sans un mot, l'homme me tendit une main carrée. Je secouai la tête. Il demeura immobile, la paume tournée vers le haut. Il attendait. Je fis un nouveau signe de dénégation.

— Non, merci.

Dallas, qui était assise face à moi, se pencha au-dessus de la table. Le bout de sa queue-de-cheval balaya la surface de pierre. Je vis la main d'Olaf hésiter au-dessus de ses cheveux, et une expression très étrange passer sur son visage.

— Ils ont besoin d'une femme de votre type et de votre corpulence pour compléter le groupe des épouses, me dit Dallas avec un sourire qui la rajeunit encore de quelques années. Ne vous en faites pas, il ne va rien vous arriver de désagréable.

L'homme se rapprocha de moi, et son odeur me chatouilla les narines. Mon estomac se noua; je dus me concentrer pour maintenir mon bouclier. La partie de moi qui était liée à Richard et à sa bête voulait répondre à cet appel, voulait se déverser hors de moi et se vautrer dans cette odeur. J'ai encore beaucoup de mal à maîtriser mes impulsions animales.

Sa voix était rauque, chargée d'un accent épais, et probablement plus habituée à hurler des ordres qu'à chuchoter.

— Ne faites rien dont vous n'ayez pas envie, mais s'il vous plaît, accompagnez-nous au temple.

J'ignore si ce fut sa politesse, son accent ou la gravité de son expression qui emporta le morceau. J'hésitais encore à y aller quand Edward articula :

— Touriste, Anita. Pense « touriste ».

Il n'en dit pas davantage, parce que le métamorphe était assez près pour l'entendre. Mais je compris. Une touriste y serait allée, pour le fun.

Je tendis ma main gauche à l'homme et le laissai me relever. Sa peau était très chaude, presque brûlante. Certains lycanthropes adoptent la température corporelle de leur alter ego à l'approche de la pleine lune, mais la prochaine était encore distante de deux semaines. Donc, ça n'avait rien d'inquiétant.

Le grand prêtre encouragea le public à applaudir tandis que la dernière épouse-malgré-elle – moi – rejoignait les trois autres femmes qui encadraient l'homme presque nu. Le métamorphe me poussa vers la droite, près de la blonde gloussante qui n'était pas seulement nerveuse, comme en attestait son haleine chargée.

Faisant de mon mieux pour ignorer le beau gosse qui me séparait d'elles, je jetai un coup d'œil aux deux autres femmes. La plus grande vacillait légèrement sur ses talons aiguilles. Sa jupe était en cuir, et son caraco rouge ressemblait plus à de la lingerie qu'à un vêtement de dessus. L'autre était trapue ; la plupart des gens l'auraient qualifiée de grosse – à tort. Solidement bâtie, elle portait un ample T-shirt noir et un pantalon de la même couleur. Elle surprit mon coup d'œil, et nous échangeâmes un regard gêné. Faire participer le public, c'est une chouette idée, mais seulement si le public a envie de participer.

— Voici tes épouses, ta récompense, clama le prêtre. Profites-en bien.

La femme trapue et moi fîmes un pas en arrière, comme si nous avions mille fois répété cette chorégraphie. La grande et la blonde se lovèrent contre l'homme presque nu et le caressèrent en minaudant. Il se laissa faire d'un air ravi, mais je remarquai qu'il ne les touchait guère en retour. Je crus d'abord qu'il avait peur d'un procès éventuel. Puis je vis qu'il se raidissait chaque fois que les mains des deux femmes s'aventuraient jusqu'à ses fesses. De toute évidence, il ne s'amusait pas autant qu'il voulait le faire croire au public.

Au bout d'un moment, il se dégagea. Des traces de rouge à lèvres et de fond de teint maculaient la peau très pâle de son visage. Il tendit les mains vers ma compagne et moi. Nous secouâmes la tête avec un bel ensemble. Instinctivement, nous reculâmes encore d'un pas et nous rapprochâmes.

— Je m'appelle Ramona, souffla-t-elle.

Alors, je réalisai qu'elle n'était pas seulement nerveuse : elle avait peur.

— Anita, me présentai-je.

— Vous êtes son dernier repas, son dernier refuge, entonna le prêtre. Ne vous refusez pas à lui.

L'expression de Ramona se figea. Je l'appelai à voix basse, mais elle s'avança comme si elle ne m'avait pas entendue. L'homme la prit dans ses bras et l'embrassa avec plus de tendresse qu'il n'en avait témoignée aux deux autres femmes. Elle lui rendit son baiser avec fougue. La grande brune et la petite blonde s'étaient agenouillées de part et d'autre de lui, soit parce que leurs jambes ne les portaient plus, soit pour mieux le caresser. A ce train-là, ça n'allait pas tarder à virer à la partouze.

L'homme s'écarta de Ramona et déposa un second baiser sur son front, comme il l'eût fait avec une enfant. Elle resta plantée là, immobile, les yeux fermés et l'expression vacante. C'est illégal d'utiliser la magie pour forcer quelqu'un à faire quelque chose. Si j'avais été moi-même plutôt qu'une touriste lambda, j'aurais protesté et appelé les flics.

Dans les circonstances présentes… Tant que l'homme et le grand prêtre ne feraient rien de pire, je la bouclerais, parce qu'il existait une chance non négligeable pour que le Maître de la Ville puisse nous aider à résoudre l'affaire des meurtres. Tolérer une petite manipulation mentale, ce n'était pas cher payé pour les informations que Papillon d'Obsidienne nous fournirait peut-être.

Il fut un temps où je n'aurais pas raisonné ainsi, un temps où rien n'aurait pu me convaincre de fermer les yeux. Il paraît que chacun de nous a un prix. Autrefois, j'avais cru que j'étais l'exception qui confirme la règle. Mais si j'avais le choix entre laisser Ramona faire quelque chose qu'elle ne voulait pas faire ou examiner une autre scène de crime et un autre survivant… Je préférais sacrifier Ramona. Pas « sacrifier » au sens littéral du terme, bien sûr. A ma connaissance, la magie des serviteurs humains ne laisse pas de séquelles.

D'accord : jusqu'à ce soir-là, j'ignorais qu'un serviteur humain pouvait pratiquer le viol mental. Je ne pouvais pas mesurer exactement le danger que courait Ramona, mais… J'étais prête à risquer son équilibre psychologique jusqu'à un certain point. Si l'homme ou le prêtre lui ordonnaient de se déshabiller, je ne répondais plus de rien. J'avais des règles, des limites. Certes, j'avais sérieusement revu les premières à la baisse et repoussé les secondes au fil des ans, mais tout de même.

La blonde se pencha et mordit les fesses de l'homme – pas assez fort pour le faire saigner, mais assez fort pour le faire sursauter. Il tournait le dos au public ; aussi, je fus sans doute la seule à voir la colère qui passa sur son visage l'espace d'un instant.

Le prêtre était resté à l'autre bout de la scène, comme s'il ne voulait pas distraire l'attention des spectateurs, mais je sentais que la sienne était concentrée sur moi. Je le sentais comme une pression sur ma peau. Sa voix parvint à mes oreilles.

— Il faudrait être une épouse bien cruelle pour le laisser seul alors qu'il a tant besoin de chaleur humaine.

Son pouvoir était si intimement lié à ses mots que mon bas-ventre se contracta. Une impulsion dévorante me poussait vers l'homme presque nu. Je savais que je pouvais y résister, mais aucune femme ordinaire n'en aurait été capable. En refusant de bouger, je me trahirais. A tout le moins, ces gens réaliseraient que je n'étais pas une vulgaire touriste. Vous comprenez pourquoi je déteste bosser sous couverture ?

Je me dirigeai vers l'homme. Il avait toutes les peines du monde à empêcher la blonde de glisser la main dans son string. La grande brune se frottait lascivement contre sa cuisse. Seule Ramona restait debout face à lui, les bras ballants et le visage inexpressif. Elle attendait des ordres. Mais le prêtre concentrait toute son énergie sur moi. Tant qu'il n'en aurait pas fini avec Anita Lee, touriste imprudente, Ramona serait en sécurité.

La grande brune saisit l'élastique du string entre ses dents et le baissa sur la hanche de l'homme. La blonde en profita pour empoigner ce qu'elle convoitait depuis plusieurs minutes déjà. L'homme ferma les yeux et rejeta la tête en arrière, son corps réagissant instinctivement tandis que sa main saisissait celle de la blonde et tentait de l'écarter. Apparemment, elle s'accrochait ; elle ne lui faisait pas de mal, mais elle ne voulait pas renoncer à son trophée.

La direction du club n'aurait jamais toléré un tel niveau d'abus si l'artiste avait été une femme et le spectateur un homme. Certaines formes de sexisme ne jouent pas en faveur de la gent masculine.

Je pris Ramona par les épaules et la poussai sur le côté. Elle se laissa faire comme un meuble. Cela me serra le cœur. Mais un seul problème à la fois.

Je saisis le poignet de l'homme et voulus l'écarter de la main de la blonde. Au début, il résista. Puis il plongea son regard dans le mien. Ses yeux étaient d'un gris très pur et très doux, une couleur étrange. Ce qu'il vit dans les miens dut l'impressionner, car il lâcha prise.

Il y a un nerf dans l'avant-bras, à peu près trois doigts au-dessus du pli du coude. Si vous savez comment appuyer dessus, c'est assez douloureux. J'enfonçai mes doigts dans la chair de la blonde comme si je voulais empoigner ce nerf et le lui arracher. Elle m'avait gonflée ; j'avais envie de lui faire mal.

Je réussis. Elle poussa un glapissement. Sa main s'ouvrit, et je pus écarter son bras. Elle ne se débattit pas, se contentant de gémir et de lever des yeux vitreux vers moi. La douleur, toutefois, dissipait rapidement les brumes de l'alcool. En continuant comme ça, j'aurais pu la dessoûler en moins qu'un quart d'heure – si elle ne s'était pas évanouie avant.

Je parlai tout bas, mais ma voix se répercuta dans la salle. L'acoustique de la scène était calculée pour.

— A mon tour.

La grande brune s'écarta précipitamment – ou voulut le faire. Gênée par sa jupe moulante, elle s'étala de tout son long. Il faut être salement imbibé pour se casser la gueule quand on est déjà à quatre pattes. Elle se redressa en appui sur un coude et articula d'une voix pâteuse :

— Il est à toi.

J'entraînai la blonde à l'écart et lui lâchai lentement le bras.

— Ne bouge plus.

Elle serra son bras meurtri contre sa poitrine et me foudroya du regard. Mais elle ne pipa mot. Je pense qu'elle avait peur de moi. C'était vraiment une soirée merdique. D'abord, je laissais la gentille Ramona se faire violer mentalement, puis je terrorisais des touristes ivres. Beau palmarès. J'aurais bien dit que ça pouvait difficilement empirer ; le problème, c'est que je n'y croyais pas moi-même.

Je revins vers l'homme presque nu parce que je ne savais pas quoi faire d'autre. J'avais sans doute bousillé ma couverture, mais Edward m'avait laissé apporter un flingue et deux couteaux. En fait, tous les membres de notre quatuor étaient équipés pour la chasse au vampire ou à l'ours. A moins d'être aveugles, les videurs s'en étaient forcément aperçus. J'étais censée passer incognito, mais je n'ai jamais su jouer les victimes. Par contre, je pouvais toujours improviser.

L'homme me fit face, tournant le dos au public. Il se pencha vers moi, et je sentis son souffle chaud dans mes cheveux.

— Mon héroïne, chuchota-t-il. Merci.

J'acquiesçai en silence. Soudain, ma bouche était toute sèche, et j'avais du mal à déglutir. Mon cœur battait la chamade comme si je venais de piquer un sprint. La proximité de cet homme me paralysait ; je savais qu'au moindre mouvement, je toucherais sa peau nue. C'était une réaction disproportionnée, ridicule. Que m'arrivait-il ? A St. Louis, les hommes ne me faisaient pas autant d'effet. Y avait-il quelque chose dans l'air du Nouveau-Mexique, ou était-ce un effet du manque d'oxygène dû à l'altitude ?

— Je m'appelle César, dit-il en frottant son visage contre mes cheveux.

Son odeur m'assaillit. Elle était plus forte, plus musquée que celle de la chair humaine, si riche qu'elle en devenait presque humide. Elle me donnait l'impression que je pourrais me baigner dedans, et qu'elle serait aussi chaude que du sang. L'espace d'une seconde, je sentis de la fourrure me caresser le visage comme un rideau de velours.

Je vacillai. Le souvenir sensoriel me submergea, renversant le bouclier que j'avais si soigneusement érigé. Le pouvoir se déversa sur ma peau telle une vague brûlante. J'avais réussi à couper tous les liens directs qui me rattachaient aux garçons pour rester seule dans ma propre peau, mais les marques étaient toujours là, et elles remontaient à la surface aux moments les plus inattendus – comme maintenant.

Les métamorphes se reconnaissent toujours entre eux. Je n'avais pas de bête en moi, mais je portais un morceau de celle de Richard. Et ce morceau réagissait à la présence de César. Prévenue, j'aurais peut-être pu contrôler le phénomène, mais il était déjà trop tard. Ce n'était pas dangereux : juste un débordement de pouvoir qui coulait le long de ma peau, une énergie dansante qui ne m'appartenait pas.

César s'écarta d'un bond, comme si je l'avais brûlé. Puis il sourit – un sourire entendu, signifiant que nous partagions un secret. Il n'était pas le premier métamorphe à me prendre pour l'une d'entre eux. Je ne connais qu'un seul autre humain qui possède des liens aussi étroits avec un métamorphe – un tigre-garou plutôt qu'un loup, mais le résultat est le même. Nous appartenons tous deux à un triumvirat vampirique, et aucun de nous ne semble s'en réjouir.

Les mains de César s'approchèrent de mon visage et hésitèrent au-dessus de ma peau. Il éprouvait la pression de cette énergie surnaturelle qu'il aurait dû écarter comme un voile pour me toucher. Au lieu de ça, il canalisa son propre pouvoir dans ses mains de façon à m'envelopper d'un cocon de chaleur palpitante. Cela me fit fermer les yeux.

La seconde d'après, ses mains se posèrent sur mon visage, et il poussa son énergie à l'intérieur de la mienne. Ce fut comme une décharge électrique qui me donna la chair de poule, hérissa tous les poils de mon corps et contracta mon bas-ventre. Mon pouvoir monta vers lui telle une fleur se tendant vers le soleil. Je ne pus pas l'en empêcher. Tout ce que je pus faire, c'est surfer sur la vague au lieu de m'y abîmer.

Sans me lâcher, César se pencha vers moi. Je lui saisis les poignets – pour le repousser ou pour le retenir, je ne savais plus. Le vent chaud de son pouvoir se déversa de sa bouche entrouverte, en suspens au-dessus de la mienne, et m'emplit tout le corps. Nos lèvres se rencontrèrent. Alors, nos deux énergies se frottèrent l'une contre l'autre comme deux grands félins. Une chaleur brûlante me saisit ; j'avais l'impression que si je restais collée à lui, nos corps – peau, chair, muscles et os – allaient se consumer pour permettre aux noyaux de notre pouvoir de se rejoindre et de se fondre tel du métal en fusion traversant des couches de soie.

César et moi nous écartâmes en même temps, clignant des yeux comme des somnambules réveillés prématurément. Il eut un petit rire nerveux et fit mine de se pencher pour me donner un autre baiser. Je posai une main sur sa poitrine pour l'en empêcher. Je sentais son cœur battre contre ma paume, le sang s'engouffrer dans ses veines. Mes yeux furent irrésistiblement attirés par la grosse veine qui battait dans son cou. Ma gorge se noua – et cette fois, ça n'avait rien à voir avec du désir sexuel.

Impulsivement, je me serrai contre lui et enfouis mon visage dans le creux de son épaule. Je voulais planter mes dents dans sa chair, goûter ce qui palpitait en dessous. Je savais que son sang serait plus chaud que celui d'un humain, et ce n'était pas une information qui me venait de ma propre expérience.

Je dus fermer les yeux, détourner la tête et m'arracher de force à César. Je n'avais plus de lien direct avec Jean-Claude et Richard, mais leur pouvoir était en moi. La faim glaciale du vampire, la soif brûlante du loup-garou. L'espace d'un instant, j'avais voulu me nourrir de César – alors que j'avais enfermé mes marques, que je les avais enchaînées et verrouillées à double tour. Quand elles étaient ouvertes entre nous trois, les désirs, les pensées qui m'assaillaient étaient trop horribles. Pour la centième fois au moins, je me demandai quelle part de moi chacun d'eux portait en lui. Quelle étrange pulsion leur avais-je léguée ? Si je leur reparlais un jour, je leur poserais la question. Ou peut-être pas.

Je sentis quelqu'un s'approcher de moi. Je secouai la tête.

— Ne me touchez pas.

— Si vous voulez bien m'accompagner en coulisses, pour que je puisse vous présenter mes excuses…

C'était la voix du prêtre.

Je rouvris les yeux. Planté devant moi, il me tendait la main. Je ne réagis pas.

— Nous ne vous voulons pas de mal, insista-t-il.

Je lui donnai ma main gauche. A mon grand soulagement, sa peau était normale – ni plus chaude ni plus vibrante que la moyenne.

Il m'entraîna vers la gauche de la scène. César s'y trouvait déjà avec les trois femmes. Enhardies par la présence des jaguars-garous qui les entouraient, la blonde et la grande brune avaient recommencé à le tripoter. Il embrassait Ramona, qui lui rendait son baiser avec enthousiasme.

Je ralentis et m'immobilisai à quelques mètres d'eux.

— Je ne peux pas, chuchotai-je.

Le prêtre parut comprendre.

— Vous n'aurez qu'à rester près d'eux. Personne ne vous touchera, promit-il.

J'ignore pourquoi, mais je le crus. J'allai prendre ma place dans ce tableau pornographique en m'efforçant de dissimuler mon malaise.

Un large écran blanc descendit du plafond. Avant même qu'il ait touché le sol, le prêtre me poussa vers les coulisses. Une femme de ma taille et de ma corpulence, avec des cheveux aussi longs que les miens, alla prendre ma place au sein du groupe. Puis un des jaguars-garous escorta la blonde hors de scène, et une femme à la silhouette identique se substitua à elle.

Tous les participants, César y compris, furent ainsi remplacés par des acteurs qui mimèrent une orgie en ombres chinoises derrière l'écran. Voilà pourquoi Dallas avait dit qu'il fallait une femme comme moi pour compléter le groupe des épouses : ma morphologie correspondait à celle de la quatrième actrice engagée par les organisateurs.

Le prêtre m'entraîna vers une petite zone délimitée par des rideaux.

— Nous ne vous aurions jamais choisie si nous avions su que vous n'étiez pas humaine, dit-il à voix basse mais distincte. Veuillez accepter nos excuses les plus sincères.

Je haussai les épaules.

— Il n'y a pas de mal.

Il me dévisagea d'un regard plein de sagesse, d'une clairvoyance à laquelle je ne pus me dérober.

— Vous haïssez ce qui est en vous. Vous n'arrivez pas à l'accepter.

— En effet, je n'y arrive pas.

— Vous le devez. Sans ça, vous ne connaîtrez jamais votre place véritable en ce monde, ni le but de votre existence.

— Ne le prenez pas mal, mais je ne suis pas venue ici pour écouter vos discours.

Il se rembrunit, et un éclair de colère passa dans ses yeux. Il n'avait pas l'habitude qu'on lui parle sur ce ton. J'aurais parié que sa maîtresse mise à part, tout le monde avait peur de lui. Et j'aurais peut-être dû en faire autant, mais la crainte qu'il m'inspirait s'était évanouie à l'instant où j'avais réalisé que je voulais mordre César. Ça, ça m'effrayait bien plus que tous les sévices qu'un serviteur humain pourrait m'infliger. D'accord, peut-être pas tous. Il ne faut jamais sous-estimer la créativité d'un être qui a eu plusieurs siècles pour aiguiser son imagination.

Le prêtre fit un signe, et l'un des jaguars-garous nous rejoignit. Il mit un genou en terre et inclina la tête.

— Tu as choisi cette femme, dit le prêtre.

— Oui, Pinotl.

— N'as-tu pas perçu sa bête ?

— Non, seigneur.

— Choisis.

Le métamorphe tira de sa ceinture un couteau au manche de turquoise sculpté en forme de jaguar. La lame était en obsidienne et devait mesurer dans les quinze centimètres. Il la tendit au prêtre, qui s'en saisit aussi respectueusement qu'elle lui avait été offerte. Puis il défit une attache invisible de sa combinaison de fourrure et repoussa sa capuche. Ses longs cheveux étaient ramassées en un chignon banane. Son visage brun parfaitement ciselé aurait pu servir de modèle à une statue aztèque.

Il leva la tête vers le prêtre. Ses traits étaient dépourvus de toute expression. Serein, il attendait.

Un rugissement du public me fit jeter un coup d'œil par-dessus mon épaule. Très vite, je reportai mon attention sur le prêtre et le métamorphe. Je n'avais fait qu'entrapercevoir des corps nus et un très gros objet phallique attaché aux hanches de l'acteur. En d'autres circonstances, j'aurais regardé plus longtemps pour être sûre d'avoir bien vu ce que j'avais vu. Mais quoi qu'il puisse se passer sur scène, le véritable spectacle était en coulisses. Il se jouait entre le visage levé du métamorphe, le regard grave du prêtre et l'éclat sourd de la lame noire. Aucun accessoire au monde ne pouvait rivaliser avec l'intensité de ce tableau.

Je ne savais pas exactement ce qui allait se passer, mais j'en avais une petite idée. Le jaguar-garou allait être puni parce qu'il avait choisi une lycanthrope au lieu d'une humaine. Sauf que, malgré les apparences, j'étais humaine. Je ne pouvais pas le laisser se faire découper pour une faute qu'il n'avait pas commise.

Je touchai légèrement le bras du prêtre.

— Vous n'allez quand même pas lui trancher la gorge ni rien d'aussi dramatique, pas vrai ?

Pinotl tourna la tête vers moi. Dans la pénombre des coulisses, ses yeux ressemblaient à deux puits sans fond.

— Quoi que j'aie l'intention de faire, ça ne vous regarde pas.

La désapprobation qui vibrait dans sa voix me poussa à retirer ma main. Maudits soient Edward et cet incognito qui lui tenait tant à cœur. Je n'ai jamais été douée pour faire semblant. La réalité me met toujours des bâtons dans les roues.

Le prêtre posa la pointe de la lame sur la joue du métamorphe. Celui-ci ne manifestait aucune peur, juste une étrange acceptation qui me serra la gorge et fit courir un frisson le long de mon échine. Dieu que je déteste les fanatiques religieux ! Et cet homme en était un, pas de doute. Prêt à se laisser tailler en pièces parce qu'il estimait avoir mérité son châtiment.

— Attendez !

— Gardez-vous d'interférer, gronda le prêtre.

— Je ne suis pas une lycanthrope.

— Vous mentez. Et pour protéger un inconnu, en plus, lâcha-t-il d'une voix dégoulinante de mépris.

— Non, c'est la vérité.

— César !

César apparut tel un toutou bien dressé répondant à l'appel de son maître. L'analogie était peut-être méchante, mais je ne me sentais pas d'humeur particulièrement charitable. Si je bousillais notre couverture en révélant qui j'étais, je risquais de foutre en l'air tous les plans d'Edward. Dans un sens, ça lui apprendrait à ne pas me mettre au parfum. Mais pour l'instant, seule m'importait notre sécurité et celle du métamorphe. Empêcher un inconnu de se faire découper valait-il la peine que nous risquions nos vies ? Non. Et empêcher un inconnu de se faire tuer ? Probablement. L'ennui, c'est que je manquais d'informations sur lesquelles me baser.

César aperçut la lame dans la main du prêtre.

— Qu'a-t-il fait ? demanda-t-il.

— Il l'a choisie dans le public, et il n'a pas senti sa bête, répondit Pinotl.

— Je n'ai pas de bête, affirmai-je.

César éclata de rire et se couvrit aussitôt la bouche de sa main, comme s'il venait de se rappeler que nous ne devions pas faire de bruit.

— J'ai vu la faim sur votre visage, dit-il.

Je cherchai comment je pourrais présenter la situation d'une manière compréhensible. J'ouvris la bouche et la refermai. Au bout de la troisième tentative, j'articulai avec un fort accent espagnol :

— Ça serait trop long à expliquer. Je vais résumer.

Le prêtre ne broncha pas. Il n'avait pas capté la référence. César pouffa de nouveau. Il avait probablement vu *Princess Bride.*

— La faim que vous avez vue ne venait pas d'une quelconque bête.

Pinotl reporta toute son attention sur l'homme agenouillé devant lui. C'était comme s'il m'avait congédiée. Il lui entailla la joue. Les bords de la plaie s'écartèrent, et du sang dégoulina le long de la peau brune du métamorphe.

— Et merde, jurai-je.

Le prêtre posa le couteau sur l'autre joue de l'homme. Je lui saisis le poignet.

— Je vous en prie, écoutez-moi.

Il braqua son regard noir sur moi.

— César !

— Je ne suis pas votre félin, répliqua César.

Le regard de Pinotl glissa vers lui.

— Prends bien garde à ce que les faux-semblants ne deviennent pas réalité, César.

C'était une menace, même si sa signification exacte m'échappait. César se rapprocha de moi.

— Elle ne souhaite que s'exprimer, seigneur Pinotl. Est-ce trop demander ?

— Elle me touche, lâcha le prêtre sur un ton glacial.

Tous deux fixèrent ma main posée sur son poignet.

— Je vous lâcherai si vous me promettez de ne plus le toucher avant que je vous ai expliqué.

Le prêtre leva les yeux vers moi. Son pouvoir me balaya tel un vent brûlant. Je crus presque sentir sa peau vibrer sous mes doigts.

— Je ne peux pas vous laisser le saigner pour une faute dont il n'est pas responsable.

Pinotl ne dit rien, mais je perçus un mouvement derrière moi. Je jetai un coup d'œil par-dessus mon épaule. Deux jaguars-garous se dirigeaient vers nous. Ils n'allaient sans doute pas me faire de mal : juste m'empêcher d'intervenir.

Je reportai mon attention sur Pinotl et, plongeant mon regard dans le sien, lui lâchai le poignet. Il me restait quelques secondes pour décider de sortir un couteau ou mon flingue. Jusqu'ici, personne n'avait essayé de me tuer. Je décidai de rendre la politesse – en priant pour que ça soit la bonne décision. Discrètement, je fis glisser un couteau dans ma main et le plaquai contre ma cuisse.

Un des métamorphes était le type aux yeux bleus. L'autre était le premier Afro-Américain que je voyais dans le club ; la couleur de son visage contrastait avec la fourrure blanche du ventre de sa combinaison. Ils s'avancèrent, précédés par un bouillonnement d'énergie qui hérissa mes cheveux dans ma nuque. Un grondement sourd s'échappa de leur gorge. Je reculai pour mettre l'homme à genoux entre eux et moi.

Alors, je remarquai que sa joue blessée ne saignait plus. Je plissai les yeux. Oui, les bords de la plaie étaient déjà en train de se ressouder. Je n'avais encore jamais vu personne utiliser une lame d'obsidienne sur un métamorphe, donc, je n'étais pas à cent pour cent certaine qu'elle ne produirait pas la même effet qu'une lame en argent. Mais apparemment, ce n'était pas le cas. Les lycanthropes pouvaient régénérer les dégâts causés par l'obsidienne. Cela me donna une idée.

A cet instant, le public applaudit à tout rompre. Les acteurs battirent en retraite dans les coulisses. Le spectacle était presque terminé. Pinotl et les métamorphes tournèrent la tête vers la scène. J'en profitai pour ranger mon couteau. Puis je posai un doigt sur la lame d'obsidienne et appuyai sur le tranchant. La douleur fut aiguë et immédiate. Je poussai un sifflement et retirai ma main.

— Qu'avez-vous fait ? s'exclama Pinotl.

— Je ne guérirai pas – du moins, pas aussi vite que lui. Ça vous prouvera que je ne suis pas une lycanthrope.

Sa colère m'enveloppa tel un tourbillon cinglant.

— Vous ne comprenez pas.

— Si quelqu'un voulait bien m'expliquer, je comprendrais peut-être, ripostai-je.

Il présenta le couteau à l'homme agenouillé. Celui-ci le prit et s'inclina profondément. Puis il lécha la lame, prudemment d'abord, avant de la glisser entre ses lèvres pour la sucer comme une femme aurait fait avec le membre viril d'un homme. Je savais qu'il devait être en train de se couper la langue et l'intérieur de la bouche, mais à voir ses cils papilloter et ses yeux se révulser, j'aurais juré qu'il frôlait l'orgasme. Il était en train d'avaler son propre sang, et il prenait son pied.

Quelqu'un me prit par la main. Je sursautai. C'était César.

— Nous devons retourner sur scène.

Il me fit contourner Pinotl et les métamorphes. Ceux-ci ne suivirent des yeux comme si j'étais une gazelle blessée.

Les trois autres femmes étaient déjà en place derrière l'écran blanc, dont les projecteurs s'étaient momentanément détournés. La blonde ne portait plus qu'une culotte et un soutien-gorge bleu pâle ; la grande brune avait gardé ses escarpins mais enlevé sa jupe, révélant une tanga du même rouge que son caraco. Toutes deux s'appuyaient l'une contre l'autre en gloussant. Ramona se tenait un peu à l'écart. Elle ne bougeait pas, ne riait pas.

La voix du prêtre nous parvint depuis les coulisses.

— Déshabillez-vous pour notre public.

Ramona saisit le bas de son T-shirt et l'enleva. Son soutien-gorge était tout simple, en coton blanc. A mon avis, elle n'avait pas prévu de le montrer à quiconque ce soir. Elle laissa son T-shirt tomber sur le sol. Ses doigts luttèrent pour défaire le bouton de son pantalon. Je me dégageai de l'étreinte de César et lui pris les mains.

— Ne faites pas ça.

Ses mains mollirent dans les miennes, comme si cette minuscule interférence avait suffi à briser le sort, mais elle ne me regarda pas. Elle ne voyait pas ce qui se trouvait devant elle – juste le paysage intérieur que lui avait imposé la voix de Pinotl. Je ramassai son T-shirt et le lui fourrai dans les mains. Instinctivement, elle le serra contre sa poitrine.

César me prit le bras.

— L'écran se lève. Vous n'avez plus le temps. Vous ne pouvez pas rester la seule habillée.

Il fit glisser ma veste sur mes épaules, révélant mon holster.

— Vous voulez vraiment faire peur au public ?

Le bas de l'écran avait atteint nos genoux. César empoigna le devant de mon T-shirt. D'un geste vif, il le sortit de mon jean. Puis il se laissa tomber à genoux. Quand l'écran disparut dans l'ombre du plafond, il était en train de me lécher le ventre. Je voulus lui tirer la tête en arrière, mais ses cheveux n'étaient pas assez longs pour que je puisse les attraper. En revanche, ils étaient aussi doux que du duvet de cygne.

Ses dents me mordillèrent doucement. Je lui passai la main sous le menton et le forçai à relever la tête. Il me fixa avec une expression indéchiffrable.

D'un mouvement beaucoup trop fluide et gracieux, qui ne manquerait pas de trahir sa véritable nature aux yeux d'Edward, il se releva et se dirigea vers la grande brune. Il lui donna un baiser fougueux, comme s'il voulait lui dévorer la langue ou lui nettoyer les amygdales.

Puis il la prit par la main et la fit tourner sur elle-même avant que des jaguars-garous apparaissent pour lui rendre ses vêtements et l'escorter jusqu'à sa table.

La blonde fut la suivante. Elle lui rendit son baiser en lui griffant le dos de ses ongles vernis. Puis elle sauta et lui enveloppa la taille de ses jambes, le forçant à soutenir tout son poids. Il la porta ainsi jusqu'au bord de la scène, accrochée à lui comme une arapède. Les jaguars-garous durent la détacher un membre à la fois et la soulever à bout de bras tandis qu'elle se débattait. Enfin, elle cessa de lutter, éclata de rire et se laissa reconduire à sa table.

Ramona parut se réveiller. Elle regarda autour d'elle en clignant des yeux, comme si elle ne savait pas où elle était. Puis elle aperçut le T-shirt qu'elle tenait contre sa poitrine et poussa un cri. César voulut l'aider à se rhabiller ; elle le gifla. Je m'approchai d'elle, mais elle recula d'un air apeuré. Les jaguars-garous la poussèrent doucement vers le bord de la scène ; elle trébucha et tomba en essayant de se dérober à leur contact.

Finalement, un des hommes de sa table se leva, vint la chercher et l'entraîna loin de la lumière des projecteurs. Je la vis pleurer, l'entendis balbutier quelques mots en espagnol. Il faudrait que je parle d'elle à quelqu'un. Je ne pourrais pas quitter la ville sans savoir que la magie mentale du prêtre n'avait pas causé de dommages permanents. Si Pinotl avait été un vampire au lieu d'un serviteur humain, après un petit numéro comme celui-là, il aurait pu l'appeler à n'importe quelle heure de la nuit – et elle serait venue à lui. Elle n'aurait pas eu le choix.

César se tenait face à moi. Il me prit la main. Je crus d'abord qu'il voulait l'embrasser, mais c'était la main que je m'étais coupée pour prouver que je n'étais pas une lycanthrope. Non que quiconque s'en soit soucié. Il examina la petite plaie sur mon index. Elle ne saignait pas beaucoup, mais elle ne s'était pas refermée non plus. Il leva les yeux vers moi.

— Quel genre de créature êtes-vous ? souffla-t-il.

— C'est une longue histoire, répondis-je dans un murmure.

Il embrassa mon doigt blessé comme une mère aurait embrassé le genou égratigné de son enfant. Puis il le prit dans sa bouche, le suça goulûment et l'en ressortit en faisant rouler une goutte de sang frais sur sa langue. D'un geste sec, je dégageai ma main et, avant qu'il puisse enchaîner, me dirigeai vers les marches de la scène.

Les jaguars-garous firent mine de m'aider à descendre. Je leur jetai un tel regard qu'ils reculèrent et me laissèrent me débrouiller seule. Edward tira ma chaise, et je ne protestai pas. Le repas avait été servi pendant le spectacle. Il me tendit une serviette en lin, que j'enroulai autour de mon doigt.

Dallas se leva et contourna la table pour venir me parler.

— Que s'est-il passé ? me demanda-t-elle, penchée sur le dossier de ma chaise. J'ai déjà été volontaire, et je viens souvent ici. Je n'avais encore jamais vu personne se faire blesser.

Je tournai la tête vers son petit visage sérieux.

— C'est que vous avez mal regardé.

Elle fronça les sourcils, perplexe. Je secouai la tête. Il était tard, et je me sentais trop fatiguée pour me lancer dans de longues explications.

— Je me suis coupée en me rasant.

Elle se rembrunit encore, mais comprit que je n'avais pas envie de parler. Aussi regagna-t-elle son siège, m'abandonnant aux bons soins d'Edward. Celui-ci se pencha vers moi et me souffla à l'oreille :

— Savent-ils qui tu es ?

L'ouïe des vampires et des métamorphes est incroyablement développée, et mieux valait que ceux-là ne surprennent pas notre conversation. Je tournai la tête vers Edward et plaquai ma bouche contre son oreille pour répondre, d'une voix si basse que je n'étais pas certaine qu'il m'entendrait :

— Non, mais ils savent que je ne suis ni une touriste, ni une humaine.

Je passai un bras autour de ses épaules. C'était un geste un peu trop intime à mon goût, mais je ne voulais pas qu'il s'écarte. J'avais des choses à lui demander.

— Que mijotes-tu ?

Il se laissa aller contre moi, l'air aux anges comme s'il était déjà un peu éméché et ravi de flirter avec sa voisine de table.

— Je n'ai pas de plan précis. Je craignais juste que les monstres refusent de te parler s'ils savaient qui tu étais.

— Pas de plan précis, tu me le jures ?

— Crois-tu que je pourrais te mentir ?

Je m'écartai en lui donnant un coup de poing dans l'épaule – pas fort, mais très éloquent. Edward était-il capable de me mentir ? Le soleil allait-il se lever demain matin ? La réponse était la même dans les deux cas.

Les acteurs qui avaient pris notre place revinrent sur scène. Entre-temps, ils avaient enfilé des robes. Pinotl les présenta un à un, et ils reçurent les applaudissements qu'ils méritaient. J'étais à la fois surprise que les organisateurs du spectacle révèlent leur « truc », et ravie parce que ça empêcherait Ramona de croire qu'elle avait fait des choses terribles.

— Nous allons vous laisser manger avant notre prochain et dernier numéro, annonça Pinotl.

Les lumières se rallumèrent dans la salle, et tous les clients reportèrent leur attention sur leur assiette. J'avais pensé que la viande était du bœuf, mais dès que j'en mis un morceau dans ma bouche, la texture me révéla que je m'étais trompée. La serveuse m'avait apporté une autre serviette ; je crachai la viande dedans.

— Qu'est-ce qui ne va pas ? s'enquit Bernardo, qui dévorait à belles dents.

— Je ne mange pas de… veau.

Je goûtai un légume que je n'avais pas réussi à identifier et réalisai que c'était de la patate douce épicée. Epicée avec quoi ? Aucune idée. La cuisine, ce n'est pas vraiment mon rayon.

Tout le monde mangeait la viande sauf moi et… Edward, curieusement. Lui aussi l'avait goûtée avant de se concentrer sur le pain et l'accompagnement.

— Toi non plus, tu n'aimes pas le veau, Ted ? demanda Olaf.

Il mit un morceau de viande dans sa bouche et le mâcha lentement, comme pour en extraire toute la saveur.

— Non, répondit Edward.

— Je sais que ça n'est pas par pitié pour les pauvres petits veaux, intervins-je.

Edward haussa les sourcils et me jeta un regard étrange.

— Parce que toi, oui ?

— Je n'approuve pas les méthodes d'abattage utilisées dans ce pays, mais en fait, c'est la texture qui me dérange, avouai-je.

Dallas nous observait comme si nous avions une discussion sur un sujet beaucoup plus intéressant que nos goûts et nos dégoûts culinaires.

— Vous n'aimez pas la texture du… veau ?

Je secouai la tête.

— Non.

Olaf se tourna vers elle. Il piqua son dernier morceau de viande sur sa fourchette et le lui offrit.

— Et vous, vous aimez ça ?

Un drôle de sourire éclaira le visage de Dallas.

— J'en mange ici presque tous les soirs.

Mais elle ne prit pas la bouchée offerte, se contentant de finir le contenu de son assiette.

Il me semblait que j'avais loupé quelque chose. Avant

que je puisse tirer les choses au clair, les lumières s'éteignirent de nouveau. Le final était sur le point de commencer. Si j'avais encore faim après ça, je pourrais toujours demander à Edward de passer au drive-in sur le chemin du retour.

24

Le faisceau d'un projecteur troua l'obscurité, balaya les tables et s'arrêta enfin à l'autre bout de la salle. Une silhouette s'avança dans son pâle rayonnement. Sa tête coiffée d'une couronne de plumes rouges et jaunes était inclinée vers la lumière. Une cape de plumes plus petites l'enveloppait jusqu'aux pieds.

La couronne se redressa, révélant un visage à la peau claire : celui de César. Il tourna la tête sur le côté pour montrer qu'il portait des boucles d'oreilles à ses lobes et tout le long de ses cartilages. La lumière s'intensifia. César tenait quelque chose dans ses mains. Comme il portait l'objet à sa bouche, une note de musique transperça la pénombre – une note vibrante et haut perchée, d'une pureté déchirante.

Un jaguar-garou s'approcha pour délester César de sa cape de plumes et battit aussitôt en retraite. Un lourd plastron doré s'étalait sur la poitrine et sur les épaules du métamorphe. Si c'était de l'or, il y en avait pour une fortune. Des mains jaillirent de l'obscurité, soulevèrent la couronne et disparurent à leur tour.

César marchait lentement. Il était déjà à mi-chemin de la scène quand je vis l'instrument dont il jouait. On aurait dit une flûte de Pan. Sa mélodie ondulait dans la pénombre ; elle s'élançait et plongeait, tantôt guillerette, tantôt lugubre.

D'autres jaguars-garous s'avancèrent pour prendre

tout ce que César avait sur lui : un petit bouclier, un bâton courbe qui ressemblait au bois d'un arc, un carquois de courtes flèches. A présent, il était assez près de moi pour que je distingue les détails de son pagne. En fait, on aurait plutôt dit une jupe, mais sur lui, ça ne faisait pas du tout féminin. Le devant était couvert de plumes et d'incrustations de jade. Des mains se tendirent pour défaire le vêtement et l'emporter. Une fois de plus, César se retrouva en string couleur chair – celui qu'il portait déjà quelques minutes plus tôt, ou son frère jumeau.

Je voyais presque ses notes s'élever dans les airs tels de minuscules oiseaux. D'habitude, la musique ne m'inspire pas de commentaires si poétiques. Mais cette mélodie-là… Ce n'était pas une simple chanson qui vous rentre par une oreille et ressort par l'autre, ou qui s'incruste dans votre mémoire et que vous vous surprenez à fredonner trois jours plus tard.

Quand on pense musique rituelle, on pense tambours – un rythme qui nous rappelle les battements de notre cœur, le flux et le reflux de notre sang. Mais tous les rituels ne sont pas conçus pour nous mettre au diapason de notre corps. Parfois, ils se contentent d'invoquer une divinité – comme le cri d'un enfant délaissé qui réclame l'attention de son père ou de sa mère. « Hé, Dieu, regarde-moi ! Aime-moi ! » Malheureusement, tous les parents n'apprécient pas d'être interpellés de la sorte.

César lâcha sa flûte de Pan, qu'une lanière de cuir attachait à son cou. Il s'agenouilla, défit ses sandales et les tendit à l'une des occupantes de la table la plus proche. Puis il se dirigea vers la table suivante et dit quelques mots à une autre femme. Celle-ci se leva et lui ôta une de ses boucles d'oreilles. Il continua à circuler de table en table, offrant ses bijoux aux clientes.

Son impressionnant plastron avait disparu depuis longtemps, et le reste de sa quincaillerie semblait en toc

– à l'exception de sa dernière paire de boucles : de petites figurines de jade, de sept ou huit centimètres de haut, qui se balançaient au bout d'une chaînette et effleuraient ses épaules à chacun de ses mouvements. Comme il se rapprochait de moi, je vis qu'elles représentaient une de ces divinités trapues qu'affectionnaient les Aztèques.

Il s'arrêta à notre table, ce qui me surprit car il avait soigneusement ignoré ses autres « épouses ». Il me prit la main, me releva et tourna la tête pour me présenter son oreille. Je ne voulais pas gâcher son numéro, mais si ses boucles étaient vraies, elles coûtaient trop cher pour que je puisse les accepter. A l'instant où je touchai la pierre lourde et lisse, je sus que c'était bien du jade.

Je n'ai pas les oreilles percées, et je ne porte même pas de clips, aussi tripotai-je maladroitement le fermoir. César leva la main pour m'aider. En le regardant ôter la première boucle, je réalisai qu'elle se dévissait, et quand il tourna la tête de l'autre côté, je pus lui enlever la seconde sans problème. Je n'y connais pas grand-chose en bijoux, mais je me doutais que les fermoirs n'étaient pas antiques. Ce qui ne signifiait nullement que les pendants ne le soient pas.

César se pencha vers moi et me souffla à l'oreille :

— Je les récupérerai après la fin du spectacle. N'intervenez pas.

Il déposa un baiser sur ma joue et se dirigea vers les marches de la scène. Saisissant la flûte pendue à son cou, il brisa l'un de ses roseaux et en répandit les morceaux sur les marches.

Je me rassis, les mains crispées sur les figurines de jade.

— Que va-t-il se passer ? demandai-je à Edward.

Il secoua la tête.

— Aucune idée. Je n'ai encore jamais vu ce numéro.

Je jetai un coup d'œil au Pr Dallas. Elle, elle devait

le savoir. Mais toute son attention était concentrée sur la scène.

César avait atteint le sommet des marches. Il éparpilla les derniers fragments de son instrument autour de lui. Quatre jaguars-garous l'attendaient, groupés autour d'une pierre ronde. Pinotl se tenait un peu en retrait. Il avait ôté sa cape, et il était encore plus large d'épaules que je l'avais d'abord pensé. Malgré sa taille modeste, il dégageait une impression de force brute, de puissance musculaire qui évoquait un guerrier plutôt qu'un prêtre.

Les quatre métamorphes s'emparèrent de César. Ils le saisirent par les poignets et les chevilles et le hissèrent au-dessus de leur tête, lui soutenant le dos de leur main libre. Puis ils firent le tour de la scène pour le présenter aux quatre coins, y compris celui qui faisait face au mur. Enfin, ils le ramenèrent au centre et l'étendirent sur la pierre ronde, la tête, les épaules et les jambes pendant dans le vide tandis que son torse et son ventre se retrouvaient surélevés.

Avant même de voir la lame d'obsidienne dans les mains de Pinotl, j'avais déjà bondi sur mes pieds. Edward m'attrapa le bras.

— Regarde sur ta gauche.

J'obtempérai. Deux jaguars-garous se tenaient sur le côté. Si je m'élançais, ils me rattraperaient avant que j'atteigne la scène. Et puis, César avait dit qu'il récupérerait ses boucles après le spectacle. Donc, il était censé survivre au final. Et il m'avait demandé de ne pas intervenir. Mais Pinotl était sur le point de le découper !

Dallas s'était levée et me tenait l'autre bras.

— Ça fait partie du spectacle, chuchota-t-elle. César joue les victimes sacrificielles deux fois par mois. Le scénario change d'une fois sur l'autre, mais le principe reste le même. C'est son boulot.

Elle parlait d'une voix apaisante, comme si elle s'était adressée à une folle sur le point de sauter du haut d'un pont. Je la laissai me pousser dans ma chaise avec le concours d'Edward. Je serrais les figurines de jade si fort que leurs arêtes me mordaient la chair.

Dallas s'agenouilla près de moi et garda une main sur mon bras, mais elle n'avait d'yeux que pour la scène. Les jaguars-garous maintenant César sur leur autel. Le visage du métamorphe n'exprimait ni peur ni excitation.

Pinotl lui planta son couteau sous les côtes. César tressauta sous la douleur, mais il ne cria pas. La lame lui déchira la poitrine, élargissant la plaie. Son corps se tordit sans qu'il émette le moindre son. Du sang se déversa sur sa peau pâle, brillant d'un éclat presque artificiel dans la lumière des projecteurs. Pinotl plongea une main dans sa cage thoracique béante. Alors, il hurla.

J'agrippai le bras de Dallas.

— Il ne peut pas survivre sans son cœur. Même un métamorphe en serait incapable.

— Ils ne vont pas lui arracher le cœur, je vous le jure.

Elle me caressa la main comme si elle voulait calmer un chien trop nerveux.

Je me penchai vers elle et lui murmurai à l'oreille :

— S'ils lui arrachent le cœur lors que j'aurais pu les en empêcher, je découperai le vôtre en petits morceaux avant de quitter le Nouveau-Mexique. Vous êtes toujours prête à jurer ?

Elle écarquilla les yeux mais acquiesça.

Le plus drôle, c'est qu'elle m'avait crue. La plupart du temps, quand vous menacez quelqu'un de lui faire un truc vraiment atroce, il pense que vous plaisantez ou que vous exagérez. Mais Dallas savait que je ne bluffais pas. Ça se voyait sur son visage. Décidément, elle n'avait rien d'une prof ordinaire…

La voix de Pinotl résonna dans le silence presque absolu qui s'était abattu sur la salle.

— Je tiens son cœur dans ma main. Au temps jadis, je le lui aurais arraché de la poitrine. Mais cette époque est révolue. Désormais, nous vénérons nos dieux comme nous le pouvons, et non comme nous le souhaiterions.

Lentement, il retira sa main, et j'étais assez près de la scène pour entendre l'horrible bruit de succion qui accompagna son geste. Il leva son avant-bras dégoulinant de sang au-dessus de sa tête. Le public l'acclama et applaudit à tout rompre.

Je n'arrivais pas à y croire.

Les jaguars-garous soulevèrent César et le jetèrent au bas des marches. Il dévala l'escalier cul par-dessus tête et s'immobilisa à deux mètres de notre table. Allongé sur le dos, il semblait avoir du mal à respirer. Je me demandai si Pinotl ne lui avait pas crevé un ou les deux poumons au passage.

Je restai assise et le fixai. Il faisait ça deux fois par mois. C'était son boulot. Misère. Je ne le comprenais pas, et je ne voulais pas le comprendre. J'avais déjà mon content de léopards-garous masos à la maison.

Pinotl dit quelque chose, mais je ne l'entendis pas. J'étais sourde et aveugle à tout, excepté au corps qui tressautait sur le sol à deux mètres de moi. Le flot de sang se tarissait peu à peu. Même s'il me masquait les contours de sa plaie, je savais que celle-ci était déjà en train de se refermer.

Deux des videurs humains s'avancèrent et ramassèrent César ; l'un d'eux le prit par les chevilles, et le second lui glissa les mains sous les aisselles. Quand ils passèrent devant nous, je me levai. Dallas m'imita d'un air inquiet.

Je plongeai mon regard dans celui du métamorphe. Ses yeux étaient pleins d'une douleur bien réelle. Mais il se laissait découper deux fois par mois. Donc, il devait aimer ça, dans le fond.

Ses mains étaient croisées sur sa poitrine, comme

pour empêcher ses organes de s'échapper. Je lui en saisis une. Elle était toute humide de sang. Je pressai les figurines de jade dans sa paume et refermai ses doigts dessus. Il murmura quelque chose ; je ne me penchai pas pour l'entendre.

— Ne vous approchez plus jamais de moi, lâchai-je froidement.

Je me rassis, et les videurs emportèrent César.

Je voulus saisir une serviette pour m'essuyer. Dallas interrompit mon geste.

— Elle est prête à vous recevoir. Et elle appréciera que vous ayez encore le sang du sacrifice sur votre main.

Je n'avais vu personne lui parler, mais si elle disait que le moment était venu, je voulais bien la croire. Par contre, il n'était pas question que je me balade avec le sang de César sur la main. Je repoussai son bras et saisis la serviette. Elle empoigna un des coins du carré de tissu et lutta pour me l'arracher.

A cet instant, une femme apparut à ma gauche. Elle portait une cape rouge et m'arrivait à peine à l'épaule, mais avant même qu'elle tourne la tête pour me révéler le visage dissimulé par sa capuche, je sus qui elle était. Itzpapalotl, Papillon d'Obsidienne, Maître de la Ville d'Albuquerque et soi-disant déesse. Je ne l'avais pas entendue approcher. Je ne l'avais pas sentie. Ça faisait très longtemps qu'un vampire n'avait pas réussi à me surprendre.

Ses traits étaient aussi délicats que sa silhouette. Sa peau avait la couleur du café au lait, et ses yeux étaient noirs – pas juste marron foncé, noirs comme la pierre qui lui avait donné son nom. Les yeux de la plupart des maîtres vampires sont des gouffres béants, des bassins insondables dans lesquels on pourrait se noyer. Mais les siens ressemblaient à des miroirs qui réfléchissaient la vérité.

Je me vis dans ses prunelles, réplique miniature parfaite jusque dans le moindre détail. Puis mon image se démultiplia. Mon visage resta au centre, encadré par une tête de loup et par un crâne. Tandis que je retenais mon souffle, tous trois se rapprochèrent jusqu'à ce que la tête de loup et le crâne se superposent à mon visage.

L'espace d'un instant, je ne pus dire où commençait chaque image et où finissaient les autres. Puis l'une d'elles se détacha de l'amalgame. Le crâne s'éleva et grandit jusqu'à oblitérer tout le reste dans les prunelles d'Itzpapalotl et dans mon champ de vision.

Je titubai en arrière et faillis tomber.

Edward me rattrapa. Dallas s'était écartée de moi pour se rapprocher de la vampire. Bernardo et Olaf se tenaient derrière Edward ; je savais que s'il leur en avait donné l'ordre, ils auraient dégainé et tiré sans hésiter. C'était une pensée réconfortante – mais suicidaire. Car à présent, je sentais les gens d'Itzpapalotl, ce qui signifiait qu'elle avait dû me les cacher jusque-là. Je percevais les vampires tapis dans le club, sous le club, autour du club. Ils étaient des centaines, vieux de plusieurs siècles pour la plupart.

Et Papillon d'Obsidienne ? Je lui jetai un coup d'œil, mais cette fois, je fis bien attention à ne pas la regarder dans les yeux. Ça faisait des années que je n'avais pas dû prendre ce genre de précaution, des années que je n'avais pas joué à ce petit jeu où un vampire déploie des trésors d'ingéniosité pour capter votre regard et essayer de vous ensorceler pendant que vous faites tout votre possible pour lui échapper. J'avais oublié combien c'était pénible.

Itzpapalotl avait une frange noire très raide ; le reste de ses cheveux était tiré en arrière, révélant des oreilles délicates ornées de pendants de jade. Elle était encore plus menue que Dallas et que moi, mais je ne me laissai pas abuser par cet emballage d'allure inoffensive.

Je doutais qu'elle ait fêté son premier millénaire. J'avais déjà rencontré des vampires beaucoup plus vieux, mais jamais de vampire de moins de dix siècles dont le pouvoir résonne ainsi dans ma tête. Celui d'Itzpapalotl l'enveloppait telle une brume planant au-dessus de sa peau, et je savais qu'elle ne le faisait pas exprès. Certains maîtres possèdent des capacités spéciales – causer la peur ou le désir, par exemple – qu'ils sont incapables d'« éteindre ». Elles fonctionnent en permanence, qu'ils le veuillent ou non. Mais je ne connaissais aucun autre maître qui exsude le pouvoir à l'état pur.

Je pris conscience qu'Edward me parlait.

— Anita, ça va ?

Je sentis la masse dure d'un flingue qui n'était pas braqué sur moi, mais dégainé et dissimulé dans mon dos. Si je ne me ressaisissais pas, la situation risquait de dégénérer très vite.

— Oui, ça va, articulai-je d'une voix blanche, comme si j'étais encore sous le choc.

Ce qui était peut-être le cas. Itzpapalotl n'avait pas exactement roulé mon esprit, mais un contact très bref lui avait suffi pour apprendre sur moi des choses que la plupart des maîtres vampires n'avaient jamais découvert. Soudain, je réalisai en quoi consistait son don, sa capacité spéciale. Elle était capable de « lire » le pouvoir d'autrui.

Quand elle prit la parole, sa voix sonna plus grave qu'elle ne l'aurait dû sortant d'une gorge aussi frêle – comme si elle était l'écho de son pouvoir.

— De qui es-tu la servante ? demanda-t-elle avec un accent à couper au couteau.

Elle savait que j'étais une servante humaine, mais elle ne pouvait pas deviner l'identité de mon maître. Cela me rassura vaguement. Certes, elle aurait pu feindre l'ignorance, mais… Je la sentais trop arrogante pour ça.

— Jean-Claude, Maître de la Ville de St. Louis, répondis-je.

Itzpapalotl pencha la tête sur le côté, comme pour écouter quelque chose qu'elle était la seule à entendre.

— Donc, tu es l'Exécutrice. Tu n'as pas donné ton véritable nom à l'entrée.

— La plupart des vampires refusent de me parler s'ils savent qui je suis.

— Et de quoi souhaites-tu me parler ?

— Des meurtres et des mutilations en série.

— Ah. Je vois. Le prix d'une audience sera ce que tu as sur les mains.

Ma perplexité dut se lire sur mon visage, car elle précisa :

— Le sang de César. Je veux te le prendre.

— Comment ? demandai-je.

Méfiante ? Qui, moi ?

Itzpapalotl se détourna et s'éloigna. Sa voix me parvint comme les dialogues d'un film mal doublé, longtemps après le moment où j'aurais dû l'entendre.

— Suis-moi, et ne te lave pas les mains.

Je jetai un coup d'œil à Edward.

— Tu lui fais confiance ?

Il secoua la tête.

— Moi non plus.

— Alors, on y va ou pas ? s'impatienta Olaf.

— Je pense qu'on devrait y aller, déclara Bernardo.

Je n'avais pas vraiment fait attention à lui depuis le début du sacrifice. En le regardant de plus près, je le trouvai un peu pâle. Contrairement à Olaf, qui avait le teint frais et les yeux brillants.

— Refuser son invitation serait une grave insulte, intervint Dallas. Il est très rare qu'elle accorde des audiences volontairement. Vous avez dû l'impressionner.

— Je ne l'ai pas impressionnée : je l'ai attirée, rectifiai-je.

Elle fronça les sourcils.

— Itzpapalotl aime les hommes.

Je secouai la tête.

— Elle couche peut-être avec des hommes, mais ce qui l'attire, c'est le pouvoir, professeur.

— Vous en avez tant que ça ?

Je soupirai.

— C'est ce que nous n'allons pas tarder à découvrir.

Je partis dans la direction qu'avait prise la silhouette en cape rouge. Itzpapalotl ne nous avait même pas attendus. Ça confirmait mes soupçons : elle était arrogante. D'un autre côté, nous allions la suivre dans son antre. Ça aussi, c'était de l'arrogance – ou de la stupidité. Parfois, il n'y a guère de différence entre les deux.

25

Je ne savais pas où aller, mais Dallas connaissait le chemin. Elle nous conduisit à une porte dissimulée par un rideau qui se découpait à gauche de l'escalier du temple. Le battant était encore grand ouvert, telle une gueule béante. Des marches s'enfonçaient dans le sol. Une fois dans ma vie, j'aimerais rencontrer un vampire qui crèche au dernier étage d'un immeuble plutôt que dans des souterrains. Evidemment, il faudrait d'abord qu'il condamne toutes les fenêtres.

Dallas descendit l'escalier d'un pas élastique, limite bondissant. Sa queue-de-cheval faisait le balancier dans sa nuque. Si elle éprouvait la moindre appréhension à s'enfoncer dans les ténèbres, elle n'en laissait rien paraître.

Décidément, je ne comprenais pas cette femme. D'un côté, elle ne se rendait pas compte à quel point Olaf était dangereux, et elle n'avait pas peur des monstres du club. D'un autre côté, elle m'avait crue quand je l'avais menacée de découper son cœur en petits morceaux. Je l'avais vu dans ses yeux.

Ce mélange d'inconscience et de lucidité… Ça n'avait pas de sens. Elle paraissait inoffensive, mais ses réactions ne collaient pas avec son personnage. Je lui attribuai un point d'interrogation. Ce qui signifiait que jusqu'à nouvel ordre, je ne lui tournerais pas le dos et ne la traiterais pas comme une civile.

J'allais trop lentement pour Olaf. Il me dépassa et s'enfonça dans les ténèbres à la suite de Dallas. Il devait se plier en deux pour ne pas se cogner la tête au plafond, mais ça n'avait pas l'air de le gêner. D'accord. Qu'il prenne la première balle. S'il n'y avait que ça pour lui faire plaisir…

Pour être honnête, personne n'avait fait preuve de la moindre violence envers nous, et je culpabilisais presque d'avoir sorti mon flingue. Tant pis. Je pourrais toujours m'excuser plus tard. Quand je rends visite à un vampire que je ne connais pas, je préfère être trop armée que pas assez. Et puis, l'étroitesse de l'escalier me rendait nerveuse. J'ai déjà mentionné que je suis claustrophobe ?

L'escalier ne descendait que de quelques mètres, et il n'y avait même pas de porte en bas. L'antre de Jean-Claude est une véritable forteresse souterraine. Une nouvelle preuve de l'arrogance d'Itzpapalotl.

Olaf me masquait Dallas, mais je le vis atteindre l'arche chichement éclairée, la franchir et hésiter avant de se redresser de l'autre côté. J'aperçus un mouvement de chaque côté de lui – quelque chose de rapide et de furtif. Son corps bouchait presque toute l'ouverture, bloquant le peu de lumière qui filtrait dans l'escalier. Entre ses jambes légèrement écartées, j'aperçus le pantalon en toile beige de Dallas. Comme si elle l'avait entraîné, il s'arracha à son immobilité et la suivit un peu plus loin.

— Olaf, tout va bien ? appelai-je.

Pas de réponse.

— Olaf ? tenta Edward.

— Ça va.

Par-dessus mon épaule, je jetai un coup d'œil à Edward et sus que nous pensions à la même chose. Ça pouvait être un piège. Itzpapalotl était peut-être à l'origine des meurtres. Elle voulait peut-être épingler l'Exécutrice à son tableau de chasse, ou nous torturer juste pour le plaisir.

— Tu crois qu'elle pourrait faire mentir Olaf ? chuchota Edward.

— Tu veux dire, en manipulant son esprit ?

Il acquiesça.

— Non, pas si vite. Même s'il me débecte, je sais qu'il est plus fort que ça. (Je scrutai le visage d'Edward dans la pénombre.) Tu crois que quelqu'un pourrait le forcer à mentir ?

— Tu veux dire, en plaquant un couteau sur sa gorge ?

— Oui.

Il eut un léger sourire.

— Non. Ni aussi vite, ni au bout d'une éternité.

— Tu en es sûr ?

— Je parierais ma vie là-dessus.

— Nous sommes tous en train de parier nos vies là-dessus, fis-je remarquer.

Mais je le croyais. S'il pensait que ni la douleur ni une menace de mort ne convaincraient Olaf de nous trahir, il avait sûrement raison. Même s'il ne comprend pas toujours les motivations des gens, Edward est capable de prédire comment ils réagiront dans une situation donnée. Ça marche presque à tous les coups. Aussi continuai-je à descendre les marches.

Je forçai sur ma vision périphérique pour voir des deux côtés de l'arche au moment où je la franchis – sans me baisser. Faire moins d'un mètre soixante, ça n'a pas que des inconvénients.

La pièce était petite, dans les vingt-cinq mètres carrés à vue de nez. Et elle était bondée de vampires. Des grands, des petits, des maigres, des gros – des vampires de toutes les tailles, de toutes les formes et de toutes les races.

Je me plaquai contre le mur à droite de l'arche et, tenant toujours mon flingue à deux mains, repliai mes bras contre ma poitrine en pointant le canon vers le haut. Je mourais d'envie de le braquer sur quelqu'un, à tel point que mes épaules étaient toutes crispées. Mais personne ne me menaçait. Tous les occupants de la pièce se contentaient de m'observer ou de bavarder avec leurs voisins.

Après ce qui s'était passé quelques minutes plus tôt, je fis bien attention à n'en regarder aucun dans les yeux. Je les dénombrai rapidement. Quand j'arrivai à plus de soixante, je réalisai que la pièce devait être deux fois plus grande que je l'avais d'abord pensé. Sans ça, elle n'aurait jamais pu abriter autant de monde. La lumière vacillante des torches ajoutait à l'impression d'exiguïté.

Edward resta planté sur le seuil dans la même position que moi, son épaule touchant la mienne.

— Qu'est-ce qui cloche ? demanda-t-il en promenant un regard à la ronde.

— Comment ça, qu'est-ce qui cloche ? Regarde-les ! soufflai-je – pas parce que je ne voulais pas que les vampires m'entendent, mais parce que ma gorge était nouée et ma bouche sèche.

— Ils sont nombreux. Et alors ?

Je jetai un bref coup d'œil à Edward avant de reporter mon attention sur les vampires. Ce n'était pas juste une question de nombre. Mon problème, c'était ma capacité à les percevoir. Une fois, je m'étais trouvée en présence d'une centaine de vampires, mais ils ne m'avaient pas affectée de la sorte. Murer le lien qui m'attachait à Jean-Claude m'avait peut-être rendue plus vulnérable à ses congénères. A moins que mes pouvoirs de nécromancie aient grandi, ou qu'Itzpapalotl soit tout simplement beaucoup plus balèze que l'autre maître.

Il y avait près d'une centaine de vampires dans cette pièce, et je percevais l'aura de la plupart d'entre eux. Mon bouclier était assez solide pour bloquer toutes sortes d'émanations, mais là… J'étais submergée.

A vue de nez, j'aurais dit qu'aucun des morts-vivants

qui m'entouraient n'avait moins de cent ans. Si j'en fixais un trop longtemps, je recevais un flash pareil à une gifle – je savais quel âge il avait et quel niveau de pouvoir il possédait. Les quatre femelles plantées dans le coin de gauche avaient toutes plus d'un demi millénaire. Elles me fixaient de leurs yeux sombres enchâssés dans un visage brun, inexpressif.

La voix d'Itzpapalotl monta depuis le centre de la pièce, mais sa propriétaire m'était masquée par tous les vampires qui se tenaient entre nous.

— Je ne t'ai ni violentée ni même menacée, et c'est toi qui es venue quérir mon aide. Pourtant, tu entres dans mon repère l'arme au poing.

— Ça n'a rien de personnel, Itz…

Je butai sur son nom.

— Tu peux m'appeler Papillon d'Obsidienne.

C'était étrange de lui parler sans la voir.

— Ça n'a rien de personnel, Papillon d'Obsidienne. Simplement, je sais que si je rengaine mon flingue, je n'aurai aucune chance de le ressortir avant qu'un de vos fidèles m'arrache la gorge.

— Tu te défies de nous.

— Comme vous vous défiez de moi.

Elle éclata de rire – un rire normal qui aurait pu être celui de n'importe quelle jeune femme. L'hilarité des autres vampires, en revanche, eut quelque chose de forcé, une note d'hystérie et de désespoir, comme s'ils avaient peur de ce qui arriverait s'ils ne s'esclaffaient pas avec elle. Je me demandai quel était le châtiment prévu pour les rebelles.

Puis les rires s'estompèrent et moururent, à l'exception d'un caquètement masculin mais aigu. Les vampires se figèrent. Je ne m'habituerai jamais à ce spectacle, cette immobilité absolue qui dissipe tout vestige d'humanité et les fait ressembler à des statues. Ils attendaient telle une forêt de piliers, de coquilles vides.

Attendaient quoi ? Bonne question. Le rire haut perché, malsain, continuait à monter et à descendre. Il me faisait penser à la bande-son d'un film dont l'action se situerait dans un asile psychiatrique ou dans le laboratoire d'un savant fou. Il n'avait rien de magique, mais il me donnait la chair de poule.

— Si vous rangez vos armes, toi et tes amis, je renverrai la plupart de mes gens, offrit Itzpapalotl. Ça me paraît équitable, n'est-ce pas ?

Ça l'était, mais ça ne me plaisait pas du tout. Le poids du Browning dans ma main me réconfortait. Bien sûr, je savais qu'il ne me servirait à rien si tous les vampires se ruaient en masse sur nous. Il abattrait les premiers sans réussir à dissuader les suivants, parce qu'ils n'oseraient pas mécontenter Itzpapalotl en lui désobéissant. Si leur maîtresse leur avait dit d'aller en enfer, ils auraient commencé à creuser dans la seconde. Donc, le cas échéant, mon flingue ne ferait que retarder l'inévitable.

Je sentis l'épaule d'Edward contre la mienne. Il attendait ma réponse ; il s'en remettait à ma compétence. *Pourvu que je ne nous fasse pas tous tuer*... Je remis mon Browning dans son holster et me frottai la main sur mon jean. Elle était restée crispée trop longtemps et trop fort.

Edward rengaina. Bernardo était toujours dans l'escalier, et je réalisai qu'il couvrait nos arrières en s'assurant que personne ne descende pour nous barrer la retraite. C'était sympa de bosser en équipe et de savoir que chacun de mes partenaires était prêt à tirer sur tout ce qui bougerait. Pas de compassion, pas d'hésitation, juste de l'efficacité.

Olaf se tenait sur le côté avec Dallas. A aucun moment il n'avait sorti d'arme. Il s'était avancé parmi une centaine de vampires en toute tranquillité. Cela m'intrigua plus que ça ne m'inquiéta.

Les vampires prirent une inspiration tous en même

temps, comme s'ils étaient animés par un unique esprit. Et avec cette inspiration, ils revinrent à la vie – faute d'un terme plus approprié.

Certains semblaient presque humains, mais beaucoup étaient pâles et faméliques. Leurs os saillaient sous la peau de leur visage émacié, livide. Cependant, leur teint demeurait plus foncé que celui de la plupart des vampires que je connaissais. Jusque-là, j'avais surtout rencontré des morts-vivants d'origine caucasienne. Ici, la peau blanche n'était pas la norme. Ça changeait un peu.

Ils se dirigèrent vers la porte, certains en glissant, d'autres en traînant les pieds comme s'ils n'avaient pas la force de les soulever. L'un d'eux trébucha et tomba à quatre pattes devant moi. Ses mains étaient squelettiques ; sa peau d'un blanc grisâtre me rappela la couleur de la neige au bord d'une route passante. Ses cheveux d'un blond si clair qu'ils paraissaient presque blancs pendaient autour de son visage.

Les autres le contournèrent sans lui prêter la moindre attention. Lentement, il leva la tête vers moi. Ses yeux s'étaient tellement enfoncés dans leurs orbites qu'ils semblaient brûler au fond de deux tunnels noirs. Je soutins son regard sans frémir. Il n'avait pas assez d'énergie pour me rouler ; je le sentais. Les os de ses pommettes semblaient sur le point de crever la peau de ses joues.

Une langue d'une pâleur maladive darda entre ses lèvres fines. Ses yeux étaient d'un vert très clair – deux émeraudes délavées. Ses narines frémirent comme s'il humait l'air, ce qui était sans doute le cas. L'odorat des vampires, même s'il n'égale pas celui des métamorphes, est bien plus développé que celui des humains. Il prit une profonde inspiration, ferma les yeux et frissonna. Je crus qu'il allait s'évanouir. Jamais encore je n'avais vu un mort-vivant agir de la sorte, et cela me prit par surprise.

Dès que je le vis se tendre, je portai la main à mon

Browning. Mais il était déjà trop tard. Le vampire me percuta avant que je touche le holster, me coupant le souffle. Sa main se posa sur mon visage et me tourna la tête sur le côté pour exposer mon cou.

Je le sentis se raidir et sus qu'il s'apprêtait à frapper. Il n'avait même pas cherché à m'immobiliser les mains, et je tâtonnais toujours en quête de mon Browning. Mais je n'arriverais pas à dégainer et à tirer assez vite pour empêcher cette créature de plonger ses crocs dans mon cou. C'était un peu comme un accident de voiture : je le vis venir et réalisai que je ne pouvais rien faire, mais je n'eus même pas le temps d'avoir peur.

Quelque chose tira le vampire en arrière. Sa main agrippa le revers de ma veste et refusa de lâcher prise. Je faillis basculer en avant, mais sortis mon flingue avant de chercher à reprendre mon équilibre.

Un vampire grand et costaud, de type aztèque, plaquait mon agresseur contre lui. Edward les tenait tous les deux en joue. Il avait réussi à dégainer plus vite que moi – mais il n'avait pas de mérite, puisque personne ne s'était jeté sur lui pour le mordre.

Mon Browning était braqué sur la poitrine du vampire squelettique qui s'accrochait toujours au revers de ma veste. Je n'osais pas tirer. Il se pouvait que ma balle traverse ma cible et atteigne mon sauveur. Ç'aurait été une drôle de façon de lui témoigner ma gratitude.

Les autres vampires se hâtaient de filer ; ils se précipitaient vers la sortie et s'engouffraient dans l'escalier. Poltrons. Mais ça avait le mérite de déblayer le champ de bataille.

Le grand Aztèque recula, tentant de forcer Skeletor à lâcher prise. Je me retrouvai entraînée vers le centre de la pièce. Edward me suivit, gardant son flingue braqué sur la tête de mon agresseur. Je réussis enfin à lui coller le canon de mon Browning sous le menton. Comme ça, je pourrais lui faire sauter la cervelle sans toucher l'autre vampire.

La voix de Papillon d'Obsidienne siffla dans l'air tel un coup de fouet. Le son me fit frémir, et mes épaules se crispèrent comme si j'avais reçu un coup.

— Ces gens sont mes invités. Comment as-tu osé les attaquer ?

Mon agresseur se mit à pleurer. Ses larmes étaient claires, humaines. En principe, celles des vampires sont rouges et pleines de sang.

— Pitié, laissez-moi me nourrir. Pitié !

— Tu te nourriras ainsi que nous nous nourrissons tous, comme il sied à un dieu.

— Pitié, maîtresse, pitié !

— Tu me déshonores devant nos visiteurs.

Itzpapalotl se mit à parler tout bas et très vite dans un langage qui sonnait comme de l'espagnol mais n'en était pas. Le grand Aztèque tira si fort que je perdis l'équilibre et me retrouvai à genoux, le revers de ma veste toujours dans l'étreinte du vampire squelettique et un bras plié selon un angle très inconfortable.

A présent, le canon de mon Browning s'enfonçait dans son estomac. Je me demandai si à bout portant, les Homady XTP tueraient à la fois ma cible et mon sauveur. C'était un miracle que le coup ne soit pas déjà parti dans la bousculade.

La croix que je portais autour du cou s'était échappée du col de mon T-shirt. Elle se mit à briller, légèrement d'abord, puis d'un éclat très vif comme celui du magnésium en train de brûler. Le vampire squelettique poussa un hurlement aigu, pitoyable. Il ne me lâcha pas pour autant.

Bientôt, je dus détourner les yeux pour ne pas être aveuglée. Mon crucifix ne flamboie ainsi qu'en présence d'un terrible danger – et je ne pensais pas que Skeletor soit le danger en question. Beaucoup des créatures présentes dans cette pièce étaient capables de me tuer, mais une seule justifiait un tel spectacle pyrotechnique.

— Qu'il aille à la rencontre de son destin, ordonna Itzpapalotl.

Je sentis le bras de mon agresseur mollir. Puis il s'agenouilla face à moi.

— Anita ? lança Edward.

C'était une question, mais je n'avais pas de réponse à lui fournir – pas encore.

Je clignai des paupières pour essayer de voir quelque chose. Le vampire posa ses mains sur mes épaules. Il avait fermé les yeux pour se protéger contre la lumière. Les traits tordus de douleur, il découvrit ses crocs.

— Arrête, ou tu mourras, menaçai-je.

Je crois qu'il ne m'entendit même pas. Sa main caressa ma joue, et je frissonnai au contact de ses doigts décharnés.

— Je vais le tuer ! hurlai-je.

— Si tu veux. Il a choisi.

Itzpapalotl était si désinvolte, si indifférente que cela me donna envie de ne pas le faire.

Le vampire m'empoigna par les cheveux et voulut me tourner la tête sur le côté. Je voyais bien qu'il hésitait à défier le flamboiement de ma croix. Mais il finirait peut-être par trouver le courage. Si faible qu'il soit, il aurait dû prendre ses jambes à son cou à la vue de tant de lumière sainte.

— Anita.

La voix d'Edward. Cette fois, ce n'était plus une question : juste un avertissement.

Le vampire poussa un hurlement qui me fit hoqueter. Il rejeta la tête en arrière et se pencha avers moi, si vite que je ne pus distinguer ses traits. Le coup partit avant que je réalise que j'avais appuyé sur la détente. Une seconde détonation suivit, si rapprochée qu'elle se confondit presque avec la première. Le vampire tressauta, et sa tête explosa. Du sang et un liquide plus épais m'éclaboussèrent la moitié du visage.

Je restai agenouillée dans le silence. Je n'entendais plus qu'un écho très lointain, un carillon ténu. Peut-être à cause du choc – ou plus probablement à cause des détonations qui avaient retenti trop près de mes oreilles.

Je pivotai comme au ralenti. Le corps du vampire était affaissé sur le flanc. Je me relevai en m'essuyant la joue. Edward me tendit un mouchoir en tissu blanc, le genre de truc que Ted devait avoir dans ses tiroirs. Je le pris avec gratitude.

Ma croix brillait toujours telle une étoile captive. J'étais déjà à moitié sourde. Si ça continuait comme ça, j'allais devenir aveugle en prime. Je promenai un regard à la ronde. La plupart des vampires avaient vidé les lieux ; ceux qui étaient restés se massaient autour de leur déesse comme pour la protéger contre nous. Clignant des yeux, je crus déceler de la peur sur un ou deux visages. Une émotion plutôt inhabituelle chez des vampires affichant plus de cent ans au compteur. C'était peut-être à cause de ma croix, mais mon petit doigt me disait que non.

Je glissai le crucifix dans le col de mon T-shirt. Le métal était toujours froid au toucher. Il ne chauffe pas à moins d'entrer en contact avec la chair d'un vampire. Alors, il s'embrase, cramant à la fois sa cible et toute chair humaine en contact avec lui. D'habitude, le vampire recule avant que je passe le cap des brûlures au second degré. Je n'ai encore jamais reçu de cicatrice infligée par une de mes propres croix.

Je dévisageai les morts-vivants plantés devant leur maîtresse. Le crucifix pouvait les maintenir à distance, mais il n'était pas la raison de la frayeur que je lisais sur leur visage.

Je baissai les yeux vers le corps. Le point d'entrée de

ma balle n'était qu'un petit trou rouge aux bords noircis, mais le point de sortie faisait presque trente centimètres de diamètre. De la tête de mon agresseur, il ne restait que la mâchoire inférieure et quelques traces de cervelle. Tout le reste avait été pulvérisé.

Je vis remuer la bouche d'Edward, et le son me revint comme déformé par un effet Doppler, si bien que je n'entendis que la fin de sa phrase.

— … De munitions utilises-tu ?

Je le lui dis.

Il s'accroupit près du corps et examina la blessure de la poitrine.

— Je croyais que les Homady XTP n'étaient pas censées faire autant de dégâts en ressortant.

— A mon avis, le fabricant ne les a pas testées sur des cibles vivantes à bout portant.

— En tout cas, ça fait de jolis trous.

J'acquiesçai.

— Une pièce de un cent à l'entrée, une pizza pour deux personnes à la sortie.

— Tu avais des questions au sujet des meurtres ? lança Itzpapalotl. Pose-les.

Elle se tenait toujours au milieu de ses gens, mais ceux-ci s'étaient écartés pour nous la révéler. J'ignore si elle avait décidé que nous ne constituions pas une menace pour elle, si elle trouvait lâche de s'abriter derrière ses serviteurs ou si elle estimait que nous avions réussi son test. Quoi qu'il en soit, je n'allais pas faire la difficile.

J'aperçus Olaf sur le côté. Dallas avait enfoui sa tête contre sa poitrine ; il la serrait dans ses bras, la réconfortait et l'empêchait de voir les débris d'os et de cervelle qui jonchaient le sol. Il la regardait comme un objet précieux, une voiture de course qu'il convoitait mais n'aurait jamais pensé obtenir, songeai-je.

Je n'étais pas la seule à l'avoir remarqué.

— Cruz, ramène le professeur en haut, ordonna Itzpapalotl. Je pense qu'elle en a assez vu pour une nuit.

Un vampire de petite taille et de type hispanique se dirigea vers Dallas.

— Je vais le faire, offrit Olaf.

— Non, contra Edward.

— Pas question, renchéris-je.

— Ça ne sera pas nécessaire, ajouta Itzpapalotl.

Je lui jetai un coup d'œil – en m'efforçant de ne pas croiser son regard. Nous étions d'accord au moins sur un point : Olaf devait rester à l'écart de Dallas. Un ou deux états m'aurait paru une bonne distance.

A contrecœur, Olaf laissa Cruz entraîner Dallas vers l'escalier, loin de l'horreur que nous avions couchée sur le sol. Mais ce n'était pas nous qui avions fait de ce vampire une horreur : nous nous étions contentés de le tuer. Itzpapalotl, en revanche, l'avait affamé jusqu'à ce qu'il soit prêt à affronter un crucifix pour se nourrir. Jusqu'à ce qu'il laisse deux humains le tenir en joue sans essayer de se protéger, parce qu'il avait plus envie de plonger ses crocs dans leur chair que de vivre.

C'était une créature pitoyable. Mais la pitié ne m'a jamais empêchée d'appuyer sur la détente quand il y va de ma survie, et c'est un sentiment inconnu d'Edward. Bien sûr, je plaignais ce vampire, mais sa mort ne me touchait absolument pas. Elle ne m'inspirait ni regrets, ni remords, ni rien d'autre.

Je tournai la tête vers Edward. Un instant, nous nous entre-regardâmes. J'aurais donné cher pour avoir un miroir. Puis, en observant le visage inexpressif et les yeux vides d'Edward, je réalisai que je n'en avais pas besoin. Je contemplais déjà mon reflet.

26

Cette idée m'aurait peut-être effrayée si les vampires ne s'étaient pas soudain dirigés vers nous. La survie d'abord, les questions d'ordre moral ensuite. Richard vous dirait sans doute que c'est l'un de mes plus gros problèmes. Jean-Claude, non. Il existe des tas de raisons pour lesquelles Richard n'est pas mon prince charmant, et des tas de raisons pour lesquelles je n'ai pas encore envoyé Jean-Claude au diable.

Itzpapalotl s'avança d'un pas glissant. Sa cape écarlate masquait ses pieds, et elle se mouvait d'une façon si fluide qu'elle semblait montée sur roulettes. Il y avait en elle quelque chose d'artificiel sur lequel je n'arrivais pas à mettre le doigt.

Les quatre femelles se trouvaient sur sa gauche. Je mis un moment à réaliser ce qui me perturbait chez elles. Elles bougeaient toutes ensemble, avec une coordination parfaite. Si l'une d'elles levait la main pour écarter une mèche qui lui tombait devant les yeux, les trois autres en faisaient autant, même si leurs cheveux étaient parfaitement en place. Depuis le souffle qui soulevait leur poitrine jusqu'au moindre mouvement de leur petit doigt, elles s'imitaient les unes les autres. Non, le terme « imiter » n'était pas assez fort. On aurait dit un seul être habitant quatre corps. L'effet était d'autant plus étrange qu'elles ne se ressemblaient pas. La première était petite et trapue, la seconde grande et mince. A la limite, les deux dernières avaient la même silhouette délicate. Leur peau était beaucoup plus claire que celle d'Itzpapalotl.

Le malabar qui m'avait sauvée marchait à droite de sa maîtresse. De tous les vampires d'aspect aztèque, il était le plus grand : un mètre quatre-vingts au moins. Une couronne de plumes lui ceignait le front. Un clou en or de sept ou huit centimètres de long lui transperçait le nez ; des écarteurs assortis étiraient la chair de ses lobes. Sa peau avait la couleur du vieil ivoire, un cuivre très pâle qui contrastait avec ses cheveux et ses yeux noirs comme du charbon. Il se tenait deux pas en retrait d'Itzpapalotl.

Trois vampires mâles venaient derrière lui. Ils avaient tous le type caucasien. Ils portaient la même tenue que les videurs, cette espèce de pagne qui ne dissimulait pas grand-chose. En revanche, nul bijou n'ornait leurs membres, et ils marchaient pieds nus. Des serviteurs ou des prisonniers, en déduisis-je.

Le premier était de taille moyenne, avec des yeux bleu pâle, des cheveux bruns bouclés, coupés court, et une barbe qui faisait ressortir la blancheur de son visage. Le second était plus petit, avec des cheveux poivre-et-sel et un visage ridé, mais un corps encore musclé, de sorte qu'il était difficile d'estimer l'âge auquel il était mort. Une quarantaine d'années, à mon avis. Ses yeux étaient gris foncé comme un ciel orageux. Dans une de ses mains, il tenait une laisse attachée au cou du troisième vampire. Celui-ci se déplaçait, non à quatre pattes, mais en appui sur ses mains et ses pieds, les jambes légèrement pliées. Ses cheveux courts d'un blond très vif, presque jaune, étaient la seule chose en lui qui semblait vivante. Sa peau parcheminée et jaunie adhérait à ses os. Ses yeux étaient tellement enfoncés dans leurs orbites que je n'en voyais pas la couleur.

Cinq gardes du corps typés aztèques complétaient cette escorte. Comment je savais que c'était des gardes du corps ? Certaines choses ne changent pas d'une culture à l'autre, d'une époque à l'autre ni même d'une vie à l'autre. Ces gros tas de muscles portaient des massues, des lames d'obsidienne et des bijoux ornés de plumes qui leur donnaient l'air vaguement ridicule. On aurait aussi bien pu leur tatouer « qui s'y frotte s'y pique » sur le front.

Olaf s'était rapproché de nous. Bernardo était resté dans l'escalier pour couvrir nos arrières. Ça a du bon, de bosser avec d'autres pros. Olaf avait sorti son flingue et regardait les vampires approcher avec une expression qui n'avait rien de neutre. Elle était plutôt… hostile. Allez savoir pourquoi.

Itzpapalotl et compagnie s'arrêtèrent à trois mètres de nous. Le corps du vampire squelettique gisait sur le sol entre nos deux groupes. Quand on décapite un vampire, il saigne autant qu'un humain ; c'est très difficile de ne pas en foutre partout. Mais celui-ci n'avait produit que deux taches rouges : une petite au niveau de sa poitrine, et une plus grande à l'endroit où sa tête avait explosé.

Le silence semblait plus épais qu'il ne l'aurait dû. Olaf se racla la gorge et suggéra :

— Vous pouvez vérifier son pouls si vous voulez.

— La ferme, Olaf, ordonna Edward.

Olaf se dandina – soit parce qu'il était mal à l'aise, soit parce qu'il mourait d'envie de lui en coller une, ou pire.

— C'est toi le patron, lâcha-t-il enfin.

Mais je voyais bien que ça ne lui plaisait pas.

— Je doute qu'il ait eu un pouls, même avant que nous tirions, dis-je en fixant Itzpapalotl. Il faut de l'énergie pour faire battre le cœur d'un vampire, et il n'en avait plus du tout.

— Tu éprouves de la pitié pour lui.

— Je suppose que oui.

— Ce n'est pas le cas de ton ami.

Je jetai un coup d'œil à Edward. Son visage ne trahissait pas la moindre émotion. C'était bon de savoir qu'il restait quand même quelques différences entre nous.

— Probablement pas, acquiesçai-je.

— Mais aucun de vous deux n'éprouve ni regret ni culpabilité.

— Pourquoi devrions-nous nous sentir coupables ? Nous nous sommes contentés de le tuer. Ce n'est pas nous qui l'avons affamé à lui en faire perdre la raison.

L'immobilité dont seuls sont capables les très vieux vampires s'empara d'Itzpapalotl.

— Tu oses me juger, dit-elle d'une voix frémissante de colère.

— Non, je me contente d'énoncer des faits. S'il n'avait pas été dans un état aussi pitoyable, jamais il ne m'aurait attaquée.

Je pensais aussi que nos hôtes auraient pu se donner plus de mal pour me débarrasser de lui, mais je me gardai bien de le préciser. Je ne voulais pas mettre Itzpapalotl en rogne alors que plus de quatre-vingts vampires s'interposaient entre nous et la sortie du club. Sans compter les jaguars-garous.

— Si j'autorisais tous mes fidèles affamés à se nourrir de vous, à votre avis, que feraient-ils ? susurra Itzpapalotl.

Le vampire en laisse leva brusquement la tête. Son regard fuyant nous balaya sans s'arrêter sur aucun de nous, mais il avait entendu sa maîtresse.

Mon estomac se noua. Je dus expirer à fond pour réussir à parler malgré la boule qui s'était formée dans ma gorge. J'avais vu au moins une quinzaine de morts-vivants squelettiques.

— Ils nous sauteraient dessus, répondis-je en agrippant la crosse de mon Browning un peu plus fort.

Si elle donnait l'ordre, ma première balle se logerait entre ses deux yeux. Je mourrais sûrement, mais je l'emmènerais en enfer avec moi. On a les satisfactions qu'on peut.

— Cette idée t'effraie, constata-t-elle.

Je tentai de scruter son visage sous sa large capuche rouge, mais seule sa petite bouche en cœur était visible.

— Si vous percevez toutes ces émotions, vous êtes sûrement capable de faire la différence entre un mensonge et une vérité.

Itzpapalotl frémit et leva le menton comme si je l'avais blessée dans son orgueil. Se pouvait-il qu'elle en soit incapable ?

— Mes fidèles affamés me sont utiles de temps à autre.

— Donc, c'est délibérément que vous leur infligez cette torture.

— Non. Le grand créateur voit qu'ils sont faibles, et il ne les sustente pas aussi bien que nous.

— Je ne comprends pas.

— Ils sont autorisés à se nourrir ainsi que se nourrissent les dieux – pas comme des animaux.

Je fronçai les sourcils.

— Navrée, mais…

— Nous allons te montrer comment se nourrissent les dieux, Anita.

— Un métamorphe arrive, annonça Bernardo depuis l'escalier.

— J'ai appelé un prêtre, expliqua Itzpapalotl.

— Laisse-le descendre, ordonnai-je à Bernardo.

Jusque-là, je l'avais vouvoyé, mais dans le feu de l'action, j'ai tendance à oublier les politesses d'usage.

— Je n'ai nulle intention de vous insulter, et si mes paroles vous froissent, je m'en excuse d'avance, mais nous sommes venus ici pour parler des meurtres. J'aimerais vous poser quelques questions.

— C'est votre vaste connaissance de la magie et de la

civilisation aztèques qui nous a conduits à vous, précisa Edward.

Je luttai pour ne pas hausser les sourcils et me contentai d'acquiescer.

— Voilà, c'est ça.

Itzpapalotl sourit.

— Vous pensez toujours que mes gens et moi sommes de vulgaires vampires. Vous ne croyez pas réellement que nous soyons des dieux.

Là, elle me tenait.

— Je suis chrétienne. Vous l'avez vu quand ma croix a brillé. Il m'est difficile d'admettre l'existence d'une multitude de dieux autre que le mien.

Sur ce coup-là, je fus impressionnée par ma propre diplomatie.

— Nous allons vous prouver qui nous sommes. Puis nous vous offrirons notre hospitalité et nous pourrons parler affaires.

Au fil des ans, j'ai appris que si quelqu'un affirme qu'il est un dieu, on ne discute pas avec lui à moins d'être mieux armé. Itzpapalotl était cinglée, et elle avait assez de fidèles dans la place pour que sa folie puisse m'être fatale. Donc, je résolus de la laisser faire. Après tout, ça ne pouvait pas être si terrible, non ? Surtout ne répondez pas.

Le jaguar-garou qui franchit l'arche était le blond aux yeux bleus dont j'avais touché la fourrure quand il était passé près de notre table. Il balaya la pièce d'un regard hésitant, comme s'il n'était pas certain de comprendre pourquoi on l'avait appelé. A la vue du corps massacré, il tressaillit. Ce qui ne l'empêcha pas de mettre un genou en terre devant Itzpapalotl et d'incliner sa tête recouverte par celle d'un animal mort.

— Qu'attendez-vous de moi, divine maîtresse ?

Je réprimai une grimace. « Divine maîtresse » ? Doux Jésus.

— Je désire montrer à nos visiteurs comment un dieu se nourrit.

Le métamorphe leva la tête vers Itzpapalotl.

— Qui dois-je vénérer, divine maîtresse ?

— Diego.

Le vampire aux cheveux bruns et aux yeux bleu pâle sursauta.

— Qu'attendez-vous de moi, ô sombre déesse ?

— Seth va t'offrir son sacrifice, annonça Itzpapalotl en caressant, d'une main délicate, la capuche de l'homme agenouillé devant elle.

— Comme il vous plaira, ô sombre déesse, acquiesça Diego sur un ton aussi neutre que son visage s'efforçait de le rester.

Le jaguar-garou se mit à quatre pattes, imitant la posture de l'animal dont il portait la peau. Il se traîna jusqu'à Diego et posa son front sur ses mains.

— Relève-toi, prêtre de notre sombre déesse, et offre-moi ton sacrifice.

Seth obtempéra. Il mesurait quinze ou vingt centimètres de plus que le vampire. Il tripota quelque chose sur le devant de sa combinaison. Celle-ci s'ouvrit juste assez pour lui permettre de soulever sa capuche et de la repousser. La tête du jaguar tomba dans son dos comme une pauvre chose à la nuque brisée. Dessous, les cheveux de Seth étaient blond doré, méchés par le soleil et attachés en chignon banane, comme ceux du métamorphe qui s'était fait entailler la joue par Pinotl en coulisses.

— Tournez-vous afin que nos visiteurs puissent tout voir, ordonna Itzpapalotl.

Les deux hommes s'exécutèrent, se plaçant de profil par rapport à nous. Les lobes de Seth étaient couverts d'épaisses cicatrices blanches. De sa ceinture, il tira un petit couteau au manche de jade et à la lame d'argent. Saisissant son oreille de la main gauche, il l'entailla de la droite. Du sang coula en filets écarlates le long de ses doigts et goutta sur les épaules de sa combinaison.

Diego se rapprocha de lui. Il lui plaça une main dans la nuque et l'autre dans le creux des reins, comme s'il voulait l'embrasser. Puis il tira sa tête vers le bas et prit le lobe ensanglanté dans sa bouche. Je vis sa pomme d'Adam tressauter tandis qu'il déglutissait. Ses yeux bleu pâle étincelaient tels des saphirs en plein soleil. Sa peau se mit à briller, et ses cheveux s'assombrirent – mais ce n'était peut-être qu'une illusion d'optique.

Seth avait fermé les yeux et retenait son souffle. Il semblait en pleine extase. Une de ses mains se posa sur l'épaule nue du vampire et l'agrippa avec force.

Diego s'écarta de lui, les canines découvertes en un rictus.

— La plaie se referme.

— Une autre offrande, mon félin, réclama Itzpapalotl.

Seth s'entailla le lobe de l'autre oreille. Sa main n'était pas encore retombée que déjà, Diego se jetait sur lui tel un amant trop longtemps repoussé. Lorsqu'il recula, ses paupières étaient à demi closes, son regard presque vitreux.

— La plaie se referme, répéta-t-il.

Intéressant. La salive des vampires contient un anticoagulant, et, en principe, les métamorphes blessés par de l'argent ne régénèrent pas plus vite que des humains. Pourtant, les plaies de Diego se refermaient à toute vitesse. Je ne voyais qu'une explication possible : Itzpapalotl décuplait les capacités de ses félins. Ce qui signifiait que des balles en argent ne suffiraient peut-être pas pour les tuer.

— Je veux qu'ils voient ce que c'est d'être un dieu. Montre-leur, Seth.

Le jaguar-garou ouvrit plus largement sa combinaison. Il défit la ceinture dans laquelle il avait passé ses couteaux et laissa tomber le tout sur le sol. Dessous, son corps était uniformément doré, sans la moindre marque de bronzage. Ça ne me disait rien qui vaille – et pas parce que je craignais qu'il chope un cancer de la peau à force de s'exposer nu au soleil. Devoir se déshabiller entièrement pour se couper… Ça ne présageait rien de bon.

Seth saisit son pénis lisse et gonflé, déjà en érection. De la pointe de son couteau, il l'entailla délicatement sur toute la longueur. Sa respiration s'étrangla dans sa gorge.

Olaf et moi eûmes un hoquet. Bernardo jura à voix basse. Je ne compatissais sans doute pas autant que les garçons, mais je me doutais que ça devait faire mal. Seul Edward n'avait pas réagi. Ou il s'était douté de ce que Seth allait faire, ou rien ne pouvait plus le surprendre.

— Diego, montre-leur ce que ça signifie d'être un dieu, ordonna Itzpapalotl sur un ton vaguement menaçant.

Je ne comprenais pas bien pourquoi, parce que le vampire avait eu l'air de prendre son pied en suçant les oreilles du métamorphe. Pourquoi aurait-il rechigné cette fois ?

Diego se laissa tomber à genoux. Son visage était tout près du sang qui dégoulinait le long des cuisses de Seth. Il n'avait qu'un mouvement à faire pour boire. Mais il demeura immobile, fixant la chair entaillée de ses yeux toujours étincelants. Il resta ainsi jusqu'à ce que la plaie se referme et disparaisse comme par magie. Jamais encore je n'avais vu un métamorphe guérir aussi vite et bien.

Seth jeta un coup d'œil par-dessus son épaule. Il n'avait pas lâché son pénis, qui commençait à ramollir dans sa main.

— Qu'attendez-vous de moi, divine maîtresse ?

— Un autre sacrifice, répondit Itzpapalotl d'une voix brûlante, qui m'arracha un frisson.

De nouveau, Seth approcha la lame en argent de son pénis. Il dut s'y reprendre à deux fois pour entailler le membre redevenu flasque.

Diego resta à genoux, mais ne fit pas mine de se nourrir. Le feu s'était estompé de ses prunelles ; sa peau ne brillait plus, et ses épaules s'étaient affaissées comme sous le poids d'une défaite.

Les quatre femelles contournèrent Itzpapalotl et vinrent se placer en demi-cercle derrière lui.

— Une fois de plus, tu m'as déçu, Diego, lâcha Itzpapalotl.

Le vampire ferma les yeux et inclina la tête.

— J'en suis désolé, ô sombre déesse. Je ne voudrais pas vous décevoir fût-ce pour le soleil et la lune.

Sa voix était lasse comme s'il récitait quelque chose qu'il ne pensait pas vraiment.

Les quatre femelles portèrent la main à leur ceinture et en tirèrent des bâtons enveloppés de cuir noir, dont l'une des extrémités disparaissait dans une grosse bourse. Quand elles défirent celle-ci, des dizaines de fines lanières de cuir, ornées de billes d'argent, s'en échappèrent telles des fleurs obscènes. C'était ce qu'on appelle un « chat à neuf queues », sauf qu'il en avait bien plus que le nombre réglementaire.

— Pourquoi persistes-tu à refuser cet honneur, Diego ? Pourquoi nous forces-tu à te punir ?

— Je n'aime pas les hommes, ô sombre déesse. Je suis navré que mon refus vous peine, mais je ne peux pas faire ça.

Là encore, j'eus l'impression d'entendre un discours maintes fois répété. Comme les quatre femelles qui l'entouraient, Diego devait avoir un demi millénaire. S'il tenait tête à Itzpapalotl depuis tout ce temps, j'avais trouvé mon maître en matière d'obstination.

Les femelles fixaient leur déesse ; elles n'avaient même pas jeté un coup d'œil au vampire agenouillé devant elles. Sur un signe d'Itzpapalotl, quatre bras se replièrent. Quatre chats à neuf queues tournoyèrent dans les airs et s'abattirent l'un après l'autre sur leur victime – de droite à gauche, encore et encore. Les coups étaient si rapprochés qu'ils résonnaient comme le martèlement de la pluie sur un carreau.

Les femelles fouettèrent ainsi Diego jusqu'à ce que son sang commence à couler. Alors, elles s'immobilisèrent et attendirent.

— Refuses-tu toujours de t'exécuter ? s'enquit Itzpapalotl.

— Oui, ô sombre déesse.

— Quand tu as violé ces femmes il y a si longtemps, as-tu seulement imaginé le prix que tu devrais payer pour ton crime ?

— Non, ô sombre déesse.

— Tu ne croyais pas en nos dieux, n'est-ce pas ?

— Non, ô sombre déesse.

— Tu pensais que ton Christ blanc te sauverait.

— Oui, ô sombre déesse.

— Et bien, tu te trompais.

Diego rentra la tête dans les épaules telle une tortue s'efforçant de se replier dans sa carapace. La métaphore était drôle. Le geste ne l'était pas du tout.

— Oui, ô sombre déesse.

Itzpapalotl adressa un signe de tête aux femelles. Celles-ci se remirent à frapper Diego si vite que les lanières de leurs fouets se changèrent en éclairs argentés. Du sang dégoulinait dans le dos du vampire, mais pas une seule fois il ne cria ni ne demanda pitié.

Je dus faire un mouvement involontaire, car Edward se rapprocha de moi. Il ne me saisit pas le bras, mais il le toucha avec le sien. Je lui jetai un coup d'œil. Il secoua la tête. Je n'allais pas risquer nos vies pour un mort-vivant inconnu, mais en toute franchise… Ça ne me plaisait pas.

Olaf émit un bruit étranglé. Il observait la scène avec des yeux brillants comme ceux d'un enfant qui découvre, au matin du 25 décembre, que le père Noël lui a apporté tout ce qu'il avait commandé. Il avait levé le canon de son flingue vers le plafond ; il le serrait si fort que la peau de ses grosses mains était marbrée et qu'un léger tremblement parcourait ses bras. Contrairement à moi, il appréciait le spectacle.

Du menton, je le désignai à Edward, qui opina discrètement. Il l'avait vu, mais préférait l'ignorer. Quant à Bernardo, il l'observait avec un air presque effrayé. Brusquement, il pivota vers l'escalier, tournant le dos à la pièce et à tous ses occupants.

J'aurais adoré en faire autant, mais… Si Edward pouvait supporter ça, je le pouvais aussi. Si Diego pouvait l'endurer sans émettre le moindre son, je pouvais le regarder. Je n'étais pas prête à intervenir pour le sauver. Le moins que je puisse faire, c'était d'assister à son supplice au lieu de m'enfuir lâchement.

J'avoue cependant que je trichai un peu. Au lieu de fixer Diego, je concentrai mon attention sur les bras des quatre femelles, me laissai hypnotiser par leur infatigable mouvement.

Les cinq gardes demeuraient impassibles, mais le vampire qui se tenait à droite d'Itzpapalotl avait les lèvres entrouvertes et les yeux écarquillés comme pour ne pas laisser échapper la plus petite miette du spectacle. Il était presque aussi âgé que sa maîtresse : sept ou huit siècles à vue de nez, dont cinq à voir Diego se faire torturer. Et ça l'excitait toujours autant.

Alors, je sus que je ne voulais pas m'attirer l'inimitié des créatures présentes dans cette pièce. Je ne voulais pas me retrouver en position d'implorer leur miséricorde, parce qu'elles n'en avaient aucune.

Les deux autres survivants espagnols avaient reculé jusqu'au mur du fond. L'homme aux cheveux poivre-et-sel observait ses pieds avec un grand intérêt. Son compagnon squelettique s'était roulé en boule comme s'il essayait de disparaître.

Les femelles s'acharnèrent sur Diego jusqu'à ce que son dos ne soit plus qu'une masse de rubans de chair ensanglantés. Une flaque rouge s'était formée autour de lui. Son torse s'était affaissé sur ses cuisses ; malgré cela, il vacillait. J'espérai pour lui qu'il allait finir par s'évanouir.

N'y tenant plus, je fis un pas en avant. Edward me saisit le bras.

— Non.

— Tu éprouves de la pitié pour lui, constata Itzpapalotl.

— Oui, admis-je.

— Diego est l'un des étrangers qui a envahi nos terres jadis. Il nous prenait pour des barbares : des choses que l'on pouvait s'approprier, piller, violer et massacrer. Il ne nous considérait pas comme des êtres humains, n'est-ce pas, Diego ?

Cette fois, il n'y eut pas de réponse. Le vampire était toujours conscient, mais plus en état de s'exprimer.

— Vous ne nous considériez pas comme des êtres humains, n'est-ce pas, Cristobal ? lança Itzpapalotl.

Le vampire en laisse poussa un gémissement aigu qui s'acheva par ce rire affreux que j'avais entendu un peu plus tôt. Son compagnon aux cheveux gris tira sur sa laisse pour le faire taire.

— Réponds-moi, Cristobal, exigea Itzpapalotl.

L'interpellé déplia sa carcasse famélique.

— Non, ô sombre déesse, répondit-il d'une voix étrangement douce et raisonnable.

Puis il s'esclaffa de nouveau et se recroquevilla en position fœtale.

— Ils se sont introduits dans nos temples. Douze d'entre eux ont violé nos quatre prêtresses vierges, révéla Itzpapalotl en désignant les femelles aux chats à neuf queues. Ils leur ont fait des choses innommables – les ont forcées, par la torture et par des menaces de mort, à assouvir leurs iniques appétits.

Les femelles ne réagirent pas. Elles demeurèrent figées, comme si leur maîtresse parlait de quelqu'un d'autre. Elles avaient cessé de fouetter Diego, et le regardaient se vider de son sang sans broncher.

— Je les ai retrouvées mourantes – et je leur ai offert la vie éternelle, poursuivit Itzpapalotl. Je leur ai offert la vengeance. J'ai fait d'elles des déesses ; puis nous nous sommes lancées à la poursuite des étrangers qui les avaient violées et laissées pour mortes. Afin de prolonger leur châtiment, nous les avons transformés à leur tour. Mais mes teyolloquani étaient trop fortes pour la plupart d'entre eux. Des douze bourreaux, il n'en reste plus que deux. (Elle me fixa d'un air de défi.) Alors, éprouves-tu toujours de la pitié pour Diego ?

Je hochai la tête.

— Oui, mais je comprends la haine, et j'ai des dispositions certaines pour la vengeance.

— Dans ce cas, tu dois admettre que ce qui lui arrive n'est que justice.

J'ouvris la bouche. La main d'Edward se crispa sur mon bras pour me forcer à réfléchir avant de répondre. J'aurais été prudente de toute façon, mais il n'avait aucun moyen de le deviner.

— Cet homme a commis un crime impardonnable. Il est légitime que vos prêtresses veuillent se venger.

Mais cinq siècles… Ce n'est pas un peu long ? ajoutai-je dans ma tête. Je tue des gens quand ils le méritent ; le reste appartient à Dieu.

Edward faisait mine de me lâcher quand Itzpapalotl demanda :

— Donc, tu approuves notre châtiment ?

Ses doigts s'enfoncèrent dans ma chair, me meurtrissant de plus belle. Je le foudroyai du regard et sifflai :

— Tu me fais mal !

Il me lâcha lentement, à contrecœur, mais je lus l'avertissement dans ses yeux. *Ne nous fais pas tuer.* J'allais essayer.

— Jamais je n'aurais l'impudence de discuter le jugement d'une déesse.

Ce qui était la stricte vérité. Si je rencontrais une déesse, je n'aurais pas l'impudence de discuter son jugement. Inutile de préciser que, de mon point de vue, il n'existait pas de déesse avec un « d » minuscule : juste un Dieu avec un « D » majuscule.

Itzpapalotl sourit – un sourire qui éclaira son visage et me permit d'entrevoir la jeune femme qu'elle avait dû être autrefois. Je m'attendais à beaucoup de choses, mais pas à ce qu'elle ait conservé des vestiges d'humanité.

— Je suis ravie, dit-elle.

Et elle en avait l'air. La déesse était contente de moi. Sois sage, mon cœur.

Elle dut faire un signe qui m'échappa, car les quatre femelles recommencèrent à fouetter Diego. Elles le frappèrent jusqu'à mettre ses vertèbres à nu au milieu de sa chair lacérée. Un humain, ou même un métamorphe, aurait succombé depuis longtemps. Mais le vampire était déjà mort quand elles avaient commencé. Il s'était affaissé dans la position de l'œuf, le front posé sur le sol, les bras coincés sous le corps, tout son poids en appui sur ses jambes repliées. Bien qu'inconscient, il n'avait pas basculé sur le côté.

La respiration d'Olaf se faisait de plus en plus sifflante. En d'autres circonstances, j'aurais dit qu'il approchait l'orgasme. En les circonstances présentes... Je ne voulais pas savoir ce qu'il foutait. Je fis de mon mieux pour l'ignorer.

Seth était resté planté au milieu de la pièce, nu comme un ver. La coupure de son pénis avait guéri pendant qu'il regardait le vampire se faire déchiqueter. Son expression était neutre, mais de temps en temps, un coup particulièrement vicieux le faisait frémir. On aurait dit qu'il ne voulait pas voir, mais qu'il avait peur de détourner les yeux.

— Assez.

Un simple mot, et les lanières des fouets retombèrent au bout de leur manche telles des fleurs fanées. Les billes d'argent avaient toutes viré à l'écarlate, et du sang gouttait lentement sur le sol. L'expression des femelles n'avait pas changé d'un pouce, comme si elles portaient un masque afin de dissimuler des émotions inhumaines, trop terribles pour être exposées.

En file indienne, elles se dirigèrent vers une petite cuvette de pierre située dans le fond de la pièce. Elles plongèrent leur fouet dans l'eau et le nettoyèrent avec des gestes presque tendres.

Olaf ouvrit la bouche et dut se racler la gorge deux fois avant de réussir à articuler :

— Vous utilisez du savon de sellerie et de l'huile de vison pour entretenir le cuir ?

D'un même mouvement, les quatre femelles se tournèrent vers lui. Puis elles jetèrent un coup d'œil à Itzpapalotl, qui répondit à leur place :

— Tu sembles t'y connaître.

— Pas autant qu'elles, répliqua Olaf.

Il paraissait sincèrement impressionné, tel un violoncelliste qui vient de voir jouer Yo-Yo Ma pour la première fois.

— Elles ont eu plusieurs siècles pour perfectionner leur art, fit valoir Itzpapalotl.

— L'utilisent-elles seulement sur les hommes qui leur ont fait du mal ?

— Pas toujours.

— Peuvent-elles parler ?

Olaf détaillait les quatre femelles comme des statuettes précieuses et exquises.

— Elles ont fait vœu de garder le silence jusqu'à ce que le dernier de leurs tortionnaires périsse.

Je ne pus m'empêcher de demander :

— Les exécutent-elles périodiquement ?

— Non. Elles se contentent de les blesser. Parfois, ils en meurent. S'ils réussissent à survivre par eux-mêmes, elles ne les achèvent pas.

— Donc, je suppose que vous n'allez pas soigner Diego ?

De nouveau, la main d'Edward se crispa sur mon bras. J'en avais plus qu'assez.

— Bas les pattes ou je ne vais pas tarder à m'énerver… Ted, aboyai-je.

Je n'avais pas aimé regarder Diego se faire massacrer. J'avais encore moins aimé demeurer passive face à un tel spectacle. Oh, je l'aurais aidé si j'avais pu. Mais c'était un inconnu et un vampire. Je n'allais pas risquer nos vies pour lui. Y avait-il eu une époque où j'en aurais été capable ? Je ne le savais même plus.

— Diego a survécu à bien pire que ça. Il est le plus fort des douze. Nous avons réussi à briser tous les autres avant leur mort. A la fin, ils faisaient tout ce que nous leur demandions. Diego est toujours là, et il continue à lutter. (Itzpapalotl secoua la tête pour chasser cette pensée importune.) Mais je tiens à vous montrer la bonne manière de procéder au rituel. Chualtalocal, fais-leur voir comment on reçoit un sacrifice.

Le vampire de droite s'avança. Il contourna la silhouette prostrée de Diego comme si le vampire était un répugnant tas de détritus et vint se planter face à Seth.

— Offre-lui ton sacrifice, mon félin, ordonna Itzpapalotl.

Le métamorphe déglutit. Il jeta un coup d'œil au

corps ensanglanté de Diego avant de reporter son attention sur Chualtalocal.

— Divine maîtresse, je suis prêt à tout pour vous satisfaire, vous le savez, mais je… Je crains de ne pas réussir à…

— Offre-lui ton sacrifice, Seth, ou subis mon courroux.

Les quatre femelles avaient suspendu leurs chats à neuf queues à de petits crochets fixés au mur, telle une version sadomasochiste des sept nains rangeant leurs affaires identiques après une rude journée de travail. Elles revinrent vers nous d'un pas glissant, comme des requins qui ont capté un goût de sang dans l'eau.

Seth saisit son pénis et se tripota maladroitement pour obtenir le minimum syndical de raideur, mais son regard balayait follement la pièce en quête d'une échappatoire. Tous ses efforts demeurèrent vains. A la fin, je n'y tins plus.

— Vous lui avez flanqué une trouille bleue. C'est difficile de bander quand on a la pétoche.

Itzpapalotl et Chualtalocal me fixèrent avec la même expression dédaigneuse. Comment osais-je m'interposer ? Edward fit mine de me saisir le bras.

— Ne me touche pas, crachai-je.

Il laissa retomber sa main, mais je vis bien qu'il n'était pas content. Tant mieux. Comme ça, je me sentirais moins seule.

— Proposerais-tu de l'aider à surmonter sa peur ? lança Itzpapalotl.

— Pourquoi pas…

Je ne saurais dire qui eut l'air le plus surpris par ma réponse. Probablement Edward, mais Bernardo ne devait pas être loin derrière. Olaf me fixait tel un renard qu'une barrière sépare d'un lapin, et qui vient juste d'apercevoir un trou assez grand pour s'y faufiler.

Je tendis la main au jaguar-garou. Il hésita. Son regard

passa de Chualtalocal à Itzpapalotl avant de revenir vers moi. Je remuai les doigts.

— Allons. Nous n'avons pas toute la nuit devant nous.

— Va avec elle et fais ce qu'elle te dira, du moment que ça t'aide à offrir un sacrifice convenable, ordonna la déesse.

Seth prit craintivement ma main, et malgré sa nudité, malgré son mètre quatre-vingts et ses larges épaules, une expression presque enfantine passa sur son visage. Il était au bord de la panique, persuadé qu'on allait le jeter en pâture aux vestales vengeresses. Et si je n'étais pas intervenue, c'est peut-être ce qui se serait passé.

Mais j'avais été témoin d'assez d'atrocités pour une seule nuit. Ce n'était pas l'indignation morale qui me poussait à réagir ainsi : juste la lassitude. Je voulais poser mes questions et ficher le camp d'ici. Théoriquement, les vampires ont toute l'éternité devant eux ; du coup, ils tendent à tourner autour du pot très longtemps avant d'entrer dans le vif du sujet. Hum. D'accord, l'image est mal choisie.

J'entraînai Seth le jaguar-garou au fond de la pièce. Le plus simple aurait été de le branler, mais il n'en était pas question. Aussi optai-je pour une solution qui, bien que plus compliquée, ne me répugnait pas autant. J'allais faire appel à cette partie de moi qui était la marque de Richard. Pas mon lien avec lui : je l'avais si soigneusement muré que je doutais de pouvoir y accéder, même en le souhaitant très fort. Mais je portais un peu de son pouvoir en moi. C'était cette énergie qui avait reconnu César, cette énergie qui me permettait de traiter avec le pard de St. Louis. Quand je la libérais, elle excitait les métamorphes. Je l'avais découvert accidentellement. Cette fois, j'allais le faire à dessein.

Sauf que… Ça n'était pas aussi facile qu'appuyer sur un interrupteur. Un jour, peut-être, ça le deviendrait.

Pour l'instant, j'avais encore besoin d'un minimum de préliminaires.

Ça me rendait folle qu'un truc qui sortait tout seul, aux moments les plus inappropriés, se dérobe à moi quand je l'appelais. Mais les pouvoirs psychiques sont comme ça : imprévisibles. Voilà pourquoi il est si difficile de les étudier de manière scientifique. Avec eux, X plus Y ne donne pas toujours Z.

Je posai les mains sur mes hanches et détailla Seth de la tête aux pieds. Je ne savais pas par où commencer.

— Pourriez-vous détacher vos cheveux ?

— Pourquoi ? demanda Seth d'un air soupçonneux.

Je ne pouvais pas l'en blâmer, mais...

— Ecoutez, j'essaie de vous aider. Alors, j'apprécierais que vous coopériez sans poser de questions.

Il porta les mains à son chignon. Il en retira plusieurs longues épingles, puis un peigne en os. Ses cheveux se déroulèrent lentement, tel un animal qui s'étire au sortir d'un long sommeil, et glissèrent dans son dos en une lourde masse dorée. Je voulus le contourner ; il pivota pour rester face à moi. Je le pris par l'épaule et le forçai à se retourner.

— Je ne vais pas vous faire de mal, Seth. De tous les occupants de cette pièce, je suis probablement la seule dans ce cas.

Il se laissa faire, mais à la tension de son dos, je vis bien que ça ne lui plaisait pas. Tant pis. Le temps pressait. Mon petit doigt me soufflait que la déesse n'était pas du genre patient.

Je saisis ses cheveux à pleines mains et les déployai telle une étoffe. Ils avaient des couleurs extraordinaires : toutes les nuances possibles de blond depuis le châtain clair jusqu'à l'or pâle, presque blanc. Et ils lui tombaient plus bas que la taille. Je frottai ma joue contre leur masse soyeuse.

Par-dessus l'odeur de la transpiration de Seth et de la

fourrure du jaguar, un parfum d'eau de Cologne sucrée me chatouilla les narines. J'écartai ses cheveux et humai sa peau. Il avait une senteur tiède, pareille à celle d'un petit pain tout juste sorti du four. Je le contournai en laissant mes mains courir sur sa taille. Ses yeux étaient toujours écarquillés par la frayeur ; un peu plus au sud, en revanche, la situation progressait. Pas encore assez, mais c'était un début encourageant.

Ignorant Edward, Bernardo, Olaf et les vampires, je me concentrai sur le métamorphe qui me faisait face. Je lui pris la main, me penchai comme pour l'embrasser mais me contentai de l'effleurer de mes lèvres et de remonter ainsi le long de son bras. Sous la caresse de mon souffle, son duvet se hérissa.

La main que je tenais m'attrapa par la taille, me fit pivoter et me plaqua dos contre la poitrine de Seth. L'autre bras du métamorphe se referma sur moi, m'enveloppant de la chaleur de son corps. Son menton se posa sur le sommet de ma tête, et ses cheveux blonds cascadèrent sur mes épaules. La lumière du feu se reflétait sur l'or de ses mèches, les changeant en une cage ambrée aux barreaux étincelants.

Il m'embrassa les cheveux, puis la tempe, puis la joue. Il était si grand qu'il me recouvrait totalement. Le parfum sucré de son eau de Cologne planait au-dessus de sa peau et me nouait la gorge. L'odeur – l'odeur était la clé. Le pouvoir jaillit en une vague liquide qui me dressa sur la pointe des pieds. Submergée, je m'abandonnai dans l'étreinte de Seth et me frottai lascivement contre lui. L'énergie qui me parcourait était si intense qu'elle en devenait presque douloureuse.

Une des mains du métamorphe resta posée sur mon ventre ; l'autre me prit le menton et tourna ma tête vers lui. Ses lèvres se posèrent sur les miennes. Un instant, je me raidis. Mais quand on a appelé le pouvoir, il est inutile de lui résister – je l'avais appris à mes dépens. Il faut s'y abandonner sous peine d'en perdre le contrôle.

Je rendis son baiser à Seth. Je m'attendais à ce que son pouvoir monte à la rencontre du mien, que tous deux s'écoulent par nos bouches et fusionnent à l'intérieur de nos corps. Mais non. Le pouvoir de Seth ne m'apparaissait que comme une ombre tremblante planant au-dessus du mien. Notre baiser était agréable, sans plus.

Puis je le sentis frissonner contre moi et resserrer son étreinte. Je n'eus pas besoin de baisser les yeux pour savoir qu'il était prêt à offrir son sacrifice. Je me dégageai doucement.

— Vous pouvez retourner auprès des vampires.

Il se pencha et m'embrassa tendrement sur le front.

— Merci.

— De rien.

Nous rebroussâmes chemin main dans la main. Tous les regards étaient braqués sur nous – et curieusement, ce ne furent pas ceux des vampires qui me mirent le plus mal à l'aise. Bernardo me fixait comme s'il était en train de réviser à la baisse mon statut de madone intouchable. Olaf affichait une expression presque affamée. Il ressemblait à un loup-garou qui mate une proie un soir de pleine lune. Edward fronçait les sourcils, ce qui signifiait que quelque chose le préoccupait. Les vampires avaient des réactions plus normales. Itzpapalotl, notamment, m'observait d'un air grave. Peut-être ne s'était-elle pas rendu compte que je pouvais conjurer le pouvoir à volonté.

Je remis Seth à Chualtalocal tel un père confiant la mariée à son futur époux devant l'autel. Puis je rejoignis Edward. Il me dévisagea comme s'il essayait de lire dans mes pensées et n'y arrivait pas. C'était bon d'inverser les rôles, pour une fois.

— T'es-tu bien amusé, mon félin ? s'enquit Itzpapalotl.

— Oui, divine maîtresse.
— Es-tu prêt à offrir ton sacrifice ?
— Oui, divine maîtresse.
— Alors, vas-y.

Par-dessus l'épaule de Seth, la déesse me fixa. Elle ne semblait pas contente du tout. Ce que je venais de faire avec le métamorphe l'avait perturbée. S'attendait-elle à ce que je l'entraîne dans un coin pour le branler comme une assistante sur le tournage d'un film porno ? Etait-elle contrariée que je me sois servie de mon pouvoir ? Avait-elle vu ou compris quelque chose qui m'échappait ? Je n'avais aucun moyen de le découvrir à moins de le lui demander ; et admettre votre ignorance devant un maître vampire, c'est le meilleur moyen de vous faire tuer dans les plus brefs délais. Tant pis pour ma curiosité.

Seth saisit son petit couteau en argent d'une main et son pénis de l'autre. Du coin de l'œil, je vis Bernardo se détourner. La pointe de la lame mordit dans la chair rose pâle, et je regardai ailleurs. Comme nous tous, je pense – à l'exception d'Olaf. La première fois, il s'était laissé surprendre, mais il avait eu le temps de surmonter le choc. Du sang coulait, quelqu'un avait mal : il ne pouvait pas rater ça.

Pourtant, au bout de quelques secondes, je le vis se détourner lui aussi. Et je ne pus résister. Je voulais savoir qu'est-ce qui pouvait bien être assez affreux pour dégoûter ce barbare.

Chualtalocal s'était agenouillé devant le métamorphe. Je m'attendais à ce qu'il se contente de lécher son sang, mais non. Il l'avait pris dans sa bouche jusqu'à la garde et le suçait vigoureusement. Seth avait les yeux fermés et les traits crispés par la concentration.

Mon regard se posa sur les quatre prêtresses à l'expression vacante – un spectacle encore pire que celui d'un vampire taillant une pipe à un métamorphe. Je leur tournai le dos à tous et réalisai qu'Olaf avait fait de même. Les bras croisés sur sa poitrine, il fixait le vide. Son malaise était presque palpable. Il ne voyait rien, mais il entendait tout. Pour ma part, j'avoue que je regrettais les cinq minutes bénies où les détonations m'avaient rendue sourde.

Des petits bruits de succion, humides et gourmands, entrecoupés d'inspirations sifflantes qui devaient venir de Seth.

— Pitié, divine maîtresse, je ne suis pas sûr de pouvoir me contrôler plus longtemps, gargouilla le métamorphe.

— Tu connais la punition, répliqua Itzpapalotl. Ça devrait suffire à te motiver.

Je jetai un coup d'œil par-dessus mon épaule et vis que Seth fixait les quatre femelles plantées dans le coin. Bonne idée. La tête de Chualtalocal continuait à s'agiter près de son bas-ventre. Pourtant, sa coupure devait être guérie depuis longtemps.

Seth enfonça ses ongles dans ses paumes et serra les poings si fort que ses mains pâlirent. Avec un râle d'agonie et de plaisir mêlés, il rejeta la tête en arrière.

L'instant d'après, Chualtalocal s'écarta de lui.

— La plaie s'est refermée.

Il se leva et rejoignit sa maîtresse. Derrière lui, Seth tomba mollement à genoux et ouvrit les mains avec mille précautions, comme si elles lui faisaient mal. De petites demi-lunes sanglantes se dessinaient dans sa chair à l'endroit où ses ongles avaient mordu dans ses paumes. Mais ça avait marché. La douleur l'avait suffisamment distrait pour l'empêcher d'éjaculer.

— Je vous offre l'hospitalité, à toi et à tes amis, déclara Itzpapalotl. Si tu veux, tu peux avoir Seth et le finir ainsi que son corps semble le réclamer.

Alors, je compris ce qu'elle voulait dire par « hospitalité ». Et je ne pensais pas que ça soit typique de la culture aztèque.

— L'aube approche. Je la sens presser contre les ténèbres. Bientôt, elle déchirera le voile de la nuit.

Itzpapalotl tourna la tête sur le côté.

— Oui, acquiesça-t-elle au bout de quelques secondes. Je la sens aussi.

— Dans ce cas, sans vouloir vous insulter, pourrions-nous oublier les formalités et en venir directement au sujet qui nous a amenés ici ?

— A condition que tu me donnes ta parole de revenir et de goûter à notre hospitalité avant de rentrer à St. Louis.

Je jetai un coup d'œil à Edward. Il haussa les épaules. Façon de dire que la décision m'appartenait.

— Je vous promets que je reviendrai. Par contre, il est hors de question que je m'engage à coucher avec vos gens.

— Seth a pourtant eu l'air de te plaire… Je t'offrirais bien César, que ton pouvoir semblait apprécier encore davantage, mais il ne consent pas de sacrifice et ne peut servir de gage d'hospitalité. Tel est le prix qu'il exige pour nous laisser le découper deux fois par mois.

Cela fit remonter César dans mon estime. J'avais vu son numéro, et j'avais été horrifiée. Maintenant que je savais ce qui se passait en coulisses, je comprenais pourquoi il coopérait : pas parce qu'il y prenait un plaisir pervers, mais pour éviter des sévices encore pires. Moi aussi, j'aurais préféré qu'on m'ouvre la poitrine et qu'on touche mon cœur palpitant plutôt que de laisser des vampires boire le sang de mon bas-ventre ou de servir de poupée gonflable à des étrangers. A condition, bien sûr, de savoir que je guérirais complètement chaque fois.

— Seth est un garçon charmant, mais je ne couche jamais avec des inconnus, et je ne mélange pas non plus le travail et le plaisir. Merci quand même pour la proposition. Je sais que les flics vous ont déjà interrogée.

— En effet. Je ne crois pas leur avoir fourni la moindre information utile, grimaça Itzpapalotl.

— Peut-être parce qu'ils n'ont pas posé les bonnes questions.

— Et quelles sont les bonnes questions ?

J'étais sur le point de faire un truc que la police détesterait. J'allais dévoiler des éléments de l'affaire à un monstre – une créature qui avait figuré sur la liste des suspects. Mais sans précisions sur le *modus operandi* du criminel, comment Itzpapalotl aurait-elle pu nous aider à identifier un croquemitaine aztèque ? Je me doutais que les flics étaient restés dans le vague, et je comprenais pourquoi. Plus elle connaîtrait de détails, plus il deviendrait difficile de la coincer lors d'un interrogatoire. Mais si elle n'en connaissait aucun, solliciter son expertise ne servait à rien.

— Serait-il possible d'avoir un peu d'intimité ? réclamai-je.

— Que veux-tu dire ?

— Pourriez-vous congédier une partie de votre entourage ? Je vais vous révéler des éléments confidentiels de l'enquête, et j'aimerais qu'ils restent entre nous.

— Quoi que tu puisses me raconter, ça ne sortira pas d'ici. Aucun de mes gens n'en parlera à personne, je peux te le garantir.

A ce stade-là, ce n'était plus de la confiance mais de l'arrogance. D'un autre côté… Itzpapalotl avait de bonnes raisons de se sentir sûre d'elle-même. Si les tourments infligés à Diego faisaient partie de la routine, je ne voulais pas imaginer en quoi consistaient les châtiments les plus exotiques qu'elle pouvait infliger. Tout ce que je savais, c'est qu'ils devaient être bien assez terribles pour inciter ses fidèles à tenir leur langue.

Edward se rapprocha de moi.

— Tu es sûre de toi ? demanda-t-il à voix basse.

— Oui. Elle ne peut pas nous aider si elle n'a pas assez d'informations.

Nous nous entre-regardâmes quelques secondes. Puis il hocha la tête, et je reportai mon attention sur Itzpapalotl.

— Très bien.

Et je lui racontai tout ce que je savais sur les victimes et les survivants.

Je pensais qu'elle serait émoustillée ou ne manifesterait qu'un ennui profond. Je ne m'attendais absolument pas à ce qu'elle m'écoute d'un air concentré et pose des questions toutes plus pertinentes les unes que les autres. Si elle n'avait pas été aussi sadique et mégalo, son intelligence me l'aurait presque rendue sympathique.

— Les peaux d'hommes sont très prisées par Xipe Totec et Tlazolteotl. Jadis, leurs prêtres écorchaient les victimes sacrificielles et revêtaient leur peau. Le cœur possédait de multiples usages. Même la chair était utilisée – du moins, en partie. Parfois, on trouvait des choses étranges dans les boyaux, et on considérait ça comme un augure. Les autres organes pouvaient être conservés un temps et étudiés, mais c'était assez rare.

— Pourquoi aurait-on coupé la langue de ces gens ? interrogeai-je.

— Pour les empêcher de répéter les secrets qu'ils connaissaient, répondit Itzpapalotl comme si cela coulait de source.

— Et leurs paupières ?

— Pour qu'ils ne puissent jamais fermer les yeux sur la vérité, quand bien même ils sont incapables de parler de ce qu'ils ont vu.

— Et les caractéristiques sexuelles secondaires ?

— Je ne comprends pas.

Elle resserra sa cape autour d'elle. Nous parlions depuis longtemps ; je devais faire un effort conscient pour ne pas la regarder dans les yeux.

— Les parties génitales des hommes et les seins des femmes avaient été arrachés.

Itzpapalotl frissonna. Alors, je compris que la déesse à la lame d'obsidienne était effrayée.

— Ça ressemble aux tortures que les Conquistadors ont infligées à notre peuple.

— L'écorchement et l'ablation des organes, c'est plutôt aztèque qu'européen, contrai-je.

Elle acquiesça.

— Oui, mais nos victimes sacrificielles étaient des messagers que nous envoyions aux dieux. Nous ne les faisions pas souffrir par cruauté ou par caprice. Le sang était une chose sacrée pour nous. Les gens qui mouraient aux mains d'un prêtre avaient conscience de servir un dessein supérieur. Ils savaient que leur trépas permettrait à la pluie de tomber, au maïs de pousser, au soleil de se lever le lendemain. Je ne connais aucune divinité qui écorcherait des gens et les laisserait en vie. La mort est nécessaire pour que le messager atteigne les dieux. C'est une composante indispensable de nos rituels. Les Conquistadors nous ont appris à tuer pour le plaisir, et nous avons bien retenu la leçon…

Par-dessus mon épaule, elle fixa les quatre femelles qui attendaient patiemment qu'elle les remarque, qu'elle leur donne une mission et une raison de vivre.

— … Mais je regrette que nous ayons dû en arriver là.

A son expression, je vis qu'elle réalisait ce qu'elle avait perdu, ce que ses gens avaient perdu quand elle avait décidé qu'ils deviendraient pires que leurs ennemis.

— Les Conquistadors ont laissé tant de cadavres sur la route d'Acachinanco qu'ils devaient se nouer un mouchoir devant le bas du visage à cause de la puanteur.

Elle reporta son attention sur moi, et la haine qui brûlait dans ses yeux dansa le long de ma peau. Cinq siècles s'étaient écoulés, et sa soif de vengeance ne s'était toujours pas tarie. Quelque part, j'admirais son opiniâtreté. Je croyais que j'étais rancunière, mais… En fait, j'étais capable de pardonner. Itzpapalotl, non. Un demi millénaire après les événements qui l'avaient déclenchée, sa colère demeurait intacte ; elle continuait à punir les coupables avec une détermination sans faille. C'était assez impressionnant, dans le genre psychotique.

En ce qui concernait les meurtres, je n'étais guère plus avancée qu'à mon arrivée au club. J'avais essentiellement récolté des éléments négatifs. Une authentique Aztèque ne reconnaissait l'œuvre d'aucun dieu ou culte associé à son panthéon. C'était toujours bon à savoir ; ça me permettait de rayer une possibilité de la liste. Dans le cadre d'une enquête policière, on procède souvent par élimination.

La seule certitude que j'avais acquise ce soir, c'est que je ne voulais pas me mettre Itzpapalotl à dos pour quelque raison que ce soit. Il m'est déjà arrivé de dire à des gens que je les pourchasserai jusqu'en enfer pour me venger, mais je ne le pensais pas vraiment. Itzpapalotl, elle, en était bien capable.

27

Il faisait encore nuit lorsqu'Edward nous ramena à la maison, mais au loin, l'horizon pâlissait déjà. Si nous nous dépêchions, nous serions au lit avant l'aube. Sinon, nous verrions le soleil se lever. Aucun de nous ne semblait d'humeur à traîner.

Personne ne pipait mot. Nous avions laissé le club derrière nous, et nous traversions les collines en direction de Santa Fé. Les étoiles piquetaient la soie noire du ciel comme autant de diamants à l'éclat glacial.

Soudain, la voix d'Olaf résonna dans l'obscurité, basse et étrangement intime.

— Si on avait accepté leur hospitalité, vous croyez que j'aurais pu avoir Diego ?

Je haussai un sourcil.

— Définis « avoir ».

— Faire de lui ce que je voulais.

— C'est-à-dire ? s'enquit Bernardo.

— Vous ne voulez pas savoir, et je ne veux pas entendre, intervint Edward sur un ton las.

— Je croyais que tu aimais les femmes, Olaf.

Non, ce n'était pas moi qui avais dit ça. C'était Bernardo. Juré craché.

— Pour coucher, oui. Mais ce vampire a perdu tellement de sang… Je déteste le gaspillage, soupira Olaf.

Je pivotai sur mon siège et scrutai son visage dans la pénombre.

— Donc, il n'y a pas que les femmes qui doivent se méfier de toi. Tu es un danger ambulant pour tout ce qui peut saigner, c'est ça ?

— Putain, Anita, fiche-lui la paix avec ça !

Je reportai mon attention sur Edward. Il ne jure que très rarement, et je ne l'avais encore jamais vu aussi fatigué, aussi dépassé par les événements.

— D'accord, d'accord, capitulai-je.

Edward jeta un coup d'œil dans le rétroviseur. Comme la route était déserte à des kilomètres à la ronde, je supposai qu'il fixait Olaf, voire qu'il tentait de lui dire quelque chose avec ses yeux. Mais du diable si je savais quoi…

Quand il ramena son regard vers la route, il n'avait pas l'air content du tout.

— Qu'est-ce que tu me caches ? demandai-je, soupçonneuse.

— Nous, rectifia Bernardo. Qu'est-ce qu'il *nous* cache ?

— Je ne peux pas révéler un secret qui ne m'appartient pas, répliqua Edward.

Et il refusa d'en dire plus. Olaf et lui avaient un secret, mais ils ne voulaient pas partager. Tss tss.

Le trajet se poursuivit en silence. Le ciel était toujours noir au-dessus de nos têtes, mais l'éclat des étoiles se ternissait. L'aube tremblait déjà à l'horizon lorsque nous entrâmes dans la maison. J'étais tellement crevée que mes yeux me brûlaient. Edward me prit par le bras et m'entraîna vers le fond du couloir, loin des chambres.

— Fais très attention à Olaf, me dit-il à voix basse.

— Il est costaud et méchant. C'est bon, j'ai pigé.

Il lâcha mon bras et secoua la tête.

— Je ne crois pas, non.

— Ecoute, je sais qu'il a fait de la prison pour viol. J'ai vu la façon dont il reluquait le Pr Dallas, et j'ai vu comment il réagissait à une scène de torture. J'ignore ce que tu me caches, mais je suis parfaitement consciente qu'Olaf me ferait du mal s'il le pouvait.

— Tu as peur de lui ?

Je pris une inspiration.

— Oui.

— Tant mieux. (Edward hésita, puis ajouta :) Tu corresponds au profil de sa victime-type.

— Je te demande pardon ?

— Il s'en prend toujours à des femmes petites et menues, généralement blanches, et toujours brunes à cheveux longs. Je t'ai dit que je ne l'aurais jamais appelé si j'avais su que tu viendrais aussi. Ce n'est pas seulement parce que tu es une femme. C'est parce que tu es sa proie rêvée.

Je le fixai un long moment, bouche bée.

— Et merde ! parvins-je enfin à articuler. Tu aurais dû m'en parler plus tôt.

— J'espérais qu'il se tiendrait à carreaux. Mais moi aussi, j'ai vu comment il s'est comporté ce soir. J'ai peur qu'il pète un câble. Et quand ça arrivera, je ne veux pas que ça tombe sur toi.

— Renvoie-le d'où il vient. S'il doit nous compliquer la vie, nous n'avons pas besoin de lui.

— Impossible. Sa spécialité nous sera très utile sur cette affaire.

— Et en quoi consiste-t-elle ?

Edward eut ce petit sourire qui a le don de me mettre en rogne.

— Va te coucher, Anita. C'est déjà l'aube.

— Non. Pas tout à fait.

— Tu peux vraiment sentir que le soleil se lève sans regarder dehors ?

— Oui.

Il me dévisagea comme s'il essayait de lire dans mes pensées. Alors, je réalisai que s'il était un mystère pour moi, je l'étais aussi pour lui. Il me ramena à ma chambre et me laissa devant la porte tel le plus galant des chevaliers servants.

Je me réjouis d'avoir effectué mes préparatifs pour la nuit avant de sortir. Si quelqu'un entrait par la fenêtre, il renverserait les poupées ou marcherait sur le miroir à andouillers. La porte serait bloquée par une chaise et une valise. Je ne pouvais rien faire de plus pour assurer ma sécurité.

Je me déshabillai, posant mes flingues et mes couteaux sur le lit jusqu'à ce que je décide où les mettre pour la nuit. De mon sac de voyage, je sortis un T-shirt d'homme taille XL qui m'arrivait aux genoux. Depuis qu'une compagnie aérienne a paumé ma valise pendant un déplacement professionnel, j'ai pris l'habitude d'emporter une tenue de rechange, une chemise de nuit et une petite trousse de toilette dans mon bagage à main.

La dernière chose que je sortis du sac fut Sigmund, mon pingouin en peluche – et le compagnon de toutes mes nuits depuis six mois. Il ne ronfle pas, ne monopolise pas les couvertures et me laisse lui faire autant de câlins que je veux sans jamais protester. C'est plus qu'on ne peut en dire de beaucoup d'hommes.

Le Browning Hi-Power est mon autre fidèle compagnon. A la maison, il loge dans un holster que j'ai fixé à la tête de mon lit. Je le fourrai sous l'oreiller en m'assurant que la sécurité était bien mise. Ça me rend toujours un peu nerveuse de dormir avec un flingue chargé sous la tête. Mais moins que l'idée de n'avoir pas d'arme à portée de main si jamais Olaf faisait irruption dans ma chambre.

Je glissai un de mes couteaux sous le matelas. Le Firestar retourna dans la valise – trop petit. J'avais emporté un fusil à pompe à canon scié et un mini-Uzi. En temps normal, je me déplace avec tout un arsenal, mais je savais qu'Edward était bien équipé et qu'il partageait volontiers. Finalement, j'optai pour le mini-Uzi et un chargeur modifié qui contenait trente balles assez costauds pour couper un vampire en deux. Les munitions étaient un cadeau d'Edward, donc probablement illégales, mais comme le flingue l'était aussi…

Au début, j'avais presque honte de le porter. Je trouvais que ça faisait bourrin. Mais une nuit, en août dernier, je l'avais utilisé pour de vrai – sur un vampire qui était venu nous buter avec une centaine de ses petits copains. Je revoyais encore le bas de son corps tomber à genoux tandis que le haut basculait lentement sur le côté. C'était comme un film au ralenti, et ça ne m'inspirait ni horreur ni regret. J'avais voulu tuer ce vampire de la façon la plus sale possible pour convaincre les autres de nous laisser tranquilles. Ma tactique n'avait pas produit le résultat escompté, mais ça, c'était une autre histoire.

Un Uzi n'était sans doute pas nécessaire pour abattre un être humain. Mais si, par extraordinaire, je vidais le chargeur du Browning dans la poitrine d'Olaf sans réussir à le tuer, je voulais être sûre qu'il ne m'atteigne pas. Je préférais le couper en deux et voir si les morceaux arriveraient à ramper.

28

Il était plus de cinq heures du matin lorsque je fermai enfin les yeux. Le sommeil me submergea telle une vague noire et m'entraîna instantanément dans les profondeurs d'un rêve.

J'étais debout dans un endroit obscur. De petits arbres rabougris m'entouraient, mais ils étaient tous morts. Je le sentais. Sur ma droite, quelque chose de très gros se déplaçait bruyamment, précédé par un vent de terreur.

Je pris mes jambes à mon cou, les mains levées pour me protéger le visage contre les branches sèches. Je trébuchai sur une racine et m'étalai de tout mon long. Une douleur aiguë me traversa le bras. Je vis du sang dégouliner jusqu'à mon poignet. Pourtant, je n'étais pas blessée…

La chose se rapprochait. J'entendais le craquement des troncs qui se brisaient sur son passage. Elle venait me chercher. Je me relevai et courus à perdre haleine, mais les arbres s'étendaient à perte de vue et je n'avais aucun moyen de m'échapper.

Rêve de poursuite typique, songeai-je. Et à cet instant, tout bascula. Je me retrouvai face à Richard. Il ne portait qu'un drap autour de la taille et me tendait un bras musclé. Ses cheveux bruns ondulaient en vagues mousseuses autour de son visage. A l'instant où mes doigts effleurèrent les siens, l'image se brisa, et je me réveillai.

Je clignai des yeux dans le rectangle de lumière que la fenêtre projetait sur mon lit. Mais ce n'était pas le soleil qui m'avait réveillée : c'était des coups légers frappés à ma porte.

— Edward voudrait que tu te lèves.

Je mis un moment à réaliser que c'était la voix de Bernardo. Pas besoin des services de Freud pour analyser la deuxième partie de mon rêve. Le rouge me monta aux joues. J'allais devoir faire attention avec lui.

Je m'assis dans le lit et criai :

— Quelle heure et-il ?

— Dix heures passées.

— D'accord, j'arrive.

J'écoutai mais ne l'entendis pas s'éloigner. Ou bien la porte était plus épaisse qu'elle n'en avait l'air, ou bien il était drôlement discret. Si Edward et moi avions été seuls, je me serais contentée d'enfiler un jean sous mon maxi T-shirt. Mais nous avions de la compagnie – et quelle compagnie !

Je réussis à me faufiler jusqu'à la salle de bains sans croiser personne. Lorsque j'en ressortis, j'étais douchée et vêtue d'un jean indigo, d'un polo bleu marine, de chaussettes de jogging blanches et de Nike noires. En temps normal, j'aurais laissé les flingues de côté jusqu'au moment de sortir dans le grand méchant monde, mais comme le grand méchant monde logeait dans la chambre voisine de la mienne, je portais mon Firestar dans un holster dissimulé à l'intérieur de mon jean.

Je suivis l'odeur du bacon jusqu'à la cuisine, une petite pièce blanche entièrement meublée de noir. Au saut du lit, le contraste faisait presque mal aux yeux. Un bouquet de fleurs sauvages reposait un milieu de la table. Donna avait encore frappé, mais pour une fois, j'étais d'accord avec elle. Cette touche de couleur cassait le côté agressif de la déco.

… Et des occupants de la pièce.

Olaf et Bernardo étaient assis à la table. Rasé de près, Olaf portait un débardeur noir et un pantalon de toile assorti. Je ne voyais pas ses chaussures, mais j'aurais parié qu'il avait opté pour un look monochrome. Un gros automatique dont je ne pus identifier la marque était niché sous son aisselle gauche. Sous son aisselle droite, j'aperçus le manche noir d'un couteau. Deux holsters portés à même la peau… Il allait être tout irrité d'ici la fin de la journée – et je ne parlais pas seulement de son humeur.

Bernardo avait enfilé un T-shirt blanc à manches courtes et un jean noir. Deux barrettes multicolores retenaient quelques mèches de cheveux de chaque côté de sa tête, mais le reste pendait sur ses épaules. Un Beretta 10 mm était passé à l'arrière de la ceinture de son jean. Je ne voyais pas de couteau. Ça ne signifiait pas qu'il n'en avait pas : juste qu'il l'avait bien planqué.

Debout devant la cuisinière, Edward répartissait le contenu d'une poêle d'œufs brouillés dans deux assiettes. Lui aussi portait un jean noir, des santiags de la même couleur et un T-shirt blanc.

— Il faut peut-être que je retourne dans ma chambre pour me changer, non ? lançai-je à la cantonade.

Les trois hommes me détaillèrent.

— Tu es très bien comme ça, affirma Edward.

Il porta les deux assiettes jusqu'à la table et en déposa une devant chaque chaise vide. Un plat rempli de bacon voisinait avec le vase.

— Mais je ne suis pas assortie, insistai-je.

Edward et Bernardo sourirent. Olaf demeura de marbre. Quelle surprise…

— On dirait que vous êtes en uniforme.

— Je suppose que oui, concéda Edward en s'asseyant.

Je pris la dernière chaise.

— Tu aurais dû me dire que c'était une journée à thème « noir et blanc ».

— Nous n'avons pas fait exprès, déclara Bernardo.

— Justement. C'est pour ça que c'est drôle.

— Je ne me changerai pas, grogna Olaf.

— Personne ne te le demande, ripostai-je. Je faisais une observation, c'est tout. (Je baissai le nez vers mon assiette.) C'est quoi, les petits bouts multicolores ?

— Des poivrons rouges et verts et des dés de jambon, répondit Edward.

— Tu n'aurais pas dû. Vraiment.

J'aime mes œufs brouillés tels que Dieu les a conçus – nature. Je les poussai sur le côté avec ma fourchette et saisis le plat de bacon. Une moitié des tranches était grillée, l'autre à peine cuite. J'optai pour les grillées. Comme Olaf, remarquai-je. Bah, ça nous faisait au moins un point commun.

Avant d'attaquer mon petit déjeuner, je dis les grâces. Edward continua à manger comme si de rien n'était, mais Olaf et Bernardo hésitèrent, la bouche pleine. C'est toujours marrant de prier à table avec des gens qui ont déjà commencé à bouffer. Le silence gêné, la mastication qui s'interrompt...

Dès que j'eus fini, je piquai un bout de bacon et l'engloutis avidement. Miam.

— Alors, quel est le programme de la journée ? demandai-je.

— Tu n'as pas fini de lire les dossiers, me rappela Edward.

Bernardo poussa un grognement.

— C'est une perte de temps, protesta Olaf. On les a déjà passés au crible. A mon avis, elle ne trouvera rien de nouveau.

— C'est déjà fait, le détrompa Edward.

Olaf se figea, la fourchette en l'air.

— Comment ça ?

Edward résuma mes conclusions de la veille.

— Pff. C'est que dalle ! lâcha Olaf sur un ton méprisant.

— C'est plus que ce que tu as trouvé, répliqua calmement Edward.

— Puisque je ne sers à rien, je ferais peut-être mieux de me tirer.

— Si tu n'arrives pas à bosser avec Anita, ce serait sans doute une bonne idée.

Olaf fixa Edward, l'air ébahi.

— Tu préférerais l'avoir comme renfort plutôt que moi ?

— Oui.

— Mais je pourrais la casser en deux sur mon genou !

— C'est possible. Encore faudrait-il qu'elle te laisse l'attraper.

Je vis la stupéfaction d'Olaf se changer en colère – comme devaient le faire la plupart de ses émotions tôt ou tard, soupçonnai-je. Je levai la main.

— N'en fais pas une compétition, Edward, s'il te plaît.

Olaf se tourna lentement vers moi.

— Je ne me mesurerai pas à une femme, dit-il en détachant bien les syllabes.

— Tu as peur de ne pas être à la hauteur ? ricanai-je.

Les mots n'avaient pas plus tôt quitté ma bouche que je regrettai de les avoir prononcés. Deux secondes d'intense satisfaction ne valaient pas l'expression d'Olaf quand il se leva. Je me penchai en avant, dégainai mon Browning et le pointai vers lui sous la table.

Olaf me surplombait tel un arbre musclé et vengeur.

— Edward a passé la matinée à me parler de toi. A essayer de me convaincre que ça valait le coup de t'écouter. (Il secoua la tête.) Tu es une sorcière, et moi pas. La chose que nous chassons est probablement une créature surnaturelle, et nous aurons besoin de ta compétence. Mais même si c'est le cas, je ne te laisserai pas m'insulter.

— Tu as raison, acquiesçai-je. Je m'excuse. C'était de la pure provocation.

Il cligna des yeux.

— Tu t'excuses ?

— Oui. Comme toujours quand j'ai tort – ce qui n'arrive que très rarement.

Edward me fixait depuis l'autre côté de la table.

— Quoi ? demandai-je.

— Rien.

— Après tout, sa haine des femmes est une sorte de handicap, et c'est mal de se moquer des infirmes.

Il secoua la tête.

— Tu n'as pas pu t'en empêcher, hein ?

— Je ne suis pas un infirme, fulmina Olaf.

— Tu éprouves envers les femmes une haine aveugle, irraisonnée. Hier, les flics m'ont expulsée d'une scène de crime parce que le flic chargé de l'enquête est un Chrétien d'extrême droite qui me considère comme l'engeance du démon. Il préfère laisser des gens se faire mutiler et massacrer plutôt que d'accepter mon aide pour coincer le coupable. Il me hait plus qu'il ne désire attraper ce monstre.

Olaf me toisait toujours, mais il était un peu moins tendu, et il avait l'air de m'écouter.

— Et toi ? Hais-tu les femmes plus que tu ne désires attraper ce monstre ?

Il me dévisagea, et pour la première fois, je ne vis pas de colère dans ses yeux.

— Edward a fait appel à moi parce que je suis le meilleur, dit-il pensivement. Je n'ai encore jamais abandonné une mission avant que la proie soit morte.

— Si ma compétence est nécessaire pour la tuer, cette fois, pourras-tu l'accepter ?

— Ça ne me plaît pas.

— J'avais bien compris. Ça n'est pas ce que je t'ai demandé. Pourras-tu supporter que je vous aide si c'est dans l'intérêt de la mission ?

— Je ne sais pas, avoua-t-il.

De l'honnêteté et un semblant de raison. On progressait.

— Le tout est de savoir ce que tu aimes le plus, Olaf : tuer ou haïr les femmes ?

Edward et Bernardo nous observaient en silence. Ils attendaient la réponse en retenant leur souffle.

— Tuer, ça m'éclate plus que n'importe quoi d'autre, finit par lâcher Olaf.

Je hochai la tête.

— Super. Merci.

— Donc, j'accepte ton aide. Mais ça ne signifie pas que je te considère comme mon égale, prévint-il.

— Moi non plus.

Quelqu'un me donna un coup de pied sous la table. Edward, sans doute. Mais Olaf et moi nous entre-regardâmes d'un air entendu. Nous avions conclu une trêve. S'il arrivait à contrôler sa haine, et moi ma tendance à balancer des vannes à tout bout de champ, elle durerait peut-être assez longtemps pour nous permettre de résoudre l'affaire en cours.

Je réussis à rengainer le Firestar sans qu'il le remarque, ce qui le fit baisser d'un cran dans mon estime. Edward l'avait remarqué, et Bernardo aussi, je crois. Quelle était donc la spécialité d'Olaf ? A quoi servait-il s'il n'était même pas capable de repérer un flingue ?

29

Après le petit déjeuner, nous retournâmes à la salle à manger. Bernardo s'était porté volontaire pour faire la vaisselle. A mon avis, n'importe quel prétexte lui était bon pour échapper à la corvée de paperasse. Mais je commençais à me demander si les mutilations ne l'avaient pas perturbé autant qu'Edward. Cette fois, j'étais tombée sur un monstre dont mêmes les autres monstres avaient peur.

La veille, j'avais prévu de m'attaquer d'abord aux rapports des légistes, mais à la lumière du jour, je réalisai que c'était de la couardise. Lire la description d'une chose, c'est toujours moins terrible que la contempler. Je n'avais vraiment aucune envie d'examiner les photos, et à l'instant où je me l'avouai, je les fis passer en tête de ma liste.

Edward suggéra que nous accrochions tous les clichés aux murs de la salle à manger.

— Tu imagines le nombre de trous de punaises que ça va laisser dans tes jolis murs blancs ? le taquinai-je.

— Ne fais pas ta barbare, grimaça-t-il. On va utiliser de la Patafix.

Il exhiba un petit paquet de rectangles jaunes collants, en détacha quelques-uns de leur support et me les tendit. Je malaxai la substance élastique pour en faire une boule.

— La dernière fois que je me suis servi de ce truc, c'était à l'école primaire, souris-je.

Je me souvins des décorations de Noël que mademoiselle Cooper, mon institutrice de CM1, nous avait fait accrocher aux murs de la classe : cannes de sucre d'orge rayées rouge et blanc, boules multicolores et guirlandes chatoyantes. A présent, j'accrochais des photos de corps disséqués et des gros plans de visages écorchés. On ne pouvait pas vraiment dire que j'avais gagné au change.

Edward, Olaf et moi nous affairâmes pendant une bonne heure – durant laquelle mon moral dégringola en chute libre. Lorsque nous eûmes terminé, les clichés morbides recouvraient presque la totalité des murs de la pièce, et j'étais à la limite de la dépression nerveuse.

Je reculai d'un pas et pivotai sur moi-même pour embrasser notre œuvre du regard.

— Doux Jésus.

— C'est trop raide pour toi ? lança Olaf.

— La ferme.

Il ouvrit la bouche pour ajouter quelque chose, mais Edward l'interrompit.

— Olaf.

C'est fou la menace qu'il arrivait à mettre dans un simple prénom – et sans même hausser la voix. Olaf hésita une seconde ou deux et décida de laisser filer. Ou bien il apprenait vite, ou bien il avait peur d'Edward, lui aussi. Devinez pour quelle solution je penchais.

Nous avions regroupé les photos par scène de crime. C'était la première fois que je contemplais les corps des victimes assassinées. Selon le Dr Evans, ils avaient été découpés avec une lame d'origine inconnue, puis démembrés à la main. La réalité était beaucoup moins propre que sa description.

Au début, mes yeux ne distinguèrent que du sang et des morceaux de chair. J'avais beau savoir ce que je regardais, mon esprit refusait de l'accepter. C'était comme quand vous matez un de ces fameux posters en 3D. Au début, vous ne voyez qu'un amas de points colorés – et tout à coup, l'image se révèle à vous. Une fois que vous l'avez vue, c'est fini : vous ne pouvez plus revenir en arrière. Mon esprit essayait de me protéger contre ce que je regardais en m'empêchant de le comprendre. Il ne fait ça que dans les situations extrêmes.

Bien sûr, j'aurais pu tourner les talons avant que le déclic se produise. Je faisais déjà assez de cauchemars. Mais ça n'aurait pas aidé la prochaine famille sur laquelle le monstre jetterait son dévolu. Ça n'aurait pas mis pas un terme aux mutilations et aux assassinats. Aussi me forçai-je à rester plantée là et à détailler les photos jusqu'à ce que la lumière se fasse dans mon esprit.

Le sang avait une couleur plus vive que dans les films – il était rouge cerise. Les flics étaient arrivés avant qu'il commence à sécher. Sans me retourner, je demandai :

— Comment se fait-il que la police ait débarqué aussi vite sur cette scène de crime ? Le sang est encore frais.

— Les parents du mari étaient censés venir prendre le petit déjeuner avec leur fils et leur bru avant qu'ils partent au travail.

Je déglutis.

— Tu veux dire que… Ce sont ses parents qui l'ont trouvé dans cet état ?

— Il y a pire. La femme avait raconté à sa meilleure amie qu'elle était enceinte. C'est pour ça qu'ils avaient invité les parents du mari : pour leur annoncer qu'ils allaient être grands-parents pour la première fois.

La pièce tangua autour de moi. Je saisis une chaise et m'y laissai tomber lourdement. Puis je me penchai pour mettre ma tête entre mes genoux et me concentrai sur ma respiration.

— Ça va aller ? s'inquiéta Edward.

J'acquiesçai sans me redresser. Je m'attendais à ce qu'Olaf me lance une vanne, mais il garda le silence.

Quand je fus certaine que je n'allais ni vomir ni tomber dans les pommes, je demandai :

— A quelle heure les parents sont-ils arrivés ?

J'entendis un bruissement de papier.

— Six heures et demie.

Je posai ma joue sur mon genou.

— Et à quelle heure le soleil s'est-il levé ce jour-là ?

— Je n'en sais rien.

— Cherche, lui ordonnai-je.

Dieu que les motifs du tapis étaient ravissants… Je me redressai à contrecœur. La pièce avait cessé de se prendre pour un manège. Tant mieux.

— Les ex-futurs-grands-parents arrivent à six heures trente. Il leur faut, disons, dix minutes maximum pour se ressaisir et appeler les flics. Les agents en tenue débarquent les premiers. Le photographe les rejoint une demi-heure, voire une heure plus tard. Mais quand il se pointe, le sang est encore frais. Il n'a même pas encore commencé à brunir.

— Les parents du mari ont failli surprendre l'agresseur, conclut Edward.

Je hochai la tête.

— Qu'est-ce que ça peut faire ? s'enquit Olaf.

— Si l'aube s'est levée vers six heures trente, de deux choses l'une : ou bien notre meurtrier peut se balader en plein jour, ou bien il possède un refuge non loin du lieu du crime.

— Les flics ont déjà ratissé les environs, et ils n'ont rien trouvé.

— Ils cherchaient un coupable humain – particulièrement dans le cas du premier meurtre. Ils ont pu laisser passer des indices. Et puis, ils ne sont pas infaillibles. Sinon, ils n'auraient jamais communiqué leurs dossiers à Ted.

Le visage d'Edward s'éclaira.

— Même au bord du malaise, tu raisonnes encore en professionnelle, me félicita-t-il.

Olaf se rembrunit.

— Je ne t'avais jamais vu sourire comme ça, sauf quand tu te fais passer pour Ted. Tu ressembles à un prof fier d'une élève surdouée.

— Dis plutôt au Dr Frankenstein face à son monstre, contrai-je.

Edward réfléchit quelques instants, puis acquiesça avec une grimace satisfaite.

— Ça me plaît.

Olaf fronça les sourcils.

— Tu ne l'as pas créée.

— Non, mais il a contribué à faire de moi la femme que je suis devenue.

Edward et moi nous fixâmes d'un air presque solennel.

— Suis-je censé m'en excuser ? demanda-t-il.

Je secouai la tête.

— Non. Je suis en vie, et à peu près saine d'esprit. Ce n'est déjà pas si mal.

Je me levai et réussis à ne pas vaciller. Vive moi.

— Tâchons de découvrir si certains des meurtres ont été commis après le lever du soleil. Et quand j'aurai fini d'examiner toute cette merde, je voudrais bien aller voir une scène de crime.

— Pas de problème, mais si Ted ne veut pas se mettre la police de Santa Fé à dos, il va devoir l'inviter à nous accompagner.

— Je sais. Les flics détestent que les civils fassent joujou avec leurs scènes de crime. Ça les rend grognons.

— Et tu es déjà *persona non grata* à Albuquerque. Tu ne peux pas te mettre à dos tous les inspecteurs de la région.

— C'est bien ce qui me préoccupe. On m'empêche d'accéder à la dernière scène de crime en date, donc, aux preuves les plus récentes. Je n'ai vraiment pas besoin d'un handicap supplémentaire.

— Tu ne sais toujours pas de quel genre de créature il s'agit, hein ?

Je poussai un soupir et secouai la tête.

— Je n'en ai pas la moindre idée.

Une fois de plus, Olaf s'abstint de tout commentaire. Il aurait pu se fendre d'une petite danse de la victoire et s'écrier : « Ah ah ! Je te l'avais bien dit », mais non. C'était toujours ça de pris.

Je recommençai à regarder les photos, et soudain, je vis.

— Ouah, soufflai-je.

Tout à coup, j'avais foutrement chaud. La pièce se remit à tanguer. Et merde. Je ne voulais pas me rasseoir. Je fermai les yeux et comptai lentement jusqu'à dix avant de les rouvrir.

Des morceaux de corps éparpillés comme des pétales de fleurs baignant dans un épais sirop rouge. Ici, un avant-bras. Là, l'éclat blanc d'une rotule. Je n'avais encore jamais contemplé un tel massacre. J'avais déjà vu des gens taillés en pièces, généralement par quelqu'un qui voulait les bouffer ou les punir. Mais une destruction si méthodique, si absolue… Ça me soulevait le cœur.

J'examinai plusieurs clichés pris selon des angles différents. Je tentai de reconstituer le corps, mais certains morceaux manquaient à l'appel.

Finalement, je me détournai.

— Il n'y a ni tête ni mains. A moins que ces petits boudins soient des doigts. Les victimes ont-elles été désarticulées jusqu'aux phalanges ?

Edward acquiesça.

— Pourquoi ? Et où est la tête ?

— Les flics l'ont retrouvée au pied de la colline, derrière la maison. La cervelle manquait à l'appel.

— Et le cœur ? La colonne vertébrale est presque intacte, mais je ne vois pas de viscères. Où sont tous les organes internes ?

— Aucune idée.

Je me dirigeai vers la table et posai mes fesses sur le rebord.

— Pourquoi le meurtrier aurait-il emmené les organes internes ? Les a-t-il dévorés ? Cela fait-il partie d'un rituel magique, ou désirait-il seulement garder un souvenir ?

— Un corps humain contient beaucoup d'organes, fit remarquer Olaf. Regroupés, ils pèsent assez lourd et sont plutôt encombrants. En outre, ils pourrissent très vite à moins qu'on les plonge dans un conservateur.

Je le dévisageai, mais il n'avait d'yeux que pour les photos. Même s'il n'était pas entré dans les détails, quelque chose me disait qu'il savait de quoi il parlait.

— Et comment connais-tu le poids combiné des organes d'un corps humain ? interrogeai-je.

— Il aurait pu bosser dans une morgue, intervint Edward.

— Mais ça n'est pas le cas, n'est-ce pas, Olaf ?

L'interpellé reporta son attention sur moi. Son regard sombre me transperça comme s'il me disséquait.

— Non.

Sans le quitter des yeux, je demandai :

— Quelle est sa spécialité, Edward ? Pourquoi as-tu sollicité son aide dans cette affaire ?

— Parce qu'il est la seule personne de ma connaissance qui ait déjà fait quelque chose d'approchant.

— Je croyais qu'il avait fait de la prison pour viol, pas pour meurtre.

Cette fois, Olaf répondit lui-même.

— Les flics sont arrivés trop tôt.

Je ne saurai jamais comment j'aurais réagi si, à cet instant, une voix guillerette ne nous était pas parvenue depuis le devant de la maison.

— Ted, c'est nous !

C'était Donna – et les enfants, probablement.

Edward fila dans le couloir comme une flèche. Olaf et moi aurions sans doute continué à nous fixer jusqu'à l'entrée de Donna si Bernardo ne nous avait pas rejoints.

— Edward veut qu'on planque les photos.

— Comment ? interrogea Olaf.

Je saisis le chandelier posé sur la table.

— Prenez la nappe et collez-la devant la porte, ordonnai-je.

— Tu ne nous aides pas ? Je croyais que tu pouvais faire tout ce que font les garçons, ricana Olaf.

— Je ne suis pas assez grande pour masquer tout l'encadrement.

Avec un sourire moqueur, il empoigna un coin de la nappe. Je le suivis des yeux tandis qu'il se dirigeait vers la porte. Fixant l'arrière de son crâne chauve, je regrettai de faire à peine un mètre cinquante-huit – pas parce que ça m'empêchait de me rendre utile, mais parce que ça m'empêchait de lui fracasser la tête d'un coup de chandelier en fer forgé.

Bah, c'était sans doute aussi bien, me consolai-je. Je ne voulais pas devoir une nouvelle faveur à Edward, pas alors que j'avais déjà tant de mal à rembourser ma dette précédente.

30

Dans le hall, Edward tentait de convaincre Donna que ça n'était pas la peine qu'elle dise bonjour à tout le monde.

— Bien sûr que si, répliqua-t-elle poliment mais fermement.

Plus il essayait de la tenir à l'écart, plus il lui donnait envie de voir. A mon avis, elle voulait surtout vérifier que j'avais bien passé la nuit dans mon lit – et comme il fallait traverser la salle à manger pour atteindre le couloir des chambres… Pensait-elle qu'Edward la retardait pour me donner le temps de me rhabiller et de me sauver ? Quelles que soient ses raisons, elle se dirigeait vers nous.

J'entendis la voix de Becca. Et merde ! Je plongeai sous la nappe et faillis leur rentrer dedans. Donna s'arrêta en poussant un petit hoquet de surprise. Peter me fixa en feignant l'ennui le plus absolu, mais au fond de ses yeux bruns, je décelai une lueur d'intérêt. Comme sa mère, il se demandait pourquoi l'entrée de la salle à manger était barrée.

— Pourquoi y a un tapis devant la porte ? claironna Becca.

J'appelais ça une nappe parce qu'Edward l'utilisait comme telle, mais la vérité, c'est que ça ressemblait plus à un tapis.

Donna pivota vers Edward.

— Oui, Ted, peux-tu nous expliquer pourquoi le tapis est devant la porte ?

— Parce que nous le tenons, lança Bernardo derrière le rideau improvisé.

Donna fit un pas en avant.

— Et pourquoi le tenez-vous ?

— Demandez à Ted, répondirent Bernardo et Olaf avec un bel ensemble.

Donna se retourna vers son fiancé. Généralement, je sais ce qu'Edward va dire avant que les mots sortent de sa bouche, mais Ted… Je n'en avais pas la moindre idée.

— Nous avons accroché les photos de l'affaire partout dans la pièce. Je ne veux pas que vous les voyiez.

La vérité ? Il devait vraiment être amoureux.

— Oh. (Donna réfléchit quelques secondes, puis hocha la tête.) Becca et moi allons poser les gâteaux dans la cuisine.

Elle souleva une boîte de carton blanc entourée d'une ficelle, prit sa fille par la main et l'entraîna dans le couloir. La gamine tourna la tête pour regarder derrière elle.

— Mais maman, je veux voir les photos, protesta-t-elle.

— Non, tu ne veux pas, contra Donna sur un ton sans appel.

Je crus que Peter allait les suivre, mais il resta planté face à la porte.

— Qu'y a-t-il sur ces photos ? demanda-t-il en jetant un coup d'œil à Edward.

— Des trucs horribles.

— Horribles à quel point ?

— Anita ?

— Parmi les pires que j'aie jamais vus, et crois-moi, j'en ai vu un paquet, grimaçai-je.

— Moi aussi, je veux voir, réclama Peter.

Je refusai tout net. Edward garda le silence.

— Vous me prenez pour un bébé, grogna Peter, les sourcils froncés.

— Je n'ai pas laissé ta mère les voir, lui rappela Edward.

— Ma mère est une mauviette.

J'étais d'accord avec lui, mais je me gardai bien de le mentionner à voix haute.

— Ta mère est ce qu'elle est, déclara Edward. Ne confonds pas sensibilité et faiblesse.

Je le fixai en m'efforçant de contenir ma stupéfaction. Jamais je ne l'avais entendu faire preuve d'indulgence envers qui que ce soit. Il jugeait tout le monde – et sévèrement, en plus. Quel mystérieux pouvoir Donna exerçait-elle sur lui ? Je ne comprenais vraiment pas.

— Ce que… Ted essaie de dire, c'est que ce n'est pas à cause de ton âge que nous ne voulons pas te montrer ces photos.

— Vous pensez que je ne le supporterai pas.

— Absolument.

— Je peux supporter tout ce que vous pouvez supporter, affirma Peter en croisant les bras sur sa poitrine d'un air de défi.

— Pourquoi ? Parce que je suis une fille ?

Il rougit légèrement.

— Ce n'est pas ce que je voulais dire.

Bien sûr que si. Mais il n'avait que quatorze ans. Je laissai filer.

— Anita est l'une des personnes les plus coriaces que j'aie jamais rencontrées, intervint Edward.

Peter plissa les yeux.

— Plus coriace que Bernardo ?

Edward acquiesça.

— Plus coriace qu'Olaf ?

Le fait d'avoir placé les deux hommes dans cet ordre fit monter Peter d'un cran dans mon estime. Il savait instinctivement lequel était le plus dangereux. Ou peut-être était-ce juste à cause du physique impressionnant d'Olaf. Mais quelque chose me disait qu'il sentait les méchants. C'est un don inné. Si vous ne l'avez pas, personne ne peut vous l'enseigner.

— Encore plus coriace qu'Olaf, confirma Edward.

Un grognement dépité se fit entendre derrière le rideau : le bruit du coup que venait de recevoir l'ego d'Olaf.

Peter me fixa. Son regard avait changé. Je voyais bien qu'il essayait de me ranger mentalement dans la même case que ce gros bourrin et qu'il n'y arrivait pas. Il secoua la tête.

— Elle n'en a pas l'air.

— Si tu veux dire que je ne parais pas capable de le battre au bras de fer, tu as raison.

— Je ne comprends pas.

— Je crois que si, dit calmement Edward. Et dans le cas contraire, je ne peux pas te l'expliquer.

Peter continuait à me dévisager.

— Vous ne ressemblez à aucune des filles que je connais.

— Elle ne ressemble à aucune des filles que tu connaîtras jamais, promit Edward.

— Maman est jalouse d'elle.

— Je sais.

— On peut baisser le rideau, maintenant ? appela Bernardo depuis la salle à manger.

— Ne me dis pas que vous commencez déjà à fatiguer, raillai-je. Deux grands gaillards comme vous !

— L'acide lactique n'épargne les muscles de personne, poupée.

Parce que c'était moi qui avais commencé, je ne relevai pas le « poupée ».

— Peter, va rejoindre Becca et ta mère dans la cuisine.

L'adolescent se tourna vers Edward.

— Je ne peux vraiment pas voir ? demanda-t-il sur un ton presque suppliant.

— Non, répondis-je en essayant de capter le regard d'Edward pour lui intimer de ne pas céder.

Mais Edward n'avait d'yeux que pour Peter. Tous deux se fixèrent longuement, et je crus voir quelque chose d'indéfinissable passer entre eux.

— Lâchez le tapis, ordonna Edward sans se retourner.

— Non, répétai-je en saisissant le bras de Peter et en le faisant pivoter dos à la porte.

Je l'avais pris par surprise, aussi ne résista-t-il pas. Avant qu'il puisse réagir, Edward intervint.

— Laisse-le, Anita.

Je voulus lui jeter un coup d'œil par-dessus l'épaule de Peter et réalisai que l'adolescent mesurait cinq ou six centimètres de plus que moi.

— Ne fais pas ça, insistai-je.

— Il veut voir. Qu'il voie.

— Donna ne va pas aimer du tout.

Edward eut un geste désinvolte.

— Qui le lui dira ?

Du menton, je désignai Peter.

— Lui, quand il sera suffisamment en colère contre toi, contre elle ou contre vous deux.

— Je tiendrai ma langue, c'est promis, dit très vite Peter.

Je secouai la tête. Je ne le croyais pas, et c'est justement pour ça que je finis par lui lâcher le bras. Si Edward lui montrait ce petit coin d'enfer et que ça arrivait aux oreilles de Donna, la dispute qui suivrait conduirait peut-être à une rupture définitive. Peter aurait perdu encore un peu de son innocence, mais toute la famille Parnell sortirait de la vie d'Edward. Entre deux maux, il faut toujours choisir le moindre.

Le tapis tomba d'abord du côté d'Olaf. Bernardo baissa les bras lentement, comme à regret. Il jeta un coup d'œil sceptique à Edward, mais s'effaça devant Peter. Edward et moi suivîmes l'adolescent à l'intérieur de la pièce.

Olaf battit en retraite vers la porte du fond. Bernardo alla remettre la « nappe » sur la table et recula contre le mur. Quant à moi, je restai plantée sur le seuil. Chacun de nous s'était écarté de Peter au maximum, comme pour ne rien avoir à faire avec ce qui allait se passer. A mon avis, même Olaf désapprouvait la décision d'Edward.

Peter pivota sur lui-même, embrassant toutes les photos du regard. Je le vis pâlir.

— Ce sont des gens ? s'enquit-il d'une voix légèrement étranglée.

— Oui, répondit Edward.

Il se tenait à ses côtés – sans le toucher, mais assez près pour montrer qu'il était avec lui.

Peter se dirigea vers le mur le plus proche.

— Que leur est-il arrivé ?

— Nous ne le savons pas encore.

Le regard de l'adolescent passait très vite d'une image à l'autre. Il n'étudiait pas les photos en détail, mais il voyait ce qu'elles représentaient. Il ne criait pas, ne vomissait pas, ne s'évanouissait pas. Bref, il prouvait qu'il n'était pas une mauviette. Je me demandai si je devais le mettre en garde contre la possibilité que des cauchemars perturbent son sommeil durant les nuits à venir. Au final, je décidai que non – parce que ça n'aurait rien changé.

— Je vais aller aider maman à la cuisine, lança-t-il enfin.

Il était livide, et un peu de sueur perlait sur sa lèvre supérieure. Mais il réussit à sortir en marchant normalement au lieu de prendre ses jambes à son cou. Un bon point pour lui.

Quand je fus certaine qu'il ne pouvait plus nous entendre, je me dirigeai vers Edward.

— Ça s'est mieux passé que je ne l'aurais cru.

— Ça s'est passé exactement comme je l'avais prévu, répliqua-t-il en fixant la porte par laquelle Peter était sorti.

Il semblait très absorbé, et son regard était perdu dans le vague. J'écarquillai les yeux.

— Tu es fier de lui, réalisai-je. Fier qu'il ait regardé tout ça sans piquer une crise.

— C'est bien normal, non ? intervint Olaf.

Je lui jetai un rapide coup d'œil.

— Ça le serait si Edward était le père de Peter. Mais il ne l'est pas.

Je reportai mon attention sur Edward. Il arborait une expression impassible, mais je décelai un léger frémissement sur ses traits.

— Cette famille n'est pas pour toi, dis-je sévèrement.

— Je sais.

— On ne dirait pas. On dirait que tu commences à envisager sérieusement d'épouser Donna.

Il baissa les yeux.

— Putain, Edward…

— Ça me fait mal de l'admettre, mais je suis d'accord avec elle, déclara Olaf. Le garçon seul ne poserait pas de problème. Tu pourrais en faire ce que tu voudrais. Mais la femme et la fille… (Il secoua la tête.) Ça ne marchera pas.

— Je ne comprends pas pourquoi tu t'accroches à eux, lança Bernardo.

— Normal, répliqua Edward. Ni Olaf ni toi ne croyez au mariage.

— C'est vrai, concéda Olaf. Mais si des hommes comme nous décident de se marier, ça ne devrait pas être avec quelqu'un comme Donna. Elle est trop… (Il chercha un mot approprié.) … Innocente. Et tu sais que je ne dirais pas ça de beaucoup de femmes.

— C'est peut-être pour ça qu'elle me plaît autant, murmura Edward.

Il semblait aussi perplexe que nous tous.

— Tu couches déjà avec elle. Pourquoi as-tu besoin de l'épouser ? s'enquit Bernardo.

— Si je voulais juste du sexe, j'aurais pu aller voir ailleurs.

— C'est un bon coup ?

Pour toute réponse, Edward le fixa d'un air éloquent. Bernardo leva les mains.

— D'accord, d'accord. Oublie ma question.

— A l'avenir, tâche de garder ta curiosité pour toi si elle concerne Donna. (Edward se tourna vers moi.) Toi, tu crois au mariage. Malgré toutes les horreurs que tu as contemplées, tu crois encore à « ils vécurent heureux et eurent beaucoup d'enfants ».

— J'y crois, mais pas pour des gens comme nous.

A cet instant, le téléphone sonna. Edward sortit pour prendre l'appel.

— Sauvé par le gong, grimaçai-je.

— Il a vraiment l'intention de se marier avec cette femme, lâcha Olaf.

— Je crains que oui.

Bernardo haussa les épaules.

— Si ça peut lui faire plaisir… Après tout, c'est son problème.

Olaf et moi le fixâmes jusqu'à ce qu'il se dandine, mal à l'aise.

— Quoi ?

— Olaf est peut-être un violeur, voire un tueur en série. Mais d'une certaine façon, il a plus de scrupules que toi, dis-je sur un ton accusateur. Tu ne trouves pas ça inquiétant ?

— Non.

Je poussai un soupir.

Edward revint.

— Le monstre a massacré un autre couple à Albuquerque la nuit dernière, annonça-t-il.

— Et merde ! Tu vas y aller sans moi ?

Il me dévisagea attentivement, comme s'il me réservait une surprise et guettait ma réaction.

— Ta présence a été requise sur la scène du crime.

— Veux-tu dire que le lieutenant Marks a été déchargé de l'enquête ?

— C'est lui qui vient de m'appeler.

— Tu me charries.

Edward sourit et secoua la tête.

— Je ne pige pas.

— Je suppose qu'il s'est fait tirer les oreilles par sa hiérarchie pour t'avoir jetée hier. On a dû lui donner le choix entre bosser avec toi ou se faire retirer l'enquête.

— Et s'il résout cette affaire, avec ou sans aide extérieure, c'est la promotion assurée.

— Exactement.

— D'accord. Maintenant, on connaît le prix de Marks.

— Le prix ? Vous l'avez soudoyé ? s'enquit Bernardo.

— Non. Mais de toute évidence, les principes qu'il m'a si gentiment crachés à la figure sont moins importants pour lui que sa carrière.

J'entendis la voix de Donna dans le couloir. Elle parlait à sa fille – un peu trop fort, mais c'était sans doute pour nous prévenir qu'elles arrivaient. Olaf et Bernardo saisirent la nappe et se dirigèrent vers la porte.

— En selle, les enfants, lança Edward d'une voix guillerette. Nous avons du pain sur la planche.

A mon avis, ça allait être beaucoup moins appétissant que ça. Je rebroussai chemin vers ma chambre pour prendre mon matos.

31

J'étais assise à l'avant du Hummer, à côté d'Edward. Ce n'était peut-être qu'un tour de mon imagination, mais je sentais quelqu'un fixer ma nuque. Si ça n'était pas mon imagination, je pariais sur Olaf.

Mon Browning Hi-Power était à sa place sous mon aisselle gauche. En principe, c'est le seul flingue avec lequel je me balade, à moins que quelqu'un ait essayé de me tuer récemment ou qu'un monstre se soit manifesté en chair et en os. Mais cette fois, j'avais gardé mon Firestar dans son holster de taille. J'avais même emporté mes quatre couteaux – c'est vous dire si l'examen des photos m'avait chamboulée. J'étais déjà suffisamment nerveuse sans qu'un mateur vienne me priver du peu de sang-froid qui me restait.

Je pivotai dans mon siège et surpris le regard de Bernardo posé sur moi. A en juger son expression, il était en train de se faire un film – un porno dans lequel je tenais le rôle principal.

— Qu'est-ce que tu regardes ? aboyai-je.

Il cligna des yeux et parut s'arracher à ses visions avec quelque difficulté.

— Rien de particulier, répondit-il avec un sourire en coin.

— C'est ça, prends-moi pour une conne.

— Tu ne peux pas m'interdire de fantasmer, Anita.

— Tu es relativement présentable. Trouve-toi une nana.

— Il faudrait que je l'emmène au resto, et je ne serais même pas sûr de pouvoir la sauter à la fin de la soirée. A quoi bon ?

— Alors, va aux putes.

— Je le ferais si Edward me laissait sortir seul.

Je lançai un regard interrogateur à Edward. Je n'eus même pas besoin de formuler ma question. Sans quitter la route des yeux, il expliqua :

— J'ai interdit à Olaf de… sortir avec des filles pendant son séjour ici. Ça ne lui a pas plu, donc, j'ai imposé les mêmes restrictions à Bernardo.

— Comme c'est équitable, raillai-je.

— Moi, je trouve ça injuste d'être puni parce qu'Olaf est un psychopathe, protesta Bernardo.

— Si je ne peux pas satisfaire mes besoins, pourquoi en aurais-tu le droit ? lança Olaf.

Je secouai la tête.

— Edward, tu peux me dire où tu trouves tes renforts ?

— Au même endroit qu'où je trouve mes chasseuses de vampires et mes nécromanciennes.

Evidemment, vu sous cet angle…

Je pensais jouir d'une supériorité morale suffisante pour me permettre de jeter la pierre à Olaf. Visiblement, Edward était d'un autre avis. Comme il connaissait Olaf mieux que moi, je ne pouvais pas discuter. Aussi le trajet se poursuivit-il en silence.

J'avais vu beaucoup de maisons bâties dans le style ranch depuis mon arrivée au Nouveau-Mexique, mais la dernière scène de crime en date était un véritable ranch avec cow-boys et tout le tremblement. Il ne se trouvait pas dans Albuquerque même – plutôt au milieu de nulle part, dans une plaine aride nichée entre des collines rocailleuses.

Edward franchit un portique de bois au-dessus duquel était cloué un crâne de vache. J'avais déjà vu tant de décors semblables dans des westerns que l'endroit me parut vaguement familier, même si je n'y avais encore jamais mis les pieds.

Sur la gauche, des chevaux piaffaient et galopaient en cercle dans un corral. La maison ne ressemblait pas tout à fait à ce que j'avais imaginé ; elle était de plain-pied et en adobe blanche, comme celle d'Edward. Dans le genre « paumé en pleine prairie », je lui aurais sans doute trouvé un certain charme si j'avais pu effacer la myriade de voitures de police, d'ambulances et de camions de pompiers stationnés sur le devant.

Un gyrophare brillait sur le toit de la plupart des patrouilleuses, et le crépitement des radios emplissait l'air. Je me demandai si c'était les lumières, le bruit ou la présence d'un tel nombre de gens qui rendait les chevaux aussi nerveux. Je n'y connaissais pas grand-chose en canassons, mais il ne me semblait pas normal qu'ils s'agitent de la sorte. Etaient-ils dans cet état avant l'arrivée des flics ? Pouvaient-ils, comme les chiens, percevoir le danger ? Je n'en avais aucune idée.

Le portique à peine franchi, nous fûmes arrêtés par un agent en tenue. Il prit nos noms et se mit en quête de quelqu'un qui lui donnerait la permission de nous laisser passer ou l'ordre de nous refouler. Le lieutenant Marks était-il là ? Ça semblait probable, puisque c'était lui qui nous avait invités. Quel genre de pression avait-on exercé sur lui pour le convaincre de me rappeler ?

Nous attendîmes en silence. A mon avis, nous avions tous passé une bonne partie de nos vies d'adultes à attendre que la police nous accorde l'autorisation de faire ceci ou cela. Il fut un temps où ça m'agaçait prodigieusement. Puis j'ai appris à faire avec.

L'agent revint avec Marks. Le vent chaud agitait les pans de sa veste de costard beige, laissant entrevoir le flingue calé sur sa hanche gauche. Il marchait d'un bon pas, les yeux rivés sur le sol – peut-être pour éviter de me regarder. Et de fait, quand il s'immobilisa près de la vitre conducteur baissée, il s'adressa à Edward comme si je n'étais pas là.

— Qui sont les deux hommes à l'arrière ?

— Otto Jefferies et Bernardo Cheval-Tacheté.

Je remarquai qu'Olaf devait utiliser une fausse identité mais que Bernardo pouvait garder son nom. A votre avis, lequel des deux était recherché dans tout le pays ?

— Que font-ils ?

Je n'aurais pas su comment répondre à cette question, mais Edward comprit ce que Marks lui demandait.

— Bernardo est chasseur de primes, comme moi, et Otto est un agent du gouvernement à la retraite.

Marks jeta un coup d'œil soupçonneux à Olaf.

— Quel genre d'agent ?

— Le genre dont le ministère de la défense pourrait vous confirmer l'identité.

— Je veux bien vous laisser entrer, Blake et vous, mais ces deux-là restent dans la voiture.

— Pourquoi ? s'offusqua Bernardo.

Marks le fixa. Ses yeux avaient viré au vert foncé, sans doute parce qu'il était en colère.

— Parce que j'en ai décidé ainsi et que contrairement à moi, vous n'avez pas d'insigne.

Sa réponse avait au moins le mérite de la franchise.

Pendant que Bernardo s'étranglait d'indignation, Edward hocha la tête et dit :

— C'est votre scène de crime, lieutenant. C'est déjà très aimable à vous d'y tolérer deux civils.

Il pivota vers Olaf et Bernardo, tournant le dos à Marks de façon à ce que celui-ci ne puisse pas voir son expression. Mais moi, je la vis, et je lus l'avertissement dans son regard.

— Nos amis resteront dans la voiture. Ça ne les dérange pas – n'est-ce pas, les garçons ?

Bernardo s'affaissa dans son siège, les bras croisés sur la poitrine, et acquiesça avec une moue boudeuse.

— Bien sûr. Jamais je ne désobéirais à un représentant des forces de l'ordre, déclara Olaf sans la moindre trace d'accent, et sur un ton absolument neutre.

Pourtant, Marks fronça les sourcils et recula. Sa main frémit comme s'il brûlait d'envie de saisir son flingue et faisait un gros effort pour se contrôler. Du coup, l'agent en tenue se rapprocha de lui. Il jeta un coup d'œil à Olaf et porta la main à son arme de service.

— Otto, dit Edward d'une voix douce et néanmoins chargée de menace.

Olaf tourna lentement la tête vers nous. Il arborait une expression meurtrière, effrayante, comme s'il avait laissé tomber son masque civilisé pour révéler son vrai visage. Mais en l'observant, je réalisai que ça n'était pas son vrai visage : c'était celui d'un monstre délibérément conçu pour affoler les gens, un monstre dont nulle folie ne teintait la brutalité primitive – en résumé, un monstre que les innocents pouvaient comprendre sans trop se casser la tête.

Puis il cligna des yeux, et son expression redevint neutre, inoffensive.

Edward coupa le contact et tendit ses clés à Bernardo.

— Au cas où vous voudriez écouter la radio.

Bernardo fronça les sourcils mais prit les clés.

— Merci beaucoup, papa.

Edward reporta son attention sur les deux officiers de police.

— Nous sommes prêts à vous suivre, lieutenant, dit-il en ouvrant sa portière.

Je l'imitai et contournai le Hummer. Marks, qui m'avait soigneusement ignorée jusque-là, tourna la tête vers moi. Il parvint à ne pas me fusiller du regard, mais il était visible que ma présence ne l'enchantait guère. Qui avait bien pu le forcer à me tolérer sur sa scène de crime ?

Il ouvrit la bouche comme pour dire quelque chose, puis la referma et, sans un mot, se dirigea vers la maison. L'agent en tenue lui emboîta le pas ; je fermai la marche avec Edward. Un sourire affable aux lèvres, celui-ci saluait tous les gens qu'il croisait : flics, ambulanciers et pompiers. Pour ma part, je gardais le silence. Je ne connaissais personne ici, et je n'étais pas aussi sociable que ce bon vieux Ted.

Je trouvai qu'il y avait beaucoup de flics dans le jardin. Je repérai au moins deux types d'uniformes différents, et assez d'inspecteurs en civil pour ouvrir une boutique de vêtements dégriffés. Certains d'entre eux sortaient nettement du lot. Les agents du FBI sont toujours super faciles à repérer. D'une part, ils portent des fringues plus neutres que leurs collègues de la police ; d'autre part, ils exsudent une certaine autorité méprisante, comme si leurs ordres venaient directement de Dieu.

Ainsi, les Fédéraux étaient dans la place. Ça pouvait accélérer l'enquête comme ça pouvait la mettre au point mort. Tout dépendrait de l'entente entre les différents responsables. Mais j'avais bon espoir. Ces crimes étaient assez horribles pour leur faire oublier leur instinct territorial et les pousser à coopérer. Sans compter que les miracles, ça existe.

D'habitude, quand il y a un cadavre, les flics se bousculent pour l'approcher, quitte à piétiner des indices au passage. Alors que faisaient tous ces gens dehors, dans la chaleur accablante du Nouveau-Mexique ? Je ne voyais qu'une explication plausible. Le spectacle qui nous attendait à l'intérieur était à gerber – suffisamment pour les convaincre de traîner en plein soleil malgré leur cravate et leur col amidonné (pour les hommes) ou d'enfoncer leurs talons hauts dans le gravier (pour les femmes).

Ils bavardaient à voix trop basse pour couvrir le crépitement des radios ou s'éloignaient pour aller s'asseoir sur un capot de voiture, mais aucun d'eux ne restait immobile très longtemps. Beaucoup de mains tenaient des cigarettes. Ils cherchaient à s'occuper le corps et l'esprit, probablement pour ne pas penser à ce qu'ils venaient de voir. Ils me rappelaient les chevaux qui continuaient à galoper en cercle.

Un ambulancier bandait la main d'un agent en tenue. Comment avait-il été blessé ? Je pressai le pas, et Edward m'imita sans me demander ce que j'avais derrière la tête. Je dois lui reconnaître une qualité : quand on bosse, il laisse son ego à la porte. Même s'il n'oublie jamais de le récupérer en sortant.

Je rattrapai Marks sur le porche étroit qui faisait le tour de la maison.

— Qu'est-il arrivé au gars qui se fait bander la main ?

Marks s'arrêta et me fixa de ses yeux verts, durs comme des agates. Il me détestait – et pas qu'un peu. Je lui souris gentiment et soutins son regard en pensant : *Va te faire foutre.*

— Un des survivants l'a mordu, répondit-il enfin.

Je sursautai.

— Les survivants sont toujours à l'intérieur ?

— Non, ils sont en route vers l'hôpital.

— Quelqu'un d'autre a été blessé ?

— Deux officiers ont dû être évacués en urgence.

— Dans un état grave ?

— Plutôt, oui. L'un d'eux avait la gorge à moitié arrachée.

— Les écorchés précédents avaient-ils fait preuve d'une telle violence ?

— Non.

— Combien de victimes y a-t-il ?

— Deux mutilés et un mort, plus trois disparus – peut-être cinq. Un couple manque à l'appel, mais d'autres clients les ont entendu parler d'un pique-nique un peu plus tôt. Nous espérons qu'ils ont raté le spectacle.

Marks se montrait beaucoup plus coopératif que je ne m'y étais attendue. Je lui fis un petit signe de tête.

— Merci, lieutenant.

— Je connais mon boulot, mademoiselle Blake.

— Je n'ai jamais prétendu le contraire.

Il me fixa longuement et jeta un coup d'œil à Edward avant de lâcher :

— Si vous le dites…

Puis il se détourna et entra par la porte grande ouverte. Nous le suivîmes à l'intérieur. Je remarquai que nous avions semé l'agent en tenue pendant la traversée du jardin. Personne ne voulait passer plus de temps que strictement nécessaire dans cette maison.

Le salon-salle à manger avait des murs blancs, un plancher presque entièrement recouvert d'un immense tapis indien, une cheminée au-dessus de laquelle trônait un crâne de vache et un canapé de cuir marron en forme de U. La déco ressemblait à celle de la maison de Ted, mais en plus chaleureux.

Dans le fond de la pièce se dressait une grande table sur laquelle trônaient un chandelier en bois de cerf et un ballot de tissu blanc imbibé de sang. Des filets de liquide sombre gouttaient sur le plancher.

Un photographe prenait cliché sur cliché. De quoi ? Je n'en avais aucune idée. Trois types en costard me bouchaient la vue. Mon cœur se serra. Je ne voulais pas qu'ils bougent. Je ne voulais pas découvrir ce qui gisait sur cette table.

La panique me nouait la gorge, m'empêchant de respirer. Je déglutis et pris une profonde inspiration. Grosse erreur. Une puanteur âcre m'apprit que des intestins avaient été perforés. En dessous, je distinguai une odeur douceâtre, pareille à celle des hamburgers crus. Un être humain avait été réduit à l'état de steak haché. Doux Jésus…

Cette odeur seule me donna envie de prendre mes jambes à mon cou. Après tout, je n'étais pas flic. Rien ne m'obligeait à rester là, à endurer cette épreuve. Je n'étais venue que pour rendre service à Edward. Oui, mais… Maintenant, j'étais là, et je me sentais moralement tenue d'aller jusqu'au bout. La seule chose qui comptait pour moi, c'était d'empêcher ce monstre de sévir à nouveau. Tant pis pour les cauchemars que j'accumulerais en cours de route.

L'homme du milieu pivota et nous aperçut. Malgré son expression sinistre, une ébauche de sourire retroussa la commissure de ses lèvres. Abandonnant ses collègues près de la table, il se dirigea vers nous.

Bradley Bradford était petit pour un agent du FBI, mais il marchait d'un pas si vif et si assuré que bien des hommes plus grands avaient du mal à le suivre. Nous nous étions rencontrés un an plus tôt à Branson, dans le Missouri, où j'avais neutralisé un gros paquet de méchants de tous poils. Ma prestation avait dû le satisfaire, car il était resté en contact. Quelques mois auparavant, il avait été assigné à une nouvelle division du FBI : la Section de Recherches Spéciales qui, comme son nom ne l'indiquait pas vraiment, gérait toutes les affaires ayant trait au surnaturel.

Il fit mine de me tendre la main, puis se ravisa. Il portait des gants de plastique couverts de sang et d'un épais fluide noir. Avec une grimace d'excuse, il baissa le bras.

C'était forcément lui qui avait convaincu Marks de me laisser jouer dans sa cour. Je pris de petites inspirations superficielles et ravalai la bile qui avait envahi ma bouche. Je n'avais pas vomi sur une scène de crime depuis près de deux ans. Je ne voulais ni bousiller mon record, ni embarrasser Bradford.

— Anita, c'est bon de vous revoir.

J'acquiesçai.

— J'en ai autant à votre service, Bradley, mais... La prochaine fois, on pourrait peut-être se passer d'un cadavre pour nous chaperonner. C'est juste une suggestion, bien sûr.

Là. J'arrivais à blaguer. Outre le fait que ça me donnait l'air cool, ça avait le mérite de retarder l'instant où je verrais ce qui était étendu sur la table. Pourquoi cette scène de crime me perturbait-elle autant ? Je n'en avais pas la moindre idée.

Un autre agent nous rejoignit. Il était grand et mince, avec la peau juste assez foncée pour être qualifiée de noire. Il rajusta sa cravate d'une main aux doigts longs et gracieux – une main de poète ou de musicien.

— Agent spécial Franklin, je vous présente Ted Forrester et Anita Blake.

Franklin serra la main d'Edward sans lui rendre son sourire. Puis il tourna son attention vers moi.

— Quand êtes-vous arrivée ici, mademoiselle Blake ? demanda-t-il sur un ton grave.

— A l'instant.

Il hocha la tête d'un air satisfait.

— L'agent Bradford m'a fait un portrait extrêmement flatteur de vous.

Quelque chose dans sa voix me poussa à répliquer :

— Laissez-moi deviner : vous ne partagez pas son opinion.

— Et bien... Disons qu'il me répugne d'introduire des civils sans formation particulière sur une scène de crime.

Je haussai les sourcils. Sans formation particulière, hein ? Edward et moi échangeâmes un regard.

— Des civils, murmura-t-il.

— Nous n'avons pas d'insigne, lui rappelai-je.

— Mmmh. Ça doit être ça, acquiesça-t-il d'un air vaguement amusé.

Franklin se rembrunit.

— Vous vous moquez de moi ?

Bradford s'interposa entre nous.

— Examinons la scène du crime avant de prendre une décision, voulez-vous ?

— Ça ne me plaît pas beaucoup.

— Votre objection a été dûment notée, agent Franklin, dit sèchement Bradford.

Franklin dut comprendre qu'il ne servait à rien d'insister. Il lissa sa cravate du plat de la main et rebroussa chemin vers la salle à manger. Bradford lui emboîta le pas. Edward me jeta un regard interrogateur.

— J'arrive.

A une époque, j'avais essayé d'être plus blasée que les flics. J'étais une redoutable exécutrice de vampires ; rien ne m'atteignait ni ne me troublait. Mais depuis quelques mois… Je ne me donnais plus la peine de faire semblant. En fait, je n'avais plus envie de continuer. J'avais été témoin de trop d'atrocités en trop peu de temps.

La panique me noua l'estomac. Il fallait que je me ressaisisse, que je me blinde contre ce qui m'attendait – sinon, j'allais perdre les pédales. Je voulus prendre quelques inspirations pour me calmer, mais l'odeur répugnante envahit ma bouche et se déposa sur ma langue. Je déglutis, le regrettai aussitôt et fixai le bout de mes baskets jusqu'à ce que le nœud de mon estomac se desserre. Mon cœur tressaillait encore dans ma poitrine, mais je ne pouvais pas faire mieux.

— Tout va bien, mademoiselle Blake ? s'enquit l'agent Franklin.

Je levai les yeux et vis ce qui gisait sur la table.

32

— Ouah, soufflai-je.

— C'est le mot : ouah, acquiesça Bradley.

La table était en pin naturel – un bois très pâle, presque blanc, qui formait un contraste choquant avec la chose posée dessus. Oui, la chose. Je ne pouvais pas me permettre de la considérer comme un être humain. Pour réussir à faire mon boulot, je devais porter sur elle un regard froid, clinique et distancié.

Au début, je ne vis que du sang et des morceaux de viande. C'était comme un puzzle dont certaines pièces auraient manqué à l'appel. La première que j'identifiai fut le cou, grâce au moignon de colonne vertébrale brisée qui saillait à une extrémité. Je cherchai la tête et ne la trouvai pas. En revanche, une des jambes était presque intacte – juste arrachée au niveau de la hanche. L'assassin n'avait pas touché à l'articulation du genou. Puis j'aperçus une main aux doigts repliés tels les pétales d'une fleur.

Je me penchai en gardant les mains dans mes poches car j'avais oublié mes gants de chirurgien à St. Louis (ce qui n'était pas très professionnel de ma part). Je ne sentais plus la puanteur. Je ne pensais plus : « Mon Dieu, c'est atroce ». J'étais concentrée sur un tout petit objet niché au creux de la paume sanglante, sous les ongles longs et soigneusement manucurés dont certains avaient été arrachés. Le corps appartenait donc à une femme.

J'examinai son annulaire. Elle portait une alliance qui paraissait lourde et coûteuse. Pour m'en assurer, il aurait fallu que je déplace sa main, et je n'étais pas encore prête à le faire. J'avais enregistré toutes ces informations mécaniquement, parce que j'avais trouvé un indice. Je m'y accrochais comme à une bouée de sauvetage.

— Il y a quelque chose dans la main de cette femme. Ce n'est peut-être qu'un morceau de tissu, mais…

Je me penchai si bas que mon souffle caressa la peau de la morte. L'espace d'un instant, je captai une odeur musquée – un parfum d'animal. Et je vis frémir une des extrémités du petit objet, celle qui n'était pas totalement imbibée de sang.

Je me redressai.

— Je crois que c'est une plume.

Je balayai la pièce des yeux, cherchant d'où elle pouvait provenir. Mais à l'exception du chandelier en bois de cerf, aucun meuble ou accessoire ne semblait d'origine animale.

Bradford et Franklin s'entre-regardèrent.

— Quoi ? demandai-je.

— Qu'est-ce qui vous fait croire que c'est une femme ?

— Les ongles, le design de l'alliance, le diamètre du cou. Elle était petite – elle devait faire ma taille, voire moins.

Je m'entendis le dire, et je ne ressentis rien. J'étais aussi vide qu'un coquillage échoué sur le sable. Peut-être que je le paierais plus tard, une fois le choc passé. Peut-être que je piquerais une crise d'hystérie dès que je serais seule… Ou peut-être que quelque chose s'était définitivement cassé en moi.

— A part le fait que c'est une femme, que pouvez-vous nous dire d'autre ? interrogea Franklin.

Ça ne me plaisait pas qu'il me teste, mais je n'avais pas assez d'énergie pour me battre avec lui.

— Les autres victimes ont été désarticulées jusqu'aux

phalanges. Ce n'est pas le cas de celle-ci. Quand j'ai appris que les survivant avaient été soigneusement écorchés mais que les cadavres étaient tous taillés en pièces, j'ai d'abord pensé que nous avions affaire à une paire d'assassins : le premier très organisé et dirigeant les opérations, le second désorganisé et suivant son compagnon. En réalité, les corps retrouvés jusqu'ici n'ont pas été déchiquetés, mais minutieusement disséqués.

Du menton, je désignai la table.

— Ça, par contre… Ce n'est pas du travail fignolé. Ou bien notre tueur commence à perdre les pédales, ou bien il a effectivement un complice. S'ils sont deux, le plus organisé est en train de perdre le contrôle. Contrairement aux autres, ce meurtre n'a pas été planifié jusque dans les moindres détails. Ça signifie que le monstre a pu commettre des erreurs et laisser des indices derrière lui, ce qui est une bonne chose pour nous. Mais ça peut aussi signifier que dorénavant, quiconque croisera son chemin sera perdu.

— Pas mal, mademoiselle Blake. Je suis d'accord avec vous sur la plupart des points.

Inutile de lui demander sur lesquels il n'était pas d'accord : je m'en doutais déjà.

— Merci, agent Franklin. Donc, vous pensez toujours qu'il s'agit d'un tueur en série humain ?

Il acquiesça.

Je baissai les yeux vers le sang qui recouvrait la table telle une épaisse couche de laque rouge et continuait à goutter sans bruit sur le sol. La flaque avait atteint mes baskets. Or, les flics détestent qu'on dégueulasse leurs scènes de crime. Je reculai d'un pas et sentis quelque chose crisser sous ma semelle. Je m'agenouillai pour voir ce que c'était. Du sel.

— Ce meurtre est encore tout frais, agent Franklin, dis-je en me relevant. A votre avis, combien de temps mettrait un être humain – ou même deux – pour découper quelqu'un de la sorte ?

De nouveau, ses mains longues et fines tripotèrent sa cravate. Je me demandai s'il avait conscience de ce tic nerveux. Dans le cas contraire, j'étais prête à jouer au poker avec lui quand il voudrait.

— Je suis incapable de vous donner une estimation précise.

— Très bien. Alors, pensez-vous qu'un être humain puisse avoir la force d'en déchiqueter un autre en moins de temps qu'il ne faut à son sang pour coaguler ? Moi, je suis persuadée du contraire.

— C'est votre droit.

Je secouai la tête.

— Ecoutez, Franklin, c'est logique pour vous de supposer que l'assassin est humain, parce que dans votre branche, vous avez surtout affaire à des criminels humains. J'imagine que vous appartenez à l'Unité d'Investigation ?

— Oui.

— Donc, vous traquez des gens – des gens monstrueux, certes, mais pas des monstres. Moi, je suis experte en surnaturel. Je n'ai encore jamais été appelée en renfort sur une affaire où le coupable était humain et n'avait utilisé aucune magie.

— Où voulez-vous en venir ? demanda-t-il sur un ton sec.

— Si les autorités avaient pensé dès le début qu'il s'agissait d'un monstre, elles auraient confié l'enquête à la nouvelle unité de Bradford. Mais ça ne s'est pas passé ainsi, pas vrai ?

Dans les yeux de Franklin, la colère céda la place à de l'incertitude.

— Non.

— Tout le monde croyait que c'était l'œuvre d'un humain. Sans ça, jamais on ne vous aurait mis sur le coup. Il est normal que vous soyez parti sur vos hypothèses de travail habituelles. Mais puisqu'il est fort probable que celles-ci soient erronées, je vous suggère d'unir nos forces au lieu de nous éparpiller. Si nous divisons nos ressources pour chercher à la fois un humain et un monstre, nous perdrons en efficacité, et d'autres innocents le paieront de leur vie.

— Et si vous vous trompez, mademoiselle Blake ? Si le coupable est réellement humain et que nous cessons de chercher dans cette direction, des innocents périront aussi. Je ne m'accroche pas à ma théorie de départ parce que je suis trop obstiné ou orgueilleux pour admettre que j'aie pu faire une erreur, mais parce que rien ne prouve que je n'aie pas raison. (Il jeta un regard à Bradford.) Je vous le répète : je préconise de traiter ceci comme une investigation normale. (Puis il se tourna vers Edward.) Et vous, monsieur Forrester, allez-vous m'éblouir avec vos capacités de profiler ?

Edward fit « non » de la tête.

— Dans ce cas, quelles compétences avez-vous à nous offrir ?

— Quand vous aurez identifié le coupable, je le descendrai.

— Nous ne sommes pas juge, jury et exécutant, monsieur Forrester. Nous sommes le FBI, protesta Franklin.

Edward le fixa froidement.

— Deux de mes hommes attendent dehors, dit-il d'une voix atone. L'un d'eux est spécialisé dans ce type de crimes. Si ce carnage a été perpétré par un humain, il pourra nous dire comment.

— Qui est cet expert ? s'enquit Franklin.

— Et pourquoi ne vous a-t-il pas accompagné ? ajouta Bradford.

— Otto Jefferies. Parce que le lieutenant Marks a refusé de le laisser entrer.

— Au fait, intervins-je, merci de m'avoir remise sur le coup, Bradley.

Bradford sourit.

— Ne me remerciez pas : aidez-nous à résoudre cette foutue enquête.

— Qui est Otto Jefferies ? demanda Franklin.

— Un agent du gouvernement à la retraite.

— Et comment se fait-il qu'il s'y connaisse en mutilations et tout le toutim ?

Edward le fixa jusqu'à ce qu'il recommence à lisser, non seulement sa cravate, mais aussi sa veste de costard.

— Désolé, je sens bien que vous essayez de me faire passer un message, mais j'ignore lequel. Ma question tient toujours : comment se fait-il qu'un agent du gouvernement à la retraite soit expert en matière de démembrement et de mutilations ?

Il avait beau s'en défendre, il était aussi obstiné que nerveux.

— Appelez le ministère de la défense, suggéra Edward. Ils répondront à toutes vos questions.

— C'est vous que j'interroge, contra Franklin.

— Navré, mais si je vous disais la vérité, je devrais vous tuer ensuite, glousssa Edward, les yeux pétillants de bonne humeur.

Ce qui signifiait sans doute qu'il était sérieux.

— Monsieur Forrester, faites venir vos hommes, réclama Bradford.

— Vous voulez impliquer d'autres civils dans cette affaire ? s'exclama Franklin. Je suis contre.

— C'est noté. (Bradford fixa Edward.) Faites-les venir. C'est moi le responsable de ce site.

Edward se dirigea vers la porte.

— Pour le moment, insinua Franklin.

Bradford leva les yeux vers lui.

— Vous devriez aller voir ailleurs si j'y suis, agent

Franklin, conseilla-t-il aimablement. Le plus loin sera le mieux.

Franklin ouvrit la bouche pour protester, la referma et nous foudroya du regard avant d'articuler :

— Je n'oublierai pas ceci, agent Bradford.

— Moi non plus, agent Franklin.

Franklin se détourna brusquement et sortit.

— Il n'a pas l'air de vous apprécier beaucoup, fis-je remarquer.

— Tout le monde n'a pas été enchanté par la création d'une nouvelle division pour traiter les crimes surnaturels. Jusque-là, c'est l'Unité d'Investigation qui s'en occupait.

— Et moi qui croyais que les gens du FBI étaient au-dessus de ces querelles mesquines…

Bradford éclata de rire.

— J'aimerais bien.

— Sérieusement… La scène du crime est encore toute fraîche. Loin de moi l'idée de vous dire comment faire votre boulot, mais ne devrions-nous pas être en train de fouiller les environs ?

— Les recherches au sol n'ont rien donné, mais l'hélico tourne toujours. Nous avons également réclamé qu'on nous envoie des cartes géologiques de la zone, au cas où nous aurions loupé l'entrée l'une caverne.

— Une carte géologique indiquerait-elle les structures érigées par la main humaine ?

— Que voulez-vous dire ?

— Cette région est censée être infestée de ruines. Le fait qu'on ne voie rien en surface ne signifie pas qu'il n'y a pas quelque chose d'enterré : une salle, ou peut-être un kiva.

— Un kiva ? Qu'est-ce que c'est ?

— Une chambre souterraine sacrée, réservée à la magie cérémonielle. C'est l'une des rares choses que la plupart des tribus du sud-ouest ont en commun, expliquai-je.

Bradford sourit.

— Ne me dites pas que vous êtes également experte en pratiques religieuses indiennes ?

Je secouai la tête.

— Non. J'ai eu droit à un bref survol dans mon cours de religion comparative, à la fac, mais je n'avais pas pris « culture indienne » en option. Je connais l'existence des kiva et je sais à peu près à quoi ils servent ; ça s'arrête là. Par contre, si vous voulez des détails sur les rituels que les Sioux employaient pour adorer le soleil, je m'en rappelle très bien.

— Je vais me renseigner auprès de la compagnie qui a fait les relevés topographiques.

— Parfait.

— Les flics du coin ont fait venir des limiers. Mais ils ont refusé d'entrer dans la maison ou de suivre la moindre piste.

— C'était des Saint-Hubert ?

— Oui, pourquoi ?

— Parce que les Saint-Hubert ne sont pas des chiens d'attaque. Parfois, ils rechignent à traquer les proies surnaturelles. Ce dont vous avez besoin, c'est de Trollhunds.

— De quoi ?

— De Trollhunds. A l'origine, on les élevait pour chasser les Grands Trolls des Forêts Européens – et ils ont failli disparaître en même temps qu'eux. Ils sont toujours assez rares et difficiles à trouver, mais pour pister des créatures surnaturelles, il n'y a pas mieux. Contrairement aux Saint-Hubert, ils attaquent et tuent leur proie lorsqu'ils l'ont débusquée.

— Comment se fait-il que vous vous y connaissiez si bien en races canines ?

— Mon père est vétérinaire.

Edward venait d'entrer avec Olaf et Bernardo sur ses talons.

— Ton père est vétérinaire ? Je l'ignorais.

Il me fixa d'un regard intense, et je réalisai qu'il n'en savait pas beaucoup plus sur moi que moi sur lui.

— Y a-t-il des Trollhunds dans le coin ? lui demanda Bradford.

— Non. Sinon, je le saurais et j'aurais déjà fait appel à eux.

— Toi aussi, tu connais les Troll-machins ? s'étonna Bernardo.

Edward acquiesça.

— Oui, comme tout bon chasseur de vermine qui se respecte, dit-il sur un ton lourd de sous-entendus.

Bernardo se rembrunit, puis haussa les épaules.

— Ces derniers temps, j'ai surtout bossé comme garde du corps.

Son regard passait d'un visage et d'un objet à l'autre – tout plutôt que de se poser sur la table et sur les restes humains qui y étaient étalés.

— Tu n'aurais peut-être pas dû changer tes habitudes pour moi, siffla Edward.

Visiblement, il était en colère, mais du diable si je savais pourquoi.

Bernardo le dévisagea.

— Peut-être pas, non.

— Il est encore temps de faire machine arrière. Personne ne te retient.

— Va te faire foutre… Ted.

Bernardo tourna les talons et sortit.

Je jetai un coup d'œil perplexe à Olaf, espérant qu'il pourrait m'aider à comprendre, mais il n'avait d'yeux que pour les restes. Il était littéralement transfiguré. Je mis quelques secondes à identifier son expression parce qu'elle ne collait pas avec la situation. Il fixait les morceaux de cette femme avec un regard si brûlant de désir qu'il aurait dû mettre le feu à la baraque – le genre de regard qu'on ne partage qu'avec sa chérie et dans la plus stricte intimité.

Mon sang se glaça dans mes veines. A cet instant, si vous m'aviez donné le choix entre Olaf et le monstre responsable de ce carnage, je n'aurais pas su qui je préférais affronter. Entre Charybde et Scylla, la peste et le choléra, j'ignorais lequel des deux maux était le moindre.

Il dut sentir que je l'observais, car il tourna la tête vers moi. Et comme j'avais su à quoi Bernardo pensait dans la voiture, je sus qu'Olaf cherchait lui aussi une héroïne à qui confier le premier rôle dans ses fantasmes. Je levai les mains et secouai la tête en reculant.

— N'y songe même pas… Otto.

Tous ces alias, ça commençait à me gonfler sérieusement.

— Elle faisait presque ta taille, lâcha-t-il sur un ton rêveur.

Dégainer et l'abattre sur place aurait sans doute été exagéré, mais il était hors de question que je reste plantée là et que j'alimente son imagination. Je pivotai vers Bradford.

— Quelqu'un a mentionné qu'il y avait d'autres corps. Faites-moi voir.

Cinq minutes plus tôt, il aurait fallu me traîner dans la chambre des horreurs suivante. Là, ce fut moi qui saisis le bras de Bradford et le poussai vers le couloir. Rien de ce qui m'attendait dans la pièce voisine ne pouvait être pire que regarder Olaf tripoter les restes de cette malheureuse en sachant qu'il pensait à moi.

33

Bradford me conduisit à une porte qui avait été à moitié arrachée de ses gonds. Quelque chose de très gros avait forcé l'entrée de la pièce. Le battant semblait s'être coincé dans le tapis ; Bradford dut le saisir à deux mains pour l'ouvrir. Il lâcha prise comme s'il s'était brûlé, et mon cœur fit un bond dans ma poitrine.

— Fichues échardes, grommela-t-il.

Il leva sa main, et j'aperçus une petite tache rouge sur le plastique qui moulait sa paume. Il arracha son gant. Le morceau de bois partit avec, mais la plaie se mit à saigner abondamment.

— A ce stade-là, ce n'est plus une écharde – c'est un pieu, commentai-je. Vous devriez montrer ça à quelqu'un.

Bradford acquiesça… et ne bougea pas d'un pouce.

— Ne le prenez pas mal, mais certaines personnes ne sont pas très contentes que je vous ai fait revenir. Je ne peux pas vous laisser seule là-dedans. Si des indices venaient à disparaître, j'aurais du mal à me justifier.

— Je n'ai jamais rien volé sur une scène de crime de toute ma vie.

— Désolé, Anita, mais je refuse de courir ce risque. Voulez-vous bien me suivre jusqu'à l'ambulance ?

Il avait mis sa main indemne en coupe sous l'autre pour empêcher son sang de couler par terre. Je fronçai les sourcils mais hochai la tête.

— D'accord.

Nous rebroussâmes chemin vers le salon-salle à manger. Nous étions en train de traverser la pièce quand Edward lança :

— Otto veut déplier la nappe et voir ce qu'il y a à l'intérieur.

— Je vous envoie le photographe et l'agent Franklin pour superviser l'opération, promit Bradford en pressant le pas pour empêcher son sang de contaminer la scène de crime.

Ni Edward, ni Olaf, ni le flic en tenue qui avait jailli de nulle part pour les regarder tripoter le corps ne lui demandèrent comment il s'était blessé. Peut-être qu'ils s'en fichaient.

Nous sortîmes de la maison et descendîmes l'allée de gravier jusqu'à l'ambulance. Il y avait toujours trop de gens dans le jardin. N'auraient-ils pas dû chercher le monstre ? Ce n'était pas à moi de leur expliquer leur boulot, mais cette scène de crime était encore toute fraîche, et apparemment, ils ne faisaient rien pour l'exploiter.

Les portes arrière de l'ambulance étaient toujours ouvertes. Bradford s'assit les jambes dans le vide et laissa un type en blouse panser sa plaie. Parce que c'était bel et bien une plaie. Echarde, mon cul. Il s'était empalé la main. Je tentai de maîtriser mon impatience, mais échouai lamentablement.

— Nous avons envoyé des gens fouiller les environs dès notre arrivée, déclara Bradford pour m'apaiser, et croyez-moi, nous sommes arrivés très vite.

— Je n'ai rien dit.

Il sourit, puis grimaça tandis que l'ambulancier lui désinfectait la paume.

— Eloignez-vous suffisamment de la maison pour jeter un coup d'œil à 360° au paysage, puis revenez et décrivez-moi ce que vous avez vu.

Je le fixai. De sa main valide, il me fit signe d'y aller.

Je haussai les épaules et me mis à marcher en tournant le dos au corral, où les chevaux galopaient toujours en cercle. La chaleur pesait sur mes épaules telle une chape de plomb. Le gravier crissait sous mes pieds. Je me faufilai entre les voitures de police. Le camion des pompiers était parti. Je ne savais même pas ce qu'il était venu faire là.

Je marquai une pause près d'une patrouilleuse dont le gyrophare tournait en silence. Qui avait appelé les secours ? Y avait-il eu un témoin ? Si oui, pourquoi personne ne m'en avait-il parlé ? Si non, comment le SAMU et la police avaient-ils été prévenus aussi vite ?

Je continuai à marcher jusqu'à ce que le souffle du vent dans les herbes sèches prenne le pas sur le grésillement des radios. Alors, je m'arrêtai et pivotai vers la maison. Les voitures étaient si petites que j'aurais pu les recouvrir d'une main. Je m'étais sans doute éloignée plus que nécessaire. Trop pour que quelqu'un m'entende si j'appelais à l'aide. Ce n'était pas très malin de ma part.

J'aurais dû revenir sur mes pas, mais j'avais besoin de rester à l'écart pendant un moment, besoin d'être seule et à l'air libre. Optant pour un compromis, je sortis mon Browning, ôtai la sécurité et pointai le canon vers le sol. A présent, je pouvais souffler en sécurité. Quoi que… Pour ce que j'en savais, le monstre que nous chassions était immunisé contre les balles, fussent-elles en argent.

Bradford m'avait dit de regarder. Je regardai. Le ranch était niché dans une large vallée plus ou moins circulaire, dont le sol plat s'étendait jusqu'au pied des collines alentour. Le terrain ne présentait aucun relief ; il n'y avait pas d'arbres et aucune plante qui m'arrive plus haut que la cuisse. Mais la chose qui avait arraché cette porte devait être au moins aussi grande qu'un homme.

Je pivotai lentement sur moi-même. Non, il n'y avait aucune cachette pour une créature de cette taille.

De deux choses l'une : ou bien elle s'était envolée, ou bien elle s'était planquée sous terre. Dans le premier cas, je ne pouvais rien faire. Dans le second… Je demanderais à Bradford de vérifier s'il y avait des cavernes souterraines, ou peut-être un vieux puits. Il me répondrait sans doute que ses hommes avaient déjà vérifié, mais j'étais là pour faire des suggestions, non ?

J'entendis du bruit dans mon dos et fis volte-face en tendant instinctivement mon flingue devant moi. Il me fallut une demi-seconde pour reconnaître l'inspecteur Ramirez, qui avait levé les mains en signe de reddition. Je poussai un soupir et rengainai mon Browning.

— Désolée.

— Ce n'est pas grave.

Il portait une autre chemise blanche aux manches retroussées sur ses avant-bras bronzés. Il avait changé de cravate depuis la veille, mais le nœud était toujours aussi lâche, et son col défait laissait entrevoir le creux de sa gorge.

— Si, c'est grave. D'habitude, je ne suis pas aussi nerveuse.

Je m'enveloppai de mes bras. Pas parce que j'avais froid – loin de là – mais parce que j'avais besoin que quelqu'un me tienne et me réconforte.

Ramirez s'approcha de moi. Il n'essaya pas de me toucher, se contentant de balayer l'horizon du regard comme je l'avais fait quelques instants plus tôt.

— C'est cette affaire qui vous affecte, pas vrai ? demanda-t-il.

— Oui, admis-je. Je ne sais vraiment pas pourquoi.

Il éclata d'un rire bref et tourna vers moi un visage à l'expression mi-amusée, mi-perplexe.

— Vous ne savez vraiment pas pourquoi ?

Je fronçai les sourcils.

— Non.

Il secoua la tête en souriant.

— Anita, c'est absolument atroce. Je n'avais jamais rien vu d'aussi gerbant.

— Moi, j'ai déjà vu des trucs aussi gerbants que les victimes démembrées.

Toute bonne humeur s'évapora de ses traits.

— Sérieusement ?

— Oui. Par contre, je n'avais jamais rien vu d'aussi gerbant que les survivants. (Je grimaçai.) Si on peut les appeler ainsi. Quel genre d'existence les attend désormais ?

Je serrai mes bras un peu plus fort autour de moi et fixai le sol en essayant de ne pas y penser.

— Je fais des cauchemars, dit doucement Ramirez.

Je levai les yeux vers lui. C'est rare qu'un flic admette ce genre de chose, surtout à une consultante civile qu'il vient juste de rencontrer. Mais son regard était d'une sincérité absolue. A moins d'être bien meilleur acteur que je le pensais, Ramirez me montrait son vrai visage. Et j'appréciais beaucoup, mais je ne savais pas comment l'exprimer. Le mieux eût encore été de lui retourner la faveur – si seulement j'avais su qui j'étais tout au fond. Que pouvais-je bien lui faire voir ? Finalement, j'optai pour une expression paumée et apeurée qui résumait assez bien mon état d'esprit actuel.

Ramirez me posa une main sur l'épaule. Comme je ne disais rien, il se rapprocha de moi, referma ses bras derrière mon dos et me serra contre sa poitrine. Je me raidis mais ne cherchai pas à me dégager. Petit à petit, je me détendis dans son étreinte et finis par passer mes bras autour de sa taille.

— Tout va s'arranger, Anita, chuchota-t-il.

Le nez enfoui au creux de son épaule, je secouai la tête.

— Ça m'étonnerait.

Il tenta de voir mon visage, mais je me tenais trop près de lui, et j'étais beaucoup plus petite. Je relevai la tête pour lui éviter de choper un torticolis – et soudain, je me sentis mal à l'aise d'avoir enlacé un inconnu. Je m'écartai de lui. Il ne fit rien pour me retenir, se contentant de garder le bout de mes doigts dans une de ses mains.

— Parlez-moi, Anita, s'il vous plaît, réclama-t-il.

— Je bosse sur des affaires comme celle-là depuis cinq ans. Quand je n'examine pas des cadavres dépecés, je chasse des vampires et des métamorphes renégats.

Ramirez saisit plus fermement ma main, et je le laissai faire. J'avais besoin de me raccrocher à quelque chose d'humain pour mettre des mots sur ce que j'éprouvais depuis des mois maintenant.

— Des tas de flics n'utilisent jamais leur arme de service en trente ans de carrière. Moi, j'ai perdu le compte des gens que j'ai tués.

Sa main se crispa sur la mienne, mais il ne m'interrompit pas.

— Quand je me suis lancée dans ce métier, je pensais que les vampires étaient des monstres. A présent... Je n'en suis plus aussi sûre. Quelle que soit leur nature, ils peuvent avoir l'air tellement humain ! Mais une fois que j'ai reçu un ordre d'exécution, je dois abattre le ou les vampires concernés, plus quiconque se dresse sur mon chemin. Ça englobe les serviteurs humains et les victimes n'ayant reçu qu'une ou deux morsures – celles qu'on pourrait encore sauver. Il m'est arrivé d'en tuer pour me protéger ou pour protéger d'autres gens.

— Vous avez fait ce que vous aviez à faire.

— Peut-être, mais ça n'a plus d'importance. Même si elles sont justifiées, mes actions m'affectent ; elles changent la personne que je suis. Avant, je pensais que servir la cause du bien suffirait. Aujourd'hui, je réalise que ça n'est pas le cas.

— Que voulez-vous dire ?

— J'ai besoin de vacances.

Ramirez éclata de rire, un rire franc et joyeux qui ne contenait nul autre pouvoir que celui de son hilarité. J'en avais déjà entendu de plus séduisants, mais aucun qui ne soit aussi bien tombé.

— De vacances ? C'est tout ?

Je haussai les épaules.

— Je me vois mal m'inscrire à des cours d'ikebana, inspecteur Ramirez.

— Hernando, corrigea-t-il.

Je hochai la tête.

— Hernando. Mon boulot fait partie de moi. (Je dégageai doucement ma main.) Après une bonne coupure, j'arriverai peut-être à m'y remettre.

— Et si ça n'est pas le cas ?

— Je chercherai une solution quand le problème se présentera.

Les atrocités que je contemplais chaque jour, ou presque, n'étaient pas ma seule préoccupation. La réaction que j'avais eue face à Bernardo, le fait d'avoir laissé un inconnu me réconforter... Tout ça ne me ressemblait pas. D'accord, les garçons me manquaient, mais il y avait autre chose. En quittant Richard, j'avais aussi quitté la meute et tous mes amis loups-garous. En quittant Jean-Claude, j'avais perdu tous les vampires de St. Louis, et, aussi étrange que ça puisse paraître, deux ou trois d'entre eux étaient mes amis.

Depuis six mois, je m'étais coupée des deux hommes de ma vie – et du reste de mes proches. J'évitais Ronnie, la copine détective privée avec qui j'avais l'habitude de faire du jogging, parce qu'elle sortait avec le meilleur ami de Richard. Je n'osais pas appeler Catherine, ma copine avocate, parce qu'elle était mariée depuis deux ans à peine et encore en pleine période « lune de miel ».

— Vous semblez bien sérieuse tout à coup, lança Ramirez.

Je clignai des yeux et reportait mon attention sur lui.

— Je… J'étais en train de penser que je m'étais beaucoup isolée ces derniers temps.

Il sourit.

— Vous n'êtes pas obligée de rester seule. J'ai proposé de vous faire visiter la région.

— Merci, mais je ne peux pas accepter.

— Qu'est-ce qui vous en empêche ?

— D'abord, l'affaire. Si je commence à sortir avec un flic, ma crédibilité en prendra un coup, et je n'ai déjà pas beaucoup de fans dans la police locale.

— Et puis ?

— Deux hommes m'attendent à la maison. Je ne sais pas encore lequel je vais choisir. Il se peut même que je les plaque touts les deux.

Ramirez écarquilla les yeux.

— Deux ? Je suis impressionné.

— Il n'y a vraiment pas de quoi. Ma vie privée est un fiasco.

— Navré de l'apprendre.

— Je n'arrive pas à croire que je vous ai raconté ça.

— Les gens me font souvent des confidences. Peut-être parce que je sais écouter.

— Peut-être, oui.

— Vous sentez-vous d'attaque pour retourner là-bas ? demanda-t-il avec un signe du menton vers le ranch.

— D'abord, j'aimerais vous poser quelques questions.

— Allez-y.

Il s'assit en tailleur sur le sol poussiéreux, et je l'imitai.

— Qui a appelé la police ?

— Un client.

— Où se trouve-t-il actuellement ?

— A l'hôpital, encore traumatisé par le choc.

— A-t-il des blessures physiques ?

— Non.

— Qui sont les survivants mutilés, cette fois ?

— Le frère de la femme et deux neveux, tous âgés de plus de vingt ans. Ils vivaient et travaillaient au ranch.

— Et les autres clients ? Où étaient-ils ?

Ramirez ferma les yeux comme pour visualiser un rapport.

— La plupart d'entre eux étaient partis en excursion organisée ; ils devaient camper dans les montagnes pendant deux jours. Les autres ont emprunté les voitures mises à la disposition des clients et sont allés se balader de leur côté.

— Laissez-moi deviner. Tout à coup, l'idée de rester enfermés leur est devenue insupportable. Ils avaient la bougeotte ou l'impression de suffoquer.

Ramirez acquiesça.

— Comme les voisins des victimes précédentes.

— C'est un sort, j'en suis persuadée. Il se pourrait aussi que le monstre possède une capacité innée à inspirer la peur aux gens qu'il ne veut ni tuer ni blesser, ajoutai-je par acquit de conscience. Mais je parierais plutôt sur un sort.

— Pourquoi ?

— Parce que les effets sont trop sélectifs. Ils relèvent d'une magie organisée.

Ramirez cueillit un brin d'herbe sèche et le fit glisser entre ses doigts.

— Donc, nous cherchons un sorcier.

— Je m'y connais un peu en pratiques wiccanes et autres types de sorcellerie. Je ne vois pas comment un pratiquant isolé, ou même un chapitre entier, aurait pu faire ça. Je ne dis pas qu'aucun jeteur de sort humain n'est impliqué dans cette affaire, mais le gros du travail est l'œuvre d'une créature surnaturelle.

— Nous avons trouvé des traces de sang sur la porte défoncée.

— Génial. (Je soupirai.) J'aimerais bien qu'on me prévienne quand on trouve un indice. Tous les enquêteurs, Ted y compris, protègent leurs informations si jalousement que je passe le plus clair de mon temps à suivre des pistes qui ont déjà été arpentées de long en large.

— Vous n'aurez qu'à me demander, et je vous dirai tout ce que vous voulez savoir. (Ramirez laissa tomber son brin d'herbe.) On ferait mieux de rentrer avant que vous ne vous attiriez une réputation bien pire qu'en sortant avec moi, suggéra-t-il.

Je ne discutai pas. Introduisez une femme dans un environnement dominé par des hommes, et les rumeurs ne tarderont pas à courir. Pendant qu'une moitié d'entre eux tentera de vous faire déguerpir, l'autre rivalisera d'ingéniosité pour s'inviter dans votre lit. Les machos ne connaissent pas d'autre moyen de traiter avec la gent féminine. Pour eux, vous êtes soit un objet sexuel, soit une menace.

Ramirez se leva en époussetant les fesses de son pantalon. Contrairement à Marks et Cie, il avait l'air d'un parfait gentleman. Un jour, il présenterait une gentille fille à ses parents ; il se marierait, aurait des enfants très mignons et très sages, habiterait dans une jolie maison, jardinerait à ses moments perdus et irait déjeuner chez sa belle-famille un dimanche sur deux. Il aurait une vie parfaite et il résoudrait quand même des meurtres. C'est ce qu'on appelle avoir le beurre et l'argent du beurre.

Et moi, j'avais quoi au juste ? J'étais trop jeune pour la crise de la quarantaine, et trop vieille pour une poussée de rébellion adolescente. Mieux valait ne pas y penser.

— Marks m'a dit qu'un flic s'était pratiquement fait arracher la gorge. Comment est-ce arrivé ? demandai-je tandis que nous rebroussions chemin vers les voitures.

— Aucune idée. Le lieutenant a attendu pour m'appeler ; je n'ai débarqué que bien après l'incident, répondit Ramirez sur un ton dur.

Pigé : il était bonne pâte, mais il ne fallait pas trop le chauffer non plus.

— J'ai entendu dire que trois des survivants avaient attaqué nos gars et tenté de les mordre. Apparemment, il a fallu utiliser les matraques pour les maîtriser.

— Pourquoi font-ils ça ? Et comment est-ce possible ? Dans l'état où ils sont, ils ne devraient pas avoir envie de se battre, non ?

— J'ai aidé à ramasser les survivants des attaques précédentes. Ils ne se sont pas débattus. En fait, ils n'ont pas bougé le petit doigt. Ils se sont contentés de gémir. Ils avaient mal, et ça se voyait.

— Avez-vous fini par retrouver Thad Bromwell, le fils des gens dont j'ai visité la maison hier ?

Ramirez écarquilla les yeux.

— Marks ne vous a pas prévenue ?

Je secouai la tête.

— Quelle enflure !

— Ce n'est pas moi qui vous contredirai. Alors ? Vous avez retrouvé le corps ?

— Le garçon est vivant. Il était parti camper avec des amis.

Vivant ? Mais alors, à qui appartenait l'âme que j'avais vu planer dans cette chambre ? Je ne posai pas la question à voix haute parce que je m'étais bien gardée d'en parler à la police. La veille, Marks était déjà prêt à me chasser de la ville. Si j'avais commencé à parler d'âmes qui flottaient sous le plafond, il aurait été chercher un poteau et des allumettes.

Pourtant, quelqu'un était mort dans cette chambre, et son âme ne savait pas où aller. Dans ces cas-là, la plupart du temps, elle demeure à proximité du corps, des restes de son enveloppe charnelle. Trois personnes seulement vivaient dans cette maison. Deux d'entre elles avaient été mutilées, et la dernière était absente au moment de l'agression. Mmmh.

Une idée me traversa l'esprit.

— Vous dites que les dernières victimes de mutilation n'ont pas cessé de se débattre et de tenter de mordre les agents, c'est bien ça ?

Ramirez acquiesça.

— Un peu comme si elles essayaient de se nourrir, donc ? insistai-je.

Il me dévisagea.

— Vous pensez à quelque chose.

— C'est possible. Il faut d'abord que j'examine le corps qui se trouve derrière la porte, mais ensuite, je retournerai à l'hôpital.

— Pourquoi ?

Je continuai à marcher sans répondre. Ramirez me saisit le bras et me força à pivoter vers lui.

— Vous n'êtes ici que depuis hier, dit-il en me fixant d'un regard intense. Je bosse sur cette affaire depuis plusieurs semaines. Que savez-vous que j'ignore ?

Je me dégageai un peu brusquement, mais je lui répondis. Il avait partagé ses informations avec moi. Je lui devais bien ça. Même si ce n'était pas forcément un service à lui rendre, vu qu'il faisait déjà des cauchemars.

— Je suis une réanimatrice. Je gagne ma vie en relevant des zombies. Les morts-vivants, c'est ma spécialité. Et une des caractéristiques qu'ils partagent tous, c'est qu'ils doivent se nourrir des vivants.

— Les zombies ne mangent pas les gens !

— Si le réanimateur qui les a relevés n'arrive pas à les contrôler, ils peuvent devenir sauvages et se mettre à attaquer les humains.

— Je croyais que c'était juste une légende urbaine.

— Malheureusement, non.

— Où voulez-vous en venir ?

— Je pense qu'il n'y a peut-être pas des cadavres

d'une part et des survivants de l'autre : juste des morts et des morts-vivants.

Ramirez pâlit. Je lui touchai le coude pour le retenir, mais il ne chancela pas.

— Ça va. Ça va, répéta-t-il comme pour s'en convaincre. Et que doit-on faire face à un zombie mangeur de chair humaine ?

— Le seul moyen de l'arrêter, c'est de le détruire. Et le seul moyen de le détruire, c'est par le feu. Idéalement, du napalm.

— Les autorités ne nous laisseront jamais brûler ces gens !

— Sauf si nous leur prouvons que ma théorie est vraie.

— Comment ?

— Je ne sais pas encore. Je vais en discuter avec le Dr Evans. A nous deux, on trouvera bien quelque chose.

— Comment expliquez-vous que les victimes précédentes se soient montrées si dociles et que celles-là soient aussi vicieuses ?

— Il se peut que le sort ait changé, ou que le monstre devienne plus puissant. Franchement, Hernando… Si j'ai raison à propos des soi-disant survivants, j'aurai eu un éclair de génie dans la journée. Ce n'est déjà pas si mal.

Il hocha la tête.

— Doux Jésus… S'ils sont tous morts, cela signifie-t-il que cette chose se reproduit ?

— Je serais très surprise qu'elle ait jamais été humaine. Ma seule certitude, c'est que si ses victimes deviennent plus violentes, c'est sans doute parce qu'elle les contrôle.

Nous nous entre-regardâmes.

— Je vais appeler l'hôpital et envoyer des renforts là-bas.

— Appelez aussi celui de Santa Fé.

Ramirez acquiesça et s'élança sur le gravier, zigzaguant entre les voitures sous le regard surpris de ses collègues. J'avais oublié de lui demander si la police avait cherché des cachettes souterraines. Et merde. Je me mis en quête de Bradford. Puis je retournerais dans la maison, j'examinerais le dernier corps et je me rendrai à l'hôpital afin de répondre à la sempiternelle question : qu'est-ce que la vie quand la mort nous attend au bout ?

34

Le visage de l'homme était tourné vers le plafond. Ses yeux écarquillés, vitreux, me fixaient sans me voir. Sa tête était toujours attachée à sa colonne vertébrale, mais sa poitrine béait comme si deux mains gigantesques avaient enfoncé leurs doigts dans sa cage thoracique et tiré de toutes leurs forces. Le cœur avait disparu. Les poumons avaient été crevés, sans doute par une côte. L'estomac lacéré répandait une odeur aigre. Le foie et les intestins gisaient en un tas humide sur un côté du corps. A l'absence de puanteur dans l'air, je devinai qu'ils n'avaient pas été perforés.

Je m'accroupis pour mieux examiner le cadavre. Du sang avait éclaboussé le bas de son visage et ses cheveux grisonnants. Sa mort avait été violente, mais miséricordieusement rapide. Je scrutai ses yeux immobiles et ne ressentis rien. De nouveau, j'étais tout engourdie. Je ne m'en plaignais pas. Si j'avais vu ce corps en premier, j'aurais été horrifiée, mais le spectacle des restes qui gisaient dans la salle à manger m'avait blindée pour la journée. Même si c'était atroce, il y avait pire – et pas plus loin que dans la pièce voisine.

Un cercle de sel entourait le corps. A l'intérieur, j'avisai un livre ouvert, imbibé de sang. Les techniciens de la police avaient déjà mitraillé et filmé la scène sous tous les angles, aussi empruntai-je des gants à Bradford pour le ramasser.

Il avait une couverture de cuir embossé, mais pas de titre. Je fis bien attention à ne pas le refermer, à ne pas perdre la page à laquelle la victime s'était arrêtée de lire. Pour ce que j'en savais, ce bouquin était posé sur le bureau à l'arrivée du monstre ; quand elle avait poussé le meuble contre la porte, il était tombé et s'était ouvert tout seul. Mais en l'absence d'autre indice, j'allais faire comme si l'homme, poursuivi par une créature qui venait juste de tuer sa femme, avait attrapé ce bouquin, l'avait délibérément ouvert et s'était mis à lire. Toute la question était de savoir pourquoi.

L'ouvrage était écrit à la main. Les pages de la première moitié étaient collées ensemble par le sang qui les imprégnait ; je n'y touchai pas. Mais en feuilletant la deuxième moitié, je compris qu'il s'agissait d'un livre des ombres – le grimoire d'un sorcier pratiquant, qui appartenait à une tradition plus ancienne que le mouvement néo-païen. Gardien ou Alexandrien, peut-être. Mais je n'avais étudié la sorcellerie comparative que pendant un semestre, et tous les sorciers que je connaissais étaient des wiccans. Je n'étais pas qualifiée pour tirer des conclusions.

Je reposai prudemment le livre à l'endroit où je l'avais pris et me relevai. Les bibliothèques adossées au mur le plus proche étaient pleines de bouquins sur les phénomènes paranormaux, la mythologie, le folklore et la sorcellerie. J'en reconnus quelques-uns que j'avais à la maison. A eux seuls, ils ne constituaient pas une preuve.

On ne pouvait pas en dire autant de la commode antique qui se découpait au fond de la pièce. Des chandeliers en argent s'y dressaient sur un rectangle de soie déployé telle une nappe. Dans la cire de leurs bougies partiellement brûlées, je distinguai des runes que je ne pus identifier. Un miroir rond voisinait avec un ramequin d'herbes séchées, un bol rempli d'eau et un petit coffret de bois sculpté que je ne parvins pas à ouvrir.

— C'est bien ce que je pense ? interrogea Bradford.

— Un autel, acquiesçai-je. Cet homme était un pratiquant. Je pense que ce bouquin était son grimoire – son livre de sorts, si vous préférez.

— Que s'est-il passé ici ?

— Il y avait du sel sur le sol de la salle à manger.

— Ça n'a rien de très étrange.

— Non, et ça ne m'aurait pas mis la puce à l'oreille si nous n'avions pas découvert un cercle de sel dans cette pièce. A mon avis, l'homme se trouvait plus loin dans la maison. Il a entendu le monstre faire irruption ou sa femme hurler. Il a compris ce qui se passait. Et il n'a pas accouru avec un flingue, mais avec une poignée de sel. Peut-être avait-il autre chose pour se défendre – un charme, ou une amulette par exemple.

— Etes-vous en train de me dire qu'il a jeté du sel à cette chose ?

— Oui.

— Pourquoi, pour l'amour de Dieu ?

— Le sel et le feu sont les deux agents purificateurs les plus traditionnels. J'utilise du sel pour lier un zombie à sa tombe et l'empêcher d'en ressortir après mon départ. Il peut repousser, ou du moins faire hésiter, les fairies et un tas d'autres créatures. En tout cas, ça expliquerait pourquoi le monstre s'est arrêté, et pourquoi il a abandonné son baluchon de trophées sur la table.

— Pourquoi n'est-il pas revenu le chercher après avoir tué l'homme ?

— Je n'en sais rien. L'homme a peut-être eu le temps d'achever son sort avant de mourir. Il a peut-être réussi à le chasser de la maison. J'aimerais faire venir un véritable wiccan pour examiner les lieux.

— Par « wiccan », vous voulez dire un sorcier ?

— Oui. La plupart d'entre eux préfèrent qu'on leur donne ce nom-là. Ça fait moins vieillot, moins ridicule ou effrayant.

— D'accord. Qu'est-ce qu'un… wiccan pourrait nous apprendre de plus ?

— Quel sort l'homme a utilisé. S'il s'est avéré efficace, nous pourrions utiliser une de ses déclinaisons pour emprisonner, voire détruire le monstre. Ce malheureux a fait quelque chose pour chasser son meurtrier avant qu'il soit prêt à partir. Il l'a forcé à s'en aller en abandonnant son butin et sans l'avoir éventré. C'est la première faiblesse que nous lui découvrons.

Bradford se rembrunit.

— Ça ne va pas plaire à Franklin. Ni aux flics du coin. Si je les force à appeler un wiccan et qu'il ne trouve rien – ou qu'il raconte son histoire aux médias –, la prochaine fois que vous me verrez, je ne serai plus agent du FBI.

— N'êtes-vous pas censé employer tous les moyens disponibles pour résoudre une affaire ?

— Le FBI n'utilise pas la sorcellerie, Anita.

Je secouai la tête.

— Alors, comment avez-vous pu imposer ma présence ?

— C'est Forrester qui vous a fait venir. Moi, je n'ai eu qu'à intimider Marks.

— Et Franklin.

— Ça, ça n'a pas été bien dur. On appartient à la même agence, et je suis plus gradé que lui.

— Je n'ai pas envie que vous vous fassiez virer, Bradley.

Je m'approchai du bureau renversé et inspectai rapidement le contenu des tiroirs. Il y avait un râtelier dans la salle à manger. La plupart des gens qui collectionnent les armes à feu en gardent une avec elles pour leur protection personnelle.

— Que cherchez-vous ? demanda Bradford.

J'ouvris le grand tiroir du bas. Bingo. Un Smith & Wesson 9 mm.

— Venez voir ça.

Bradford s'approcha et jeta un coup d'œil par-dessus mon épaule.

— Il n'est pas forcément chargé. Les munitions se trouvaient peut-être dans la salle à manger.

— Je peux le toucher ?

— Allez-y.

Je saisis l'arme. Rien qu'au poids, je sus qu'elle était pleine. J'éjectai le chargeur et le montrai à Bradford.

— Ah, lâcha-t-il simplement.

Je glissai de nouveau le chargeur à sa place et lui donnai un coup sec de la paume pour l'enclencher.

— La victime avait un 9 mm chargé dans son bureau, mais elle n'a pris que du sel et son grimoire. Elle savait à qui elle avait affaire – ou du moins, elle se doutait que les balles ne feraient rien à son agresseur et qu'un sort avait davantage de chances de fonctionner. Ce qui a été le cas. Nous devons savoir en quoi consistait ce sort, et le seul moyen de le découvrir, c'est de faire venir un wiccan.

— Et si vous lui apportiez le bouquin et les photos de la scène de crime ? Ça ne suffirait pas ?

— La position du livre peut avoir son importance. Le cercle peut contenir des indices qui m'ont échappé. Je ne connais quasiment rien à ce type de magie rituelle, Bradley.

— Vous me demandez de risquer ma carrière.

— Oui. Mais je vous demande aussi de ne pas risquer la vie d'autres innocents. Voulez-vous vraiment que ce qui est arrivé à ces gens se reproduise ?

— Comment pouvez-vous être sûre que cette scène de crime contient la clé qui nous permettra d'arrêter l'assassin ?

— Je n'en suis pas sûre. Mais c'est la meilleure… En fait, la seule piste dont nous disposions à ce jour. Je détesterais la perdre pour des considérations bassement égoïstes.

— Ce n'est pas seulement mon boulot qui est en jeu, Anita. Si je fais appel à quoi que ce soit de plus exotique qu'un médium et que nous échouons, l'unité tout entière pourrait être démantelée.

Je lui fourrai le Smith & Wesson dans la main. Il le fixa sans réagir.

— J'ai confiance en vous, Bradley. Je sais que vous ferez pour le mieux.

— Quand je pense que j'ai fait du chantage à Marks pour qu'il vous laisse venir..., dit-il en secouant la tête.

— Vous saviez que j'étais une emmerdeuse. C'est ce qui fait tout mon charme.

Il poussa un gros soupir.

— Très bien. Vous connaissez des sorciers dans le coin ?

Je lui adressai mon sourire le plus éclatant.

— Je parie que Ted pourra nous en indiquer un. Je n'ai encore jamais sauté au cou d'un agent du FBI, mais je suis assez tentée.

Bradford grimaça. Je lui posai une main sur le bras.

— Jamais je ne vous demanderais de faire une chose pareille si je ne pensais pas que c'était notre meilleure chance de résoudre cette affaire.

— Je sais, acquiesça-t-il en me fixant. (Il marqua une pause, comme s'il cherchait ses mots ou hésitait à me poser une question.) Anita... J'ai consulté le dossier des enquêtes sur lesquelles vous êtes intervenue à St. Louis. Il y avait des trucs assez crades dans le lot. Quel âge avez-vous ?

Je fronçai les sourcils.

— Vingt-six ans.

— Depuis combien de temps collaborez-vous avec la police ?

— Quatre ans environ.

— Notre agence fait tourner les membres de la brigade chargée des affaires de meurtre en série tous les deux ans, qu'ils le veuillent ou non. Après avoir fait une pause, ils peuvent revenir.

— Vous pensez que j'ai besoin d'une pause ?

— Tout le monde finit par arriver au bout de ses réserves, Anita. Même vous.

— En fait, j'envisageais justement de prendre des vacances dans les semaines à venir.

— C'est bien.

Je me mordillai la lèvre.

— J'ai vraiment l'air d'avoir besoin d'une pause ?

— J'ai déjà vu ce regard chez d'autres agents.

— Quel regard ?

— Comme si vos yeux étaient des tasses, et que chaque nouvelle horreur contemplée venait y ajouter une goutte. Tirez-vous avant qu'ils ne débordent.

— C'est gentil de vous faire du souci pour moi.

— Un de mes amis a insisté jusqu'à ce qu'il fasse une crise cardiaque.

— Je suis un peu jeune pour ça.

— Un autre a bouffé son flingue.

— Je ne suis pas du genre suicidaire.

— Peut-être, mais je n'ai pas envie que vous finissiez en prison.

Je sursautai.

— De quoi parlez-vous ?

— Le ministère de la défense a confirmé qu'Otto Jefferies est un agent du gouvernement à la retraite, mais le reste de son dossier est « actuellement indisponible ». J'ai passé un coup de fil à un collègue qui possède l'habilitation « secret défense ». Lui non plus n'a pas pu accéder au dossier d'Otto Jefferies. Ce qui signifie que c'est une barbouze. Il ne fait pas bon se mêler à ces gens-là, Anita. S'ils tentent de vous recruter, refusez. N'essayez pas de découvrir qui est réellement Otto ou ce qu'il a bien pu faire. Votre curiosité pourrait vous être fatale. Bossez avec lui, fichez-lui la paix et laissez-le derrière vous à la fin.

— On dirait que vous parlez d'expérience, fis-je remarquer.

Bradford secoua la tête.

— Je n'ai pas envie d'en discuter.

— C'est vous qui avez lancé le sujet, lui rappelai-je.

— Parce que je voulais m'assurer toute votre attention. J'espère y avoir réussi. Faites-moi confiance, Anita, et tenez-vous à l'écart de ces gens.

— Pas de problème. Je ne suis pas fan de… d'Otto. Et il déteste les femmes, donc, ça m'étonnerait qu'il tente de me recruter.

— Tant mieux.

Bradford remit le flingue dans le tiroir et le referma.

— Et puis, pourquoi une organisation top secrète s'intéresserait-elle à moi ?

Il me jeta un regard auquel je n'étais pas habituée – un regard qui disait « ma pauvre fille, tu es bien naïve ».

— Anita, vous pouvez relever les morts.

— Et alors ?

— Je vois au moins une demi-douzaine de façons de mettre ce talent à profit.

— Par exemple ?

— Un prisonnier meurt durant son interrogatoire ? Aucune importance ; il suffit de le relever pour obtenir des réponses. Un président est assassiné ? Là encore, il suffit de le relever pour faire illusion pendant quelques jours et donner à son gouvernement le temps de mobiliser les troupes ou d'endiguer une révolution.

— Je refuserais.

— Même si ça permettait de sauver des centaines, voire des milliers de vies ?

— Je… je ne sais pas.

— Si bonne que semble une cause au départ, elle ne

le reste jamais très longtemps. Un jour, quand vous serez plongée dedans jusqu'au cou et que vous n'aurez plus aucune chance de vous en tirer, ils vous demanderont des choses que vous ne voudrez pas faire.

Machinalement, je m'enveloppai de mes bras. Personne ne m'avait encore approchée pour me confier une mission de nature politique. Olaf pensait que je n'étais bonne qu'à une chose – et cette chose, ce n'était sûrement pas aider le gouvernement américain. Mais cela me poussa à me demander comment Edward l'avait rencontré.

Je levai les yeux vers le visage grave de Bradford.

— Je serai prudente, promis-je. Mais pourquoi me parlez-vous de ça ?

— Je pensais vous proposer un boulot dans mon unité.

Je haussai les sourcils, et il éclata de rire.

— Je sais, je sais. Après avoir consulté votre dossier, nous avons décidé que vous étiez trop indépendante, trop imprévisible pour vous épanouir dans un environnement bureaucratique.

— Bien vu. Mais je suis flattée que vous ayez pensé à moi.

Son expression redevint très sérieuse, et des plis que je ne lui connaissais pas se dessinèrent entre ses sourcils, lui donnant l'air plus âgé.

— Votre dossier nous a été enlevé, Anita. Il a été transmis aux échelons supérieurs de la hiérarchie. J'ignore qui l'avait réclamé et sur quel bureau il a atterri. Tout ce que je sais, c'est que le gouvernement a du boulot pour les gens indépendants et imprévisibles, s'ils possèdent des talents assez pointus.

J'ouvris la bouche, la refermai et parvins enfin à articuler :

— Vous plaisantez ?

Bradford secoua la tête.

— J'aimerais bien.

Edward avait dit, je cite : « Si j'avais su que je ferais appel à toi, je ne l'aurais jamais appelé ». Ça m'avait donné l'impression qu'Olaf avait été invité, qu'il ne s'était pas incrusté. Mais je vérifierais quand même.

— Merci de m'en avoir parlé, Bradley. Je n'y connais pas grand-chose, mais je devine que vous prenez un risque en me disant tout ça.

— Je n'avais pas le choix, Anita. Voyez-vous, c'est moi qui ai sorti votre dossier. Moi qui ai insisté pour qu'on vous consulte dans cette affaire. Moi qui vous ai désignée à l'attention de quelqu'un. J'en suis vraiment désolé.

— C'est bon, Bradley. Vous ne pouviez pas savoir.

— J'aurais dû m'en douter, répliqua-t-il amèrement.

Je ne sus pas quoi répondre. Mais il m'épargna la peine de chercher en sortant de la pièce. J'attendis deux ou trois secondes avant de le suivre.

Il voulait me faire peur ? Il avait réussi. Je sentais venir une crise de paranoïa aiguë. Déjà, je me demandais si Olaf avait imposé sa présence, ou si Edward avait reçu l'ordre de me recruter. Je n'aurais pas été surprise qu'il bosse pour le gouvernement, du moins, à temps partiel. C'était un vrai mercenaire ; du moment que le client payait, il se fichait bien de savoir pour qui il travaillait.

Tout ça aurait semblé ridicule si je n'avais pas vu l'expression de Bradford. S'il ne m'avait pas parlé de mon dossier. Soudain, une image s'imposa à mon esprit : chaque détail de ma vie, chaque crime que j'avais commis, imprimés en Times Roman et passant d'un bureau à l'autre pour s'arrêter... Où exactement ? Dans les mains de qui ?

Blake, Anita Blake. Ça aurait pu être drôle. Mais je doutais fort que le gouvernement fédéral ait le moindre sens de l'humour.

35

Edward me laissa conduire son Hummer jusqu'à l'hôpital pendant qu'il attendait la sorcière au ranch. C'était une amie de Donna, donc, il allait jouer le rôle de Ted et lui tenir la main pendant toute son intervention. Ce serait sa toute première scène de crime. Certaines personnes n'ont vraiment pas de bol.

Olaf resta pour communier avec les corps. Ça me convenait. Je n'avais pas envie de me retrouver avec lui dans une voiture, ou dans n'importe quel espace confiné, sans Edward pour nous chaperonner. Pourtant, les flics et les Fédéraux se seraient volontiers débarrassés de lui. Il n'avait fait que corroborer mes dires : jamais l'assassin n'aurait volontairement laissé ses trophées derrière lui. Mais il s'y connaissait encore moins que moi en magie ; il était incapable de dire pourquoi l'assassin s'était barré sans achever son travail. J'étais la seule à avoir une théorie à ce sujet, et j'espérais que la wiccane la confirmerait. Sinon, ce serait retour à la case départ.

En fait, quasiment personne ne voulut m'accompagner. Franklin me prenait pour une folle. Comment ça, les survivants n'étaient pas des survivants, mais des morts-vivants ? Bradford ne voulait pas laisser Franklin en charge de la scène du crime, d'autant que les cartes géologiques pouvaient arriver d'un instant à l'autre. Marks me prenait pour une folle *et* ne voulait pas laisser les Fédéraux en charge de la scène du crime. A mon avis, ils s'excitaient pour rien. Le monstre n'avait laissé aucune trace. Autrement dit, il s'était soit envolé, soit dématérialisé. Dans tous les cas, ils ne le trouveraient pas. Aussi n'eus-je aucun remords à partir à l'hôpital.

J'avais une autre raison de me rendre à Albuquerque. Edward m'avait dégoté un contact, un homme connu pour être un *brujo* – un sorcier. Donna ne lui avait fourni son nom qu'à la condition expresse que nous ne lui ferions pas de mal, sans doute parce qu'elle craignait des représailles le cas échéant. L'homme lançait des malédictions pour de l'argent ou par vengeance personnelle. Si quelqu'un parvenait à le prouver devant un tribunal, il serait automatiquement condamné à la peine capitale. Il s'appelait Nicandro Baco, et il était censé être nécromancien. Le premier que je rencontrerais, si sa réputation n'était pas usurpée.

Edward m'avait prévenue qu'il était plus dangereux qu'il n'en avait l'air, et qu'il avait un caractère de cochon.

— Deux critères apparemment incontournables dans votre métier, avait-il ajouté en grimaçant.

Au final, Ramirez et un agent en tenue acceptèrent de me suivre dans une voiture banalisée, et Bernardo monta avec moi dans le Hummer. Il s'affala dans le siège passager jusqu'à ce que la ceinture que j'avais insisté pour lui faire porter l'étrangle à moitié. Une expression orageuse assombrissait son visage ; il avait croisé les bras, et je pense qu'il en aurait fait autant avec ses jambes s'il avait eu la place. Bref, monsieur boudait.

Des ombres s'étiraient en travers de la route, malgré l'absence de bâtiments ou d'arbres pour les projeter. On aurait dit qu'elles jaillissaient de la terre telle une promesse de la nuit à venir. D'après ma montre, nous étions en début de soirée. D'après le soleil, l'après-midi touchait à peine à sa fin. Il nous restait environ trois heures de jour.

Un sentiment d'urgence me poussait à enfoncer l'accélérateur. Avant de m'en rendre compte, j'avais dépassé les cent vingt kilomètres heure. Le plat de la route, la vacuité du paysage me donnaient l'impression de me traîner. Je voulais atteindre l'hôpital avant qu'il fasse noir. Je ne savais pas pourquoi, et je ne me posais pas la question. Une voiture de police me suivait. Je n'avais pas peur de choper une contravention.

Pendant un moment, nous roulâmes en silence. J'aurais pu demander à Bernardo pourquoi il faisait la tronche, mais à vrai dire, j'avais déjà bien assez de mes propres problèmes. Finalement, il n'y tint plus.

— Tout à l'heure, je t'ai vue batifoler dans l'herbe avec l'inspecteur.

Je fronçai les sourcils et lui jetai un coup d'œil. Il me fixait d'un air hostile, comme s'il cherchait la bagarre. Du diable si je savais pourquoi.

— Nous ne « batifolions » pas.

— En tout cas, vous sembliez très intimes.

— Tu es jaloux ?

Son expression se durcit.

— Donc, tu couches. Simplement, tu refuses de le faire avec les méchants comme nous.

Je secouai la tête.

— L'inspecteur Ramirez m'a juste prise dans ses bras pour me réconforter.

— Je ne pensais pas que tu sois du style à te laisser réconforter.

— Et tu avais raison.

— Alors, quoi ?

— Alors, cette affaire me tape sur le système.

Bernardo tourna la tête vers sa fenêtre.

— Ouais. Je peux comprendre ça, lâcha-t-il au bout de quelques instants.

— J'ai remarqué que tu ne voulais pas regarder les photos ni lire les rapports des légistes.

— Je suis arrivé deux semaines avant toi. J'ai déjà vu tout ça. Une fois, ça me suffit.

— Pourquoi t'es-tu disputé avec Edward tout à l'heure ?

— Disputé ? gloussa-t-il. Le mot est peut-être un peu trop fort, mais… Disons que je ne comprends pas ce que je fous ici. Donne-moi une cible, et je l'abattrai. Donne-moi un client, et je le protégerai si la paye est bonne. C'est tout ce que je sais faire. Je n'y connais absolument rien en magie.

— Je croyais que tu étais un chasseur de primes spécialisé dans les créatures surnaturelles.

— J'étais avec Edward quand il a nettoyé un repaire de lycanthropes en Arizona. Quinze en tout. Nous avons fait le ménage à coups de mitraillette et de grenades. (Sa voix prit un ton presque mélancolique, genre « ah, c'était le bon vieux temps ! ».) Comme j'avais déjà tué deux loups-garous renégats avant ça, les gens ont cru que c'était devenu ma spécialité. Ils m'ont proposé un tas de contrats du même type. J'ai accepté ceux où il suffisait de descendre la cible – après tout, monstre ou humain, ça ne faisait pas de différence pour moi. Mais je ne suis pas un détective. Attendre, chercher des indices, ça me gonfle. Je suis un assassin, pas Sherlock Holmes.

Bernardo s'agita dans son siège, se redressa légèrement et secoua la tête pour écarter les cheveux qui lui tombaient devant la figure. Il était assez viril pour que ce geste ne fasse pas trop efféminé venant de lui.

— Alors, pourquoi ne rentres-tu pas chez toi ? demandai-je.

— Parce que je ne peux pas.

Je jetai un coup d'œil à son profil maussade.

— Toi aussi, tu dois une faveur à Edward ?

— Oui.

— Quel genre de faveur ?

— Le même que toi.

— Tu as buté un de ses autres renforts ?

Il hocha la tête.

— Tu veux en discuter ?

— Pour quoi faire ? Tu veux discuter des raisons pour lesquelles tu as buté Harley, toi ?

Il me fixa d'un air solennel qui le rendit infiniment plus séduisant que toutes ses mimiques charmeuses. Le naturel – avec moi, c'est encore ce qui marche le mieux.

— Pas vraiment, admis-je. Mais tu semblais un peu tendu. J'ai pensé que ça te ferait du bien de discuter.

Il grimaça.

— Ça, c'est un truc de fille.

— D'accord, parlons d'autre chose.

— Quoi par exemple ? demanda-t-il en calant une épaule contre sa vitre.

La route s'enfonça entre deux collines, et le monde devint subitement gris. Ça ne changeait rien au fait que la dernière attaque s'était produite en plein jour. Alors, pourquoi redoutais-je tant la tombée de la nuit ? C'était probablement un réflexe conditionné, le fruit de plusieurs années passées à chasser les vampires.

— Depuis combien de temps connais-tu Edward ?

— Six ans, je crois.

— A peine plus longtemps que moi, lâchai-je, dépitée. Et merde.

— Tu voulais me soutirer des informations sur lui ?

— Quelque chose comme ça.

Bernardo pivota presque complètement vers moi, repliant la jambe gauche sur son siège.

— Laisse-moi te sauter, et tu pourras me soutirer tout ce que tu veux.

Sa voix avait baissé d'une octave. Sa tête était penchée sur le côté, et ses cheveux se déployaient sur l'appuie-tête tel un rideau de soie noire.

— Tu es en manque, et je suis disponible. Ce n'est pas très flatteur.

Il poussa un soupir.

— Ça aussi, c'est un truc de fille.

— Quoi ?

— Compliquer les choses. Vouloir absolument que le sexe ait une signification et des enjeux autres que physiques.

— Pas sûr. Je connais un ou deux gars qui se prennent pas mal la tête avec ça, eux aussi.

— Ça n'a pas l'air de t'enchanter.

— Edward t'a-t-il appelé avant ou après Olaf ?

— Après. Mais tu changes de sujet.

— Pas du tout. Edward est un excellent juge des compétences et des caractères. Il sait à qui faire appel pour gérer n'importe quelle situation donnée. Sur cette affaire, il était logique de penser à Olaf. Il était logique de penser à moi. Il n'était pas logique de penser à toi. Edward sait que les enquêtes compliquées, ce n'est pas ta tasse de thé.

— Je ne vois pas où tu veux en venir.

— Il m'a conseillé de coucher avec toi.

Bernardo écarquilla les yeux.

— Edward ? On parle bien de la même personne, là ?

— Donna l'a peut-être transformé. L'amour a une drôle d'influence sur les gens.

— Rien ne change Edward. Il est pareil à une montagne.

— C'est vrai, mais il ne m'a pas non plus encouragée à choisir un service de table avec toi. Il m'a juste dit, je cite : « Ce dont tu as besoin, c'est d'une bonne partie de jambes en l'air ».

Bernardo en resta bouche bée.

— Tu déconnes.

— Absolument pas.

Même si je regardais la route, je sentis qu'il me dévisageait pensivement.

— Veux-tu dire qu'il m'a fait venir pour te tenter ?

— Peut-être que oui, peut-être que non. Ça pourrait n'être qu'une coïncidence. Tout ce que je sais, c'est qu'il n'approuve pas le choix de mes amants.

— D'abord, il n'y a jamais de coïncidence quand il s'agit d'Edward. Ensuite, avec qui peux-tu bien coucher pour que ça le préoccupe ? Tu te taperais ton chien qu'il s'en foutrait.

Je laissai filer le dernier commentaire parce que Bernardo avait raison. Théoriquement, Edward se fichait de la vie privée de ses renforts. Du moment qu'ils étaient capables de tirer, le reste n'avait aucune importance pour lui.

— Je répondrai à ta question si tu réponds d'abord à la mienne.

— Je t'écoute.

— Tu pourrais faire la couverture du *GQ* amérindien, mais d'un point de vue culturel, rien ne trahit tes origines. Pourquoi ?

— Tu me trouves trop blanc pour toi ? aboya Bernardo.

Visiblement, j'avais touché un point sensible.

— Ecoute… La famille de ma mère vient du Mexique, et ça se sent. La famille de mon père vient d'Allemagne ; mes oncles et mes tantes ont des expressions, des coutumes typiquement européennes. Mais toi, tu parles et tu te comportes comme n'importe quel Américain moyen, comme si la télévision câblée était ta seule référence culturelle.

— Mon père était indien. On m'a dit qu'il était mort avant ma naissance. Ma mère était blanche ; elle a accouché sous X et m'a abandonné. Personne ne voulait d'un bâtard comme moi. J'ai passé toute mon enfance à naviguer d'une famille d'accueil à l'autre. A dix-huit ans, je me suis engagé dans l'armée. Mes supérieurs se sont aperçus que j'étais bon au tir. Pendant quelques années, j'ai tué pour mon pays. Puis je me suis mis à mon compte. Et me voilà, acheva Bernardo sur un ton si grinçant qu'il me blessa presque les oreilles.

Dire que j'étais désolée, ç'aurait été insultant. Dire que je comprenais, ç'aurait été un mensonge.

— Alors ? railla-t-il. Tu as pitié de moi ? Couche donc avec moi pour me consoler.

Je lui jetai un coup d'œil sévère.

— Quand une femme couche avec toi, ce n'est pas par pitié, et tu le sais très bien.

— Mais toi, tu ne veux pas le faire.

— Ça n'a rien à voir avec tes origines ethniques ou ton manque d'exotisme culturel. J'ai déjà deux hommes qui m'attendent à la maison. Ça fait un de trop. Trois, ça deviendrait franchement ridicule.

— Pourquoi Edward désapprouve-t-il ?

— Parce que le premier est un loup-garou et le second un vampire, répondis-je sur un ton neutre, sans quitter la route des yeux.

J'entendis Bernardo hoqueter.

— Tu es l'Exécutrice, le fléau des morts-vivants. Comment peux-tu baiser avec un vampire ?

— Honnêtement… Je n'en ai pas la moindre idée.

— Quand tu as rencontré le loup-garou, croyais-tu qu'il était humain ?

— Au début, oui. Mais ça n'a pas duré longtemps. Je savais ce qu'il était quand je l'ai accueilli dans mon lit.

Bernardo poussa un sifflement.

— Edward déteste les monstres. Mais je ne pensais pas que ça lui poserait un problème si un de ses renforts couchait avec eux.

— Ça lui en pose un. Même si je ne comprends pas pourquoi.

— Et il a cru qu'une seule nuit avec moi suffirait à te faire changer d'avis ? A te convertir aux humains ? J'ai entendu dire que les métamorphes peuvent remodeler leur corps à volonté. C'est vrai ?

— Certains d'entre eux en sont capables, oui.

Nous traversions les faubourgs d'Albuquerque, une zone bourrée de centres commerciaux et de fast-foods.

— Ton copain peut modifier tout ou partie de son anatomie, y compris dans le feu de l'action ?

Je sentis le rouge me monter aux joues et ne pus l'en empêcher.

— Oui.

Bernardo gloussa tout bas.

— Et ton vampire ? Il est vieux ?

— Un peu plus de quatre siècles.

Nous nous engageâmes dans un quartier résidentiel et atteignîmes le premier point de repère indiqué par Edward. Nous roulions depuis une heure déjà. Je faillis dépasser le carrefour qui conduisait chez Nicandro Baco, mais si ma théorie était juste – si le monstre auquel nous avions affaire était un type de mort-vivant inconnu jusque-là –, les pouvoirs d'un second nécromancien ne seraient pas de trop. Je mis mon clignotant et tournai, non sans jeter un coup d'œil dans le rétroviseur pour vérifier que Ramirez me suivait.

— Tu peux me lire les instructions ? demandai-je à Bernardo.

Il saisit le papier posé sur le tableau de bord et déchiffra plusieurs noms de rues.

— C'est tout droit pendant un moment. Revenons à notre discussion.

Je poussai un soupir.

— C'est vraiment obligé ?

— Si j'ai bien compris, tu te tapes un métamorphe qui contrôle assez bien son corps pour en faire grossir certaines parties.

— Ou rapetisser.

Je comptais les feux rouges dans ma tête. Nous avions

le temps de rendre visite à Nicandro Baco et d'arriver à l'hôpital avant la tombée de la nuit, mais pas si nous nous paumions et mettions trois heures à retrouver notre chemin.

— Aucun homme ne voudrait rapetisser pendant l'amour. Métamorphe ou pas, ton copain reste un mâle.

Je haussai les épaules. Je refusais de discuter de ça avec Bernardo. La seule personne avec qui j'en avais parlé, c'était Ronnie, et en échange, elle m'avait révélé un tas de détails embarrassants à propos de Louie. Les hommes ont tendance à se vanter auprès de leurs potes, mais les femmes entre elles se racontent des choses très crues, très personnelles.

— Et à côté de ça, tu te tapes un vampire de plus de quatre siècles. (Bernardo prit un accent anglais distingué.) Puis-je supposer que son expérience et son savoir-faire sont proportionnels à son âge ?

De nouveau, mes joues s'embrasèrent.

— Tu peux.

— Merde alors, poupée. Je suis doué, mais pas à ce point. Je ne suis qu'un pauvre mortel. Je ne peux pas rivaliser avec un homme-loup et un seigneur des morts-vivants.

Nous traversions un quartier qui semblait à l'abandon : stations essence au rideau de fer tiré, magasins aux vitrines remplacées par du contre-plaqué, et partout, des graffitis qui s'étalaient sur les murs telle une maladie contagieuse. Le soleil brillait encore dans le ciel, mais sa lumière n'atteignait pas la chaussée, comme si quelque chose la maintenait à distance. Un frisson me parcourut l'échine.

— Ça va ? s'enquit Bernardo.

Ma bouche était tellement sèche tout à coup que je me contentai de secouer la tête. Je sus que nous étions arrivés avant qu'il annonce :

— *Los Duendos*, « Les Nains ». Nous y voilà.

L'atmosphère était oppressante, chargée d'une magie épaisse. Une magie de mort. Quelqu'un venait de sacrifier une vie pour acquérir le pouvoir nécessaire au lancement d'un sort, ou travaillait activement avec les morts en ce moment même – alors que le soleil n'était pas encore couché.

La plupart des réanimateurs ne peuvent pas relever de zombies avant la tombée de la nuit. Théoriquement, je pourrais le faire en pleine journée, mais je n'y arrive pas – parce que je n'y crois pas, m'a-t-on dit. Nicandro Baco ne semblait pas partager mes doutes. Son pouvoir soufflait sur ma peau, et j'étais encore assise dans la voiture. Soudain, je n'avais plus du tout envie de le rencontrer.

36

Je me garai dans un parking désert, deux blocs plus loin et dans une rue perpendiculaire à celle du bar. La voiture banalisée se rangea sur la place voisine; Ramirez et l'agent Rigby en descendirent. Rigby était de taille moyenne, bien bâti et plutôt musclé. Il exsudait une sorte de confiance tranquille, comme si rien ne pouvait le toucher. La plupart des flics ont l'air de sortir d'une essoreuse encore trempés, mais pas lui. Son sourire était franc et ouvert, son regard innocent alors qu'il semblait plus âgé que moi. A sa vue, j'éprouvai un pincement de jalousie.

Pendant le trajet, Ramirez s'était renseigné sur Nicandro Baco, alias Nicky Baco. Il était soupçonné de plusieurs meurtres, mais les témoins avaient une fâcheuse tendance à disparaître ou à oublier ce qu'ils avaient vu, si bien que la police n'avait jamais pu l'inculper. Il était associé à un gang de motards local, baptisé Los Lobos.

— Ne pas confondre avec les musiciens, précisa Ramirez.

Je savais que c'était censé me faire sourire, mais même à deux blocs de distance, je percevais encore la magie de Nicky Baco. J'étais certaine qu'en cherchant bien, j'aurais trouvé des sorts, des charmes et des glyphes installés un peu partout dans le voisinage pour propager un certain malaise. A mon avis, ce type avait provoqué la faillite de tous les autres commerces du quartier. Ce qui était illégal – et illogique, puisque ça avait dû entraîner la fuite d'une bonne partie de sa clientèle. Mais bon. J'étais venue pour résoudre une affaire de meurtre, pas pour m'intéresser à une possible arnaque immobilière. Il y a des priorités dans la vie.

— Les Lobos ne sont pas très nombreux, mais ils ont une sale réputation, reprit Ramirez.

— C'est quoi, leur spécialité ? demandai-je.

— Trafic de drogue, meurtre, agression à main armée, viol, enlèvement...

— Enlèvement ? répéta Bernardo comme s'il s'attendait à tous les autres crimes de la liste, mais pas à celui-là.

Ramirez le fixa, et son sourire amical s'évanouit. Pour une raison qui m'échappait, il n'aimait pas Bernardo.

— Nous pensons qu'ils ont enlevé une jeune fille, mais on ne l'a jamais retrouvée, et l'unique témoin a seulement vu quelqu'un la traîner à l'arrière d'une camionnette grise qui ressemblait à celle du chef de gang, Roland Sanchez.

— Il y a beaucoup de disparitions d'adolescentes dans le coin ? m'enquis-je.

— Ni plus ni moins qu'ailleurs. Je ne dis pas que les Lobos n'ont pas fait le coup, mais si c'est le cas, il s'agit d'un événement isolé et non d'une habitude.

— Ravie de l'apprendre.

Ramirez me tendit un téléphone portable.

— J'ai son petit frère sur moi, dit-il en tapotant sa poche. En cas de problème, appuyez sur ce bouton pour m'appeler. Rigby et moi accourrons à la rescousse.

Je jetai un coup d'œil à l'agent en tenue, qui souleva sa casquette.

— A votre service, madame.

Madame ? Ou bien il était cinq ans plus jeune qu'il

n'en avait l'air, ou bien il donnait du « madame » à toutes les femmes. Je reportai mon attention sur Ramirez.

— Vous n'essayez pas de me dissuader d'y aller seule avec Bernardo ?

— Nous soupçonnons Baco d'utiliser sa magie pour tuer des gens. C'est un crime passible de la peine de mort. Si des flics déboulent dans son bar, il se refermera comme une huître et réclamera un avocat. Votre seul espoir d'en tirer quelque chose, c'est de jouer les civiles ordinaires. L'essentiel, c'est que vous ayez un homme pour vous accompagner.

Je fronça les sourcils.

— Je suis une grande fille. Je peux prendre soin de moi.

Ramirez secoua la tête.

— Dans le milieu des gangs, les femmes n'existent qu'à travers les hommes. Elles ne peuvent être que la mère, la fille, la femme, la sœur ou la maîtresse de quelqu'un. Faites-vous passer pour la petite amie de Bernardo. (Il leva la main pour m'empêcher de protester avant même que je puisse ouvrir la bouche.) Sinon, ils ne sauront pas comment vous traiter. Il vous faut un statut qu'ils puissent comprendre rapidement. Votre licence d'exécutrice ressemble trop à un insigne de police. Aucune femme saine d'esprit n'entrerait là-dedans juste pour boire un verre. Vous ne pouvez pas vous présenter comme une professionnelle, ni comme une cliente. Je prendrais volontiers la place de Bernardo, mais à ce qu'il paraît, j'ai une gueule de flic. Je nous ferais repérer tout de suite.

Je m'étais déjà fait la remarque que même en civil, la plupart des flics ne passent pas inaperçus. Ils ont une certaine façon de se tenir, de ne jamais baisser leur garde, de prendre le commandement des opérations et de donner des ordres comme s'ils s'attendaient à ce qu'on leur obéisse. Ramirez n'échappait pas à la règle.

Quant à Rigby, il était en tenue, et de toute façon, je ne l'aurais pas emmené avec moi. Il avait l'air trop content de lui pour posséder beaucoup d'expérience.

Je poussai un soupir.

— D'accord, mais ça ne me plaît pas.

Bernardo grimaça. Ramirez lui brandit un index sous le nez.

— Si vous abusez de la situation, je vous le ferai regretter.

Dans les yeux de Bernardo, l'amusement céda la place à une froideur glaciale. Je m'interposai entre les deux hommes avant que les choses dégénèrent.

— Je suis capable de me débrouiller, inspecteur Ramirez. Mais merci quand même.

J'avais utilisé son grade pour rappeler à Bernardo qui il était. Même Edward se montrait prudent envers les flics.

L'expression de Ramirez se ferma.

— Comme vous voudrez, mademoiselle Blake.

Il croyait que j'étais en pétard contre lui. Et merde. L'ego masculin, c'est vraiment une plaie.

— C'est bon, Hernando. (Je lui touchai légèrement le bras.) Je n'aime pas passer pour une faible femme, c'est tout.

Il se radoucit.

— D'accord.

Ce qui signifiait : « excuses acceptées ». Je m'écartai de lui et changeai de sujet.

— C'est étonnant le nombre de monstres et de méchants qui acceptent de me parler alors qu'ils n'ont pas desserré les dents devant la police.

— Etonnant, c'est un doux euphémisme, acquiesça Ramirez.

Il me dévisagea d'un regard si pénétrant que je me demandai s'il ne s'était pas également renseigné sur moi. Je ne lui posai pas la question : je n'avais pas vraiment envie de savoir. Mais il avait raison au sujet de Baco. Si sa réputation était justifiée, le nécromancien ne voudrait rien avoir à faire avec la police.

La dernière exécution d'un jeteur de sorts avait eu lieu deux mois plus tôt – en Californie, un état qui n'applique plus la peine de mort pour aucun autre crime. La condamnée était une sorcière qui avait fait appel à un démon pour tuer sa sœur afin d'hériter de tous les biens de leurs parents. Elle était également soupçonnée d'avoir causé la mort de ces derniers, mais la police n'avait pas pu le prouver. Et à quoi bon ? Elle ne pouvait être exécutée qu'une fois.

J'avais lu une partie du procès-verbal. Cette fille était coupable, je n'en doutais pas. Mais trois mois à peine s'étaient écoulés entre son arrestation et l'application de la sentence – un fait sans précédent dans l'histoire judiciaire américaine. D'habitude, il faut plus longtemps que ça pour obtenir une simple date d'audience.

L'état de Californie avait bien retenu la leçon. Quelques années auparavant, un sorcier y avait été arrêté pour un crime similaire. La procédure avait suivi son cours à la vitesse... ou plutôt, avec la lenteur habituelle. L'inculpé en avait profité pour invoquer un démon majeur dans sa cellule. Pendant qu'il s'échappait, la créature avait massacré tous les gardes et une partie des prisonniers.

Finalement, un chapitre de wiccans l'avait localisé. Le nombre de ses victimes se montait à quarante-deux ou quarante-trois, j'ai oublié. Durant sa capture, il avait pris trente balles dans le corps. Aucun flic n'avait été blessé. Autrement dit, ils avaient vidé leur chargeur sur lui après qu'il se soit effondré. C'était un peu exagéré, mais je ne les en blâmais pas. Les légistes n'avaient pas réussi à reconstituer le cadavre de tous les gardiens de la paix : trop de morceaux manquaient à l'appel.

Le Nouveau-Mexique pratiquait toujours la peine

de mort, et j'aurais parié qu'il pouvait battre le record de la Californie. Ici, vous pouviez être exécuté pour un bon vieux crime à l'ancienne. Si vous aviez utilisé la magie en prime, vos cendres étaient éparpillées aux quatre vents avant que vous puissiez prononcer le nom de Belzébuth.

On ne brûle plus les gens au pilori de nos jours. (Du moins, pas en Amérique. Ça se fait encore dans certains pays d'Europe. Voilà pourquoi je ne voyage pas souvent à l'étranger.) Mais après leur mort, les criminels ayant tué par magie sont incinérés, et leurs cendres répandues dans de l'eau courante. C'est très traditionnel.

— Anita, vous êtes toujours avec nous ? demanda Ramirez.

Je clignai des yeux.

— Désolée, je pensais à la dernière exécution en Californie. Ça ne m'étonne pas que Baco se fasse du mouron.

— Soyez prudente. Ces gens sont dangereux.

— Anita a l'habitude de traiter avec des gens dangereux, intervint Bernardo.

Les deux hommes se toisèrent. De nouveau, j'eus l'impression que Ramirez n'aimait guère Bernardo, et que celui-ci faisait exprès de le titiller.

— Vous vous connaissez ? demandai-je brusquement.

Ils secouèrent la tête avec un bel ensemble.

— Non, pourquoi ?

— On dirait que vous avez des comptes à régler.

Bernardo sourit. Ramirez se dandina, mal à l'aise. Rigby se détourna en mettant un poing devant sa bouche et en toussotant pour masquer un éclat de rire.

— Hum. Ce que je voulais dire, reprit Ramirez, c'est qu'habituée ou pas, Anita n'est pas immunisée contre les couteaux qu'on pourrait lui planter entre les omoplates. Les Lobos s'enorgueillissent d'utiliser des armes blanches plutôt que des armes à feu.

— Parce que les flingues, c'est pour les mauviettes ? suggérai-je.

— Quelque chose comme ça.

Je portais ma veste noire par-dessus mon polo bleu marine. Si je fermais les deux boutons du bas, elle dissimulerait mon Browning et mon Firestar tout en me laissant assez de marge pour dégainer. En fait, le téléphone que j'avais fourré dans la poche extérieure droite était plus repérable que mes deux pistolets.

Bernardo avait enfilé une chemise noire à manches courtes sur son T-shirt blanc. Les plis du tissu dissimulaient le Beretta 10 mm calé sur sa hanche.

— Ça devrait être marrant, commenta-t-il avec un sourire carnassier.

— On va chercher des informations, pas rejouer « Règlement de comptes à OK Corral », lui rappelai-je. Pigé ?

— C'est toi la patronne, acquiesça-t-il.

Mais une lueur farouche brillait dans ses yeux. Il n'avait tué personne depuis plus de deux semaines. Il était impatient d'en découdre.

Le matin, je m'étais sentie vaguement ridicule en ajustant l'étui du couteau que je portais dans le dos. Là, je tournai la tête pour éprouver le contact réconfortant du manche contre ma nuque. Je me balade presque toujours avec mes fourreaux de poignet et leurs occupants, mais celui-ci est optionnel. C'est la vie : en vous levant, vous êtes parano et suréquipée ; avant la fin de la journée, vous êtes effrayée et sous-équipée. D'accord, ce n'est peut-être pas la vie de tout le monde – juste la mienne.

— *Los duendos*, vous savez ce que c'est ? interrogea Ramirez.

— D'après Bernardo, ça veut dire « les nains ».

— En espagnol, oui. Mais ici, ça désigne des créatures du folklore, de petits êtres chapardeurs qui vivent dans des cavernes. On raconte que ce sont des anges restés suspendus entre le ciel et l'enfer pendant la révolte de Lucifer. Pour arrêter l'exode des anges, Dieu aurait refermé les portes du paradis, et *los duendos* seraient restés coincés dans les limbes.

— Pourquoi ne sont-ils pas tout simplement descendus en enfer ? s'étonna Bernardo.

C'était une bonne question. Ramirez haussa les épaules.

— L'histoire ne le dit pas.

Je jetai un coup d'œil à Rigby. Il était tout frétillant, aussi impatient de se rendre utile qu'un boy-scout adulte. Il n'avait pas l'air inquiet le moins du monde, et ça me rendait nerveuse.

Nous étions sur le point d'entrer dans un bar bourré de méchants motards, où se cachait un nécromancien si puissant qu'il me donnait des frissons à cent mètres de distance. Bernardo, Ramirez et moi semblions confiants, mais nous avions de bonnes raisons pour ça. Nous avions déjà été confrontés à ce genre de situation, et nous avions survécu. J'aurais parié que ce n'était pas le cas de Rigby, que son aplomb se basait sur un gros paquet d'illusions. Pourvu que Ramirez ne soit pas obligé de venir à notre secours avec lui pour seul renfort !

D'un autre côté… Tôt ou tard, chacun de nous doit recevoir son baptême du feu. Si les choses tournaient mal, celui de Rigby aurait lieu ce soir.

— Vous aviez une raison particulière de nous raconter cette histoire, Hernando ? Vous ne pensez quand même pas que Baco et son gang soient *los duendos* ?

Ramirez secoua la tête.

— Non, mais je trouve ça assez révélateur d'avoir donné à son bar le nom d'anges déchus.

J'ouvris la porte conducteur du Hummer et m'installai au volant tandis que Bernardo contournait le véhicule.

— Pas déchus, Hernando : juste coincés dans les limbes.

Ramirez se pencha par la vitre ouverte.

— Mais ils ne sont plus au paradis, n'est-ce pas ?

Sur ces mots, il recula et me laissa fermer ma fenêtre. Rigby et lui nous regardèrent nous éloigner, plantés au milieu du parking désert.

Je jetai un coup d'œil à Bernardo.

— Tâche de ne tuer personne, d'accord ?

— Et s'ils nous attaquent les premiers ?

— Dans ce cas, on se défendra, bien entendu. Mais ne les provoque pas juste pour déclencher une bagarre.

— Si je ne la déclenche pas, est-ce que je pourrai la finir ? me demanda-t-il, les yeux brillants.

Je secouai la tête et cherchai un endroit où me garer à proximité du bar. Baco avait fini de lancer son sort ; l'atmosphère était redevenue un peu plus respirable. Mais je percevais toujours de l'électricité dans l'air, comme de la foudre qui n'attendait qu'une occasion pour frapper.

— Oui, tu pourras.

Bernardo se mit à fredonner tout bas. Il me sembla que c'était la musique des « Sept samouraï ». Tout ça ne me disait vraiment rien qui vaille.

37

Le temps de trouver une place où nous garer, Bernardo et moi avions mis une histoire au point. J'étais une nécromancienne de passage en ville, désireuse de parler boutique avec un de ses rares collègues. Si ça n'avait pas été si proche de la vérité, ç'aurait été un alibi merdique. Mais nous n'avions pas toute la journée devant nous – et puis, la ruse n'était pas mon point fort, ni celui de Bernardo. Notre genre, c'était « on défonce la porte et on canarde à tout-va » plutôt que « on se pointe sous couverture pour infiltrer l'ennemi ».

Juste avant que nous traversions la rue, Bernardo me tendit la main. Je fronçai les sourcils.

— Allez, Anita, joue le jeu, me pressa-t-il.

J'hésitai une seconde, puis pris sa main. Ses doigts se refermèrent sur les miens de façon un peu plus caressante et possessive que nécessaire, mais je laissai filer. Par chance, je suis droitière, et Bernardo était gaucher. Ce qui signifiait qu'on pouvait se tenir la main sans compromettre notre capacité à dégainer.

Je suis sortie avec des hommes avec qui il m'était difficile de marcher main dans la main parce qu'on n'arrivait pas à se synchroniser. Bernardo n'en faisait pas partie. Ses jambes étant beaucoup plus longues que les miennes, il ralentit d'abord le pas pour ne pas me distancer. Puis il réalisa que j'avais un mètre d'avance sur lui et que je tirais impatiemment sur son bras. J'ai des tas d'amis qui mesurent un mètre quatre-vingts ou plus. Aucun d'eux ne s'est jamais plaint que je le freinais.

La porte du bar était noire, et elle se fondait si bien à la façade du bâtiment qu'on pouvait presque la louper. Bernardo l'ouvrit et me la tint. Je le laissai faire histoire de ne pas bousiller notre couverture. Ce qui était illogique, parce que s'il avait réellement été mon petit ami, j'aurais protesté. Mais nos futurs interlocuteurs ne pouvaient pas le savoir.

A la minute... Non, à la seconde où je pénétrai dans le bar, je sus que nous ne réussirions pas à passer inaperçus. Si Bernardo avait viré sa chemise noire, et si son T-shirt d'une blancheur immaculée n'avait pas eu l'air de sortir du repassage, il y serait peut-être arrivé. Quant à moi, non seulement je portais l'unique veste de costard de toute la salle, mais même mon polo et mon jean faisaient un peu trop habillé à côté de la tenue des autres nanas.

Une jeune fille – si elle avait dix-huit ans, je voulais bien bouffer mon holster tout cru et sans sel – me fixait d'un air hostile. Elle était plus petite et plus menue que moi. Ses longs cheveux bruns, propres et soyeux, tombaient un peu plus bas que ses épaules. Avec son maquillage subtil, appliqué d'une main experte, elle avait la tête d'une lycéenne qui se rend à son bal de promo. La tête, mais pas la tenue. Elle portait un soutien-gorge de cuir noir clouté, avec un short assorti qui semblait peint sur ses hanches étroites et une paire de chaussures à semelle compensée. Ce genre de pompes, c'était déjà hideux dans les années soixante ; je ne comprends pas que ça ait pu revenir à la mode si longtemps après.

La fille se vautrait sur un type qui, à en juger sa barbe et ses cheveux grisonnants, devait avoir trente ans de plus qu'elle. J'espérais que c'était son père, mais je n'y croyais pas trop. Au premier abord, on aurait pu le croire gros, mais il était plutôt imposant à la manière d'un joueur de foot américain : une montagne de muscles à fleur de peau. Malgré la pénombre qui régnait dans le bar, de petites lunettes de soleil rondes dissimulaient ses yeux. Il était assis à la table la plus proche de la porte, ses mains pareilles à des battoirs posées devant lui.

Quand il se leva, une cascade d'énergie se déversa de lui. Mon souffle s'étrangla dans ma gorge, et pas à cause de la fumée de clope qui flottait dans la salle telle une nappe de brouillard. Je m'étais attendue à rencontrer un nécromancien, pas un métamorphe. Je ne pouvais pas être sûre du type d'animal à cent pour cent, mais… Los Lobos ? Mon petit doigt me disait que ça devait être un loup. Je balayai les autres clients du regard, et le pouvoir qui émanait d'eux me donna la chair de poule.

Bernardo m'entraîna vers le comptoir. Je dus faire appel à tout mon self-control pour ne pas dégainer. Ces gens ne nous menaçaient pas. Ils roulaient probablement des mécaniques chaque fois que des touristes mettaient les pieds chez eux, histoire de leur faire sentir qu'ils n'étaient pas les bienvenus. A notre place, n'importe qui aurait saisi le message et promptement déguerpi. J'aurais bien voulu en faire autant, mais j'avais une affaire à résoudre.

Les motards plantés devant le comptoir battirent en retraite à notre approche comme si nous étions des pestiférés. Ça ne me dérangeait pas, bien au contraire. Ainsi, ils ne pourraient pas nous prendre en tenaille. Surprise : le barman était une naine… Pardon, une personne de petite taille. Je ne voyais pas ses jambes, mais je devinais qu'elle était perchée sur quelque chose. Elle avait des cheveux noirs, courts et épais, entremêlés de fils blancs. Un visage carré, aux traits marqués non par l'âge, mais par les chagrins et les soucis. Un regard dur. Un sourcil coupé en deux par une grosse cicatrice blanche. Il ne lui manquait qu'un tatouage sur le front clamant « J'ai eu une vie difficile ».

— Qu'est-ce que vous voulez ? lança-t-elle d'une voix bourrue.

Je pensais que Bernardo répondrait, mais toute son attention était tournée vers la salle dont l'atmosphère devenait de plus en plus hostile.

— Nous cherchons Nicky Baco, révélai-je.

— Connais pas, lâcha la femme sans ciller.

Elle ne s'était pas accordé un seul instant de réflexion. Alors, je sus que si j'avais posé la même question à n'importe lequel des clients, j'aurais obtenu la même réponse automatique. Je décidai de jouer franc jeu – plus ou moins.

— Je suis une nécromancienne. J'ai entendu dire que Baco en était un, lui aussi. J'ai déjà rencontré des tas de réanimateurs, mais jamais d'autre nécromancien.

La femme secoua la tête.

— Je ne sais pas de quoi tu parles.

Puis elle se désintéressa de moi et se mit à frotter son comptoir avec un torchon sale.

Pigé. Ils allaient attendre qu'on fiche le camp. Si on tardait trop, ils nous mettraient dehors *manu militari*. Et, à moins qu'on soit prêts à défourailler, ils y arriveraient. Dans le doute, dire la vérité. Ce n'est pas ma tactique habituelle, mais je veux bien tout essayer au moins une fois.

— Je suis Anita Blake, commençai-je.

La femme leva brusquement la tête et me regarda comme si elle me voyait pour la première fois.

— Prouve-le, exigea-t-elle.

Je glissai la main à l'intérieur de ma veste pour en sortir mon portefeuille. J'entendis un cliquetis sous le comptoir, et je sus que la femme venait d'armer un flingue. Au son, probablement un bon vieux fusil à pompe.

— Lentement, ordonna-t-elle.

Du coin de l'œil, je surpris le mouvement de Bernardo. Il pivotait vers nous en portant une main à sa taille.

— Tout va bien, Bernardo. Je contrôle la situation.

Il hésita.

— S'il te plaît, insistai-je.

Il reporta son attention sur les loups-garous qui s'étaient levés et formaient un demi-cercle autour de nous.

— D'accord, mais magne-toi.

Je sortis mon permis et le tendis à la femme.

— Pose-le sur le comptoir, mets les mains à plat de chaque côté et penche-toi en avant.

Je fis ce qu'elle me demandait. Le dessus du comptoir était poisseux, et je réprimai une grimace.

— Lui aussi.

Bernardo tourna la tête vers elle.

— Non.

Quelque chose passa dans les yeux de la femme – une lueur froide et sauvage qu'Edward n'aurait pas reniée. Je sus qu'elle était capable de tirer.

— Ou tu obéis, ou tu fous le camp, aboyai-je.

Bernardo pivota vers le comptoir. Il scruta le visage de la femme et vit qu'elle ne plaisantait pas. Ses épaules s'affaissèrent. Il jeta un coup d'œil envieux à la porte puis, avec un soupir contrarié, adopta la même position que moi. Son expression, la raideur de ses mouvements hurlaient qu'une telle soumission était contraire à sa nature.

— Les jambes écartées, ordonna la femme. Et penche-toi bien en avant, comme si tu voulais regarder ta jolie petite gueule dans le vernis.

J'entendis Bernardo prendre une inspiration sifflante. Mais il obtempéra – non sans grommeler du coin de la bouche :

— J'ai le droit de dire qu'à mon avis, c'est une très mauvaise idée ?

— La ferme, répliquai-je.

La femme tendit une main pour ouvrir mon permis. Le fusil à pompe devait être fixé sous le comptoir.

— Pourquoi veux-tu voir Nicky ? demanda-t-elle.

Elle ne m'avait pas autorisée à me relever, aussi, je ne bougeai pas.

— Parce que je veux parler à un autre nécromancien.

— Pourquoi ne m'as-tu pas dit qui tu étais d'entrée de jeu ?

— Parce qu'il m'arrive de bosser avec les flics. Je pensais que ça vous rendrait nerveuse.

Je levai les yeux vers elle et vis l'ombre d'un sourire passer sur ses traits rudes.

— Pourquoi veux-tu parler à un autre nécromancien ?

Têtue et méthodique. Décidément, elle avait raté sa vocation. Elle aurait dû entrer dans la police.

— J'ai un petit problème dans lequel des morts sont impliqués. J'aimerais avoir l'opinion d'un second spécialiste.

Alors, elle éclata d'un rire dur, pareil au croassement d'un corbeau. Je sentis frémir les loups-garous qui se tenaient derrière moi. Pour un peu, j'aurais juré qu'ils avaient peur de cette femme minuscule. Ce qui ne fit rien pour dissiper mon appréhension.

— Nicky va adorer ça, claironna-t-elle. La célèbre Anita Blake est venue le consulter. (Du menton, elle désigna Bernardo.) Et lui, qui est-ce ?

— Bernardo. Un ami.

Son regard se durcit.

— Un ami très proche ?

— Oui.

Elle se pencha vers moi, une main toujours dissimulée sous le comptoir et le nez à quelques centimètres du mien.

— Je devrais te tuer. Tu vas faire du mal à Nicky, je le sens.

Dans ses yeux, je ne vis ni colère ni haine – juste du vide. Et je sus que si elle appuyait sur la détente, ça ne serait pas la première fois.

Mon cœur s'affola. J'allais me faire exploser la tête par une naine psychotique. Quelle drôle de fin…

— Je n'ai aucune intention de nuire à Nicky, affirmai-je de cette voix basse et posée qu'on réserve aux gens sur le point de se suicider ou de vous faire sauter la cervelle. Honnêtement, je veux juste lui demander son avis de nécromancien.

La femme continua à me fixer sans ciller. Elle se redressa lentement.

— Si tu bouges, je te bute. Si ton copain bouge, je te bute.

Mettez ça sur le compte de l'intuition féminine, mais je devinai que la suite n'allait pas nous plaire.

— Tu as entendu, Joli-Cœur ? demanda-t-elle à Bernardo.

— Oui, répondit-il calmement, sans lever la tête.

Lui aussi, il connaissait la chanson. Cette femme cherchait une excuse pour me tuer. Je ne l'avais jamais rencontrée, donc, ça n'aurait rien de personnel. Mais le résultat serait le même.

— Nous ne laissons jamais des étrangers entrer chez nous avec une arme.

Ce fut le colosse à la barbe grisonnante qui nous fouilla. Je sentis son pouvoir dans mon dos, pareil à un mur d'énergie solide. Il me palpa comme s'il avait l'habitude de faire ce genre de choses, me délesta de mes trois couteaux et de mes deux flingues.

Quand vint son tour, Bernardo grimaça et se raidit. Mais il se laissa faire. L'homme lui prit son Beretta et s'empara du couteau dissimulé dans une de ses bottes.

— On peut se relever, maintenant ? demandai-je.

— Pas encore.

Bernardo me jeta un coup d'œil signifiant que s'il se faisait tuer à cause de moi, son fantôme reviendrait me hanter parce que tout ça était ma faute.

— Vous savez que je suis Anita Blake, dis-je sur un ton conciliant. Vous savez pourquoi je suis venue. Que vous faut-il d'autre ?

— Harpo, trouve le portefeuille de son copain et dis-moi qui il est, ordonna la femme.

Harpo ? Cette montagne de muscles et d'énergie portait le même prénom qu'un des Marx Brothers ? Je réussis à tenir ma langue. Vous voyez bien que je me bonifie en vieillissant.

Harpo saisit le portefeuille de Bernardo. Il avait fourré son Beretta sur le côté droit de sa ceinture, et mon Browning sur le côté gauche. Je ne voyais plus ni mon Firestar ni les couteaux. Dans ses poches, peut-être ?

— D'après son permis de conduire, il s'appelle Bernardo Cheval-Tacheté. Mais il n'a pas de cartes de crédit ni de photos sur lui.

— Tu as dit que c'était un ami très proche, hein ? Ton amant ? me lança la femme.

Si elle n'avait pas braqué un fusil à pompe sur moi, je l'aurais envoyée se faire foutre.

— Oui, répondis-je en me fiant au conseil de Ramirez et en espérant qu'il savait de quoi il parlait.

— Prouve-le.

Je haussai les sourcils.

— Excusez-moi ?

— Il est circoncis ?

J'hésitai une seconde. Je ne pus m'en empêcher : la question m'avait prise au dépourvu.

— Oui.

J'avais une chance sur deux – et même un peu plus, puisque Bernardo était un Américain de moins de quarante ans.

La femme eut un sourire qui laissa ses yeux aussi vides et durs que des billes de verre.

— Maintenant, vous pouvez vous relever.

Je luttai pour ne pas m'essuyer les mains sur mon jean. Je ne voulais pas l'insulter, mais je me sentais vraiment crade. Je me rapprochai de Bernardo et lui passai un bras autour de la taille – tant pis pour son T-shirt blanc tout propre. Je ne cherchais pas tant à renforcer ma crédibilité qu'à me sortir de la ligne de tir du fusil à pompe. J'aurais parié qu'il était monté sur un pied fixe et pas sur un pied tournant.

A présent, les deux mains de la femme étaient en vue. Cool.

— Baisse ton pantalon, Bernardo, ordonna-t-elle.

Je sentis mon acolyte se raidir. Nous la fixâmes tous deux sans comprendre. Avant que je puisse répéter « excusez-moi ? » – car je n'étais pas sûre d'avoir bien entendu –, Bernardo demanda « pourquoi ? », comme si ce genre de chose lui était déjà arrivé et ne l'étonnait que moyennement.

— Pour qu'on voie si tu es bien circoncis.

Je laissai retomber mon bras. Finalement, nous allions peut-être être obligés de nous battre, et je voulais avoir les deux mains libres.

— Qu'est-ce que ça peut bien vous faire ? m'étonnai-je.

— Tu l'as dit toi-même : tu bosses souvent avec la police. Et nous ne savons rien de ton copain. Si c'est ton amant, pas de problème. Mais dans le cas contraire, c'est peut-être un flic.

Bernardo éclata de rire.

— Celle-là, on ne me l'avait encore jamais faite ! Me prendre pour un flic, moi !

— Si tu n'es pas flic, que fais-tu dans la vie ? interrogea la femme.

— Parfois, je joue les gardes du corps. Parfois, je suis

celui contre lequel on doit garder un corps. Tout dépend de qui paye le mieux.

— Alors baisse ton pantalon, qu'on vérifie.

Bernardo entreprit de défaire sa ceinture. Je m'écartai légèrement de lui.

— Qu'est-ce qui ne va pas ? Tu l'as déjà vu à poil, non ? susurra la femme.

— Pas en public, non, répliquai-je sur un ton indigné.

Les motards s'esclaffèrent.

— Vas-y, tombe le fute ! A poil ! s'écrièrent plusieurs de leurs compagnes.

La fille qui était vautrée sur Harpo quelques minutes plus tôt observait la scène avec des yeux brillants.

Bernardo ne protestas pas, et il ne rougit pas non plus. Il se contenta de défaire son pantalon et de le baisser à mi-cuisses. Je détournai automatiquement les yeux. Les femmes sifflèrent et applaudirent.

— Ouah !

— Sacré morceau !

De leur côté, les hommes félicitèrent Bernardo et lui demandèrent comme il s'y prenait pour ne pas me faire mal.

Je ne pus m'empêcher de regarder – et pas juste pour savoir si j'avais deviné juste. Il me fallut quelques secondes pour réaliser que oui, Bernardo était circoncis. Parce qu'au début, je ne vis que sa taille. Il était… disons, extrêmement bien monté.

Je sentis mes joues s'empourprer. Si je restais plantée là, bouche bée, tous mes mensonges n'auraient servi à rien. Aussi m'efforçai-je d'agir comme si ça avait été Richard ou Jean-Claude. Qu'aurais-je fait dans une situation pareille ? Je les aurais couverts.

Je me plaçai devant Bernardo en prenant bien garde à ne pas le toucher. Je n'arrivais pas à détacher mon regard de son bas-ventre. Richard était impressionnant de ce côté-là. Lui, il était limite monstrueux. Rien que de m'imaginer au lit avec lui, je sentis la tête me tourner et dus le prendre par la taille pour me retenir.

— Ça vous suffit ? lançai-je d'une voix étranglée.

— Embrasse-le, ordonna la femme derrière le comptoir.

Je lui jetai un coup d'œil.

— Laissez-le d'abord remonter son pantalon.

Elle fit un signe de dénégation.

— Je ne t'ai pas dit de l'embrasser sur la bouche.

Si je rougissais encore plus fort, ma tête allait exploser. Je tournai le dos à Bernardo.

— Pas question.

— Tu n'es pas en position de me refuser quoi que ce soit, fillette.

La situation aurait probablement dégénéré si une voix d'homme ne nous avait pas interrompus.

— Assez joué, Paulina. Rends-leur leurs armes et laisse-les partir.

Nous pivotâmes tous ensemble. Un autre nain venait de sortir de l'arrière-salle. Il faisait sans doute une tête de plus que Paulina, et il avait des origines hispaniques plus marquées. Ses cheveux étaient d'un noir de jais, sa peau, bronzée et dénuée de rides. A vue de nez, il avait mon âge ; pourtant, l'aura de pouvoir qui l'enveloppait tel un nuage de parfum suffocant paraissait beaucoup plus vieille.

— Je suis Nicandro Baco, Nicky pour mes amis.

La foule s'écarta pour le laisser passer. Il me tendit sa main, et je la pris. Mais au lieu de serrer ma main, il la porta à ses lèvres et l'embrassa sans me quitter des yeux. Quelque chose dans son regard et dans le contact de ses lèvres sur ma peau m'évoqua tous les endroits beaucoup plus intimes où une bouche d'homme aurait pu m'embrasser. Je me dégageai dès que je pus le faire sans passer pour une malotrue.

— Monsieur Baco, merci de me recevoir, dis-je sur

un ton très professionnel, comme si Bernardo ne s'était pas tenu derrière moi à moitié à poil.

— Rhabillez-vous, ordonna-t-il.

J'entendis Bernardo remonter son jean et se rempaqueter avec difficulté. Baco me dévisageait attentivement.

— Pourquoi êtes-vous venue, mademoiselle Blake ?

— J'avais vraiment besoin de parler à un autre nécromancien.

— Et depuis, vous avez changé d'avis ?

— Cette petite mascarade m'a pris tout le temps dont je disposais. J'ai un rendez-vous avec les flics – un rendez-vous que je ne peux pas manquer.

J'avais fait exprès de mentionner la police, parce qu'à mon avis, Baco était au courant de ce que Paulina et les autres nous avaient fait subir. Ce n'était pas un hasard s'il avait surgi juste à temps pour empêcher que la situation dégénère.

— Vous parlez peut-être des deux agents qui vous attendent dehors ?

J'aurais voulu rester de marbre, mais je sentis les coins de ma bouche frémir.

— Vous ne pouvez pas nous reprocher d'avoir amené des renforts.

— Dois-je en déduire que vous avez peur de nous ?

— Le contraire serait stupide de ma part.

Baco pencha la tête sur le côté.

— Et vous êtes une fille intelligente, n'est-ce pas, Anita ?

— J'essaye.

Du menton, il désigna la femme plantée derrière le comptoir.

— Paulina ne vous aime pas. Savez-vous pourquoi ?

— Non.

— Nous sommes mariés.

— Et alors ?

— Elle sait que j'ai une faiblesse pour les femmes de pouvoir.

Je fronçai les sourcils.

— Elle n'a pas à s'inquiéter. Je suis plus ou moins prise.

Baco sourit.

— Plus de mensonges, Anita. Bernardo et vous n'êtes pas amants.

Il reprit ma main et me fixa de ses yeux noirs. Pour la première fois, je réalisai qu'il se considérait comme un séducteur. Et que Paulina avait raison de s'inquiéter – pas pour moi, mais pour les autres femmes.

Je me dégageai et reculai jusqu'à Bernardo. Baco faisait à peine les deux tiers de ma taille, mais il me rendait nerveuse. Un peu à cause de sa magie, et beaucoup à cause de la façon dont il me regardait. Je jetai un coup d'œil à Paulina. Une expression douloureuse crispait ses traits. Etait-ce un jeu auquel Baco jouait avec elle ? Prenait-il son pied à la tourmenter ? Tout ce que je savais, c'est que je voulais me tirer de leur bar.

— Je dois être quelque part avant la tombée de la nuit. Si vous ne voulez pas me parler, tant pis.

Je reculai vers la porte, entraînant Bernardo avec moi.

— Vous partez sans vos armes ? lança Baco.

Nous nous figeâmes.

— Nous apprécierions de les récupérer, articulai-je prudemment.

— Il suffisait de le demander. Harpo ?

Sans discuter, le métamorphe nous rendit notre équipement.

Je rengainai mes deux flingues et glissai mes couteaux dans leurs fourreaux de poignet. La longue dague que je portais entre les omoplates, c'était une autre paire de manches. Je dus me tordre le bras gauche pour saisir son étui et guider la lame à l'intérieur. J'avais pris l'habitude d'effectuer cette manœuvre en fermant les yeux pour me concentrer sur mon sens du toucher. Désormais, il ne me fallait plus que quelques secondes pour y arriver. Le plus délicat, ça restait de ne pas me couper les cheveux au passage.

Quand je rouvris les yeux, Baco me fixait.

— Enfin une femme qui ne se fie pas exclusivement à sa vue, ronronna-t-il. Le toucher est un sens si important dans les occasions intimes.

Avoir récupéré mes armes me rendait peut-être plus audacieuse. Ou peut-être en avais-je assez de la tension que Baco et ses sbires entretenaient à plaisir.

— Les hommes qui ne peuvent pas s'empêcher de caser des allusions sexuelles dans la moindre de leurs phrases m'ennuient prodigieusement.

La colère changea ses yeux charmeurs en deux miroirs d'obsidienne.

— Un nain, ce n'est pas assez bien pour vous ? cracha-t-il.

Je secouai la tête.

— Le problème, ce n'est pas votre taille. Là d'où je viens, les hommes ne draguent pas ouvertement en présence de leur femme.

Il éclata de rire.

— Vous défendez le sacrement du mariage ? Vous prenez parti pour Paulina ? Vous êtes une drôle de fille.

— Comme Barbra Streisand.

Sa bonne humeur s'estompa, laissant la place à une légère perplexité. A mon avis, il n'avait pas pigé la référence. Curieusement, ce fut la fille aux chaussures compensées qui capta mon regard. Elle, elle avait compris. Si elle aimait les vieux films de Barbra, elle n'était peut-être pas complètement perdue pour la cause.

Bernardo me posa une main sur l'épaule, et je sursautai.

— Il faut y aller, Anita.

— Je te suis.

— Vous ne m'avez pas posé vos questions, fit remarquer Baco avec un haussement de sourcils taquin.

— Vous l'avez senti ? demandai-je de but en blanc.

Il redevint sérieux.

— Il y a quelque chose de nouveau dans le coin, acquiesça-t-il gravement. Quelque chose qui traite avec la mort, comme nous. Oui, je l'ai senti.

— Où ça ?

— Entre Santa Fé et Albuquerque, même si ça a commencé plus près de Santa Fé.

— Maintenant, ça se dirige vers Albuquerque. Vers vous.

Pour la première fois, je vis l'ombre d'une hésitation passer sur le visage de Baco.

— La chose sait que je suis là. Tout comme elle sait que vous êtes là.

Je hochai la tête.

— Nous pourrions nous entraider, Nicky. J'ai vu les corps. J'ai vu ce dont elle est capable. Faites-moi confiance : vous ne voulez pas tomber entre ses griffes.

— Que proposez-vous ?

— Mettre nos ressources en commun et tâcher de l'arrêter avant qu'elle arrive ici.

Baco réfléchit quelques instants.

— Très bien. Revenez ce soir, quand votre rendez-vous sera terminé, et je verrai ce que je peux faire pour vous. Mais la police ne voudra pas que vous partagiez vos informations avec moi. Je suis un très méchant homme, vous savez.

Je souris.

— Méchant, peut-être, mais pas stupide. Vous avez besoin de moi.

— Et réciproquement.

— Deux nécromanciens valent mieux qu'un.

Il acquiesça d'un air solennel.

— Revenez ce soir, répéta-t-il. Je vous attendrai.

— Ça risque d'être tard.

— Il est déjà beaucoup plus tard que vous le pensez, Anita. Priez pour qu'il ne soit pas *trop* tard.

Je laissai Bernardo me guider à reculons vers la sortie. Je ne voulais pas quitter la salle des yeux. Les loups-garous nous regardaient ; ils n'étaient pas contents qu'on s'en tire à si bon compte, mais ils ne bronchaient pas. Baco devait être leur vargamor, leur sorcier résident. Je n'avais encore jamais rencontré de meute qui ait peur de son vargamor.

De tous les visages, ce fut celui de Paulina qui me frappa le plus. Elle fixait son mari avec une expression haineuse. Alors, je sus qu'elle avait dû l'aimer, l'aimer vraiment, parce que seul un véritable amour peut donner naissance à une haine aussi intense. J'avais vu ses yeux de près – au-dessus du canon d'un fusil à pompe. Le monstre du désert n'était pas le seul problème de Nicky Baco. A sa place, j'aurais dormi avec un flingue sous mon oreiller.

38

Lorsque nous arrivâmes à l'hôpital, un voile indigo recouvrait le monde. Le crépuscule était aussi épais qu'un tissu, quelque chose que vous auriez pu saisir à pleines mains pour vous draper dedans.

Comment prouve-t-on que quelqu'un est déjà mort? J'avais vu les « survivants ». Ils respiraient. Ils réagissaient à la douleur. Ils regardaient leurs visiteurs. D'après le Dr Evans, leur cœur battait encore, et ils émettaient des ondes cérébrales. Mais ce n'était pas une preuve. Ils pouvaient n'être que les réceptacles d'une magie qui nous ferait passer, Nicky Baco et moi, pour des charlatans. Peut-être existait-il un sort capable de le démontrer. Malheureusement, un sort ne suffirait pas pour qu'un tribunal m'accorde ce que je désirais : la permission de brûler les corps.

Dans le couloir attenant à leur chambre, le Dr Evans me raconta qu'un peu plus tôt dans la journée, ses patients étaient devenus agités et violents; ils avaient tiré sur leurs entraves comme des chiens sur une chaîne. Personne n'avait été blessé, mais l'incident s'était produit au moment des derniers meurtres. Quelle pouvait bien en être la cause? Le sort que l'une des victimes avait lancé pour bannir son agresseur? Je n'en avais pas la moindre idée.

Tout ce que je savais, c'est que je sentais les ténèbres se refermer sur nous comme un poing capable de nous broyer tous. L'atmosphère était aussi lourde qu'avant un orage, et encore plus irrespirable. Quelque chose de terrible approchait – quelque chose qui était lié à la nuit.

Je ne réussis pas à convaincre le Dr Evans que ses patients étaient morts, mais je me montrai assez persuasive pour qu'il accepte de laisser les deux flics en faction monter la garde à l'intérieur de la chambre plutôt que dans le couloir.

Bernardo et Rigby, dont c'était la première visite, eurent droit au sermon habituel sur l'interdiction d'utiliser des armes à feu dans une atmosphère composée d'oxygène presque pur. Une détonation ne provoquerait pas d'explosion spectaculaire, mais le temps que tout l'oxygène se consume, la pièce se changerait en l'un des neufs cercles de l'enfer, et ses occupants périraient carbonisés.

— Et s'ils essaient de nous bouffer ? protesta Rigby. On fait quoi – on leur crache dessus ?

— Aucune idée, répondit Evans. Je peux juste vous dire ce que vous ne devez pas faire.

Bernardo produisit un couteau. Il ne s'était pas penché – donc, ce n'était pas celui qu'il planquait dans sa botte, et ce brave Harpo n'avait pas bien fait son boulot.

— On leur plante ça dans le cœur, suggéra-t-il en brandissant la lame de façon à ce qu'elle reflète la lumière des néons.

Les ténèbres s'abattirent tel un rideau de plomb, et je crus presque entendre un grondement de tonnerre dans ma tête. Puis la pression qui montait depuis plusieurs heures s'évanouit tout à coup, comme si la terre l'avait engloutie. Brusquement, je me sentis vide et légère. J'aurais dû m'en réjouir, mais je me méfie toujours de ce que je ne comprends pas.

Je dégainai l'un de mes couteaux, pris une profonde inspiration et tendis la main vers la porte. Le battant s'ouvrit vers l'extérieur. Je reculai d'un bond. L'infirmier que j'avais rencontré la veille se figea sur le seuil, écarquillant les yeux à la vue de mon arme.

— Docteur, lança-t-il, les patients sont enfin calmés. Les deux officiers de police veulent savoir s'ils peuvent en profiter pour faire une pause.

Evans me consulta du regard. Je haussai les épaules.

— Demandez à l'inspecteur Ramirez. C'est lui leur supérieur. Mais franchement… Je pense que oui. Ce que j'ai senti s'est estompé à la tombée de la nuit. Du diable si je peux vous expliquer pourquoi. (Je remis mon couteau dans son fourreau.) Apparemment, il n'y aura pas de bagarre.

— Tu as l'air déçu, commenta Bernardo.

Je secouai la tête.

— Je suis juste perplexe. J'ai senti une énorme quantité de pouvoir s'accumuler ces dernières heures, et elle vient de se volatiliser comme par enchantement. Il a bien fallu qu'elle aille quelque part. Pas chez les patients, puisqu'ils se sont calmés. Mais je vous garantis qu'elle se balade là dehors et qu'elle ne mijote rien de bon.

— Vous avez une idée de l'endroit où elle peut être ? interrogea Ramirez.

Je secouai la tête. Il se tourna vers Ben l'infirmier.

— Dites aux hommes qu'ils peuvent sortir.

Ben battit en retraite à l'intérieur de la chambre. La porte se referma lentement derrière lui.

— Et bien, mademoiselle Blake, il semble que vous vous soyez précipitée ici pour rien, dit Evans.

— Je pensais trouver un bataillon de zombies cannibales. Parfois, c'est bon de se tromper, grimaçai-je.

Tout le monde sourit et se détendit. Bernardo émit ce petit rire nerveux qui échappe aux gens quand un état d'urgence s'achève ou qu'une balle les a frôlés sans les toucher.

— Je ne me plains pas, bien entendu, mais je suis tout

de même un peu déçu de découvrir que vous n'êtes pas parfaite, me taquina Ramirez.

— Après quarante-huit heures passées à bosser sur cette affaire avec moi, si vous ne vous êtes pas encore rendu compte que je ne suis pas parfaite, c'est que vous ne faites pas assez attention, répliquai-je.

— A vous ? Oh que si. Je fais très attention, affirma-t-il en me fixant avec une intensité qui me donna envie de me dandiner.

Je détournai les yeux et croisai le regard de Bernardo. Il avait l'air de beaucoup s'amuser. Tant mieux pour lui et tant pis pour moi.

— Si vous vous êtes trompée sur ce point, vous avez peut-être également tort de penser qu'ils sont morts, intervint Evans.

Je hochai la tête.

— C'est possible.

— Je ne pensais pas que tu reconnaîtrais tes erreurs aussi facilement, fit remarquer Bernardo.

— La magie n'est pas une science exacte. Très peu de règles la gouvernent – surtout de la façon dont je la pratique. Parfois, je pense que deux et deux vont donner cinq, et j'ai raison. Parfois, je n'obtiens qu'un quatre banal. Si ça peut diminuer le nombre des victimes, peu m'importe de m'être plantée.

La porte s'ouvrit, et deux hommes vêtus de l'uniforme de la police d'Albuquerque sortirent de la chambre. Ils avaient un regard hanté. Le plus grand était blond ; on l'aurait cru bâti à partir de blocs de construction. Epaules larges, taille épaisse, jambes robustes – pas gros, mais sacrément costaud. Son partenaire était plus petit et presque complètement chauve, à l'exception d'un demi-cercle de boucles brunes à la base de son crâne.

— Excusez-moi, dit le Dr Evans en se faufilant derrière eux.

Il disparut à l'intérieur de la chambre.

— Je lui cède volontiers la place, grommela le chauve.

Le blond me fixa en plissant les yeux d'un air hostile.

— Mais c'est la méchante sorcière du Midwest, siffla-t-il. Apparemment, c'est à vous que nous devons d'avoir passé la dernière heure dans ce charnier.

Il semblait me connaître ; pourtant, je ne me souvenais pas l'avoir déjà vu.

— J'ai pensé que vous seriez plus utiles à l'intérieur, oui.

Il se rapprocha de moi et me toisa de toute sa taille, essayant de m'intimider.

— Marks avait peut-être raison à votre sujet.

Ah ah. Tout s'éclairait. Il devait être chez les Bromwell la veille.

Je sentis Ramirez s'avancer, probablement pour s'interposer entre nous. Je pivotai et posai ma main sur son épaule.

— Tout va bien.

Il s'immobilisa mais ne fit pas mine de reculer, si bien que je me retrouvai prise en sandwich entre les deux hommes. Par-dessus ma tête, le regard du blond se posa sur Ramirez. Il avait envie de se battre ; peu lui importait avec qui. Je sentis la testostérone monter de chaque côté de moi. Si une rixe éclatait, ce flic risquait de gros ennuis. Peut-être serait-il suspendu alors que tout ce dont il avait besoin, c'était de lâcher un peu de vapeur pour oublier le spectacle atroce qu'il venait de contempler.

— Vous devez être l'un des officiers qui a aidé Marks à me jeter dehors hier, lançai-je.

Il cligna des yeux et reporta son attention sur moi en fronçant les sourcils. Ça lui donnait l'air salement inquiétant. Je parie qu'il avait déjà mis des tas de méchants en fuite avec ce froncement de sourcils.

Le chauve, qui était resté en retrait jusque-là, fit un pas vers nous.

— Oui, Jarman et moi étions là tous les deux, confirma-t-il.

A mon avis, il s'inquiétait pour son partenaire.

— Et vous êtes ? demandai-je aimablement.

— Jakes, répondit-il, ignorant la bagarre qui couvait à moins d'un mètre de lui.

— Jarman et Jakes ? répétai-je, amusée.

Il acquiesça en souriant.

— J & J, à votre service.

Je sentis le blond se détendre. Difficile de rester en rogne quand personne ne fait attention à vous et que tout le monde se comporte comme dans une soirée mondaine. Je reculai vers Ramirez, le forçant à m'imiter.

Rigby revint d'un pas sautillant. Il était retourné à la voiture chercher quelque chose de moins explosif que son arme de service. Et il avait rapporté un Tazer : un instrument capable de balancer des décharges de 30 000 à 60 000 volts. Théoriquement, ça sert à neutraliser des suspects sans les tuer… A moins qu'ils aient un pacemaker.

Ramirez secoua la tête.

— C'est quoi, ce bordel ?

— Je ne peux pas utiliser mon flingue, et j'ai besoin d'une arme pour me défendre ! se justifia Rigby.

Jarman se racla la gorge.

— Les Tazer font des étincelles, rappela-t-il.

— Et alors ? lâcha Rigby, perplexe.

— Et alors, si tu ne peux pas utiliser ton flingue, c'est pour éviter de mettre le feu à l'oxygène de la chambre. Que l'étincelle vienne d'un pistolet ou d'un Tazer, le résultat sera le même, expliqua Jarman sur un ton condescendant.

— Retourne à la voiture et trouve quelque chose d'autre, ordonna Ramirez.

Ce n'était pas très sympa de leur part de se liguer contre le bleu, mais au moins, ils ne songeaient plus à se sauter dessus. Quand Rigby eut disparu au bout du couloir, Jarman se tourna vers Ramirez.

— C'est tout ce que Marks t'a filé comme renfort ?

Ramirez acquiesça et haussa les épaules.

— Il apprendra.

— Et il provoquera la mort de quelqu'un au passage, prédit Jarman.

Jakes me tendit la main, paume vers le haut. Je lui en tapai cinq en souriant – pas parce que j'étais soulagée que son partenaire se soit calmé, mais parce que j'étais ravie de m'être trompée au sujet des survivants. J'avais eu mon compte de cadavres pour la journée. Et même pour toute l'année en cours.

Adossé au mur, Bernardo m'observait d'un air surpris. Faire ami-ami avec les flics, c'était une idée qui n'avait jamais dû l'effleurer. Dieu sait pourtant que ça lui aurait facilité la vie.

Jarman et Jakes portaient une matraque à la ceinture. Ramirez n'avait pas d'arme visible à l'exception de son flingue.

— Où est votre matraque, Hernando ? demandai-je.

— Ooooh, Hernando, roucoula Jakes.

— Oui, Hernando, susurra Jarman en battant des cils, où est ta matraque ?

Qu'ils se permettent de le charrier signifiait qu'en temps normal, ils s'entendaient bien avec Ramirez. Une minute plus tôt, Jarman s'était contenté de sermonner Rigby : il ne l'avait pas vanné mais pris de haut, comme s'il ne le considérait pas encore comme un des leurs.

Ramirez sortit une courte baguette métallique de la poche de son pantalon. Il donna un coup sec du poignet, et des tubes emboîtés en télescope se déplièrent jusqu'à atteindre soixante centimètres de long.

— Un aspic, commentai-je. Je n'avais pas remarqué que vous l'aviez sur vous.

— Sous sa forme compacte, il n'est pas plus gros qu'un stylo.

— Mais d'habitude, j'ai l'œil pour les armes. Et je n'ai rien vu.

Ramirez replia son instrument et haussa les sourcils d'un air suggestif.

— Avez-vous seulement regardé au bon endroit ?

— J'ai regardé partout.

— Ah. Vous admettez que vous avez maté ma braguette, dit-il en hochant la tête d'un air entendu.

Ses yeux pétillaient de malice, et j'étais sur mes gardes depuis trop longtemps. Entrer dans son jeu me ferait du bien.

— D'une façon strictement professionnelle, répondis-je sur un ton détaché.

— Et moi, vous voulez vérifier si je porte d'autres armes ? lança Jarman.

Je lui jetai un coup d'œil.

— Je vois la vôtre d'ici, Jarman.

Il gonfla la poitrine.

— Un engin de ce calibre, c'est difficile à planquer.

— Bah, vous savez ce qu'on dit, répliquai-je en grimaçant. Ce qui compte, ce n'est pas la taille mais la façon de s'en servir.

Je dus lutter pour ne pas regarder Bernardo. J'aurais parié que de tous les hommes présents dans le couloir, c'était lui qui avait le plus gros engin.

Jarman eut un sourire béat.

— Croyez-moi : j'ai l'équipement, et je maîtrise le mode d'emploi.

— Pff. C'est facile de se vanter quand on sait qu'on n'aura pas à prouver ce qu'on avance, insinuai-je.

Il ôta sa casquette et me fixa d'un air qui se voulait sexy. C'était une expression moins réussie que son froncement de sourcils effrayant, mais, à sa décharge, il avait sans doute moins d'occasions de pratiquer.

— Trouvons un coin tranquille et je vous prouverai tout ce que vous voudrez.

Je secouai la tête.

— Votre femme risquerait de ne pas apprécier. Chouette alliance, au fait.

Il éclata d'un rire tonitruant mais bon enfant.

— Elle lui couperait la queue et elle la donnerait à bouffer au chien, gloussa Jakes.

Jarman acquiesça.

— Ouais. Elle a un sacré caractère, ma Bren. (Il avait dit ça comme si c'était une qualité, quelque chose qu'il aimait chez elle.) Elle n'aurait pas embrassé Marks : elle lui aurait donné un coup de genou dans les couilles.

— J'y ai pensé, avouai-je.

— Et pourquoi ne l'avez-vous pas fait ? interrogea Ramirez.

Il souriait toujours, mais le ton de sa voix exprimait un intérêt sincère.

— Parce qu'il s'attendait à ce que je le frappe. Peut-être même souhaitait-il que je le fasse : ça lui aurait permis de me faire arrêter et mettre en cabane pour un petit moment.

Un grand silence succéda à ma réponse.

— Personne ne défend l'honneur du lieutenant ? m'étonnai-je. Personne ne proteste qu'il ne ferait jamais une chose aussi vile ?

— Une chose aussi vile ? Vous parlez drôlement bien pour une meurtrière sataniste, commenta Jakes.

Je clignai des yeux.

— Je vous demande pardon ?

— D'après le lieutenant Marks, vous êtes soupçonnée d'avoir fait disparaître plusieurs citoyens et dansé nue au clair de lune avec le démon.

— Marks n'a parlé que des disparitions, intervint Jarman.

— Bah, on peut toujours rêver, grimaça Jakes en remuant les sourcils d'un air plus comique que suggestif.

De nouveau, tout le monde éclata de rire – à l'exception de Bernardo qui, toujours adossé au mur, m'observait comme s'il me voyait pour la première fois.

— D'après la rumeur, Marks a tenté de vous faire arrêter pour malfaisance magique, reprit Jarman.

J'écarquillai les yeux. La peine maximale pour malfaisance magique, c'était la mort. Je me tournai vers Ramirez.

— Vous le saviez ?

Il me toucha le bras et m'entraîna un peu plus loin dans le couloir. Une fois hors de portée d'ouïe des trois autres, il s'immobilisa et me fit face. Une ride d'inquiétude barrait son front, lui donnant l'air encore plus jeune et plus sincère que d'habitude.

— Ça ne vous ennuie pas ? demanda-t-il en désignant, du menton, Jarman et Jakes qui nous fixaient toujours en riant sous cape.

— Qu'ils me taquinent ? Non. Je l'ai un peu cherché en embrasant Marks devant eux. Et puis, c'est moi qui leur ai tendu la perche… Ou en tout cas, j'ai saisi celle que vous me tendiez. Ça fait du bien de rigoler, surtout dans des circonstances aussi tragiques.

— La plupart des femmes ne réagiraient pas comme vous.

— Je ne suis pas la plupart des femmes. Même si, à leur décharge, la raison pour laquelle elles ne supportent pas qu'on les taquine, c'est que beaucoup d'hommes ignorent la différence entre plaisanterie et harcèlement. Si je devais bosser en permanence avec ces gars, je ferais un peu plus attention. Mais là, je ne suis qu'une consultante extérieure ; je peux me permettre de repousser la limite.

— Et où placez-vous votre limite, Anita ?

— Ne vous inquiétez pas, inspecteur : si quelqu'un l'atteint, je le lui ferai savoir, dis-je un peu sèchement.

— « Inspecteur » – pas « Hernando » ? Vous êtes fâchée contre moi, devina Ramirez. Qu'est-ce que j'ai fait ?

Je le dévisageai. Il semblait surpris et peiné.

— Pourquoi ne m'avez-vous pas dit ce que Marks racontait sur moi à vos collègues ? Ça pourrait me valoir la peine de mort !

— Il n'a absolument aucune preuve pour étayer sa théorie.

— Vous auriez quand même dû m'en parler.

— Je ne pensais pas que ça prêterait à conséquence ; alors, à quoi cela aurait-il servi, sinon à vous inquiéter pour rien ?

— Je n'ai pas besoin que vous me ménagiez, insistai-je. J'ai besoin de pouvoir vous faire confiance.

Le regard de Ramirez se durcit.

— Et vous ne pouvez me faire confiance que si je vous rapporte tout ce que j'entends ? Parce que vous, vous m'avez rapporté tout ce qui s'est passé à *Los Duendos*, peut-être ? Vous ne m'avez absolument rien dissimulé de votre entrevue avec Nicky Baco ?

Je faillis baisser les yeux et bredouiller : « D'accord, vous avez raison ». D'habitude, quand on me pousse dans mes derniers retranchements, j'explose. Mais là... Ramirez et moi ne nous connaissions que depuis deux jours ; pourtant, notre conversation avait quelque chose de très familier, comme si nous étions déjà de vieux amis. A ceci près que si Dolph avait été à la place de Ramirez, je lui aurais menti.

— Ecoutez, Hernando... Baco savait que Rigby et vous étiez devant le bar. Il a installé des glyphes... (Je cherchai un mot plus compréhensible par un néophyte.) ... Des alarmes magiques dans tout le quartier. Il sait ce qui se passe dans les rues alentour. Si je retourne là-bas avec des flics comme renforts, il refusera de nous aider.

— Etes-vous certaine qu'il puisse nous aider ? Il vous fait peut-être marcher pour vous soutirer des informations.

— Il a peur, Hernando. Baco a peur. Et mettez ça sur le compte de l'intuition féminine, mais je pense que peu de choses au monde sont assez effrayantes pour lui inspirer ce sentiment.

— Vous venez de m'avouer que vous dissimulez des informations sur une enquête en cours.

— Si vous me forcez à porter un micro ou à emmener un agent en civil avec moi, nous perdrons Baco. Vous savez que j'ai raison.

— Nous perdrons peut-être Baco, mais vous n'avez pas raison, contra Ramirez.

Dans sa voix, je perçus une frustration mêlée de colère que je ne connaissais que trop bien. Parce que je l'avais souvent observée chez Jean-Claude et Richard quand je refusais de jouer selon leurs règles – d'être ce qu'ils voulaient que je sois et de faire ce qu'ils voulaient que je fasse. La retrouver chez un flic au bout de deux jours à peine... Ça me gonflait.

— Pour moi, le plus important, c'est d'arrêter ces meurtres. (Je réfléchis quelques instants.) Et de rester en vie. Je n'ai pas d'autre objectif. Vous voyez ? C'est très simple.

— Tout à l'heure, vous m'avez dit que vous vouliez changer de vie. Vous n'y parviendrez pas en reculant devant les complications, Anita. Vous devez apprendre à faire confiance aux autres.

Je secouai la tête.

— Merci de retourner ce moment de faiblesse contre moi. Maintenant, je me souviens pourquoi j'évite de raconter ma vie à des étrangers.

Moi aussi, je commençais à être furieuse – un sentiment familier et bienvenu. Tout plutôt que cette maudite confusion.

Ramirez m'agrippa le bras. Pour la première fois depuis que nous nous connaissions, il me laissait voir qu'il pouvait être dur et user de sa force en cas de nécessité. Il ne me faisait pas encore mal, mais le message était très clair.

— Et après ? grimaçai-je. Vous allez sortir le tuyau d'arrosage et me braquer une lampe en pleine figure ?

Notre conversation si intime était en train de virer au concours du plus sale caractère. Qui de nous deux allait gagner ?

— Je pourrais parler de votre rendez-vous à Marks, dit Ramirez d'une voix basse et soigneusement contrôlée, comme s'il se faisait violence pour ne pas se mettre à hurler. Je pourrais lui dire que vous nous faites des cachotteries.

— C'est ça, allez-y, ricanai-je. Il le fera arrêter et perquisitionnera son bar. Peut-être trouvera-t-il assez de quincaillerie magique pour l'envoyer en taule. Et à quoi cela nous avancera-t-il ? Dans quelques jours, d'autres malheureux périront éviscérés. Je n'ose même pas imaginer le tour que prendront vos cauchemars.

Il me lâcha si brusquement que je vacillai.

— Vous êtes vraiment une emmerdeuse, pas vrai ?

— A ce qu'il paraît, oui.

Il secoua la tête et se frotta les bras comme pour se réchauffer.

— Si je garde le silence et que les choses tournent mal, ça pourrait me coûter ma carrière.

— Vous n'aurez qu'à dire que vous n'étiez pas au courant.

— Trop de gens savent que je vous ai accompagnée au bar cet après-midi. Vous avez prévu d'y retourner, n'est-ce pas ?

Je ne répondis pas. Parfois, le silence équivaut à un aveu.

Ramirez se mit à faire les cent pas dans le couloir.

— Putain, Anita... Je ne peux pas vous laisser faire.

Je me plantai devant lui, le forçant à s'arrêter.

— Vous ne pouvez pas cafter. Marks fera tout capoter. S'il pense déjà que je danse avec le diable, il piquera une crise d'hystérie en rencontrant Nicky Baco.

La colère de Ramirez retombait peu à peu.

— Quand avez-vous rendez-vous avec lui ?

— Promettez-moi d'abord que vous ne direz rien à Marks.

— Il est responsable de l'enquête. Si je lui cache une chose aussi importante et qu'il le découvre, je peux dire adieu à mon insigne.

— Il n'a pas l'air très populaire.

— Il est quand même mon supérieur.

— Votre patron, oui. Votre supérieur, non.

Cela me valut un sourire.

— La flatterie ne fonctionne pas avec moi.

— Ce n'est pas de la flatterie, Hernando, mais la vérité.

Il me fixa en silence. Son expression était redevenue normale – ou du moins, ce que je considérais comme normal. Pour ce que je savais de lui, il disséquait des chiots pendant son temps libre. D'accord, c'était peu probable. Ce que je veux dire, c'est que je ne le connaissais pas vraiment. Nous étions des étrangers l'un pour l'autre, mais j'avais envie de le traiter comme un ami. Que m'arrivait-il ?

— Quand avez-vous rendez-vous avec Baco, Anita ?

— Que se passera-t-il si je refuse de vous le dire ?

Une ombre passa dans ses yeux.

— Je raconterai à Marks que vous faites de la rétention d'informations.

— Et si je vous le dis ?

— Je vous accompagnerai.

Je secouai la tête.

— Pas question.

— Je vous promets de ne pas me pointer avec une gueule de flic.

Je le détaillai de bas en haut, depuis ses chaussures bien cirées jusqu'à ses cheveux coupés court.

— Dans quelle réalité alternative n'avez-vous pas une gueule de flic ?

Trop occupés à nous fixer dans les yeux, nous ne nous retournâmes pas en entendant une porte s'ouvrir à l'autre bout du couloir.

Puis Jarman hurla :

— Ramirez !

Nous fîmes volte-face. Adossé au mur, le Dr Evans tenait sa main en l'air. Du sang brillait tel un bracelet écarlate autour de son poignet.

Ramirez et moi fonçâmes. Déjà, Jarman et Jakes s'étaient engouffrés dans l'antichambre. Bernardo hésitait sur le seuil. Par la porte ouverte, des cris déchirèrent le silence de l'hôpital – des cris paniqués et inintelligibles.

J'approchais de Bernardo lorsque je l'entendis marmonner :

— Je suis sûr que c'est une mauvaise idée.

Mais il entra quand même, une seconde avant que nous le rejoignions. Dieu, je déteste avoir systématiquement raison.

39

Lors de ma visite précédente, la chambre stérile était un paisible petit coin d'enfer. A présent, c'était un petit coin d'enfer chaotique et bruyant.

Une main écorchée se tendit vers moi. Je la frappai avec la dague que j'avais tirée du fourreau logé entre mes omoplates. Elle se mit à saigner et battit précipitamment en retraite. Ces créatures sentaient la douleur. C'était bon à savoir.

Je brandissais mon arme, m'apprêtant à décapiter le propriétaire de la main, quand Ramirez me saisit le poignet.

— Ce sont des civils !

Je lui jetai un coup d'œil, puis reportai mon attention sur le corps que seule une lanière de cuir retenait encore sur son lit. Il griffa l'air de ses doigts ensanglantés et poussa un cri inarticulé, son moignon de langue tremblotant à l'intérieur de sa bouche sans lèvres.

— Contentez-vous de rester hors de leur portée, dit Ramirez en m'entraînant un peu plus loin.

— Ce ne sont que des cadavres, protestai-je.

Il m'agita son aspic sous le nez.

— Ne les tuez pas.

Vous parlez d'un dialogue de sourds…

Ramirez se jeta dans la mêlée – même si ça n'était pas encore une mêlée à proprement parler. La plupart des patients étaient toujours attachés à leur lit. Ils se débattaient, hurlaient, gémissaient et continuaient à meurtrir leurs chairs déjà ravagées.

Ben l'infirmier tentait d'échapper à un l'un d'eux, qui lui avait planté ses dents dans le bras. Jarman l'aidait en frappant sur la tête de la créature avec sa matraque. A cinq mètres de distance et malgré la cacophonie ambiante, j'entendais les impacts qui résonnaient comme sur une pastèque.

Jakes et Bernardo s'affairaient autour du lit le plus proche des fenêtres. L'infirmière afro-américaine que j'avais aperçue la veille s'était fait ceinturer par un cadavre dont le poignet et la cheville gauches étaient toujours immobilisés, mais dont le visage était enfoui dans sa cage thoracique. Du sang plaquait sa blouse verte à son corps comme si on lui avait balancé le contenu d'un fût de peinture rouge. Apparemment, son agresseur avait atteint un organe vital.

Jakes frappait la créature si fort que chaque coup le faisait se dresser sur la pointe des pieds. Le crâne déjà fendu et sanguinolent, sa cible refusait pourtant de lâcher prise. Elle se nourrissait goulûment, tel un monstrueux rejeton.

Bernardo la poignardait dans le dos, encore et encore. Chaque fois qu'il retirait son couteau, du sang jaillissait. Mais la créature ne s'en souciait pas le moins du monde. Une fois qu'un zombie cannibale a commencé à se nourrir, il ne sent plus la douleur. Vous ne pouvez plus lui faire mal, et encore moins l'arrêter.

Je passai entre les deux rangées de lits dont les occupants hurlaient et se contorsionnaient. Leurs yeux étaient tous les mêmes, comme si une seule personnalité animait l'ensemble des corps. Leur maître me suivit du regard tandis que je me dirigeais vers le fond de la pièce, ignorant Ramirez et ses avertissements. Il ne comprenait pas ce qui se passerait si tous les cadavres réussissaient à se libérer. Nous devions ficher le camp avant que ça se produise.

Je rejoignis Bernardo et l'écartai pour prendre sa place. Puis je glissai la lame de ma dague sous la mâchoire du zombie. Je pris une profonde inspiration et me centrai comme j'avais appris à le faire dans mes cours d'arts martiaux. Je me représentai la pointe de l'arme ressortant au sommet de son crâne et poussai de toutes mes forces. La lame traversa les tissus de la gorge, ralentit en atteignant l'os du palais et acheva sa course dans la cavité des sinus.

Le zombie se rejeta en arrière. De sa main libre, il tenta d'arracher la dague qui transperçait sa bouche grande ouverte. Le corps de l'infirmière retomba mollement sur le lit. Pour la première fois, j'aperçus sa plaie. Un trou énorme béait au milieu de sa poitrine, encadré par des côtes cassées. Il avait juste la bonne taille pour qu'une tête humaine passe dedans. Dans ses profondeurs sombres et humides, j'aperçus une masse rouge immobile – ce qui restait d'un cœur à moitié dévoré.

— Seigneur ! s'exclama Jakes.

L'occupant du lit avait réussi à dégager son autre main. Il saisit le manche de ma dague. Jakes, Bernardo et moi échangeâmes un regard. Aucun mot ne fut nécessaire. Avec un bel ensemble, nous pivotâmes vers la porte. Nous n'avions qu'une idée en tête : nous tirer d'ici au plus vite. Il n'y avait rien d'humain dans cette pièce à part nous.

Ramirez et Jarman se dirigeaient déjà vers la sortie, soutenant Ben l'infirmier entre eux.

— Courez ! hurlai-je en dégainant un autre couteau.

Je sentis un mouvement derrière moi et me retournai juste à temps pour qu'un zombie me frappe de plein fouet. Nous nous écroulâmes tous deux sur le sol. Je voulus le frapper sous le menton pour neutraliser ses mâchoires, comme je l'avais fait avec le cadavre précédent, mais il remua la tête et je n'atteignis que son cou.

Du sang chaud m'éclaboussa le visage, m'aveuglant l'espace d'une seconde. Le zombie en profita pour s'installer à califourchon sur moi. A tâtons, je saisis une de ses épaules écorchées pour le retenir. Puis je m'essuyai les yeux avec le dos de la main qui tenait ma dague.

Mon agresseur fit claquer ses mâchoires. Je hurlai et lui entaillai la joue si profondément que ma lame racla ses gencives. Il poussa un cri, referma ses dents sur ma main et secoua la tête tel un chien qui vient de s'emparer d'un os. Mes doigts s'ouvrirent ; mon arme tomba sur le sol.

Le zombie se pencha en avant, la bouche grande ouverte, ses yeux bleu pâle écarquillés. Il visait ma gorge. Je n'avais pas le temps de sortir un autre couteau. Aussi lui enfonçai-je mes deux pouces dans les yeux. Emporté par son élan, il s'empala de lui-même sur mes doigts. Je sentis ses globes oculaires éclater ; un fluide tiède et épais me gicla à la figure.

Le zombie hurla et secoua la tête en se griffant le visage. Soudain, Bernardo apparut derrière lui. Il le saisit de sa main libre et le projeta à l'autre bout de la pièce. C'est étonnant les exploits qu'on peut accomplir sous le coup de l'adrénaline.

Je me redressai sur les genoux et dégainai mon dernier couteau. Bernardo me força à me relever et m'entraîna vers la sortie. Planté devant la porte ouverte, Rigby repoussait les zombies à grands moulinets de hache. Autour de lui, le sol était jonché de mains et de morceaux plus délicats à identifier. Ramirez plongea son aspic dans la gorge d'un des cadavres avec tant de force que le bout de la baguette ressortit dans sa nuque.

Jakes avait saisi son partenaire inerte par les poignets ; il le tirait en laissant une épaisse traînée rouge derrière lui. Le corps de Jarman était coincé dans l'ouverture de la porte. Rigby avait réussi à hacher menu deux des zombies. Deux autres étaient encore partiellement attachés à leur lit. Ramirez luttait avec celui qui essayait d'avaler son aspic. Celui dont j'avais crevé les yeux se releva.

J'entendis un piétinement dans mon dos avant que Bernardo hurle :

— Derrière…

Le temps que le « toi » franchisse ses lèvres, j'étais à plat ventre par terre avec un zombie à cheval sur mes reins. Je rentrai la tête dans les épaules pour protéger mon cou. Des dents se plantèrent à travers mon T-shirt mais ne réussirent pas à franchir les lanières de mon holster et du fourreau de ma dague. Je levai mon couteau et le plongeai dans la cuisse de mon agresseur – une fois, deux fois, trois fois. Sans résultat.

Soudain, je sentis un courant d'air au-dessus de ma tête. J'entendis un impact humide, puis une cascade chaude et poisseuse s'abattit sur mes cheveux, mes épaules et mon dos. Je me dégageai en rampant. Rigby était planté devant moi, le regard fou et sa hache ensanglantée à la main.

— Fichez le camp. Je vous couvre, me dit-il d'une voix que la panique rendait aiguë.

Le zombie qu'il venait de décapiter bascula sur le côté.

Une autre créature avait plaqué Bernardo à terre, mais au lieu d'essayer de le mordre, elle lui cognait la tête sur le sol. Quand elle leva les yeux vers moi, je lus de la peur dans son regard. Bernardo avait cessé de bouger. Elle se redressa précipitamment et fonça vers le couloir, bousculant Jakes au passage.

Il fallait absolument l'arrêter. Pourtant, je saisis le bras de Bernardo et entrepris de le tirer vers la porte. Ramirez vit que j'étais en difficulté et vint me prêter main-forte. A nous deux, nous réussîmes à traîner Bernardo dans l'antichambre.

Les deux zombies restants se ruèrent vers Rigby. Celui-ci tituba en arrière, et son dos heurta le bouton de commande de la porte. Tandis qu'il s'écroulait sous la masse combinée de ses agresseurs, le battant vitré se referma.

— Rigby ! hurla Ramirez.

Il enfonça désespérément le bouton de notre côté, mais sans résultat. Le poids du corps de Rigby bloquait la porte.

— Rigby !

Avec un sifflement pareil à l'inspiration d'un géant, toute la chambre s'embrasa. Des flammes léchèrent la vitre, et, malgré l'épaisseur du verre, je sentis leur chaleur me caresser le visage. Des alarmes anti-incendie se déclenchèrent. Les bras repliés devant ma figure, je plongeai à terre près de Bernardo, attendant que la vitre éclate et que les flammes déferlent dans l'antichambre.

Mais la seule chose qui se déversa sur moi fut un liquide frais – de l'eau. Je levai le nez vers les sprinklers fixés au plafond. La vitre était toute noire ; de la fumée et de la vapeur bouillonnaient de l'autre côté.

Ramirez tendit la main vers le bouton. Cette fois, la porte s'ouvrit. Il entra dans la chambre, et par-dessus le hurlement strident de l'alarme, je l'entendis s'exclamer :

— *Madre de Dios* !

Je me redressai sous les jets d'eau qui continuaient à me doucher copieusement, mais je ne le suivis pas. Je ne pouvais plus rien faire pour Rigby, et l'un des zombies était toujours en fuite. Je posai deux doigts dans le cou de Bernardo. Son pouls battait encore. Il était inconscient, mais vivant.

Agenouillé près de Jarman, Jakes colmatait à mains nues l'énorme plaie qui béait dans la gorge de son partenaire. Une petite mare de sang dilué s'était formée sous le corps de colosse blond, dont les yeux ouverts fixaient le plafond sans ciller. J'aurais dû secouer Jakes et lui dire : « Ça ne sert à rien ! Il est mort ! ». Mais je ne pus m'y résoudre.

— Ramirez, appelai-je en me relevant.

Immobile, Ramirez fixait les restes de son jeune collègue.

— Ramirez ! répétai-je un peu plus fort.

Il pivota vers moi, le regard vague comme s'il ne me voyait pas.

— Il nous reste un zombie à arrêter, dis-je sur un ton pressant. Nous ne pouvons pas le laisser s'enfuir.

Ramirez ne réagit pas. Je le rejoignis en deux enjambées et le giflai si violemment que je me fis mal à la main. Sa tête partit en arrière. Je m'attendais à ce qu'il proteste ou me rende mon coup, mais il resta planté face à moi, les poings serrés et les yeux flamboyants. Ce n'était pas à moi qu'il en voulait.

Je tendis un doigt.

— Le monstre est parti par là. Nous devons le rattraper.

Ramirez se mit à parler très vite en espagnol. Je ne compris pas ce qu'il racontait, mais je captai sa colère et un mot que je connaissais : *bruja*. Il me traitait de sorcière.

— Vous croyez que c'est le moment ? tempêtai-je.

J'enjambai le cadavre de Jarman pour ouvrir la porte. Les sprinklers s'étaient déclenchés dans le couloir. Assis dos au mur, Evans avait baissé son masque comme s'il étouffait.

— Où est-il allé ? aboyai-je.

Evans dut crier pour se faire entendre par-dessus le hurlement de l'alarme, mais sa voix était atone, lointaine. Si j'étais sage, peut-être m'autoriserais-je un petit choc traumatique plus tard, moi aussi.

— Il a pris l'escalier de secours, au bout du couloir.

Je m'élançai.

— Anita ! s'époumona Ramirez.

Sans cesser de courir, je me retournai à demi.

— Je prends l'escalier et vous l'ascenseur !

— Entendu. Tenez !

Il me lança un de ses téléphones portables. Je le rattrapai au vol et le serrai maladroitement contre ma poitrine.

— Si j'arrive au rez-de-chaussée sans l'avoir trouvé, je vous appelle, promit Ramirez.

Je hochai la tête, fourrai le téléphone dans la poche arrière de mon jean et fonçai vers le bout du couloir en dégainant mon Browning. Je n'étais plus dans une chambre stérile, à l'atmosphère hautement chargée en oxygène. Nous allions voir si les balles fonctionnaient aussi bien que les couteaux.

Je poussai la lourde porte coupe-feu de tout mon poids jusqu'à ce qu'elle se plaque contre le mur – histoire de m'assurer que le zombie n'était pas planqué derrière. Puis j'hésitai sur le palier de ciment nu. Les sprinklers avaient déjà inondé les marches, et les échos aigus de l'alarme anti-incendie résonnaient dans la cage d'escalier. Je jetai un coup d'œil vers le haut, un autre vers le bas. Comment savoir si le monstre était monté ou descendu, et à quel étage il s'était arrêté ?

Je trépignais de rage et de frustration. Je n'aurais pas su expliquer pourquoi il me semblait si vital de rattraper cette créature, mais mon mauvais pressentiment quant à ce qui se produirait à la tombée de la nuit s'était avéré fondé. J'allais faire confiance à mon intuition. Même si je n'avais encore jamais eu affaire à ce type de zombies, ils restaient des cadavres animés et moi, une nécromancienne. Techniquement, je devais pouvoir les contrôler. Et peut-être les percevoir, en me concentrant.

Je pris une profonde inspiration. Puis je rassemblai mon pouvoir en une boule compacte et le projetai à l'extérieur. Dos à la porte, douchée par les sprinklers et à demi assourdie par l'alarme qui m'empêchait de réfléchir clairement, je déployai ma magie tel un filet invisible.

Tout à coup, je sursautai. J'avais senti une traction, comme celle exercée sur une canne à pêche par le poisson qui vient de mordre à l'hameçon. En bas. La créature était descendue.

Je dévalai les marches de ciment mouillées, une main sur la rambarde pour me retenir quand je glissais, l'autre pointant le canon de mon Browning vers le haut. Une femme était prostrée sur le palier du dessous. Je vérifiai qu'elle respirait encore, lui tournai la tête sur le côté pour ne pas qu'elle se noie et me jetai à nouveau dans l'escalier. Le zombie n'avait pas pris le temps de se nourrir. Il fuyait devant nous, devant moi.

Soudain, les sprinklers s'arrêtèrent, mais l'alarme continua à hurler – encore plus perçante sans le bruit de l'eau pour l'étouffer. Très loin en dessous de moi, un cri déchirant se fit entendre. J'accélérai, plongeant tête la première au risque de m'étaler et de me rompre deux ou trois os. Si vite que je puisse aller, j'arriverais trop tard, j'en avais la certitude.

40

Au 19e étage, un groupe de patients trempés jusqu'aux os s'étaient réfugiés dans la cage d'escalier. Sans un mot, ils tendirent un doigt vers le bas. Au 17e, un homme à la lèvre fendue serrait un bouquet de fleurs contre lui. Il balbutia quelque chose que je ne compris pas et tendit également le doigt vers le bas.

Au 14e, la porte coupe-feu s'ouvrit, livrant passage à une infirmière en blouse rose qui me rentra dedans. Elle hurla et se rejeta en arrière. Dans chacun de ses bras, elle tenait un bébé enveloppé d'une couverture. Celui de gauche portait encore un petit bonnet rose en tricot. Tous deux poussaient des cris stridents, comme s'ils faisaient un concours avec l'alarme pour voir qui arriverait à me crever les tympans le plus vite.

Plaquée contre le mur, l'infirmière me fixa de ses grands yeux écarquillés. On aurait dit que je lui faisais peur. Peut-être à cause de mon flingue, ou peut-être à cause du sang que les sprinklers n'avaient pas réussi à faire partir.

— Il est à cet étage ? demandai-je d'une voix forte.

Elle hocha la tête et marmonna quelque chose. Je dus me pencher vers elle pour l'entendre.

— Dans la nursery. Il est dans la nursery.

Je pensais avoir déjà atteint mon niveau maximum d'adrénaline. Je me trompais. Les battements de mon cœur se firent douloureux, et mon sang rugit dans mes tempes.

J'ouvris la porte en braquant mon Browning devant moi. Une multitude de portes fermées bordait un couloir désert. Par-dessus le hurlement de l'alarme, je captai des cris et des pleurs. De la main gauche, je saisis le portable de Ramirez, appuyai sur le bouton qu'il m'avait indiqué et m'élançai vers la source du bruit en le portant à mon oreille.

Ramirez décrocha avant la fin de la première sonnerie.

— Anita ?

— Je suis à la maternité. Au 14e étage. Une infirmière vient de me dire que le monstre était dans la nursery.

J'atteignis le premier angle du couloir et me jetai contre le mur d'en face sans prendre le temps de regarder de l'autre côté. D'habitude, je suis plus prudente que ça, mais la détresse palpable des nourrissons m'interdisait de ralentir.

— J'arrive tout de suite, promit Ramirez.

Je coupai la communication, mais j'avais toujours l'appareil à la main quand je franchis l'angle suivant. Un corps gisait affaissé au travers d'une vitre blindée. Je pouvais dire que c'était un homme, et ça s'arrêtait à peu près là. Son visage ressemblait à un steak haché. Un stéthoscope pendait à son cou. Un docteur ou un infirmier, en déduisis-je. Je ne perdis pas de temps à chercher son pouls. S'il était encore vivant, je ne savais pas comment l'aider.

Je poussai de l'épaule une porte à double battant et découvris une longue baie vitrée. La nursery ! Je fonçai vers l'entrée en tentant de remettre le portable dans ma poche, mais la morsure que j'avais reçue à la main ne me facilitait pas le travail. L'appareil m'échappa et tomba sur le sol. Je ne le ramassai pas.

J'appuyai sur la poignée de la porte. Celle-ci ne s'ouvrit que de quelques centimètres. Je me tordis le cou pour voir ce qui la bloquait. Un corps. Un corps d'adulte. Je reculai et me jetai sur le battant de tout mon poids. Mais je n'arrivai pas à faire bouger le cadavre, ou si peu…

Soudain, une femme hurla à l'intérieur de la pièce. La seconde d'après, elle traversa la baie vitrée et s'écrasa dans le couloir au milieu d'une pluie de tessons. Abandonnant la porte qui refusait de me livrer passage, je rebroussai chemin et examinai rapidement l'ouverture. Des éclats de verre tranchants la garnissaient tels des crocs, mais je faisais du judo depuis des années. J'avais appris à tomber de beaucoup plus haut que ça.

Je jetai un coup d'œil de l'autre côté. Les berceaux de plastique s'alignaient le long des murs. J'avais largement la place d'atterrir au milieu. Prenant mon élan, je plongeai et roulai sur moi-même en giflant le sol de ma main libre pour amortir l'impact. Avec les deux mains, ça aurait été plus efficace, mais il était hors de question que je lâche mon Browning.

Je me relevai aussitôt et promenai un regard autour de moi. Je n'enregistrai pas tant une vue d'ensemble que des détails isolés. Deux ou trois berceaux renversés. Un bébé minuscule gisant sur le sol, son ventre et ses organes internes aspirés comme le fourrage d'un chocolat. D'autres berceaux toujours debout, mais éclaboussés de sang – certains vides, d'autres occupés par des nourrissons à moitié dévorés. Et dans le coin du fond, le monstre. Il tenait contre lui un baluchon enveloppé d'une couverture, de laquelle dépassaient deux petits poings roses.

Ma première balle se planta dans son front. L'impact fit partir sa tête en arrière, et ma seconde balle lui traversa la figure. Il leva l'enfant devant son visage et me regarda par-dessus le petit corps hurlant. Déjà, les trous se refermaient comme s'il était fait d'argile molle plutôt que de chair.

Je visai son estomac parce que c'était la seule zone vitale que je pouvais atteindre sans risquer de toucher le bébé. L'impact le fit tressauter. Il plongea pour se mettre à couvert derrière une rangée de berceaux.

Je m'accroupis. Une multitude de pieds à roulettes bloquaient ma ligne de tir telle une forêt de roseaux métalliques. Le zombie porta l'enfant à sa bouche. A tout hasard, je tirai dans le mur à côté de lui. Il frémit et s'écarta précipitamment, mais sans lâcher sa proie. Je continuai à tirer dans le mur pour l'occuper. Que foutait donc Ramirez ?

Le zombie se redressa et me fonça dessus. Je lui logeai une balle dans le bide. Sans résultat. Le bébé avait perdu sa couverture ; il ne portait plus que sa couche, mais il était vivant. Le zombie me le lança. Instinctivement, je le rattrapai et le serrai contre ma poitrine.

L'instant d'après, le monstre me percuta de plein fouet. Son élan nous emporta à travers la baie vitrée. Nous roulâmes sur le sol, et quand nous nous immobilisâmes, j'étais sur le dessus. Je lui enfonçai le canon de mon Browning dans le ventre et tirai de la main droite tout en serrant le bébé contre moi de la gauche.

La créature tressauta tel un serpent brisé en deux. Je me redressai sur les genoux et lui vidai mon chargeur dans le corps. Quand le percuteur du Browning cliqueta dans le vide, je le lâchai pour dégainer mon Firestar. J'étais en train de le braquer sur ma cible quand celle-ci m'assena un violent revers qui m'envoya m'écraser contre le mur. En essayant de protéger le bébé, j'encaissai le plus gros de l'impact. Je mis quelques instants à me ressaisir, et le zombie en profita pour m'attraper par les cheveux.

Je lui tirai dans la poitrine et l'estomac. Chaque balle lui imprima un soubresaut ; au bout de six ou sept, il me lâcha enfin. Puis le percuteur du Firestar cliqueta lui aussi dans le vide. Le zombie me toisa, et un sourire étira sa bouche sans lèvres.

L'alarme anti-incendie se tut. Dans le silence brusquement revenu, j'entendis les battements de mon cœur résonner à l'intérieur de mon crâne. Le bébé se remit à hurler de plus belle.

Le zombie se tendit, et je devinai qu'il allait se jeter sur moi. Très vite, je pivotai et déposai l'enfant sur le sol. Je sentis des mains me soulever et me projeter à travers le couloir. Cette fois, je n'avais plus personne à protéger. Je giflai le mur de mes avant-bras pour absorber l'impact. Quand le zombie franchit d'un bond la distance qui nous séparait, je n'étais pas le moins du monde étourdie.

Nous nous empoignâmes. Je savais lutter au corps-à-corps, mais pas avec un adversaire écorché et glissant. Il me cogna violemment la tête contre le mur. Sonnée, je glissai à terre.

L'espace de quelques instants, je ne pus ni bouger ni respirer. Le zombie s'agenouilla près de moi et releva mon T-shirt. Puis il glissa une main sous mon dos, l'autre sous mes cuisses et se pencha comme pour embrasser mon ventre dénudé. J'entendis une voix dans ma tête. *J'ai faim*, soufflait-elle. Tout me paraissait lointain et diffus comme dans un rêve. Je compris que j'étais sur le point de m'évanouir.

Je levai la main avec difficulté et la posai sur la joue écorchée du zombie. Celui-ci leva vers moi ses yeux sans paupières. A tâtons, je cherchai son orbite. Il ne fit pas un geste pour m'arrêter. Ses dents se plantèrent dans mon ventre à l'instant où mon pouce lui crevait l'œil. Nous hurlâmes en même temps. Il me lâcha et se rejeta en arrière.

Je tentais maladroitement de m'écarter de lui quand une détonation retentit. La balle l'atteignit en pleine poitrine et le fit pivoter à demi. Je tournai la tête. Ramirez arrivait depuis la direction de l'escalier de secours, brandissant son flingue à deux mains devant lui.

Le monstre tressautait sous les impacts, mais ses plaies se refermaient de plus en plus vite – comme si, chez lui, la cicatrisation était un processus perfectible par l'expérience. Je m'attendais à ce qu'il attaque Ramirez ou à ce qu'il s'échappe, mais non. Il sauta par la baie vitrée de la nursery. Alors, je sus ce qu'il voulait faire : prendre autant de vies que possible avant que nous le détruisions. Il ne cherchait pas à se préserver – juste à nourrir indirectement son maître.

Ramirez se dirigea vers la porte bloquée. Je le laissai s'acharner dessus à coups d'épaule et me traînai vers la baie vitrée. Le zombie dépliait la couverture d'un autre bébé comme il aurait déballé un paquet-cadeau. Je ne savais pas où étaient passés mes flingues. Je n'avais rien à lui lancer. Il ouvrit sa bouche ensanglantée et se pencha sur sa proie.

Ramirez avait réussi à se faufiler dans la pièce. Il lui tira dans les jambes et dans le bas-ventre, n'osant pas viser sa tête de peur de toucher le bébé. Le monstre l'ignora.

Le temps parut ralentir. Avec un hurlement de rage, j'appelai à moi le pouvoir qui me permettait de relever les morts. Je m'enveloppai de ses volutes étincelantes et le projetai vers le zombie, le détendant telle la lanière d'un fouet. J'étais une nécromancienne, et ce monstre, après tout, n'était qu'un cadavre.

— Stop ! m'époumonai-je.

Le zombie se figea, ses dents à quelques centimètres de la poitrine du bébé. Je sentis le pouvoir qui l'animait, flamme sombre brûlant à l'intérieur d'une coquille morte. Tendant un doigt vers lui, je laissai la cordelette blanche de mon essence s'enrouler autour de son corps, mon aura le recouvrir comme une nouvelle peau et l'isoler de son maître. Un frisson le parcourut. Puis il s'écroula telle une marionnette dont on a tranché les fils.

Aussitôt, un courant d'air glacial remonta le long de ma cordelette de pouvoir, la suivant comme un fil d'Ariane à travers un labyrinthe. Je voulus la rétracter, mais je n'avais encore jamais tenté ce genre de manœuvre et je ne fus pas assez rapide. L'essence d'une personne est son bouclier magique, son armure. En projetant la mienne, je m'étais ouverte à n'importe quelle intrusion. Je pensais mesurer les risques, mais je me trompais.

Le pouvoir du maître fusa vers moi telle une flamme le long d'une traînée d'essence. L'impact renversa ma tête en arrière et me coupa le souffle. Je sentis mon cœur s'arrêter et mon corps s'affaisser – mais la chute ne me fit pas mal, comme si mes nerfs étaient déjà morts. Ma vision vira au gris, puis au noir.

Une voix s'éleva dans les ténèbres.

— J'ai de nombreux serviteurs. Peu m'importe que tu aies arrêté celui-là. Je me nourrirai à travers les autres. Tu meurs pour rien.

Je tentai d'articuler une réponse – et y parvins.

— Allez vous faire foutre.

Je perçus son indignation. Il n'en revenait pas que j'ose le défier.

Je voulus éclater de rire, mais je n'en avais plus la force. Les ténèbres s'épaissirent. Je basculai dans le vide.

41

La première chose qui m'apprit que je n'étais pas morte, ce fut la douleur. Ma poitrine me brûlait. Je revins à moi dans un violent sursaut, hoquetant pour respirer.

La seconde chose, ce fut la lumière – blanche et violente. A demi aveuglée, je clignai des yeux. Puis des voix me parvinrent.

— Tenez-la !

Des mains saisirent mes bras et mes jambes pour m'immobiliser. Je voulus me débattre, mais je sentais à peine mon corps.

— Tension artérielle 8/6, en chute rapide.

Des silhouettes floues s'agitaient autour de moi. Quelque chose me piqua au creux du bras. Un visage d'homme se forma dans mon champ de vision – des cheveux blonds, des lunettes à monture métallique… Presque aussitôt, un brouillard blanc l'engloutit. Des taches grises dansèrent devant mes yeux, et je me sentis partir en arrière.

Une voix masculine s'exclama :

— Nous sommes en train de la perdre !

Les ténèbres me submergèrent, balayant la douleur et la lumière. Une voix de femme flotta jusqu'à moi.

— Laissez-moi essayer.

Puis plus rien que l'obscurité et moi.

Puis plus rien que l'obscurité.

42

Je fus réveillée par une odeur d'encens à la sauge. La sauge purifie et chasse les ondes négatives – du moins Marianne aime-t-elle à me le répéter quand je me plains que ça pue. Etais-je dans le Tennessee avec mon professeur de magie ? Je ne me souvenais pas y être allée.

J'ouvris les yeux pour voir où je me trouvais. Dans une chambre d'hôpital. Quand vous en avez fréquenté suffisamment, vous les reconnaissez au premier coup d'œil.

J'étais allongée sur le dos, clignant des yeux dans une vive lumière. Une femme se tenait à mon chevet. Elle avait des cheveux noirs coupés au carré, des traits bien dessinés et des yeux qui, bien que trop petits pour le reste de son visage, me fixaient comme si elle savait des choses que j'ignorais – des choses agréables ou importantes. Elle portait une longue robe violette avec des motifs rouges, et de nombreux colliers qui cliquetaient au moindre de ses mouvements.

Je me raclai la gorge et tentai de parler. L'inconnue prit un verre sur la table de nuit et couda la paille plantée dedans afin que je puisse boire. Comme elle se penchait vers moi, je vis que l'un de ses pendentifs était un pentacle.

— Pas une infirmière, articulai-je d'une voix rauque. (Je sirotai une gorgée d'eau et réessayai.) Vous n'êtes pas une infirmière.

La femme eut un sourire qui illumina ses traits pourtant ordinaires, tout comme son intelligence illuminait ses yeux d'un brun très banal.

— Qu'est-ce qui m'a trahie ? demanda-telle avec un léger accent que je ne pus situer.

— D'abord, vous êtes trop bien habillée. Ensuite, vous portez un pentacle.

Je voulus désigner son pendentif, mais mon bras était immobilisé par une gouttière en plastique et par l'intraveineuse plantée au creux de mon coude. En apercevant le bandage qui dissimulait ma main, je me souvins qu'un zombie m'avait mordue. Pourquoi est-ce toujours le même bras – le gauche – qui morfle ? Comme si je me baladais avec un panneau indicateur qui disait : « Frappez/coupez/brûlez/mordez ici ».

Je remuai les doigts. Apparemment, je n'avais rien de cassé. Ma main ne me faisait même pas mal. Elle était juste ankylosée. Quant à mon bras droit, il semblait indemne.

La femme m'observait attentivement.

— Je suis Léonora Evans, se présenta-t-elle. Je crois que vous avez rencontré mon mari.

— Vous êtes la femme du docteur Evans ?

Elle acquiesça.

— Il m'a dit que vous étiez une sorcière.

— C'est exact. Je suis arrivée à l'hôpital juste à temps pour vous sauver. A quelques minutes près, vous y restiez.

— Pourquoi ?

Elle s'assit dans le fauteuil disposé près de la tête du lit, et je me demandai pendant combien de temps elle m'avait veillée.

— Ils avaient fait redémarrer votre cœur, mais la vie s'échappait de votre corps, et ils n'arrivaient pas à la retenir.

Je secouai la tête. Une douleur sourde pulsait déjà derrière mes yeux.

— Vous pourriez éteindre l'encens ? La sauge me file toujours la migraine.

Sans poser de question, Léonora se leva et se dirigea vers une de ces petites tables à roulettes qu'on utilise dans les hôpitaux. Un cône d'encens se consumait près d'une longue baguette en bois, d'un petit couteau et de deux bougies allumées. C'était un autel de sorcière, version portative.

— Ne le prenez pas mal, mais que faites-vous ici à la place d'une infirmière ? interrogeai-je.

— Si la créature qui vous a attaquée avait tenté de vous tuer une seconde fois, l'infirmière n'aurait sans doute rien remarqué avant qu'il soit trop tard, expliqua Léonora.

Elle éteignit l'encens et revint s'asseoir à mon chevet.

— Si un zombie cannibale s'introduisait dans ma chambre, même le dernier des abrutis le remarquerait, protestai-je.

Elle eut un sourire presque condescendant.

— Si horribles que soient les serviteurs, vous et moi savons très bien que le véritable danger, c'est leur maître.

J'écarquillai les yeux.

— Comment… D'où tenez-vous ça ? demandai-je, la gorge nouée.

— J'ai touché son pouvoir quand j'ai aidé à l'expulser. J'ai entendu sa voix, senti sa présence. Il voulait votre mort, Anita. Il était en train d'aspirer votre vie.

Je déglutis.

— Je voudrais voir une infirmière, s'il vous plaît.

— Vous avez peur de moi ? lança Léonora d'un air amusé.

Je faillis répondre « non », puis me ravisai.

— Oui, mais ça n'a rien de personnel. Disons qu'après

avoir vu la mort de si près, je n'ai plus tellement confiance en ceux qui pratiquent la magie.

— Pensez-vous que si je vous ai sauvée, c'est parce que le maître m'y a autorisée ?

— Je n'en sais rien.

Elle se rembrunit.

— Croyez-moi, Anita, ça n'a pas été facile. J'ai dû dresser des protections autour de vous, et j'en ai puisé une partie dans mon propre pouvoir, dans ma propre essence. Si je n'avais pas été assez forte, je serais morte avec vous.

— Merci, dis-je sur un ton peu convaincu.

Léonora poussa un soupir et arrangea son jupon de ses mains couvertes de bagues.

— Très bien, je vais vous chercher quelqu'un d'autre. Mais ensuite, il faudra que nous discutions. Votre ami Ted m'a parlé des marques qui vous lient au loup-garou et au vampire.

Une expression contrariée dut passer sur mon visage, car elle s'empressa d'ajouter :

— J'avais besoin de le savoir pour vous aider. Le temps qu'il arrive, je vous avais déjà sauvé la vie, mais j'essayais de réparer votre aura et ça ne marchait pas.

Elle passa une main au-dessus de mon corps, et je sentis la tiédeur de son pouvoir caresser le mien. Parvenue à l'aplomb de mon cœur, elle hésita.

— Vous avez un trou à cet endroit, comme si un morceau de vous avait disparu. (Sa main redescendit vers mon ventre et s'immobilisa au-dessus de mon abdomen.) Et vous en avez un autre ici. Ces deux points sont des chakras, des nœuds d'énergie. Sans eux, vous n'êtes pas en mesure de vous défendre contre les attaques magiques.

— Ils n'ont pas disparu, marmonnai-je. Je les ai fermés. Et ça m'a pris six mois.

Léonora secoua la tête et retira sa main.

— Si j'ai bien compris ce que m'a dit votre ami à propos du triumvirat auquel vous appartenez, ces trous sont semblables à des prises électriques dans le mur de votre aura. Les deux créatures ont chacune la sienne pour se brancher.

— Ce ne sont pas des créatures.

— Ted en a fait un portrait très peu flatteur.

Je fronçai les sourcils. Ça ne m'étonnait pas de lui.

— Il n'aime pas que je sois… intime avec des monstres.

— Vous couchez avec les deux ?

— Non. (Je grimaçai.) Enfin, plus maintenant. Je l'ai fait pendant quelques mois, mais ça ne pouvait pas durer.

— Pourquoi ?

— Parce que nous envahissions mutuellement nos rêves et nos pensées. Après chaque rapport sexuel, ça empirait, comme si la proximité physique accentuait notre proximité psychique.

Léonora hocha la tête d'un air entendu.

— Et ça vous a fait peur : le manque de contrôle, la perte d'intimité…

« Peur », c'était un doux euphémisme, mais bon…

— Oui.

— Pourquoi avez-vous accepté ces marques ?

— Parce que si je les avais refusées, ils seraient morts tous les deux. Et moi avec, peut-être.

— Donc, vous l'avez fait pour sauver votre vie.

Elle me fixait, les mains croisées dans son giron et l'air tout à fait serein. Je déteste les gens qui sont en paix avec eux-mêmes. Peut-être parce que je suis jalouse d'eux.

— Pas seulement. Je n'aurais pas supporté de perdre Jean-Claude et Richard. Un seul – à la limite, j'aurais pu m'en remettre. Mais les deux à la fois… Non.

— Les marques vous ont conféré à tous les trois un pouvoir suffisant pour vaincre vos ennemis.

— Oui.

— Si partager votre vie avec ces… hommes vous terrifie à ce point, pourquoi la perspective de leur mort vous a-t-elle autant affolée ?

Quelques instants s'écoulèrent avant que je lâche :

— Parce que je les aimais, je suppose.

— « Aimais » – à l'imparfait, pas au présent ?

Soudain, je me sentis très lasse.

— Je n'en sais rien. Franchement, je n'en sais rien.

— A partir du moment où vous aimez quelqu'un, votre liberté est compromise. Vous renoncez à une partie de votre intimité parce que vous n'êtes plus seulement un individu, mais la moitié d'un couple. Sinon, vous risquez de perdre l'être aimé.

— Je ne vous parle pas de partager une salle de bains ou une penderie. Ce qu'ils voudraient partager, c'est mon esprit, mon âme.

— Vous le croyez vraiment ?

Je me laissai aller sur mon oreiller et fermai les yeux.

— Ecoutez… Merci de m'avoir sauvé la vie. Si je peux vous rendre la pareille, je le ferai volontiers, mais je ne vous dois pas d'explications sur ma vie privée.

— Vous avez raison. (Elle redressa les épaules.) Revenons à mon analogie des prises électriques. Tous vos efforts n'ont fait que les boucher comme de l'enduit. Quand le maître vous a attaquée, son pouvoir a rouvert les trous. Et vous ne pouvez pas les refermer avec votre propre aura. Ted m'a dit que vous appreniez la magie rituelle avec une sorcière ?

— Marianne est plus medium que sorcière. Son pouvoir ne lui vient pas d'une religion ; c'est un don naturel.

— Approuve-t-elle la façon dont vous avez bloqué vos chakras ?

— Je lui ai dit que je voulais apprendre à me protéger contre Jean-Claude et Richard, et elle m'a aidée à le faire.

— Vous a-t-elle prévenue que ce serait une réparation provisoire ?

Je me rembrunis.

— Oui.

— Vous vous hérissez chaque fois que nous évoquons le fait que vous avez remis les clés de votre âme à ces deux hommes. Mais vous ne pourrez pas éternellement les tenir à distance. En essayant de le faire, vous vous affaiblissez – et vous les affaiblissez probablement eux aussi.

— Nous survivrons.

— En êtes-vous certaine ? Sans moi, vous seriez déjà six pieds sous terre.

— Voulez-vous dire que si le maître a failli me tuer, c'est à cause des trous de mon aura ?

— Il vous aurait salement amochée de toute façon, mais les trous vous ont empêchée de lui résister – d'autant qu'ils venaient juste de se rouvrir. Considérez-les comme des plaies qui vous rendent vulnérable à toute infection surnaturelle.

Je réfléchis quelques instants. Sa théorie tenait la route.

— Comment puis-je y remédier ?

— Ces trous ne peuvent être comblés que par une chose : l'aura des hommes que vous aimez. Désormais, vous êtes comme les pièces d'un puzzle ; aucun de vous n'est complet sans les autres.

— Je ne peux pas m'y résoudre.

Léonora haussa les épaules.

— Que vous l'acceptiez ou non, c'est la vérité.

— Je ne suis pas encore prête à abandonner la lutte. Merci quand même.

Elle se leva, les sourcils froncés.

— Faites comme vous voudrez, mais souvenez-vous que si vous vous frottez à d'autres puissances surnaturelles, vous n'aurez aucune défense contre elles.

Puis elle tourna les talons et sortit.

Je jetai un coup d'œil à son autel improvisé et me demandai ce qu'elle avait dû faire pour me sauver. Si tant est qu'elle n'ait pas menti. A peine avais-je pensé ça que je m'en voulus. Pourquoi me méfiais-je autant de cette femme ? Parce que c'était une sorcière – comme Marks me haïssait sans me connaître parce que j'étais une nécromancienne –, ou parce que la vérité qu'elle m'avait assenée ne me convenait pas ? Six mois d'efforts pour fermer les marques, et elles étaient de nouveau à vif. Pire encore : elles me rendaient vulnérable aux attaques magiques. Il y avait de quoi être furax.

D'un autre côté... Je ne sentais toujours pas Jean-Claude et Richard. Je ne m'en plaignais pas, mais j'aurais bien voulu comprendre pourquoi. Il fallait que j'appelle Marianne. J'avais une totale confiance en elle. Elle m'avait prévenue que mon blocage ne tiendrait pas, mais m'avait quand même aidée à le mettre en place parce qu'elle pensait que j'avais besoin de temps pour m'adapter. Je n'étais pas certaine de pouvoir méditer et rester chaste pendant six mois supplémentaires.

A présent que j'étais seule et que plus personne ne me bombardait de questions, je commençais à prendre conscience de mon corps. Chaque fois que je tentais de bouger, un élancement me traversait le dos. A certains endroits, la douleur était sourde, provoquée par de simples contusions. A d'autres, son acuité mordante m'indiquait la présence de plaies ouvertes ou en voie de cicatrisation. J'avais dû me couper quand le zombie nous avait projetés à travers la baie vitrée.

Mon visage et ma tête aussi me faisaient mal. Je me souvins du revers que j'avais reçu, du bruit mat de mon crâne cognant contre le mur. Un jour, j'aimerais rencontrer un mort-vivant qui ne soit pas aussi costaud que l'Incroyable Hulk.

Je tirai sur le col de ma blouse d'hôpital et découvris de petits ronds de plastique collés sur ma poitrine. Je jetai un coup d'œil à l'appareil auquel ils étaient reliés. Il bipait avec la régularité rassurante d'un métronome. Pourtant, je fus assaillie par le souvenir du moment où mon cœur s'était arrêté – parce que le maître lui en avait donné l'ordre. Mon sang se glaça dans mes veines, et pas à cause de l'ambition dévorante de la clim'. J'avais vraiment failli mourir.

La peau de ma poitrine était rougie par endroits, comme si j'avais pris des coups de soleil. J'effleurai une des plaques et frémis. Comment avais-je pu me brûler ? Plus bas, un bandage entourait mon estomac. Je revis la bouche du zombie s'ouvrir au-dessus de mon ventre et repoussai hâtivement l'image dans un coin de ma mémoire.

Je jetai un coup d'œil à mon épaule gauche. Les traces de dents s'étaient refermées, ne laissant qu'une traînée rose pâle derrière elles. Les croûtes étaient déjà tombées ? Combien de temps étais-je restée dans les vapes ?

Un homme entra dans la chambre. Il me parut vaguement familier ; pourtant, je savais que je ne le connaissais pas. Il était grand, avec des cheveux blonds et des lunettes à monture métallique.

— Je suis le docteur Cunningham, se présenta-t-il. Ravi que vous ayez repris connaissance.

— Pas autant que moi.

Il sourit et commença à m'examiner. Il me fit suivre du regard la lumière d'une lampe-stylo, puis son doigt, et continua à scruter mes yeux si longtemps que je finis par m'inquiéter.

— J'ai une commotion cérébrale ?

— Non, répondit-il. Pourquoi – votre tête vous fait mal ?

— Un peu, mais je crois que c'est à cause de l'encens.

Il eut une moue embarrassée.

— Désolé, mais Léonora Evans pensait que c'était important. Je ne comprenais pas pourquoi vous étiez en train de mourir, et encore moins pourquoi vous n'aviez pas continué ; donc, je lui ai laissé faire ce qu'elle voulait.

— Elle m'a dit que mon cœur s'était arrêté.

Cunningham fourra les branches de son stéthoscope dans ses oreilles et pressa le rond de métal sur ma poitrine.

— Techniquement, oui…

Il se tut pour écouter mon cœur, me demanda de respirer profondément deux ou trois fois, puis inscrivit quelque chose sur la feuille de soins au pied de mon lit.

— … Mais j'ignore pourquoi. Aucune de vos blessures n'était assez grave pour provoquer un arrêt cardiaque.

— D'où viennent les brûlures sur ma poitrine ?

— Nous avons utilisé un défibrillateur pour faire repartir votre cœur.

— Depuis combien de temps suis-je ici ?

— Deux jours et demi.

Je poussai un hoquet de surprise et de consternation. J'avais perdu plus de deux jours !

— Y a-t-il eu d'autres meurtres ?

Le sourire de Cunningham s'évanouit.

— Vous voulez parler de ces pauvres gens taillés en pièces ? Non, on ne nous a pas apporté de nouveaux corps.

Je poussai un soupir de soulagement qui lui fit froncer les sourcils.

— Vous ne vous préoccupez pas de votre santé – juste de votre travail ?

— Vous dites que vous ignorez pourquoi j'ai failli mourir et ce qui m'en a empêchée. Je suppose donc que Léonora Evans m'a sauvée.

Cunningham eut l'air encore plus mal à l'aise.

— Tout ce que je sais, c'est que dès que nous l'avons autorisée à poser les mains sur vous, votre tension artérielle s'est mise à remonter, et votre rythme cardiaque s'est stabilisé. (Il secoua la tête.) Je ne m'explique pas ce qui s'est passé, et si vous saviez à quel point c'est dur pour un médecin d'admettre son ignorance, vous seriez très impressionnée par mon aveu.

Je souris.

— En fait, j'ai déjà séjourné de nombreuses fois à l'hôpital. J'apprécie que vous me disiez la vérité et que vous ne tentiez pas de vous attribuer le mérite de ma guérison miraculeuse.

— Miraculeuse, c'est le mot. (Il toucha l'unique cicatrice de couteau sur mon avant-bras droit.) Vous avez une sacrée collection de blessures de guerre, mademoiselle Blake. Je veux bien croire que vous ayez passé beaucoup de temps entre les mains de mes confrères. Quel âge avez-vous : vingt-deux, vingt-trois ans ?

— Vingt-six.

— Vous faites plus jeune.

— C'est parce que je suis petite.

— Non, je ne crois pas. Tout de même, avoir autant de cicatrices de ce genre à vingt-six ans, ce n'est pas bon signe. J'ai fait mon internat dans un quartier très mal famé d'une très grande ville. On nous amenait souvent des membres de gang. Quand ils vivaient jusqu'à votre âge, leur corps ressemblait au vôtre. Couvert de traces de couteaux, de balles – et même de morsures et de griffes, pour les métamorphes.

— Vous deviez être à New York.

Cunningham cligna des yeux.

— Comment l'avez-vous deviné ?

— C'est illégal de transmettre la lycanthropie à un mineur, même avec son consentement. Donc, les chefs de gangs métamorphes ont été condamnés à mort. Le gouvernement a envoyé plusieurs unités de force spéciale à New York pour les éradiquer.

Il acquiesça.

— J'ai quitté la ville peu de temps avant. J'avais traité un paquet de ces gamins. (Son regard se fit lointain comme il replongeait dans ses souvenirs.) Deux d'entre eux se sont transformés pendant leur traitement. Après, le directeur de l'hôpital ne voulait plus les admettre. Tous ceux qui portaient leurs couleurs étaient abandonnés à leur sort.

— Si ça peut vous rassurer, la plupart d'entre eux ont probablement survécu. Quand ils ne meurent pas immédiatement de leurs blessures, les métamorphes finissent toujours par récupérer.

— Vous essayez de me réconforter ?

— Peut-être.

— Dans ce cas, je vais vous donner le même conseil qu'à eux. Tirez-vous de là. Changez d'occupation, ou vous n'atteindrez pas les quarante ans.

— A vrai dire, je me demandais si j'allais atteindre les trente, grimaçai-je.

— C'est de l'humour ?

— Je crois.

Cunningham me dévisagea d'un air grave. Voyant que je ne bronchais pas, il soupira :

— Très bien. Vous ferez comme vous voudrez. Après tout, ça ne me regarde pas.

— J'apprécie que vous vous souciiez de ma santé, docteur. Honnêtement.

Il empoigna les deux bouts de son stéthoscope comme les extrémités d'une serviette.

— Mais ça ne vous empêchera pas d'ignorer mes conseils.

— En fait, j'ai décidé de prendre des vacances une fois que cette affaire sera bouclée. Les blessures, je peux supporter. Mais l'érosion de mon éthique… J'ai de plus en plus de mal, avouai-je.

Il grimaça.

— Insinuez-vous que si je vous trouve mal en point, c'est parce que je n'ai pas vu vos adversaires ?

Je baissai les yeux.

— J'exécute des gens, docteur Cunningham. Quand j'ai fini, il ne reste pas de cadavres à examiner.

— Des gens ? Vous voulez dire, des vampires ?

Je le fixai en silence pendant un long moment.

— Autrefois, je croyais qu'il existait une grosse différence entre les deux, lâchai-je enfin. Aujourd'hui… Je n'en suis plus si sûre.

Cunningham hocha pensivement la tête.

— Je comprends. Et je ne vous envie pas votre dilemme. Tâchez juste de rester hors de la ligne de tir ennemie jusqu'à ce que vous ayez trouvé une solution.

Il se dirigea vers la porte.

— J'essaye *toujours* de rester hors de la ligne de tir ennemi, docteur, lançai-je dans son dos.

— Essayez plus fort, répliqua-t-il avant de sortir.

43

Edward se faufila dans la chambre avant que la porte ait le temps de se refermer. Il portait une de ses chemisettes à manches courtes avec de petites poches sur le devant. Si elle avait été beige, j'aurais dit qu'il était fin prêt pour un safari, mais elle était noire – tout comme son jean repassé de frais, sa ceinture, son holster d'épaule et le petit sac de sport qu'il tenait à la main. Seul le maillot de corps que j'apercevais par son col déboutonné était blanc. Par contraste, ses cheveux et ses yeux semblaient encore plus clairs que d'habitude. Depuis mon arrivée, c'était la première fois que je le voyais hors de chez lui sans son chapeau de cow-boy.

— Si tu t'es habillé pour mon enterrement, tu aurais pu faire un peu plus solennel. Dans le cas contraire, tu dois effrayer les touristes.

Il ne releva pas la plaisanterie.

— Tu es vivante. C'est une bonne chose, dit-il gravement.

Je fronçai les sourcils.

— Pourquoi cette mine si sérieuse ? Le docteur m'a dit qu'il n'y avait pas eu d'autres meurtres pendant que j'étais dans les vapes.

Il secoua la tête et vint se planter au pied du lit, près de l'autel de Léonora. Pour pouvoir le regarder sans forcer sur mon cou, je relevai la tête du lit. J'avais passé suffisamment de temps dans des hôpitaux pour savoir où se trouvaient les commandes électriques.

— Non, il n'y a pas eu d'autres meurtres, confirma Edward.

— Alors, qu'est-ce qui ne va pas ? m'enquis-je en me dandinant pour trouver une position confortable.

Je réprimai une grimace. Tout mon corps me faisait mal – comme d'habitude après que j'aie été projetée contre un mur.

Edward eut un faible sourire.

— Tu as failli y rester, et tu me demandes ce qui ne va pas ?

Je haussai les sourcils.

— Je ne savais pas que tu te préoccupais de ma santé.

— Plus que je ne devrais.

Cet aveu me prit par surprise, et il me fallut quelques seconds pour articuler :

— Cela signifie-t-il que tu ne me tueras pas pour le plaisir ?

Il cligna des yeux, et toute émotion s'évapora de son visage.

— Tu sais très bien que je ne tue que pour de l'argent.

— Foutaises. Je t'ai déjà vu tuer des gens sur la tête desquels il n'y avait pas de contrat.

— Seulement quand je suis avec toi.

— Tu as l'air fatigué, Edward.

— J'en ai aussi la chanson.

— Au risque de me répéter : s'il n'y a pas eu d'autres meurtres, pourquoi fais-tu cette tête de dix pieds de long ?

— Bernardo n'est sorti de l'hôpital qu'hier.

— Il est gravement blessé ?

— Il n'a qu'un bras cassé. Il s'en remettra.

— Tant mieux.

Silence.

— Tu vas cracher le morceau, oui ? m'impatientai-je.
Edward hésita avant de répondre :
— J'ai essayé de rencontrer Nicky Baco sans toi.
— C'est Bernardo qui t'avait parlé de notre rendez-vous ?
— Non, c'est ton copain l'inspecteur Ramirez.
— La dernière fois que je l'ai vu, il insistait pour m'accompagner chez Baco.
— Oh, il a tenu à venir avec moi. Mais ça n'a servi à rien, parce que Baco a refusé de nous recevoir en ton absence.
— Ce n'est pas le simple fait de t'être pris un râteau qui te préoccupe à ce point, Edward. Dis-moi ce que tu as.
— Tu as vraiment besoin de Baco ?
— Pourquoi me demandes-tu ça ?
— Réponds d'abord à ma question.
— Oui, j'ai besoin de lui. C'est un nécromancien, et la chose qui est responsable de ces meurtres se nourrit de morts.
— Tes pouvoirs sont plus forts que ceux de Baco.
— Possible, mais je n'y connais pas grand-chose en nécromancie traditionnelle. Ce que je fais s'apparente plutôt au vaudou.
Edward eut un sourire amusé.
— Qu'est-ce exactement que la nécromancie traditionnelle, et comment peux-tu être sûre que Baco la pratique ?
— S'il était réanimateur, j'aurais entendu parler de lui. Nous ne sommes pas si nombreux dans la profession. Donc, il ne relève pas de zombies. Mais tous les gens du coin qui s'intéressent au surnaturel – à commencer par toi – savent qu'il bosse avec les morts. Ça ne laisse pas trente-six possibilités.
— Je ne le connais que de réputation, Anita. Je ne l'ai jamais vu à l'œuvre.
— Peut-être, mais moi, je l'ai rencontré. J'ai perçu

son aura. Son pouvoir est bien réel, et il ne dégage pas les mêmes ondes qu'un prêtre vaudou. J'en conclus qu'il fait dans la nécromancie rituelle.

— Qui consiste à… ?

— Conjurer l'esprit des morts dans un but divinatoire.

Edward secoua la tête.

— Pour inspirer une telle trouille aux gens, il doit faire bien pire que discuter avec des fantômes – ou traîner avec un gang de loups-garous.

Je sursautai.

— Tu le savais ? Tu savais que son bar servait de repaire à toute une meute de lycanthropes ? Et tu ne m'as rien dit ?

Il haussa les épaules.

— Simple négligence de ma part.

Je le fixai sévèrement.

— Tu as beaucoup de défauts, Edward, mais la négligence n'en fait pas partie.

— Alors, disons que c'est la faute de mon esprit de compétition.

— Tu voulais voir comment je gèrerais une situation aussi dangereuse sans y avoir été préparée, c'est ça ?

Il acquiesça.

— Putain, Edward, ce n'est pas un jeu !

— Je sais.

— Non, tu ne sais pas. Tu me caches des choses depuis que je suis descendue de l'avion. Tu n'arrêtes pas de me tester pour voir si mes nerfs sont aussi solides que les tiens. C'est tellement puéril… On dirait un comportement de lycéen boutonneux !

— Je suis désolé, dit-il doucement.

Mon indignation retomba comme un soufflé. Il s'excusait si rarement !

— Cela signifie-t-il que tu as fini de jouer, que tu ne

chercheras plus à savoir lequel de nous deux est le plus coriace ?

— Oui.

Je le fixai, perplexe.

— C'est juste l'influence de Donna, ou il y a autre chose ?

— De quoi parles-tu ?

— Si tu continues à te montrer aussi sentimental, je vais finir par croire que tu n'es qu'un simple mortel comme nous tous.

Il sourit.

— En parlant d'immortels…

— Nous n'en parlions pas.

— Mettons que je change de sujet. Si ce monstre est vraiment un croquemitaine aztèque, c'est un peu bizarre que le Maître de la Ville n'ait jamais entendu parler de lui, non ?

— Pourquoi Itzpapalotl nous aurait-elle menti ?

— Penses-tu qu'un maître vampire puisse faire toutes les choses que nous avons vues ?

Je réfléchis quelques instants.

— Pas avec ses seuls pouvoirs vampiriques, non. Mais si Itzpapalotl était une sorcière de son vivant, elle a pu conserver tout ou partie de sa magie. Le problème, c'est que je n'y connais pas grand-chose en magie aztèque. La seule chose que je peux te dire, c'est qu'elle est très différente de tous les vampires que j'ai rencontrés jusqu'ici. Ça peut vouloir dire que c'est une sorcière – ou pas.

— Il faudrait que tu la revoies.

— Pour quoi faire : lui demander si elle est impliquée dans le meurtre ou la mutilation d'une vingtaine de personnes ?

Edward grimaça.

— Quelque chose comme ça.

— D'accord. Je note « visite à Vampire Central » sur la liste des choses à faire quand je sortirai d'ici.

Il se rembrunit.

— Qu'y a-t-il encore ? soupirai-je.

— As-tu vraiment besoin de Baco ?

— Tu m'as déjà posé la question. Ecoute… J'ai senti cette chose dès le jour de mon arrivée. Elle m'a sentie aussi, et elle s'est protégée contre moi. Depuis, je ne capte plus sa présence – du moins, pas aussi fort. Baco la sent également, et il a peur d'elle. Donc… Oui, je tiens à lui parler.

— Tu ne crois pas qu'il pourrait être à l'origine de tout ça ?

— Il est puissant, mais pas assez. Et même si j'ignore la nature exacte de cette chose, je suis sûre qu'elle n'est pas humaine.

Edward soupira.

— Très bien, dit-il comme s'il venait de prendre une décision. Baco a dit que si tu ne passais pas le voir aujourd'hui avant dix heures, ça ne serait plus la peine de venir.

Je cherchai une horloge des yeux et la trouvai sur le mur de droite. Huit heures.

— Et merde !

— Le docteur veut te garder ici pendant encore vingt-quatre heures – au minimum. Et d'après Léonora, si le monstre s'en prend de nouveau à toi, tu y laisseras ta peau. C'est pour ça que j'hésitais à t'en parler.

La moutarde me monta au nez.

— Je n'ai pas besoin qu'on me protège, Edward. Tu devrais le savoir mieux que quiconque.

— Tu te sens vraiment d'attaque ?

Je faillis répondre « oui » par réflexe, mais j'étais si fatiguée… Une lassitude qui n'avait rien à voir avec le manque de sommeil ou avec mes plaies et bosses m'imprégnait jusqu'à la moelle.

— Non.

Edward cligna des yeux.

— Tu dois être drôlement naze pour l'avouer.

— J'ai déjà été plus en forme, mais le problème n'est pas là. Quelque chose effraie Nicky Baco. S'il me demande de passer le voir avant dix heures ce matin, je dois y aller. Qui sait ? Le monstre est peut-être censé venir le chercher à onze heures. Nous ne voudrions pas rater ça.

— Je t'ai apporté des vêtements de rechange, dit-il en désignant le sac de sport qu'il avait posé sur le fauteuil laissé vacant par Léonora. Aux urgences, ils ont coupé ton holster d'épaule et le fourreau que tu portais dans le dos.

— Et merde ! Je l'avais fait fabriquer sur mesure !

— Tu n'auras qu'à en commander un autre.

Il ouvrit le sac et en sortit un jean noir, un polo noir, des chaussettes noires – et même ses sous-vêtements noirs.

— Pourquoi cet uniforme de croque-mort ?

— Ton T-shirt bleu était sale. Il ne te restait que des hauts noirs, rouges ou violets. Les couleurs claires ne font pas assez sérieux, et elles mettent trop en évidence les taches de sang.

Comme il s'affairait, je remarquai que sa chemise faisait des plis étranges au niveau de la cage thoracique.

— Qu'est-ce que tu portes là-dessous ? demandai-je avec un signe du menton.

Souriant, il défit les deux boutons du milieu. Une sorte de cartouchière modifiée lui ceignait le torse. Les morceaux de métal qu'elle contenait n'avaient pas une forme de munitions.

— Je rêve, ou ce sont des couteaux de lancer miniatures ? m'exclamai-je.

Edward hocha la tête d'un air satisfait.

— Bernardo a dit que les zombies n'appréciaient pas qu'on leur crève les yeux.

— Je l'ai fait deux fois. C'est vrai qu'ils ont eu l'air de trouver ça douloureux, et que ça les a désorientés. Mais je ne pensais pas que Bernardo l'aurait remarqué.

Il reboutonna sa chemise.

— Ne le sous-estime pas.

— Tu pourrais vraiment toucher un œil avec un de ces trucs ?

Il saisit une fléchette et, d'un coup sec du poignet, la projeta au centre d'un des motifs qui ornaient le papier peint sur le mur d'en face.

— Je n'arriverai jamais à être aussi précise, commentai-je, dépitée.

Edward alla récupérer la fléchette et la remit dans sa cartouchière.

— Si tu veux, tu peux avoir un lance-flammes à la place.

— Chouette. Ce n'est pourtant pas Noël…

— Plutôt Pâques.

Je fronçai les sourcils.

— Je te demande pardon ?

— Tu es revenue d'entre les morts, comme le Christ – personne ne te l'a raconté ?

— Pas vraiment, non.

— Ton cœur s'est arrêté trois fois. Ramirez t'a maintenue en vie en te faisant un massage cardiaque jusqu'à l'arrivée des secours. Mais les docteurs t'ont perdue deux fois. A la troisième, Léonora Evans les a convaincus de lui passer la main. J'ignore à qui elle a demandé de l'aide pour te ramener ; toujours est-il que ça a marché. Si tu crois encore à ces trucs, tu devrais allumer un cierge en guise de remerciement. Ou égorger quelques poules, peut-être.

— Les wiccans n'ont pas besoin de faire des sacrifices pour obtenir du pouvoir, murmurai-je machinalement.

J'étais sous le choc. Non seulement Léonora n'avait pas menti, mais Cunningham et elle étaient restés bien en dessous de la vérité.

Edward haussa les épaules.

— Désolé, gloussa-t-il. On ne nous donne pas de cours de théologie comparative à l'école des assassins.

Chez moi, il suffit de très peu de choses pour que la peur se mue en colère.

— Tu commences par me foutre la trouille en me rappelant que j'ai failli y passer, puis tu te paies ma tête. Veux-tu que j'aille voir Baco, oui ou non ? aboyai-je.

Edward redevint sérieux.

— Je veux que tu fasses ce qui est bon pour toi, Anita. Je croyais être prêt à tout pour arrêter ce fils de pute. (Il posa brièvement sa main sur la mienne.) Mais je me trompais. Je ne suis pas prêt à payer n'importe quel prix.

Sans me laisser le temps de trouver une réponse, il se détourna et sortit.

Je ne savais plus ce qui me troublait davantage : cette affaire ou le nouvel Edward.

Je jetai un coup d'œil à l'horloge. Et merde. Il me restait une heure quarante pour m'habiller, sortir de l'hôpital contre l'avis de mon médecin et me rendre à *Los Duendos*. J'étais prête à parier que le plus long serait de convaincre le docteur Cunningham.

44

J'appuyai sur le bouton pour redresser la tête de mon lit. Plus j'approchais de la verticale, plus ça me faisait mal. J'avais des crampes à la poitrine, comme si j'avais abusé des muscles qui entouraient ma cage thoracique. Les coupures de mon dos n'appréciaient pas la position assise ; elles apprécieraient encore moins la position debout. Et je ne voulais même pas imaginer leurs protestations quand j'essaierais de marcher. Rien ne tire autant que des points de suture. Je me demandai combien j'en avais dans le dos. A la sensation – beaucoup.

Une fois assise dans le lit, je m'accordai quelques secondes pour écouter les doléances de mon corps. D'habitude, je ne me fais pas autant amocher avant la fin d'une enquête. Je n'avais même pas encore rencontré le méchant de la semaine, et il avait déjà failli me tuer. Ça n'augurait rien de bon pour la suite.

Le plus sage, ç'aurait été de m'accorder deux ou trois jours de convalescence avant de retourner dans les tranchées. Mais le crime et la marée n'attendent pas les hommes – et encore moins les femmes. Je l'avoue : l'espace d'un instant, j'envisageai de rester tranquillement dans mon lit et de laisser quelqu'un d'autre jouer les héros, pour changer un peu. Puis je revis la nursery et les berceaux éclaboussés de sang.

J'avais déjà enlevé la manche droite de ma blouse quand je réalisai que je ne pouvais pas arracher les tampons qui me reliaient au moniteur cardiaque. Je ne voulais pas affoler le personnel pour rien. J'appuyai sur le bouton d'appel.

Une infirmière arriva dans la minute suivante. Ou bien elle n'avait rien de mieux à faire ce matin, ou bien elle avait reçu l'ordre de veiller très attentivement sur moi. Elle était petite et menue, avec des cheveux blonds coupés court. Son sourire professionnel se crispa quand ses yeux se posèrent sur moi.

— Que faites-vous, mademoiselle Blake ?

— Je me rhabille.

Elle secoua la tête.

— Non.

— Ecoutez, je préférerais que vous m'aidiez à enlever tout ce bazar, mais si vous refusez, ça ne changera rien. Je sortirai quand même.

— Je vais aller chercher le Dr Cunningham.

Elle se détourna et sortit.

— Faites donc ça, lançai-je dans la chambre vide.

J'attrapai les fils du moniteur cardiaque et tirai. J'eus l'impression que ma peau partait avec. Le hurlement aigu de l'appareil me rappela celui de l'alarme anti-incendie. Ce n'était pas un souvenir bienvenu.

Les tampons collants avaient laissé de grosses marques rouges circulaires sur ma poitrine. Malgré toutes mes autres plaies et bosses, je les sentais comme si ma chair était à vif à ces endroits-là.

Le Dr Cunningham entra pendant que je me battais avec le sparadrap qui fixait l'intraveineuse à ma main gauche. Il éteignit le moniteur hurlant.

— Vous pouvez m'expliquez ce que vous faites ?

— J'essaie de me rhabiller.

— Pas question, aboya-t-il.

Je n'avais pas la force de me disputer avec lui. J'étais trop fatiguée et trop mal en point pour ça. Je préférais garder mon énergie pour me lever et sortir de cette chambre.

— Il faut que j'y aille, docteur. (Je continuai à triturer le sparadrap avec mes ongles, sans grand résultat. J'avais besoin d'un couteau.) Où sont mes armes ?

Cunningham ignora ma question.

— Qu'avez-vous de si important à faire ?

— Je dois retourner au travail.

— La police pourra se débrouiller sans vous pendant deux ou trois jours, mademoiselle Blake.

— Je dois interroger quelqu'un qui refuse de parler aux flics.

— Les amis qui vous attendent dans le couloir n'ont qu'à s'en charger à votre place.

Pour avoir réalisé qu'Edward et Cie étaient le genre d'hommes auxquels pourraient se confier des gens qui refusaient de parler à la police, Cunningham monta d'un cran dans mon estime.

— Cette personne-là ne veut voir que moi. (Frustrée, je cessai de m'acharner sur le sparadrap.) Vous voulez bien m'enlever ça, s'il vous plaît ?

Il prit une grande inspiration. Je crus qu'il allait m'engueuler ou refuser tout net, mais…

— Je vous autoriserai à sortir si vous me laissez vous montrer quelque chose d'abord, dit-il.

Je fronçai les sourcils.

— Mmmh. D'accord, lâchai-je, méfiante.

— Je reviens tout de suite, promit Cunningham en se dirigeant vers la porte.

Il resta absent si longtemps qu'Edward entra pour voir ce qui me retenait. Je lui tendis mon bras gauche. De la poche de son jean, il sortit un cran d'arrêt qui trancha le sparadrap comme du papier. Edward prend toujours grand soin de son équipement.

— Tu veux que je t'enlève la perf' ? demanda-t-il.

Je hochai la tête. D'un geste sec, il arracha à la fois le sparadrap et l'aiguille.

— Aïe !

Il sourit.

— Mauviette.

— Sadique, répliquai-je.

Le Dr Cunningham revint avec un gros miroir à main. Son regard se posa sur mon bras gauche, puis remonta vers Edward. Ce n'était pas un regard amical.

— Si vous voulez bien vous écarter un instant, monsieur Forrester…

— C'est vous le docteur, dit Edward, battant en retraite vers le pied du lit.

— C'est gentil à vous de vous en souvenir.

Cunningham me présenta le miroir. A la vue de mon visage, je sursautai. Je suis naturellement pâle, mais ma peau était blanche comme un linge – livide et spectrale. Du coup, mes yeux écarquillés semblaient encore plus noirs que d'habitude, et mes bleus ressortaient de façon spectaculaire.

J'avais senti que ma figure me faisait mal, et j'avais deviné pourquoi. Après tout, j'avais encaissé un revers assez fort pour m'envoyer valdinguer contre un mur. L'hématome partait de ma mâchoire, juste sous l'oreille, et remontait jusqu'à mon œil. Sa teinte allait du rouge au noir en passant par toutes les nuances de violet. C'était un de ces hématomes bien profonds qui se voient à peine le premier jour et qui n'en finissent pas de muter par la suite. Avant de disparaître, il virerait sans doute au vert, puis au jaune.

Par moments, je donnerais n'importe quoi pour être débarrassée des trois marques vampiriques de Jean-Claude. Mais sans elles, j'aurais eu la mâchoire fracturée dans le meilleur des cas… et le cou brisé dans le pire. Je ne m'en serais pas tirée avec une simple ecchymose, si vilaine soit-elle, et je n'aurais pas commencé à récupérer aussi vite.

Tout en contemplant mon visage meurtri, j'adressai un remerciement muet au ciel. J'étais contente d'être toujours en vie. A voix haute, je me bornai à commenter :

— Ce n'est pas beau à voir.

Et je rendis le miroir à Cunningham.

Celui-ci se rembrunit. Visiblement, ce n'était pas la réaction qu'il espérait.

— Vous avez quarante points de suture dans le dos.

— Bigre. C'est un record, même pour moi.

— Ce n'est pas une plaisanterie, mademoiselle Blake.

— Je préfère en rire qu'en pleurer.

— Si vous commencez à vous agiter, vous allez faire sauter les agrafes. Et je ne vous parle même pas des cicatrices que vous vous coltinerez une fois guérie.

Je soupirai.

— Bah, au point ou j'en suis… Quarante de plus ou de moins…

Cunningham pinça les lèvres.

— Rien de ce que je peux dire ne vous fera changer d'avis, n'est-ce pas ?

— Non.

— Vous êtes une idiote.

— Si je reste ici jusqu'à mon rétablissement complet, il y aura d'autres meurtres.

— Sauver le monde, ce n'est pas votre boulot, mademoiselle Blake.

— Oh, je ne suis pas si ambitieuse. Je me contenterai de sauver quelques vies.

— Et vous pensez vraiment être la seule à pouvoir résoudre cette affaire ?

— Non, mais je suis la seule à qui… cet homme acceptera de parler.

Je n'avais pas prononcé le nom de Baco parce je ne

voulais pas que Cunningham appelle les flics et leur révèle où j'étais allée. Je ne pensais pas qu'il soit du genre à moucharder, mais on ne sait jamais.

— Je vous ai promis que je vous laisserais sortir si vous regardiez vos blessures. Je n'ai qu'une parole.

— J'apprécie votre attitude, docteur Cunningham. Merci beaucoup.

— Ne me remerciez pas, mademoiselle Blake. Je vous en prie, ne me remerciez pas.

Il se dirigea vers la porte, faisant un gros écart pour éviter Edward et l'autel portatif comme si tous deux le mettaient mal à l'aise. Une main sur la poignée, il s'immobilisa et se tourna vers moi.

— Je vais envoyer une infirmière pour vous aider à vous habiller. Dans votre état, ça ne sera pas du luxe.

Puis il sortit avant que je puisse le remercier à nouveau. C'était sans doute aussi bien.

Edward resta jusqu'à l'arrivée de l'infirmière – une grande fille aux cheveux brun clair, si ce n'est pas un oxymoron. Son regard s'attarda sur mon visage plus longtemps qu'il n'était poli, et quand elle m'aida à ôter ma blouse, elle lâcha un sifflement à la vue de mon dos. Ce n'était pas très professionnel de sa part.

— Vous n'arriverez jamais à supporter un soutien-gorge avec toutes ces agrafes, déclara-t-elle.

Je soupirai. Je déteste me balader sans soutif. J'ai l'impression d'être nue, même si je porte trois pulls et un anorak par-dessus.

— Aidez-moi juste à enfiler ce polo.

Lorsque je levai les bras pour les passer dans les manches, une vive douleur me poignarda, et j'eus l'impression que ma peau allait éclater au premier mouvement brusque.

— D'habitude, je travaille à la nursery, m'expliqua l'infirmière en tirant sur le bas du polo et en fermant les deux premier boutons.

Je levai les yeux vers elle. Je ne savais pas quoi dire.

— On m'a appelée après que vous avez tué ce monstre. Pour faire… le nettoyage.

Elle m'aida à m'asseoir au bord du lit. Je restai immobile quelques secondes, les jambes ballant dans le vide, essayant de m'habituer à l'idée que j'allais bientôt me lever.

— Je suis désolée que vous ayez dû voir ça.

Elle me présenta ma culotte. Je la lui pris des mains. Si je n'arrivais pas à mettre mes propres sous-vêtements, j'étais dans la merde. Et si j'étais dans la merde, j'avais besoin de le savoir. Ça me freinerait un peu dans mes élans héroïques.

Je me penchai en avant. Ça n'était pas si facile que j'aurais pu le croire, et je n'arrivais pas à me baisser suffisamment pour passer mes pieds dans les trous.

— Laissez-moi vous l'enfiler et la monter au moins jusqu'à vos genoux, suggéra l'infirmière.

Je capitulai. Et dans la foulée, je lui laissai me mettre mes chaussettes. Pas une seule fois elle ne me fit remarquer que j'étais trop mal en point pour sortir. C'était tellement évident que ça se passait de commentaire.

— Je bossais avec Vicki depuis deux ans. Et c'était le premier poste de Meg.

Ses yeux étaient secs, écarquillés et soulignés par de gros cernes violets, comme si elle n'avait pas beaucoup dormi depuis trois jours.

Je me souvins du corps qui bloquait la porte de la nursery et de la femme qui avait été projetée à travers la baie vitrée. Vicki et Meg. Je ne saurais jamais laquelle était laquelle, et ça n'avait pas d'importance, parce qu'elles étaient mortes toutes les deux.

L'infirmière guida mes pieds dans les jambes de mon jean noir. Je le remontai jusqu'à ma taille, le boutonnai et tirai la fermeture Eclair moi-même. J'étais en net progrès. Par habitude, je tentai de glisser le bas de mon polo à l'intérieur, mais les protestations de mon dos me firent très vite renoncer. Et puis, si je le laissais dehors, on verrait moins que je ne portais pas de soutien-gorge. J'ai trop de poitrine pour me balader sans, mais même ma pudeur ne valait pas que je m'inflige cette souffrance – pas aujourd'hui.

— Chaque fois que je ferme les yeux, je revois les bébés. (A genoux devant moi, l'infirmière me tendit une de mes baskets.) Il me semble que je devrais rêver de mes amies, mais je ne vois que les corps minuscules des bébés. Ils pleurent et ils hurlent. Je n'étais même pas là quand ça s'est passé, et toutes les nuits, je les entends hurler.

Des larmes coulèrent silencieusement sur ses joues. Elle ne les essuya pas, comme si elle n'avait pas conscience qu'elle pleurait.

— Vous devriez aller voir un psy, un prêtre – enfin, une personne de confiance, lui dis-je gentiment. Vous aurez besoin d'aide.

Elle m'enfila ma seconde chaussure et leva vers moi son visage blême.

— J'ai entendu dire que tout ça était la faute d'un sorcier, qu'il avait animé ces cadavres pour leur faire attaquer des gens.

— Faux. L'instigateur de ce massacre n'est pas un être humain, la détrompai-je.

Elle fronça les sourcils.

— Est-il immortel, comme un vampire ?

Je lui épargnai mon discours habituel : les vampires ne sont pas immortels, seulement difficiles à tuer. Elle n'avait vraiment pas besoin de ça.

— Je ne sais pas encore.

Sans regarder, comme si elle n'avait fait que ça toute sa vie, elle laça mes baskets solidement mais pas trop fort.

— S'il n'est pas immortel, tuez-le.

Sur ses traits tirés, je lus la confiance absolue qui est généralement l'apanage des très jeunes enfants et des adultes auxquels il manque une case. Elle me demandait du réconfort, pas la vérité. Aussi lui répondis-je :

— S'il peut mourir, je le tuerai.

Et à ma décharge, depuis que j'avais vu ce dont ce monstre était capable, j'avais vraiment l'intention de le buter. Dans le fond, c'était pour ça qu'Edward m'avait appelée. Résoudre une affaire, pour lui, c'était descendre le coupable. Comme plan, j'avais entendu pire. Comme credo, ça manquait un peu de romantisme. Comme moyen de rester en vie, c'était indéniablement efficace. Comme moyen de préserver votre âme… Ça craignait un max.

Mais j'étais prête à céder un bout de mon âme pour arrêter cette chose. Ce qui est peut-être mon plus grand problème. Je suis toujours prête à me compromettre pour vaincre le mal. Et chaque fois que je neutralise un de ses représentants, il en surgit un autre au bout de la route. Je n'en aurai jamais fini, parce que le stock de monstres est illimité. Mais moi… Un jour, je n'aurai plus rien à donner. J'aurai épuisé les ressources de mon âme. Je serai Edward en version féminine. J'aurai peut-être sauvé le monde, mais je me serai perdue en chemin.

Et en contemplant le visage si confiant de cette femme, je sus une chose. C'était peut-être un marché pourri, mais je ne pouvais pas refuser. Je ne pouvais pas laisser gagner les monstres, même si ça m'obligeait à devenir l'un d'eux. Que Dieu me protège si c'était de l'arrogance. Que Dieu me protège si ça n'en était pas.

45

J'étais attachée dans le siège passager du Hummer d'Edward, toute raide et pleine d'appréhension. Par chance, le revêtement des routes était de bonne qualité dans cette partie de la ville, et il n'y avait pas trop de secousses.

Bernardo et Olaf occupaient la banquette arrière. Tous deux avaient opté pour le look « assassin chic et choc ». Bernardo portait un gilet en cuir noir qui faisait paraître le plâtre de son bras droit encore plus blanc et plus incongru ; un jean noir de coupe large, aux genoux troués, et les mêmes bottes noires que depuis mon arrivée. Je ne pouvais pas le critiquer : j'ai trois paires de Nike noires, et je les avais toutes emmenées dans ma valise.

Ses cheveux longs étaient coiffés dans un style vaguement oriental, avec un gros nœud lâche retenu à l'arrière de son crâne par deux baguettes dorées et le reste pendant librement dans son dos. Une grosse bosse ornait son front, et des ecchymoses dessinaient des motifs pareils à des tatouages abstraits sur tout un côté de son visage. Son œil droit était encore gonflé. Mais contrairement à moi, il ne semblait ni pâle ni malade.

— Qui t'a coiffé ? lui demandai-je, sachant qu'il n'avait pu le faire avec un bras en écharpe.

— Olaf, répondit-il sur un ton neutre.

J'écarquillai les yeux.

Olaf était assis derrière Edward, le plus loin possible de moi sans sortir de la voiture. Il ne m'avait pas adressé la parole depuis que j'étais sortie de ma chambre. Sur le coup, je n'y avais guère prêté attention : j'étais trop occupée à essayer de marcher sans gémir à chaque pas.

Mais à présent, j'étais assise dans une position à peu près confortable. Et de mauvais poil, parce que j'avais la trouille. Je me sentais physiquement faible, pas du tout de taille à me battre. Psychiquement, les boucliers que j'avais eu tant de mal à ériger ressemblaient à des morceaux de gruyère. Si le maître décidait de s'attaquer de nouveau à moi, j'étais salement dans la merde.

Léonora Evans m'avait donné une bourse pleine de petits objets durs et de choses qui s'émiettaient sous les doigts – probablement des cailloux et des herbes. Elle m'avait bien recommandé de ne pas dénouer les cordons de soie pour ne pas « laisser échapper les ondes positives ». Il s'agissait d'un charme de protection, qui fonctionnerait même si je ne croyais pas en son pouvoir. Léonora avait passé trois jours à le confectionner ; elle y travaillait depuis qu'elle m'avait sauvé la vie en salle d'opération. Elle ne pensait pas qu'il puise reboucher les trous de mon aura, mais c'était tout ce qu'elle avait pu faire pour moi dans un délai aussi court.

En apprenant que je comptais sortir de l'hôpital, elle n'avait pas été plus contente que le Dr Cunningham. Elle avait ôté un de ses pendentifs et me l'avait passé autour du cou. C'était une grosse pierre semi-précieuse, d'une étrange couleur jaune foncé. De la citrine pour absorber les attaques magiques et les ondes négatives dirigées vers moi, m'avait-elle expliqué. Je ne crois pas au pouvoir des cristaux – seulement à celui de ma croix. Mais Léonora semblait sincèrement inquiète. Et puis, si ça ne me faisait pas de bien, ça ne pouvait pas me faire de mal, raisonnais-je.

Comme je pivotai dans mon siège, je sentis les points

de suture se tendre dans mon dos, ajoutant encore à ma douleur. Je les ignorai et fixai Olaf, qui regardait par la fenêtre comme si les petites maisons d'adobe rangées le long de la route le fascinaient au plus haut point.

— Olaf.

Il ne bougea pas.

— Olaf !

J'avais presque crié. Ses épaules frémirent, mais il n'eut pas d'autre réaction. Il me traitait comme un insecte au bourdonnement agaçant : il agiterait peut-être la main pour me chasser, mais il ne me parlerait pas. Cela me mit en rogne.

— Maintenant, je comprends pourquoi tu n'aimes pas les femmes. Tu aurais dû me dire que tu étais homosexuel. Ça m'aurait évité de me vexer pour rien.

— Doux Jésus, Anita, souffla Edward.

Olaf se retourna très lentement vers moi.

— Qu'est-ce-que-tu-as-dit ? cracha-t-il.

Chacun de ses mots était brûlant de rage et de haine.

— Tu as fait du bon boulot avec les cheveux de Bernardo. Sa coiffure est ravissante.

Je ne croyais pas à ce genre de stéréotype, mais j'aurais parié qu'Olaf y croyait, lui. Et qu'il était homophobe, comme beaucoup de gars ultra-masculins.

Il défit sa ceinture de sécurité et se pencha en avant. Je sortis le Firestar du holster posé sur mes genoux. Le jean qu'Edward m'avait apporté à l'hôpital était un peu trop juste pour que je le rentre dedans.

Je vis la main d'Olaf disparaître sous son blouson de cuir. Peut-être pensait-il que je bluffais, que je n'oserais pas lui tirer dessus dans une bagnole en train de rouler. Je le visai entre les deux sièges avant. L'angle aurait pu être meilleur, mais je fus la première en position. Si j'avais voulu le tuer, il serait mort avant d'avoir pu braquer son flingue sur moi.

Edward pila. Olaf s'écrasa contre le dossier du siège

conducteur. Je fus projetée en avant, et ma ceinture de sécurité me retint de justesse avant que je heurte le tableau de bord. Mais le plus douloureux, ce fut quand elle me renvoya en arrière contre mon siège. Je laissai échapper un hoquet de douleur et luttai pour ne pas me tortiller. Calant mon avant-bras libre sur l'appuie-tête pour ne plus bouger, je gardai mon Firestar braqué sur la poitrine d'Olaf.

Le Hummer fit une embardée et s'immobilisa contre le trottoir. Déjà, Edward avait défait sa ceinture de sécurité et pivotait dans son siège. J'aperçus l'éclat métallique d'une arme dans sa main, et j'eus une demi seconde pour décider si je continuais à tenir Olaf en joue ou si je tournais mon Firestar vers lui. J'optai pour la première solution. J'étais à peu près sûre qu'Edward ne me descendrait pas. Je ne pouvais pas en dire autant d'Olaf.

Edward fourra le canon de son flingue sous le menton d'Olaf. La tension qui régnait à l'intérieur de la voiture monta en flèche. Edward se mit à genoux sur son siège sans détacher son flingue de la tête d'Olaf. Celui-ci leva les yeux vers moi, et je vis qu'il avait peur. Il pensait qu'Edward allait le descendre. Et moi aussi, même si je ne savais pas pourquoi. Or, avec Edward, il y a toujours un « pourquoi ». Généralement, c'est de l'argent – mais parfois, c'est autre chose.

Je sentis que Bernardo s'était raidi de son côté de la banquette arrière, et qu'il se rencognait contre la vitre comme pour ne pas se faire éclabousser par le sang et la cervelle qui allaient jaillir d'une seconde à l'autre.

— Tu veux que je le tue ? s'enquit Edward d'une voix aussi désinvolte que s'il m'avait demandé de lui passer le sel.

J'étais capable de feindre l'indifférence, mais pas aussi bien que lui. Du moins, pas encore.

— Non, répondis-je automatiquement. (Puis je précisai :) Pas comme ça.

Une lueur de surprise passa dans les yeux d'Olaf. Edward lui prit son flingue des mains, puis remit la sécurité du sien et posa ses fesses sur ses talons.

— Dans ce cas, cesse de le provoquer, Anita.

Olaf se rassit très prudemment, comme s'il ne voulait pas nous effrayer en faisant un geste brusque.

— Je refuse de devoir ma vie à une femme, dit-il d'une voix faible mais claire.

Je baissai mon Firestar.

— L'obstination aveugle est la marque d'un esprit limité.

Olaf fronça les sourcils, et Edward secoua la tête.

— Vous avez peur, et ça vous rend stupides.

— Je n'ai pas peur, protesta Olaf.

— Moi non plus, renchéris-je.

Edward se rembrunit.

— Tu sors à peine de l'hôpital – et contre l'avis de ton médecin. Bien sûr que tu as peur. Tu te demandes si ta prochaine rencontre avec le monstre ne sera pas la dernière.

Je le foudroyai du regard.

— Donc, tu cherches des noises à Olaf parce que tu préfères te bagarrer plutôt que de ressasser tes craintes.

— Comportement irrationnel, typiquement féminin, commenta Olaf.

Edward reporta son attention sur lui.

— Quant à toi, Olaf, tu as peur qu'Anita soit plus coriace que toi.

— Et puis quoi encore ?

— Tu n'as pas dit un mot depuis que nous avons vu les dégâts à l'hôpital. Depuis que tu as appris ce qu'Anita avait fait, dans quel état les zombies l'avaient mise et comment elle avait survécu. Tu te demandes jusqu'où vont ses talents. Est-elle aussi bonne que toi ? Meilleure ?

— C'est une femme, répliqua Olaf d'une voix étranglée. Elle ne peut pas être meilleure que moi, ni même aussi bonne. Ce n'est pas possible.

— N'en fais pas une compétition, Edward, dis-je sèchement.

— Parce que tu perdras, gronda Olaf.

— Je ne ferai pas de bras de fer avec toi, Olaf. Mais je veux bien cesser de t'asticoter. Je suis désolée.

Il cligna des yeux comme s'il n'avait pas tout compris. A mon avis, ce n'était pas parce que j'avais employé des mots trop compliqués pour lui, mais parce que ses circuits logiques étaient dépassés.

— Je n'ai pas besoin de ta pitié.

— Ce n'est pas de la pitié. J'ai agi bêtement. Edward a raison. J'ai peur, et j'ai essayé de faire diversion en me disputant avec toi.

Il secoua la tête.

— Je ne te comprends pas.

— Si ça peut te consoler, moi non plus, je ne te comprends pas.

Edward sourit.

— Maintenant, embrassez-vous et faites la paix.

Olaf et moi fronçâmes les sourcils.

— Tu peux toujours rêver, répliquai-je.

— N'abuse pas, aboya Olaf en même temps.

Edward lui rendit son flingue en le fixant avec insistance.

— J'ai besoin que tu me serves de renfort, Olaf. Peux-tu faire ça ?

Olaf acquiesça.

— Jusqu'à ce que cette créature soit morte, oui. Ensuite, il faudra qu'on parle.

— J'ai hâte d'y être.

Je jetai un coup d'œil à Bernardo. Son air faussement détaché confirma mes soupçons : Olaf venait de prévenir Edward que dès l'affaire bouclée, il essaierait de le tuer. Et Edward avait accepté le défi.

— Quelle joyeuse petite famille, lançai-je dans le silence épais qui avait envahi la voiture.

Edward se réinstalla face au volant et boucla de nouveau sa ceinture de sécurité.

— Oui, et comme dans toutes les familles, nous nous battons entre nous, grimaça-t-il, les yeux pétillants de la bonne humeur de Ted. Mais si nous devons tuer quelqu'un, ce sera plutôt un étranger.

— En fait, le détrompai-je, la majorité des meurtres sont commis par les proches parents.

— Ou par le conjoint. N'oublie pas le conjoint.

— C'est la même chose.

— Techniquement, tu n'es pas parent avec ton conjoint. Il n'y a pas de lien de sang entre vous.

— Peu importe le type de fluides corporels qu'on partage. On tue toujours ses proches.

— Nous ne sommes pas proches, grommela Olaf.

— En effet, acquiesçai-je.

— Mais je te déteste quand même.

— Et réciproquement.

— Et moi qui pensais que vous ne tomberiez jamais d'accord sur rien, lança Bernardo sur le ton de la plaisanterie.

Cela ne fit rire personne.

46

La devanture de *Los Duendos* paraissait délavée et fatiguée sous le soleil matinal. On distinguait les craquelures de la peinture noire et les endroits où elle commençait à s'écailler. Le bar semblait presque aussi négligé que le reste du quartier. Si ça se trouve, songeai-je, Nicky Baco n'avait pas mis les autres commerces en faillite. Cette désertification était peut-être accidentelle.

Plantée au milieu de la rue dans la douce chaleur du jour, je sentis quelque chose que je n'avais pas senti lors de ma visite précédente, à la tombée de la nuit. Une impression d'usure mystique. Baco avait drainé ces lieux de leur vitalité, mais elle n'avait pas suffi à le sustenter, et elle ne s'était pas renouvelée.

A moins que toute la négativité qu'il avait semée se soit enfin retournée contre lui. La plupart des systèmes de magie ou de croyances mystiques possèdent des règles de conduite, une liste de choses à ne pas faire. Les wiccans appellent ça la loi du triple : tout ce que vous faites vous revient multiplié par trois. Les bouddhistes appellent ça le karma ; les chrétiens, répondre de ses péchés. Moi, j'appelle ça l'effet boomerang. Dans tous les cas, le principe est le même.

J'avais glissé mon Firestar dans la ceinture de mon jean – sans son holster, faute de place. Edward m'avait prêté un holster rembourré pour mon Browning, et comme mon dos me faisait trop mal pour que je porte quoi que ce soit à l'épaule, je l'avais mis sur le devant. Avec un flingue sur chaque hanche, je ressemblais à un cow-boy en goguette.

Pour atténuer l'effet, j'avais sorti mon polo noir de mon jean et l'avait rabattu sur les deux armes, qu'il dissimulait complètement. Ça faisait un peu débraillé, mais à moins de regarder de près, personne n'aurait pu repérer ma quincaillerie. D'autant qu'Edward avait eu la délicate attention de m'amener ma veste de costard, que j'avais enfilée par-dessus le tout. Lors de ma visite précédente, la police m'accompagnait. Là, j'étais sur le point d'entrer armée dans un bar – une infraction sévèrement punie au Nouveau-Mexique.

J'avais toujours mes couteaux dans leurs fourreaux de poignet. Ramirez les avait ramassés après l'extinction des flammes et les avait remis à Edward, qui les avait nettoyés et aiguisés avant de me les rendre. J'avais dû laisser ma dague dans la voiture, parce que je ne voyais aucun moyen de la planquer sur moi et que me pointer avec l'équivalent d'une épée courte à la main aurait paru un tantinet agressif.

Edward m'avait donné une grenade incendiaire que j'avais fourrée dans la poche gauche de ma veste afin de contrebalancer le poids du derringer niché dans ma poche droite. Je ne pensais pas en avoir besoin, mais j'ai appris à ne jamais discuter avec Edward quand il me file une arme. S'il pensait que ça pourrait me servir, ce serait probablement le cas. Effrayant, pas vrai ? Surtout pour la grenade incendiaire.

Olaf tenta d'ouvrir la porte du bar. Elle était verrouillée. Planté sur le seuil, il toqua deux fois, assez fort pour faire trembler le battant. A sa place, je me serais rangée sur le côté. Peut-être n'avait-il pas entendu parler du fusil à pompe avec lequel Paulina nous avait menacés la dernière fois, ou peut-être voulait-il jouer les gros durs après ce qui s'était passé dans la voiture. S'il avait eu davantage confiance en lui, il aurait été moins facile à titiller.

J'entendis un cliquetis de verrous. Puis la porte s'ouvrit lentement, révélant une béance obscure comme l'entrée d'une caverne.

Harpo se tenait face à nous. Ses yeux étaient dissimulés par les mêmes petites lunettes noires que lors de notre première rencontre. Par contre, il avait changé de vêtements. Il portait un blouson en jean ouvert sur une poitrine et un ventre extrêmement velus. Cela lui donnait l'air d'un gros ours encore à moitié endormi, qui a dû s'extraire précipitamment de son lit et tituber jusqu'à la porte pour ouvrir à des visiteurs impromptus. Même son énergie semblait plus sourde que la fois précédente.

Bloquant l'entrée de toute sa masse, il grogna :

— Anita, mais pas les autres.

Je contournai Olaf, qui recula pour me céder sa place. Ou bien il devenait poli, ou bien il préférait me laisser en première ligne.

— Nicky a dit que je pouvais amener des amis.

Harpo me toisa d'un air dédaigneux.

— Apparemment, il te faut de meilleurs amis.

— J'attendais des renforts de police, mais ils étaient en retard.

Ce qui était la stricte vérité. D'ailleurs, j'aurais bien aimé savoir ce que Ramirez fabriquait pendant que je jouais les cow-boys solitaires. Et je savais que ce commentaire plairait à Harpo.

Touché. Il eut un bref sourire qui dévoila un croissant de dents pointues au milieu de sa barbe. Quelqu'un avait passé trop de temps sous sa forme de loup…

Un murmure se fit entendre derrière lui. Il jeta un coup d'œil par-dessus son épaule. Quand il reporta son attention sur moi, son sourire avait disparu.

— Le patron dit que vous avez été invitée, mais pas les autres.

Je secouai la tête – à peine, pour ne pas me faire mal.

— Ecoutez, Nicky m'a demandé de venir : je suis venue. Il m'a autorisée à amener des amis : j'ai amené des amis. Il a précisé que je devais être là avant dix heures : je suis là avant dix heures. S'il ne veut plus discuter de notre problème commun, qu'il aille se faire foutre.

— C'est plutôt toi qui devrais aller te faire foutre, grimaça Harpo. En fait, non. Inutile de bouger d'ici. Je peux m'en charger moi-même.

Il porta une main à sa braguette et entreprit de se masser l'entrejambe. S'il voulait m'énerver, il avait réussi. Je n'allais pas rester plantée là, avec quarante points de suture dans le dos, à regarder un loup-garou se branler alors que je n'avais pas encore bu mon premier café de la journée.

— Je suis trop fatiguée pour ces conneries, marmonnai-je.

Harpo me fixa en souriant et en donnant de petits coups de reins vers moi. Je haussai la voix pour qu'on puisse m'entendre de l'intérieur du bar.

— Je n'irai nulle part sans mes amis ici présents. Si vous attendez que je cède sur ce point, nous sommes tous les deux en train de perdre notre temps.

Pas de réponse.

— Très bien. Ne vous inquiétez pas, Nicky. Quand le monstre aspirera vos forces vitales, vous ne souffrirez presque pas. Ou en tout cas, pas longtemps. Bonne fin de journée.

Je pivotai vers mes compagnons.

— On fiche le camp.

Edward acquiesça et fit signe aux deux autres de passer devant nous. Sans doute espérait-il, comme moi, que mon bluff marcherait. Nous aurions pu entrer de force dans le bar, mais Nicky n'aurait pas parlé sous la menace d'un flingue. Il fallait que ce soit un dialogue, pas un interrogatoire.

Je m'éloignai lentement. Edward m'emboîta le pas en gardant un œil sur nos arrières. Dans mon état, je ne pouvais pas tourner la tête ; aussi m'en remis-je à lui. Mes épaules étaient toutes crispées. J'attendais que Harpo se précipite vers nous en criant « Revenez, Nicky veut vous voir », mais il ne le fit pas. Je continuai à marcher. Olaf et Bernardo étaient déjà près du Hummer ; ils attendaient qu'Edward déverrouille les portières.

Nous étions en train de monter dans la voiture lorsque Harpo sortit sur le trottoir et se dirigea vers nous. Il n'avait pas d'arme à la main, mais il ne semblait pas content.

Je m'assis dans le siège passager et claquai la portière.

— Démarre, ordonnai-je à Edward.

Il obtempéra sans discuter.

Harpo se mit à courir vers nous en agitant ses bras. Certains métamorphes courent comme leur moitié animale, avec des bonds fluides et gracieux. Harpo n'en faisait pas partie. Il courait comme s'il n'avait pas dû le faire depuis un moment – du moins, pas sous sa forme humaine. Cela m'arracha un sourire.

— Tu voulais juste le voir courir, lança Edward. Comme c'est mesquin.

— Mais drôle.

Il manœuvra pour sortir de sa place, et Harpo accéléra. Il nous atteignit à l'instant où Edward déboîtait. Une de ses grosses pattes gifla le capot. Edward s'arrêta. Je descendis ma vitre et levai les yeux vers Harpo. De la sueur brillait sur sa poitrine nue.

— Et merde, éructa-t-il en s'appuyant des deux mains sur le Hummer pour reprendre son souffle.

— Que puis-je faire pour vous ? susurrai-je.

— Le patron dit… que vous pouvez tous… entrer.

— D'accord.

Edward refit la manœuvre en sens inverse tandis que Harpo s'écartait pour lui laisser la place. Nous redescendîmes de la voiture. Harpo haletait toujours.

— Les exercices cardiovasculaires, c'est la clé de la santé, lui dis-je gentiment.

Il me fusilla du regard mais ne répondit pas.

Une fois remis, il redevint cette montagne de muscles au visage impassible. Il rebroussa chemin vers le bar, les bras ballants et les poings à demi fermés pour mieux rouler des mécaniques. Son énergie surnaturelle me picotait la peau. Ce n'était qu'un soupçon de pouvoir, une émanation légère qui s'échappait de lui sans qu'il le veuille. Ce qui signifiait sans doute qu'il était en rogne. Sous le coup d'une émotion forte, les métamorphes ont toujours du mal à se contenir.

Aucun de nous ne pipa mot pendant le court trajet. Les hommes ne sont pas doués pour les bavardages en l'air ou n'en voient pas la nécessité. Quant à moi, j'étais trop occupée à me concentrer pour marcher normalement.

Harpo nous tint la porte. Je jetai un coup d'œil à Edward, qui ne réagit pas. Très bien. J'entrai, et les autres me suivirent. Trois jours plus tôt, ça m'aurait rendue nerveuse de m'enfoncer dans ces ténèbres grouillantes de l'énergie des métamorphes. A présent… Tout mon corps me faisait mal, mais mes émotions étaient étrangement engourdies. Peut-être avais-je enfin franchi cette ligne derrière laquelle Edward vivait depuis que je le connaissais. Peut-être ne ressentirais-je plus jamais rien. Et le plus grave, c'est que cette idée ne m'effrayait même pas.

47

Ma vision ne mit que quelques secondes à s'ajuster à l'obscurité, mais ce ne furent pas mes yeux qui m'apprirent que quelque chose clochait : ce furent les petits cheveux qui se hérissèrent dans ma nuque. Instinctivement, je portai la main au Browning planqué sous mon polo. Tant pis si ce geste me trahissait. Les Lobos ne pouvaient pas croire que nous nous pointerions sans armes. Ils avaient beaucoup de défauts, mais ils n'étaient pas idiots à ce point.

Nicky Baco était allongé sur le comptoir, les mains attachées aux chevilles de sorte que ses cordes formaient une poignée, comme s'il avait été un gros sac à main. Son visage était tuméfié et ensanglanté ; ses blessures semblaient beaucoup plus fraîches que les miennes.

J'avais dégainé mon Browning. Je sentis plus que je ne vis mes compagnons se déployer pour former un carré. Chacun tenait un flingue à la main, chacun était tourné vers l'extérieur, et même si je ne les appréciais pas forcément sur un plan personnel, j'avais confiance en chacun d'eux pour surveiller sa partie de la pièce. J'ai déjà dit que c'était bon de bosser avec des pros ?

Ma partie de la pièce comprenait le comptoir sur lequel gisait Nicky ; un grand homme barbu avec une longue queue-de-cheval rabattue sur une épaule ; deux loups aussi gros que des poneys et un cadavre qui fixait le plafond sans le voir. La plaie qui béait dans sa gorge formait une seconde bouche rouge et hurlante.

Le bar était bondé, l'air chargé d'une énergie si épaisse qu'elle en devenait suffocante. J'entendis un bruit sur ma droite et fis trois choses presque simultanément. Je pointai mon Browning dans la direction du bruit, dégainai le Firestar de la main gauche pour braquer le type à la queue-de-cheval et risquai un coup d'œil sur le côté pour voir ce que j'avais entendu. Une chance que je sois quasiment ambidextre à force de pratique.

Le bruit se fit entendre de nouveau. Quelqu'un ou quelque chose se traînait derrière le comptoir. Dans ma partie de la pièce – ce qui signifiait que la balle était pour moi, si je peux m'exprimer ainsi. Je sentis le pouvoir des métamorphes enfler et se dresser telle une lame de fond sur le point de nous submerger. Nous pourrions en abattre pas mal, mais ils étaient plus d'une centaine dans le bar. S'ils se jetaient tous sur nous en même temps, nous étions foutus.

La peur me noua l'estomac et précipita mon pouls. L'engourdissement s'évanouit, balayé par l'adrénaline et par l'odeur musquée des loups. La seconde d'après, la marque qui me liait à Richard et à sa meute s'embrasa. Elle se ralluma dans mon ventre telle une flamme minuscule n'attendant que du combustible pour grandir. Génial, vraiment génial. Mais je ne pouvais pas m'en occuper pour le moment. Toute ma concentration était mobilisée ailleurs.

L'homme à la queue-de-cheval m'observait en souriant. Il était assez séduisant dans le genre mauvais garçon. Je remarquai que ses yeux brillaient d'une lueur ambrée dans la pénombre. Alors, je sus qui il était – ou plutôt, ce qu'il était. L'Ulfric de la meute, son roi-loup. Il se tenait seul dans un espace dégagé ; pourtant, son pouvoir emplissait celui-ci avec autant d'intensité que le pouvoir combiné de tous les métamorphes qui occupaient le reste du bar. Autour de lui, l'air était chargé d'électricité comme avant un orage.

Je dus déglutir avant d'articuler :

— Salutations, Ulfric du clan de Los Lobos. Que puis-je faire pour vous ?

Il rejeta la tête en arrière et éclata d'un rire qui, sur la fin, se changea en un hurlement à vous glacer le sang dans les veines.

— Bel effet sonore, le complimentai-je, mais je suis venue dans le cadre d'une enquête de police officielle sur les meurtres doublés de mutilations. Je suis sûre que vous en avez entendu parler.

Ses yeux d'une couleur si dérangeante se posèrent sur moi.

— En effet.

— Dans ce cas, vous savez que nous n'enquêtons pas sur votre meute.

Il posa négligemment la main sur l'épaule de Nicky, qui poussa un gémissement.

— Nicky est mon vargamor. Si la police souhaite l'interroger, elle doit d'abord me demander la permission.

Il sourit, et j'étais assez près de lui pour voir que ses dents étaient humaines, contrairement à celles de Harpo.

— Désolée. Je ne connais qu'une seule autre meute possédant un vargamor, et son Ulfric ne lui impose pas ce genre de restriction. Toutes mes excuses pour cette négligence.

J'espérais qu'il allait les accepter, parce que je ne pourrais pas conserver ma position bien longtemps. Ma main gauche était encore faible ; si je ne la baissais pas très vite, elle commencerait à trembler.

— Si vous étiez flic, j'accepterais vos excuses. Nous sommes toujours prêts à aider la police. (Des gloussements saluèrent cette déclaration.) Mais vous n'êtes pas flic.

— Je suis Anita Blake, exécutrice de vampires, et…

— Oh, je sais qui vous êtes, coupa-t-il. Je sais ce que vous êtes.

— C'est-à-dire ? m'enquis-je, méfiante.

— Vous êtes la lupa du clan de Thronnos Roke, et vous êtes venue quérir l'aide de mon clan. Mais vous ne m'avez pas honoré, et vous n'avez pas non plus honoré ma lupa. Vous êtes entrée sur mon territoire sans permission. Vous avez contacté mon vargamor sans me prévenir, et vous ne nous avez pas payé tribut.

Son pouvoir enflait à chaque phrase, et quand il se tut enfin, j'eus l'impression de me tenir dans de l'eau tiède qui m'arrivait jusqu'au menton. Si elle montait encore, j'allais me noyer.

A présent, je comprenais les règles. Je l'avais insulté, et il devait laver cette insulte. Je pouvais essayer de le raisonner, mais je n'avais pas beaucoup d'espoir. Et puis, mon bras gauche fatiguait sérieusement. Le droit aussi, pour être honnête.

La chose qui se tapissait derrière le comptoir remua. Je la sentis faire autant que je l'entendis. Elle était plus grosse qu'un loup – bien plus grosse.

— Je suis venue ici en avion sur la demande de la police. Je n'ai pas pénétré sur votre territoire en tant que lupa du clan de Thronnos Roke, mais en tant qu'Anita Blake l'Exécutrice.

— Pourtant, vous avez contacté mon vargamor.

De nouveau, l'Ulfric donna une tape sur l'épaule de Nicky. Celui-ci ferma les yeux et poussa un cri que son bâillon étouffa aux trois quarts.

— J'ignorais que Nicky était votre vargamor avant de lui parler. Personne ne m'avait prévenue que ce bar était votre repère. Vous êtes l'Ulfric. Vous savez que je ne mens pas.

Il acquiesça.

— Oui, je sens que vous dites la vérité. (Il jeta un

coup d'œil au nain allongé sur le comptoir et le caressa comme il aurait caressé un chien réticent.) Mais Nicky savait qu'il était mon vargamor, et il savait aussi que vous étiez la lupa d'un autre clan. Une lupa humaine – tout le monde n'a parlé que de ça pendant des mois.

— Lupa, c'est souvent juste un terme pour désigner la petite amie de l'Ulfric, fis-je remarquer.

Il me scruta de son regard doré, surmonté par deux épais sourcils noirs.

— Nicky a accepté de vous aider sans me demander mon avis. Pire encore, il s'est bien gardé de me parler de votre visite après coup. (Il poussa un grognement sourd qui me donna la chair de poule.) Je suis l'Ulfric. C'est moi qui commande ici.

Il gifla Nicky, faisant jaillir du sang frais de son nez. J'avais envie de l'arrêter, par principe plus que par sympathie pour Nicky. Mais je n'en avais pas assez envie pour risquer ma peau et celle de mes compagnons. Aussi le laissai-je faire sans broncher – même si ça ne me plaisait pas. Je commençais à avoir une crampe dans la main gauche. Il fallait soit que je me mette à tirer, soit que je rengaine.

— Anita, dit Edward.

Il n'ajouta rien, mais au ton sur lequel il avait prononcé mon nom, je compris ce qu'il me demandait. Il voulait que je me dépêche.

— Ecoutez, Ulfric, je ne voulais pas provoquer de dissensions au sein de votre clan. J'essayais juste de faire mon boulot et d'empêcher un monstre de tuer d'autres innocents.

— Les humains sont amusants, dit-il comme s'il ne m'avait pas entendue. On peut les baiser et les bouffer sans sortir de sa voiture. Mais-on-ne-les-prend-pas-pour-consort !

Sa voix avait monté durant sa dernière phrase, et il

l'acheva en hurlant. Les métamorphes qui se pressaient derrière lui lui firent écho.

— Anita, répéta Edward sur un ton pressant.

— Je fais ce que je peux, Edward.

— Fais plus vite.

— Vous êtes un raciste, Ulfric.

Il me fixa, surpris.

— Quoi ?

— Je suis humaine, donc, digne d'être baisée et tuée, mais pas d'être traitée en égale. Vous êtes un grand méchant loup macho et raciste.

— En plus de toutes les offenses que vous avez déjà commises envers moi, vous osez m'insulter ?

Je ne sais pas s'il avait envoyé un signal psychique ou si sa colère avait suffi, mais les deux loups géants tapis à ses pieds s'avancèrent d'une démarche raide.

Ma main gauche se mit à trembler de façon très visible. La chose planquée derrière le comptoir s'agita de plus belle.

— Vous mourrez le premier, Ulfric, menaçai-je.

— Quoi ? demanda-t-il, partagé entre incrédulité et amusement.

— Au premier métamorphe qui saute sur l'un de nous, je vous descends. Et quoi qu'il puisse nous arriver par la suite, vous serez mort. Dites à vos loups de s'arrêter immédiatement.

— A voir la façon dont vous tremblez, je doute que vous soyez capable de buter qui que ce soit.

Ce fut mon tour de m'esclaffer.

— Vous croyez que ma main tremble de remords anticipé. Vous vous trompez de fille. Regardez ma main droite, Ulfric. Elle ne tremble pas. Un cadavre ambulant m'a mordue à la main gauche il y a trois jours, c'est pourquoi elle est encore un peu faible. Mais faites-moi confiance : je touche toujours ce que je vise.

D'habitude, c'est à ce moment-là que je fixe mon

interlocuteur dans les yeux pour lui faire comprendre que je ne plaisante pas, mais je devais partager mon attention entre l'Ulfric et son entourage.

— Combien de vos loups êtes-vous prêt à sacrifier pour votre orgueil blessé ?

— Si nous nous battons, Anita, vous et vos amis mourrez.

— Et vous aussi, ainsi qu'une bonne partie de votre meute. Ne vaudrait-il pas mieux éviter un carnage inutile ? Je ne savais pas que j'enfreignais vos règles. Si Nicky cherche à prendre le pouvoir dans votre dos, je n'étais pas au courant. Vous sentez que je ne mens pas. Alors, dites-moi ce que je peux faire pour réparer mon manquement à l'étiquette. Dites-moi ce que vous attendez de moi. Dites-le avant qu'une crampe me fasse appuyer accidentellement sur la détente.

L'Ulfric me scrutait attentivement, et derrière toute sa vantardise, je crus déceler de l'intelligence. Si je me trompais, nous allions mourir. Pas à cause de cette affaire, mais parce que j'avais été la petite amie de Richard. Vous parlez d'une raison stupide...

— Tribut. Je veux que la lupa du clan de Thronnos Roke me paye tribut.

— Vous voulez un cadeau, c'est ça ?

Il acquiesça.

— Mais la bonne sorte de cadeau, précisa-t-il.

Si j'étais venue à Albuquerque avec Richard pour raisons personnelles, j'aurais prévu d'apporter un cadeau à la meute locale : un animal fraîchement tué, un bijou pour la lupa ou un objet mystique. Autrement dit, de la mort, des colifichets ou de la magie. J'avais bien le collier et le charme de Léonora, mais j'ignorais quel effet ils pouvaient produire sur quelqu'un d'autre que moi. Pour ce que j'en savais, ils risquaient de lui nuire.

Je baissai ma main gauche. D'abord parce qu'elle tremblait si fort que je n'arrivais plus à viser correctement. Ensuite parce que c'était stupide de continuer à brandir un flingue si je n'avais pas l'intention de tuer qui que ce soit. Enfin, parce qu'elle me faisait mal.

— Donnez-moi votre parole que si je vous offre un cadeau approprié, vous nous laisserez partir sans nous toucher.

— Vous auriez foi en la parole d'un chef de gang doublé d'un escroc et d'un dealer de drogue ?

— Non, mais j'aurai foi en la parole de l'Ulfric du clan de Los Lobos.

Les groupes de métamorphes sont régis par des lois inflexibles. S'il trahissait sa parole d'Ulfric, il perdrait en crédibilité auprès de sa meute. Il devait déjà être en mauvaise position pour qu'un vargamor humain – aussi puissant soit-il – ait osé défier son autorité. Donc, je pouvais lui faire confiance sur ce point.

— Je suis l'Ulfric du clan de Los Lobos, et je vous donne ma parole que nous vous laisserons repartir sans vous toucher si votre cadeau est digne de nous.

Je n'aimai pas beaucoup cette formulation.

— Je n'ai pas eu le temps de passer chez Tiffany, et la police ne voit pas d'un très bon œil qu'on abatte des animaux en ville. Pour ce qui est du bordel mystique… Aujourd'hui, je n'ai pas la force.

— Dans ce cas, vous n'avez rien d'approprié à m'offrir, dit-il.

Mais il semblait perplexe, comme s'il était certain du contraire.

— Laissez-moi voir ce qui se cache derrière le comptoir et je vous paierai tribut.

J'avais essayé de rengainer le Firestar, mais ma main gauche tremblait tellement que je n'arrivais pas à soulever mon polo et à le glisser dans la ceinture de mon jean. Pour ça, j'aurais eu besoin de deux mains. Autrement dit, il fallait que je puisse remettre mon Browning dans son holster.

— Marché conclu, approuva l'Ulfric. Monstruo, lève-toi et salue nos invités.

La créature se redressa. Une tête de femme aux yeux blancs et morts apparut au-dessus du comptoir. D'autres visages d'un rose brunâtre, aux chairs flétries et desséchées, la suivirent. Telles les perles d'un macabre collier, ils étaient reliés entre eux par des morceaux de corps – torses, bras et jambes. De gros points de fil noir assuraient l'intégrité du tout et retenaient la magie à l'intérieur.

La chose se déplia comme un serpent jusqu'à toucher le plafond. Je comptai plus de quarante têtes avant de renoncer.

Les métamorphes avaient battu en retraite vers le fond du bar telle la marée qui se retire. Ils avaient peur de cette créature. Je ne pouvais pas les en blâmer.

J'entendis Bernardo lâcher un juron et Olaf marmonner quelque chose en allemand, ce qui signifiaient qu'ils ne surveillaient pas leur partie de la pièce. Seul Edward demeura silencieux et vigilant. Je dois admettre que si un loup m'avait bondi dessus pendant que je regardais la créature se dresser face à moi, je n'aurais pas réagi assez vite. L'horreur ralentissait mes réflexes.

Une fois auparavant, j'avais contemplé semblable monstre. Il avait été créé par la plus puissante prêtresse vaudou que j'aie jamais rencontrée. Mais il était formé de zombies fraîchement sortis de leur tombe, que la magie avait fait fusionner en une énorme boule de chair. Cette créature-là avait été assemblée à la main, comme le monstre de Frankenstein, et ses composants s'étaient momifiés – malgré ou à cause du sort employé pour l'animer.

Je m'arrachai à sa contemplation pour fixer Nicky Baco qui gisait toujours sur le comptoir, ligoté, bâillonné et ensanglanté.

— Vilain garçon, le tançai-je d'une voix qui sonna lointaine à mes propres oreilles.

Je me contentais de le taquiner alors que ce dont j'avais vraiment envie, c'était lui coller mon flingue sur la tempe et lui faire sauter la cervelle. Je n'avais encore jamais abattu quelqu'un de sang-froid, et ce n'était pas dans ce genre de circonstances que j'allais commencer. Mes hôtes auraient risqué de mal le prendre.

— Vous comprenez pourquoi il est toujours vivant ? lança l'Ulfric.

— Il est trop puissant pour que vous vous débarrassiez de lui, répondis-je sur un ton détaché, comme si je ne me concentrais pas vraiment sur mes paroles.

— Je l'utilisais pour faire pression sur mes loups. Quand l'un d'eux se conduisait mal, il lui jetait un sort et le rajoutait au *monstruo*. Mais à présent, mes loups le craignent davantage que moi.

Je hochai la tête parce que je ne voyais pas quoi dire. Vivants, les métamorphes étaient encore vivants quand Nicky leur avait fait ça. Un instant, j'avais bêtement cru qu'il s'était servi de cadavres comme matière première. Une idée me traversa l'esprit. Mais pour la mettre en pratique, je devais avoir les mains libres.

Je soulevai mon polo et rangeai le Browning dans son holster. Ma main gauche était temporairement hors service. Je dus me servir de la droite pour glisser le Firestar dans la ceinture de mon jean. Serrant mon bras blessé contre ma poitrine pour atténuer les tremblements, je me dirigeai vers le monstre.

Plantée de l'autre côté du comptoir, je détaillai l'un de ses multiples visages. Sa bouche avait été cousue – du diable si je savais pourquoi. Je pris quelques inspirations profondes. La créature dégageait un léger parfum d'herbes séchées, mais son odeur prédominante était celle du cuir tanné et de la poussière.

Je tendis ma main gauche. Malgré les bandages et les

crampes, elle restait celle dont je me servais pour percevoir la magie. Chez la plupart des gens, la main avec laquelle ils n'écrivent pas est plus douée pour capter les choses immatérielles. Je me demande comment se débrouillent les vrais ambidextres…

Une quantité de pouvoir renversante émanait du monstre, mais le comptoir était large et j'avais du mal à me concentrer – donc, à trouver la réponse à ma question. M'aidant de ma main droite, je « sautai assise » sur le comptoir, puis me dressai sur les genoux. Une tête se trouvait au niveau de la mienne. Elle avait des yeux encore vivants – des yeux de loup gris, enchâssés dans un visage momifié qui me parut être celui d'un homme. Comme elle me fixait, je sus qu'une conscience se tapissait derrière ses prunelles. Les morts-vivants ne manifestent jamais de peur.

Je tendis la main et la posai sur sa joue. Je sus ce que j'allais sentir avant même de toucher sa chair flétrie. Tel un grouillement d'insectes, le pouvoir de Nicky se répandit sur ma peau. Il avait quelque chose de malsain et de répugnant. J'eus l'impression que si je maintenais le contact trop longtemps, il me rongerait comme de l'acide.

Voilà où était passée toute l'énergie de Nicky, et voilà pourquoi pour autant qu'il en puise dans les choses et les gens qui l'entouraient, ça ne suffirait jamais. Une magie aussi négative, aussi maléfique, fonctionne comme une drogue. Il faut dépenser de plus en plus d'énergie pour obtenir le même résultat, et le contrecoup subi par le jeteur de sort ne cesse d'empirer.

Fermant les yeux, je projetai ma magie dans ce nexus – non pour l'alimenter, mais pour le sonder. Je sentis la caresse froide d'une âme. Mon pouvoir remonta le long de cette colonne de chair, et les âmes qui en étaient captives scintillèrent derrière mes paupières closes telles des lucioles. Aucun de ces malheureux n'était mort quand Nicky leur avait fait ça. Et je n'étais pas entièrement sûre qu'ils soient morts à présent.

Je rouvris les yeux et retirai ma main. Le pouvoir de Nicky me retint telle de la boue invisible, et je finis par me dégager avec un bruit de succion presque audible. Les lèvres desséchées de l'homme remuèrent.

— A l'aide, articula-t-il. A l'aide.

Je réprimai un haut-le-cœur et me réjouis d'avoir sauté le petit déjeuner. A quatre pattes, je me traînai vers Nicky. Je me penchai sur lui et chuchotai :

— Si je brûlais cette créature, les âmes seraient-elles libérées ?

Il secoua la tête.

— Etes-vous capable de les libérer ?

Il hocha la tête.

S'il avait répondu oui à la première question, je pense sincèrement que je l'aurais abattu. Mais j'avais besoin de lui pour délivrer ces malheureux. Ma liste de missions à remplir avant de quitter la ville ne cessait de s'allonger. Aujourd'hui… Je ne pouvais rien faire pour eux à part rester en vie et, curieusement, garder Nicky Baco en vie.

Je m'assis au bord du comptoir, les jambes pendant dans le vide et ma main gauche serrée contre ma poitrine. J'étais hébétée par tant de mal à l'état pur. Dieu sait que j'avais déjà vu ma part d'horreurs, mais ça… C'était encore pire que les zombies de l'hôpital. Eux, au moins, ils se contentaient de dévorer des corps – ils ne touchaient pas à l'âme de leur propriétaire.

— On dirait que vous avez vu un fantôme, commenta l'Ulfric.

— Vous ne croyez pas si bien dire.

— Où est notre cadeau ?

— Où est votre lupa ?

Il caressa la tête d'un des loups qui se frottaient contre ses jambes.

— Là.

— Je ne peux pas offrir mon présent à un métamorphe sous sa forme animale.

Il fronça les sourcils.

— Vous devez nous honorer.

— J'en ai bien l'intention.

Je remontai la manche gauche de ma veste, dénudant mon avant-bras. Je défis les lanières de mon fourreau de poignet et le coinçai entre mes jambes. Le monstre, qui me dominait de toute sa hauteur, me regardait faire avec curiosité. Ça me dérangeait. Je préférais ne pas l'avoir sous les yeux tant que je ne pourrais rien faire pour lui… pour eux. Bref.

— Pourriez-vous lui demander de sortir ?

L'Ulfric grimaça.

— Vous avez peur ?

— Je sens les âmes de ces gens m'appeler à l'aide. Ça me distrait.

Toute couleur déserta son visage.

— Vous ne plaisantez pas, constata-t-il.

— Vous ignoriez que Nicky emprisonnait leur âme dans cette chose ?

— Il… Il m'avait dit qu'il le faisait.

— Mais vous ne l'avez pas cru.

Il leva la tête et scruta le monstre comme s'il le voyait pour la première fois.

— Vous croiriez une chose pareille, vous ?

— Oui. (Je haussai les épaules, le regrettai aussitôt et ajoutai :) Mais ça fait partie de mon boulot. Voulez-vous bien le renvoyer, s'il vous plaît ?

Il acquiesça et prononça rapidement quelques phrases en espagnol. La créature se replia sur elle-même et recula en se traînant sur le sol tel un mille-pattes brisé. Je la vis se faufiler par une sorte de chatière géante installée derrière le comptoir. Dès qu'elle eut disparu, je reportai mon attention sur l'Ulfric toujours blême.

— Nicky est le seul qui puisse libérer leurs âmes. Ne le tuez pas avant qu'il l'ait fait.

— Je n'en avais pas l'intention.

— C'était avant que vous sachiez. Je ne vous connais pas assez bien pour dire si vous n'allez pas péter les plombs après mon départ et tenter de mettre un terme à cette infamie. Je vous supplie de vous abstenir – sans quoi, vous condamneriez tous ces malheureux à une éternité de tourment.

Il déglutit.

— Entendu, je ne le tuerai pas.

— Parfait. Maintenant, si vous voulez bien approcher… Je ne referai pas ce numéro deux fois.

Il y eut un mouvement général. Je jetai un coup d'œil aux garçons. Ils n'avaient pas rengainé leurs flingues, mais ils les avaient pointés vers le sol ou le plafond. Edward et Bernardo continuaient à surveiller les loups. Olaf n'avait d'yeux que pour moi.

— Par ce geste, j'honore l'Ulfric et la lupa du clan de Los Lobos. J'offre le plus précieux des cadeaux à l'Ulfric, mais n'étant pas une véritable lukoi, je ne puis le partager avec la lupa sous sa forme actuelle. Je m'en excuse sincèrement. Si je reviens dans les parages, je penserai à apporter autre chose.

Je me penchai pour attraper un verre propre – un verre à whisky avec un fond bien épais, que je posai près de moi sur le comptoir. Puis je récupérai le couteau coincé entre mes genoux et approchai la lame de mon poignet gauche. Un peu au-dessus, j'avais des cicatrices à l'endroit où une sorcière métamorphosée m'avait griffée, et une trace de brûlure en forme de croix. Cette partie de mon avant-bras était encore lisse et indemne, mais plus pour longtemps.

Je pris une profonde inspiration et m'entaillai le poignet. Les métamorphes sous forme humaine poussèrent un soupir, et quelques gémissements montèrent de la gorge poilue des loups. Je m'attendais à ce genre de réaction, aussi ne me fut-il pas difficile de l'ignorer. Le sang monta de ma plaie et se mit à couler le long de ma paume. Je tins ma main au-dessus du verre à whisky pour le recueillir.

L'Ulfric s'avança vers moi. Sa lupa fit de même. Quand elle me toucha le genou de son museau, il lui assena un violent revers – comme si elle n'avait été qu'un chien galeux. Où étaient les suffragettes quand on avait besoin d'elles ? Penaude, la lupa s'allongea par terre et replia sa queue entre ses jambes. Les autres métamorphes ne bougèrent pas. Si elle n'était pas invitée à partager, personne d'autre ne pouvait l'être.

L'Ulfric se pressa contre mes jambes.

— Laissez-moi le boire à la source, réclama-t-il en fixant mon bras d'un regard avide.

L'appétit qui le mouvait était au-delà du désir ou de la faim, et tenait pourtant un peu des deux. En règle générale, j'évite de laisser des monstres lécher mes plaies. A travers mes marques, je suis liée à un vampire et à un loup-garou qui sont tous deux excités par le sang. Les pensées qui m'envahissent quand je laisse quelqu'un boire mon sang sont trop primitives, trop bouleversantes. Je ne pouvais pas prendre ce risque – surtout pas avec un bouclier en ruines.

— Mon cadeau est-il digne de vous ? demandai-je.

— Vous savez bien que oui, répondit l'Ulfric d'une voix rauque.

— Alors, buvez. Ne le gaspillez pas.

Je lui tendis le verre plein de sang. Il le prit à deux mains, d'un geste très respectueux. Je regardai sa pomme d'Adam monter et descendre tandis qu'il avalait mon sang. Ça ne me dérangeait pas plus que ça. L'engourdissement était de retour.

Je fouillai sous le comptoir jusqu'à ce que je trouve une pile de serviettes propres. Je m'en saisis et les pressai sur mon poignet. Elles virèrent à l'écarlate en quelques secondes.

L'Ulfric était retourné auprès de sa meute avec mon sang dans ses mains. Les métamorphes l'entourèrent, le touchèrent, le caressèrent et le supplièrent de partager. Il trempa ses doigts dans le verre presque vide et les tendis aux loups pour qu'ils les lèchent.

Edward me rejoignit. Sans un mot, il saisit une poignée de serviettes propres, un torchon et me confectionna un pansement improvisé. Nos regards se croisèrent. Il secoua la tête, et l'ombre d'un sourire passa sur ses lèvres.

— La plupart des gens payent leurs informations en dollars.

— La plupart des gens avec lesquels je traite ne sont pas intéressés par l'argent, répliquai-je.

— Anita ? appela l'Ulfric. (Planté au milieu de sa meute, la bouche couverte de sang, il me fixa de ses yeux ambrés et dit :) Si vous voulez parler à Nicky, ne vous gênez pas.

Je le remerciai et sautai à terre. Si Edward ne m'avait pas rattrapée, je serais tombée. J'avais perdu pas mal de sang, en plus de tout le reste. Mais dès que j'eus repris mon équilibre, je me dégageai.

Edward défit le bâillon de Nicky et s'écarta. Les métamorphes reculèrent, nous donnant une illusion d'intimité. Mais je savais bien que même si nous chuchotions, ils entendraient chacun des mots que nous prononcerions.

— Salut, Nicky.

Vu de près, le nécromancien semblait encore plus mal en point. Un de ses yeux était tellement gonflé et noirci qu'il ne pouvait pas l'ouvrir. Son nez devait être cassé ; de petites bulles de sang se formaient autour de ses narines chaque fois qu'il expirait. Il déglutit deux fois avant de réussir à articuler :

— Anita.

— J'étais ici avant dix heures.

— Mais il est arrivé plus tôt que prévu.

— J'avais compris. Vous avez fait de grosses bêtises, Nicky. Enerver votre Ulfric, tirer les ficelles dans son dos alors que vous n'êtes qu'un humain, et cette chose… Ce n'est pas du vaudou. Comment avez-vous fait ça ?

— A l'aide d'une magie plus ancienne que le vaudou.

— Quel genre de magie ?

— Je croyais que vous vouliez parler du monstre qui tue des citoyens innocents.

Sa voix était tendue, pleine de douleur. En principe, je suis contre la torture, mais je n'arrivais pas à avoir pitié de lui. J'avais vu sa création ; j'avais senti le tourment de ses composants. Non, Nicky Baco ne recevrait nulle compassion de ma part. Jamais il ne souffrirait assez pour expier son crime – du moins, pas de son vivant. En enfer, il risquait de morfler. Les puissances divines avaient sûrement un meilleur sens de la justice et de l'ironie que moi.

— Très bien. Que savez-vous au sujet de ce monstre ?

— Je l'ai senti pour la première fois il y a très longtemps. Dix ans, je crois. Il était en train de se réveiller.

Nicky était allongé sur un comptoir, pieds et poings liés, le visage tuméfié, mais il parlait comme s'il s'était trouvé derrière un bureau – à l'exception des gémissements qu'il laissait échapper de temps en temps.

— Comment ça, de se réveiller ?

— Vous l'avez déjà eu dans votre esprit ? demanda-t-il.

Et cette fois, j'entendis la peur dans sa voix.

— Oui.

— Au début, il était lent et mou, comme s'il sortait juste d'un long sommeil ou d'une période de captivité. Mais au fil du temps, sa puissance n'a cessé de croître.

— Pourquoi n'en avez-vous pas parlé à la police ?

— Il y a dix ans, les flics ne bossaient pas avec des médiums, ni avec des sorciers. Et j'avais déjà un casier judiciaire.

Il se mit à tousser et cracha une dent sanguinolente sur le comptoir.

— Qu'est-ce que j'aurais bien pu leur dire ? Qu'une voix chuchotait dans ma tête ? Que je sentais une présence indéfinie, quelque part là dehors ? A l'époque, j'ignorais de quoi elle était capable. Je ne connaissais pas sa nature.

— Et depuis, vous l'avez découverte ?

— C'est un dieu.

Je haussai les sourcils.

— Autrefois, il était vénéré comme un dieu, rectifia Nicky. Et il veut l'être à nouveau. Il dit que tous les dieux ont besoin de tribut pour survivre.

Je réfléchis à ce que je savais sur ce monstre. Il tuait pour se nourrir – pas juste par plaisir, même s'il aimait ça. Il me craignait parce que comme lui, je faisais commerce de la mort, mais œuvrais de l'autre côté de la barrière. Il voulait s'approprier mon pouvoir, et il l'aurait fait si Léonora Evans ne l'en avait pas empêché.

— Pourquoi vient-il seulement de commencer à tuer des gens ? Pourquoi avoir attendu tout ce temps ?

— Je n'en sais rien.

— Pourquoi écorche-t-il certaines de ses victimes et taille-t-il les autres en pièces ?

— Je n'en sais rien.

— Que fait-il des morceaux qu'il emporte ?

La police n'aurait pas apprécié que je révèle ce détail, mais j'avais besoin de réponses.

— Je n'en sais rien.

Nicky fut saisi par une nouvelle quinte de toux, mais cette fois, il ne cracha rien – sinon deux ou trois gouttes de sang. Pas d'hémorragie interne. Tant mieux. J'aurais sans doute eu du mal à persuader l'Ulfric qu'il fallait le conduire aux urgences.

— Où est-il ?

— Je n'y suis jamais allé. Mais vous devez comprendre que ce n'est pas lui personnellement qui tue des gens. Il est toujours emprisonné au même endroit. Ce sont ses serviteurs qui agissent à sa place.

— Et alors ?

— Et alors, si vous croyez déjà être dans la merde, vous n'avez encore rien vu. Je le sens dans l'obscurité, comme une masse boursouflée qui ne cesse de se remplir de pouvoir. Quand il en aura accumulé suffisamment, il se lèvera, et l'enfer se déchaînera.

— Pourquoi ne m'avez-vous pas raconté tout cela la dernière fois ?

— Parce que vous étiez venue avec les flics. Si vous me livrez à eux, je suis mort. Vous avez vu ce que je fais. Ils ne prendraient même pas la peine de convoquer un jury.

Là, il marquait un point.

— Quand tout sera terminé, vous devrez démanteler votre création et libérer les âmes de ces malheureux. Entendu ?

— Entendu. Dès que je pourrai à nouveau marcher.

Je jetai un coup d'œil à ses jambes et vis une bosse sous le tissu de son pantalon, au niveau de son tibia. Une fracture ouverte. Bien joué.

— Il a un nom, ce dieu ?

— Il se fait appeler le Mari de la Femme Rouge.

— Et il vous parle en anglais ?

— Oui.

— Vous ne trouvez pas ça bizarre ?

— Je pense qu'il sait tout ce que savent ses victimes.

Nicky ferma son œil indemne comme s'il était fatigué.

— D'accord. (Je me tournai vers l'Ulfric.) Il a dit la vérité ?

— Il n'a pas menti.

— Super. Merci pour votre hospitalité, et au risque de me répéter : ne le tuez pas. Nous aurons peut-être besoin de lui dans les jours à venir pour éliminer cette chose – et, bien entendu, libérer les âmes de vos congénères.

— Je ne le taperai pas trop fort.

C'était sans doute le mieux que je pouvais obtenir de l'Ulfric. Aussi n'insistai-je pas.

— Parfait. Je vous recontacterai.

Je me dirigeai vers la sortie. Edward m'emboîta le pas. Il ne m'offrit pas son bras, mais resta assez près de moi pour me rattraper en cas de besoin. Bernardo avait déjà ouvert la porte. Olaf nous regarda approcher sans bouger. Je trébuchai en le dépassant, et il me saisit le bras pour me retenir. Dans ses yeux, je ne vis ni étonnement ni respect – juste de la faim.

Je me dégageai moins brutalement que je ne l'aurais voulu. Il fixa le sang que j'avais laissé sur ses doigts, puis porta sa main à sa bouche et la pressa contre ses lèvres. On aurait dit un baiser, mais je savais ce qu'il faisait en réalité – la même chose que l'Ulfric et ses loups.

Il existe toutes sortes de monstres, et la plupart ont soif de sang. Certains pour se nourrir, d'autres pour le plaisir. Dans les deux cas, vous êtes mort si vous croisez leur chemin.

48

Dans la voiture, personne ne pipa mot. Olaf était absorbé par ses pensées, dont je ne voulais rien savoir. Enfin, Bernardo demanda :

— Où allons-nous ?

— Chez moi, répondit Edward. Je ne pense pas qu'Anita soit en état de faire quoi que ce soit d'autre aujourd'hui.

Pour une fois, je ne protestai pas. J'étais tellement fatiguée que j'en avais la nausée. Si j'avais pu trouver une position confortable, je me serais sans doute endormie.

Nous sortîmes d'Albuquerque et nous dirigeâmes vers les montagnes qui étincelaient dans la lumière matinale. Je regrettai de ne pas avoir de lunettes de soleil sous la main. Ce paysage était beaucoup trop gai pour moi.

— As-tu appris quelque chose qui justifie ta sortie prématurée de l'hôpital ? interrogea Edward.

— J'ai appris que ce monstre a un nom : le Mari de la Femme Rouge. Il se cache dans un endroit dont il ne peut pas bouger, ce qui signifie que si nous arrivons à le repérer, nous arriverons à le tuer. (Par acquit de conscience, j'ajoutai :) Nicky dit qu'il était vénéré comme un dieu autrefois, et qu'il se prend toujours pour tel.

— Ça ne peut pas être un dieu, protesta Bernardo. Pas vraiment.

— C'est aussi ce que je pense. Mais je suis monothéiste.

— Edward ?

— Je n'ai encore jamais rencontré de créature qui soit véritablement immortelle. Il suffit de trouver le bon moyen de le tuer.

Moi, j'avais rencontré deux ou trois créatures qui semblaient réellement immortelles. Par chance pour moi, le naga était la victime d'un crime plutôt qu'un méchant, et la lamie s'était convertie à notre cause. Evidemment, je n'avais pas essayé de fourrer une grenade incendiaire dans leur pantalon. Il se pouvait donc qu'Edward ait raison – et, dans notre intérêt à tous, je l'espérais.

Nous nous engageâmes sur la longue route qui conduisait, me semblait-il, jusqu'à la maison de Ted. Le bas-côté était plus abrupt que je ne l'avais remarqué après la tombée de la nuit : assez haut, en fait, pour qu'un véhicule tout terrain ne puisse pas le descendre à moins d'être capable de voler.

Un 4×4 blanc nous rattrapa. Au lieu de nous dépasser, il ralentit et se mit à nous coller au train.

— Tu l'as déjà vu dans le coin ? s'enquit Olaf.

— Non, répondit Edward.

Je réussis à pivoter suffisamment dans mon siège pour observer le véhicule. Il n'essayait pas de nous doubler pour nous faire une queue de poisson. En fait, il n'avait rien de particulier sinon qu'il roulait dans les parages de la maison de Ted et qu'Edward ne le connaissait pas. Mais nous étions quatre paranos de métier dans cette bagnole.

Edward se gara dans son allée.

— Dépêchez-vous d'aller vous mettre à l'abri, nous enjoignit-il.

Je fus la dernière à descendre, et de loin. A ma décharge, mon bras venait tout juste d'arrêter de saigner. Edward avait une trousse de premiers secours dans le coffre de son Hummer ; il m'avait confectionné un vrai pansement avant que nous reprenions la route. Du coup, j'avais dû glisser mon fourreau de poignet dans ma poche.

Edward était en train de déverrouiller la porte d'entrée. Olaf se tenait derrière lui. Bernardo m'avait attendue près de la voiture, comme s'il voulait m'offrir son bras mais redoutait ma réaction. Je me sentais tellement mal que j'aurais sans doute accepté.

Il y eu un petit bruit sec : celui d'un chien de fusil que quelqu'un vient d'armer. Le temps que je réussisse à soulever mon polo avec ma main blessée, Edward avait déjà braqué son flingue dans la direction du bruit. Bernardo et Olaf avaient dégainé, mais pas encore visé. J'étais la plus lente des quatre. Misère.

Harold au visage couturé se penchait à l'angle de la maison. Seule sa tête était visible au-dessus du canon de son fusil – un gros calibre qu'il tenait d'une main experte. S'il avait voulu abattre Edward, il aurait pu le faire avant que celui-ci pivote vers lui. Donc, il était venu pour autre chose. Ça faisait au moins une bonne nouvelle. Enfin… probablement.

— Que personne ne panique, et il ne vous arrivera rien de fâcheux, lança-t-il.

— Harold, le salua Edward en le fixant le long du canon de son Beretta. Les flics vous ont déjà relâchés ?

— Ils n'ont arrêté que Russell, expliqua Harold, son fusil confortablement calé contre son épaule. Et ils ne l'ont pas gardé longtemps.

Quand on parle du loup… Russell apparut derrière Harold. Son nez était bourré de coton et recouvert d'une bande plâtrée. Je lui avais pété le cartilage. Cool.

Newt, le colosse silencieux, émergea à l'angle opposé de la maison. Il tenait un gros revolver chromé à deux mains, et se déplaçait en croisant les pieds comme s'il avait l'habitude de ce genre de manœuvres.

Une femme le suivait. Elle devait mesurer un bon mètre quatre-vingts. Sa brassière laissait voir des épaules et des bras qui auraient rendu bien des hommes jaloux. Seule sa poitrine attestait que ça n'était pas un travelo – d'autant qu'elle ne portait pas de soutien-gorge.

Olaf mit Newt en joue, et réciproquement. Bernardo en fit autant avec la femme. Russell continua à avancer sans dégainer. Je voulus pointer mon flingue sur lui, mais ne réussis qu'à lui arracher un sourire narquois.

— Tire-moi dessus, et mes amis abattent les tiens. Notre patron ne s'intéresse qu'à toi.

— Mais nous ne sommes pas venus pour tuer qui que ce soit, précisa très vite Harold.

Si Edward s'était tenu prêt à me faire sauter la cervelle, moi non plus, je n'aurais pas voulu qu'on se méprenne sur mes intentions.

Russell se dirigea vers moi malgré le Browning que je braquais sur sa poitrine.

— Notre patron veut juste parler avec la fille, dit Harold en me désignant du menton. Je vous le jure.

Russell ne faisait pas mine de s'arrêter. Je reculai en tenant mon flingue devant moi. Je ne voulais pas être la première à tirer. Sinon, des gens allaient mourir – et je ne pourrais pas contrôler lesquels.

J'entendis les pneus du 4×4 crisser sur le gravier. Je ne voyais qu'une chose à faire. Pivotant, je pris mes jambes à mon cou. J'entendis Russell pousser une exclamation de surprise.

— Hé !

Soudain, je me moquais bien de mes agrafes et de ma fatigue. Mon cœur battait la chamade. Non seulement je pouvais marcher sans me casser la gueule, mais je pouvais courir. Ce n'était qu'une question de motivation.

Un bouquet d'arbres se dressait au pied du dénivelé, de l'autre côté d'un ravin poussiéreux. Je me laissai glisser le long de la pente. Des cailloux roulèrent sous mes pieds ; je perdis l'équilibre et finis ma descente à quatre pattes. A l'instant où je me relevais, je sentis un filet de sang couler dans mon dos.

Je fonçais déjà vers les arbres quand Russell dévala la pente à son tour. Je ne pouvais pas le descendre, et au bruit, il se rapprochait drôlement vite. Je n'aurais pas le temps de me cacher – d'autant que l'adrénaline commençait déjà à refluer, et que la chaleur m'enveloppait tel un poing. Je n'étais pas en état de le distancer. Donc… Il ne me restait pas trente-six solutions.

Je ralentis pour reprendre mon souffle et faire croire à Russell que mes forces m'abandonnaient. Je savais très bien ce que je voulais faire ; en revanche, j'ignorais si mon corps en serait capable. Je ne pouvais pas m'autoriser la moindre hésitation. Je risquai un coup d'œil par-dessus mon épaule. Russell était presque sur moi.

Je me penchai en appui sur ma jambe gauche et détendis ma jambe droite vers l'arrière. Je n'eus pas besoin de mettre beaucoup de force dans mon coup : l'élan de Russell le fit s'écraser sur mon pied. Et comme j'avais bien visé, il le reçut dans le bas-ventre.

L'impact m'obligea à sautiller en avant, mais je me ressaisis très vite et lançai un coup de pied tournant à l'endroit où je pensais trouver sa tête. Je pensais bien. Russell s'était plié en deux, les mains sur son entrejambe. Ma nouvelle attaque le fit tomber à genoux, mais ne l'assomma pas. Et merde.

— Je ne les vois pas ! cria une voix depuis le haut de la pente.

Une branche morte gisait au fond du ravin. Je la ramassai et l'abattis violemment sur le crâne de Russell, qui daigna enfin s'écrouler.

Je n'eus pas le temps de vérifier s'il respirait encore. Le ravin s'étendait devant moi sur une centaine de mètres. Au-delà, il était envahi par des broussailles. Sur ma droite, les pluies avaient emporté un morceau de la pente, créant une caverne peu profonde. Je n'avais qu'une fraction de seconde pour me décider. Je sortis mon couteau de ma poche et le projetai de toutes mes forces en direction des broussailles. Puis je me mis à quatre pattes et rampai à l'intérieur de la cavité.

Un bruit de pas précipités non loin de moi.

— Où sont-ils passés ? demanda une voix masculine.

— Là-bas, répondit une voix de femme.

Des cailloux et de la poussière cascadèrent devant l'entrée de ma tanière. Le plafond ne risquait-il pas de s'effondrer sous le poids de mes poursuivants ? Je regrettais déjà de m'être cachée. Mais le bout du ravin était vraiment trop loin. Je n'aurais jamais pu l'atteindre.

— Regarde, c'est Russell ! s'exclama l'homme tout près de moi, légèrement sur ma droite.

Il se laissa tomber au fond du ravin et s'élança vers son camarade. La femme le suivit plus prudemment. Je retins mon souffle et priai de toutes mes forces pour qu'elle s'éloigne sans me voir.

— Il est en vie, annonça l'homme. (Puis il se dirigea vers l'endroit où j'avais lancé mon couteau.) La fille est partie par là.

— Maury ! cria la femme. N'y va pas !

Elle dut courir pour le rattraper. Lorsque son large dos disparut dans les broussailles et que j'entendis l'homme jurer, je m'extirpai de ma cachette et escaladai la pente à quatre pattes. Si Maury et sa copine ressortaient maintenant, ils ne pourraient pas manquer de me voir – comme une tache d'encre noire au beau milieu d'une page blanche. Mais ils ne ressortirent pas, et j'atteignis le sommet à l'endroit où j'avais plongé dans le ravin quelques minutes plus tôt.

Je rampai sur le ventre vers les buissons de sauge qui bordaient le jardin de Ted. Quelque chose remua sur ma droite. Un serpent. Dieu merci, il fila sans m'accorder la moindre attention. Un problème de plus, et je tomberais à court de solutions. J'avais déjà assez de mal à supporter le parfum entêtant de la sauge…

Bien entendu, après ça, le moindre bruit résonna à mes oreilles comme un sifflement reptilien. Chaque fois qu'une brindille effleurait ma jambe, j'étouffais un cri à grand-peine. La seule chose qui m'empêchait de hurler, c'était l'idée que quelqu'un me tirerait probablement dessus avant de réaliser à qui il avait affaire.

Le temps d'atteindre les buissons, je ruisselais – et pas seulement de transpiration. Certains endroits de mon dos me brûlaient, et je savais que le liquide plus épais qui coulait dans mes reins était du sang.

A travers l'écran de sauge, j'observai le jardin. La situation ne s'était pas améliorée en mon absence. La femme et Maury étaient partis à ma recherche, mais trois autres hommes avaient pris leur place. Ils avaient fait mettre mes compagnons à genoux. Olaf avait croisé les mains sur son crâne chauve. Bernardo avait posé sa main valide sur sa tête et levé son plâtre aussi haut que possible. Edward était le plus proche de moi. Newt se tenait si près que j'aurais pu lui planter mon couteau restant dans le pied. Harold parlait dans un téléphone portable à clapet ; il avait passé son fusil en bandoulière et agitait sa main libre pour ponctuer son discours. Ecartant l'appareil de sa bouche, il lança :

— Il veut qu'on fouille la maison.

— Pour chercher quoi ? s'enquit l'un des nouveaux venus, qui avait des cheveux noirs et un revolver.

— Un artefact, quelque chose que la fille aurait utilisé contre le monstre.

— Quel genre d'artefact ?

— Aucune idée. Bougez-vous, aboya Harold.

L'homme aux cheveux noirs poussa un soupir, mais il fit signe à ses deux acolytes, et tous trois entrèrent dans la maison. La porte de devant était grande ouverte.

Que s'était-il donc passé pendant que je rampais dans la poussière ?

Harold reprit sa conversation téléphonique. Autrement dit, seul Newt surveillait encore Edward et les autres – et son .45 n'était pas braqué sur la tête de qui que ce soit. Je n'aurais jamais de meilleure opportunité. Maury et la femme pouvaient revenir à tout instant. J'aurais aimé me mettre à genoux pour frapper un endroit vital avec mon couteau, mais les buissons étaient trop épais : en tentant de me redresser, je trahirais forcément ma présence. Et je ne pouvais pas utiliser mon flingue sous peine de rameuter le reste de la bande.

Une idée me vint. Je saisis mon couteau d'une main et ma dague de l'autre, après m'être assurée que la gauche avait cessé de trembler. Puis je plantai le couteau dans le pied de Newt.

Je sentis la lame transpercer la semelle de sa chaussure et s'enfoncer dans la terre tandis qu'il hurlait. Il voulut pivoter vers moi, mais je me tenais derrière lui, et son pied cloué au sol l'empêchait de se retourner. Je me dressai sur les genoux, passai le bras entre ses jambes et, à l'aveuglette, tentai de lui enfoncer ma dague dans le bas-ventre. Malheureusement, je ratai mon coup.

— Ne bouge pas, sifflai-je.

Newt se figea.

— Quelque chose ne va pas ? lança Harold depuis l'autre côté du jardin.

Newt déglutit.

— C-ce n'est rien. J'ai cru voir un serpent.

— Bien joué, mon gars, chuchotai-je. Si tu veux garder tes bijoux de famille intacts, passe-moi ton flingue. Sans faire de bruit.

Il laissa son .45 tomber dans ma main.

— Edward, que veux-tu que je fasse ?

— Appelle Harold.

— Tu l'as entendu, Newt ?

Il ne chercha même pas à discuter.

— Hé, Harold, tu peux venir une minute ?

Harold soupira et referma son portable avec un claquement sec.

— Qu'y a-t-il encore ?

Il était presque au niveau d'Edward quand il remarqua que Newt avait les mains vides. J'étais toujours planquée derrière le colosse, les plis de son pantalon dissimulant ma dague.

— Qu'est-ce que… ?

Bernardo tira une baguette dorée de ses cheveux. C'était une lame qui finit plantée dans le bras d'Harold. Edward lui lança son poing dans le ventre, le forçant à se plier en deux, et le désarma promptement. Puis il le fit allonger par terre sous la menace de son propre fusil tandis que lui, Bernardo et Olaf se relevaient.

J'ignore quelle était la suite de son plan, car à cet instant, des sirènes de police se firent entendre.

— Tu as appelé les flics, Harold ? demanda Edward.

— Ne sois pas stupide !

— Anita ?

— Non plus. Je pointe toujours un .45 sur toi, Newt. Alors, ne fais pas de conneries.

Je retirai la dague d'entre ses jambes et me mis debout en gardant le flingue braqué sur son dos. Cela dit, je doutais d'avoir à descendre qui que ce soit. Les sirènes étaient presque sur nous.

Les trois autres types ressortirent de la maison, revolver à la main. Ils virent Harold allongé par terre et Edward les mettre en joue avec son fusil. Ils jetèrent un coup d'œil aux deux bagnoles qui fonçaient vers la maison. Sans un mot, ils lâchèrent leurs armes et croisèrent les mains sur leur tête. A mon avis, ce n'était pas la première fois qu'ils se retrouvaient dans ce genre de situation.

Une patrouilleuse et une voiture banalisée s'immobilisèrent de chaque côté du 4×4 blanc. Quatre flics en jaillirent : le lieutenant Marks, l'inspecteur Ramirez et deux agents en tenue que je ne connaissais pas. Ils brandissaient leur arme de service mais, apparemment, ne savaient pas trop sur qui la pointer.

— Inspecteur Ramirez, m'exclamai-je, soulagée. Je suis contente de vous voir.

— Que se passe-t-il ? demanda Marks avant que Ramirez puisse me répondre.

Edward expliqua qu'Harold et ses hommes nous avaient tendu une embuscade pour nous interroger au sujet des meurtres en série. Marks dit qu'il trouvait ça fascinant. Edward déclara qu'il l'aurait parié et que, oui, Ted Forrester avait l'intention de forcer plainte – comme tout bon citoyen l'aurait fait à sa place. Les flics eurent juste assez de menottes pour tout le monde.

— Il en reste deux autres quelque part, lança Edward sur son ton le plus coopératif.

— Plus un assommé au fond du ravin, ajoutai-je.

Les quatre flics me fixèrent sévèrement.

— Il me poursuivait. Je croyais que lui et ses potes voulaient nous tuer. (Je haussai les épaules et frémis.) Mais il est toujours vivant.

Ils appelèrent des renforts pour fouiller les environs, plus une ambulance pour Harold, Newt et Russell – quand ils l'auraient trouvé. En attendant que chacun ait fini son boulot, je me laissai tomber par terre. La crise était passée, et je ne me sentais pas bien du tout.

— Vous avez quitté l'hôpital contre l'avis du docteur ! me sermonna Marks. Je me fiche de ce qui peut bien vous arriver, mais j'ai besoin d'une déposition. Je veux savoir exactement ce qui s'est passé à l'hôpital.

Je levai les yeux vers lui. Vu d'en bas, il me paraissait beaucoup plus grand, presque lointain.

— Voulez-vous dire que vous avez foncé ici avec les

gyrophares parce que vous étiez furax que je sois partie sans avoir fait de déposition ?

Il s'empourpra, et je sus que j'avais vu juste.

— Lieutenant, appela un des agents en tenue.

— Je veux cette déposition avant la fin de la journée, fulmina Marks.

Il se détourna et s'éloigna. Bon débarras.

Ramirez s'accroupit près de moi. Comme d'habitude, il portait une chemise aux manches retroussées et une cravate à moitié défaite.

— Vous allez bien ?

— Non.

— Je suis passé à l'hôpital tout à l'heure, mais vous étiez déjà sortie. Cette nuit-là, les ascenseurs avaient été immobilisés par l'alarme anti-incendie. J'ai dû prendre l'escalier de secours ; c'est pour ça que j'ai mis si longtemps à vous rejoindre – et que je n'ai pas été là pour vous, débita-t-il très vite.

Ça devait le tarabuster depuis trois jours. Touchée, je grimaçai un sourire.

— Vous savez ce qu'on dit : c'est l'intention qui compte.

J'avais tellement chaud… Le jardin ondulait autour de moi, comme si je le regardais à travers une vitre déformante.

Ramirez me toucha le dos – sans doute pour m'aider à me relever. Il retira vivement sa main, la contempla d'un air alarmé et voulut soulever mon polo. Mais le tissu noir imbibé de sang adhérait à ma peau.

— Jésus, Marie, Joseph ! s'exclama-t-il. Qu'est-ce que vous avez encore trafiqué ?

— Ça ne fait même plus mal, murmurai-je.

Puis je m'affaissai dans ses bras, sur ses genoux. J'entendis quelqu'un prononcer mon nom, et je m'évanouis.

Je me réveillai à l'hôpital. Le Dr Cunningham était penché sur moi. Je songeai : « Il faut qu'on arrête de se rencontrer comme ça », mais n'essayai même pas de le dire à voix haute.

— Vous avez perdu pas mal de sang, et on a dû refaire tous vos points de suture. Pensez-vous rester assez longtemps pour que je signe votre autorisation de sortie, cette fois ?

Je souris faiblement.

— Oui, docteur.

— Au cas où la bougeotte vous reprendrait, je vous ai filé assez de sédatifs pour vous faire planer très, très haut. Dormez, et on se verra demain matin.

Je fermai les yeux. Quand je les rouvris, Edward était là.

— Tu es sortie d'un ravin en rampant sur le ventre et tu as menacé un homme de lui couper les couilles avec le dos lacéré. Une vraie dure-à-cuire.

— Il fallait bien que je sauve ta peau, soufflai-je.

Alors, il se pencha et m'embrassa sur le front. Mais peut-être n'était-ce qu'une hallucination.

49

Le lendemain, Cunningham baissa le dosage des sédatifs, et je commençai à rêver. J'errais dans un labyrinthe de verdure. Je portais une longue robe de soie blanche à la jupe bouffante, lestée par des cerceaux. Dessous, je sentais un corset me comprimer la cage thoracique. Alors, je compris que ça n'était pas mon rêve. Je cessai de courir, levai les yeux vers le ciel d'un azur sans nuages et hurlai :

— Jean-Claude !

Sa voix me parvint, toujours aussi riche et enjôleuse. Avec elle, il pouvait faire des choses que la plupart des hommes ne réussissaient pas à faire avec leurs mains.

— Où es-tu, ma petite ? Où es-tu ?

— Vous aviez promis de ne plus envahir mes rêves.

— Nous t'avons sentie mourir. Nous avons senti les marques se rouvrir. Nous étions inquiets.

Je savais pertinemment qui ce « nous » désignait.

— Richard n'est pas en train d'envahir mes rêves – juste vous.

— Je suis venu t'avertir. Si tu avais pris le téléphone pour nous appeler, ça n'aurait pas été nécessaire.

Je pivotai. Un miroir était planté dans l'herbe, entre les haies. C'était une psyché au cadre doré – une antiquité de style Louis XIV. A la vue de mon reflet, je sursautai. Outre ces vêtements que je n'aurais jamais choisis, mes cheveux étaient relevés en un chignon sophistiqué, à l'exception de deux anglaises qui encadraient mon visage. Il y en avait une telle quantité que ça ne pouvait être qu'une perruque. Une mouche en taffetas, pareille à un gros grain de beauté, ornait ma pommette droite. Même si ce déguisement me faisait ressembler à une poupée de porcelaine, il n'était pas aussi ridicule que j'aurais pu le croire.

Mon reflet ondula, s'allongea et se changea en l'image de Jean-Claude. Il portait un smoking de satin blanc assorti à ma robe. Des broderies dorées scintillaient le long de ses manches et des coutures de son pantalon. Des bottes blanches, nouées par de gros rubans blancs et dorés, lui montaient jusqu'aux genoux. Les jeunes de mon époque auraient qualifié ça de costume de tapette, mais il n'avait pas l'air efféminé le moins du monde : juste élégant. Ses boucles noires pendaient librement sur ses épaules. Ses yeux étaient toujours d'un bleu aussi saisissant, ses traits aussi délicatement masculins que dans mon souvenir.

Je secouai la tête, et le poids de ma perruque me fit grimacer.

— Je n'ai rien à faire ici.

Je me concentrai pour échapper à ce rêve.

— Attends, ma petite, je t'en prie. Je suis vraiment venu t'avertir. (Jean-Claude leva les yeux et tourna légèrement la tête de droite et de gauche, comme pour jauger du regard l'espace d'une cellule.) J'ai choisi de t'apparaître ainsi pour symboliser le fait que je ne te toucherai pas. Je désire seulement te parler.

— D'accord, je vous écoute.

— Est-ce le Maître d'Albuquerque qui t'a fait du mal ?

C'était une question étrange.

— Non, Itzpapalotl ne m'a pas touchée.

Jean-Claude frémit.

— Ne prononce pas son nom à l'intérieur de ce rêve.

— Si vous voulez. Elle ne m'a pas touchée.

— Mais tu l'as rencontrée ?

— Oui.

Il fronça les sourcils.

— Albuquerque est taboue. Le conseil l'a déclarée hors limites. Nul vampire ou serviteur humain n'est censé s'y rendre.

— Pourquoi ?

— Parce que le Maître de la Ville a massacré tous les vampires ou serviteurs humains qui ont pénétré sur son territoire ces cinquante dernières années.

Je le fixai, incrédule.

— Vous plaisantez ?

— Pas du tout, ma petite.

Jean-Claude avait l'air inquiet – voire angoissé.

— Elle n'a manifesté aucune hostilité envers moi, je vous le jure.

— Elle devait avoir une bonne raison. La police t'accompagnait-elle ?

— Même pas.

— Dans ce cas, elle doit attendre quelque chose de toi.

— Quoi ?

— Je n'en sais rien.

Il me dévisagea à travers la paroi de verre.

— Si elle a vraiment tué tous les vampires qui passaient par chez elle, pourquoi le conseil n'a-t-il pas envoyé quelqu'un lui botter les fesses ?

— Je crois que… le conseil la craint.

Pour avoir personnellement rencontré trois membres du conseil, je mesurais ce que cette déclaration avait d'effrayant.

— Pourquoi ? Je veux dire… Elle est puissante, mais pas à ce point.

— Je l'ignore, ma petite. Tout ce que je sais, c'est

qu'ils ont décrété son territoire tabou plutôt que de l'affronter.

— J'aurais aimé en être informée avant de me pointer ici, grinçai-je.

— Je sais combien tu es attachée à ton intimité, ma petite. Je ne t'ai pas contactée pendant six longs mois. J'ai respecté ta décision, mais entre nous, il y a bien plus qu'une relation romantique – ou une absence de relation romantique. Que ça te plaise ou non, tu es ma servante humaine. Donc, tu ne peux pas pénétrer sur le territoire d'un autre maître vampire sans te conformer aux règles en vigueur.

— Je suis venue ici dans le cadre d'une enquête de police. En tant qu'Anita Blake, experte en surnaturel – et rien d'autre.

— Un maître soumis aux lois du conseil en tiendrait compte, mais celle dont nous parlons n'obéit qu'à son bon vouloir.

— Alors pourquoi me laisse-t-elle aller et venir à ma guise ?

— Peut-être redoute-t-elle les représailles de vos autorités humaines, cette police qui peut se montrer si efficace à l'occasion. Ou peut-être attend-elle quelque chose de toi. Tu l'as rencontrée ; quelle est ton opinion ?

La réponse franchit mes lèvres avant que j'aie le temps de réfléchir.

— Le pouvoir. Elle est attirée par le pouvoir.

— Tu es une nécromancienne.

Je secouai la tête, et de nouveau, la perruque me gêna. Je fermai les yeux. Quand je les rouvris, mes cheveux pendaient sur mes épaules, comme d'habitude.

— C'était trop lourd, dis-je en guise d'explication.

— Je comprends. Mais je me réjouis que tu aies gardé la robe. Ça fait si longtemps que je voulais te voir dans ce genre de tenue…

— Pour en revenir à… au Maître d'Albuquerque,

je pense que ce n'est pas seulement mes pouvoirs de nécromancienne qui l'attirent. Au premier regard, elle a compris que j'appartenais à un triumvirat. Je l'ai sentie fouiller en moi pour examiner les liens qui nous unissent. A mon avis, ce qu'elle désire, c'est comprendre comment ça marche.

— Pourrait-elle former un triumvirat ?

— Théoriquement... Je suppose que oui. Elle a un serviteur humain, et elle est capable d'appeler des jaguars. Mais est-il possible de choisir l'animal après avoir marqué le serviteur humain ?

— Si les marques sont récentes, peut-être.

— Celles-ci ne le sont pas du tout. Son serviteur humain et elles forment un couple depuis très longtemps.

— Dans ce cas, non. Les marques seront trop figées pour s'étendre à un tiers.

— Donc, elle s'intéresse à moi pour un pouvoir qui demeurera à jamais hors de son atteinte. Que se passera-t-il si elle s'en aperçoit ?

— Mieux vaudrait ne pas le découvrir, ma petite.

— Vous pensez qu'elle me tuerait.

— Elle a tué tous les vampires et serviteurs humains qui ont croisé sa route depuis un demi-siècle. Je ne vois pas pourquoi elle changerait ses habitudes maintenant.

A présent, je me tenais tout près du miroir. Assez près pour voir les boutons dorés de la veste de Jean-Claude, le mouvement de sa poitrine qui se soulevait et s'abaissait au rythme de son souffle. Je ne l'avais pas touché depuis six mois. Et nous savions tous deux que ce rêve n'était pas un rêve ordinaire. Jean-Claude avait dressé la barrière du miroir entre nous pour ne pas risquer d'envahir mon esprit. Il était déjà venu me faire l'amour dans mes rêves, comme un incube. Parfois, c'était un simple prélude à nos ébats réels ; parfois, c'était une fin en soi.

Le miroir s'amincissait à vue d'œil. A présent, il ressemblait à un écran de sucre filé. Jean-Claude l'effleura, et il ondula tel du plastique transparent. Je levai la main et l'approchai de l'impalpable barrière. Celle-ci s'évanouit. Nos doigts se touchèrent. Ce fut comme si une décharge électrique me traversait. Nos paumes se plaquèrent l'une contre l'autre ; nos doigts s'entrelacèrent, et ce contact si chaste me donna des palpitations.

Je reculai sans lâcher Jean-Claude, si bien que mon mouvement l'attira hors du miroir. Il enjamba le cadre doré et se retrouva soudain face à moi. Je sentais les battements de son cœur dans sa paume, comme si tout son être était contenu dans cette main pâle pressée contre la mienne.

Il se pencha vers moi. A cet instant, le rêve vola en éclats, et je me réveillai allongée dans une chambre d'hôpital, les yeux rivés sur le plafond. Une main encore posée sur mon épaule, une infirmière m'agitait un thermomètre sous le nez. Elle m'avait arrachée à mon rêve. Je ne savais pas si je devais m'en réjouir ou m'en attrister.

Les marques étaient ouvertes depuis moins d'une semaine, et déjà, Jean-Claude faisait le forcing pour revenir dans ma vie. D'accord, c'était une bonne chose qu'il m'ait avisée, mais… Oh, et puis merde. Marianne m'avait prévenue que je ne pourrais ignorer éternellement les garçons, que ça serait trop dangereux. Sur le coup, j'avais cru qu'elle parlait du pouvoir qui me liait à eux. A présent, je n'en étais plus si sûre.

Mon statut de servante humaine compliquait mes déplacements hors de St. Louis. Chaque territoire vampirique était un pays étranger pour moi. Selon l'état des relations diplomatiques entre Jean-Claude et le Maître de la Ville local, je pouvais ou non m'y balader sans visa. En refusant de me plier aux règles, je risquais de me faire tuer ou prendre en otage. Mais je pensais être en sécurité tant que mon déplacement était d'ordre professionnel, tant qu'il n'avait aucun rapport avec Jean-Claude et la politique vampirique. Apparemment, je m'étais trompée.

Vous vous demandez sans doute pourquoi j'avais cru Jean-Claude et ajouté foi à sa mise en garde. Réponse : parce qu'il n'avait rien à gagner en me mentant. Et puis, j'avais perçu sa peur. Les marques vampiriques vous permettent de savoir ce que ressentent les personnes auxquelles vous êtes lié. Parfois, ça me dérange. Et parfois, je trouve ça très utile.

L'infirmière me fourra le thermomètre sous la langue. En attendant qu'il bipe, elle prit ma tension.

Ce qui me dérangeait le plus dans ce rêve, c'est l'attirance que Jean-Claude avait exercée sur moi. A l'époque où les marques étaient fermées, je ne l'aurais touché pour rien au monde. Evidemment, je ne le laissais même pas se manifester dans mes rêves. Bien à l'abri derrière mes barrières, je les avais maintenus à distance, Richard et lui. Et je pouvais toujours le faire, mais ça me demanderait un plus gros effort.

Le thermomètre bipa. L'infirmière consulta le petit moniteur fixé à sa ceinture, m'adressa un vague sourire et nota quelque chose sur sa feuille de soins.

— J'ai entendu dire que vous sortiez aujourd'hui.

Je levai les yeux vers elle.

— Vraiment ? Génial.

— Le Dr Cunningham passera vous voir dans un petit moment. Il tient à s'assurer personnellement que vous êtes bien rétablie.

— Je suis l'une de ses patientes favorites, me vantai-je.

L'infirmière ne répondit pas. Sans doute savait-elle exactement ce que le Dr Cunningham pensait de moi.

— Je peux appeler un ami pour qu'il vienne me chercher ?

— Vous savez bien qu'il n'y a pas de téléphone dans

votre chambre. Mais donnez-moi le numéro, et j'appellerai votre ami pour vous.

En effet, Cunningham avait refusé qu'on me fournisse un téléphone. Il ne voulait pas que je me remette au boulot prématurément, fût-ce en passant des coups de fil professionnels. Je lui avais promis que je serais sage, mais visiblement, il n'avait aucune confiance en moi.

Je donnai le numéro de Ted à l'infirmière, qui le griffonna sur son bloc-notes et sortit.

Quelqu'un frappa à la porte. J'attendais le Dr Cunningham, mais ce fut Ramirez qui entra. Sa chemise du jour était beige, sa cravate, marron avec de petits motifs jaunes et blancs. Il portait également une veste marron assortie à son pantalon. C'était la première fois que je le voyais avec un costard entier. Je me demandai si ses manches de chemise étaient relevées sous sa veste. Il tenait une grappe de ballons gonflés à l'hélium, ornés de personnages de dessins animés. Je ne pus m'empêcher de sourire.

— Vous m'avez déjà envoyé des fleurs.

Un petit bouquet d'asters et d'œillets miniatures était posé sur ma table de nuit.

— Je voulais vous apporter quelque chose en personne. Navré de n'avoir pu passer plus tôt.

Mon sourire se flétrit.

— Tant d'attentions, c'est réservé aux petits amis, inspecteur. Pourquoi vous sentez-vous si coupable ?

— Dois-je encore vous demander de m'appeler Hernando ?

— Désolée. J'oublie tout le temps.

— Mon œil. Vous voulez garder vos distances, c'est tout.

— C'est possible, concédai-je.

— Si j'étais votre petit ami, je serais monté avec vous dans l'ambulance et je n'aurais pas quitté votre chevet depuis.

— Malgré l'affaire en cours ?

Il eut la bonne grâce de baisser le nez et de prendre l'air penaud.

— J'aurais essayé de ne pas quitter votre chevet, rectifia-t-il.

— Que s'est-il passé pendant que j'étais ici ? Mon docteur a refusé qu'on me tienne informée.

Il attacha les ballons à la tête de mon lit pour ne pas qu'ils s'envolent jusqu'au plafond.

— La dernière fois que j'ai essayé de vous voir, il m'a fait promettre de ne pas vous parler de l'enquête.

— J'ignorais que vous étiez passé.

— Normal : vous étiez dans les vapes.

Génial. Combien d'autres personnes avaient défilé dans ma chambre pendant mon sommeil ?

— Je sors aujourd'hui, donc, je pense que vous pouvez m'en parler.

Il me fixa sans rien dire, mais son expression me suffit. Il ne me croyait pas.

— Pfff. La confiance règne, marmonnai-je.

— Vous êtes comme la plupart des flics : jamais vraiment en repos.

Je levai la main à la façon des boy-scouts.

— Je vous jure que l'infirmière m'a dit que je sortais aujourd'hui.

Ramirez sourit.

— Souvenez-vous : j'ai vu votre dos. Même s'ils vous laissent sortir, vous ne pourrez pas vous remettre au travail. Du moins, vous ne pourrez pas retourner sur le terrain.

— Quoi ? Vous voulez que je reste planquée quelque part à regarder des photos, lire des dépositions et examiner des indices trouvés par d'autres gens ?

Il acquiesça.

— Quelque chose comme ça, oui.

— Vous trouvez vraiment que j'ai la tête de Nero

Wolfe ? Je ne suis pas le genre de fille qui reste à la maison, hors de la ligne de tir des méchants.

Il éclata de rire. Un rire normal, qui ne dégageait pas le même sex-appeal palpable que celui de Jean-Claude, mais qui me plaisait justement pour ça. Mais... Aussi gentil et chaleureux que soit Ramirez, le souvenir de mon rêve restait très présent dans mon esprit. Je sentais encore la main de Jean-Claude contre la mienne ; sa caresse s'attardait sur ma peau tel un parfum coûteux après le départ de celle qui le porte.

J'aurais vraiment voulu trouver un homme capable de l'éclipser, mais quand il était avec moi, tous les autres pâlissaient jusqu'à devenir invisibles. Tous, sauf Richard. Cela signifiait-il que j'étais amoureuse de lui ? J'aurais bien voulu le savoir.

— A quoi pensez-vous ? demanda Ramirez.

— A rien.

— Un rien qui vous donne l'air très sérieux – presque triste.

Il se tenait tout près du lit, son pantalon effleurant les draps. Son expression était douce, intéressée et très ouverte. Il avait pigé mon fonctionnement. Il sentait d'instinct ce que j'aimais et détestais chez un homme. D'une certaine façon, il me comprenait mieux au bout d'une semaine – dont j'avais passé le plus clair à dormir – que Jean-Claude après toutes ces années.

J'aime l'honnêteté, la franchise et une certaine malice juvénile. D'autres choses peuvent exciter mon désir, mais celles-là sont le plus sûr chemin vers mon cœur. Jean-Claude a toujours été un grand cachottier ; il ne fait rien sans avoir une douzaine de raisons, et il a plus de quatre siècles – pour le côté juvénile, vous repasserez. Mais que ça me plaise ou non, il était arrivé le premier dans ma vie.

Je décidai de mettre mes principes en pratique et d'être directe avec Ramirez.

— Je me demande ce que serait ma vie si je vous avais rencontré plus tôt.

— Vous voulez dire, avant les deux autres hommes dont vous m'avez parlé ? Ceux entre lesquels vous n'arrivez pas à choisir ?

— Oui.

— Ma grand-mère a toujours dit que la seule raison pour laquelle une femme peut hésiter entre deux hommes, c'est qu'elle n'a pas encore rencontré le bon.

— Vous inventez.

— Pas du tout. Quand elle était jeune, elle était courtisée par deux hommes qui lui avaient demandé sa main, et elle ne savait pas lequel épouser. Puis elle a rencontré mon grand-père, et elle a compris pourquoi elle avait tant de mal à se décider. Elle n'était amoureuse d'aucun des deux.

Je soupirai.

— Ce qui était vrai pour elle ne l'est pas forcément pour moi.

— Dites-moi que je perds mon temps, et je renoncerai à vous séduire.

Je le dévisageai : son sourire craquant, ses yeux pétillants de bonne humeur.

— Vous perdez votre temps. Je suis désolée, mais c'est ce que je pense.

— Ce que vous pensez ? Donc, vous n'en êtes pas sûre ?

Je secouai la tête.

— Arrêtez, Hernando. Je suis déjà prise, un point c'est tout.

— Vous n'êtes pas prise tant que vous n'avez pas fait votre choix. Mais d'accord : je ne suis pas le bon. Si je l'étais, vous le sauriez. Quand vous le rencontrerez, tous vos doutes s'envoleront.

— Ne me dites pas que vous croyez à ces histoires d'âme sœur !

Il haussa les épaules.

— Je crois au coup de foudre. Ce n'est pas ma faute : je viens d'une famille de romantiques invétérés. Après soixante ans de mariage, mon arrière-grand-père traitait toujours mon arrière-grand-mère comme une princesse. Et mes parents soutiennent qu'à partir du moment où ils se sont connus, ils n'ont plus jamais regardé personne d'autre.

— C'est mignon, mais je ne suis pas du tout persuadée qu'il existe une et une seule personne faite pour chacun de nous. Et quoi que je finisse par décider, ça se jouera forcément entre les deux hommes qui m'attendent à la maison.

— On dirait que vous n'en étiez pas sûre jusqu'ici.

— Vous avez raison. Inconsciemment, je cherchais sans doute quelqu'un d'autre, un troisième homme qui me délivrerait de mon dilemme. Mais je viens de réaliser que ça ne servait à rien.

— Ça n'a pas l'air de vous enchanter, Anita. L'amour devrait être une source de bonheur.

J'eus un sourire mi-amer, mi-mélancolique.

— Si vous pensez que l'amour rend les gens heureux, vous n'avez jamais été amoureux – du moins, pas assez longtemps pour arriver au stade où il faut commencer à faire des compromis.

— Tant de cynisme, à votre âge…

— Ce n'est pas du cynisme, mais de la lucidité.

— Vous avez perdu tout votre romantisme, commenta-t-il tristement.

— Il n'y avait pas grand-chose à perdre. Les deux hommes qui m'attendent à la maison pourront en attester.

— Vous m'en voyez désolé.

— Ne le prenez pas mal, Hernando, mais c'est moi qui sui désolée pour vous. Avec des idées pareilles sur l'amour, vous risquez de tomber de très haut.

La porte s'ouvrit – et cette fois, c'était le Dr Cunningham.

— Elle sort vraiment aujourd'hui ? demanda Ramirez.

— Oui.

— Pourquoi personne ne veut me croire ? m'exclamai-je, agacée.

Tous deux me fixèrent d'un air éloquent.

— Je veux examiner votre dos une dernière fois, dit Cunningham. Ensuite, vous serez libre de sortir.

— Vous avez un chauffeur ? s'enquit Ramirez.

— J'ai demandé à une infirmière d'appeler Ted, mais je ne sais pas si elle l'a fait, et si elle a réussi à le joindre.

— Je vais vous attendre, et je vous conduirai où vous voudrez. (Avant que je puisse protester, il ajouta :) A quoi servent les amis ?

— Merci. Comme ça, vous pourrez me raconter tout ce que j'ai manqué pendant mon séjour ici.

— Vous ne renoncez jamais, pas vrai ?

— Pas quand il s'agit de boulot.

Ramirez sortit en secouant la tête. Le Dr Cunningham défit ma blouse et me palpa le dos. Cela ne me fit même pas mal.

— Très impressionnant, commenta-t-il. J'ai déjà traité des lycanthropes, mademoiselle Blake, et vous récupérez presque aussi vite qu'eux.

Je fléchis ma main gauche. La trace de morsure rose pâle avait déjà presque disparu. Avec un peu de chance, elle ne me laisserait pas de cicatrice.

— J'ai fait établir votre bilan sanguin. J'ai même refilé un échantillon au labo de génétique en leur disant de chercher des composants non humains.

— Les analyses génétiques, ça prend des semaines, voire des mois.

— J'ai une amie au labo.

— Mmmh. Ça doit être une très bonne amie, insinuai-je.

Cunningham grimaça.

— Oui.

— Donc, je peux sortir ?

— Oui. (Il redevint sérieux.) Mais j'aimerais quand même savoir ce que vous êtes.

— Humaine, ça ne vous paraît pas plausible ?

— Quarante-huit heures après votre retour, nous avons dû ôter vos agrafes parce que votre peau repoussait déjà par-dessus. Non : humaine, ça ne me paraît pas plausible.

— C'est une longue histoire, docteur. Si vous pouviez vous en servir pour aider d'autres patients, je vous la raconterais. Mais mes facultés de régénération ne sont qu'un effet secondaire de causes extrêmement déplaisantes, et que je suis néanmoins contrainte de supporter.

— Sans elles, vous n'auriez jamais survécu à vos blessures. Vous ne trouvez pas que ça compense ?

— Je suis contente d'être toujours en vie et presque guérie. Que voulez-vous que je vous dise de plus ?

Cunningham drapa son stéthoscope sur ses épaules et en saisit les extrémités. Il me fixa en fronçant les sourcils.

— Rien. Je vais informer l'inspecteur Ramirez que vous sortez aujourd'hui, et qu'il peut vous raconter tout ce qui lui chantera. (Il jeta un coup d'œil aux fleurs et aux ballons.) Vous êtes là depuis combien de temps ?

— Une semaine, je crois.

— Vous allez drôlement vite en besogne.

— Ce n'est pas à moi qu'il faut dire ça.

Il tira sur la ficelle des ballons, qui oscillèrent doucement au-dessus de mon lit.

— Bref. Profitez bien de la fin de votre séjour, et tâchez de rester en bonne santé.

Il sortit, et Ramirez lui succéda à mon chevet.

— Le docteur a dit que je pouvais discuter de l'affaire avec vous.

— Oui.

— Je vous préviens : ça ne va pas vous plaire.

— Que se passe-t-il encore ?

— Il y a eu un autre meurtre. Et non seulement vous n'êtes pas invitée sur la scène de crime, mais je ne le suis pas non plus.

50

— Qu'est-ce vous me chantez ?

— Marks est chargé de l'enquête. Il a le droit d'employer ses ressources comme bon lui semble.

— Cessez de me réciter le règlement et racontez-moi ce que cet enfoiré a encore trafiqué.

Ramirez sourit.

— D'accord. Les hommes assignés à cette affaire sont l'une des ressources dont Marks dispose. Il a décidé que je serais plus utile au bureau, où je passerais en revue les objets confisqués chez les victimes et ferais le rapprochement avec les photos prises dans leur maison avant les meurtres.

— Dans quel but ?

— La plupart des scènes de crime abritaient suffisamment d'antiquités pour que leurs propriétaires les aient assurées. A présent, les gens de l'assurance réclament une preuve qu'ils détenaient bien les pièces déclarées sur leur contrat.

— Quel genre d'antiquités avez-vous trouvées sur la dernière scène de crime que j'ai examinée – celle du ranch ?

Le sourire de Ramirez ne changea pas, mais son regard chaleureux se fit pénétrant.

— Vous n'êtes pas seulement mignonne. J'aime la façon dont vous réfléchissez.

— Je ne veux pas de flatteries : je veux une réponse.

— Beaucoup des pièces concernées étaient similaires, car typiques de la région ou du sud-ouest en général. Une seule sortait de l'ordinaire.

Il passa un bras dans son dos, sous sa veste, et en ramena une enveloppe de papier kraft qu'il avait dû coincer dans la ceinture de son jean.

— Je me doutais que vous aviez une bonne raison de porter une veste de costard aujourd'hui.

Il éclata de rire. Ouvrant l'enveloppe, il en déversa le contenu sur mes genoux. Des photos. La moitié d'entre elles étaient des clichés semi-professionnels d'un morceau de turquoise sculptée. A vue de nez, j'aurais dit qu'il était d'origine maya ou aztèque. Quelques autres photos montraient le même objet à sa place dans le bureau de l'homme qui avait été tué – celui qui avait utilisé du sel pour mettre son agresseur en fuite. Enfin, une série de Polaroïds le détaillaient sous tous les angles.

— C'est vous qui avez pris les Pola ? demandai-je.

Ramirez acquiesça.

— Cet après-midi, après que Marks ait décidé que ma place n'était pas sur le terrain.

J'examinai un des clichés semi-pro.

— Sur cette série, l'objet est posé sur une surface de bois clair, dans une lumière naturelle me semble-t-il. Ces photos vous ont été fournies par l'assurance ?

— Oui.

— A qui appartenait cette figurine ?

— Aux Bromwell. (Ramirez saisit une autre photo.) Celle-ci a été prise chez les Carson, et ça s'arrête là. Ou bien les autres victimes ne possédaient pas de figurine semblable, ou bien elles ne l'ont pas fait assurer.

— Ont-elles fait assurer d'autres antiquités ?

— Oui.

— Et merde. Je n'y connais pas grand-chose en la matière, mais je suis sûre que ce truc vaut beaucoup d'argent. Si elles en avaient possédé un, pourquoi ne l'auraient-elles pas fait assurer ?

— Peut-être à cause de ses origines douteuses.

— Qu'est-ce qui vous fait penser ça ?

— Pour assurer une antiquité, il faut fournir un certificat de propriété mentionnant, entre autres choses, sa provenance. Les compagnies d'assurance auxquelles les Bromwell et les Carson s'étaient adressés ont mené une enquête rapide. Il en est ressorti que les gens censés avoir déterré et vendu les deux figurines n'avaient jamais entendu parler d'elles.

— Donc, elles ont refusé de les assurer.

— Oui, acquiesça Ramirez, les yeux pétillants d'excitation comme un gamin qui vient de découvrir un secret.

— Vous me cachez quelque chose. De quoi s'agit-il ?

— Vous avez entendu parler d'un dénommé Riker ?

— Oui. C'est un chasseur de pots, un revendeur d'antiquités de provenance illégale. Et, accessoirement, le patron des affreux qui nous ont agressés l'autre jour chez Edward.

— Vous avez une idée de la raison pour laquelle il s'intéresse à vous et à cette affaire ?

— Pas la moindre. (Je baissai les yeux vers les photos.) Voulez-vous dire que c'est lui qui a vendu ces objets aux victimes ?

— Pas lui personnellement, mais Thad Bromwell était avec sa mère quand elle a acheté le sien. C'était un cadeau pour l'anniversaire de son mari. Elle l'avait trouvé dans une boutique connue pour refourguer la marchandise de Riker avec un faux certificat d'origine.

— Vous avez parlé au gérant ?

— A moins que vous ne sachiez vous servir d'une planche ouija, ça ne va pas être possible.

— Laissez-moi deviner : la dernière victime en date, c'est lui.

Ramirez acquiesça en souriant.

— Bien vu.

— D'accord. (Je comptai sur mes doigts.) Riker manifeste un intérêt suspect pour cette affaire. Il voulait me voir à son sujet. Au moins deux des victimes sont des gens qui ont acheté ses pièces, et une troisième en a revendu. Est-ce suffisant pour obtenir un mandat de perquisition ?

— Nous avons déjà fouillé son domicile. Ses hommes sont soupçonnés dans le meurtre de deux flics du coin. Après le barouf qu'ils avaient fait chez Ted, nous n'avons pas eu de mal à trouver un juge coopératif.

— Il vous a délivré un mandat de perquisition pour chercher quoi ? Harold et les autres n'ont pas parlé d'artefacts devant nous. Ils se sont contentés de nous menacer avec des flingues et de nous dire que leur patron voulait me voir.

— Le mandat de perquisition, c'était pour chercher des armes.

Je secouai la tête.

— Donc, même si vous aviez trouvé des artefacts volés, vous n'auriez pas pu les produire devant un tribunal.

— Ce n'était qu'une excuse pour fouiller sa maison, Anita. Vous savez bien comment ça fonctionne.

— Au final, vous avez trouvé quoi ?

— Quelques armes à feu, dont deux sans permis, mais le mandat ne nous autorisait pas à abattre des cloisons, à arracher la moquette ou à endommager le mobilier. Du coup, la cache de Riker nous a échappé.

— Ted était-il avec vous pendant la fouille ?

Ramirez se rembrunit.

— Oui.

— Il y a un problème ?

— Ted voulait attaquer les murs à la masse. Il semblait persuadé de l'existence d'une pièce secrète au sous-sol, mais nous n'avons découvert aucun accès.

— Comment Riker a-t-il réagi ?

— Il s'est mis à hurler qu'il nous ferait un procès pour harcèlement moral, et il a immédiatement appelé son avocat. Ted l'a entraîné à l'écart et lui a parlé à voix basse. D'après son avocat, il l'a menacé, mais Riker a refusé de confirmer. Il n'a pas voulu nous répéter ce que Ted lui avait dit.

— Et vous, vous pensez qu'il l'a menacé ?

— Oh que oui.

Ça ne ressemblait pas à Edward de menacer quelqu'un devant la police. Décidément, cette affaire lui faisait perdre les pédales.

— Alors, c'est quoi, ces figurines ?

— Nul ne le sait. Selon l'expert que nous avons consulté, elles sont d'origine aztèque, mais d'une période très tardive – contemporaine ou ultérieure à la conquête par les Espagnols.

— Intéressant. Qui est votre expert ?

Ramirez mentionna un nom qui m'était inconnu.

— Je croyais que vous bossiez avec le Pr Dallas.

— Marks pense qu'elle passe trop de temps avec les envoyés du malin.

— S'il parle de Papillon d'Obsidienne, je ne lui donne pas tort, pour une fois.

— Donc, vous estimez vous aussi que Dallas est une source contaminée.

— Elle est béate d'admiration devant Itzpapalotl, et ça ne m'étonnerait pas que ça influe sur son jugement. Lui avez-vous montré ces photos ?

— Seulement celles qui viennent de chez les Bromwell.

— Qu'a-t-elle dit ?

— Que la figurine était un faux.

Je haussai les sourcils.

— Et l'autre expert, qu'a-t-il dit ?

— Qu'il comprenait que quelqu'un puisse la prendre pour un faux en se fiant à de simples clichés. La figurine a des yeux de rubis ; or, les Aztèques n'avaient pas accès à ce type de pierres précieuses.

— Je sens venir un « mais »...

— Le Dr Martinez a eu l'occasion de la tenir en main, de l'examiner de très près, et il pense qu'elle est authentique – qu'elle a simplement été fabriquée après l'arrivée des Conquistadors. Mais il ne pourra pas en être certain à cent pour cent avant d'avoir effectué d'autres analyses.

— Admettons que Riker ait trouvé et revendu ces figurines. Quelque chose est en train de massacrer ses clients et de remonter la piste jusqu'à lui. Rien d'étonnant à ce qu'il panique, non ?

— En effet.

Je passai les Polaroïds en revue. Ils n'étaient pas de très bonne qualité, mais on voyait bien que la figurine portait une sorte d'armure et tenait de longs écheveaux dans ses mains. Trapue et bedonnante, elle avait des yeux de rubis. Sa langue pendait hors de sa bouche grande ouverte qui vomissait du sang – ou ce qui ressemblait à du sang. Des gens squelettiques se recroquevillaient à ses pieds.

— Ce n'est pas le genre de créature qu'on aimerait rencontre le soir au coin d'un bois, commentai-je.

— Ouais. (Ramirez prit une des photos et la fixa.) Vous croyez que c'est notre assassin ?

— Un véritable dieu aztèque ? Ici, au Nouveau-Mexique, en train de massacrer des gens ? Non. Mais un monstre associé à ce dieu, pourquoi pas ?

— « Pourquoi pas » ?

Je haussai les épaules.

— Je ne peux pas me prononcer formellement. Tout ce que je sais sur le panthéon aztèque, c'est que la plupart de ses divinités étaient puissantes, capricieuses et assoiffées de sang – généralement humain. On ne pouvait pas lutter physiquement contre elles : soit on réussissait à les apaiser avec un sacrifice ou à les arrêter avec de la magie, soit on mourait entre leurs griffes. J'ignore la nature de notre assassin, mais il n'est pas redoutable à ce point.

Je me souvins de ce que Nicky Baco m'avait dit. Le Mari de la Femme Rouge était toujours emprisonné ; c'était ses serviteurs qui tuaient et écorchaient en son nom.

— Vous refaites votre tête sérieuse, constata Ramirez. A quoi êtes-vous en train de penser ?

Je levai les yeux vers lui. Etait-il flic jusqu'à la moelle, comme Dolph, ou restait-il capable d'enfreindre le règlement si c'était pour une bonne cause ?

— J'ai obtenu des informations d'une source que je ne souhaite pas nommer pour le moment. Mais je pense qu'il vaudrait mieux que vous les connaissiez.

— Les avez-vous obtenues de manière légale ?

— Je n'ai rien fait d'illégal pour me les procurer.

— Ce n'est pas tout à fait un « oui ».

— Vous les voulez, oui ou non ?

Il prit une profonde inspiration et la relâcha lentement.

— Oui.

Je lui rapportai les propos de Nicky au sujet du Mari de la Femme Rouge.

— Je ne crois pas qu'il s'agisse véritablement d'un dieu, ajoutai-je, mais je veux bien croire qu'il existe des créatures si puissantes et si terribles qu'autrefois on les vénérait comme des dieux.

— Etes-vous en train de dire que nous n'avons pas encore tout vu – que le pire reste à venir ?

— Probablement.

— Je voudrais vraiment parler à votre source.

— Je n'en doute pas, mais Marks la ferait arrêter si vite que nous ne découvririons jamais ce qu'elle sait d'autre. Une fois condamnés à mort, la plupart des gens se montrent assez peu coopératifs.

Ramirez me fixa.

— Depuis votre arrivée, vous n'avez rencontré qu'une seule personne susceptible d'être condamnée à mort, et c'est Nicky Baco.

Je soutins son regard sans ciller. Je m'étais doutée qu'il pigerait, et j'étais prête à détourner ses soupçons.

— Vous ne m'avez pas suivie à la trace. Vous ignorez à qui j'ai bien pu parler. J'ai rencontré au moins trois personnes qui encourraient la peine capitale si leurs agissements venaient à être connus.

— Trois ?

— Au moins, oui.

— Ou bien vous êtes meilleure menteuse que je le croyais, ou bien vous dites la vérité.

Je demeurai impassible. Au bout d'un moment, Ramirez capitula.

— D'accord. Si un pseudo-dieu aztèque a orchestré ces meurtres, comment peut-on l'arrêter ?

— Itzpapalotl doit le connaître. Peut-être pourra-t-elle nous renseigner sur ses faiblesses.

— Nous l'avons déjà interrogée.

— Moi aussi.

Son regard se durcit.

— Vous êtes allée la voir sans renforts de police, et vous ne nous avez pas informés de vos découvertes.

— Je n'ai rien découvert au sujet de l'affaire. Elle ne m'a rien dit de plus qu'à vous. Mais elle a affirmé, je cite : « Je ne connais aucune divinité qui écorcherait des gens et les laisserait en vie. La mort est nécessaire pour que le messager atteigne les dieux. » Plus tard, j'ai compris que les soi-disant survivants étaient morts. Peut-être devrions-nous retourner voir Itzpapalotl et lui demander si elle connaît une divinité qui écorcherait les gens et ne les laisserait pas en vie.

— « Nous » ? Vous invitez la police, cette fois ?

— Je vous invite, vous.

Ramirez ramassa les photos et entreprit de les fourrer dans l'enveloppe en papier kraft.

— J'ai emmené les photos, mais j'ai signé un bon de sortie. J'ai fait venir le Dr Martinez pour qu'il examine la figurine, mais c'était une requête officielle. Jusqu'ici, je n'ai rien fait d'illégal.

— Marks sera furieux que vous ayez découvert des renseignements importants alors qu'il voulait vous tenir à l'écart, susurrai-je pour le tenter.

Il grimaça.

— Je pense plutôt que Marks recevra les félicitations de ses supérieurs pour avoir eu l'idée brillante de lancer un inspecteur chevronné sur la piste des artefacts.

— Vous plaisantez ?

— Après tout, il m'a assigné à l'examen des objets confisqués chez les victimes.

— Il vous a renvoyé au bureau pour vous humilier et se débarrasser de vous !

— Mais ce n'est pas ce qu'il a dit à voix haute.

— Je vois. Il est spécialiste de ce genre de manœuvre, pas vrai ?

— Oui. C'est un excellent politicien – et un bon enquêteur, quand il ne se laisse pas aveugler par ses convictions d'extrême-droite.

— Vous avez dit que je n'étais pas invitée sur la scène de crime, moi non plus. Comment ça se fait ?

— Et bien, nous pensions que vous étiez toujours hors jeu. Quant à Ted et Cie, Marks a fait valoir auprès de ses supérieurs qu'ils ne nous avaient pas servi à grand-chose jusque-là, et que, sans vous, ils ne servaient plus à rien.

— Ted a dû adorer ça.

Ramirez hocha la tête.

— A la décharge de Marks, il s'est comporté de manière très peu professionnelle quand nous avons fouillé la maison de Riker. Je ne l'avais encore jamais vu se mettre dans un état pareil. Il avait l'air… Je ne sais pas. Vraiment à cran.

De deux choses l'une : ou bien Edward avait fait exprès de laisser croire que Ted pétait les plombs, ou bien la pression avait fait ressortir sa véritable personnalité. C'était une perspective assez inquiétante.

La porte s'ouvrit sans que personne ait frappé. Justement, c'était Edward.

— Quand on parle du loup…, lançai-je.

A la vue de Ramirez, il adopta instantanément l'expression affable de ce bon vieux Ted.

— Inspecteur Ramirez, je ne savais pas que vous étiez là.

Les deux hommes se serrèrent la main.

— Je rencardais Anita sur ce qu'elle a loupé ces derniers jours.

— Vous lui avez parlé de la fouille chez Riker ?

— Oui.

Edward souleva un sac de gym pour me l'agiter sous le nez.

— Je t'ai apporté des vêtements propres.

Je haussai les sourcils.

— L'infirmière t'a appelé il y a moins d'une heure. Tu n'as pas eu le temps de venir de Santa Fé.

— J'ai préparé ce sac le soir où on t'a admise à l'hôpital pour la deuxième fois. Je le balade dans le coffre de mon Hummer depuis.

Nous nous fixâmes, et quantité de choses impossibles à dire – surtout devant témoin – passèrent entre nous. Ramirez dut le sentir.

— Je vais vous laisser. Vous avez sans doute des tas de choses à vous raconter. Les dernières nouvelles de vos mystérieuses sources – ce genre de trucs.

Il se dirigea vers la porte.

— Ne partez pas trop loin, Hernando. Quand je serai habillée, nous irons voir Papillon d'Obsidienne.

Il pivota vers moi.

— Seulement si c'est officiel et si je peux emmener des renforts.

Au jeu du « qui baissera les yeux le premier », je ne perds pas souvent. Disons que je n'étais pas encore tout à fait remise.

— D'accord, capitulai-je. Si ça peut vous faire plaisir...

Ramirez m'adressa un sourire éclatant.

— Parfait. Je vous attends dehors.

Il hésita, puis revint sur ses pas et tendit l'enveloppe à Edward. Il me jeta un dernier coup d'œil avant de sortir.

Edward ouvrit l'enveloppe et regarda à l'intérieur.

— Qu'est-ce que c'est ?

— Le chaînon manquant, je crois.

Je lui rapportai ma discussion avec Ramirez.

— Autrement dit, Itzpapalotl nous aurait menti.

— Techniquement, non.

— Mais elle nous a délibérément induits en erreur. (Il sourit.) C'était assez malin de sa part, je dois l'admettre.

J'ouvris le sac qu'il m'avait apporté. Un jean noir, un T-shirt noir à col plongeant, des chaussettes de jogging noires, des Nike noires, une ceinture de cuir noir, ma veste de costard noire qui commençait à être salement froissée, un soutien-gorge noir, une culotte en satin noir – Jean-Claude avait une mauvaise influence sur ma façon de m'habiller – et en dessous, mon Browning, mon Firestar, tous mes couteaux, un chargeur supplémentaire pour le Browning, deux boîtes de munitions et un nouveau holster d'épaule en nylon noir.

— Je sais que tu préfères les holsters en cuir, s'excusa Edward, mais ceux qu'on vend dans le commerce sont trop grands pour toi, et je n'avais pas le temps d'en faire mettre un à ta taille. Les bretelles de celui-ci sont réglables.

— Merci. J'avoue que ça me manquait. Je n'ai pas l'habitude de porter mon Browning à la ceinture ; mon premier réflexe, c'est de le chercher sous mon bras. (Je fronçai légèrement les sourcils.) Mais pourquoi une telle quantité de munitions ?

— Mieux vaut les avoir et ne pas en avoir besoin plutôt que l'inverse.

— On est censés faire quelque chose qui risque de dégénérer en fusillade ?

— Si je le pensais, je t'aurais amené le mini-Uzi et ton fusil à canon scié.

Je saisis la dague que j'avais l'habitude de porter dans le dos.

— Le fourreau qu'ils t'ont découpé, c'était du sur-mesure, hein ? s'enquit Edward à la vue de mon expression mélancolique.

— Oui.

— Il me semblait bien que tu l'avais mentionné la dernière fois. J'ai voulu le remplacer, mais je n'en ai trouvé aucun qui soit assez discret. Surtout pour être camouflé entre des épaules aussi étroites que les tiennes.

A regret, je reposai la dague dans le sac.

— Tu as fait ce que tu as pu. C'est déjà beaucoup.

— Pourquoi veux-tu emmener les flics avec nous au *Papillon d'Obsidienne* ?

Je répétai à Edward ce que Jean-Claude m'avait dit – en omettant de lui expliquer de quelle manière il m'avait fait passer le message.

— Comme ça, elle saura que ça n'a aucun rapport avec la politique vampirique, et on ne sera sans doute pas forcés de se battre.

Edward s'était adossé au mur, les bras croisés sur la poitrine. Sa chemise blanche n'était pas rentrée dans son pantalon, et elle ne tombait pas très bien sur le devant. On pouvait deviner la présence de son flingue – à condition d'en chercher un. Il devait porter un holster clipé à l'extérieur de sa ceinture. Quant au T-shirt qu'il avait enfilé sous sa chemise…

— Tu te balades toujours avec ta cartouchière à fléchettes ? lançai-je.

— Comment le sais-tu ?

Il n'avait même pas tenté de nier.

— Parce qu'à moins d'être devenu subitement très frileux, tu ne peux avoir qu'une raison de porter un T-shirt sous ta chemise : éviter un frottement susceptible de t'irriter la peau.

Il sourit.

— Mis à part le flingue que j'ai à la ceinture, et que tu as forcément repéré, j'ai dissimulé sur moi deux autres flingues, un couteau et un garrot. Dis-moi où ils sont et tu auras une récompense.

— Un garrot ? Même pour toi, c'est un peu exagéré, non ?

— Tu donnes ta langue au chat ?

— Non. J'ai un temps limite ?

Il secoua la tête.

— Nous avons toute la nuit devant nous.

— Si je me trompe, tu me donneras un gage ?

— Même pas.

— Et si je trouve, quelle sera ma récompense ?

— C'est une surprise.

— D'accord. Maintenant, va attendre dans le couloir pendant que je m'habille.

Il toucha la boucle de la ceinture qu'il m'avait apportée.

— Quand tu l'as achetée, elle n'était pas noire. Qui l'a peinte ?

— Moi.

— Pourquoi ?

Il connaissait déjà la réponse, mais il adorait jouer au prof et à la bonne élève. Ça ne me dérangeait pas de lui faire ce petit plaisir.

— Pour qu'elle ne risque pas de capter une lumière et de trahir ma position après la tombée de la nuit. (Je soulevai le bas de sa chemise blanche, exposant la grosse boucle en argent de sa propre ceinture.) Dans l'obscurité, tu ferais une cible parfaite.

— Elle se clipe sur la vraie boucle.

Je laissai retomber sa chemise.

— Qui est… ?

— Noire, bien sûr.

Nous échangeâmes un large sourire. Nous étions sur la même longueur d'onde. Il y avait plus que de la camaraderie entre nous : une véritable amitié, aussi étrange soit-elle.

— Parfois, je me dis que je ne veux pas devenir comme toi quand je serai grande. Et parfois, je me dis que c'est trop tard, que je suis déjà comme toi.

Le sourire d'Edward s'évanouit ; ses yeux bleu pâle redevinrent aussi glaciaux qu'un ciel d'hiver.

— C'est toi qui décides jusqu'où tu es déjà allée, et jusqu'où tu veux encore pousser.

Je baissai les yeux vers les armes et les vêtements étalés sur le lit. Franchement, ils formaient un tableau sinistre.

— Je pourrais peut-être m'acheter un haut rose. Ça serait un bon début.

— Rose ? Comme les trucs que les bonnes femmes offrent à leurs copines enceintes ?

— Comment sais-tu ça ?

— J'ai accompagné Donna à deux petites réceptions censées célébrer la grossesse de ses amies. Il paraît que c'est très tendance, grimaça Edward.

J'écarquillai les yeux.

— Tu as assisté à ce genre de réception – toi ?

— Tu veux porter un truc couleur de barbe à papa – toi ? (Il secoua la tête.) Anita, tu es un vrai garçon manqué.

— Quand j'étais petite, j'aurais donné une jambe pour un lit à baldaquin rose et un papier peint à motif de ballerines.

Edward en resta bouche bée.

— Essayer de t'imaginer dans une chambre comme ça me file la migraine.

— Et pourtant…, dis-je en balayant du regard ma panoplie funèbre.

— Au commencement, la plupart des gens sont mignons et gentils. Mais ils ne peuvent pas le rester longtemps – pas s'ils veulent survivre. Surtout dans notre branche.

— Il doit bien exister une limite que je refuserai de franchir, une chose que je refuserai de faire.

— Pourquoi ?

— Parce que je ne veux pas devenir une personne dénuée de toute morale, de tout scrupule.

— Tu nous fais une crise de conscience, hein ?

— Je suppose que oui.

— Ne ramollis pas maintenant, Anita. J'ai besoin que tu sois au meilleur de ta forme pour m'aider. Et quand tu réfléchis trop, tu n'es pas au meilleur de ta forme. Tu risques de te laisser distraire ; c'est aussi simple que ça.

— La vie, ce n'est pas seulement une question de bon sens.

— Si ça peut te réconforter… Tu fais le même boulot que moi, mais pas pour les mêmes raisons. Je le fais parce que j'aime ça, un point c'est tout. Toi, tu le fais pour sauver des vies, pour protéger des innocents. Il n'empêche que… Toi aussi, tu aimes ça. Et ça te pose un problème.

— La violence est devenue ma réponse à tout, ou presque.

— Et alors ? Elle t'a maintenue en vie.

— Mais à quel prix ?

Edward secoua la tête. Soudain, il s'avança en portant la main à sa ceinture. Instinctivement, je saisis le Browning et me laissai tomber du lit en roulant sur le côté. Le temps de toucher le sol, j'avais déjà chambré une balle et pointé le canon vers le haut.

Edward avait disparu.

Mon cœur battait si fort que j'avais du mal à entendre autre chose. Il devait être sur le lit. Dans ma position, je ne voyais que le sommier et les draps qui pendaient dans le vide.

Connaissant Edward, il avait dû charger mon Browning avec ses balles maison, ce qui signifiait qu'elles étaient capables de traverser le matelas. Je vidai mes poumons et visai entre les ressorts du sommier. La première balle toucherait Edward ou le forcerait à bouger, et je saurais exactement dans quelle position il était.

— Ne tire pas, Anita.

Sa voix me fit déplacer le canon de mon flingue de quelques centimètres vers la droite. Il n'était pas allongé sur le lit, mais accroupi.

— Si je voulais me mesurer à toi, je te préviendrais, tu le sais bien. C'était juste une démonstration. Tu ne peux pas revenir en arrière et changer ce que tu es devenue. Pense à tous les efforts, toute la douleur qui ont été nécessaires pour faire de toi ce que tu es. Veux-tu vraiment jeter tout ça à la poubelle ?

J'étais allongée sur le dos, à même le carrelage froid à l'endroit où ma blouse s'ouvrait.

— Non, répondis-je enfin.

— Bien. Alors, je peux bouger ?

Je baissai mon flingue et me redressai.

— Ouais.

Edward descendit du lit de l'autre côté.

— Tu as vu avec quelle rapidité tu as saisi ton flingue ? Tu savais exactement où il était ; il ne t'a pas fallu plus d'une seconde pour ôter le cran de sûreté, chambrer une balle et me chercher du regard tout en te mettant à couvert.

Il était fier de moi. Misère.

Je le fixai sévèrement.

— Ne me refais plus jamais un coup pareil, Edward.

— C'est une menace ?

Je secouai la tête.

— Une mise en garde contre mes réflexes. J'étais à deux doigts de tirer à travers le matelas.

— Et pendant ce temps, ta conscience ne te tourmentait pas. Tu ne te disais pas : « C'est Edward ; je suis sur le point de descendre mon ami ».

— Non, reconnus-je. Je ne pensais qu'à trouver le meilleur angle de tir et à faire feu la première.

Toutes mes craintes venaient d'être confirmées. Ça me rendait triste – et ça me foutait en rogne contre Edward.

— J'ai connu un type qui était aussi doué que toi. Puis il a commencé à s'interroger sur ses motivations, à se dire qu'il était devenu pire que les méchants. Et il s'est fait tuer à cause de ça. Je ne veux pas que tu meures parce que tu auras hésité bêtement. Si je dois t'enterrer, je veux que ça soit parce que tu es tombée sur plus coriace ou plus chanceux que toi.

— Je veux être incinérée, pas enterrée.

— Une bonne petite chrétienne comme toi ?

— Il est hors de question que quelqu'un s'amuse à me relever ou à voler des bouts de mon cadavre pour les utiliser comme composantes de sort.

— D'accord, je m'en souviendrai.

— Et toi, Edward ? Que veux-tu qu'on fasse de ton corps ?

— Peu importe. Je ne serai plus en état de m'en soucier.

— Tu n'as pas de famille à qui le renvoyer ?
— Juste Donna et les enfants.
— Ils ne sont pas ta famille.
— Peut-être le deviendront-ils.
Je remis le cran de sûreté du Browning.
— Nous n'avons pas le temps de discuter de ta vie amoureuse ou de ma crise de conscience. Tire-toi, que je puise m'habiller.
Sa main était déjà sur la poignée de la porte quand il se retourna.
— En parlant de vie amoureuse… Richard Zeeman a appelé.
Je sursautai.
— Comment ça ?
— Il semblait au courant que tu avais eu de gros ennuis. Il s'inquiétait.
— Quand a-t-il téléphoné ?
— En fin d'après-midi. Ronnie venait juste de lui dégoter le numéro de Ted Forrester – qui, bien entendu, est sur liste rouge. (Une lueur amusée brillait dans les yeux d'Edward.) Apparemment, il trouvait ça anormal que tu ne lui aies pas laissé des coordonnées où te joindre.
Ainsi, les garçons en avaient tous les deux eu assez de mon silence. Richard s'était adressé à ma meilleure amie, qui exerçait la profession de détective privé. Jean-Claude avait opté pour un moyen plus direct, mais tous deux avaient fini par me joindre le même jour. Allaient-ils comparer les informations obtenues ?
Je soupirai.
— Tu lui as dit quoi ?
— Que tu allais bien. (Edward promena un regard à la ronde.) Cunningham ne t'a toujours pas autorisée à avoir le téléphone ?
— Non, répondis-je en me tortillant pour défaire les nouettes de ma blouse dans mon dos.

— Alors comment Jean-Claude t'a-t-il appelée ?

Je me figeai. La blouse glissa sur une de mes épaules, et je la rattrapai précipitamment. J'ai du mal à mentir quand on me prend au dépourvu.

— Je n'ai jamais dit qu'il m'avait téléphoné.

— Alors comment s'y es-t-il pris ?

Je secouai la tête.

— Laisse-moi, Edward.

Dès qu'il fut sorti, je m'habillai rapidement. J'avais déjà rassemblé mes affaires de toilette ; je les jetai dans le sac de sport avec ma dague et les boîtes de munitions. J'avais du mal à m'habituer à mon nouveau holster en nylon : comparé à l'ancien, qui était en cuir, il me paraissait presque trop léger et trop souple. Mais c'était toujours mieux que de devoir glisser mon Browning dans ma ceinture.

Les couteaux regagnèrent leurs fourreaux de poignet. Je vérifiai quel genre de balles Edward avait mis dans le Firestar. Ses balles maison, comme dans le Browning. Mais le chargeur de secours du Browning contenait des Homady XTP plaquées argent. Je changeai le chargeur. Nous allions nous présenter au *Papillon d'Obsidienne* en tant que flics, ce qui signifiait que si je tirais sur quelqu'un, je devrais m'expliquer avec les autorités. Je ne voulais pas avoir à me justifier quant à la provenance de mes munitions. Et puis, j'avais vu ce que les Homady plaquées argent pouvaient faire à un vampire. Ça me suffisait.

Je rangeai le Firestar dans son holster de taille. Mais je ne pouvais pas le porter à l'intérieur de ma ceinture comme je le faisais d'habitude. Mon jean était trop serré pour ça. Ces derniers mois, j'avais passé plus de temps en vadrouille qu'à la maison. Du coup, j'avais sauté pas mal de séances de gym. Le kempo, c'est très utile, mais niveau exercice, ça ne vaut pas la muscu et le jogging. Encore un problème auquel il faudrait que je remédie en rentrant à St. Louis. Je m'étais laissée aller dans beaucoup trop de domaines.

Je finis par transférer le Firestar dans le creux de mes reins. Comme je suis assez cambrée, j'avais la place de le glisser à l'intérieur de mon jean, mais ce n'était pas pratique du tout. Si je devais dégainer rapidement, je perdrais une précieuse seconde à me tordre le bras pour le passer dans mon dos. Malheureusement, c'était la seule solution. Sur le devant, le Firestar me serait rentré dans le ventre et m'aurait empêchée de respirer.

Il fallait vraiment que je me remette au sport de toute urgence. Les deux premiers kilos partent toujours très vite ; les deux suivants résistent un peu plus, et à partir de là, ça ne fait qu'empirer. Au collège, j'étais limite obèse, donc je sais de quoi je parle. Et avant que vous m'accusiez d'encourager l'anorexie… A l'époque, je portais du 44 en pantalon – alors que je mesurais un mètre cinquante à tout casser. Vous voyez ? Je n'exagère pas. Je déteste ces filles qui se plaignent d'être grosses alors qu'elles font du 36. En dessous du 36, vous n'êtes plus une femme : vous êtes un garçon avec des seins.

J'examinai ma veste de costard. Deux jours pliés au fond d'un sac, ça ne l'avait pas arrangée. Elle avait vraiment besoin de passer au pressing. Je décidai de la porter pliée sur mon bras pour lui permettre de se défroisser un peu.

Je n'avais pas besoin de planquer mes armes jusqu'à ce que nous arrivions au club. Ni les flics ni les civils n'ont le droit de se balader avec un couteau. Mais Gerald Mallory, l'ancêtre de tous les exécuteurs de vampires, a expliqué un jour à un sous-comité du sénat (ou quelque chose comme ça) combien de fois ses couteaux lui avaient sauvé la vie. Mallory était très apprécié à Washington, la ville depuis laquelle il opérait. Du coup, la loi a été modifiée pour nous autoriser le port d'armes blanches, fussent-elles aussi longues qu'une épée. Si quelqu'un me cherchait des noises, je n'aurais qu'à sortir ma licence d'exécutrice. Bien entendu, pour que ça marche, il faudrait que la personne connaisse cette exception à la loi. Peu m'importait : j'étais de bonne foi.

Edward et Ramirez m'attendaient dans le couloir. Tous deux m'adressèrent un sourire presque identique, ce qui m'agaça. Où va le monde si on ne peut plus distinguer les vrais gentils des faux au premier coup d'œil ? Non, ne répondez pas. Comme je m'approchais d'eux, le regard de Ramirez se posa sur mon fourreau de poignet droit (ma veste dissimulait le gauche). Son sourire se crispa. Mais Edward ne se départit pas du sien. Je m'approchai de lui et passai affectueusement un bras autour de sa taille pour vérifier ma théorie.

— J'ai appelé des renforts, annonça Ramirez.

Edward m'étreignit brièvement et se dégagea. Il savait que j'avais senti le flingue passé à l'arrière de sa ceinture.

— Génial. Ça fait longtemps que je n'ai pas rendu visite à un Maître de la Ville en compagnie de la police.

— Comment procédez-vous d'habitude ? s'enquit Ramirez.

— Avec toutes les précautions qui s'imposent, grimaçai-je.

Edward détourna la tête et toussa dans son poing. Il me sembla qu'il luttait pour ne pas éclater de rire, mais avec lui, sait-on jamais ? Peut-être sa gorge le grattait-elle. Je le laissai passer devant moi tandis que nous nous dirigions vers la sortie, et me demandai où diable il pouvait bien planquer son troisième flingue.

51

Un des trucs que j'apprécie dans le fait de bosser avec la police, c'est que quand vous entrez dans un commerce et demandez à parler au patron, personne ne proteste ni n'invoque des excuses foireuses du style « il est en réunion ». Ramirez n'eut qu'à monter son insigne et à réclamer une entrevue avec Itzpapalotl, également connue sous le nom de Papillon d'Obsidienne. Le maître d'hôtel – la grande femme élégante qui nous avait accueillis lors de notre visite précédente – prit sa carte, nous guida jusqu'à une table et s'esquiva.

Cette fois, personne ne nous apporta de menus. Les deux agents en tenue restèrent près de la porte mais ne nous quittèrent pas des yeux. J'avais fini par enfiler ma veste, si froissée soit-elle, pour dissimuler mes flingues et mes couteaux. Et je me réjouissais de la pénombre ambiante parce que j'avais limite l'air d'une clocharde.

Ramirez se pencha vers moi et demanda :

— A votre avis, combien de temps nous fera-t-elle attendre ?

— Je ne sais pas trop. Un bon moment. Elle se prend pour une déesse, et vous venez de lui donner l'ordre de paraître devant vous. Son ego ne l'autorisera pas à se dépêcher.

— Une demi-heure, au moins, supposa Edward.

Une serveuse s'approcha. Ramirez et moi commandâmes des Coca. Edward opta pour une eau minérale. Les lumières de la salle s'éteignirent, et celles de la scène s'allumèrent. Nous nous installâmes confortablement pour assister au spectacle. En une semaine, les blessures de César avaient eu le temps de se refermer, mais pas de guérir complètement. Donc, ce serait soit une autre victime sacrificielle, soit un numéro différent.

Nous n'étions pas aussi bien placés que la dernière fois. Face à la scène, j'aperçus Dallas, assise à sa table habituelle. Elle était seule, et ça n'avait pas l'air de la chagriner.

Un cercueil de pierre se dressait à la verticale en haut des marches du temple. Sur son couvercle tourné vers le public était sculpté un jaguar prêt à bondir, un collier de crânes humains autour du cou.

Pinotl s'avança. Il ne portait qu'un maxtlatl (j'avais demandé le nom à Dallas), cette espèce de pagne qui dénudait les jambes et une partie des hanches. Son visage était peint en noir, avec juste une bande blanche en travers des yeux et du nez. Sur ses longs cheveux noirs détachés reposait non pas une coiffe de plumes, mais une couronne blanche dont je mis quelques secondes à réaliser qu'elle était faite d'ossements – des phalanges, à en juger par leur taille. De la même façon, les boucles d'oreilles en or de la dernière fois avaient été remplacées par des pendants en os. Pourtant, malgré la tenue et le maquillage, je sus que c'était lui à l'instant où il sortit des coulisses. Personne d'autre ne possédait une telle aura.

Sans le quitter des yeux, je me penchai vers Ramirez.

— Vous avez une croix sur vous ?

— Oui, pourquoi ?

— La voix de ce type a quelque chose d'assez hypnotique.

— Il est humain, n'est-ce pas ?

— C'est le serviteur humain d'Itzpapalotl.

Ramirez tourna la tête vers moi, et nos têtes étaient

si près que nous faillîmes nous cogner le nez. Je reculai légèrement.

— Quoi ?

Se pouvait-il qu'il ignore tout des coutumes vampiriques ? Ce n'était ni le moment, ni l'endroit pour lui faire un cours de rattrapage. Trop d'oreilles indiscrètes nous écoutaient.

— Je vous expliquerai plus tard, promis-je.

Deux videurs de type aztèque montèrent sur scène pour ouvrir le couvercle du cercueil. Ils l'emportèrent sur le côté, et à la façon dont saillaient les muscles de leurs bras et de leur dos, je devinai qu'il devait être très lourd.

Un corps drapé de tissu noir scintillant reposait à l'intérieur du cercueil. En tout cas, ça avait la forme d'un corps, et je doutais fort que ça soit un vulgaire mannequin.

Pinotl prit la parole.

— Ceux d'entre vous qui sont déjà venus savent comment nous honorons nos dieux. Ils ont contemplé et partagé la gloire du sacrifice. Mais seuls les plus braves, les plus vertueux sont dignes de nourrir les dieux avec leur vie. Les autres doivent se contenter de servir dans la mesure de leurs moyens.

D'un large geste, il arracha le linceul qui se déploya tel un filet de pêche. Comme il retombait mollement sur la scène, le contenu du cercueil fut révélé au public. Des hoquets et des cris étouffés montèrent de la salle.

C'était un corps flétri et desséché, qui semblait avoir été enfoui dans le désert et s'être momifié naturellement, sans adjonction de conservateurs artificiels. La lumière crue des projecteurs soulignait chacun des plis de sa peau et accentuait les reliefs de son squelette.

Edward, Ramirez et moi étions assis au troisième rang. C'était encore bien assez près pour voir plus de détails que je ne l'aurais souhaité. Cette fois, au moins,

Pinotl ne découperait personne, songeai-je pour me réconforter. Je n'étais vraiment pas d'humeur à contempler l'intérieur d'une cage thoracique dans laquelle un cœur battait encore. Je regardai autour de moi pour voir si Itzpapalotl approchait ou si nous étions sur le point de nous faire encercler par des jaguars-garous. Ni l'un ni l'autre.

Quand je reportai mon attention sur la scène, les yeux de la momie étaient ouverts. Je sursautai et tournai la tête vers Edward. Je n'eus pas besoin de formuler ma question à voix haute.

— Personne ne l'a touchée. Elle les a ouverts toute seule, me dit-il.

Je fixai le crâne recouvert de peau parcheminée. Ses yeux étaient pleins d'une substance brune. Aucune vie ne brillait en eux. A son tour, la bouche commença à s'ouvrir – très lentement, comme si les articulations des mâchoires étaient rouillées. Un son en sortit, un soupir qui se changea bientôt en hurlement. Il se répercuta à travers la salle, rebondit sur les murs, le plafond et à l'intérieur de mon crâne.

— Il y a un truc, pas vrai ? demanda Ramirez.

Je secouai la tête. Non, il n'y avait pas de truc. Du moins, pas au sens où il l'entendait. Je jetai un coup d'œil à Edward, qui fit un signe de dénégation. Il n'avait encore jamais vu ce numéro.

Le hurlement mourut. Le silence qui lui succéda fut si épais qu'on aurait entendu tomber une épingle. Tous les clients devenaient retenir leur souffle et tendre l'oreille. Pour entendre quoi ? La respiration de la momie, peut-être ? Je détaillai sa poitrine squelettique. Elle était parfaitement immobile. Merci, mon Dieu.

— L'énergie de ce sacrifice a nourri notre sombre déesse, mais dans sa miséricorde, elle est prête à rendre ce qui lui fut offert. Ceci est Micapetlacalli, la boîte de la mort. Je suis Nextepeua. La légende me présente comme l'époux de Micapetlacalli, et je suis toujours marié à la mort. Elle coule dans mes veines et parfume mon sang. Seul le sang d'un individu consacré à la mort peut libérer le sacrifice de son tourment.

Je réalisai que la voix du prêtre ne m'affectait pas. Elle n'exerçait pas d'autre pouvoir sur moi que celle d'un bon acteur. Ou bien Pinotl n'essayait pas d'ensorceler le public, ou bien je n'étais plus aussi sensible à son charisme. Qu'est-ce qui avait changé depuis la semaine passée ? Mes marques. A présent, elles étaient grandes ouvertes. Marianne et Léonora Evans m'avaient prévenue que cela me rendrait plus vulnérable aux attaques psychiques, mais mon lien direct avec les garçons semblait me protéger contre certaines autres choses. C'était toujours ça de pris.

Pinotl passa un bras dans son dos et produisit une lame d'obsidienne qu'il devait porter dans le creux de ses reins, comme Edward et moi le faisions avec nos flingues. Il tendit son bras libre au-dessus du cercueil, à l'aplomb de la bouche de la momie. Puis il passa la lame sur sa peau. Dans la position où il était, le public ne voyait pas bien ce qu'il faisait. S'il avait recherché un effet théâtral, il aurait mieux valu qu'il se tourne vers la salle pour montrer son entaille et le jaillissement du sang. Donc, le rituel devait exiger que les premières gouttes tombent dans la bouche du sacrifice.

Il fit couler son sang sur le crâne de la momie, trempa ses doigts dedans et lui toucha le front, la gorge, la poitrine, l'estomac et l'abdomen. Il descendait le long de la ligne des chakras sans en oublier aucun. Je n'avais jamais cru à cette histoire de points d'énergie jusqu'à cette année, jusqu'à ce que je découvre que ça fonctionnait. Je déteste toutes les conneries new age, et encore plus quand elles sont fondées.

Evidemment, le terme « new age » est assez trompeur. Les chakras n'ont rien de nouveau, bien au contraire. Et la magie dont Pinotl se servait pour les réveiller devait être presque aussi ancienne. Chaque fois qu'il touchait un des chakras de la momie, je sentais enfler sa magie. Elle faisait frémir l'air autour de moi et me donnait la chair de poule.

Edward n'avait pas bronché, mais Ramirez frissonnait et se frottait les bras.

— Que fait-il ?

S'il n'était pas médium, il était au minimum très sensible au paranormal. Je me disais bien... Ça aurait été étonnant que je sois attirée par un type complètement ordinaire.

— De la magie, chuchotai-je.

Ramirez me fixa, les yeux écarquillés.

— Quel genre de magie ?

Je secouai la tête. J'avais bien ma petite idée, mais je n'avais encore jamais rien vu de pareil, et je ne pouvais pas en être sûre.

Pinotl contourna le cercueil dans le sens inverse des aiguilles d'une montre, les bras largement écartés et les paumes tournées vers le haut. Il se mit à psalmodier. Son pouvoir enfla dans l'air comme la pression atmosphérique avant un orage, jusqu'à ce que mon souffle s'étrangle dans ma gorge et que j'aie du mal à respirer. Revenu sur le devant de la scène, il fit un geste rapide, projeta une giclée de sang sur la momie et commença à reculer. Les lumières diminuèrent, et, bientôt, il ne resta plus le faisceau blanc du projecteur braqué sur le cercueil.

Le pouvoir avait atteint son paroxysme. Ma peau essayait de s'arracher à mon corps pour partir se cacher. L'air était si épais qu'il en devenait irrespirable.

Soudain, le pouvoir éclata tel le ventre d'un nuage chargé de pluie. Une averse invisible s'abattit sur la momie, sur la salle et sur tous ses occupants. Mais aucun de nous ne réagit. Notre attention était focalisée sur le corps desséché dont la peau s'était mise à onduler et à se lisser. Quelque chose de liquide remuait sous sa surface, l'étirait et la remplissait comme une outre. Sa chair semblait lever telle la pâte d'un gâteau.

Alors, le corps – l'homme – commença à s'agiter dans son cercueil. Sa poitrine se souleva brusquement tandis qu'il aspirait une grande goulée d'air. C'était l'inverse d'un dernier soupir. Au lieu de s'échapper de lui, sa vie lui revenait. Dès que ses poumons furent pleins, il se mit à hurler – un long cri déchirant après l'autre, se succédant aussi vite que son souffle le lui permettait.

Le chaume cassant qui lui recouvrait le crâne se mua en une chevelure brune et bouclée. Sa peau était lisse et bronzée, sans aucune ride apparente. Il ne devait pas avoir trente ans quand on l'avait enfermé dans ce cercueil. Qui pouvait dire combien de temps il y avait passé ?

Une des occupantes du premier rang hurla. Elle se leva en renversant sa chaise et se précipita vers la sortie. Les vampires s'étaient déployés entre les tables. Je ne les avais pas sentis par-dessus le flot suffocant de la magie et l'horreur du spectacle. L'un d'eux rattrapa la fuyarde et la saisit par les poignets. Elle se calma instantanément. Il la ramena à sa table, vers son compagnon qui s'était levé et hésitait sur la marche à suivre.

Les vampires passèrent parmi la foule, touchant une épaule par-ci, caressant une main par-là et murmurant des paroles apaisantes : tout allait bien, il n'y avait pas lieu d'être bouleversé. Ramirez les regarda faire un moment, puis se tourna vers moi.

— Que font-ils ?

— Ils calment les gens pour qu'ils ne se précipitent pas tous vers la sortie.

— Ils n'ont pas le droit de faire usage d'hypnose individuelle.

— Je pense plutôt qu'il s'agit d'une sorte d'hypnose collective.

Je reportai mon attention sur la scène et vis que l'homme s'était extirpé de son cercueil dès qu'il en avait eu la force. Il tomba à genoux, mais continua à se traîner à quatre pattes comme pour s'éloigner au plus vite.

Pinotl réapparut dans le cercle de lumière qui grandissait. L'homme hurla et leva les mains devant son visage.

— As-tu appris l'humilité ? demanda doucement Pinotl.

Il devait porter un micro, car je l'entendis très bien malgré la distance qui nous séparait.

L'homme gémit et se recroquevilla sur lui-même.

— As-tu appris l'obéissance ?

Sans baisser les bras, il hocha frénétiquement la tête. Il se mit à pleurer, de gros sanglots qui secouèrent ses épaules.

Sur un signe de Pinotl, les deux videurs qui avaient ouvert le cercueil remontèrent sur scène. Ils passèrent un bras sous les aisselles de l'homme, le soulevèrent entre eux et l'emportèrent. Le malheureux avait du mal à remuer les jambes ; ses pieds pendaient mollement quelques centimètres au-dessus du sol. Mais il n'était ni petit ni frêle, ce qui en disait long sur la force des videurs – de simples humains, pour autant que je puisse en juger.

Deux jaguars-garous sortirent des coulisses, vêtus de leur combinaison en fourrure tachetée. Ils soutenaient un autre homme, vêtu d'un string qui ne laissait pas grand-chose à l'imagination. Je reconnus Seth. Ses longs cheveux blonds, défaits, pendaient dans son dos. Il ne se débattait pas, ne cherchait pas à s'enfuir. Les autres métamorphes le firent agenouiller devant Pinotl.

— Reconnais-tu notre sombre déesse comme ta seule véritable maîtresse ?

Seth acquiesça.

— Oui.

Sa voix n'avait pas la résonance de celle du prêtre, et je doutai que les gens assis dans le fond puissent l'entendre.

— Elle t'a donné la vie, et il est juste qu'elle te demande de la lui rendre.

— Oui.

— Je vais donc être sa main et reprendre ce qui lui appartient.

Pinotl prit le visage de Seth entre ses mains. C'était un geste doux, presque tendre. Les deux jaguars-garous lâchèrent Seth et reculèrent, mais ils restèrent tout près, comme s'ils craignaient que le métamorphe tente de s'enfuir. Pourtant, Seth affichait une expression béate, émerveillée. La perspective de se faire torturer par les quatre frangines l'avait terrifié ; cette fois, il semblait accepter son sort, et même s'en réjouir. S'il s'agissait bien de ce que je croyais, je ne comprenais pas du tout sa réaction.

La suite du numéro ne fut pas spectaculaire. Il n'y eut ni flammes, ni fumigènes, ni lumière aveuglante. Des sillons se creusèrent dans la peau de Seth. Ses muscles fondirent comme neige au soleil. Consentant ou pas, il devait avoir drôlement mal, car il se mit à hurler à pleins poumons. Il respirait si vite que ses cris se fondaient les uns dans les autres. Tandis que Pinotl aspirait ses forces vitales, sa peau brunit et se rétracta sur ses os. J'avais l'impression de regarder un ballon se dégonfler.

Au fil des ans, je suis devenue experte en matière de cris et de hurlements. Certains de ceux que j'ai entendus étaient vraiment exceptionnels, et quelques-uns sortaient de ma propre bouche. Mais aucun ne ressemblait au son qui montait de la gorge de Seth. Ce son n'avait plus rien d'humain ; il évoquait la plainte d'un animal blessée, et pourtant, à un niveau inexplicable, on sentait qu'il était émis par une personne.

Les poumons de Seth durent finir par se ratatiner en

même temps que le reste de ses organes, car il se tut tout à coup. Mais sa bouche continua à s'ouvrir et à se fermer sans bruit tandis qu'il se débattait dans l'étreinte de Pinotl.

Le prêtre lui tenait toujours le visage. Il n'avait pas l'air de forcer, mais il devait être très costaud car il ne lâcha prise à aucun moment de l'épouvantable métamorphose. Et pas une seule fois, Seth ne leva les mains pour le repousser. Il se tortillait parce qu'il souffrait trop pour rester immobile, mais il ne cherchait pas à se soustraire à la douleur. Jusqu'au bout, il resta un sacrifice consentant.

Ma gorge était nouée, et des larmes me brûlaient les yeux. Je voulais que ça s'arrête. Mais ce n'était pas à moi de décider.

La créature squelettique qui avait été Seth continuait à ouvrir et à fermer la bouche comme si elle essayait de parler. Pinotl leva les yeux. Les deux jaguars-garous qui avaient escorté Seth sur scène s'avancèrent dans la lumière. L'un d'eux tenait une aiguille d'argent et du fil noir ; l'autre, une bille vert pâle. Du jade, devinai-je. Il la déposa sur la langue de Seth, et quand celui-ci referma la bouche, l'autre métamorphe entreprit de coudre ses lèvres desséchées.

Je posai mon front sur la pierre fraîche de la table. Je ne m'évanouirais pas. Je ne m'évanouissais jamais. Mais une vision atroce venait de s'imposer à mon esprit : celle de Monstruo. Certains des loups-garous dont Nicky Baco s'était servi pour le créer avaient la bouche cousue, eux aussi. C'était la première fois que j'étais confrontée à ce genre de sort. Que deux personnes habitant dans la même ville soient capables de le lancer… Ça ne pouvait pas être une coïncidence.

Ramirez me toucha l'épaule. Je relevai la tête.

— Ça va.

Sur scène, les jaguars-garous étaient en train de

mettre Seth dans le cercueil. Je n'eus pas besoin de projeter mes perceptions pour sentir que le métamorphe était toujours là, toujours conscient dans ce corps flétri. Il était impossible qu'il ait su à l'avance ce que Pinotl allait lui faire. Je ne voulais pas croire qu'il ait consenti à cette horreur en toute connaissance de cause.

Pinotl se tourna vers le public. Des flammes noires brûlaient dans ses yeux, comme dans les yeux des vampires quand leur pouvoir est à son apogée. Elles léchaient ses arcades sourcilières et faisaient luire sa peau.

La pitoyable créature que Seth était devenu fut couverte avec le même linceul noir que le précédent occupant du cercueil. Les jaguars-garous refermèrent le couvercle. Un soupir de soulagement collectif parcourut la salle. Je n'étais pas la seule à vouloir que ça se termine.

Itzpapalotl entra sur scène d'un pas glissant. Elle portait la même cape rouge que la fois précédente. Pinotl mit un genou en terre et lui tendit les bras. Elle posa ses mains délicates dans les mains puissantes du prêtre, et le souffle de son pouvoir caressa ma peau tel un frôlement de plumes.

Pinotl se releva, et ils se tournèrent vers le public. A présent, tous deux avaient des yeux de flammes noires qui leur dessinaient un masque ondulant.

Des projecteurs à l'éclairage très doux s'allumèrent à travers la salle, piquetant l'obscurité telle une nuée de lucioles. Chacun d'eux était braqué sur un vampire. Tous les morts-vivants étaient blafards, probablement à jeûn. Des murmures inquiets parcourent la foule.

Itzpapalotl et son serviteur humain les fixèrent sans bouger. De nouveau, je sentis le pouvoir prendre son envol et me frôler tout le corps. J'eus l'impression que des ailes invisibles m'assenaient une série de gifles comme il frappait tour à tour chacun des vampires, emplissant leurs yeux de flammes noires. Les morts-vivants se changèrent en créatures étincelantes, à la peau d'albâtre, de bronze ou de cuivre et aux orbites irradiées.

Puis ils se disposèrent en ligne et se mirent à chanter une ode à la gloire d'Itzpapalotl, leur sombre déesse. Diego, le vampire que j'avais vu se faire fouetter, passa près de notre table, une laisse à la main. L'autre bout de cette laisse était fixé au cou d'un grand homme pâle aux cheveux blonds bouclés. Etait-ce Cristobal ? Je ne voyais aucun autre vampire squelettique dans la salle. Tous ceux qui s'étaient placés en ligne semblaient repus, gonflés d'un nectar sombre et sucré comme les grains de cassis juste avant qu'ils tombent sur le sol, quand ils sont à la limite entre maturité et pourriture.

Les vampires se retirèrent sans cesser de chanter. Main dans la main, Papillon d'Obsidienne et Pinotl descendirent les marches du temple. Je sus aussitôt vers qui ils se dirigeaient. Je ne voulais pas qu'ils m'approchent. Je sentais encore le pouvoir d'Itzpapalotl comme si je m'étais tenue debout au milieu d'un nuage de papillons qui tentaient de s'enfoncer à travers ma peau.

Ils s'immobilisèrent devant notre table. Itzpapalotl m'adressa un doux sourire. Les flammes noires s'étaient résorbées, mais au fond des deux puits obscurs de ses yeux brillait une myriade de lumières. Des étoiles dans le ciel d'une nuit éternelle.

Edward me tenait par le bras. Il me fit pivoter vers lui. Nous étions tous deux debout, et je ne me souvenais pas m'être levée.

— Anita, tout va bien ?

Je dus déglutir deux fois avant de répondre :

— Oui, je crois que oui.

Mais le pouvoir continuait à m'assaillir telle une nuée d'oiseaux qui battaient frénétiquement des ailes, piaillant qu'on les avait enfermés dehors dans le noir et dans le froid. Comment pouvais-je les abandonner à leur sort quand il m'aurait suffi de leur ouvrir la porte pour les laisser accéder à ma lumière et à ma chaleur ?

— Arrêtez, aboyai-je.

Itzpapalotl ne s'était pas départie de son sourire bienveillant. Elle me tendit sa main libre, et je sus que si je la prenais, son pouvoir s'engouffrerait en moi, que je pourrais le partager avec elle et Pinotl. C'était une offre qui avait forcément un prix.

— Que voulez-vous ? demandai-je.

— Je veux savoir comment ta triade de pouvoir a été constituée.

— Je peux vous l'expliquer.

— Tu sais que je suis incapable de distinguer le mensonge de la vérité. Ça ne fait pas partie de mes pouvoirs. Touche-moi, et je le verrai dans ton esprit.

A présent, les oiseaux tournaient en cercle au-dessus de ma tête.

— Qu'ai-je à y gagner ?

— Pense à une question, et si j'en connais la réponse, tu la liras dans mon esprit.

Ramirez leva la main, et je n'eus pas besoin de regarder pour savoir que les deux agents en tenue se dirigeaient vers nous.

— Je ne sais pas de quoi vous parlez, mais vous ne le ferez pas.

Je l'ignorai.

— Répondez d'abord à une question, exigeai-je.

— D'accord.

— Qui est le Mari de la Femme Rouge ?

Itzpapalotl demeura impassible, mais sa voix trahit sa perplexité.

— La Femme Rouge, c'est l'autre nom que les Aztèques donnaient au sang. Je ne vois vraiment pas qui pourrait être son mari.

Malgré moi, je tendis la main vers elle. Trois choses

se produisirent presque simultanément. Ramirez et Edward m'empoignèrent pour me tirer en arrière, et Itzpapalotl prit ma main.

Les ailes qui s'agitaient au-dessus de ma tête se muèrent en une cascade d'oiseaux. Mon corps s'ouvrit, et les créatures s'y déversèrent. Le pouvoir s'engouffra en moi, me traversa et ressortit de l'autre côté. A présent, je faisais partie d'un immense circuit ; je me sentais reliée à tous les autres vampires qu'Itzpapalotl avait touchés. Je flottais à travers eux et réciproquement ; nous nous mêlions les uns aux autres comme l'eau de plusieurs ruisseaux qui se rejoignent pour former un fleuve. Et dans les ténèbres sereines qui m'enveloppaient, au loin, des étoiles scintillaient.

Une voix – *sa* voix – me parvint.

— Pose-moi une question, et la réponse sera à toi.

Mes lèvres ne remuèrent pas, et pourtant, je m'entendis demander :

— Où Nicky Baco a-t-il appris à faire ce que Pinotl a fait à Seth ?

Des images et des sensations me percutèrent de plein fouet. Itzpapalotl debout au sommet d'un temple pyramidal cerné par la jungle. Le sang qui s'écoule d'une plaie sur sa poitrine. L'odeur de la végétation luxuriante. L'appel nocturne d'un singe ; le cri d'un jaguar. Pinotl qui s'agenouille devant sa maîtresse pour boire son sang – et qui, ce faisant, devient son serviteur humain. Qui acquiert de nombreux pouvoirs, parmi lesquels celui dont il venait de faire la démonstration.

Alors, je sus comment il avait pris l'essence de Seth. Et surtout, je sus comment il aurait pu la lui rendre. Je sus comment délivrer les métamorphes qui composaient Monstruo – même si cela les tuerait probablement, dans l'état où Nicky Baco avait mis leur corps. Je n'avais plus besoin du nécromancien pour défaire son sort. Je pouvais m'en charger moi-même.

Itzpapalotl ne me demanda pas si j'avais compris. Elle n'en eut pas besoin.

— Et maintenant, à mon tour.

Avant que je puisse dire ou même penser : « Attendez ! », elle fut en moi, dans mon esprit. Elle examina mes souvenirs, et je ne pus pas l'en empêcher. Elle vit Jean-Claude me marquer ; elle vit Richard ; elle nous vit tous les trois appeler le pouvoir à dessein pour la première fois. Et elle vit la nuit où j'avais accepté la seconde et la troisième marques pour sauver nos vies à tous.

Soudain, je me retrouvai dans ma propre peau, debout à côté de la table. Je respirais beaucoup trop vite. Itzpapalotl me lâcha la main. Je n'étais pas en état de faire quoi que ce soit, sinon tenter de reprendre le contrôle de mon souffle. Ramirez gueulait quelque chose. Edward braquait son flingue sur la déesse. Mais Itzpapalotl et son serviteur humain ne bronchaient pas.

Je voyais tout ce qui m'entourait comme à travers du cristal. Les couleurs me semblaient à la fois plus sombres et plus vives, les contrastes et les reliefs plus marqués. Par exemple, ce renflement dans la bande du chapeau de cow-boy d'Edward – ce renflement si léger que je ne l'aurais jamais remarqué en temps normal.

Quand je retrouvai enfin l'usage de la parole, je dis précipitamment :

— C'est bon. C'est bon, tout va bien. (Je posai ma main sur le bras d'Edward pour lui faire baisser son flingue.) On se calme.

— Elle a dit que ça te ferait du mal si nous la forcions à te libérer prématurément.

— Ça aurait bien pu, acquiesçai-je.

Je m'attendais à me sentir vidée, sur les rotules, mais c'était tout le contraire. Je pétais la forme. J'étais comme ivre d'énergie et de pouvoir.

— Je me sens… merveilleusement bien.

— Tu n'en as pas l'air, répliqua Edward.

Quelque chose dans le ton de sa voix m'intrigua. Il me prit par le poignet et m'entraîna vers la sortie. Je voulus freiner, mais il tira sur mon bras pour me forcer à le suivre.

— Aïe ! Arrête !

Il poussa la porte d'un coup d'épaule, tenant toujours son flingue dans une main et mon poignet dans l'autre.

A notre arrivée, le vestibule et le hall d'entrée étaient plongés dans la pénombre. A présent... Même sans lumières, ils me paraissaient plus clairs. Edward écarta une des tapisseries murales, révélant la porte des toilettes des hommes. Il l'ouvrit avant que je puisse protester. Heureusement, il n'y avait personne devant les urinoirs, mais l'éclat des néons me blessa les yeux.

Edward me prit par les épaules et me poussa devant un miroir. Mes yeux étaient entièrement noirs. Je n'avais plus ni blancs, ni pupilles, ni iris. J'avais l'air aveugle, et pourtant, je pouvais voir chaque fissure dans le mur, chaque petit défaut du cadre du miroir.

Je fis un pas en avant. Edward ne tenta pas de me retenir. Je tendis la main vers mon reflet et sursautai quand mes doigts touchèrent la surface lisse, comme si je m'étais attendue à ce qu'ils la traversent. J'observai ma main. Je distinguais presque les os sous ma peau, les muscles qui se fléchissaient quand je remuais les doigts, le flux du sang dans mes veines.

Je pivotai vers Edward et le détaillai de la tête aux pieds, inventoriant les bosses sous ses vêtements. Alors, je sus où il cachait toutes ses armes.

Si c'était ainsi que les vampires voyaient le monde, ça ne servait à rien d'essayer de planquer quoi que ce soit. Mais j'avais déjà berné nombre d'entre eux, y compris des maîtres assez âgés. Donc, c'était ainsi qu'Itzpapalotl voyait le monde, point.

— Dis quelque chose, Anita, réclama Edward.

— J'aimerais que tu voies ce que je vois.

— Je n'en ai aucune envie.

— Le garrot est dans la bande de ton chapeau. Tu as un couteau dans ta botte droite et un autre attaché à ta cuisse gauche, que tu attrapes par une fente au fond de ta poche. Ton troisième flingue est planqué dans l'autre poche de ton pantalon.

Il pâlit, et je vis la veine de son cou palpiter plus vite, trahissant sa frayeur. Pas étonnant qu'Itzpapalotl ait pu lire en moi aussi facilement. Mais son pouvoir aurait dû lui servir de détecteur de mensonges – comme celui des autres vampires et des métamorphes. C'est à ça qu'ils se fient pour jauger la franchise d'autrui : à ces modifications si subtiles qu'elles échappent aux perceptions moins développées des simples humains. D'après Richard, même l'odeur des gens change quand ils sont en train de mentir. Alors, pourquoi Itzpapalotl ne s'en apercevait-elle pas ?

La réponse m'apparut avec une clarté absolue, comme si j'avais passé des heures à méditer pour la trouver. Itzpapalotl n'était pas une déesse – juste une vampire très différente de tous ceux que j'avais rencontrés jusque-là. Mais elle se prenait pour Papillon d'Obsidienne, l'incarnation du couteau sacrificiel des Aztèques. Elle se mentait à elle-même, et par conséquent, elle n'arrivait pas à déceler le mensonge chez les autres. La vérité lui étant inconnue, elle ne pouvait pas la reconnaître non plus.

Elle se leurrait à une échelle cosmique, et cela l'affaiblissait. Loin de moi l'idée de l'en informer. Les porteurs de mauvaises nouvelles sont rarement bien accueillis ; c'est toujours sur le messager qu'on passe sa colère. Et puis, son pouvoir flottait en moi comme une douce brise chargée d'un parfum de fleurs que je ne connaissais pas. Je n'avais pas envie de casser ses illusions. Je ne m'étais pas sentie aussi bien depuis très longtemps.

Je me tournai à nouveau vers le miroir. Mes yeux étaient toujours intégralement noirs. J'aurais pu paniquer ou me mettre à hurler, mais je me sentais très calme. En fait, je trouvais presque ça cool.

— Tes yeux ne devraient-ils pas redevenir normaux ? demanda Edward.

Et là encore, je sentis l'étau de la peur qui lui serrait la gorge.

— C'est juste une question de temps, le rassurai-je. Mais si nous voulons des réponses à nos questions, nous devons retourner voir Itzpapalotl pour l'interroger.

Il acquiesça et, du menton, me fit signe de passer devant lui. Je réalisai qu'il ne voulait pas m'avoir dans son dos. Il pensait qu'Itzpapalotl m'avait possédée.

Sans discuter, je sortis des toilettes et rebroussai chemin vers la grande salle. J'espérais que Ramirez n'avait pas tenté de menotter Papillon d'Obsidienne en notre absence. Parce qu'elle n'aurait pas aimé ça du tout, et qu'elle disposait de cent deux vampires pour témoigner son mécontentement. En revanche, je ne pouvais deviner le nombre de ses jaguars-garous. Le pouvoir que nous avions partagé ne leur était pas destiné. Je savais juste qu'ils étaient une petite armée, et que Ramirez n'avait pas amené suffisamment de renforts pour les neutraliser tous.

52

Ramirez n'avait passé les menottes à personne, mais il avait réclamé d'autres renforts. J'aperçus quatre agents en tenue supplémentaires dans la salle, et une vingtaine de jaguars-garous. Le public observait la scène comme si elle faisait partie du spectacle. Si ces gens pouvaient supporter ce que Pinotl avait fait à Seth, assister à une intervention de police ne les traumatiserait sans doute pas.

J'entrai la première. Edward se plaça un pas en retrait derrière moi, comme nous le faisions chaque fois que l'un de nous deux devait gérer la situation pendant les minutes à venir. Mes yeux étaient peut-être deux gouffres noirs scintillants, mais il avait toujours foi en mes compétences. C'était bon à savoir.

Les jaguars-garous circulaient entre les tables, tentant d'encercler les flics. Ces derniers avaient défait l'attache de leur holster et posé la main sur la crosse de leur flingue. Il suffirait que l'un d'eux dégaine pour que ça dégénère méchamment. Et ça aurait été d'autant plus dommage que les vampires n'avaient rien fait de mal.

Je touchai le bras d'un jaguar-garou qui passait près de moi. Son pouvoir trembla au-dessus de ma main, suscitant une réaction qui n'était pas juste celle de mon propre pouvoir ou de mes marques. Il dut le sentir, car lorsque je lui ordonnai : « Reculez et allez vous mettre avec les autres », il obéit sans discuter. Génial. Si seulement les flics pouvaient se montrer aussi dociles... Je me dirigeai vers eux.

— Merde alors, souffla un des nouveaux venus en apercevant mes yeux. (Sans lâcher son flingue, il tendit l'autre main vers moi tel un agent préposé à la circulation.) N'approchez pas.

— Ramirez, appelai-je.

— C'est bon. Elle est avec nous.

— Mais... Ses yeux..., protesta le flic.

— Elle est avec nous, répéta Ramirez. Laissez-la passer ; c'est un ordre.

Même s'il n'avait pas haussé la voix, le flic perçut sa colère. Ses collègues et lui s'écartèrent comme un rideau, prenant bien garde à rester assez loin de moi pour ne pas que je les frôle au passage. Je ne pouvais pas les en blâmer.

Enfin, j'atteignis la table et fis face à Itzpapalotl. Pinotl se tenait toujours près d'elle mais il avait lâché sa main. Ses yeux étaient encore entièrement noirs, tandis que ceux de sa maîtresse étaient redevenus normaux. Avec ses traits délicats, c'était elle qui semblait la plus humaine de nous trois.

Ramirez avait déposé des photos sur la table.

— Dites-moi ce que c'est.

A l'agacement contenu dans sa voix, je devinai qu'il avait déjà posé cette question sans obtenir de réponse satisfaisante.

Itzpapalotl me fixa.

— Savez-vous ce que c'est ? demandai-je.

— Non. Sincèrement, je l'ignore. Ça ressemble aux figurines que produisaient certains de nos artisans, mais les yeux sont des pierres que les Conquistadors ont apportées avec eux. Je ne peux identifier tous les éléments du symbolisme.

— Mais vous connaissez certains d'entre eux.

— Oui.

— Lesquels ?

— Les corps autour de la base pourraient être des calices.

— Vous voulez dire, des victimes comme Seth ?

Elle acquiesça.

— Que tient-elle dans ses mains ?

— Je suppose qu'il s'agit des détritus du corps humain. Le cœur et les os sont réservés, comme beaucoup d'autres organes, mais aucun dieu ne se nourrirait de… (Elle parut chercher ses mots.) … D'intestins et autres viscères.

— Ça serait logique.

Je sentis Ramirez se dandiner près de moi. Il brûlait de dire quelque chose, mais il se retenait parce que c'était un bon flic et parce qu'Itzpapalotl m'avait choisie comme interlocutrice. Du moment qu'elle parlait à quelqu'un, il n'allait pas faire le difficile.

— Vous avez vu la créature que…

Ce fut mon tour d'hésiter. Si les flics apprenaient ce que Nicky avait fait, il serait automatiquement condamné à mort. Mais franchement, il le méritait. Les loups-garous dont il avait aspiré l'essence vitale n'étaient pas des victimes consentantes. Il les avait découpés et cousus vifs pour fabriquer Monstruo. C'était l'un des crimes les plus abominables auquel j'aie jamais été confrontée.

Je pris ma décision et sus que tôt ou tard, elle lui coûterait la vie.

— Vous avez vu la créature que Nicky Baco a fabriquée ?

— Je l'ai vue. Il a corrompu un don divin.

— Son maître peut-il se nourrir à travers cette créature, comme vous le faites à travers vos serviteurs ?

— Oui, et Nicky Baco bénéficie aussi du pouvoir qu'elle absorbe, comme Pinotl – ou comme toi à l'instant.

— Peut-il transmettre ce pouvoir à d'autres : par exemple, à des loups-garous ?

Itzpapalotl pencha la tête sur le côté et parut réfléchir.

— Il est possible de partager le pouvoir avec des métamorphes à condition d'avoir un lien mystique avec eux.

— Nicky est le vargamor de la meute locale.

— Je ne connais pas ce terme.

— Ça signifie qu'il est leur sorcier, leur *brujo*.

— Dans ce cas, oui, il peut partager ce pouvoir avec eux.

— Il nous a dit qu'il ignorait à quel endroit gisait son maître.

— Il vous a menti. Nul ne peut acquérir un tel pouvoir sans un contact physique direct avec son dieu.

Depuis que j'avais capté les souvenirs d'Itzpapalotl, je m'en doutais un peu, mais je préférais qu'elle me le confirme.

— Donc, Nicky devrait pouvoir nous emmener à l'endroit où se cache son dieu ?

— Oui.

— Cela vous pose-t-il un problème que nous débusquions et tuions un membre de votre panthéon ?

Une expression indéchiffrable passa sur son visage.

— Si c'est vraiment un dieu, vous ne pouvez pas le tuer, et si vous pouvez le tuer, ce n'était pas vraiment un dieu. Je ne pleurerai pas la mort d'un usurpateur.

C'était plutôt marrant venant de sa part, mais je laissai filer. Il ne m'appartenait pas de la convaincre de ce qu'elle était ou n'était pas.

— Merci infiniment pour votre aide, Itzpapalotl.

Elle me fixa longuement. Je savais ce qu'elle voulait, mais…

— Vous êtes bel et bien une déesse. Toutefois, je ne puis servir deux maîtres.

— Son pouvoir est basé sur le sexe, et vous le lui refusez.

Je sentis le rouge me monter aux joues. Pas à cause de

ce qu'elle venait de dire, mais à cause de ce qu'elle avait dû voir dans ma tête. Elle connaissait des détails dont je n'avais même pas parlé à ma meilleure amie. D'un autre côté, j'avais été témoin de ce que Pinotl et elle considéraient comme un moment très intime de leur relation. Je suppose que ça n'était que justice.

— Je croyais que je refusais juste de coucher avec lui.

Itzpapalotl me dévisagea sévèrement, comme si je faisais semblant de ne pas comprendre.

— Dis-moi, Anita, quelle est la base de mon pouvoir ?

La question me surprit, mais j'y répondis sans hésiter.

— Le pouvoir lui-même. Vous vous nourrissez de pouvoir à l'état pur.

Itzpapalotl sourit, et ce qui restait d'elle en moi sourit aussi, m'emplissant d'une douce tiédeur.

— Bien. Et quelle est la base de pouvoir de ton maître ?

Ça faisait un bon moment que je tentais de me dissimuler cette vérité. Rares sont les maîtres vampires qui possèdent une base de pouvoir secondaire, un moyen de pomper de l'énergie autre que le sang, un serviteur humain ou un métamorphe. Mais Jean-Claude faisait partie de ceux-là.

— Anita ? insista Itzpapalotl.

— Le sexe. Sa base de pouvoir est le sexe.

De nouveau, elle m'adressa un sourire rayonnant qui me fit chaud partout. C'était bon d'être franche, bon d'être intelligente, bon de la contenter. Ce qui la rendait encore plus dangereuse que la simple accumulation de ses pouvoirs et de ses serviteurs. Si je restais près d'elle trop longtemps, la satisfaire deviendrait sans doute un but en soi. Et même si je m'en rendais compte, je n'arrivais pas à la craindre. Heureusement que je ne vivais pas à Albuquerque.

— En te refusant à lui et à son loup, tu ne te contentes pas de neutraliser votre triade. Tu affaiblis ton maître. Tu mutiles son pouvoir.

— Je suis désolée, m'entendis-je dire.

— Ce n'est pas à moi qu'il faut présenter tes excuses. Rentre chez toi et implore son pardon. Allonge-toi à ses pieds et alimente son pouvoir.

Je fermai les yeux parce que je n'avais qu'une envie : acquiescer. J'étais à peu près sûre que le charme se dissiperait avant que je regagne St. Louis, mais ensemble, Jean-Claude et cette femme auraient pu provoquer ma perte. Tout en me réjouissant que des milliers des kilomètres les séparent, je me sentis hocher la tête.

— Très bien, se réjouit Itzpapalotl. Si ton maître m'est reconnaissant pour l'aide que je viens de lui apporter, qu'il n'hésite pas à me contacter. Je suis certaine que nous pourrions nous entendre.

Et pour la première fois depuis qu'elle m'avait envahie, je frissonnai d'appréhension. Je la dévisageai à travers le voile de son pouvoir, et j'eus peur. Bien entendu, elle le lut en moi.

— Il faut toujours avoir peur des dieux, Anita. Seuls les imbéciles se rient de nous, et tu n'es pas une imbécile. (Elle reporta son attention sur Ramirez.) Je pense vous avoir dit tout ce que je savais, inspecteur.

— Anita ? lança Ramirez.

J'acquiesçai.

— Il est temps d'aller voir Nicky Baco.

— Si Nicky nous a menti, son Ulfric en a fait autant, intervint Edward. Parce qu'il a affirmé que Nicky disait la vérité en prétendant ne pas savoir où se trouvait le monstre.

Je hochai la tête.

— Si Nicky peut partager ce genre de pouvoir avec la meute, je comprends que l'Ulfric ait menti.

— Les loups-garous se battront pour le protéger, prédit Edward.

Nous nous entre-regardâmes.

— Si la police débarque en force, ce sera un bain de sang, réalisai-je. Mais quel autre choix avons-nous ?

— Nicky n'est pas au bar, annonça Ramirez.

Edward et moi pivotâmes vers lui et demandâmes à l'unisson :

— Où est-il ?

— A l'hôpital. Quelqu'un lui a flanqué une sale raclée.

J'échangeai un bref coup d'œil et un sourire avec Edward.

— Si je comprends bien, on retourne à l'hosto, grimaçai-je.

— Anita, pouvez-vous prouver ce que vous venez de dire au sujet de Baco ? s'enquit Ramirez.

— Oui.

— Dans ce cas, il sera automatiquement condamné à mort. Je l'ai déjà vu se faire interroger. Il est coriace, et cette fois, il saura qu'il n'a rien à gagner – mais tout à perdre – en nous disant la vérité.

— Alors, nous devrons trouver quelque chose qui lui fasse plus peur qu'une vulgaire exécution.

Je ne pus m'empêcher de pivoter vers Itzpapalotl. Nos regards se croisèrent. Ses yeux n'exerçaient plus aucune emprise sur moi. Son propre pouvoir me protégeait contre elle. Dans ses prunelles, je ne voyais plus d'étoiles ni de nuit éternelle : juste qu'elle savait à quoi je pensais, et qu'elle approuvait mon plan.

— Nous ne pouvons rien faire d'illégal, protesta Ramirez.

— Bien entendu.

— Je suis sérieux, Anita.

Je reportai mon attention sur lui et le vis frémir à la vue de mes yeux.

— Me croyez-vous capable d'enfreindre la loi ?

Il me dévisagea comme s'il essayait de lire en moi – de la même façon que je dévisageais parfois Edward ou Jean-Claude. Finalement, il lâcha :

— J'ignore de quoi vous êtes capable.

Et pour le meilleur ou pour le pire, c'était la vérité.

53

Edward sortit ses lunettes de soleil de la boîte à gants et me les tendit avant que nous entrions dans l'hôpital. Mes yeux n'étaient pas encore redevenus normaux, et cela commençait à m'inquiéter. Ce qui signifiait que l'influence d'Itzpapalotl, elle, refluait déjà. C'était un bon début.

Il ne restait pas de chambre individuelle, mais les flics avaient fait transférer ailleurs le voisin de lit de Nicky. Nicky lui-même était en traction ; il ne risquait pas d'aller bien loin. Allongé sur ses draps blancs, il me parut encore plus petit. Un plâtre enveloppait sa jambe cassée depuis le pied jusqu'à la cuisse. Des câbles et des poulies maintenaient le tout en l'air selon un angle probablement douloureux pour le dos.

Ramirez interrogeait Nicky depuis une demi-heure, et il n'avait rien tiré de lui. Adossés au mur, Edward et moi le regardions faire sans rien dire. La partie était courue d'avance. Nicky savait qu'il allait mourir ; il n'avait aucun intérêt à nous aider.

— Nous savons où se trouve le monstre que vous avez fabriqué. Nous connaissons vos crimes. Aidez-nous à arrêter l'assassin avant qu'il fasse de nouvelles victimes, martela Ramirez.

— Pour quoi faire ? répliqua Nicky. Je connais la loi. Il n'y a pas de prison à perpétuité pour un sorcier qui a tué en se servant de sa magie. Dans ce genre de cas, la peine capitale est non négociable. Vous n'avez rien à m'offrir, inspecteur.

Je m'écartai du mur et touchai le bras de Ramirez. Il me jeta un coup d'œil. La frustration se lisait sur son visage. On l'avait informé que le lieutenant Marks était en route. Il voulait faire craquer Baco avant son arrivée pour ne pas que son supérieur s'approprie tous les fruits de son travail.

— Je peux lui poser quelques questions, inspecteur ?

Ramirez prit une profonde inspiration et la relâcha lentement.

— Bien sûr, allez-y.

Il recula pour me laisser sa place au chevet de Nicky.

Je baissai les yeux vers le nécromancien. Quelqu'un l'avait menotté par un poignet aux barreaux de son lit. Avec une jambe en traction, ce n'était pas forcément nécessaire, mais c'était très éloquent.

— Que vous ferait le Mari de la Femme Rouge s'il apprenait que vous nous avez indiqué sa cachette secrète ?

Nicky leva les yeux vers moi, et à travers les verres fumés de mes lunettes de soleil, je vis la haine qui brillait dans son regard. Je vis aussi la façon précipitée dont la poitrine se soulevait et s'abaissait, les palpitations affolées de la grosse veine dans son cou. Il avait peur.

— Répondez-moi, Nicky.

— Il me tuerait.

— Comment ?

Il fronça les sourcils.

— Hein ?

— De quelle façon procéderait-il ? Quelle méthode emploierait-il pour vous tuer ?

Il s'agita dans son lit, cherchant une position plus confortable. Sa jambe se tendit ; il tira sur son poignet droit, et la chaîne des menottes cliqueta contre les barreaux métalliques.

— Il enverrait probablement son serviteur à mes trousses. Il me découperait et m'éventrerait, comme il a fait avec les autres.

— Il a massacré les sorciers et les médiums et écorché les humains ordinaires, c'est bien ça ?

— Vous n'avez pas besoin de moi puisque vous êtes si maligne. Vous avez déjà toutes les réponses.

— Pas toutes. (Je saisis la barrière de sécurité de son lit et me penchai vers lui.) J'ai vu les corps, Nicky. C'est une sale façon de s'en aller, mais il en existe de pires.

Il émit un rire dur, pareil à un aboiement.

— J'ai du mal à l'imaginer.

Alors, j'ôtai mes lunettes et lui laissa voir mes yeux. Un instant, il cessa de respirer. Il me fixa, les yeux écarquillés et la gorge nouée. Puis je posai ma main sur la sienne, et il hurla.

— Ne me touchez pas ! Ne me touchez pas !

Il tirait frénétiquement sur ses menottes, comme s'il pouvait les arracher pour s'enfuir.

Ramirez vint se planter de l'autre côté du lit, face à moi. Il me jeta un coup d'œil interrogateur.

— Je ne lui ai pas fait de mal, Hernando.

— Eloignez-la de moi ! glapit Nicky.

— Dites-nous où se trouve le monstre, et je la ferai sortir, promit Ramirez.

Le regard de Nicky fit la navette entre nous. A présent, sa terreur se lisait sur son visage. Même sans pouvoir vampirique, Ramirez devait la voir.

— Vous ne pouvez pas me faire ça. Vous êtes de la police !

— Nous ne vous avons rien fait, répliqua Ramirez.

— Vous pouvez m'exécuter, mais pas me torturer ! C'est la loi !

— Vous avez raison, Nicky. Les flics n'ont pas le droit de torturer leurs prisonniers. (J'approchai ma bouche de son oreille et chuchotai :) Mais moi, je ne suis pas flic.

Il se remit à tirer de plus belle sur ses menottes.

— Eloignez-la de moi ! Je veux un avocat ! Je veux un putain d'avocat – tout de suite !

Ramirez se tourna vers les deux agents en tenue plantés devant la porte.

— Allez appeler un avocat pour M. Baco.

Les agents s'entre-regardèrent.

— Tous les deux ?

Ramirez acquiesça.

— Ouais, tous les deux.

Ils hochèrent la tête d'un air entendu, et le plus grand demanda :

— A votre avis, ce coup de fil devrait durer combien de temps ?

— Un bon moment. Et quand vous reviendrez, n'oubliez pas de frapper avant d'entrer.

Ils sortirent, me laissant seule avec Edward, Ramirez et Nicky.

— Vous êtes un bon flic, inspecteur, geignit Nicky. Je n'ai jamais entendu de saloperies sur vous. Vous ne la laisserez pas me faire de mal. Vous êtes un type réglo. Vous ne la laisserez pas me faire de mal.

Chaque fois qu'il répétait cette phrase, sa voix montait un peu plus dans les aigus, comme s'il craignait d'avoir tort. Moi, je pensais qu'il avait raison. Ramirez ne me laisserait pas lui faire de mal. Mais j'aurais parié qu'il me laisserait l'intimider.

Je tendis la main vers la joue de Nicky. Il se rejeta en arrière.

— Pitié, Ramirez, empêchez-la de me toucher !

— Je serai là-bas si vous avez besoin de moi, Anita, dit Ramirez en s'éloignant du lit pour aller s'asseoir dans un fauteuil à l'autre bout de la chambre, près d'Edward.

— Ramirez, pitié ! s'époumona Nicky.

Je posai un doigt sur ses lèvres, et il se figea. Très lentement, il leva les yeux vers moi.

— Chut, soufflai-je en me baissant comme pour l'embrasser sur le front.

Il ouvrit la bouche, inspira à pleins poumons et poussa un hurlement aigu. Je pris son visage entre mes mains, ainsi que Pinotl l'avait fait avec Seth, mais je savais que ça n'était pas le seul moyen. J'aurais pu aspirer ses forces vitales d'un baiser.

— La ferme, Nicky, ordonnai-je sans élever la voix.

Il se mit à pleurer.

— Pitié, mon Dieu, ne faites pas ça !

— Les métamorphes ont-ils supplié comme vous ? Ont-ils sangloté et imploré pour que vous les épargniez ? demandai-je en pressant son visage entre mes mains, de telle sorte que des bourrelets de chair se formèrent sous ses yeux.

— Oui, gargouilla-t-il.

Je dus faire un effort conscient pour le lâcher. Je ne pouvais pas me permettre de laisser des marques sur sa figure – de donner à Marks une raison pour punir Ramirez.

J'appuyai mes avant-bras sur le garde-fou de son lit. Il ramena sa main droite vers lui autant que ses menottes l'y autorisaient, mais ne fit pas mine de se débattre. Il m'observait de la façon dont une souris observe un chat quand elle sait qu'elle est cuite. J'approchai mon visage du sien pour qu'il puisse bien voir mes yeux.

— Vous avez besoin de moi pour ramener les autres, bredouilla-t-il. Si vous me butez, ils resteront comme ça.

— Détrompez-vous, Nicky, susurrai-je. Je n'ai plus besoin de vous. Je sais comment les ramener moi-même. Vous ne me servez plus à rien.

— Je vous en prie, souffla-t-il.

Ma bouche était si près de sa figure que je sentais mon souffle me revenir en bouffées tièdes.

— Les docteurs certifieront que vous êtes mort,

Nicky. Ils vous enterreront quelque part, et vous entendrez chaque pelletée de terre heurter le couvercle de votre cercueil. Vous resterez allongé dans le noir sans pouvoir bouger ; vous hurlerez dans votre tête, et personne ne vous entendra. Peut-être faudra-t-il que je vous mette une perle de jade dans la bouche et que je vous couse les lèvres pour que vous vous teniez tranquille.

Des larmes silencieuses coulèrent le long de ses joues.

— Dites-nous où est votre maître, Nicky, ou je ferai bien pire que de vous tuer – je vous le jure.

Je déposai un baiser sur son front. Il poussa un gémissement. Je l'embrassai sur le bout du nez, comme on fait avec les enfants, puis m'immobilisai la bouche au-dessus de la sienne.

— Dites-le-nous, Nicky.

Je me penchai légèrement. Nos lèvres s'effleurèrent, et il détourna la tête.

— D'accord. Je vous dirai tout ce que vous voudrez savoir.

Je m'écartai du lit et laissai Ramirez reprendre sa place.

Un téléphone sonna. Edward tira son portable de sa poche et sortit dans le couloir pour prendre l'appel.

— Comment ça, vous ne pouvez pas nous indiquer le chemin ? s'exclama Ramirez derrière moi.

Il avait ouvert son carnet, mais son stylo demeurait en suspens au-dessus de la page vierge.

Je me dirigeai vers le lit. Nicky leva sa main libre comme pour m'arrêter.

— Je peux vous conduire à lui, mais si je vous explique comment l'atteindre, je ne suis pas certain que vous le trouverez. S'il vous arrivait malheur, ça me retomberait sur le dos alors que ça ne serait même pas ma faute.

Ramirez me consulta du regard. Je hochai la tête.

Nicky avait trop peur pour mentir, et son histoire était tellement stupide qu'elle devait être vraie.

— Laissez-moi vous emmener là-bas, supplia-t-il.

— Si vous nous accompagnez, vous essaierez de prévenir votre maître. Ne niez pas.

— D'accord, mais c'est de bonne guerre, non? Ils vont me tuer, Anita. C'est normal que j'essaie de leur échapper.

Sur ce coup-là, je pouvais difficilement le contredire.

— Appelez Léonora Evans, suggérai-je à Ramirez. C'est une sorcière. Demandez-lui de placer un glyphe sur lui, de s'assurer qu'il ne puisse pas contacter son maître autrement qu'en criant. Le moment venu, on pourra toujours le bâillonner.

— Vous avez confiance en Léonora Evans ?

— Elle m'a sauvé la vie.

— Entendu. Je vais la faire appeler. (Ramirez examina les câbles et les poulies.) Les docteurs s'opposeront à ce qu'on l'emmène.

— Parlez-leur. Expliquez-leur les enjeux. Et puis, à quoi bon le retaper si c'est pour l'exécuter dès qu'il sera sorti d'ici ?

Edward frappa à la porte, l'entrebâilla et passa la tête par l'ouverture.

— Anita, j'ai besoin de toi.

Je jetai un coup d'œil à Ramirez.

— Je pense pouvoir me débrouiller seul, maintenant. Merci.

— Tout le plaisir était pour moi.

Je remis mes lunettes de soleil et suivis Edward dans le couloir. A l'instant où je posai les yeux sur lui, je sus que quelque chose de grave était arrivé. Il ne le montrait pas autant que quelqu'un de normal, mais je le voyais dans le frémissement de ses paupières et dans la raideur de ses mouvements. Sans la vision vampirique d'Itzpapalotl, peut-être ne m'en serais-je pas rendu compte.

— Qu'est-ce qui cloche ? demandai-je à voix très basse, car quelque chose me disait qu'il ne voudrait pas mettre la police sur le coup.

Il me prit par le bras et m'entraîna plus loin, à l'écart des deux agents en tenue qui nous dévisageaient avec curiosité.

— Riker tient les enfants de Donna. (Sa main se crispa sur mon bras, et je me retins de lui dire qu'il me faisait mal.) Il a Peter et Becca. Il va les tuer si je ne te conduis pas à lui immédiatement. Il sait que nous sommes à l'hôpital. Il m'a donné une heure pour le rejoindre ; après quoi, il commencera à les torturer. Si je ne suis pas là dans deux heures ou si je viens avec la police, il les tuera.

Je lui touchai le bras. Si ça avait été n'importe qui d'autre, je l'aurais serré contre moi.

— Donna va bien ?

Réalisant qu'il me plantait ses ongles dans la peau, il me lâcha.

— C'est le soir où elle se réunit avec les autres membres de son groupe. J'ignore si la baby-sitter est toujours en vie, mais Donna ne rentrera pas avant deux heures, peut-être trois. Pour le moment, elle ne sait rien.

— Allons-y.

Nous nous dirigeâmes vers l'ascenseur.

— Où allez-vous ? s'exclama Ramirez derrière nous. Je croyais que vous voudriez venir !

Edward ne ralentit pas.

— Nous avons un problème personnel à régler, jeta-t-il par-dessus son épaule.

Je pivotai et, tout en marchant à reculons, lançai :

— Dans deux heures, appelez chez Ted. La communication sera redirigée vers son portable. Vous nous direz où vous êtes, et nous vous rejoindrons dans la chasse au monstre.

— Pourquoi dans deux heures ?

— Parce que nous aurons réglé le problème en cours.

— Tout sera peut-être terminé d'ici là, protesta Ramirez.

— Je suis désolée.

Je franchis une double porte battante à la suite d'Edward, et Ramirez disparut de ma vue. Je me remis dans le sens de la marche. Edward était déjà en train de composer un numéro sur son portable.

— Je vais demander à Olaf et Bernardo de nous rejoindre au dernier carrefour avant la maison de Riker.

J'ignore lequel des deux répondit, mais Edward lui fit une longue liste de matériel à apporter et lui ordonna de la coucher par écrit pour ne rien oublier. Nous étions déjà sortis de l'hôpital, avions traversé le parking et atteint son Hummer lorsqu'il raccrocha enfin.

Comme il avait pris le volant, je n'eus qu'une seule chose à faire pendant le trajet : réfléchir. Ce n'était pas une bonne idée. Je me souvins du mois d'août précédent, quand des méchants avaient enlevé la mère et le frère cadet de Richard. Ils nous avaient envoyé une boîte contenant une mèche de cheveux de son frère et un doigt de sa mère. Je n'avais que deux regrets : un, ne pas être arrivée à temps pour empêcher qu'on les torture ; deux, que ses bourreaux n'aient pas assez souffert avant de mourir.

Si Riker touchait un seul cheveu de la tête de Peter et Becca… Je préférais ne pas imaginer ce qu'Edward lui ferait. Tandis que nous roulions dans l'obscurité, je priai en silence. « Mon Dieu, faites qu'ils aillent bien ». Il se pouvait que Riker mente et que les deux enfants soient déjà morts, mais je n'y croyais pas. Je ne voulais pas y croire.

Je revis Becca avec sa robe jaune et son brin de lilas dans les cheveux, riant dans les bras d'Edward. Je revis la moue boudeuse de Peter quand Ted et sa mère s'étaient embrassés devant lui, la façon dont il avait essayé d'arrêter Russell quand celui-ci avait menacé sa sœur. C'était un môme courageux. Je ne voulais pas penser à ce que Riker était peut-être en train de leur faire.

Edward ne disait rien. Quand je le regardais, le pouvoir d'Itzpapalotl me montrait des choses que je n'avais jamais décelées en lui. Je voyais son amour pour ces deux enfants. Il aimait Peter et Becca autant que cela lui était possible. Si quelqu'un leur faisait du mal, sa vengeance serait terrible, et ni moi ni personne ne pourrions l'empêcher de la mettre à exécution. Tout ce que je pourrais faire, c'est regarder et faire attention à ce que le sang ne m'éclabousse pas trop.

54

C'était une nuit très noire. Le ciel ne semblait pas couvert – juste extrêmement sombre, comme si quelque chose d'autre que des nuages avait masqué la lune. Ou peut-être était-ce mon état d'esprit qui me le faisait voir ainsi. La seule chose que j'avais voulu éviter en remboursant ma dette envers Edward, c'était tremper dans une affaire illégale. Ce qui paraissait de plus en plus mal barré.

Nous devions récupérer Olaf et Bernardo à un carrefour paumé entre les collines qui s'étendaient à perte de vue. Le terrain n'offrait pas la moindre couverture à l'exception de quelques maigres buissons, et quand Edward coupa le moteur, je crus qu'ils n'étaient pas encore arrivés.

— Descends, ordonna Edward. Il faut qu'on s'équipe.

Dehors, le silence semblait aussi vaste et écrasant que le ciel nocturne. Un homme se tenait à moins de deux mètres de moi. Instinctivement, je dégainai mon Browning. Avant que je puisse le mettre en joue, il alluma sous son menton une lampe torche qu'il tenait dirigée vers le haut. C'était Bernardo.

Comme par magie, Olaf apparut de l'autre côté de la route – où il n'y avait pourtant ni fossé ni dénivelé. Je fus encore plus impressionnée quand Bernardo et lui empoignèrent de gros sacs de sport sortant du même nulle part dont ils avaient jailli. Si nous avions eu le temps, je leur aurais demandé de m'expliquer comment ils faisaient ça. Cela dit, je ne suis pas certaine que ça m'aurait servi. La plupart des créatures dont je cherche à me cacher peuvent entendre les battements de cœur d'un humain, aussi bien planqué soit-il.

Edward ne rigolait pas quand il avait parlé de s'équiper. Je dus enlever mon T-shirt pour enfiler un gilet pare-balles. Qui m'allait parfaitement – ce qui signifiait qu'il avait dû être taillé sur-mesure pour moi.

— C'est la récompense que je t'avais promise si tu réussissais à repérer toutes mes armes, m'expliqua Edward.

Je vous l'avais dit : il sait toujours quoi m'offrir.

Petit problème : mon T-shirt était trop moulant pour dissimuler un gilet pare-balles.

— Remets ton holster d'épaule et enfile ça par-dessus, dit Bernardo en me tendant une chemise d'homme noire à manches longues. Tu n'auras qu'à la boutonner à moitié pour pouvoir atteindre ton flingue.

Je commençai à me battre contre les bretelles en nylon de mon nouveau holster pour les rallonger.

— Tu feras ça dans la voiture, s'impatienta Edward.

Les deux autres étaient prêts. Nous remontâmes dans le Hummer. Nos préparatifs avaient duré vingt minutes, et il ne nous en restait que dix pour arriver chez Riker.

Avec le gilet pare-balles, impossible de rentrer mon holster de taille à l'intérieur de ma ceinture. Je glissai directement le Firestar dans mon jean. Je n'aimais pas qu'il me meurtrisse le ventre, mais je voulais être en mesure de le saisir le plus vite possible. Tant pis pour les bleus.

Je m'entraînai à dégainer le Browning par l'ouverture de la chemise. Pas facile en position assise, mais c'était toujours mieux que rien.

— Etre obligée de porter du kevlar, ça me rend nerveuse, avouai-je.

— Tu n'as pas protesté tout à l'heure, fit remarquer Bernardo.

— Parce qu'on n'avait pas le temps. Pouvez-vous m'expliquer pourquoi j'ai besoin d'un gilet pare-balles ?

— Olaf, lâcha Edward.

— Riker emploie une vingtaine d'hommes pour le protéger. Dix d'entre eux sont des gardes du corps ordinaires, comme ceux que nous avons déjà rencontrés. Les dix autres… Il les planque autant que possible. Cinq ex-commandos, un ancien flic et quatre gars dont le dossier est top secret.

Je me souvins de ce que l'agent Bradford avait dit au sujet d'Olaf.

— Ça ne fait pas un peu beaucoup pour un simple chasseur de pots ?

Comme s'il ne m'avait pas entendue, Olaf poursuivit :

— Riker a des contacts en Amérique du Sud qui lui fournissent de la marchandise de contrebande. De la drogue, peut-être. Quoi qu'il en soit, on pense qu'il ne se contente pas de refourguer des antiquités. Les gens d'ici n'ont aucune idée de l'ampleur de ses activités.

— Quand avez-vous découvert tout ça ? interrogeai-je.

— Après qu'ils soient venus chez moi, répondit Edward.

— Et comment l'avez-vous découvert ?

— Si on te le disait, on serait forcés de te tuer, lâcha Olaf.

Croyant que c'était une plaisanterie, j'esquissai un sourire. A cet instant, nous croisâmes une voiture, et j'aperçus le visage d'Olaf dans le rétroviseur. Il avait l'air mortellement sérieux.

Bernardo ouvrit un gros fourre-tout en cuir qui me rappela celui de Donna et entreprit de me montrer son contenu.

— Ça ressemble à une bombe de laque. Ça peut même pulvériser une petite quantité de crésol. Mais si tu soulèves ce capuchon… (Il joignit le geste à la parole.) Tu obtiens une grenade incendiaire. La goupille est ici ; le percuteur, là. Tu retires la goupille, tu actionnes le percuteur, et tu as trois secondes pour mettre au moins quinze mètres entre elle et toi. A l'intérieur, c'est du phosphore blanc, un truc qui brûle même sous l'eau. Si tu t'en prends un seul grain sur la manche, ça traversera tes fringues, ta peau, ta chair et tes os avant de ressortir de l'autre côté.

Il referma le capuchon et me tendit le tout.

— C'est bien lourd pour une bombe de laque, remarquai-je.

— Ouais, mais combien d'ex-militaires le remarqueront ? rétorqua Bernardo.

Là, il marquait un point.

Le gadget suivant fut une petite bombe de spray pour rafraîchir l'haleine qui, en réalité, projetait du gaz paralysant. Un porte-clés dont une pression sur la breloque faisait jaillir une lame de dix centimètres. Un stylo-plume qui écrivait vraiment mais contenait une deuxième lame de quinze centimètres de long, celle-là. Un vaporisateur de parfum au degré d'alcool anormalement élevé. (« Vise les yeux », me conseilla Bernardo.) Un briquet jetable, parce qu'on ne sait jamais quand on aura besoin de feu, et un paquet de clopes pour expliquer la présence du briquet.

J'appris également que le col de ma chemise contenait un émetteur qui permettrait à mes petits camarades de me localiser à l'intérieur du bâtiment – ou du moins, de localiser ma chemise. Il me semblait avoir été projetée en plein dans un film de James Bond.

Je saisis une brosse à cheveux au manche étrangement lourd.

— Et ça, c'est quoi ?

— Une brosse à cheveux, répondit Bernardo.

Ah.

Je jetai un coup d'œil à Edward. Lui, il s'était contenté d'enfiler un gilet pare-balles blanc sous son T-shirt et sa chemise. Il avait même gardé son chapeau de cow-boy. Olaf et Bernardo étaient intégralement vêtus de noir. Ils portaient chacun un sac à dos plein à craquer, ainsi qu'une profusion d'armes non dissimulées mais noircies pour ne pas trahir leur position la nuit.

— Je suppose que les garçons ne vont pas entrer avec nous par la porte de devant.

— Non, confirma Edward.

Il freina. Olaf et Bernardo se faufilèrent dehors et se fondirent dans l'obscurité. Parce que je savais ce que je cherchais, je les vis escalader la butte en courant pliés en deux, mais quelqu'un qui n'était pas au courant de leur présence ne les aurait jamais remarqués.

— Tu me fous la trouille, Edward. Je ne suis pas Ursula Andress. Où diable as-tu trouvé une grenade incendiaire déguisée en bombe de laque ?

— C'est un prototype. Il y a de plus en plus de femmes dans les services secrets.

— Cool. J'aime bien savoir où passe l'argent de mes impôts.

Nous remontions une longue allée de gravier. Une maison de taille plus que respectable trônait au sommet de la colline. Toutes les fenêtres étaient éclairées, comme si quelqu'un avait fait le tour des pièces et actionné chacun des interrupteurs pour tenir les ténèbres à distance. Ce qui était sans doute le cas, si Riker attendait le monstre.

Très vite, Edward m'expliqua les grandes lignes de son plan. Pendant que j'occuperais nos hôtes, Olaf et Bernardo tenteraient de localiser les enfants. S'ils n'y parvenaient pas ou n'arrivaient pas à les faire sortir, Olaf était censé tuer un homme de main le plus salement possible et l'abandonner sur place pour faire croire à Riker que le monstre avait déjà réussi à entrer. Avec un peu de chance, nos hôtes nous conduiraient au cadavre pour que je leur donne mon avis d'experte, ce qui nous rapprocherait d'Olaf et de Bernardo et permettrait à notre quatuor de se reconstituer pour buter tout le monde. En cas d'échec, Bernardo balancerait quelques grenades, ce qui déclencherait une panique générale et nous laisserait une chance supplémentaire de trouver les gamins. A moins qu'il décide que la structure n'était pas assez solide pour encaisser plusieurs explosions sans s'effondrer sur nous – auquel cas, il faudrait improviser.

Edward s'arrêta au sommet de la colline. Des hommes armés de pistolets mitrailleurs se dirigèrent vers le Hummer. Harold et Russell ne se trouvaient pas parmi eux. Ils bougeaient comme Edward et Olaf – comme des prédateurs.

— Tu ne crois pas vraiment qu'ils vont nous rendre les enfants, n'est-ce pas ? demandai-je.

— Et toi ?

Edward avait posé ses mains sur le volant, en position « dix heures dix ». Je levai les miennes pour que nos hôtes puissent les voir.

— Moi non plus, avouai-je.

— S'ils sont sains et saufs, on fait le moins de dégâts possible. Dans le cas contraire, on ne laisse aucun survivant.

— La police n'aura pas de mal à découvrir ce qui s'est passé ici. Tu vas bousiller ta couverture.

— Si Peter et Becca ne s'en sortent pas, je m'en fiche royalement.

— Comment Olaf et Bernardo sauront-ils ce qu'ils doivent faire ?

— J'ai planqué un micro dans mon gilet pare-balles.

Ils ont chacun une oreillette, donc, ils entendront tout ce qui se dira de notre côté.

Les hommes aux pistolets mitrailleurs encadrèrent la voiture et nous firent signe de descendre. Nous obtempérâmes en gardant nos mains bien en vue. Ce n'était pas le moment de provoquer un malentendu.

55

Le type le plus proche de moi n'était pas très grand, un mètre soixante-dix maximum à vue de nez, mais ses bras étaient si musclés que ses veines saillaient sous sa peau tels des serpents bleuâtres. Il faut soulever une sacrée quantité de fonte avant d'obtenir cet effet. Peut-être essayait-il de compenser sa taille modeste. La plupart des culturistes acharnés sont lents et ne savent pas se battre : ils se fient à l'intimidation et à la force brute. Mais celui-ci se mouvait souplement, d'un pas latéral presque glissant. Sans doute avait-il fait des arts martiaux. Il bougeait drôlement bien ; ses biceps étaient plus épais que mon cou, et il tenait une arme semi-automatique dernier cri. N'était-ce pas contraire aux règles ?

— Les mains sur le capot, ordonna-t-il.

J'obtempérai sans discuter. Le moteur était encore tiède.

— Penche-toi en avant et écarte les jambes !

Je fis ce que Musclor me demandait. Par-dessus le capot, mon regard croisa celui d'Edward, qui avait reçu les mêmes instructions de la part d'un grand type mince portant des lunettes à monture argentée. Ses yeux étaient vides et froids. Soudain, je réalisai que j'avais toujours ses lunettes de soleil sur le nez, et que malgré les verres noirs, j'y voyais parfaitement dans l'obscurité. C'est marrant : ni Olaf ni Bernardo ne m'avaient posé de questions dans la voiture. Il faut dire que nous n'avions pas eu beaucoup de temps.

Comme Musclor me donnait un second coup de pied dans les chevilles, je me demandai ce qu'il aurait pensé de mes yeux vampiriques.

— Penche-toi plus bas ! aboya-t-il avec toute l'autorité d'un sergent instructeur.

— Si je fais ça, je vais me retrouver allongée sur le capot, fis-je remarquer.

Je le sentis se déplacer derrière moi, et j'eus le réflexe de tourner la tête sur le côté. Quand il m'assena une gifle à l'arrière du crâne, seule ma joue heurta le capot. Si je n'avais pas bougé, il aurait pu me péter le nez.

— Fais ce qu'on te dit, et il ne t'arrivera rien.

Je commençais sérieusement à en douter, mais je m'aplatis sur le capot du Hummer, les bras en croix et les jambes tellement écartées qu'il aurait suffi d'un petit balayage pour me jeter à terre. Dans cette position, j'étais en déséquilibre complet, comme il le désirait. D'une certaine façon, c'était flatteur. Il me traitait comme quelqu'un de dangereux – contrairement à beaucoup de méchants qui, en général, finissent par regretter de m'avoir sous-estimée. Si Musclor tombait ce soir, ça ne serait pas faute de prudence.

Il me fouilla de la tête aux pieds, allant même jusqu'à passer ses doigts dans mes cheveux. Lui, il aurait confisqué les baguettes de Bernardo – celles que Harold et Cie avaient négligées chez Edward. Il me prit mes lunettes de soleil et les examina minutieusement, mais ne se donna pas la peine de me dévisager. Il trouva tout ce que j'avais sur moi à l'exception de l'émetteur planqué dans mon gilet pare-balles. Puis il renversa le contenu de mon fourre-tout sur le sol et braqua une lampe torche sur chacun des objets. Il s'assura que le stylo-plume écrivait et que la bombe de laque faisait pschitt, me confisqua le spray à la menthe comme s'il l'avait instantanément identifié mais ne toucha pas aux autres gadgets. Tenant son pistolet-mitrailleur braqué sur moi d'une seule main, il palpa le sac vide de l'autre.

— Il n'y aurait pas de compartiment à flingue caché, par hasard ?

Je relevai la tête.

— Même pas.

— J'aurais parié le contraire.

Pour finir, il piétina soigneusement le fourre-tout. Je me réjouis que ça ne soit pas le mien.

— Mmmh. Vide, constata-t-il.

— Je vous l'avais bien dit.

Il recula de trois pas pour se mettre hors de ma portée. Et merde. D'habitude, je rouspète parce qu'on ne me prend pas au sérieux, mais des adversaires qui vous sous-estiment, ça facilite le travail. Avec toute la quincaillerie que celui-ci venait de trouver sur moi, il était bien forcé de se méfier.

— Tu peux te relever.

Je me redressai.

Il me lança mes lunettes de soleil, et je les rattrapai au vol. La lumière de la maison devait éclairer mon visage, mais Musclor ne broncha pas. J'en déduisis que mes yeux avaient repris leur apparence normale.

Du canon de son flingue, Musclor me fit signe de ramasser le contenu de mon sac. Je m'exécutai docilement. J'hésitai à ranger les lunettes de soleil avec le reste de mon bazar et finis par les remettre sur mon nez pour deux raisons. D'abord, elles me permettraient de savoir à quel moment ma vision vampirique s'estomperait. Ensuite, connaissant Edward, elles devaient valoir la peau du cul, et je ne voulais pas qu'elles s'abîment.

Musclor m'indiqua la maison.

— Marche lentement, sans faire de détour ni de mouvement brusque, et tout se passera bien.

— Curieusement, j'ai du mal à vous croire.

Il me fixa avec des yeux aussi vides et morts que ceux d'une statue.

— Je n'aime pas beaucoup les petites malignes.

— Vous devrez attendre que j'aie lancé le sort pour me descendre.

— C'est ce qu'on m'a dit, en effet. Avance.

Le type qui tenait Edward en joue le poussa dans ma direction. Musclor et lui nous firent marcher côte à côte, en nous ordonnant de ne pas nous écarter l'un de l'autre – sans doute pour pouvoir nous tuer d'une seule rafale en cas de nécessité. C'était de vrais pros. Pourvu qu'Olaf et Bernardo soient aussi bons qu'Edward le prétendait ! Sinon, nous étions dans la merde.

La maison de Riker semblait tout droit sortie d'un magazine d'architecture moderne. C'était, à mon humble avis, le genre de baraque que se font construire les gens qui possèdent plus de fric que de bon goût. On aurait dit un étron de béton blanc, parsemé d'ouvertures dont la disposition aléatoire me faisait penser aux raisins dans un cookie. Les fenêtres rondes étaient dépareillées. La porte d'entrée, également ronde, évoquait une bouche grande ouverte, et l'escalier qui y conduisait, la langue déroulée du loup de Tex Avery. Les marches n'étaient pas assez larges pour que deux personnes puissent les emprunter de front, aussi Edward passa-t-il devant moi.

Ça faisait bien longtemps que je n'avais pas porté de sac à main. Je devais garder une main plaquée dessus pour l'empêcher de se balancer autour de moi, et roulais sans cesse de l'épaule pour ajuster la bandoulière qui me gênait. Par habitude, je l'avais mis du côté gauche afin de garder le droit libre. Non qu'il me restât la moindre arme à dégainer. Mais votre main directrice doit toujours rester disponible – Edward et Dolph ne cessaient de me le répéter.

Lorsque nous arrivâmes sur le porche baigné par une lumière électrique jaune, Musclor et Binocles nous ordonnèrent de nous arrêter. Ils se déplacèrent pour nous flanquer tout en demeurant un peu en retrait. Au début, je ne compris pas l'intérêt de la manœuvre. Puis la porte s'ouvrit, révélant un homme qui braquait le même genre de flingue sur nous. Ils s'étaient positionnés de façon à ne pas se retrouver dans sa ligne de tir, et vice versa. Ce n'est pas facile de brandir trois pistolets mitrailleurs dans un espace aussi restreint sans risquer d'abattre les gens de votre camp, mais, à les regarder, vous auriez pu vous y méprendre.

Musclor et Binocles portaient un chargeur de rechange dans un holster de cuisse ; leur copain en portait deux à la taille. C'était un Afro-Américain aussi chauve et presque aussi grand qu'Olaf. Face à face, chacun d'eux aurait eu l'air du négatif de l'autre.

— Pourquoi avez-vous mis aussi longtemps ? demanda-t-il d'une voix de basse.

— Ils avaient tout un arsenal sur eux, répondit Musclor.

Le troisième homme me détailla en grimaçant.

— D'après la description de Russell, je t'imaginais un peu comme Amanda. Mais tu n'es qu'une toute petite pétasse.

— Amanda, c'est l'Amazone qui est venue chez Ted ? interrogeai-je.

Il acquiesça. Je haussai les épaules.

— Il ne faut pas croire tout ce que raconte Russell.

— Il a dit que tu lui avais cassé le nez, donné un coup de pied dans les couilles et défoncé le crâne avec un bout de bois.

— En fait, je me suis contentée de l'assommer. Sinon, il ne serait plus là pour en parler.

— Qu'est-ce qui coince, Jack ? s'enquit Musclor.

— Deuce a du mal à retrouver la baguette.

— Deuce paumerait sa tête si elle n'était pas attachée à son cou.

— C'est vrai, mais on est obligés de l'attendre. (Jack me dévisagea.) Pourquoi portes-tu des lunettes de soleil en pleine nuit, pétasse ?

Je laissai passer l'insulte. Après tout, c'est lui qui avait le flingue.

— Parce que ça fait cool.

Il éclata d'un rire chaud et grondant, que j'aurais pu trouver agréable dans d'autres circonstances.

— Et toi, Ted ? lança-t-il en reportant son attention sur Edward. J'ai entendu dire que tu étais un caïd.

Edward se transforma en Ted tel un magicien qui réalise qu'on l'a invité à dîner pour lui faire distraire le reste des convives.

— Je suis un chasseur de primes. Je tue des monstres.

Jack le scruta d'un regard pénétrant, comme si son petit numéro ne prenait pas.

— Van Cleef t'a reconnu, Croque-Mort.

Croque-Mort ?

Edward sourit et secoua la tête.

— Je ne connais pas de Van Cleef.

Jack jeta un coup d'œil à Binocles. Edward eut tout juste le temps de pivoter pour recevoir le coup sur l'épaule plutôt que dans le menton. Il recula d'un pas mais parvint à garder son équilibre. Jack fit un petit signe de tête. Binocles donna un coup de pied à l'arrière du genou d'Edward, qui tomba sur l'autre.

— Nous n'avons besoin que de la fille, dit Jack. Donc, je ne te poserai la question qu'une seule fois : connais-tu Van Cleef ?

Je restai les bras ballants. Je ne savais pas quoi faire. Au premier geste brusque, ces types me descendraient, et ma priorité était de récupérer les enfants. Donc, pas question de tenter une action héroïque et désespérée. Si Edward et moi nous faisions tuer, je n'étais pas certaine que Bernardo et Olaf risqueraient leur vie pour sauver deux gamins. Aussi me contentai-je d'observer Edward, attendant qu'il me fasse un signe pour m'indiquer la marche à suivre.

Edward leva les yeux vers Jack.

— Oui.

— Oui quoi, trou du cul ?

— Oui, je connais Van Cleef.

Jack eut un large sourire. Il semblait très content de lui.

— Les gars, je vous présente le Croque-Mort. De tous les anciens élèves de Van Cleef, c'est lui qui détient le nombre record de victimes.

Je sentis plus que je ne vis Musclor et Binocles frémir. Non seulement ils comprenaient l'information, mais elle les effrayait. Qui diable était Van Cleef ? Qu'avait-il enseigné à Edward ? J'aurais bien voulu le savoir, mais le moment était mal choisi pour poser des questions. Plus tard – si on survivait –, je demanderais à Edward. Et peut-être me répondrait-il.

— Moi, je ne te connais pas, dit Edward.

— Je suis arrivé juste après ton départ.

— Pourquoi Jack ?

— Parce que quand Jack a dit, il vaut mieux que tu t'exécutes si tu ne veux pas que ça barde pour ton matricule.

Je n'avais même pas envisagé que ce prénom si banal puisse être un sobriquet.

— Je peux me relever ?

— Si tu tiens debout, ne te gêne pas.

Edward se redressa sans ciller. Ses yeux étaient pareils à des morceaux de glace bleu pâle. Je l'avais déjà vu tuer avec la même absence d'expression.

Le sourire de Jack se flétrit aux entournures.

— Van Cleef m'avait prévenu que tu étais coriace et dangereux.

— Qu'aurait-il pu me dire à ton sujet ?

— La même chose.

— J'en doute.

Edward et Jack se fixèrent, et je sentis une tension presque palpable monter entre eux. Musclor fut le premier à craquer.

— Putain, mais qu'est-ce qu'il fiche, Deuce ?

Jack cligna des yeux et, très lentement, tourna son regard vers l'homme qui se tenait derrière moi.

— La ferme, Mickey. (Il reporta son attention sur Edward.) Van Cleef n'a pas pu identifier ta copine à partir d'une photo.

— Il n'y avait aucune raison pour qu'il en soit capable.

— Les journaux l'appellent l'Exécutrice.

— Ils ne font que reprendre le nom que lui ont donné les vampires.

— Et pourquoi les vampires lui ont-il donné ce nom ?

— A ton avis ?

Jack me jeta un coup d'œil.

— Combien de vampires tu as butés, pétasse ?

A la première occasion, j'allais lui apprendre les bonnes manières. Mais pas tout de suite.

— Je ne sais pas exactement.

— Une approximation suffira.

— J'ai arrêté de compter vers la trentaine.

Jack éclata de rire.

— C'est tout ? Chaque homme présent sur ce porche a plus de victimes que ça à son tableau de chasse.

Je haussai les épaules.

— J'ignorais que c'était une compétition.

— Tu as compté les humains ? demanda Edward.

Je secouai la tête.

— Il n'a parlé que des vampires.

— Ajoute-les.

Je fouillai dans ma mémoire.

— Ça doit faire... Onze ou douze de plus.

— Soit un total de quarante-trois environ, calcula Jack. Tu bats Mickey, mais pas Epervier.

Epervier, ça devait être le binoclard.

— Ajoute les métamorphes, ordonna Edward.

Je n'étais pas certaine de vouloir que ces gars se rendent compte à quel point j'étais dangereuse, mais j'avais confiance en Edward.

— Il y en a eu… sept, je crois.

— Ce qui nous fait cinquante victimes.

Entendre le chiffre à voix haute me donna envie de me cacher.

— Je te bats quand même, pétasse, ricana Jack.

Il commençait à me taper sur les nerfs.

— Cinquante, ça ne prend en compte que les gens que j'ai tués personnellement avec une arme.

— Tu veux dire que tu n'as pas compté ceux que tu as tués à mains nues ? dit-il en souriant, comme s'il ne me croyait pas capable d'étrangler quelqu'un ou de lui briser la nuque.

— Si, je les ai comptés.

Son sourire se fit condescendant.

— Alors, qu'est-ce que tu as laissé de côté, pétasse ?

— Les sorciers, les nécromanciens, ce genre de chose.

— Pourquoi ? voulut savoir Mickey.

Je ne répondis pas.

— Parce qu'utiliser la magie pour tuer entraîne automatiquement la peine de mort, lança Edward.

Je fronçai les sourcils.

— Je n'ai pas dit que j'avais utilisé la magie.

— Nous ne sommes pas tes amis, mais tu peux être honnête avec nous, pétasse. On n'ira pas te balancer aux flics, pas vrai, les gars ?

Jack éclata de rire, et les deux autres l'imitèrent avec le même tressaillement nerveux que les vampires d'Itzpapalotl, comme s'ils avaient peur de lui.

Je haussai les épaules.

— La plupart des cinquante étaient des cibles approuvées. Les flics savent que je les ai tués.

— Tu as déjà comparu devant un tribunal ? s'enquit Epervier, qui avait gardé le silence jusque-là.

— Non.

— Cinquante meurtres légaux, murmura Jack.

— Plus ou moins, oui.

Il jeta un coup d'œil à Edward.

— Crois-tu qu'elle plairait à Van Cleef ?

— Oui, mais Van Cleef ne lui plairait pas.

— Pourquoi ?

— Elle n'est pas très douée pour obéir à des gens juste parce qu'ils ont une barrette supplémentaire sur l'épaule.

— Pas assez disciplinée, hein ?

— Détrompe-toi. Simplement, si tu veux qu'elle t'écoute, il te faudra d'autres arguments qu'une vulgaire supériorité hiérarchique.

— Toi, elle t'écoute. Elle n'avait pas envie de parler de son tableau de chasse, mais elle t'a fait confiance.

Jack était donc plus observateur, plus malin que je ne le croyais. Cette fois, c'était moi qui avais sous-estimé mon adversaire.

Un autre homme sortit de la maison, tenant le même flingue entre ses mains. Riker avait dû obtenir un prix de gros. Il devait frôler le mètre quatre-vingts mais paraissait plus petit. Ses cheveux bruns bouclés étaient coupés très court. Il avait le teint plus mat que bronzé et des traits délicats, presque féminins. Autour du cou, il portait deux petits écouteurs reliés à une boîte métallique, à laquelle était connectée une sorte de baguette plate. Le fameux Deuce, devinai-je.

Je ne savais pas à quoi servait son appareil, mais je sentis Edward se figer près de moi. Ce n'était pas bon signe.

— Où étais-tu encore passé ? aboya Mickey.

— Mickey, dit calmement Jack.

Il n'eut pas besoin d'élever la voix. Après ça, les autres hommes s'abstinrent de tout commentaire.

— Vas-y.

Deuce lâcha le pistolet-mitrailleur qu'il portait en bandoulière et le fit passer dans son dos. Il glissa les écouteurs dans ses oreilles, actionna un interrupteur et tourna quelques molettes de réglage sur la boîte. Une diode s'alluma. Son expression se fit distraite, comme s'il écoutait des choses que nous ne pouvions entendre.

Tenant la baguette à l'horizontale, il s'en servit comme d'un scanner portatif pour balayer Edward. Il commença par son chapeau, hésita au niveau de sa poitrine et continua à descendre jusqu'à ce qu'il se retrouve accroupi devant lui. Puis il changea de côté et répéta la manœuvre dans son dos, en prenant garde à rester hors de la ligne de tir de ses camarades. D'un coude bien placé, il empêchait son arme de bouger et de revenir sur le devant.

Enfin, il se redressa, ôta ses écouteurs et les débrancha.

— Ecoutez ça.

Il agita la baguette au niveau de la poitrine d'Edward. Un bip frénétique se fit entendre.

— Enlève ta chemise, ordonna Jack.

Edward ne protesta pas. Il déboutonna sa chemise et la tendit à Deuce, qui la scanna. La baguette resta silencieuse. Deuce la brandit de nouveau devant la poitrine d'Edward, et elle bipa.

— Ton T-shirt, réclama Jack.

Edward me tendit son chapeau de cow-boy, qui le gênait, puis ôta son T-shirt. Contre sa peau nue, la blancheur de son gilet pare-balles semblait presque artificielle. Deuce s'empara du T-shirt et le scanna. Sans plus de résultat.

— Ton gilet.

— Dis-moi d'abord une chose. Les enfants sont-ils sains et saufs ?

— Que veux-tu que ça me fasse ?

Edward fixa Jack, et celui-ci recula instinctivement. Puis il se ressaisit et pointa son flingue vers la poitrine de celui qu'il appelait le Croque-Mort.

— Le gilet. Plus vite que ça.

— De toute façon, il fait beaucoup trop chaud pour porter du kevlar, lâcha Edward.

C'était un commentaire très étrange venant de quelqu'un d'aussi peu loquace. Mais il fallait connaître Edward pour s'en rendre compte. J'eus l'impression qu'il venait de donner à Bernardo et à Olaf l'ordre de ne pas faire de quartier.

Il défit les attaches en velcro, passa le gilet par-dessus sa tête et le tendit à Deuce. Torse nu, il semblait presque fragile à côté de Mickey, qui faisait deux fois sa carrure, ou de Jack qui flirtait avec les deux mètres. Ce qui n'empêchait pas les malabars d'avoir peur de lui. Je le voyais à la façon dont Jack réagissait au moindre de ses mouvements, à la façon dont Mickey et Epervier gardaient prudemment leurs distances.

Deuce ne devait pas avoir un instinct aussi affûté que les autres. Ce qui ne l'empêchait pas d'être drôlement méticuleux. Il scanna le gilet et, comme la baguette bipait, il le tendit à Jack. Puis il scanna la poitrine nue d'Edward. Silence. C'était une bonne chose : je ne doutais pas que Jack aurait ordonné « ta peau » sans même changer de ton. Edward lui flanquait la trouille ; ça ne signifiait pas qu'il n'était pas dangereux lui aussi.

— Dans le gilet pare-balles. Bien vu, grimaça-t-il. La plupart des gens ne penseraient pas à l'examiner, même après t'avoir fait désaper.

Edward le fixa sans réagir.

— A son tour, dit-il en me désignant.

Deuce s'approcha de moi à croupetons au cas où

quelqu'un se mettrait à tirer. Pour l'instant, personne n'avait fait feu, mais la nuit commençait à peine. Il me contourna et me scanna sans prendre la peine de remettre ses écouteurs. Sa baguette bipa presque immédiatement.

— Rendez son chapeau à votre ami, s'il vous plaît.

Tant de politesse, c'était rafraîchissant après m'être fait traiter de pétasse une demi-douzaine de fois.

— Volontiers, dis-je en m'exécutant.

Deuce leva les yeux vers moi. Il ne devait pas avoir l'habitude que ses sujets coopèrent aussi gracieusement.

— Enlève ta chemise, pétasse, ordonna Jack.

Je commençai à défaire les boutons.

— Je m'appelle Anita.

— Rien à foutre.

D'accord. J'avais essayé d'être sympa. Puisque ça ne marchait pas…

Je tendis ma chemise à Deuce. Sa baguette bipa au-dessus du col ; en revanche, quand il me scanna de nouveau, elle demeura muette. Il déposa sa boîte sur le sol pour examiner la chemise. Moins d'une minute plus tard, il brandit triomphalement un câble à l'extrémité renflée.

— On dirait un émetteur, peut-être un mouchard.

Jack lui lança le gilet pare-balles d'Edward.

— Dépiaute-le pour voir ce qu'il y a dedans.

Deuce sortit un couteau papillon de sa poche et l'ouvrit d'un geste rapide du poignet. Il commença par palper le gilet les yeux fermés, puis se mit à le découper. Le câble était plus long que le mien, et fixé à un minuscule boîtier.

— C'est un micro. Quelqu'un est en train d'écouter tout ce qu'on raconte.

— Détruis l'émetteur, ordonna Jack.

Avec un sourire ravi, Deuce écrasa sous son talon le mouchard qui était censé permettre à Olaf et à Bernardo de me localiser. Encore un à qui il manquait une ou deux cases. Pourquoi Edward ne me présentait-il que des cinglés ?

— Qui as-tu amené, Croque-Mort ? interrogea Jack.

Edward remit son chapeau. Il était toujours torse nu, et ça lui faisait un look bizarre. Pour autant, il ne semblait pas nerveux le moins du monde.

— Je ne le répéterai qu'une fois, menaça Jack en carrant les épaules comme si c'était lui qui s'apprêtait à prendre une dérouillée. Qui nous écoute ? Qui as-tu amené ici ?

Edward ne répondit pas. Jack hocha la tête, et Epervier le frappa dans le dos – assez fort pour qu'il tombe à quatre pattes. Dans ses reins, je vis deux petites coupures à l'endroit où la crosse du pistolet-mitrailleur avait déchiré sa peau. Il resta dans cette position quelques secondes, comme s'il reprenait son souffle. Puis il se redressa et fit face à Jack.

— Réponds à ma question, Croque-Mort.

Edward secoua la tête. Le coup suivant le fit tituber, mais il parvint à conserver son équilibre. Une troisième coupure apparut dans son dos. Il allait avoir des bleus monstrueux le lendemain.

— La fille le sait peut-être, suggéra Mickey.

— Non. Je n'en ai aucune idée, mentis-je sans effort. Ted a dit que nous avions besoin de renforts et qu'il en avait trouvé. Un point c'est tout.

— Tu te jetterais dans la gueule du loup sans connaître les gars qui te couvrent ? Tu n'es pas stupide à ce point, contra Jack.

— Ted s'est porté garant d'eux.

— Et tu as confiance en son jugement ?

— Oui.

— Même si ta vie en dépend ?

— Oui.

Il me dévisagea, puis reporta son attention sur Edward.

— Tu sors avec elle ?

Edward cligna des yeux, et je sus qu'il se demandait quelle réponse lui vaudrait le moins de problèmes.

— Non.

— Je ne suis pas sûr de vous croire, ni l'un ni l'autre, mais si on commence à tabasser la pétasse et qu'elle n'est plus en état de jeter le sort, Riker sera furax.

— Pourquoi on ne demanderait pas au Croque-Mort de faire venir ses renforts ? proposa Deuce.

Tout le monde se figea, puis le fixa d'un air interloqué.

— Qu'est-ce que tu viens de dire ?

— Puisqu'ils peuvent nous entendre, on n'a qu'à leur ordonner de sortir de leur cachette les mains en l'air, non ?

— Pas bête, approuva Jack. (Il se tourna vers Edward.) Vas-y, appelle tes renforts.

— Ils ne viendront pas.

— Ils viendront s'ils ne veulent pas qu'on te fasse sauter la cervelle. (Jack cala la crosse de son pistolet-mitrailleur contre son épaule et appuya le canon sur le front d'Edward.) Appelle-les. Dis-leur de jeter leurs armes et de s'avancer les mains en l'air.

Marrant. L'idée ne l'avait même pas effleuré que les renforts puissent être des flics. Le Croque-Mort ne devait pas avoir la réputation de collaborer souvent avec la police.

Edward fixa Jack sans ciller. Ses yeux étaient aussi vides et froids qu'un ciel hivernal. Je n'y décelai pas la moindre trace de peur – ou de quoi que ce soit d'autre. Comme s'il n'était absolument pas concerné.

J'étais loin de partager son calme. J'avais rencontré assez de méchants pour savoir que Jack ne plaisantait pas. Il était prêt à abattre Edward. Pire : il en mourait d'envie. Il se sentirait beaucoup plus tranquille une fois le Croque-Mort éliminé. Je ne voyais pas comment l'empêcher d'agir, mais je devais faire quelque chose.

— Même si je leur demande de venir, ils refuseront, lâcha Edward d'une voix atone.

Jack lui pressa son canon contre le front, et il dut se raidir pour ne pas partir en arrière.

— Prie pour que ça ne soit pas le cas, parce qu'on n'a pas besoin de toi vivant – juste de ta copine.

— Moi, j'ai besoin de lui vivant, dis-je très vite.

Jack me jeta un bref coup d'œil.

— Tu mens, pétasse.

— Vous êtes sorcier, peut-être ? demandai-je pour la forme plus que pour le fond – s'il l'avait été, je l'aurais senti.

— Qu'est-ce que ça peut te foutre ?

— Donc, vous ne pouvez pas savoir de quoi j'ai besoin pour lancer ce sort, pas vrai ? Votre patron ne serait pas content si vous tuiez quelqu'un dont j'ai besoin pour le protéger contre le monstre.

— Pourquoi avez-vous besoin de lui ? interrogea Deuce.

Je déglutis et réfléchis. Aucune idée lumineuse ne se présentant à moi, j'optai pour la vérité – le dernier recours qui, parfois, daigne fonctionner.

— Riker a dit qu'il ne ferait pas de mal aux enfants. Il a dit qu'il voulait juste qu'on le sauve. Si vous abattez Ted, je ne croirai plus jamais les promesses de votre patron. Je saurai qu'il me tuera avec les gamins une fois le boulot terminé, et je n'aurai plus aucune raison de l'aider.

— Je vais t'en donner, moi, des raisons, grogna Jack.

Je ne le vis pas hocher la tête, mais je sentis Mickey s'approcher derrière moi. Je n'ai jamais été douée pour encaisser. Je pivotai sans réfléchir, et il rata mon épaule. Mais j'avais vu juste : il savait se battre. Avant que je puisse réagir, la crosse de son flingue me cueillit au menton. Ça avait dû le foutre en rogne que j'esquive son premier coup, parce qu'il frappa beaucoup plus fort que nécessaire.

Quand je revins à moi, j'étais allongée sur le sol. Agenouillé près de moi, Deuce me caressait la figure. J'eus l'impression qu'il me tripotait depuis un bon moment, ce qui signifiait que j'avais dû m'évanouir. Mes lunettes de soleil avaient disparu. Je ne savais pas si elles étaient tombées toutes seules pendant ma chute ou si Deuce me les avait enlevées.

— Elle s'est réveillée, annonça Deuce d'une voix rêveuse.

Il me sourit gentiment et continua à me caresser la figure.

Jack s'accroupit près de moi, bloquant la lumière du porche.

— Comment tu t'appelles ?

— Anita, Anita Blake.

— Combien de doigts ? demanda-t-il en m'agitant une main sous le nez.

— Deux.

— Tu peux t'asseoir ?

Bonne question.

— Si quelqu'un m'aide, peut-être.

Deuce me passa un bras sous les aisselles et me redressa. Je me laissai aller dans son étreinte, pas parce que j'en avais besoin, mais pour faire croire à toute la bande des affreux que j'étais vraiment mal en point. S'ils me croyaient à moitié sonnée, peut-être baisseraient-ils leur garde.

J'appuyai ma tête sur l'épaule de Deuce. Il fredonnait quelque chose tout bas et tenait mon menton dans sa main en coupe. Les paupières mi-closes, comme hébétée, je promenai un regard à la ronde. Edward était à genoux, les mains croisées sur son chapeau de cow-boy.

Epervier lui braquait son flingue sur la tête – sans doute par simple mesure de précaution, car il n'avait pas l'air blessé.

Mickey avait une lèvre fendue. Il évita soigneusement mon regard.

— Tu peux te lever ? demanda Jack.

— Pas toute seule.

— Deuce.

Deuce m'aida à me mettre debout, et le monde tangua autour de moi. Je dus m'accrocher à lui pour ne pas tomber. Finalement, je n'avais peut-être pas besoin de faire semblant.

— Et merde, jura Jack. Si Deuce te tient, tu pourras marcher ?

Je voulus hocher la tête, et cela me donna la nausée. Je respirai profondément pour ravaler mon haut-le-cœur avant de répondre :

— Je crois.

— Parfait. Allons-y.

Sans quitter le jardin enténébré des yeux, Jack recula à l'intérieur de la maison. Toutes ces lumières devaient bousiller sa vision nocturne, mais bon. Deuce et moi le suivîmes. Deuce portait le micro d'Edward autour du cou, comme un stéthoscope. Edward venait ensuite, les mains toujours croisées sur sa tête. Epervier et Mickey fermaient la marche. Ils nous firent placer en quinconce de façon à pouvoir manœuvrer si quelqu'un se mettait à tirer.

Jack se retourna et se dirigea vers un escalier. Je levai les yeux vers le haut des marches, et la tête me tourna.

— Jack, appela Deuce, je ne suis pas certain qu'elle soit en état de monter un escalier.

— Mickey, porte-la.

— Je ne veux pas qu'il me touche, protestai-je.

— Je ne t'ai pas demandé ton avis, répliqua Jack.

Mickey remit son flingue à Jack. Puis il me ceintura, me souleva de terre et me jeta sur son épaule. Avant de comprendre ce qui m'arrivait, je me retrouvai la tête pendue dans le vide et le souffle coupé par la clavicule qui me rentrait dans l'estomac. Le monde tanguait de plus en plus fort. Je n'allais pas tarder à dégueuler.

— Je crois que je vais vomir, gargouillai-je.

Mickey me reposa à terre sans cérémonie. Mes genoux se dérobèrent sous moi, et ce fut Jack qui me rattrapa.

— Tu es encore en état de lancer le sort ?

Il n'y avait qu'une bonne réponse à cette question. Si Riker pensait que je ne pouvais pas l'aider, il nous ferait tous descendre.

— J'y arriverai si ce cher Mickey évite de me trimballer comme un sac de patates. Avoir la tête en bas, ça me file la gerbe.

— Porte-la dans tes bras, pas sur ton épaule, ordonna Jack. Montre-nous que tes muscles servent à quelque chose.

Mickey me passa un bras sous les aisselles et l'autre derrière les genoux. Puis il me souleva négligemment, comme si je ne pesais pas plus lourd qu'une plume. Il était costaud, mais porter quelqu'un de cette façon, c'est plus difficile que ça n'en a l'air. Nous verrions comment il s'en sortirait s'il y avait plus d'un étage à monter. Pourvu qu'il ne me lâche pas !

Je passai un bras autour de ses épaules. J'aurais préféré nouer mes mains derrière sa nuque pour me retenir, mais ses deltoïdes étaient tellement gonflés que je n'arrivais pas à faire le tour de son cou.

— Combien vous soulevez en développé-couché ?

— Cent soixante-quinze kilos.

— Ouah. Impressionnant.

Mickey se rengorgea légèrement. Il était dangereux, mais moins que les autres. Epervier suivait trop bien les ordres. D'après ce que j'avais compris, Jack sortait de la même école pour assassins qu'Edward. Deuce semblait relativement inoffensif, mais son regard rêveur me mettait mal à l'aise. J'aurais parié que quelque chose ne tournait pas rond dans sa petite tête. S'il me fallait embobiner quelqu'un, je préférais tenter ma chance avec Mickey. Pour un bras de fer, par contre, j'aurais choisi Deuce sans hésiter.

Mickey monta les marches sans effort apparent. Je sentais les muscles de ses jambes s'activer comme des pistons. De nouveau, j'eus l'impression d'un immense potentiel physique – force, mais aussi rapidité.

— Pourquoi vous appelle-t-on Mickey ?

— Pour rien.

— Jack a expliqué son surnom ; je voulais juste connaître la signification du vôtre.

Deuce répondit à sa place.

— C'est à cause de Mickey Mouse.

— La ferme, Deuce !

— Il a un tatouage de Mickey sur sa fesse droite, acheva Deuce comme s'il n'avait pas entendu.

Le visage de Mickey s'assombrit, et il pivota pour foudroyer son camarade du regard. Je luttai pour garder une expression neutre. Quel genre d'abruti se fait tatouer Mickey Mouse sur le cul ? Je me gardai bien de le lui demander à voix haute, pas alors qu'il me tenait dans ses bras aussi épais que des troncs d'arbre. Sans les marques de Jean-Claude, le coup qu'il m'avait assené tout à l'heure m'aurait probablement tuée. Non, je ne voulais pas le mettre en rogne.

Le palier du premier étage donnait sur une autre volée de marches. Sans marquer la moindre pause, Mickey attaqua l'escalier qui menait au second. Il n'était pas essoufflé, et ses jambes remuaient toujours avec la même régularité. Il avait sûrement beaucoup de défauts, mais sa condition physique était irréprochable. Je le complimentai à ce sujet.

— Vous courez combien de kilomètres par jour ?

— Huit kilomètres tous les deux jours. Comment t'as deviné ?

— A votre place, la plupart des culturistes auraient déjà le souffle coupé. Ils négligent les exercices de cardio. Mais vous, vous êtes comme une machine bien huilée. Vous ne haletez même pas.

Se faire porter dans les bras de quelqu'un, ça a quelque chose de très intime. D'habitude, c'est réservé aux enfants que leurs parents ramènent endormis dans leur chambre, ou aux jeunes mariées à qui leur époux tout neuf fait franchir le seuil de leur maison.

Mickey resserra son étreinte. Une de ses mains se mit à me malaxer la cuisse. Je ne lui demandai pas d'arrêter. L'expérience m'a appris que si un homme a envie de coucher avec vous, il hésitera à vous tuer avant d'être parvenu à ses fins. Le truc, c'est de remplacer ses pulsions de violence par des pulsions de sexe pour l'embrouiller au maximum. Semer la confusion parmi nos adversaires, ça n'aurait vraiment pas été du luxe.

Nous longions un large couloir blanc qui parcourait toute la longueur de la maison. Des portes blanches munies de poignées en argent se dressaient des deux côtés. Rien ne les différenciait les unes des autres. Jack se dirigea vers celle du fond, et Mickey le suivit. Je jetai un coup d'œil par-dessus son épaule. Deuce était toujours derrière nous. Venaient ensuite Edward, qui atteignait juste la dernière marche de l'escalier, et Epervier qui prenait bien garde à rester hors de portée de pied ou de poing.

Ces types étaient vraiment bons. D'habitude, les méchants que j'affronte – vampires et métamorphes y compris – ne sont pas infaillibles. Tôt ou tard, ils relâchent leur discipline ou commettent une petite erreur.

Ceux-là étaient professionnels jusqu'au bout des ongles, ce qui limitait sacrément nos options.

Jack ouvrit la porte. Nous étions arrivés, et nous étions toujours en vie. Franchement, nous ne nous en sortions pas si mal pour le moment.

56

Mickey me déposa au milieu d'un très joli tapis persan. Son bras s'attarda autour de mes épaules un peu plus longtemps que nécessaire. Je lui pressai la main avant de me dégager et de m'écarter de lui. Je ne voulais pas jouer les allumeuses – juste entretenir une petite étincelle d'espoir qui pourrait me servir par la suite.

La pièce ressemblait à l'étude d'un riche érudit. Des cartes antiques, soigneusement encadrées, étaient accrochées aux murs entre des étagères bourrées de livres. Le sous-main en cuir du bureau disparaissait sous quantité de bouquins munis d'un marque-pages ou festonnés de Post-it. Certains étaient encore ouverts, comme si nous avions interrompu leur propriétaire en pleine recherche.

Un homme grand et costaud – pas tout à fait gros, mais pas loin – était assis derrière le bureau. Il se leva en souriant et se dirigea vers moi, la main tendue. Sa démarche était souple et assurée, comme celle d'un ancien athlète ramolli par la vie sédentaire. Ses cheveux noirs coupés très court dévoilaient une calvitie déjà bien avancée. Il avait de grosses mains, et, à cause de sa récente prise de poids, la chevalière de son université mordait dans sa chair. Ses paumes et ses doigts étaient couverts de cals qui commençaient à s'estomper.

Il saisit ma main dans les deux siennes, quand une seule aurait largement suffi pour l'engloutir.

— Ravi que vous soyez venue, mademoiselle Blake, dit-il comme si j'avais été invitée plutôt que forcée de me rendre chez lui.

— Pas ravie du tout que vous m'ayez fait venir, répliquai-je du tac au tac.

Son sourire s'élargit.

— Navré d'avoir dû recourir à tout ce cinéma. Jack m'a dit tout à l'heure qu'il croyait que Mickey vous avait brisé le cou. Je suis soulagé qu'il ait exagéré.

— Pas de beaucoup, monsieur Riker.

— Vous sentez-vous assez vaillante pour lancer le sort ? Nous pourrions commencer par prendre le thé, pour vous laisser le temps de vous ressaisir.

— Ecoutez… J'apprécie toujours la politesse, et je ne refuserais pas une tasse de café, mais où sont les enfants ?

Par-dessus mon épaule, Riker jeta un coup d'œil à Edward. Celui-ci avait toujours les mains croisées sur la tête, mais on ne l'avait pas fait remettre à genoux.

— Ah oui, les enfants…

Je n'aimai pas beaucoup le ton sur lequel il avait dit ça – comme s'il répugnait à nous annoncer une mauvaise nouvelle.

— Où sont-ils ? demanda Edward.

Et de nouveau, Epervier le frappa dans le dos avec la crosse de son flingue. Il tituba et dut attendre que son étourdissement se dissipe pour se redresser. Mais il ne baissa pas les mains, comme s'il ne voulait pas donner aux méchants une excuse pour le tabasser davantage.

— Vous nous aviez promis qu'aucun mal ne leur serait fait, rappelai-je à Riker.

— Vous étiez en retard.

— Certainement pas, cracha Edward.

— Non, protestai-je tandis qu'Epervier levait le bras.

En vain. Il frappa quand même Edward. Et merde. Je reportai mon attention sur Riker.

— Chaque mauvais traitement que vous nous infligez aide à me convaincre que vous n'avez aucune intention de nous relâcher.

— Mademoiselle Blake, je vous jure que je vous laisserai repartir une fois votre mission accomplie.

— Et les autres ?

Riker haussa les épaules et retourna derrière son bureau.

— Malheureusement, mes hommes jugent M. Forrester trop dangereux pour rester en vie. Croyez bien que je le regrette. (Il se rassit dans son fauteuil pivotant, posa les bras sur les accoudoirs et joignit le bout de ses doigts épais devant sa poitrine.) Néanmoins, il nous sera très utile avant de mourir. Si vous rechignez à faire ce que j'attends de vous, nous nous vengerons sur lui. Comme nous avons l'intention de le tuer de toute façon, nous pouvons l'abîmer sans aucun remords.

Mon estomac était noué, mon pouls si affolé que je dus déglutir avant d'articuler :

— Et les enfants ?

— Vous souciez-vous réellement d'eux ?

— J'ai posé la question, n'est-ce pas ?

Riker tendit une main et appuya sur un bouton. Tout à coup, le mur du fond s'ouvrit en deux, révélant quatre écrans de télévision géants qui auraient fait la fierté de la NASA.

— A quoi ça sert ? demandai-je.

— Vous le verrez très bientôt. J'ai réclamé des renforts. Dès qu'ils nous rejoindront, je vous montrerai les enfants.

Nous n'eûmes pas à attendre longtemps. Quatre hommes entrèrent dans la pièce. J'en connaissais déjà deux : Harold au visage couturé et Newt que j'avais failli changer en soprano. Harold avait un fusil à pompe et Newt son gros .45 chromé. Mais leurs camarades m'inquiétaient beaucoup plus qu'eux.

Le premier était grand, tout en muscles et en peau noire. Il n'avait pas la carrure de Mickey, mais il n'en avait pas besoin. Sa propre violence formait autour de lui une aura crépitante d'électricité qui affola mon sens d'araignée. Il portait le même pistolet-mitrailleur que Jack et Cie, plus une impressionnante panoplie de couteaux. Le long des bras, sur les deux hanches, entre les épaules : il en avait partout. L'effet produit était à la fois primitif et très impressionnant. S'il était entré dans votre cellule, vous seriez tombé à genoux et auriez imploré sa miséricorde avant même qu'il fasse un geste.

Le dernier membre du quatuor était de taille moyenne. Il avait des cheveux bruns coupés court et ce genre de visage banal, ni beau ni laid, qu'on oublie deux secondes après l'avoir vu. C'était l'un des types les plus anodins que j'aie jamais rencontrés. Pourtant, quand ses yeux marron me balayèrent et que son regard croisa le mien, une secousse me parcourut de la tête aux pieds. En un éclair, je sus que de lui ou de son camarade, c'était lui qui me tuerait le plus vite. Outre son pistolet-mitrailleur, il portait ce qui ressemblait à un .10 mm automatique – mais je n'aurais pas su identifier la marque. Mes mains sont trop petites pour que je me serve d'un .10 mm, donc, je ne me suis pas trop penchée sur la question.

— Jack, je veux deux hommes sur chacun de nos invités, lança Riker.

— Mettez-en plutôt quatre sur lui, suggéra Jack en désignant Edward.

— Entendu. Je m'incline devant votre intuition.

Epervier fit agenouiller Edward. Jack ordonna au type anodin et à Mickey de les rejoindre. Sans doute ne voulait-il pas prendre le risque que Musclor m'achève d'un coup trop violent – alors que s'il tuait Edward, Riker aurait toujours les enfants pour marchander avec moi. Jack en personne alla compléter le quatuor. Il considérait

Edward comme un homme très dangereux. Il avait bien raison, mais ça n'arrangeait pas nos affaires.

Je fus placée sous la garde de Deuce et du type aux couteaux. La nausée cédait peu à peu, mais tous ces préparatifs me rendaient nerveuse. J'avais peur de ce que Riker voulait nous montrer. Pour nous faire surveiller par autant d'hommes, il devait anticiper une réaction violente de notre part. Je remarquai que Harold et Newt étaient restés près de la porte. Harold semblait bougrement nerveux.

Deuce me toucha le bras, effleurant la cicatrice de mon coude.

— Qui vous a fait ça ?

— Un vampire.

Il souleva sa chemise. Tout son ventre n'était qu'une masse de tissu cicatriciel blanc.

— Moi, j'ai reçu un tir de mortier.

Je ne savais pas trop quoi répondre. Cette peine me fut épargnée par le type aux couteaux, qui me saisit par le bras et me fit pivoter vers Riker. Il ne me lâcha pas, et comme ses doigts faisaient tout le tour de mon bras, je devinai que ça n'allait pas être facile de me dégager.

— Lever de rideau, annonça Riker.

Il appuya sur un autre bouton, et deux des écrans s'allumèrent, révélant des cellules filmées en noir et blanc. Dans la première, je ne vis que le dos de Russell. Dans la seconde, celui d'Amanda. Puis j'aperçus des jambes qui dépassaient entre les siennes. Un jean, des baskets trop grandes pour appartenir à Becca… Ça devait être Peter.

Amanda était nue jusqu'à la taille, et son dos musclé ridiculisait tous les occupants du bureau, à l'exception de Mickey. Sans la longueur de ses cheveux, je n'aurais même pas deviné que c'était elle. Elle se pencha en avant, révélant une partie du corps de Peter. Elle avait baissé son pantalon et son slip jusqu'à ses genoux. Et elle jouait avec lui.

Je baissai les yeux, puis les relevai.

Amanda tenta d'embrasser Peter. Il tourna la tête sur le côté. Alors, elle le gifla violemment. Deux fois – d'abord sur une joue, puis sur l'autre. Un peu de sang coulait déjà sur le menton de l'adolescent, comme si ça n'était pas la première fois qu'elle le frappait. Elle se pencha à nouveau et posa sa bouche sur la sienne. Cette fois, Peter se laissa faire. La main d'Amanda n'avait pas cessé de le tripoter.

Je pivotai lentement vers l'autre moniteur. Pitié, mon Dieu, faites que Russell ne soit pas en train d'infliger le même supplice à Becca. Je faillis pousser un soupir de soulagement en découvrant que l'Indien s'était tourné vers la caméra et que Becca était assise tout habillée sur ses genoux. Puis je remarquai qu'il avait immobilisé un des bras de la fillette, et que deux de ses doigts saillaient selon des angles très peu naturels. Sous mes yeux horrifiés, il lui en cassa un troisième, et la bouche de Becca s'ouvrit en un cri silencieux.

— Avec du son, ce sera encore mieux, lança Riker, joignant le geste à la parole.

Becca poussait un hurlement aigu, déchirant. Russell la berçait et lui caressait les cheveux en lui murmurant des paroles apaisantes. Il leva les yeux vers la caméra. Il savait que nous l'observions. Son nez était encore plâtré.

— Pitié, ne faites pas ça ! gémit Peter dans l'autre cellule. Pitié !

Jamais il n'avait eu l'air si jeune. Ses bras étaient attachés derrière son dos, mais il se débattait de son mieux.

Amanda le gifla.

— Tu vas aimer ça, je te le promets.

Je jetai un coup d'œil à Edward. Jack tenait le canon

de son flingue contre sa tempe. Son chapeau était tombé par terre. Le type anodin avait sorti un couteau et le pressait sur sa gorge. Un filet de sang coulait dans son cou. Nos regards se croisèrent, et je compris que chacun des occupants de cette maison étaient mort. Simplement, ils ne le savaient pas encore.

Edward ouvrit la bouche.

— Non. Au premier mot, Shooter te découpe un deuxième sourire, menaça Jack.

Shooter ? Le type avait plutôt une tête à s'appeler Tom, Dick ou Harry – un prénom aussi fade que son apparence.

Ils ne voulaient pas laisser parler Edward. Donc, c'était à moi de jouer. Mais nous savions tous deux comment la partie se terminerait.

— Faites-les sortir de là, Riker.

— Qui ça, les enfants ?

— Vos hommes ! Ordonnez-leur de les laisser tranquilles.

— Et si je refuse ?

Je conjurai mon sourire le plus déplaisant.

— Alors, le monstre viendra et vous éventrera.

Riker frémit. Il avait vraiment la trouille. Tant mieux.

— Savoir ce qu'ils sont en train de leur faire devrait vous motiver pour lancer le sort de protection.

— Si vous ne leur dites pas d'arrêter immédiatement, il ne restera bientôt plus rien à sauver.

— Je ne sais pas trop. Le garçon n'a pas l'air de passer un si mauvais moment.

Je m'efforçai de bloquer tous les sons en provenance des deux cellules, mais j'entendais bien que Peter respirait de plus en plus vite – et pas parce qu'il souffrait.

— Pitié, non ! hurla-t-il.

Je jetai un coup d'œil à l'écran et le regrettai aussitôt. Certaines images vous poignardent le cerveau et laissent derrière elles une cicatrice qui jamais ne se refermera. Celle de Peter se tortillant, pris entre son premier orgasme et l'horreur de la situation, en faisait partie.

J'ai pour principe de ne jamais détourner les yeux quand quelqu'un se fait torturer – parce que ça ne soulagerait que moi. Si je ne peux pas protéger une victime, je la regarde souffrir en gage de respect et pour me punir de n'avoir pas été à la hauteur. Cette fois, pourtant, je ne pus n'empêcher de détourner les yeux juste avant que Peter pousse un cri inarticulé qui ne devait rien à la douleur.

Peut-être avais-je bougé trop vite, ou peut-être le coup que j'avais reçu à la tête n'y était-il pour rien. Quoi qu'il en soit, la pièce tangua et se décomposa en taches de couleurs. Mes genoux se dérobèrent sous moi. L'homme aux couteaux me serra le bras un peu plus fort et m'obligea à rester debout. A sa guise. Je lui vomis dessus.

Il me lâcha et recula d'un bond. Je tombai à genoux. Une migraine affreuse m'enserrait le crâne comme un étau. La voix de Riker me parvint à travers une nouvelle vague de nausées.

— Amanda, Russell, veuillez avoir la gentillesse de laisser les enfants. Mlle Blake est trop délicate pour supporter ce spectacle.

Je levai les yeux vers les moniteurs pour m'assurer que les deux gros bras sortaient bien des cellules. Russell embrassa Becca sur les cheveux et la laissa pelotonnée dans un coin, pleurant et appelant sa mère. Amanda banda les yeux de Peter malgré toutes ses supplications. Elle lui chuchota quelque chose à l'oreille ; il se recroquevilla en position fœtale. Sans daigner lui remonter son pantalon, elle ramassa le T-shirt qu'elle avait jeté par terre et sortit.

Je baissai la tête et fermai les yeux. Allais-je vomir une nouvelle fois ? Ce type de nausée est l'un des symptômes de la commotion cérébrale, et la migraine foudroyante en est un autre. Mais je pensais plutôt que c'était la faute de mes nerfs. Au début de ma carrière, je vomissais souvent sur les scènes de crime. Puis je m'étais endurcie. Visiblement, il existait encore des choses que je ne supportais pas – comme de voir des enfants se faire violer et torturer. Mon Dieu, je vous en supplie, aidez-nous à les sortir de là.

Il y eut un bip. Riker appuya sur un autre bouton.

— Que se passe-t-il ?

— Nous avons deux cadavres au rez-de-chaussée. Ils ont été massacrés – une vraie boucherie.

Riker blêmit.

— Le monstre !

— Non. Ça a été fait avec un couteau – un putain de couteau énorme.

— Vous en êtes certain ?

— Oui, monsieur.

— Il semble que nous ayons des intrus dans la place. (Riker leva les yeux vers Jack.) Vous savez ce qu'il vous reste à faire ?

— Oui, monsieur. Les tuer.

— Alors, allez-y.

— Shooter, Epervier, vous surveillez le Croque-Mort et vous le butez dès que M. Riker en donne l'ordre. Vous deux, vous surveillez la fille et vous faites gaffe à ce que personne d'autre ne la frappe. Mickey, Harold et Newt, vous venez avec moi.

Jack sortit avec les trois autres, nous laissant seuls dans le bureau avec Riker et seulement deux méchants par personne. Jamais nous n'aurions de meilleure opportunité.

— Où sont les toilettes ? demandai-je.

Riker poussa un soupir agacé.

— Vous allez recommencer à vomir ?

— C'est bien possible.

— Vous deux, emmenez-la. Deuce, si tu peux trouver

quelque chose de créatif qui ne laissera pas de marques et n'affectera pas sa capacité à lancer des sorts, mais la convaincra que les enfants et M. Forrester ne sont pas les seuls qui courent un grave danger… Fais-le. Peut-être pourrais-tu lui montrer ce qui t'a valu ton sobriquet. Tu as trente minutes.

Il n'existe pas trente-six formes de torture satisfaisant aux critères que Riker venait d'énumérer. D'habitude, être sur le point de me faire violer tend à me rendre nerveuse. Là, tout ce qui m'importait, c'est que je disposais d'une demi-heure avec deux hommes ayant plus envie de me baiser que de me tuer. Moi, j'avais juste envie de les tuer – il n'y avait donc pas à hésiter.

— Vous avez une raison pour me torturer, ou c'est juste du sadisme ? lançai-je à Riker.

Il m'adressa un sourire aimable, plein d'assurance.

— Je pensais que vous seriez digne de mes hommes, mademoiselle Blake. Mais vous êtes faible, et la faiblesse doit être punie. (Il plissa le nez d'un air dégoûté.) Et pendant que vous serez aux toilettes… Profites-en pour te nettoyer, Blade. Si tu veux filer un coup de main à Deuce, ne te gêne pas, mais ne te laisse pas non plus emporter par ton enthousiasme. Je la veux intacte à la fin.

Deuce me prit par le bras presque gentiment et m'aida à me relever. Le type sur lequel j'avais vomi – Blade, donc – nous suivit quelques pas en retrait. Visiblement, il ne voulait pas courir le moindre risque.

Un homme apparut sur le seuil de la pièce. C'était un Hispanique au teint mat, avec des cheveux mi-longs et un .9 mm automatique niché dans un holster d'épaule. Il ressemblait à un mercenaire local, mais vibrait de pouvoir. Un flot d'énergie scintillante s'écoulait de lui. Un médium, à tout le moins.

— Mademoiselle Blake, je vous présente mon expert en surnaturel, Alario. C'est lui qui s'occupait des sorts de protection placés sur tous mes établissements. Son art l'a trahi récemment, et les employés d'une de mes boutiques l'ont payé de leur vie. Vous réussirez là où il a échoué.

Alario me fixa de ses yeux noirs et froids. Son énergie flamboya contre la mienne tandis que je passais près de lui, mais aucun de nous n'eut le temps de sonder l'autre pour découvrir la nature exacte de son pouvoir. Malheureusement, nous l'aurions plus tard. Et Alario réaliserait très vite que je n'y connaissais rien en sorts de protection – enfin, pas tout à fait rien, mais beaucoup moins que lui.

Deuce m'entraîna dans le couloir, Blade sur nos talons. Il fallait vraiment que je trouve une idée géniale. Je ne pouvais pas retourner dans ce bureau et faire semblant d'incanter. Olaf n'avait pas réussi à dépecer les gardes assez salement pour tromper leurs collègues. Par contre, il avait réussi à diviser leurs forces, et je devais en profiter pendant que ça durait. Ce qui signifiait qu'une seule personne devrait ressortir vivante des toilettes – de préférence, moi.

57

Les toilettes se trouvaient dans une petite salle de bains, face à une baignoire. Une porte les séparait des deux lavabos qui occupaient le reste de la pièce.

Deuce m'aida à m'agenouiller devant la cuvette. Je fis mine de vomir, mais plus rien ne remontait, et simuler des haut-le-cœur aggravait ma migraine. Ma tête me faisait si mal que je fermai les yeux pour empêcher ma cervelle de se barrer par mes canaux lacrymaux. Si ce n'était pas une commotion cérébrale, c'était sacrément bien imité.

Deuce mouilla un gant de toilette et me le tendit.

— Merci.

Je me tamponnai le visage et tentai de réfléchir. Jusqu'ici, Deuce ne m'avait pas touchée. Blade essayait de se nettoyer au robinet, dans le coin lavabos, mais il ne tarderait pas à réclamer la baignoire.

— J'ai adoré la tête qu'a fait Blade quand vous lui avez vomi dessus. C'était à mourir de rire.

Je posai le gant de toilette sur ma nuque, passant mentalement en revue le contenu de mon fourre-tout et les options qui se présentaient à moi.

— Blade ? Comme le personnage de bande dessinée ? demandai-je histoire de gagner du temps.

Deuce acquiesça.

— Ouais, le tueur de vampires. Parce qu'ils sont

tous les deux blacks et qu'ils utilisent tous les deux des couteaux.

Je dévisageai Deuce. Jusqu'ici, il s'était montré plutôt sympa avec moi, limite prévenant. Je tentai de déchiffrer son regard rêveur, légèrement flou, mais il m'était encore plus fermé qu'Edward.

— Je croyais que Blade utilisait une arbalète et des pieux en bois.

Deuce haussa les épaules.

— Ou bien vous êtes très courageuse, ou bien vous refusez de croire que je vais vous faire du mal.

— Oh, je suis sûre que vous en êtes capable, si vous le voulez.

— Alors, vous êtes très courageuse.

Il s'était adossé au mur, et ses doigts jouaient avec le pistolet-mitrailleur qu'il portait en bandoulière.

— Oui, mais ce n'est pas pour ça que je garde mon calme.

Pour la première fois, il eut l'air intéressé.

— Alors, pourquoi ? demanda-t-il en penchant la tête sur le côté.

— Après avoir vu ce qui est arrivé à Peter et à Becca, j'ai du mal à m'apitoyer sur mon propre sort.

Blade frappa à la porte avec son poing.

— On n'a pas toute la nuit devant nous, et j'ai besoin de prendre une douche !

Deuce et moi sursautâmes tous les deux. Nous partageâmes un sourire embarrassé, puis il ouvrit la porte et me fit signe de passer devant lui.

Blade avait tenté de laver ses fringues dans le lavabo, mais sans beaucoup de succès. Il voulut se faufiler jusqu'à la baignoire. Deuce s'interposa.

— Ça ne plairait pas à Riker.

— Il m'a dit de me nettoyer.

— Jack veut qu'on soit deux à la surveiller.

Blade me jeta un coup d'œil méprisant.

— A mon avis, Jack l'a surestimée. Quelqu'un qui se met à gerber en assistant à des tortures aussi rudimentaires ne peut pas être bien redoutable. Ecarte-toi de mon chemin, Deuce.

Deuce obtempéra. Blade le dépassa sans un mot, sa colère flottant derrière lui telle une cape agitée par le vent, et lui claqua la porte au nez.

Je me dirigeai vers le lavabo de droite pour remouiller le gant. A présent, Deuce m'observait dans le miroir. Son expression était toujours affable, mais au fond de ses yeux, je détectai une promesse de douleur.

Je plongeai une main dans mon fourre-tout.

— Je dois avoir du spray à la menthe quelque part.

— Je pourrais vous enfermer avec Blade, suggéra Deuce. Il est sacrément bien foutu.

Ma main se referma sur le stylo-plume.

— Vous pensez vraiment qu'il pourrait se contenter de me violer ? Il avait l'air très en rogne contre moi.

— Vous ne m'avez jamais demandé d'où venait mon surnom.

Je clignai des yeux. C'était ce qu'on appelle un coq-à-l'âne.

— J'ai supposé que vous étiez amateur de poker.

Dans le miroir, je le vis secouer la tête et défaire sa braguette. Il était trop loin pour me toucher. Je devais attendre qu'il vienne à moi.

Il glissa une main à l'intérieur de son treillis et, d'un mouvement fluide qui dénotait une grande expérience, sortit son engin. Même au repos, il était énorme. J'aurais été plus impressionnée si Bernardo ne m'avait pas montré le sien peu de temps auparavant. Bien entendu, on ne connaît jamais la taille réelle d'un pénis tant qu'on ne l'a pas vu en érection. Certains grandissent à peine ; d'autres se déplient comme un télescope.

Puis je réalisai que Deuce avait un tatouage. Je pivotai vers lui.

— Suis-je censée m'enfuir en hurlant ou demander si je peux le toucher ?

C'était tellement bizarre que je n'avais même pas la trouille.

— Qu'est-ce que vous préférez ?

Je reconnais que j'avais beaucoup de mal à soutenir son regard, parce que son pénis ne cessait de grandir et qu'il y avait largement de quoi mobiliser l'attention d'une fille.

— On ne peut pas violer une personne consentante, pas vrai ?

Deuce sourit, comme si cette approche avait déjà fonctionné avec de nombreuses femmes. Le facteur de surprise jouait sûrement en sa faveur.

— Si vous ne caftez pas, je ne dirai rien non plus.

— C'est bien le deux de cœur sur votre... pénis ?

Son sourire s'élargit.

— Ça ne vous a pas fait mal ?

— Pas autant que ça va vous faire mal.

Il s'approcha lentement de moi, pour que j'aie bien le temps de l'admirer. Il avait un sens dramatique très développé. Malheureusement, ce n'était pas la seule chose très développée chez lui.

Feignant d'être effrayée par tant de virilité, je me détournai et trébuchai. Deuce tendit le bras pour me retenir, comme il l'avait fait toutes les fois précédentes. Je lui collai le stylo sous le sternum, pointe dirigée vers le haut. Je suis une chasseuse de vampires. S'il y a une chose que je sais faire, c'est trouver le cœur de ma victime du premier coup.

A l'instant où le stylo toucha sa cible, j'appuyai sur le bouton. Je n'eus même pas besoin de pousser pour enfoncer la lame : le ressort s'en chargea à ma place.

Deuce écarquilla les yeux. Sa bouche s'ouvrit, mais aucun son n'en sortit. Je tordis la lame à l'intérieur de la plaie – une rotation vers la gauche et une autre vers la droite, pour m'assurer qu'il ne puisse pas reprendre son souffle et prévenir Blade.

Il s'affaissa contre le lavabo. Je le rattrapai et le déposai doucement sur le sol, en me réjouissant qu'il ne soit ni trop musclé ni trop lourd. J'aurais eu beaucoup plus de mal à manœuvrer le cadavre de Mickey.

Dans la pièce voisine, l'eau coulait toujours. Blade n'avait pas dû nous entendre, mais mieux valait prendre mes précautions au cas où.

Deuce gisait sur le carrelage, le stylo fiché dans sa poitrine, la braguette ouverte et le deux de cœur tristement recroquevillé sur la cuisse. Pour un peu, il m'aurait fait pitié.

Je le soulageai de son pistolet-mitrailleur, que je passai en bandoulière et examinai rapidement. Le cran de sûreté n'était pas mis. Le bitonio qui servait à régler la cadence de tir offrait trois positions, contre deux sur le mini-Uzi. Je choisis la plus haute – celle qui me permettrait d'envoyer le plus de balles en le moins de temps.

Puis je récupérai le chargeur de rechange de Deuce. Il contenait vingt balles, ce qui m'aurait semblé beaucoup en temps normal. Mais pas ce soir. Ce soir, il n'existait pas assez de munitions dans le monde entier pour me rassurer.

Le deuxième flingue de Deuce – son arme de poing – était un Glock .9 mm. Beaucoup de gens ne jurent que par le Glock ; ils disent qu'il est extraordinaire une fois qu'on s'est habitué à tirer avec. Personnellement, je ne suis pas fan, mais je me réjouissais de voir celui-là et ses chargeurs de rechange. Je les fourrai dans mon sac, dont je croisai la bandoulière sur ma poitrine avec celle du pistolet-mitrailleur.

Deux flingues, c'était bien. Mais si je m'en servais, le boucan rameuterait tous les autres affreux. Pire encore, ils tueraient peut-être Edward avant de se lancer à ma recherche. Ils détenaient trois otages quand un seul leur aurait suffi pour m'inspirer la plus grande prudence.

J'avais besoin d'une arme silencieuse. Je ne pensais pas pouvoir neutraliser Blade avec un couteau, et encore moins à mains nues. Ce qui ne me laissait que les gadgets fournis par Edward.

Je retirai le stylo fiché dans la poitrine de Deuce. Du sang presque noir s'écoula de la plaie – il est toujours plus foncé quand il sort directement du cœur. J'essuyai la lame sur une des manches de sa chemise et la glissai dans la poche avant de mon jean.

Je jetai un coup d'œil à l'intérieur du placard niché sous les lavabos. C'est fou les trucs que les gens stockent dans leur salle de bains. Entre les produits d'entretien et les médicaments, pas un flacon qui ne porte une étiquette mettant l'utilisateur en garde contre les dangers d'empoisonnement, de brûlure ou d'overdose. Mais sur le côté, j'aperçus une pile de serviettes-épongess bien moelleuses, qui feraient un parfait silencieux maison. A condition que je cale le pistolet-mitrailleur sur ma hanche pour les tenir assez serrées autour du canon, et que je tire pratiquement à bout portant.

Comment réussir à s'approcher d'un homme armé jusqu'aux dents ? Réponse : si vous êtes une fille, tombez quelques vêtements. J'enlevai mon T-shirt et mon gilet pare-balles. Il n'aurait pas arrêté un couteau, et l'idée, c'était d'empêcher Blade de me tirer dessus, pas vrai ? Sans compter que je visais le look sexy et que de ce point de vue, le kevlar a du mal à rivaliser avec la dentelle ou le satin. Je gardai tout de même mon soutien-gorge. Si Blade me demandait de me déshabiller, ça me laisserait de quoi faire avant de me retrouver à poil – un peu comme au strip poker.

J'entendis la douche s'éteindre. Et merde. Mon cœur fit un bond dans ma gorge. Je n'avais plus de temps pour me préparer. Je devais entrer là-dedans avant que Blade en sorte. S'il voyait le cadavre de Deuce, un viol éventuel deviendrait le dernier de mes soucis.

Je glissai mon flingue à l'intérieur de mon jean, sur le devant. Serrant un drap de bain contre ma poitrine et mon ventre, je poussai la porte, entrai et la refermai en m'appuyant dessus. Blade leva les yeux. Des gouttes d'eau perlaient sur sa peau noire. Deuce avait raison : il n'était pas désagréable du tout à regarder. En d'autres circonstances, je me serais délectée du spectacle. Là, j'étais tellement nerveuse que j'avais du mal à respirer.

Blade tendit la main vers le pistolet-mitrailleur posé sur le bord de la baignoire. Ses étuis à couteaux et le holster de son autre flingue étaient drapés sur le porte-serviettes.

— Qu'est-ce que tu veux ? aboya-t-il.

— Deuce m'a dit de vous apporter une serviette, couinai-je de ma voix la plus apeurée.

— Comment t'a-t-il convaincue de te déshabiller ?

Je baissai les yeux d'un air embarrassé.

— Il m'a laissé le choix entre lui et vous.

Blade éclata d'un rire typiquement masculin.

— Il t'a montré son *deuce* ?

Je hochai la tête. Cette fois, je n'eus pas à me forcer pour rougir.

— Enlève ton soutif.

Blade se redressa. A présent, sa main était loin du pistolet-mitrailleur, mais encore un peu trop près des couteaux et de l'autre flingue à mon goût.

Je passai un bras dans mon dos pour défaire les agrafes. Puis je me tortillai pour ôter les bretelles et écartai le drap de bain de ma poitrine, juste assez pour laisser mon soutien-gorge tomber par terre. Ce n'était pas seulement de la pudeur : je ne voulais pas que Blade voie le flingue planqué dans mon jean.

Il enjamba le bord de la baignoire. Trois pas le séparaient de moi. Je pivotai sur le côté, comme par un réflexe de protection, et en profitai pour dégainer.

Blade se planta devant moi. Il attrapa le bord du drap de bain et tira lentement vers le bas pour dénuder ma poitrine. Il se tenait à moins de trente centimètres de moi. Ses doigts caressèrent mon sein droit, et j'appuyai sur la détente. Son corps tressauta. Je crus l'entendre jurer :

— Et merde.

Je continuai à tirer jusqu'à ce que ses yeux roulent dans ses orbites et qu'il tombe à genoux. Son ventre n'était plus qu'une masse de chair sanguinolente. Le drap de bain était en lambeaux et couvert de traces de poudre noires. Les détonations avaient été assourdies, mais pas complètement étouffées. Pétrifiée, j'attendis que des cris s'élèvent, qu'un bruit de course résonne dans le couloir. Mais non.

Je ramassai mon soutien-gorge mais ne pris pas le temps de le remettre avant d'ouvrir la porte communicante et de tendre l'oreille. Toujours rien. Je me rhabillai et embarquai toutes les armes. Le second flingue de Blade était un Heckler & Koch. Sympa. Je le glissai à la ceinture de mon jean, à l'endroit où je range mon Firestar normalement. Le pistolet-mitrailleur rejoignit son petit frère sur une de mes épaules, et je drapai les étuis à couteaux sur l'autre. Ainsi harnachée, je devais ressembler au sapin de Noël d'une famille de terroristes.

La dernière fois que j'avais vu Edward, il était à genoux, et ses deux gardes le surplombaient. En faisant gaffe, je pouvais les abattre par-dessus sa tête. Mon plan, c'était d'utiliser un des pistolets mitrailleurs pour arroser tout le bureau. Sommaire et expéditif, je vous l'accorde, mais très efficace. Le bruit attirerait les autres occupants de la maison, ce qui n'était pas forcément une mauvaise chose. Pendant ce temps, Peter et Becca n'auraient rien à craindre, d'autant que Riker ne serait plus là pour donner à ses sbires l'ordre de les torturer. Et Edward ne risquerait plus de se faire tuer, puisque je l'aurais déjà délivré.

En théorie, ça devait marcher. En pratique… Ça pouvait foirer d'un millier de façons.

Saisissant le pistolet-mitrailleur dont j'avais ôté le cran de sécurité, j'entrouvris la porte du couloir et tendis l'oreille. Pas un bruit. Les étuis à couteaux se balançaient contre ma hanche ; comme ils me gênaient, je m'en débarrassai et les posai en tas au pied du mur. Puis je pris une profonde inspiration. Mon plan allait être soit une réussite totale, soit un désastre absolu. Dans moins de deux minutes, j'atteindrais la porte du bureau, et les dés seraient jetés.

58

Je calai le pistolet-mitrailleur contre mon épaule. Il avait une crosse assez courte, mais comme mes bras l'étaient aussi, il était sans doute plus facile à manier pour moi que pour l'homme auquel je l'avais pris.

Encore quelques pas avant d'atteindre le bureau. Par la porte ouverte, des voix filtraient dans le couloir. Je reconnus d'abord celle de Riker.

— Comment ça, Antonio et Bandit ne répondent plus ? Je croyais que vos hommes étaient bons, Jack !

Jack était revenu ? Et merde ! Ça ne changeait pas mon plan, mais ça ne m'arrangeait pas du tout. J'aurais préféré le savoir ailleurs tant qu'Edward était toujours à genoux et désarmé. Puis je réalisai que sa voix me parvenait crépitante et étouffée, comme par un interphone. Ouf.

Mon cœur battait la chamade. J'avais vraiment la trouille – pas de tuer ou de me faire tuer, mais de descendre accidentellement Edward. Je ne m'étais jamais servi d'un pistolet-mitrailleur comme celui que je tenais dans mes mains ; je n'avais même jamais vu personne en utiliser un. Si vous visez trop haut avec un semi-automatique (et plus encore avec un automatique), vous risquez de louper votre cible. Mais je ne pouvais pas non plus viser trop bas pour compenser de peur de toucher Edward. Difficile de choisir entre la peste et le choléra…

Je pris une profonde inspiration et entrai en me plaquant au chambranle de la porte. Je sais que dans les films, les gens qui font irruption quelque part se découpent systématiquement en plein milieu de l'ouverture, mais c'est le meilleur moyen de se faire tuer. Il faut toujours rester à couvert autant que possible.

J'eus une demi seconde pour balayer la pièce du regard. Epervier et Shooter braquaient Edward. Alario le sorcier se tenait près du bureau de Riker. Je commençai à tirer. Mon flingue faisait un vacarme monstrueux, mais il n'avait presque pas de recul. Il était étonnamment docile, et je dus ajuster ma position parce que je m'étais attendue à devoir lutter contre lui.

Shooter réussit à riposter, mais il avait mal visé, et sa balle alla se planter dans le mur au-dessus de ma tête. Epervier pivota, et ça s'arrêta là. Trois ou quatre secondes pour les abattre tous les deux, détruire les moniteurs au passage et cueillir Riker derrière son bureau. Alario, qui était le plus éloigné de moi, eut le temps de plonger à terre. Je me jetai à plat ventre pour l'aligner avant qu'il puisse tirer. Ce faisant, je tournai le dos à Edward. Mais peu m'importait. Ce n'était pas de lui que je devais me méfier ce soir.

L'index crispé sur la détente, je regardai le corps d'Alario tressauter sous l'impact des balles. Cette gigue macabre me fascinait tant que je lui vidai une bonne partie de mon chargeur dans le corps.

Puis je perçus un mouvement du coin de l'œil et roulai sur le flanc en braquant le pistolet-mitrailleur devant moi. Je lâchai la détente juste à temps. Edward était à genoux près du cadavre de ses gardes, un flingue dans une main et l'autre tendue devant lui comme pour arrêter les balles.

Nous restâmes figés un instant, les yeux écarquillés par le choc. Puis je vis remuer la bouche d'Edward, mais je n'entendis pas ce qu'il me disait. Ça m'apprendra à tirer dans un espace clos avec un semi-automatique et sans casque de protection.

Je me dressai sur mes genoux et baissai mon pistolet-mitrailleur. Edward parut réaliser ce qui m'arrivait, car il leva deux doigts avant de tendre le pouce vers le bas. Epervier et Shooter étaient morts. Génial.

Vu le traitement que j'avais infligé à Alario, je ne me donnai même pas la peine de l'examiner. Riker était affaissé dans son fauteuil ; il ouvrait et refermait la bouche comme un poisson hors de l'eau. Une ligne de taches rouges et rondes ornait le devant de sa chemise blanche et de sa jolie veste de costume, manches y compris.

Edward le désigna, et je captai un seul mot : « surveille ». Il ne voulait pas que je l'achève. Evidemment : nous ignorions où se trouvaient les enfants. Pourvu qu'il ne meure pas avant de nous l'avoir dit…

L'ouïe me revenait progressivement.

— Pitié… Ne faites pas ça, articula Riker.

C'était exactement ce que Peter avait dit à Amanda. J'étais ravie qu'il me supplie.

Après avoir jeté un coup d'œil dans le couloir, Edward ferma la porte du bureau et me rejoignit. Le temps qu'il commence à interroger Riker, j'entendais de nouveau, mais chaque son produisait un écho bourdonnant à l'intérieur de mon crâne.

— Dites-moi où sont Peter et Becca, exigea Edward en se penchant vers Riker.

Celui-ci dut se tordre le cou pour le regarder. Un peu de salive rougeâtre moussait au coin de sa bouche. Je lui avais crevé au moins un poumon. Si c'était les deux, il agonisait. Si c'était un seul, il survivrait peut-être, à condition qu'on l'emmène très vite à l'hôpital.

— Pitié, gargouilla-t-il.

— Dites-moi où vous gardez les enfants, et je laisserai Anita appeler une ambulance.

— Vous me le… jurez ?

— Je vous donne ma parole comme vous m'avez donné la vôtre.

Riker ne put ou ne voulut pas saisir la subtilité de la réponse d'Edward. C'est fou les trucs qu'on peut vous faire gober quand vous êtes mourant. D'une voix chuintante, il nous indiqua comment nous rendre jusqu'aux cellules.

— Merci, dit Edward.

— Allez-y… Appelez.

— Vous voulez être à l'abri du monstre ?

Riker déglutit, cracha un peu de sang et acquiesça.

— Je vais vous mettre à l'abri du monstre – et de tout le reste, promit Edward.

Et il lui tira dans la tête avec le Beretta .9 mm qu'il avait récupéré sur le cadavre d'Epervier.

Il vérifia que Riker n'avait plus de pouls, puis me fixa par-dessus son corps inerte. Ses yeux bleu clair exprimaient une rage brûlante contenue à grand-peine, comme un feu de forêt ravageur. Pour l'instant, il se contrôlait encore. Je n'étais pas certaine que ça durerait. On n'arrive à garde son sang-froid que quand on ne se sent pas concerné, quand les événements ne nous touchent pas. Or, Peter et Becca comptaient beaucoup pour Edward. Il les aimait plus que je ne l'aurais cru capable d'aimer quiconque. Donna et eux étaient sa famille.

Il m'ordonna de recharger mon pistolet-mitrailleur. J'obéis sans discuter. Quand il se dirigea vers la porte, je le suivis en silence. J'avais cru que rien ne pouvait m'effrayer davantage qu'Edward l'indifférent. Je m'étais trompée. Edward le père de famille était carrément terrifiant.

59

Des heures plus tard – c'était ce qui me semblait, même si ma montre indiquait que trente minutes à peine s'étaient écoulées –, j'étais recroquevillée sur moi-même et plaquée contre un mur. Mon plan initial consistait à délivrer les enfants, et j'avais toujours l'intention de le faire, mais dans l'immédiat, je cherchais juste à rester en vie.

Vous connaissez l'expression « une averse de balles » ? Elle ne rend pas tout à fait justice à la réalité. Quand ça canarde vraiment dans tous les sens, les projectiles ressemblent beaucoup plus à des grêlons qu'à de gentilles gouttes de pluie. Edward et moi étions pris dans le tir croisé de deux mitraillettes. Je ne m'étais encore jamais fait tirer dessus avec une arme entièrement automatique, et j'étais si impressionnée que je n'arrivais pas à réagir.

Nous avions trouvé le panneau secret à l'endroit indiqué par Riker. Edward avait poignardé le garde en faction de l'autre côté – le moyen le plus efficace et le moins bruyant de le neutraliser. Nous avions éliminé deux autres hommes avant que Jack et Cie nous tombent sur le râble.

On me répétait sans cesse que j'étais douée pour tuer des gens. Je pensais être capable de me débrouiller pendant une fusillade. Je m'étais trompée. Je n'avais encore jamais été prise dans une véritable fusillade avant aujourd'hui. J'avais déjà échangé des coups de feu avec des adversaires ; ce n'était pas du tout la même chose.

Depuis cinq bonnes minutes, les balles sifflaient autour de moi en une cacophonie ininterrompue. C'était pure chance que je n'en ai pas encore reçu une. A ma décharge, j'aidais la chance au maximum en utilisant toute la couverture disponible et en offrant une cible minimale. Je me sentais vraiment peureuse et minable.

Accroupi près de moi, Edward passa la tête à l'angle du mur pour décocher une rafale de son cru à nos assaillants. Je sentis les vibrations de son flingue faire trembler son bras. Lorsque Jack et Cie ripostèrent, il se rencogna et tendit la main. J'y déposai un des chargeurs de rechange que nous avions ramassés dans le bureau et fourrés dans mon sac. Je me sentais comme une infirmière assistant un grand ponte de la chirurgie en train d'effectuer une opération particulièrement délicate.

— Tu veux mon gilet pare-balles ? offris-je. Je ne m'en sers pas.

— J'en ai déjà un.

En effet, Deuce avait eu la gentillesse de laisser celui d'Edward dans le bureau.

— Tu pourrais mettre le mien sur ta tête.

Il me sourit comme si je plaisantais, puis sortit de nouveau la tête de notre cachette.

Il ne lui fallut que quelques secondes pour viser, tirer et se rejeter en arrière, mais pendant qu'il regardait de l'autre côté, j'aperçus un mouvement dans l'escalier qui nous surplombait. Je voulus lui toucher le bras pour le prévenir que nous avions de la compagnie.

L'instant d'après, quelque chose vola dans les airs et atterrit à mes pieds – un petit objet oblong. Sans réfléchir, je le ramassai et je lançai de toutes mes forces vers le haut des marches, avant même que mon esprit ait le temps de former le mot « grenade ». Puis je me jetai à plat ventre sur le sol, bousculant Edward.

Le monde trembla. L'escalier s'écroula dans une pluie de pierre et de plâtre. Des gravats martelèrent mes bras, que j'avais instinctivement repliés au-dessus de ma tête. Si les méchants en avaient profité pour débouler, je me serais fait avoir comme une bleue. Mais Edward, lui, continuait à tenir notre position. Il fallait bien plus qu'une misérable explosion pour lui faire oublier ses priorités.

Petit à petit, un silence ponctué de craquements retomba autour de nous. Un nuage de poussière flottait encore dans l'air. Je fus prise d'une quinte de toux, et avant que je puisse émettre le moindre son, la main d'Edward se posa sur ma bouche. Comment avait-il su ? Il secoua la tête. Il voulait que je garde le silence – sans doute pour faire croire à Jack et Cie que nous étions morts.

Au bout d'un laps de temps qui me parut interminable, un léger bruit de pas se fit entendre dans le couloir. Je me raidis, et Edward me posa une main sur l'épaule. Ne bouge pas, semblait-il m'intimer. Je déglutis et tentai de me détendre – sans succès.

Quelqu'un approchait furtivement, se demandant si nous avions sauté en même temps que l'escalier. Dès qu'il serait sur nous, nous ne pourrions plus faire semblant. Nous le tuerions, mais il en resterait encore un au bout du couloir – et tant qu'il ne tomberait pas à court de munitions, il nous empêcherait d'atteindre les cellules dans lesquelles Peter et Becca étaient enfermés. Les méchants avaient l'avantage, parce que nous étions forcés d'avancer alors qu'ils n'avaient qu'à tenir leur position.

Sauf que… L'un deux se dirigeait vers nous.

Edward me fit signe de m'avancer. Je compris qu'il voulait que je joue la morte, mais je répugnais à m'éloigner du couvert du mur. A contrecœur, je rampai vers le milieu du couloir en prenant bien garde à ne pas accrocher mes armes ni faire rouler les débris qui jonchaient le sol. Je jetai un coup d'œil interrogateur par-dessus mon épaule. Edward acquiesça : j'étais assez loin.

Je m'allongeai à plat ventre, la tête tournée sur le côté et mes cheveux pendant devant mon visage. Je n'étais pas assez bonne actrice pour feindre la mort autrement. Je voulus garder mon flingue à la main, mais Edward me jeta un regard sévère, et je le posai près de moi. Je savais pourtant qu'en cas de besoin, je n'arriverais pas à le saisir assez vite.

Je tendis l'oreille, mais n'entendis que les battements affolés de mon cœur. Le tireur avait peut-être changé d'avis et rebroussé chemin. Je dus lutter pour ne pas bouger, pour contrôler ma respiration. Je me forçai à me détendre comme si je voulais me fondre dans le sol, et j'avais presque réussi quand j'aperçus un mouvement dans le couloir.

Un homme approchait. Ne risquait-il pas de voir mes yeux briller à travers mes cheveux ? De toute façon, je n'étais pas en position de me défendre. Ou Edward le tuerait, ou il me tuerait. J'ai confiance en Edward. J'ai confiance en Edward. J'ai confiance en Edward, me répétai-je en fermant les yeux.

Un son doux, presque glissant. Le frottement d'une étoffe. Puis une exhalaison hoquetante – pas assez forte pour qu'on l'entende de l'autre bout du couloir. Le silence était si épais qu'il m'effrayait, mais si Edward n'avait pas gagné, il y aurait eu des coups de feu. J'ouvris les yeux, d'abord à demi, puis en grand, car Edward était agenouillé à côté du corps de Mickey.

Je ne devais pas être la seule à trouver que le silence s'éternisait, car le deuxième homme lança :

— Ça va, Mickey ?

— La voie est libre, répondit Edward d'une voix qui n'était pas tout à fait celle de Mickey, mais qui y ressemblait quand même beaucoup.

— Alors, c'est quoi le problème ?

— Bouge ton cul et viens m'aider à fouiller les cadavres.

Ou bien le type n'était pas d'humeur coopérative, ou bien Mickey ne lui parlait pas comme ça et l'ordre d'Edward lui mit la puce à l'oreille, car il se remit à arroser le couloir. Je m'aplatis sur le sol tandis que les balles faisaient sauter des morceaux de mur au-dessus de moi. Seule ma fierté m'empêcha de hurler.

Edward me fit signe de revenir. Dès que la rafale s'interrompit, je me traînai précipitamment vers lui. Le corps de Mickey était affaissé à ses pieds. Je le palpai et récupérai toutes les armes qu'il m'avait confisquées.

Dans sa main, Edward tenait un cylindre ressemblant fort à la grenade incendiaire déguisée en bombe de laque qu'il avait mise dans mon fourre-tout. J'écarquillai les yeux. Comme s'il avait lu dans mon esprit, il secoua la tête et se pencha pour me chuchoter à l'oreille :

— C'est un fumigène. Couvre-moi pendant que je le lance. Dès que tu verras quelqu'un à travers la fumée, descends-le.

Il dégoupilla la grenade et se releva à l'abri du mur. Je me plaquai contre ses jambes. Les battements de mon cœur me martelaient les tempes, et j'eus juste le temps de penser : « Tiens, ma migraine s'est envolée ». Puis Edward souffla :

— Maintenant.

L'index sur la détente de mon pistolet-mitrailleur, je passai la tête à l'angle du mur et arrosai toute la largeur du couloir tandis qu'Edward projetait le fumigène. Nous nous rejetâmes en arrière simultanément. Une épaisse fumée blanche envahit le couloir. Je me laissai tomber à plat ventre. Edward me fit signe qu'il prenait l'autre côté et que je devais avancer. Il s'éloigna en rampant sur les coudes, et la fumée l'engloutit presque aussitôt.

Je commençai à me traîner le long du mur, tenant le pistolet-mitrailleur devant moi. J'avais deux flingues rentrés dans la ceinture de mon jean, et ce n'était pas confortable du tout, mais rien n'aurait pu me persuader de m'arrêter pour les déplacer. Le fourre-tout reposait contre ma colonne vertébrale tel un encombrant sac à dos. Le monde se résumait au bouillonnement de la fumée, au sol couvert de gravats qui me mordaient la chair, à la solidité du mur que j'effleurais avec mon coude gauche. J'avais beau écarquiller les yeux, je n'y voyais rien à plus de cinquante centimètres.

Soudain, des balles sifflèrent au-dessus de ma tête, et j'aperçus l'étincelle des détonations. L'homme était tout près de moi, et il tirait à hauteur de poitrine. Sa silhouette me surplombait telle une ombre grise. Je levai le canon de mon flingue, appuyai sur la détente et roulai sur le flanc pour balayer toute la hauteur de son corps.

Avec un hoquet étranglé, il tomba à genoux. Je lui tirai presque à bout portant dans la poitrine. Il bascula en arrière. Je restai à ras de terre et réalisai que je pouvais voir ses pieds. La fumée commençait à se dissiper au niveau du sol – une des nombreuses raisons pour lesquelles Edward nous avait fait ramper.

— C'est moi, annonça Edward avant de me rejoindre.

Il avait bien fait de me prévenir. Mon doigt était encore sur la détente, et je commençais à comprendre combien c'est facile d'abattre accidentellement un allié en situation de combat.

Il posa deux doigts dans le cou du tireur mort pour vérifier qu'il n'avait plus de pouls, puis m'ordonna de ne pas bouger et disparut dans le nuage de fumée résiduel. Cela m'énerva, mais je restai allongée près de l'homme que je venais de tuer et attendis sagement. Je n'y connaissais rien en opérations commando. Sans le vouloir, j'avais basculé dans le monde d'Edward, et il était beaucoup plus doué que moi pour y survivre. Donc, j'allais faire ce qu'il me disait. C'était ma seule chance d'en sortir vivante.

Edward revint en marchant. C'était sans doute bon signe.

— La voie est libre, mais elle ne le restera pas longtemps. (Il sortit de sa poche les clés que nous avions prises à Riker.) Dépêchons-nous.

Il déverrouilla la cellule qui était censée être celle de Peter et traversa aussitôt le couloir pour aller ouvrir celle de Becca. Apparemment, c'était à moi de récupérer le gamin. Je mis un genou en terre avant d'ouvrir la porte et de la pousser jusqu'à ce qu'elle touche le mur. Personne ne se cachait derrière, et si quelqu'un s'était planqué ailleurs dans la pièce, il aurait sans doute tiré au-dessus de ma tête. Debout, je ne suis déjà pas bien grande, mais à genoux…

Un rapide regard à la ronde me confirma que la pièce était vide, à l'exception de l'étroite couchette sur laquelle gisait Peter. Je me relevai, me demandant si je devais refermer la porte derrière moi et courir le risque que quelqu'un la verrouille, ou la laisser ouverte et courir le risque que quelqu'un me tombe sur le dos. J'optai pour la deuxième option, pas parce que c'était la meilleure, mais parce que m'enfermer volontairement dans une cellule allait à l'encontre de tous mes instincts. D'une part, je suis claustrophobe ; d'autre part, j'ai déjà passé trop de temps emprisonnée dans des endroits exigus à attendre qu'une affreuse bestiole vienne me dévorer. Ceci explique peut-être cela, d'ailleurs.

La scène m'avait déjà soulevé le cœur vue sur un écran de télévision. En live, c'était pire. Peter était recroquevillé sur lui-même, les mains attachées derrière le dos et les genoux remontés contre la poitrine. Son jean était toujours baissé, et ce qu'on voyait de son corps nu semblait incroyablement vulnérable. Amanda avait fait exprès de le laisser ainsi ; elle avait voulu l'humilier. Son bandeau lui masquait les yeux et formait une bande de couleur vive sur ses cheveux bruns. Sa bouche était maculée de sang séché, sa lèvre inférieure déjà enflée, et des bleus commençaient à ressortir sur tout un côté de son visage.

Je n'essayai pas spécialement d'être discrète : j'essayai d'être rapide. Peter m'entendit approcher et dut croire que sa tortionnaire revenait.

— Pitié, ne faites pas ça, articula-t-il malgré le bâillon coincé entre ses dents. Pitié, ne faites pas ça.

Il le répéta encore et encore, montant dans les aigus jusqu'à ce que sa voix se brise – et pas parce qu'il était en train de muer.

— Peter, c'est moi, le rassurai-je.

Il continua à bredouiller comme s'il ne m'avait pas entendue. Je lui posai une main sur l'épaule. Il hurla.

— Peter, c'est Anita.

Il se figea l'espace d'une seconde, puis lâcha :

— Anita ?

— Oui. Je suis venue te délivrer.

Alors, il se mit à pleurer – de gros sanglots qui secouèrent ses épaules minces. Je saisis un des couteaux de Blade, le glissai prudemment entre ses poignets et tirai vers le haut. La lame trancha les cordes tout net. Je voulus soulever son bandeau, mais il était trop serré.

— Il va falloir que je le coupe. Ne bouge pas.

Peter retint son souffle pendant que je répétais la manœuvre. Le bandeau fut plus difficile à couper que les cordes, parce qu'il était plus près de sa peau et que l'angle de la lame m'obligeait à forcer sur le côté. Mais il finit par tomber mollement sur le sol.

J'eus à peine le temps d'apercevoir des marques rouges sur la peau du front et des joues de Peter là où le tissu avait mordu dans sa chair. Puis il se jeta sur moi et m'étreignit de toutes ses forces. Sans lâcher le couteau, je le serrai dans mes bras.

— Elle a dit qu'elle me la couperait quand elle reviendrait, chuchota-t-il, le visage enfoui dans mes cheveux.

Il ne se remit pas à pleurer, se contentant de s'accrocher à moi comme un naufragé. Je lui frottai le dos. Je voulais vraiment le réconforter après le traumatise qu'il venait de subir, mais le temps pressait.

— Elle ne te fera plus de mal, Peter. Je te le promets. Viens, il faut qu'on sorte d'ici.

Je me dégageai doucement, lui pris le visage à deux mains en pointant le couteau vers le plafond et le regardai bien en face. Ses yeux étaient écarquillés, son expression choquée, mais je ne pouvais pas y faire grand-chose pour le moment.

— Peter, il faut y aller, le pressai-je. Dès que Ted aura récupéré Becca, on se casse.

A la mention de sa sœur, l'adolescent cligna des yeux et hocha la tête.

— Ça va aller, dit-il.

C'était le plus gros mensonge que j'aie entendu de toute la soirée. Mais je fis mine de le croire.

— Tant mieux.

Je me penchai pour sectionner les cordes de ses chevilles. Soudain, il réalisa qu'il était à moitié nu. Il empoigna son jean pour le remonter, et je dus retirer mon couteau.

— Si tu ne te tiens pas tranquille, je risque de te faire mal.

— Je veux me rhabiller.

Je me redressai.

— D'accord, vas-y.

— Ne regardez pas.

Je pivotai vers la porte.

— C'est bon ? m'impatientai-je au bout de quelques secondes.

— Oui.

Le simple fait d'être à nouveau couvert avait atténué la terreur qui brillait dans les yeux de Peter. Je tranchai ses cordes, rengainai le couteau et l'aidai à se relever. Il eut un mouvement de recul et faillit tomber parce que ses chevilles étaient tout ankylosées d'être restées attachés si longtemps. Je le saisis par le bras pour le retenir.

— Tu vas avoir besoin d'un peu d'aide pour marcher avant de pouvoir courir.

Il me laissa le guider jusqu'à la porte mais se déroba obstinément à mon regard. Sa première réaction avait été celle d'un enfant en quête de réconfort. A présent, il était gêné de s'être montré aussi vulnérable, et peut-être aussi que je l'aie vu quasi nu. Il avait quatorze ans – plus tout à fait un enfant et pas encore un adulte… Même s'il avait sans doute beaucoup vieilli depuis son entrée dans cette cellule.

Edward nous rejoignit dans le couloir. Il portait Becca dans ses bras. La fillette semblait pâle et malade. Des hématomes fleurissaient déjà sur son visage, mais ce fut sa main qui me donna envie de pleurer – cette main minuscule que j'avais tenue une semaine plus tôt quand Edward et moi l'avion balancée à bout de bras. Trois de ses doigts étaient cassés, déjà gonflés et décolorés. Ce qui signifiait que les fractures étaient mauvaises et ne guériraient pas facilement.

— Anita… Toi aussi, tu es venue me sauver, dit-elle d'une voix aiguë, étranglée.

Ma gorge se noua.

— Oui, ma chérie. Je suis venue te sauver, articulai-je avec difficulté.

Peter et Edward se fixèrent. Ce fut Edward qui, le premier, tendit la main à Peter – maladroitement, car son bras était coincé sous Becca. Mais Peter comprit l'invitation. Il étreignit à la fois Ted et sa sœur. Son regard se posa sur la petite main de Becca, et des larmes silencieuses coulèrent sur ses joues.

— Elle s'en remettra, promit Edward.

Peter leva les yeux vers lui. Il avait tellement envie

de le croire ! Il s'écarta en s'essuyant la figure avec sa manche.

— Je peux avoir un flingue ?

J'ouvris la bouche pour répondre « pas question », mais Edward me prit de vitesse.

— Donne-lui ton Firestar, Anita.

— Tu es malade ? m'exclamai-je, choquée.

— Je l'ai vu tirer. Il saura se débrouiller.

Je suivais les ordres d'Edward sans discuter depuis un bon moment. Et d'habitude, il savait ce qu'il faisait, mais…

— Si nous nous faisons abattre tous les deux, je veux qu'il soit armé, dit-il en me fixant dans les yeux.

Et cela me suffit pour comprendre. Il ne voulait pas que Peter et Becca se fassent capturer de nouveau. Si Peter avait un flingue, les méchants le tueraient au lieu de le torturer. Au cas où le pire se produirait, Edward avait choisi de quelle manière l'adolescent partirait. Et que Dieu me vienne en aide, parce que j'approuvais son choix.

Je sortis le Firestar de la ceinture de mon jean.

— Pourquoi celui-là ?

— Parce que la crosse est plus petite.

Je le tendis à Peter avec la vague impression de participer à la perte de son innocence, de le corrompre activement.

— Il peut contenir jusqu'à neuf balles si tu en chambres une, lui expliquai-je. Pour l'instant, il n'en contient que huit. Le cran de sûreté est là.

Peter saisit le Firestar et éjecta le chargeur.

— Ted m'a conseillé de toujours vérifier si une arme était chargée ou pas, se justifia-t-il d'un air embarrassé.

Il remit le chargeur en place et chambra une balle pour être prêt à tirer.

— Tâche de ne pas nous dézinguer accidentellement, lui recommandai-je.

— Je ferai attention.

— Je veux rentrer à la maison, geignit Becca.

— On y va, ma chérie, promit Edward.

Il s'avança vers l'angle du couloir, tenant toujours la fillette dans ses bras. Peter le suivit, et je fermai la marche.

Je ne voulais pas jouer les rabat-joie, mais nous étions encore très loin de la sortie. Avant de l'atteindre, nous devrions sans doute nous colleter avec Jack et le reste de ses hommes. Où étaient donc Russell et Amanda ? J'espérais vraiment les revoir avant de partir. J'avais promis à Peter qu'Amanda ne lui ferait plus jamais de mal, et je tiens toujours mes promesses.

60

Le couloir débouchait sur un vaste hall. Edward s'arrêta à l'intersection. Peter et moi l'imitâmes. Becca, qui était toujours dans les bras d'Edward, n'eut pas son mot à dire. Je gardai un œil sur nos arrières en attendant qu'Edward décide de la suite.

Il s'avança en se plaquant contre le mur de gauche. Quand je pus voir clairement devant moi, je réalisai pourquoi il avait hésité. Ce n'était pas juste par crainte de se retrouver vulnérable dans un espace découvert. Trois tunnels béaient sur la droite, pareils à des gueules sombres dont auraient pu jaillir Jack et ses hommes – ou n'importe quoi d'autre.

Mais une quatrième ouverture donnait sur un escalier qui montait. C'était vers elle que se dirigeait Edward. Je le suivis dos au mur, essayant de surveiller à la fois le couloir dont nous arrivions et l'entrée des trois tunnels.

L'escalier était en colimaçon, à peine assez large pour que deux personnes pas trop grosses puissent l'emprunter de front. Bref, l'endroit parfait pour une embuscade. Nous en avions déjà gravi les trois quarts quand Edward se figea et jeta un coup d'œil derrière lui.

Peter monta encore une marche. Edward lui donna un coup d'épaule qui le fit partir à la renverse et laissa tomber Becca sans lâcher sa main valide – histoire d'amortir sa chute et de l'empêcher de rouler jusqu'en bas. S'il avait fait moins attention à elle, peut-être aurait-il réussi à se mettre en sécurité avec les deux enfants, mais cet effort lui coûta la seconde dont il avait besoin.

J'aperçus un mouvement, puis un pieu en bois planté entre les omoplates d'Edward. Je me précipitai vers lui, mais il aboya :

— En haut. Maintenant. Descends-les.

Sans poser de questions, je bondis jusqu'au palier et plongeai sur le côté en braquant mon flingue devant moi. Harold, Russell, Newt et Amanda dévalaient l'escalier du dessus. Je levai mon flingue et les arrosai.

Les trois hommes s'écroulèrent, mais Amanda battit précipitamment en retraite. Je continuai à plomber ses copains pour être sûre qu'ils ne se relèveraient pas, puis me redressai et me lançai à sa poursuite.

Je m'accroupis trois marches au-dessous du palier suivant. J'avais perdu ma cible de vue, et je n'osais pas abandonner Edward et les enfants.

En rebroussant chemin, je glissai dans une flaque de sang et atterris brutalement sur mon arrière-train. Mon corps heurta le cadavre de Harold, et son cadavre grogna. Je lui collai le canon de mon flingue sur la poitrine. Ses yeux papillotèrent.

— ... Pas arrivés à temps sur le site de l'embuscade. Jack sera furax, articula-t-il d'une voix blanche.

— Ne vous en faites pas. Vous ne serez plus là pour en pâtir.

— Je n'étais pas d'accord pour torturer les enfants.

— Mais vous n'avez rien fait pour l'empêcher.

Il prit une inspiration laborieuse.

— Jack les a appelés avec la radio. Il a dit qu'il avait échoué, et qu'ils devaient venir pour faire le nettoyage. Je pense qu'ils vont tous nous tuer.

— Qui ça ?

Harold ouvrit la bouche, probablement pour répondre, mais son dernier soupir en profita pour s'échapper. Je posai deux doigts dans son cou. Pas de pouls. Je vérifiai par acquit de conscience, mais Russell et Harold étaient déjà morts. Je ne pris pas leurs flingues parce que j'étais déjà bien assez chargée.

En approchant du dernier tournant de l'escalier avant l'endroit où j'avais laissé Edward, j'entendis des voix. Et merde. Puis je reconnus le grondement rocailleux d'Olaf.

Je le trouvai agenouillé près d'Edward en compagnie de Bernardo. Assis sur une marche, Peter berçait sa sœur. Becca pleurait. Lui, non. Blême et choqué, il fixait l'homme qu'il connaissait sous le nom de Ted.

— Ils sont morts ? me demanda Bernardo.

— J'ai eu Russell, Newt et Harold, mais Amanda a réussi à s'échapper.

Peter leva la tête et me scruta. Ses yeux semblaient énormes et plus sombres que jamais dans son visage livide. Sa bouche meurtrie se détachait contre sa peau pâle comme si elle était maquillée, d'une couleur trop criarde pour être réelle.

Edward émit un petit bruit étranglé. Peter reporta son attention sur lui.

— Je suis désolé, Ted, bredouilla-t-il. Je suis désolé.

— C'est bon, Pete. Tu feras mieux la prochaine fois, articula Edward avec difficulté.

Apprendre qu'il y aurait une prochaine fois parut rasséréner Peter. Moi… Je n'en étais pas aussi sûre.

Olaf et Bernardo avaient allongé Edward sur le flanc, de sorte que je voyais l'extrémité pointue du pieu qui lui avait transpercé la poitrine. Il avait été atteint dans le haut du torse, près de l'épaule gauche. Le projectile avait manqué son cœur – sans quoi, il serait déjà mort –, mais il avait pu crever le sac qui l'entoure. La seule chose dont j'étais à peu près sûre, c'est qu'à cette hauteur, il avait raté les poumons.

— Comment as-tu su qu'ils approchaient ? demandai-je.

— Je les ai entendus, répondit Edward d'une voix vibrante de douleur qui me rappela celle de Harold.

Mon sang se glaça dans mes veines. Je voulus m'agenouiller près de lui, mais il m'ordonna :

— Surveille nos arrières.

Je me relevai, me plaquai contre le mur et mis ma vision périphérique à contribution pour couvrir en même temps le haut et le bas de l'escalier. Mais mon regard ne cessait de revenir vers Edward. Etait-il en train de mourir ? S'il vous plaît, mon Dieu, pas comme ça, priai-je. Ce n'était pas juste par amitié pour lui : c'était à cause de l'expression de Peter. Si Ted mourait, Peter penserait que c'était sa faute. Il était déjà en train de passer une très sale nuit ; il n'avait pas besoin de culpabiliser en plus de tout le reste.

— Donne-moi ton T-shirt, réclama Olaf.

Je le fixai, perplexe.

— Il faut colmater la plaie pour immobiliser le pieu. On ne peut pas le retirer ici. Il est trop près de son cœur. Il faut l'emmener à l'hôpital.

Pour une fois, nous étions d'accord.

— Que quelqu'un d'autre monte la garde pendant que je me déshabille.

Bernardo se leva et prit ma place contre le mur. Au-dessus de sa main, l'extrémité d'un couteau dépassait de son plâtre telle une pointe de lance. La lame était noire de sang.

J'ôtai mon T-shirt et le tendis à Olaf, qui ne portait plus que son gilet pare-balles : il s'était déjà servi de sa chemise pour panser la plaie.

— Vous voulez le mien ? proposa Peter.

— Oui.

Peter posa Becca sur la marche à côté de lui et enleva son T-shirt, révélant un torse pâle et frêle. Il avait dû grandir d'un coup, et sa musculature n'avait pas suivi.

Olaf déchira la chemise de Bernardo et utilisa les

bandes de tissu pour fixer le pansement improvisé. La blessure semblait atroce, mais elle saignait très peu. J'ignorais si c'était bon signe ou pas.

— On est tombé sur l'autre moitié des gars qui voulaient vous tendre une embuscade pendant qu'ils se dirigeaient vers l'escalier, expliqua Bernardo.

— Avant de mourir, Harold m'a prévenue que Jack avait appelé des gens. Il leur a dit qu'il avait échoué et qu'ils devaient venir pour tout nettoyer. Ça signifie bien ce que je pense ?

Edward leva les yeux vers moi tandis qu'Olaf utilisait d'autres bandes de tissu pour immobiliser son bras gauche.

— Ils tueront tous les occupants de cette maison, articula-t-il d'une voix tendue, légèrement essoufflée. Puis ils la réduiront en cendres. Il se peut même qu'ils salent la terre avant de repartir.

Olaf l'aida à se relever, mais la différence de taille était trop importante pour qu'il le soutienne en marchant.

— Bernardo, tu t'occupes de lui.

— Non, Anita peut le faire, contra Edward.

Olaf ouvrit la bouche pour protester.

— Bernardo a un bras dans le plâtre, lui rappela Edward, et il aura besoin de l'autre pour tirer.

Sans rien dire, Olaf pinça les lèvres et remit Edward à mes bons soins. Il passa son bras droit autour de mes épaules, et je passai mon bras gauche autour de sa taille. Nous fîmes quelques pas, juste pour voir. Ça pouvait aller.

Olaf ouvrit le chemin. Je le suivis avec Edward. Peter nous emboîta le pas, portant Becca accrochée à lui comme un petit singe triste. Bernardo ferma la marche.

En passant près des trois hommes morts, Olaf me lança sans se retourner :

— C'est toi qui as fait ça ?

— Oui.

En temps normal, j'aurais ajouté une vanne, du style « Je te l'ai déjà dit tout à l'heure ; tu ne nous ferais pas un Alzheimer précoce, par hasard ? ». Mais je m'inquiétais trop pour Edward. De la sueur perlait sur son front comme si chaque pas lui coûtait un effort monstrueux. Le problème, c'est qu'il était impossible de le porter sur une épaule, et que seul Olaf aurait eu la force de le porter dans ses bras. Or, nous avions besoin qu'il garde les mains libres pour tirer.

— Ça va aller ? demandai-je.

Edward déglutit avant de répondre :

— Ne t'en fais pas.

Il voulut pivoter pour dire quelque chose aux enfants, mais cela lui fit trop mal, et il dut se contenter de lancer :

— Couvre les yeux de Becca, Peter.

Jetant un coup d'œil en arrière, je vis Peter plaquer la tête de sa sœur contre son épaule. Je me demandai ce qu'il avait fait du Firestar, que je ne voyais plus nulle part.

Arrivé à un tournant de l'escalier, Olaf se figea et baissa les yeux. Je me raidis.

— Ne bougez pas, les enfants, recommandai-je.

— C'est un piège ? interrogea Edward.

— Non, répondit Olaf.

Alors, je vis les filets de liquide rouge foncé qui coulaient le long des marches, contournant les pieds d'Olaf pour dégouliner vers Edward et moi.

— Qu'est-ce que c'est ? demanda Peter, qui n'était pas loin derrière nous.

— Du sang, grogna Olaf.

Un frisson me parcourut l'échine.

— Pitié, dis-moi que c'est ton œuvre.

— Non.

Je regardai le sang s'accumuler autour de mes Nike et songeai que nos problèmes venaient encore d'empirer.

61

Je déposai Edward contre la balustrade. Il voulait que j'aie les mains libres pour tirer si Olaf me le demandait. Olaf reçut l'ordre de partir en éclaireur pour identifier le problème. Il disparut au tournant de l'escalier, et je me plaquai contre le pilier central pour jeter un coup d'œil de l'autre côté. Le palier était tout proche. Une lumière électrique révélait l'intérieur d'une caverne dans laquelle gisaient des corps ensanglantés.

Olaf revint vers nous.

— Je vois la sortie.

— Qui sont ces cadavres ?

— Les gars de Riker.

— Qui les a tués ?

— A mon avis, le fameux monstre. Mais il n'y a plus d'autre issue. Une explosion a bloqué le couloir par lequel nous sommes arrivés. Nous n'avons pas le choix.

Je songeai que si le monstre avait été tapi là-haut, Olaf aurait eu l'air beaucoup plus excité. Aussi me tournai-je vers Edward. Sa peau avait la couleur de la colle blanche. Ses yeux étaient fermés. Il les ouvrit quand je lui touchai le bras, mais ses prunelles brillaient d'un éclat suspect.

— Nous y sommes presque.

Il ne dit rien, se contentant de me laisser draper son bras valide sur mes épaules. Il s'accrochait encore faiblement à moi, mais à chaque pas, je devais le soutenir un peu plus.

— Tiens bon, Edward. Plus que quelques mètres, l'exhortai-je.

Sa tête pendait sur sa poitrine, mais ses pieds continuaient à bouger. On va s'en tirer, on va s'en tirer, me répétais-je comme un mantra. Plus nous nous enfoncions dans la caverne, plus le sang s'épaississait. Edward glissa ; je dus le retenir et parvins de justesse à nous maintenir debout tous les deux. Mais le mouvement brusque lui arracha un petit cri de douleur. Et merde.

— Regarde bien où tu mets les pieds, Peter, lançai-je par-dessus mon épaule.

Olaf nous attendait près des corps. Il n'y en avait que trois. Le premier était un homme que je ne connaissais pas ; à côté de sa main reposait un pistolet-mitrailleur identique à celui des autres gardes. Jack gisait dans une mare de sang et de fluides plus sombres. Son ventre avait disparu ; ses intestins s'étaient échappés de son abdomen béant et répandus sur le sol de la caverne, mais il cillait toujours, les yeux fixés sur le plafond. Il était vivant. Le troisième corps appartenait à Amanda. Elle aussi remuait imperceptiblement. Voyant qu'Olaf la couvrait, je concentrai mon attention sur Jack.

— Au moins, j'ai tué le Croque-Mort, grimaça-t-il.

— Il n'est pas aussi mort que vous, répliquai-je.

— Vous êtes tous morts, pétasse.

— Nous savons que vous avez appelé des renforts.

Une lueur hésitante passa dans son regard.

— Va te faire foutre.

Sa main se tendit vers le pistolet-mitrailleur qu'il avait lâché dans sa chute. Les tripes à l'air, agonisant, en proie à une douleur inimaginable, il avait encore le réflexe de chercher son flingue. Je lui marchai sur la main pour la clouer au sol. Ce n'était pas si évident que ça en avait l'air, avec Edward à moitié affalé sur mon épaule.

— Peter, emmène Becca et va nous attendre à la sortie avec Bernardo.

Peter ne discuta pas. Il s'éloigna en portant sa sœur, et Bernardo les suivit.

Je pointai le canon de mon Browning sur la tête de Jack. Je ne pouvais pas le laisser en vie. Même dans cet état, il était capable de me tirer dans le dos.

— J'espère que le monstre t'éventrera, pétasse.

— C'est mademoiselle Pétasse pour toi, rétorquai-je.

Et j'appuyai sur la détente.

Plusieurs détonations firent écho à la mienne. Je fis volte-face en brandissant mon flingue et découvris Peter planté au-dessus d'Amanda. Sous mes yeux, il lui vida le chargeur du Firestar dans la tête. Olaf le regarda faire sans intervenir. Je jetai un coup d'œil vers la sortie. Bernardo nous attendait là-bas, tenant Becca de son bras valide.

Edward s'affaissa. Je me laissai tomber à genoux et tentai de le maintenir droit.

— Les enfants… Fais-les sortir d'ici, chuchota-t-il.

Puis il s'évanouit.

Sans que j'aie besoin de le lui demander, Olaf s'approcha de moi et souleva Edward dans ses bras. Si le monstre débarquait maintenant, il nous trouverait tous les mains pleines, incapables de nous défendre. Et merde.

Peter continuait à appuyer sur la détente, qui cliquetait dans le vide. Je m'approchai de lui.

— Peter, elle est morte. Tu l'as tuée. Calme-toi.

Il n'eut pas l'air de m'entendre. Je tentai de lui prendre le flingue. Il se dégagea violemment et continua à tirer dans le vide, le regard fou. Je le poussai contre la paroi de pierre, lui collai un avant-bras sous la gorge et immobilisai ses poignets de ma main libre. Il me fixa, les yeux écarquillés.

— Peter, elle est morte, répétai-je. Tu ne peux pas la tuer plus que ça.

— Je voulais qu'elle souffre, dit-il d'une voix tremblante.

— Crois-moi, elle a souffert. Se faire dévorer vivante, c'est une sale façon de partir.

Il secoua la tête.

— Ça ne suffit pas.

— Non, mais elle est hors d'atteinte à présent. Ta vengeance s'arrête ici.

Je lui pris le Firestar, et cette fois, il me laissa faire. Je voulus l'étreindre, mais il me repoussa et s'éloigna. L'heure des câlins était passée. Quand vous tuez quelqu'un qui vous a fait du mal, vous en retirez une satisfaction glaciale qui détruit en vous des choses que la douleur initiale aurait laissées intactes. Parfois, la question n'est pas de savoir si vous allez perdre un morceau de votre âme, mais lequel vous allez perdre.

Peter reprit Becca dans ses bras. Olaf portait Edward. Bernardo et moi prîmes la tête de notre petit groupe. Nous sortîmes de la caverne et fouillâmes les ténèbres printanières du regard. Rien ne bougeait. Nous n'entendions que le souffle du vent dans les hauts buissons de sauge. C'était si bon de sentir l'air frais sur mon visage ! Pour la première fois, je réalisai que je ne m'étais pas attendue à ressortir vivante de chez Riker. Tant de pessimisme… Ça ne me ressemblait pas.

Bernardo entreprit de contourner la maison pour rejoindre le Hummer. Olaf le suivit, portant Edward inerte dans ses bras. Je priais Dieu de toutes mes forces pour qu'il s'en tire, et ça me faisait bizarre, comme si j'avais conscience de ne pas m'adresser à la bonne puissance. Je fis signe à Peter de passer devant moi. Il titubait. Il devait être crevé, mais je ne pouvais pas lui prendre Becca : il fallait que j'aie les mains libres pour me battre en cas de besoin.

Soudain, un picotement familier me parcourut.

— Les garçons, appelai-je. Nous ne sommes pas seuls.

Ils se figèrent.

— Qu'est-ce que tu as vu ? demanda Olaf.

— Rien, mais je sens que quelqu'un est en train de faire de la magie tout près de nous.

Olaf poussa un grognement sceptique. L'instant d'après, la première vague de peur nous percuta de plein fouet – si violente que ma gorge se noua, que mon cœur s'affola et que mes paumes se couvrirent de sueur. Becca se débattit dans l'étreinte de son frère. Je m'avançai pour aider Peter à la maîtriser, mais elle réussit à se dégager, se laissa tomber à terre et détala dans les fourrés tel un lapin.

— Becca ! hurla Peter en se lançant à sa poursuite.

— Peter, Becca ! Et merde !

Je leur courus après. Que pouvais-je faire d'autre ? Je les entendais fendre les buissons devant moi, mais entre la végétation et l'obscurité, j'avais du mal à ne pas les perdre de vue.

Soudain, je perçus un mouvement sur ma droite. Je pivotai.

La chose était plus massive qu'un homme, et la surface de son corps scintillait au clair de lune. Je lui tirai dessus alors qu'elle ouvrait une énorme gueule garnie de crocs affûtés, mais sa patte continua à s'abattre sur moi comme si les balles ne lui faisaient rien.

Des griffes me frappèrent à la tempe. Je basculai en arrière et atterris rudement sur le dos. La chose me surplombait. Je tirai de nouveau et gardai l'index appuyé sur la détente jusqu'à ce qu'elle cliquette dans le vide.

Le monstre ne marqua pas le moindre temps d'arrêt. Un visage qui ressemblait à celui d'un oiseau emplit mon champ de vision. Joli, songeai-je vaguement. Puis il me frappa de nouveau, et je basculai dans les ténèbres.

62

Je revins à moi dans un sursaut, réveillée par le pouvoir brûlant qui me parcourait le corps telle une décharge électrique. Mon dos s'arc-bouta ; mes pieds et mes mains tirèrent sur les chaînes qui me maintenaient allongée.

Des chaînes ?

La magie s'estompa, me laissant hoquetante de douleur et le souffle court. Je me concentrai sur ma respiration. Ce n'était pas le moment d'hyperventiler et de m'évanouir. Dieu seul savait où je reprendrais connaissance la prochaine fois. Je m'exhortai au calme et me forçai à inspirer profondément, régulièrement. Outre son intérêt physiologique, ce genre d'exercice vous empêche de céder à la panique. Il vous emplit d'un calme certes artificiel, mais qui a le mérite de vous permettre de réfléchir. Dans ma situation, ce n'était pas du luxe.

J'étais allongée sur le dos, enchaînée à une dalle de pierre lisse. Sur ma gauche, j'apercevais l'arrondi d'une paroi rocheuse, et au-dessus de moi, un plafond plongé dans la pénombre. J'aurais adoré croire que Bernardo et Olaf m'avaient sauvée et ramenée dans la caverne dont nous sortions, mais celle-ci était plus haute et me paraissait beaucoup plus grande. La lumière d'un feu projetait des reflets orangés sur les murs.

Me préparant au pire, je tournai la tête vers la droite – vers la source du pouvoir qui m'avait traversée. Au début, je crus que c'était Pinotl. Je me maudis d'avoir cru Itzpapalotl quand elle m'avait dit qu'elle ne savait rien au sujet du monstre. Puis je réalisai que ça n'était pas lui. Simplement, ça lui ressemblait. Même visage à la mâchoire carrée, même peau mate, même rideau de cheveux noirs. Mais cet homme-là était moins large d'épaules ; il n'exsudait pas l'autorité et ne portait qu'un short trop grand pour lui.

Un corps était drapé sur une pierre ronde pareille à celle du *Papillon d'Obsidienne*. Bien que visiblement adultes, ses bras et ses jambes étaient si courts que je songeai d'abord à Nicky Baco. Puis j'aperçus sa poitrine et réalisai que c'était Paulina. Sous sa cage thoracique béait un trou sanglant pareil à une gueule. L'inconnu lui avait arraché le cœur, qu'il brandissait au-dessus de sa tête telle une offrande. Ses yeux paraissaient noirs dans la lumière vacillante. Il baissa les bras et se dirigea vers moi. Ses mains en coupe étaient tellement couvertes de sang qu'il paraissait porter des gants rouges.

Quatre hommes se tenaient très raides autour de l'autel. Une sorte de cape en cuir souple les enveloppait presque de la tête aux pieds. Le tissu tombait d'une manière étrange, mais je n'arrivais pas à l'identifier, et j'avais des problèmes bien plus graves que ces considérations d'ordre vestimentaire.

Je portais toujours mon gilet pare-balles et le reste de mes fringues. Si le prêtre avait voulu prendre mon cœur, il m'aurait déshabillée. Je me raccrochai à cette idée tandis qu'il tendait son macabre trophée au-dessus de ma poitrine et commençait à chanter dans un langage qui ressemblait à de l'espagnol, mais qui n'en était pas.

Du sang coula sur mon gilet pare-balles. Je sursautai. L'effet apaisant des exercices sophrologiques se dissipait à la vitesse grand V. Je ne voulais pas qu'il me touche avec cette chose. Pas parce que ça risquait de me faire mal, mais parce que ça me dégoûtait profondément. Je ne voulais pas entrer en contact avec un organe vital qui venait juste de quitter le corps de quelqu'un d'autre.

Dieu sait que j'ai empalé pas mal de créatures, et que j'ai prélevé le cœur de beaucoup d'autres pour le brûler. Mais ça, c'était différent. Peut-être parce que j'étais enchaînée et impuissante, ou peut-être parce que le cadavre de Paulina gisait tout près de moi telle une poupée brisée. La seule fois où je l'avais rencontrée, je l'avais trouvée si forte, si coriace… Elle m'avait menacée avec un flingue, mais je ne lui en avais pas tenu rigueur. Des tas de gens me menacent régulièrement avec un flingue, à commencer par Edward. Ça ne signifie pas qu'on ne peut pas devenir amis. A moins, évidemment, que l'un de nous se fasse découpe en morceaux avant.

Le prêtre acheva son incantation et baissa le cœur sanglant vers moi. Je me débattis vainement.

— Ne me touchez pas avec ça, aboyai-je.

S'il comprenait l'anglais, il n'en laissa rien paraître. Il déposa le cœur de Paulina sur ma poitrine, et je me réjouis que le kevlar soit assez épais pour m'empêcher de sentir quoi que ce soit. Je m'en réjouis presque autant que je m'étais réjouie, plus tôt, de sa capacité à arrêter les balles.

Au début, il ne se passa rien. Le cœur n'était qu'un organe mort, un morceau de viande inerte. Puis je le vis prendre une inspiration – ou du moins, c'est ce qu'il me sembla. Sa peau se souleva et s'abaissa. Il se remit à battre, exposé à l'air libre et rattaché à rien.

Soudain, je pris conscience des palpitations de mon propre cœur. Et à cet instant, celui de Paulina tressaillit, puis se mit à battre à l'unisson. Dès qu'ils furent calés sur le même rythme, j'entendis un double battement. Le cœur de Paulina n'avait plus de sang à pomper, plus de poitrine dans laquelle résonner, mais son pouls était aussi fort que le mien. On aurait dit qu'il traversait mon gilet pare-balles, ma peau et ma cage thoracique pour venir transpercer mon cœur. La douleur fut aigue et immédiate. Elle me coupa le souffle et arqua mon dos.

— Tenez-la, cria le prêtre.

Trois des quatre hommes qui entouraient l'autel se précipitèrent vers moi. Des mains robustes me saisirent par les jambes et appuyèrent sur mes épaules, me plaquant contre la pierre pour m'empêcher de me débattre.

Le cœur de Paulina battait de plus en plus vite, et le mien l'imitait. Il cognait frénétiquement contre mes côtes comme s'il essayait de s'échapper. Je n'arrivais plus à respirer; il me semblait que j'allais imploser. La douleur d'abord concentrée dans ma poitrine se propagea à mes membres et à ma tête. Les deux cœurs réagissaient tels des amants séparés par un mur, prêts à tout casser pour se rejoindre enfin. A un moment, je les sentis se toucher, glisser l'un contre l'autre. Mais peut-être étais-je en train de délirer.

Soudain, le cœur de Paulina s'immobilisa comme si quelqu'un avait fait un arrêt sur image, et mon cœur s'arrêta de battre en même temps que lui. L'espace d'un instant, il demeura inerte à l'intérieur de ma cage thoracique. Puis il recommença à palpiter. Je remplis mes poumons d'air et poussai un hurlement. Vidée, je m'affaissai et me tus.

Tandis que je continuais à écouter les battements de mon cœur, la douleur s'estompa tel le souvenir d'un cauchemar. Quelques secondes plus tard, elle avait totalement disparu. Mon corps ne me faisait même plus mal. Au contraire : je me sentais vigoureuse, pleine d'énergie. Le cœur posé sur ma poitrine s'était ratatiné. Il n'en restait plus qu'un petit morceau de chair grisâtre et flétrie, impossible à identifier.

Je clignai des yeux et détaillai le visage de l'homme qui me tenait les épaules. Jusque-là, je n'avais pas fait attention à lui. Il portait un masque en tissu très fin qui ne découvrait que ses yeux, sa bouche et ses oreilles. Un masque ? Non, une cagoule faite du même matériau que sa cape, réalisai-je.

Une partie de moi comprit ce que je regardais avant que le reste soit prêt à l'accepter. Je tournai la tête sur le côté et, en louchant un peu, aperçus le bouillonnement rosâtre qui entourait ses poignets comme de la dentelle. Je venais de découvrir ce qui était arrivé à la peau des écorchés.

Les yeux qui me fixaient étaient marron et très humains. Je me tordis le cou pour regarder les deux hommes qui me tenaient les jambes. Les peaux qu'ils portaient étaient un peu plus foncées, et cousues sur la poitrine à l'endroit où auraient dû se trouver les seins, de sorte qu'il était impossible de dire si elles avaient appartenu à un homme ou à une femme.

— Comment vous sentez-vous ? me demanda le prêtre dans un anglais correct, mais avec un accent assez prononcé.

Je le dévisageai, incrédule. Il se foutait de ma gueule, ou quoi ?

— Je viens de me réveiller à côté d'un sacrifice humain encore chaud. Je suis tenue par des hommes qui portent des peaux d'humains écorchés. Comment diable suis-je censée me sentir ?

— Je m'enquérais de votre état physique, rien de plus.

Je ravalai une réplique cinglante. En fait, c'était une bonne question. Je me sentais… bien. Je me souvins de l'énergie et du bien-être qui m'avaient envahie à la fin du sort. Ils étaient toujours là. La vérité, c'est que je pétais la forme. S'il n'avait pas fallu tuer quelqu'un pour parvenir à ce résultat, ça aurait été un traitement génial.

— Ça va, dis-je prudemment.

— Vous n'avez pas mal à la tête ?

— Non.

— Tant mieux.

Le prêtre fit signe à ses acolytes, qui me lâchèrent. Ils

rejoignirent le quatrième larron et, tels de bons petits soldats, s'alignèrent contre le mur pour attendre leurs prochains ordres.

Je reportai mon attention sur le prêtre. Il me faisait aussi peur que les autres, mais au moins, il ne portait qu'un vulgaire short.

— Que m'avez-vous fait ?

— Nous vous avons sauvé la vie. La créature de notre maître a fait trop de zèle. L'intérieur de votre tête saignait. Nous avions besoin de vous vivante.

— Vous avez utilisé les forces vitales de Paulina pour me guérir, devinai-je.

— Oui.

— Honnêtement, je suis contente d'être en vie. (Je jetai un coup d'œil au corps abandonné de Paulina.) Mais elle ne s'est pas portée volontaire pour échanger sa vie contre la mienne, pas vrai ?

— Nicky Baco commençait à soupçonner le prix qu'il devrait payer en échange des faveurs de notre maître. Nous avons retenu sa femme en otage pour être sûrs qu'il viendrait à notre dernière réunion.

— Mais il n'est pas venu.

— Non. Il ne répond plus à l'appel de notre maître.

Apparemment, Ramirez avait suivi mes conseils et demandé à Léonora Evans de dresser une barrière magique autour de Nicky, afin qu'il ne puisse plus communiquer avec le monstre. J'étais contente que ça ait fonctionné, mais pas que ça ait provoqué la mort d'une autre personne. Avec les meilleures intentions du monde, on finit toujours par faire du mal à quelqu'un.

Cependant, je mentirais en disant que j'étais plus navrée pour Paulina que soulagée pour moi. D'autant que si Nicky était sous protection magique, la police devait être en route vers la cachette de son maître. Autrement dit, il ne me restait qu'à gagner du temps et attendre qu'on vienne me délivrer.

— Nicky n'est pas venu, donc, vous avez décidé que vous n'aviez plus besoin de Paulina, dis-je d'une voix calme, presque distante.

— Sa vie ne comptait pas, contrairement à la vôtre.

— Je suis ravie d'être toujours de ce monde, et ne le prenez pas mal, mais qu'est-ce que ça peut bien vous foutre que je sois vivante ou morte ?

— Nous avons besoin de vous, répondit une voix masculine derrière moi.

Je dus me tordre le cou et pencher la tête en arrière pour apercevoir son propriétaire. Au début, j'eus du mal à le repérer, car il était entouré d'écorchés. Il me semblait qu'Edward craignait d'avoir loupé certaines victimes. Il était probablement très loin du compte.

Une bonne trentaine de cadavres se tenaient derrière moi, si immobiles et silencieux que je n'avais pas capté leur présence jusque-là. Ils ressemblaient à des robots éteints. Même un zombie en voie de liquéfaction aurait été plus vivant que ça. Ces corps avaient été redressés, mais sans l'esprit de la personne qui les habitait. Le maître dévorait ce qui faisait de ses victimes des individus. Il n'absorbait pas leur âme, puisque j'en avais vu flotter une chez les Bromwell. Mais il leur prenait quelque chose – la mémoire, un vestige d'humanité – auquel je ne touchais pas quand je relevais un mort. Ces cadavres-là ressemblaient à des rochers de chair : vides, pas même animés par un souffle de vie comme les patients de l'hôpital.

Mon regard se posa enfin sur l'homme qui avait parlé. Il portait un plastron et un casque métalliques semblables à ceux qu'on voit sur les Conquistadors dans les illustrations des manuels d'histoire, mais le reste de sa tenue sortait tout droit d'un cauchemar.

Autour de son cou, un collier de langues encore roses et fraîches, comme si elles avaient été tranchées quelques secondes plus tôt. A sa taille, une jupe d'intestins qui se tortillaient tels des serpents. Sur ses bras nus et musclés, une multitude de paupières qui s'ouvraient et se refermaient à chacun de ses mouvements. Comme il rejoignait le prêtre sur ma droite, je distinguai un trou en forme d'œil sous chacune de ces paupières – un trou plein de ténèbres et de la froide lumière des étoiles.

Je repensai à Itzpapalotl et détournai la tête. Je ne voulais pas me laisser hypnotiser. A cette seconde-là, si vous m'aviez donné le choix, j'aurais préféré affronter le Maître de la Ville plutôt que la chose qui se tenait devant moi.

Après ce que j'avais vu sur les différentes scènes de crime, je m'attendais à sentir le mal irradier de lui, mais ça n'était pas le cas. Je sentais une quantité de pouvoir monstrueuse – équivalente à celle d'un générateur de la taille de l'Empire State Building –, mais l'énergie qui frémissait le long de ma peau était neutre. De la même façon qu'une arme à feu, ce n'était qu'un instrument ni bon ni mauvais en soi. Tout dépendait de l'usage qu'on en faisait.

Mon regard remonta le long de son corps. Les langues remuaient comme si elles essayaient de crier. Il ôta son casque, révélant un visage mince et séduisant qui me fit penser à celui de Bernardo. Son côté aztèque était moins marqué que je ne l'aurais cru. Il portait des clous d'oreille en turquoise, assortis à la couleur de ses yeux. Il ne semblait pas avoir plus de vingt-cinq ans, mais quand il me sourit, je sentis le poids des âges dans son regard, et mon souffle s'étrangla dans ma gorge.

Il tendit la main pour me caresser la joue. Instinctivement, je reculai la tête. Ce simple mouvement parut briser la fascination qu'il exerçait sur moi. Je pouvais de nouveau respirer et réfléchir. J'avais été l'objet d'assez de sorts de glamour pour être capable de les identifier quand on m'en lançait un. Cet homme n'était pas un dieu. Il possédait une magie extrêmement puissante, mais la magie ne suffit pas pour faire de vous un dieu. Et si c'était juste un monstre plus balèze que les autres, je trouverais bien un moyen de lui régler son compte.

— Qui êtes-vous ? lançai-je d'une voix ferme.

— Je suis le Mari de la Femme Rouge, répondit-il en me fixant de ses yeux si doux, si patients – des yeux d'ange.

Je fronçai les sourcils.

— La Femme en Rouge, chez les Aztèques, ça désigne le sang. Comment pouvez-vous être le mari du sang ?

— Je suis le corps et elle la vie, dit-il simplement, comme si ça expliquait tout.

Ce qui était loin d'être le cas.

Quelque chose d'humide et de poisseux toucha ma main. Je voulus replier mon bras, mais la chaîne ne m'y autorisa pas. Un morceau d'intestin continua à ramper sur ma main tel un lombric obscène. Je réprimai un cri.

Le Mari de la Femme Rouge éclata de rire. C'était un rire très ordinaire pour un soi-disant dieu, débordant de cette condescendance masculine qui est passée de mode depuis longtemps. Un rire qui semblait dire « Stupide fillette, ne réalises-tu pas que je suis l'homme fort, que je sais tout et que tu ne sais rien ? ». Ou alors, c'est moi qui suis trop susceptible.

— Pourquoi des intestins ? demandai-je.

Son sourire se flétrit aux entournures. Son beau visage prit une expression perplexe.

— Tu te moques de moi ?

L'intestin retomba piteusement, tel un soupirant qui vient de se prendre le râteau du siècle. Ça me convenait.

— Non. Je me posais juste la question. Visiblement, vous pouvez animer n'importe quelle partie du corps. Vous pouvez empêcher des pièces détachées de se décomposer – comme les peaux que portent vos serviteurs. Etant donné le choix dont vous disposez, pourquoi les intestins de vos victimes et pas autre chose ?

Les gens adorent parler d'eux. Plus leur ego est gros, plus ils aiment ça. J'espérais que le Mari de la Femme Rouge ne faisait pas exception à la règle.

— Je porte les racines de leur corps pour que tous ceux qui me voient sachent que mes ennemis ne sont que coquilles vides, et que je détiens tout ce qui leur appartenait.

A question idiote…

— Pourquoi les langues ?

— Pour que nul ne croie les mensonges de mes ennemis.

— Les paupières ?

— Pour que mes ennemis ne puissent plus jamais fermer les yeux sur la vérité.

Il répondait si aimablement que je décidai de poursuivre l'interrogatoire.

— Comment faites-vous pour écorcher des gens sans utiliser aucun outil ?

— Tlaloci, mon prêtre, appelle leur peau à lui.

— Comment ?

— En utilisant mon pouvoir.

— Vous voulez dire, *son* pouvoir ?

Il se renfrogna.

— Tout le pouvoir qu'il possède, il le tient de moi.

— Sûrement.

— Je suis son maître. Il me doit tout.

— On dirait plutôt que c'est vous qui lui êtes redevable.

— Tu ne sais pas de quoi tu parles.

La moutarde lui montait au nez. Ce n'était pas le résultat que je visai. Je décidai de revenir en terrain moins dangereux.

— Pourquoi prendre les seins et les pénis ?

— Pour nourrir mon serviteur.

Il ne fit rien de spécial, mais soudain, je sentis bouger l'air à l'intérieur de la caverne. Les ombres s'ouvrirent comme un rideau, révélant un tunnel à environ dix mètres de l'endroit où je gisais.

Une créature sortit en rampant. Tout d'abord, je ne vis qu'une masse d'écailles irisées dont la teinte changeait avec chaque altération subtile de la lumière. Verte, bleue, puis bleue et verte à la fois, et même un scintillement blanc nacré que je crus avoir imaginé jusqu'à ce que le monstre tourne la tête et me laisse apercevoir son ventre.

Un éventail de plumes aux couleurs de l'arc-en-ciel, qui aurait rendu un paon jaloux, entourait son visage. Il le déploya en me fixant de ses yeux ronds, aussi énormes que ceux d'un oiseau de proie. Deux ailes délicates étaient repliées le long de son dos. Vues du dessus, elles semblaient multicolores, mais leur face intérieure devait être blanche.

Car cet animal était un Quetzalcoatl Draconus Gigantus – selon la dernière classification latine qu'on m'avait enseignée. Parfois, les serpents à plumes sont considérés comme une sous-espèce de dragons ou de gargouilles. Mais dans quelque catégorie qu'on les range, le Giganticus est le plus gros d'entre eux. Il est également censé avoir disparu. Les Conquistadors en ont tué un paquet pour démoraliser les autochtones, qui les considéraient comme des créatures sacrées, et parce que massacrer ce qu'on ne connaît pas est une tradition chez les Européens. Moi vois bestiole, moi tue bestiole. En tant que philosophie, ça a le mérite de la simplicité.

Je n'avais vu que des photos en noir et blanc, plus le spécimen empaillé du Musée d'Histoire Naturelle de Chicago. Les photos ne lui avaient pas rendu justice, et le taxidermiste n'avait pas assuré un cachou. Le Quetzalcoatl glissa à l'intérieur de la caverne dans une ondulation de couleurs et de muscles. C'était l'une des plus belles créatures que j'aie jamais contemplées. C'était aussi, très probablement, le responsable des meurtres et des mutilations en série.

Il ouvrit son museau bleu azur et bâilla, révélant des rangées de crocs pareils aux dents d'une scie. Les griffes de ses quatre pattes cliquetaient bruyamment sur le sol de pierre.

Le Mari de la Femme Rouge posa son casque sur la dalle, près de mes jambes, et se dirigea vers la créature. Celle-ci baissa la tête pour se faire caresser, un peu comme un chien. Il lui gratta le front, au-dessus des crêtes osseuses qui lui servaient d'arcades sourcilières. Elle ferma les yeux et émit un bruit sourd, pareil à un ronronnement. Alors, il la repoussa d'une bourrade taquine, et elle battit en retraite dans le tunnel.

— Je croyais que les Quetzalcoatl avaient disparu.

— Mon serviteur nous a conduits ici ; puis il a dormi en attendant mon réveil.

— J'ignorais que ces créatures pouvaient hiberner.

Le Mari de la Femme Rouge fronça les sourcils et revint vers moi.

— Je connais la signification du mot « hiberner », mais il s'agissait d'un sort lancé par le dernier de mes prêtres guerriers. Cet homme s'est sacrifié pour nous plonger dans un sommeil enchanté, sachant qu'il ne resterait personne pour l'aider et qu'il mourrait seul dans cette contrée inconnue, bien avant que je me réveille.

Un sommeil enchanté ? Comme la Belle au Bois Dormant ? Mazette…

— Ça, c'est de la loyauté : se sacrifier pour le bien du plus grand nombre.

— Je suis ravi que tu approuves. Ça va grandement faciliter la suite.

Oh oh. Ça ne me disait rien qui vaille. La flatterie n'était peut-être pas une bonne tactique, en fin de compte. Je me rabattis sur quelque chose de beaucoup plus naturel pour moi – le sarcasme.

— Je n'éprouve nulle loyauté envers vous. Je ne suis pas l'un de vos serviteurs.

— C'est seulement parce que tu ne comprends pas, dit-il en me fixant de son regard si paisible, si chaleureux.

— Ouais. C'est ce que Jim Jones a raconté juste avant de distribuer du Kool-Aid à tout le monde[1].

— Ce nom ne m'est pas familier.

Le Mari de la Femme Rouge pencha la tête sur le côté, et ce mouvement me rappela Itzpapalotl quand elle écoutait des voix inaudibles pour moi. A présent, je réalisais que ça n'était peut-être qu'un moyen d'accéder aux souvenirs d'autrui.

— Ah, ça y est. Je sais qui était cet homme. Mais je ne suis pas un illuminé : je suis un dieu.

Ça semblait important pour lui que je gobe son histoire. S'il devait me convaincre de sa nature divine avant de me tuer, il n'était pas près d'arriver à ses fins.

Il se rembrunit.

— Tu ne me crois pas, lâcha-t-il, surpris.

Alors, je réalisai que malgré son immense pouvoir, il était aussi naïf qu'un enfant. Des millénaires s'étaient accumulés au fond des yeux qui recouvraient ses bras ; il me semblait que j'aurais pu observer la naissance du monde à travers eux. Mais les traits de son visage exprimaient des émotions très juvéniles. Sans doute avait-il l'habitude que les gens se prosternent devant lui. Quand on vous a vénéré toute votre existence, rencontrer une personne insensible à votre grandeur, ça doit faire un choc.

1. Chef du mouvement du Temple du Peuple et instigateur d'un suicide de masse qui fit plus de 900 victimes, mortes après avoir bues du Kool-Aid additionné de cyanure. *(N.d.T.)*

— Je suis un dieu, répéta-t-il sur un ton condescendant.

— Si vous le dites, acquiesçai-je.

Mais je pris bien garde à laisser transparaître mon scepticisme dans ma voix.

Sa moue s'accentua. Il me faisait penser à un gamin trop gâté qui boude parce que ses parents refusent de lui acheter un nouveau jouet.

— Tu dois y croire ! Je suis le Mari de la Femme Rouge, le corps qui se vengera de ceux qui ont détruit mon peuple.

— Vous voulez parler des Conquistadors ?

— Oui.

— Il n'en reste pas beaucoup au Nouveau-Mexique.

— Leur sang coule toujours dans les veines des enfants des enfants de leurs enfants.

— Sans vouloir vous offenser, ça m'étonnerait que vous teniez vos yeux bleus de parents purement aztèques.

Les plis qui barraient son front se creusèrent. Si cette conversation se poursuivait trop longtemps, j'allais lui filer des rides permanentes.

— Je suis un dieu créé par les larmes de mon peuple. Je suis le pouvoir résiduel des Aztèques, la magie incarnée des Espagnols. Nous utiliserons leur propre énergie pour les détruire.

— N'est-il pas un peu trop tard pour ça – disons, un demi millénaire trop tard ?

— Les dieux ne perçoivent pas le temps de la même façon que les humains.

Je savais qu'il croyait ce qu'il disait, mais je pensais qu'il se cherchait des excuses. S'il avait pu le faire, il aurait botté le cul des Conquistadors cinq siècles plus tôt.

Comme s'il avait lu dans mes pensées, il expliqua :

— A l'époque, j'étais un nouveau dieu. Je n'avais pas la force de vaincre nos ennemis. C'est pourquoi le

Quetzalcoatl m'a amené ici. Aujourd'hui, je suis assez puissant pour accomplir mon dessein, et prêt à prendre la tête de mon armée.

— Si je comprends bien, il vous a fallu cinq cents ans pour passer de l'état de bébé dieu à celui de grand méchant dieu. Un peu comme la soupe qui doit mijoter très longtemps avant d'être prête.

Il éclata de rire.

— Tu as une drôle de façon d'envisager les choses. Je trouve ça triste que tu doives mourir. (Il laissa ses doigts courir le long de mon bras.) Si je n'avais pas besoin de ta vie, je ferais de toi la première de mes concubines et la mère de mes enfants, car tu leur conférerais de grands pouvoirs de sorcellerie.

Nous étions revenu au sujet qui fâche – celui de ma mort imminente –, et je ne tenais pas à m'y attarder. Le Mari de la Femme Rouge semblait avoir un ego plutôt fragile pour une divinité. Voyons si je pouvais jouer là-dessus.

— Ne m'en veuillez pas, mais de toute façon, je ne serais pas intéressée.

Il se figea, la main posée sur mon bras comme s'il avait oublié qu'il était en train de me caresser.

— Tu refuserais de partager mon lit ? demanda-t-il, perplexe.

— Oui.

— Est-ce parce que tu souhaites conserver ta vertu ?

— Non. C'est juste que… Vous ne me plaisez pas particulièrement.

Ce concept avait l'air de lui poser un sacré problème. Je le fixai avec mon expression la plus impassible – dans les yeux, parce que si je regardais n'importe où ailleurs, j'allais voir des bouts de corps remuer tout seuls. Difficile de jouer les rebelles quand vous avez envie de hurler à vous en péter les cordes vocales.

Le Mari de la Femme Rouge me caressa le visage.

Cette fois, je le laissai faire. Sa main était douce, ses gestes délicats, mais son regard n'avait plus rien de serein. Il se pencha comme pour m'embrasser, et je sentis des cils papillonner sur ma peau. Je poussai un petit cri. Il se redressa.

— Qu'est-ce qui ne va pas ?

— Par où commencer ? Les paupières tranchées qui me chatouillent le bras ? Les intestins qui se tortillent comme des serpents autour de votre taille ? Le collier de langues qui essaient de me lécher ? Vous n'avez que l'embarras du choix.

— Mais ça ne devrait pas t'affecter. Tu devrais me voir comme un être magnifique, désirable.

Difficile de hausser les épaules quand vos mains sont attachées au-dessus de votre tête, mais je tentai quand même le coup.

— Désolée, je bloque sur votre tenue.

— Tlaloci, appela-t-il.

L'homme en short s'approcha et mit un genou en terre.

— Oui, seigneur ?

— Pourquoi ne se pâme-t-elle pas devant moi ?

— Apparemment, l'aura de votre divinité ne fonctionne pas sur elle.

— Pourquoi ? s'enquit le Mari de la Femme Rouge sur un ton coléreux.

— Je l'ignore, seigneur.

— Tu avais dit qu'elle pourrait remplacer Nicky Baco. Qu'elle était nauhuli, comme lui. Qu'elle avait été touchée par ma magie, et que c'était l'odeur de ma magie qui avait attiré le Quetzalcoatl à elle. Pourtant, elle ne réagit pas au contact de mes mains. Comment est-ce possible si mon pouvoir l'imprègne ?

Et si ça n'était pas son pouvoir, mais celui d'Itzpapalotl ? songeai-je. L'être qui se tenait devant moi avait presque réussi à me tuer à distance. Il avait submergé mon esprit sans que je puisse l'en empêcher. A présent, j'étais à sa merci, et il n'arrivait pas à me faire quoi que ce soit. La seule chose qui avait changé entre-temps, c'est que le pouvoir d'Itzpapalotl m'avait remplie. Cela suffisait-il à faire la différence ?

Tlaloci se redressa, la tête toujours inclinée.

— Nous sommes confrontés à une magie puissante, seigneur. D'abord, nous perdons notre emprise sur Nicky Baco, et maintenant, cette femme demeure insensible à votre divinité.

— Pour faire un parfait sacrifice, elle doit adhérer à ma vision.

— Je sais, seigneur.

— C'est toi le magicien, Tlaloci. Dis-moi ce que je dois faire.

Plusieurs minutes s'écoulèrent pendant que Tlaloci réfléchissait. Je les laissai passer sans me manifester. Enfin, il releva la tête.

— Elle ne croira en votre vision que si elle croit en vous.

— Comment puis-je la convaincre que je suis un dieu si mon pouvoir ne l'affecte pas ?

C'était une bonne question, et j'attendis patiemment que Tlaloci y réponde. Plus il prenait son temps, plus il en laissait à Ramirez pour arriver. A condition, bien sûr, que la police soit réellement en route. Sinon, mes options seraient sacrément limitées.

Je sentais toujours le faux stylo-plume dans ma poche. Je disposais d'une arme pour me défendre… A condition d'avoir les mains libres pour m'en servir. Evidemment, rien ne me disait que l'acier pouvait blesser le Mari de la Femme Rouge. Et quand bien même je réussirais à le neutraliser, il resterait Tlaloci, les quatre acolytes et une petite armée de cadavres qui seraient sans doute assez mécontents que j'aie buté leur dieu. Sur ce coup-là, je ne voyais pas bien comment je pourrais m'en sortir seule.

Si Ramirez ne débarquait pas avec la cavalerie, j'étais fichue. Cette fois, Edward ne pourrait pas me tirer de la panade. Je priais Dieu pour qu'il soit toujours en vie, mais même s'il avait survécu à sa blessure, il était hors jeu jusqu'à nouvel ordre. J'avais vraiment besoin d'aide, et je ne pouvais compter que sur celle de Ramirez et de la police. Ramirez était arrivé en retard à l'hôpital. S'il réitérait son exploit, je ne serais plus là pour m'en plaindre.

Tlaloci fit signe au Mari de la Femme Rouge de le suivre vers le fond de la caverne. Tous deux se mirent à parler à voix basse. Je ne comprenais pas. Quelle importance que je les entende ou pas ? Ils avaient l'intention de me tuer, et ils m'en avaient déjà informée ; ils ne cherchaient donc pas à me ménager. Alors, que se passait-il ?

Le Mari de la Femme Rouge ôta son collier de langues et le remit au prêtre. Il défit son plastron et le tendit à un des acolytes, qui vint s'agenouiller devant lui pour le recevoir. Puis il répéta la manœuvre avec sa jupe d'intestins.

A aucun moment il ne donna d'ordre à ses serviteurs, comme s'il était évident que ceux-ci anticiperaient ses moindres besoins. Il était d'une arrogance incroyable parce qu'il ne s'était jamais frotté au monde extérieur. Il me faisait penser à ces princesses de contes de fées qui grandissent dans une tour d'ivoire, entourées de gens qui leur répètent sans cesse combien elles sont belles et intelligentes, jusqu'à ce qu'une sorcière arrive et leur lance une malédiction. Devinez qui avait été embauchée à son insu pour tenir le rôle de la sorcière dans le spectacle de ce soir ?

Le Mari de la Femme Rouge portait un maxtlatl, comme tous les employés mâles du *Papillon d'Obsidienne*. Mais celui-ci était noir, avec une lourde frange dorée sur le devant. Ses sandales étaient incrustées de turquoise – un détail que, curieusement, je n'avais pas remarqué jusqu'à ce qu'il se débarrasse de sa jupe d'intestins. La terreur, ça tend à vous distraire.

Il revint vers moi d'un pas assuré. Les fentes latérales de son maxtlatl découvraient la ligne de ses fesses et de ses cuisses. Il était vraiment bien foutu, mais être beau gosse, ça ne suffit pas pour me faire craquer.

— C'est mieux ? demanda-t-il sur un ton presque taquin.

Son regard était redevenu serein. Il semblait convaincu que tout allait se passer selon ses désirs à présent.

— Beaucoup mieux, acquiesçai-je.

Je songeai à le complimenter sur son anatomie, mais je ne voulais basculer dans le registre sexuel qu'en tout dernier recours.

Il se rapprocha de moi. Les paupières continuaient à battre des cils sur ses bras, faisant clignoter telles des lucioles les étoiles qu'elles dissimulaient.

— Et pour ces yeux… Je suppose que vous ne pouvez rien faire ?

— Ils font partie de moi. Mais tu n'as pas à les craindre.

— Si vous le dites…

— Je veux que tu me connaisses, Anita.

C'était la première fois qu'il m'appelait par mon prénom. Peut-être l'avait-il lu dans mon esprit, ou peut-être Paulina le lui avait-elle révélé.

Il se pencha sur moi et défit la menotte de mon poignet droit. Un des acolytes s'avança, prêt à saisir le couteau passé dans sa ceinture. Je me figeai. Mais le Mari de la Femme Rouge se contenta de prendre ma main droite et de la porter à ses lèvres pour la baiser.

— Touche-les, et tu verras.

Je mis une seconde à réaliser que ce « les » désignait les yeux sur ses bras, et je ne sus pas si je devais m'en réjouir ou non. Je n'avais aucune envie de toucher des bouts de corps prélevés sur des victimes encore vivantes. Le Mari de la Femme Rouge me prit le poignet et tenta d'approcher ma main de son bras, mais je fermai le poing.

— Touche-les, Anita, m'exhorta-t-il. Ils ne te feront pas de mal.

Il déplia mes doigts de force. Bien sûr, j'aurais pu résister davantage, l'obliger à m'en casser un ou deux avant de céder, mais je savais que la bataille était perdue d'avance, alors pourquoi m'infliger ça ?

Il guida ma main au-dessus de son bras, et les paupières cillèrent à mon contact. A chaque baiser papillon, je sursautais. Elles étaient bombées et fermes au toucher, comme si chacune d'elles abritait un œil. Je savais pourtant que ça n'était pas le cas.

— Qu'y a-t-il à l'intérieur ?

— Tout, répondit le Mari de la Femme Rouge. Explore-les, Anita.

Il approcha mon index d'une des paupières ouvertes. Avec une répugnance mêlée de curiosité, je glissai mon doigt dans la cavité. Je sentis d'abord une résistance pareille à celle d'une membrane de chair. Puis mon index s'enfonça jusqu'à l'articulation.

Une douce tiédeur envahit ma main, remonta le long de mon bras et se communiqua au reste de mon corps, m'enveloppant telle une couverture. Je me sentais au chaud, en sécurité. Je levai les yeux vers le Mari de la Femme Rouge et me demandai pourquoi je n'avais pas réalisé plus tôt combien il était bon, séduisant et…

Froid. Mon doigt avait si froid que ça me faisait presque mal. La douleur était brûlante comme elle qui précède l'engourdissement et la mort par hypothermie. Je hoquetai et retirai vivement ma main.

— Que se passe-t-il ? demanda le Mari de la Femme Rouge.

Il me caressa la joue. J'eus un mouvement de recul.

— Vous êtes glacé à l'intérieur, répondis-je en serrant ma main contre ma poitrine.

Il sursauta.

— Tu devrais te sentir au chaud, en sécurité.

Il se pencha vers moi pour me forcer à plonger mon regard dans ses yeux turquoise. Je détournai la tête. Le pouvoir résiduel d'Itzpapalotl m'aidait à résister, mais il avait ses limites. Si je me laissais hypnotiser par le Mari de la Femme Rouge, je deviendrais une victime consentante.

— Tu nous compliques les choses, Anita.

Je gardai le regard braqué sur le mur du fond.

— Désolée de gâcher votre soirée.

Il me caressa la joue, et je frémis comme s'il m'avait frappée. Jusque-là, j'avais cru que je tentais de retarder ma mort – et je m'étais trompée. Je tentais de retarder le moment où je m'abîmerais dans son pouvoir. Après ça, il me tuerait, mais je serais perdue bien avant que le couteau de son prêtre s'abatte sur moi. Paulina était-elle partie ainsi : extatique, avide de satisfaire le « dieu » ? Je l'espérais pour elle. Pour moi… je n'en étais pas si sûre.

— Je veux que tu croies que ta mort servira un dessein supérieur.

— Désolée, vous n'avez pas démarché le bon pigeon.

Je sentis sa perplexité danser sur ma peau, comme le font parfois la colère, le désir ou la peur des vampires et des métamorphes. Avant de toucher son œil, je n'avais pas perçu ses émotions. Il était en train de m'absorber morceau par morceau.

Il me prit la main.

— Non, grognai-je, les dents serrées.

Qu'il me casse les doigts si ça lui chantait : cette fois, il était hors de question que j'ouvre le poing et que je le touche. Je ne coopérerais plus, fût-ce pour gagner du temps. Fini la résistance passive ; je devais commencer à me battre avant qu'il ne reste plus rien de moi.

Il était déjà arrivé que des vampires roulent mon esprit, mais aucun d'eux ne possédait un tel pouvoir. Si le Mari de la Femme Rouge submergeait ma volonté, c'en serait fini de moi. Se faire tuer n'est que l'une des façons les plus évidentes de mourir. Si quelqu'un oblitère votre personnalité, votre individualité, vous cessez d'exister d'une façon moins flagrante mais tout aussi réelle.

Je repliai mon bras contre ma poitrine et bandai mes muscles pour l'y maintenir. Le Mari de la Femme Rouge tira sur mon poignet, et tout mon buste vint avec.

— Ne m'oblige pas à te faire du mal, Anita.

— Je ne vous oblige à rien du tout. Quoi que vous fassiez, c'est votre choix, pas le mien.

Il me reposa sur la dalle.

— Je pourrais te broyer la main.

Ça sonnait comme une menace, mais sa voix était toujours aussi douce.

— Je ne vous toucherai plus – en tout cas, pas volontairement.

— Je veux juste que tu poses ta main sur ma poitrine, au-dessus de mon cœur.

— Non.

— Tu es très têtue.

— Vous n'êtes pas le premier à me le faire remarquer.

— Je ne te forcerai pas.

L'acolyte tira son couteau d'obsidienne et se pencha vers moi. Je me raidis mais ne protestai pas. Tant qu'à mourir, je mourrais intacte, et non possédée par un pseudo-dieu.

Mais l'acolyte ne me poignarda pas. Il se contenta de glisser sa lame sous l'épaule de mon gilet pare-balles. Le kevlar n'est pas censé protéger contre les coups de couteaux ; cependant, il est assez difficile à découper. La peau vide qui pendait sur le poignet de l'acolyte se balançait tandis que sa main allait et venait selon un mouvement de scie. Dégoûtée, je tournai mon regard vers le plafond.

Je faillis lui demander s'il savait ce qu'était le Velcro, mais je me retins. Il allait mettre un moment à découper mon gilet pare-balles, surtout avec une lame en obsidienne. A ce rythme-là, le soleil se lèverait avant qu'il réussisse à dénuder ma poitrine.

Malheureusement, il dut s'en rendre compte, car il rengaina son couteau et en tira un autre d'un étui logé dans le creux de ses reins. Quand il le brandit dans la lumière du feu, je vis la lame jeter des étincelles. De l'argent, ou tout au moins du métal. Il en glissa la pointe sous la couture de mon gilet pare-balles.

Je ne pus me retenir plus longtemps.

— Vous avez l'intention de m'enlever le cœur ? demandai-je.

— Ton cœur restera à sa place, répondit le Mari de la Femme Rouge.

— Alors, pourquoi voulez-vous me déshabiller ?

— Tu refuses de toucher ma poitrine avec ta main, mais d'autres parties de ton corps peuvent la sentir tout aussi bien.

Cela suffit presque à me faire céder. J'avais un peu peur de ce qu'il pouvait considérer comme d'autres parties de mon corps capables de sentir. Mais même avec une lame métallique, l'acolyte allait mettre du temps à découper le kevlar, et le temps, c'était justement ce dont j'avais besoin.

Quelques minutes plus tard, mon gilet pare-balles me fut ôté telle la pelure desséchée d'un oignon. L'acolyte tira dessus pour dégager le morceau coincé sous mon dos, et je me retrouvai quasi nue jusqu'à la taille.

Le Mari de la Femme Rouge grimpa sur la dalle. Il

s'agenouilla près de moi et, d'un air intrigué, caressa le bord de mon soutien-gorge en dentelle noire du bout de l'index.

— Qu'est-ce que c'est ?

— Un balconnet, répondis-je.

— Tant de choses nouvelles à apprendre...

— Je suis ravie que ça vous plaise.

Il ne releva pas le sarcasme. Peut-être y était-il immunisé.

Comme je m'y attendais, il s'allongea sur moi. Mais au lieu de se mettre en position de missionnaire, il s'arrangea pour presser sa poitrine contre la mienne, ce qui plaça son bas-ventre bien en dessous de mon entrejambe. Il n'avait donc pas l'intention de me violer. Curieusement, ça ne me soulageait guère. Prendre mon corps, c'était une chose. Prendre mon esprit, c'était pire.

— Tu le sens ? me demanda-t-il.

Pour ne pas le regarder en face, je tournai légèrement la tête vers le mur.

— De quoi parlez-vous ?

— Tu sens battre mon cœur ?

Ce n'était pas du tout la question que j'attendais.

— Euh... non. Je ne sens que le mien.

— C'est justement le problème.

Je ne pus m'empêcher de lui jeter un bref coup d'œil. L'éclat saisissant de ses prunelles turquoise dans son visage bronzé me fit très vite reporter mon attention sur le mur.

— Que voulez-vous dire ?

— Mon cœur ne bat pas.

Presque malgré moi, je levai ma main libre. Il se redressa en appui sur ses bras tendus pour que je puisse toucher sa poitrine. Sa peau était douce et tiède, mais rien ne palpitait en dessous.

— Je ne suis qu'un corps, expliqua-t-il. La Femme

Rouge ne vit pas en moi. Sans elle, mon cœur ne saurait constituer un digne sacrifice.

Le choc me força à lever les yeux vers lui.

— Vous avez l'intention de vous sacrifier ? m'exclamai-je, incrédule.

— Aux dieux créateurs, oui, acquiesça-t-il. Ils ont besoin de se nourrir du sang d'un jeune dieu, comme ils le firent au commencement du temps.

Je scrutai son visage si séduisant et si serein en quête de quelque chose que je puisse comprendre – du doute, de la peur… Mais je ne trouvai rien.

— Vous allez laisser votre prêtre vous découper ?

— Oui, mais ça ne me tuera pas.

— Vous en êtes sûr ?

— Mon cœur sera assez fort pour continuer à battre à l'extérieur de mon corps. Quand il sera remis à sa place, les anciens dieux reviendront de l'exil auquel le Christ blanc les a condamnés.

Plus encore que ses mots, son expression me disait qu'il y croyait.

Je n'étais pas très calée en histoire aztèque, mais je doutais fort que le Christ soit responsable de quoi que ce soit malgré toutes les atrocités commises en Son nom.

— Ne blâmez pas Jésus pour ce que les Espagnols ont fait à votre peuple. Dieu nous a donné le libre arbitre, ce qui signifie que nous pouvons choisir de faire le mal. Je pense que c'est ce qui est arrivé aux conquérants du Mexique.

Le Mari de la Femme Rouge me dévisagea, perplexe.

— Tu y crois vraiment. Je sens que tu y crois.

— De tout mon cœur, acquiesçai-je. Sans mauvais jeu de mots.

Il se redressa et s'assit à califourchon sur mes jambes.

— La plupart des gens qui m'ont été offerts en sacrifice ne croyaient pas en grand-chose – et certainement pas en le Christ blanc. (Il posa une main sur ma joue.) Mais toi, c'est différent. Comment peux-tu avoir foi en un dieu qui a permis qu'on t'amène ici pour te sacrifier à une autre divinité ?

— Croire seulement quand c'est facile, ce n'est pas croire vraiment.

— C'est donc une fidèle du dieu qui nous a détruits qui va me permettre d'accomplir mon dessein. Quelle ironie ! Dès que j'aurai absorbé ton essence, je serai assez puissant pour fabriquer le précieux liquide, et mon pouvoir me délivrera enfin.

— Comment ça, absorber mon essence ?

Je n'avais plus vraiment peur. Ça faisait trop longtemps que le Mari de la Femme Rouge discutait avec moi. Si vous ne vous décidez pas à me tuer ou au moins à me blesser, au bout d'un moment, vous cessez de me terroriser.

— Il me suffira de te donner un baiser, et tu deviendras aussi légère et sèche que des feuilles de maïs après la récolte. Tu me nourriras comme les épis nourrissent les hommes.

Sans doute las de rester en appui sur ses bras tendus, il s'allongea à côté de moi. Et la peur me saisit de nouveau à la gorge. J'étais à peu près certaine de voir de quoi il parlait.

— Vous voulez dire que vous aspirerez mes forces vitales et que je me changerai en momie.

Il me caressa le front du bout des doigts, et son regard se fit triste, plein de regret.

— Ça fera très mal, et j'en suis désolé, mais même ta souffrance contribuera à m'alimenter.

Il approcha son visage du mien. J'avais une main libre et un couteau dans ma poche, mais si j'agissais trop tôt et échouai, il ne me resterait pas d'autre recours. Où diable était Ramirez ?

— Vous allez me torturer, grognai-je. Génial.

Il se recula légèrement.

— Ce n'est pas de la torture, protesta-t-il. C'est ainsi que tous mes prêtres ont attendu mon réveil.

— Qui les a ramenés parmi les vivants ?

— J'ai ramené Tlaloci, mais j'étais faible et je n'avais plus de sang à donner aux autres. Avant que nous puissions y remédier, le dénommé Riker a envahi notre lieu de repos. (Son regard se fit vague, comme s'il revivait ses souvenirs.) Il a découvert ce que tu appelles les momies de mes prêtres. Ses hommes en ont détruit plusieurs dizaines en cherchant des joyaux dans leurs entrailles. (La colère assombrit son beau visage et dissipa la sérénité de ses yeux.) Le Quetzalcoatl n'était pas encore réveillé, sans quoi, nous les aurions tous massacrés. Ils ont dérobé des objets qui appartenaient à mes prêtres, me forçant à trouver un autre moyen de leur rendre la vie.

— Les peaux, soufflai-je.

Le Mari de la Femme Rouge acquiesça.

— Tlaloci a pu les enchanter dans ce but.

— Donc, vous avez traqué les gens qui avaient violé votre sanctuaire, et ceux qui avaient acheté les possessions de vos prêtres.

— Oui.

D'un certain point de vue – celui d'un être totalement dénué de miséricorde –, ça n'était que justice. Je poursuivis mon raisonnement.

— Vous avez prélevé les organes des gens qui avaient un don.

— Un don ?

— Les sorciers, les *brujos*.

— Ah. Oui. Je ne pouvais pas me permettre de les laisser en vie. Je ne voulais pas prendre le risque qu'ils me retrouvent avant l'éclosion de mon pouvoir.

Il recommença à me caresser la figure. Pour retarder le moment du baiser fatal, je demandai très vite :

— L'éclosion de votre pouvoir ? Ça consiste en quoi, au juste ?

— Je deviendrai mortel et immortel.

J'écarquillai les yeux.

— Comment ça ?

— Ton sang me rendra mortel. Ton essence me rendra immortel.

— Je ne comprends pas.

— Les voies divines sont impénétrables pour les simples humains.

Il tendit la main, et l'acolyte déposa dans sa paume une aiguille d'os longue de dix centimètres environ. Celle-là, je ne m'y attendais pas.

— Qu'est-ce que vous allez faire ? m'inquiétai-je.

Le Mari de la Femme Rouge fit tourner l'aiguille entre son pouce et son index.

— Je vais percer le lobe de ton oreille et boire ton sang. Ça ne sera pas très douloureux, promit-il.

J'ai toujours détesté les piqûres. Vous me direz que personne n'aime ça, mais chez moi, c'est une véritable phobie. Prendre un coup de couteau me fait moins peur que subir une prise de sang. Je sais, c'est stupide. Le propre des phobies, c'est justement qu'elles sont irrationnelles.

Le Mari de la Femme Rouge approcha l'aiguille de mon oreille gauche. J'aurais pu le repousser avec ma main libre, mais je ne voulais pas qu'il ordonne à Tlaloci de me rattacher. Pour ne pas me débattre instinctivement, je fermai les yeux.

La douleur fut vive et immédiate. Je hoquetai et rouvris les yeux. Le Mari de la Femme Rouge se penchait vers moi. Un instant, je crus que j'avais trop attendu pour agir, qu'il allait m'embrasser directement sans passer par la case suçon. Juste avant que ses lèvres touchent les miennes, il me prit par le menton et me tourna la tête sur le côté.

Ce geste me rappela celui des vampires qui exposent le cou de leurs victimes pour mieux les mordre. Mais le Mari de la Femme Rouge visait plus haut. Il me donna un rapide coup de langue sur l'oreille. Comme il avalait les premières gouttes de mon sang, il poussa un soupir de plaisir. Puis sa bouche se referma sur mon lobe, et il se mit à le sucer avidement.

Son corps était plaqué contre le mien ; une de ses mains tenait ma tête tandis que l'autre caressait ma hanche. Juste besoin de se nourrir, hein ? Moi, je ne pelote pas mon steak avant de le bouffer.

Je sentais sa mâchoire presser sur ma gorge, sa pomme d'Adam monter et descendre au rythme de ses déglutitions. C'était perturbant, mais pas vraiment douloureux. Puis il me lâcha le visage pour glisser sa main à l'intérieur de mon soutien-gorge.

— Hé, je ne suis pas votre concubine, lui rappelai-je.

Il se redressa légèrement. Ses yeux étaient écarquillés, troubles et lumineux. On aurait pu se noyer dans leur éclat turquoise.

— Pardonne-moi. Ça faisait très longtemps que je n'avais pas senti de vie en moi.

Je croyais comprendre ce qu'il voulait dire, mais je cherchais toujours à gagner du temps.

— Je ne vois pas le rapport, mentis-je.

Il éclata de rire et roula sur le flanc.

— Désormais, ton sang coule dans mes veines. Je suis de nouveau mortel, avec tout ce que ça implique en termes d'appétits et de réflexes physiologiques.

— En d'autres termes, vous bandez pour la première fois depuis cinq cents ans. Pigé.

Il frotta son bassin contre le mien. A travers l'épaisseur de mon jean, je sentis combien il était dur.

— Si tu la veux, elle est à toi, sourit-il.

J'ouvris la bouche pour lui faire ma réponse habituelle (« Non, merci »), puis me ravisai. Si je devais choisir entre le viol et la mort, sachant que les secours étaient en route… Je ne saurai jamais ce que j'aurais choisi, car à cet instant, j'entendis des pieds gifler la pierre.

Je tournai la tête. Un acolyte se précipitait vers nous en bousculant les cadavres écorchés. Il se laissa tomber à genoux près de la dalle.

— Seigneur, des inconnus armés approchent. Le petit *brujo* est avec eux.

— Tue-les, ordonna le Mari de la Femme Rouge. Ou à tout le moins, retarde-les. Après l'éclosion de mon pouvoir, ils ne pourront plus rien contre moi.

Les autres acolytes sortirent des armes d'un coffre et partirent en courant. Les écorchés s'élancèrent à leur suite. Seul Tlaloci le prêtre demeura dans la caverne avec nous. Ramirez arrivait avec des renforts. Je pouvais bien gagner encore quelques minutes.

Une main me saisit le menton.

— Tu aurais pu être la première femme pour moi depuis des siècles, mais le temps presse. (Le Mari de la Femme Rouge me força à tourner la tête vers lui.) Je suis navré de devoir te prendre sans ton consentement, car tu n'as fait de mal ni à moi, ni à mon peuple.

Je glissai la main dans ma poche. Mes doigts se refermèrent sur le stylo-plume. Je me tordis le cou pour me soustraire au baiser fatal et localiser Tlaloci. Le prêtre s'affairait devant l'autel. Il avait jeté le corps de Paulina par terre, comme un vulgaire déchet, et nettoyait la pierre ronde pour la préparer à recevoir son dieu.

Le Mari de la Femme Rouge me caressa la joue.

— J'accrocherai ton cœur à mon collier de langues afin que mes fidèles se souviennent de ton sacrifice jusqu'à la fin des temps, chuchota-t-il à mon oreille.

— Comme c'est romantique, raillai-je en sortant le stylo de ma poche.

— Laisse-toi faire, Anita. Je n'ai nulle envie de te faire souffrir plus que nécessaire.

Je sentais la force des doigts qui me tenaient le menton ; je savais qu'ils auraient facilement pu me broyer la mâchoire. Alors, je me laissai faire. Mon index était posé sur le bouton qui libérait la lame dissimulée, mais je ne voulais pas appuyer avant d'être dans la bonne position.

Des coups de feu éclatèrent à l'extérieur, et au bruit, j'estimai que l'entrée de la caverne ne se trouvait pas si loin. Puis il y eut un rugissement que je reconnus pour l'avoir déjà entendu. Les flics avaient amené des lance-flammes. C'était une excellente idée. J'espérais que les serviteurs du Mari de la Femme Rouge brûleraient jusqu'au dernier.

Je levai les yeux.

— Tu m'as donné la vie. (Le Mari de la Femme Rouge me sourit tendrement). Maintenant, tu vas me donner l'immortalité.

Il se pencha sur moi tel le Prince Charmant sur le point d'embrasser la belle princesse et de faire disparaître tous ses problèmes comme par enchantement. Le souvenir du corps momifié de Seth s'imposa à mon esprit. Je dus lever le stylo trop brusquement, car le Mari de la Femme Rouge se redressa de quelques centimètres et me jeta un regard interrogateur.

J'appuyai sur le bouton. La lame jaillit et se planta dans son cœur. Aussitôt, la lumière s'évanouit de son regard, et ses yeux turquoise reprirent leur apparence humaine.

— Qu'as-tu fait ? hoqueta-t-il.

— Dans le fond, vous n'êtes qu'un vampire un peu plus exotique que la moyenne. Et mon boulot, c'est de tuer les vampires.

Il roula à bas de la dalle et s'écrasa sur le plancher. Tlaloci se précipita vers lui. Sans attendre de voir s'il était capable de soigner son dieu, j'examinai ma menotte gauche. Elle n'était fermée que par un clou. Je la défis rapidement et m'attaquai aux entraves de mes chevilles.

— Non, non, non, gémit Tlaloci en pressant ses deux mains sur la plaie du Mari de la Femme Rouge pour tenter d'arrêter l'hémorragie.

La lame du stylo toujours plantée dans le cœur, son dieu fut saisi de convulsions. Je me libérai rapidement et sautai à terre de l'autre côté de la dalle. Mon petit doigt me disait que Tlaloci risquait de m'en vouloir un tantinet.

Il se redressa, tenant ses mains couvertes de sang devant lui. Il semblait horrifié, anéanti, comme si je venais juste de détruire son monde. Ce qui était peut-être le cas.

Sans dire un mot, il dégaina son couteau d'obsidienne et se dirigea vers moi à grandes enjambées. Mais la dalle à laquelle il m'avait enchaînée faisait la taille d'une table de salle à manger pour huit ou dix personnes, et je m'arrangeai pour la garder entre nous, tournant autour afin qu'il ne puisse pas m'attraper.

Les coups de feu se rapprochaient. Tlaloci dut s'en rendre compte car, soudain, il se jeta sur la dalle en brandissant son couteau. Je reculai précipitamment et me retrouvai à découvert – ce qui, bien sûr, était le but de sa manœuvre. Il s'avança vers moi, tenant son arme à la façon de quelqu'un qui sait s'en servir : le bras souple mais la poigne ferme. J'adoptai une position défensive. Je ne pouvais rien faire d'autre qu'esquiver ses coups. Ah, si. Une chose.

— Ramirez ! m'époumonai-je.

Tlaloci se jeta sur moi. Je fis un pas sur le côté et sentis le déplacement d'air comme son couteau fendait le vide près de mon oreille. Je n'étais pas tirée d'affaire pour autant. Ses attaques rageuses, désordonnées, me forcèrent à reculer vers le fond de la caverne tandis que cris et bruits de lutte se dirigeaient vers nous.

Mes deux bras saignaient, et je venais de recevoir une entaille à la poitrine quand je réalisai qu'il m'avait acculée contre l'autel. A l'instant où je baissai les yeux pour repérer le corps de Paulina, je trébuchai dessus et basculai sur le côté.

Instinctivement, je décochai une ruade pour maintenir mon adversaire à distance. Tlaloci me saisit la cheville gauche et plaqua ma jambe contre sa poitrine. Nous nous fixâmes, et je vis ma mort sur son visage. Il lança son couteau en l'air et le rattrapa dans l'autre sens – de façon à pouvoir me poignarder au lieu de me couper.

Je pris appui sur mes deux avant-bras et ramenai ma jambe libre contre ma poitrine. Puis je la détendis d'un coup en visant le genou de Tlaloci. A l'instant où il frappa, mon talon lui déboîta la rotule. Sa jambe céda sous lui ; il poussa un cri de douleur, mais sa lame d'obsidienne continua à descendre.

Soudain, sa tête explosa. Une pluie de bouts d'os et de morceaux de cervelle s'abattit sur moi. Sa main se crispa sur le manche du couteau, et son corps bascula sur le côté.

Je relevai la tête. A l'autre bout de la caverne, Olaf se tenait au bas d'un escalier de pierre – solidement campé sur ses pieds, son flingue toujours braqué sur l'endroit où Tlaloci s'était trouvé quelques secondes auparavant. Puis il cligna des yeux. La concentration déserta son visage, qui reprit un aspect plus ou moins humain. Il baissa le bras et se dirigea vers moi. Dans son autre main, il tenait un couteau dégoulinant de sang.

J'étais en train de m'essuyer la figure quand il se planta devant moi.

— Je n'aurais jamais cru dire ça un jour, mais je suis contente de te voir.

Il grimaça un sourire.

— Je t'ai sauvé la vie.

— Je sais.

Ramirez émergea de l'escalier, flanqué par ce qui ressemblait à une unité SWAT en tenue de combat. Les hommes se déployèrent, pointant des automatiques monstrueux sur les moindres recoins de la caverne. Des Gardes Nationaux en combinaison ignifugée firent irruption à leur tour. Chacun d'eux brandissait un lance-flammes.

Olaf essuya son couteau sur son pantalon, le rengaina et me tendit la main. Elle était couverte de sang et toute poisseuse, mais je la pris et l'autorisai à me relever.

Bernardo entra, suivi par une escouade d'agents en tenue. Son plâtre était entièrement rouge, comme s'il l'avait trempé dans un pot de peinture.

— Anita, tu es vivante, constata-t-il.

Je hochai la tête.

— Grâce à Olaf.

Celui-ci me pressa la main, puis me lâcha.

— Je suis encore arrivé à la bourre, se lamenta Ramirez.

— Peu importe, dis-je, magnanime. Le monstre est mort et je suis vivante, c'est l'essentiel.

Voyant qu'il n'y avait plus personnes à abattre, les flics se détendirent.

— C'est tout ? demanda un agent en uniforme noir.

Du menton, je désignai le tunnel.

— Il y a un Quetzalcoatl là-dedans.

— Un quoi ?

— Un… un dragon.

Malgré leur casque, je les vis échanger des regards incrédules.

— Un monstre, si vous préférez.

Ils se mirent en formation et foncèrent vers l'entrée du tunnel. Je les regardai disparaître à l'intérieur sans bouger. J'avais déjà fait plus que ma part de boulot. Et puis, ils étaient drôlement mieux équipés que moi.

Ramirez s'approcha.

— Vous saignez, dit-il en me touchant le bras.

Bernardo et un des flics qui étaient restés en arrière vinrent examiner les cadavres.

— Où est le fameux Mari de la Femme Rouge dont le nabot nous a rebattu les oreilles ? demanda le flic.

Je désignai le corps dans lequel était planté mon stylo.

— Il ne ressemble pas beaucoup à un dieu.

— Normal. C'était un vampire.

Tous les regards convergèrent vers moi.

— Qu'avez-vous dit ? s'exclama Ramirez.

— Je vous raconterai plus tard. Pour l'instant, il faut parer au plus pressé et prendre nos dispositions afin qu'il ne se relève pas. Faites-moi confiance : dieu ou pas, il est sacrément puissant.

Le flic donna un coup de pied au corps, qui remua mollement comme seuls le font les cadavres.

— Il m'a l'air tout ce qu'il y a de plus mort.

Je m'attendais presque à ce que le Mari de la Femme Rouge se redresse et me lance : « Surprise ! Tu n'as quand même pas cru que tu m'avais eu avec ton joujou ? ». Autant dire que ma nervosité n'était pas encore retombée.

— Oui, et je tiens à ce qu'il le reste. Pour ça, nous devons lui couper la tête et prélever son cœur, brûler séparément chacune des trois parties de son corps et répandre leurs cendres sur trois plans d'eau différents.

— Vous plaisantez ? s'étrangla le flic.

— Nos balles ne faisaient absolument rien aux écorchés. Mais tout à coup, ils se sont écroulés et ils n'ont plus bougé, dit Ramirez. C'était grâce à vous ?

— En quelque sorte. Ils étaient animés par le pouvoir de leur maître. Donc, quand je l'ai tué, ils sont redevenus inertes.

— D'accord, grommela le flic. Admettons que vous sachiez de quoi vous parlez. Comment on procède ?

Olaf rengaina son flingue. Il se dirigea vers le coffre dans lequel les acolytes avaient pris leurs armes et en sortit une énorme massue plate sertie d'éclats d'obsidienne. Puis il revint vers le corps.

— Hé, personne ne vous a donné la permission de le faire ! protesta le flic.

— Vous en pensez quoi, Ramirez ?

— J'en pense qu'on fait ce que dit Anita.

Olaf fit tournoyer la massue comme pour s'exercer à la manier. Satisfait, il s'agenouilla et leva les yeux vers moi.

— Je prends la tête.

Je me penchai et ramassai le couteau de Tlaloci, qui n'en aurait probablement plus besoin.

— Je prends le cœur.

Je m'agenouillai de l'autre côté du cadavre. Le flic recula. Olaf me dévisagea attentivement avant de lâcher :

— Si je t'avais laissée te faire tuer, Edward aurait considéré ça comme un échec.

— Donc, il est toujours en vie ?

— Oui.

Je poussai un soupir de soulagement.

— Dieu merci.

— Je n'échoue jamais, dit Olaf.

— Je te crois.

Nous nous fixâmes par-dessus le corps du Mari de la Femme Rouge. Dans ses yeux, j'aperçus quelque chose que je ne comprenais toujours pas, quelque chose qui me demeurait étranger. Olaf était un monstre, pas aussi puissant que celui qui gisait entre nous mais potentiellement tout aussi meurtrier. Et je lui devais ma vie.

— Toi d'abord, lui ordonnai-je.

— Pourquoi ?

— Si je retire la lame alors que le corps est toujours

intact, j'ai peur qu'il se redresse et qu'il recommence à respirer.

Olaf haussa les sourcils.

— Tu te fous de moi ?

— Je ne plaisante jamais au sujet des vampires.

Il hocha lentement la tête.

— Tu aurais mérité d'être un homme.

Je le pris comme un compliment, parce que c'en était un – sans doute le plus beau qu'il ait jamais fait à une femme.

— Merci.

L'équipe SWAT ressortit du tunnel.

— Il n'y a rien là-dedans, rapporta le capitaine. C'est vide.

— Le Quetzalcoatl a dû s'enfuir. (Je reportai mon attention sur Olaf.) Vas-y. Je veux me tirer de cette maudite caverne.

Le capitaine n'eut pas l'air d'approuver notre plan. Ramirez et lui se lancèrent dans une compétition : c'était à qui crierait le plus fort. Pendant que les flics les regardaient s'engueuler, je fis signe à Olaf, qui décapita le corps d'un seul coup. Du sang se répandit sur le sol.

— Qu'est-ce que vous foutez ? aboya un des SWAT.

— Mon boulot, répondis-je en insérant la pointe du couteau sous les côtes du cadavre.

Le SWAT cala la crosse de son pistolet-mitrailleur sur son épaule et nous mit en joue.

— Ecartez-vous immédiatement de ce corps.

Je ne levai même pas les yeux.

— Olaf ?

— Oui.

— S'il tire, tue-le.

— Avec plaisir.

Olaf tourna son regard noir vers le SWAT, et bien que lourdement armé, celui-ci fit un pas en arrière.

— Repos, Reynolds, lui ordonna son capitaine, que

Ramirez avait mis au parfum entre-temps. C'est une exécutrice de vampires. Laisse-la faire son boulot.

J'enfonçai la lame dans la chair du Mari de la Femme Rouge, découpai un trou au-dessous de sa cage thoracique et plongeai ma main dedans. La cavité était étroite, humide et glissante. Je dus utiliser mes deux mains pour extraire le cœur : une pour le tenir, l'autre pour trancher les artères et les tissus auxquels il était attaché. Lorsque je le retirai de la poitrine du cadavre, j'avais du sang jusqu'aux coudes.

Je surpris Ramirez et Bernardo à m'observer avec une expression presque identique. A mon avis, aucun des deux ne me harcèlerait plus pour décrocher un rencard. Ils se souviendraient toujours de m'avoir vue découper le cœur d'un homme; jamais plus ils ne me regarderaient du même œil. Pour Bernardo, je m'en fichais. Pour Ramirez… J'avoue que ça me faisait mal.

Une main se posa sur les miennes. Je levai les yeux vers Olaf. Lui, il n'était pas dégoûté. Il caressa le cœur sanguinolent comme un être humain normal aurait caressé un chaton. Je m'écartai de lui, et une fois de plus, nous nous fixâmes par-dessus le corps que nous venions de tailler en pièces. Dans ses yeux, je vis ces ténèbres pures qui ne surgissent d'ordinaire que dans les plus intimes des situations. Je me détournai.

— Il me faudrait quelque chose pour transporter ça, lançai-je à la cantonade.

Un flic m'apporta une pochette vide et me dit que je pouvais la garder. Il ne tenait pas à la récupérer.

Personne n'offrit de sac à Olaf, et il n'en réclama pas.

63

Les flics trouvèrent mes flingues dans le coffre, avec le reste des armes. Mais les holsters et les couteaux manquaient à l'appel. Décidément, j'en faisais une consommation affolante. Je devrais peut-être songer à les acheter en gros. Je fourrai le Browning et le Firestar dans la ceinture de mon jean.

Ramirez me conduisit au crematorium le plus proche afin que j'assiste à l'incinération de la tête et du cœur. Lorsque les deux petites urnes me furent remises, l'aube se levait presque. Si je ne m'étais pas endormie dans le siège passager, j'aurais refusé que Ramirez m'emmène à l'hôpital. Mais il tenait à ce que les docteurs m'examinent. Miraculeusement, aucune de mes blessures n'était assez profonde pour nécessiter des points de suture. Je n'aurais pas de nouvelles cicatrices.

Comme j'étais à moitié nue, quelqu'un m'avait donné un gilet estampillé FBI. Du coup, le docteur préposé aux urgences me prit pour un agent fédéral. Je tentai de le détromper, puis réalisai qu'il interprétait mon déni comme le symptôme d'une commotion cérébrale. Plus je protestais, plus il était convaincu que j'avais reçu un coup sur la tête et oublié qui j'étais. Il me prescrivit un scanner crânien, et tous mes efforts pour l'en dissuader restèrent vains.

J'étais assise dans un fauteuil roulant, attendant qu'on

m'emmène, quand Bernardo s'approcha de moi et toucha mon gilet du FBI.

— Tu es montée en grade, à ce que je vois, gloussa-t-il.

Je grimaçai.

— Ne m'en parle pas. Des nouvelles des autres invalides ?

— Edward est mal en point, mais il survivra. Peter va bien. Becca est plâtrée jusqu'au coude.

— Et toi, ça va ?

Il désigna son propre plâtre imbibé de sang bruni.

— Il faut que je le fasse changer, mais je voulais d'abord vérifier comment allaient les autres.

— Où est Olaf ?

Il haussa les épaules.

— Aucune idée. Après que tu sois montée en voiture avec Ramirez, il a dit que sa mission était terminée, et il a disparu. J'imagine qu'il est retourné se planquer dans la caverne au fond de laquelle Edward l'a trouvé.

Je fronçai les sourcils.

— Edward t'a dit que tu ne pouvais pas coucher avec une femme parce qu'il l'avait interdit à Olaf, pas vrai ?

— Oui. Mais nous avons bouclé l'enquête et tué tous les monstres. En sortant d'ici, je me mets tout de suite à la recherche d'un bar ouvert.

— Tu ne penses pas qu'Olaf a eu le même réflexe ?

— Possible. Et alors ?

Je fixai Bernardo de mon regard le plus éloquent. Ses yeux s'écarquillèrent, et une expression horrifiée se peignit sur son visage tandis qu'il réalisait.

— Oh, mon Dieu ! Il est en train de tuer quelqu'un.

— S'il a choisi une victime au hasard, on ne peut rien y faire. Mais… Tu te souviens de la façon dont il matait le Pr Dallas, l'autre soir, au *Papillon d'Obsidienne* ?

Bernardo jura. Je m'extirpai du fauteuil roulant.

— Il faut que je parle à Ramirez.

— Attends un peu. Rien ne dit qu'Olaf est vraiment en train de faire quelque chose de mal.

— Tu ne crois quand même pas qu'il est rentré sagement à la maison ?

Bernardo parut réfléchir quelques secondes, puis secoua la tête.

— Moi non plus.

— Il t'a sauvé la vie.

— Je sais.

Nous nous dirigeâmes vers l'ascenseur.

Les portes s'ouvrirent sur le lieutenant Marks.

— Où diable croyez-vous aller ? s'écria-t-il.

— J'ai de bonnes raisons de croire que le Pr Dallas est en danger, dis-je en le bousculant pour entrer dans la cabine.

Bernardo m'imita.

— Pourquoi ferais-je confiance à une sorcière ? gronda Marks. (Il appuya sur le bouton qui permettait de maintenir les portes ouvertes.) Votre toutou du FBI m'a tenu à l'écart de l'intervention.

— Qui ça, Bradley ? Je n'étais pas au courant. Ecoutez, Marks… Haïssez-moi si ça vous chante, mais ne laissez pas mourir une innocente.

— Dallas est aussi corrompue que vous.

— Donc, vous vous fichez qu'elle connaisse une mort atroce ? m'exclamai-je, incrédule.

Marks me fixa sans répondre. Je jetai un coup d'œil à Bernardo. Sans hésiter, il abattit son plâtre sur la tête de Marks. Celui-ci s'écroula, et les portes de l'ascenseur se refermèrent.

— Tu veux que je le tue ? s'enquit Bernardo en l'allongeant sur le plancher de la cabine.

— Non. Mais… Maintenant, on ne peut plus demander l'aide de Ramirez. Sinon, Marks pensera qu'il était dans le coup. Tu as toujours la voiture d'Edward ?

— Oui.

— Alors, comment Olaf est-il reparti ?

— S'il est vraiment en train de faire ce que tu penses, il a dû voler une bagnole qu'il abandonnera sur le lieu de son crime.

— Mais il faudra bien qu'il repasse d'abord chez Edward pour prendre son matos.

Les portes de l'ascenseur s'ouvrirent sur le parking souterrain où Bernardo s'était garé.

— Quel matos ? me demanda-t-il.

— S'il a l'intention de la découper, il voudra utiliser ses instruments habituels. Les tueurs en série sont très pointilleux sur la méthodologie.

— Donc, il est chez Edward en ce moment ?

— Depuis combien de temps est-il parti ?

— Un peu plus de trois heures.

— Non, il a déjà dû arriver chez Dallas – si c'est bien là qu'il s'est rendu.

Bernardo déverrouilla la voiture. Je dus sortir le Browning de mon jean avant de me hisser sur le siège passager : le canon était vraiment trop long pour que je puisse m'asseoir confortablement avec. Je le posai sur mes genoux et regardai Bernardo démarrer avec son bras dans le plâtre.

— Tu veux que je conduise ?

— Ça ira. Contente-toi de me guider jusque chez Dallas.

— Et merde !

Il me jeta un coup d'œil.

— Les flics doivent connaître son adresse.

— Quand Marks reviendra à lui, il exigera sûrement notre arrestation, et le temps qu'on réussisse à se débarrasser de lui, Dallas sera déjà morte. (Je réfléchis quelques secondes.) Tu sais où se trouve le portable d'Edward ?

— Dans la boîte à gants. Pourquoi ? Qui veux-tu appeler ?

— Itzpapalotl. Elle doit savoir où habite Dallas.

— Elle ne fera qu'une bouchée d'Olaf.

— Peut-être que oui, peut-être que non. Dans tous les cas, tu ferais mieux de sortir d'ici avant que Marks se réveille et rameute tous les flics à dix kilomètres à la ronde.

Bernardo obtempéra pendant que je composais le numéro des renseignements. L'opératrice se déclara enchantée de me mettre en relation avec le *Papillon d'Obsidienne*. Le jour se levait. Itzpapalotl ne devait pas être joignable en personne, aussi demandai-je à parler à Pinotl, en précisant que c'était de la part d'Anita Blake et qu'il s'agissait d'une urgence.

Je n'eus pas à attendre longtemps.

— Anita, lança la belle voix de basse du prêtre. Ma maîtresse avait prédit que vous appelleriez.

J'aurais parié qu'elle s'était trompée sur la raison, mais ça n'avait pas beaucoup d'importance.

— Pinotl, j'ai besoin de l'adresse du Pr Dallas, dis-je sur un ton pressant.

Silence à l'autre bout de la ligne.

— Elle est en danger, Pinotl, insistai-je.

— Dans ce cas, nous réglerons le problème nous-mêmes.

— Je vais être obligée de faire intervenir les flics. Ils abattraient vos jaguars-garous à vue.

— Vous vous inquiétez pour nos gens ?

— Donnez-moi l'adresse et je m'en occuperai pour vous, Pinotl.

Pendant quelques secondes, je n'entendis que le souffle régulier du prêtre.

— Dites à votre maîtresse que je la remercie pour son aide. Je me rends bien compte que si je suis vivante, c'est grâce à elle.

— Vous ne lui en voulez pas de ne pas vous avoir raconté tout ce qu'elle savait ?

— Les vampires aussi âgés qu'elle ont parfois des réactions incompréhensibles pour les humains.

— Ma maîtresse est une déesse.

— On ne va pas chipoter sur la sémantique, Pinotl. Nous savons tous deux ce qu'elle est. Je vous en prie, donnez-moi l'adresse de Dallas.

Il me la donna et m'expliqua même comment y aller. Je transmis ses instructions à Bernardo, et nous nous mîmes en route.

64

Pendant le trajet, j'appelai la police. Je dis que j'avais entendu des hurlements à l'adresse de Dallas et raccrochai sans avoir indiqué mon nom. Si Olaf n'était pas là, les flics allaient flanquer une trouille bleue à Dallas, et je m'excuserais volontiers. Je paierais même le serrurier si sa porte était défoncée.

— Pourquoi ne leur as-tu pas dit la vérité ? demanda Bernardo.

— Quelle vérité ? « Je crois qu'un tueur en série est en train de massacrer le professeur. Comment je le sais ? Parce que je fréquente le tueur en question depuis plusieurs jours, mais notre ami commun Ted Forrester lui a interdit d'attaquer des femmes pendant la durée de l'enquête que nous menions. Vous avez entendu parler de tous ces gens écorchés ou découpés en morceaux ? Qui je suis ? Anita Blake, exécutrice de vampires. Qu'est-ce que j'y connais en psychologie criminelle ? Plus que vous ne pourriez le penser. »

Je jetai un regard sévère à Bernardo.

— D'accord, pigé, soupira-t-il.

— Mais ils ne pourront pas se permettre d'ignorer un appel anonyme. Ils enverront une voiture le plus vite possible, juste au cas où.

— Je croyais que Dallas ne t'avait pas plu.

— Pas tellement, non. Mais je ne vais pas la laisser

se faire massacrer sous prétexte que je n'ai pas accroché avec elle !

— Olaf nous a sauvé la vie à tous les deux. Aucun de nous ne doit rien à cette femme.

Je fixai Bernardo. Difficile de déchiffrer l'expression de quelqu'un quand vous ne voyez que son profil.

— Es-tu en train de me dire que je ne peux pas compter sur toi ? Parce qu'il est hors de question que je t'emmène si tu dois hésiter au dernier moment. Tu risquerais de te faire tuer, et moi avec. Si tu n'es pas prêt à descendre Olaf en cas de besoin, je préfère que tu restes dans la voiture.

— Tout dépend de ce que tu définis comme « en cas de besoin ». Je pense que si on peut sauver Dallas et laisser filer Olaf, on devrait le faire, histoire d'effacer notre ardoise.

— Si Dallas est indemne, j'y réfléchirai. C'est tout ce que je peux te promettre.

— Je trouverais ça vraiment minable de remettre Olaf à la police, insista Bernardo.

— Mais si les flics sont déjà sur place, nous n'aurons pas le choix.

— Ça ne serait pas difficile de nous débarrasser de deux agents.

— Tu voudrais qu'on les tue ?

— Je n'ai pas dit ça.

— Ça vaut mieux pour toi. Parce que non seulement je ne t'aiderais pas, mais je t'abattrais sans sommation.

— Pour deux types que tu ne connais même pas ?

— Oui.

— Pourquoi ?

Je secouai la tête.

— Si tu es obligé de poser la question, tu ne comprendrais pas la réponse.

Il me jeta un coup d'œil en biais.

— D'après Edward, tu es une flingueuse hors pair,

mais tu as deux défauts : tu es trop intime avec les monstres, et tu réfléchis comme un flic honnête. Mais je t'ai vu faire. Tu es une tueuse au même titre qu'Olaf ou que moi.

— Peu importe ce que je suis. Je refuse de descendre des innocents. Si Dallas est indemne, j'envisagerai de laisser filer Olaf, mais s'il lui a fait du mal, il devra payer. Mon plan ne te convient pas ? Donne-moi tes armes et attends-moi dans la voiture. Je me débrouillerai seule.

— Qu'est-ce qui m'empêche de te mentir, de garder un flingue et de te tirer dans le dos ?

— Tu sais qu'Edward se lancerait à ta poursuite, et tu as plus peur de lui que tu n'es reconnaissant envers Olaf. Et puis, ton sens de l'honneur n'est pas si développé que ça. Si tu avais vraiment voulu protéger Olaf, tu aurais dit quelque chose avant que j'appelle les flics. Mais ça n'était pas en tête de ta liste de priorités.

— Edward a dit que tu es l'une des personnes les plus loyales qu'il ait jamais rencontrée. Alors, pourquoi ne protèges-tu pas Olaf ?

— Il viole et il tue des femmes, Bernardo. Pas parce qu'il est payé pour ça ou parce qu'il cherche à se venger, mais parce que c'est dans sa nature. Il est pareil à un chien enragé. Tôt ou tard, quelqu'un devra l'abattre pour l'empêcher de nuire.

— Donc, tu as l'intention de le descendre.

— Non. Je préférerais éviter de contracter une nouvelle dette envers Edward. Quand je vois où ça m'a menée de chercher à rembourser la précédente…

— Nous sommes arrivés, annonça Bernardo.

En cette heure matinale, le silence régnait dans ce quartier résidentiel. Les voitures étaient encore garées dans les allées, mais quelques lève-tôt étaient sortis sous leur porche pour observer la patrouilleuse stationnée devant la maison du professeur. Le crépitement d'une radio filtrait par la portière conducteur ouverte.

Dallas habitait ce style de ranch en fausse adobe dont les autochtones semblaient si friands. Dans la lumière blafarde qui succède à l'aube, les murs paraissaient presque dorés. Bernardo se gara le long du trottoir et coupa le contact.

— Alors ? demandai-je en haussant un sourcil.

— Je t'accompagne.

Mais avant qu'on puisse dégainer, les deux agents sortirent de la maison, suivis par Dallas. Le professeur était en robe de chambre. Les bras croisés sur la poitrine, elle sourit magnanimement aux flics tandis qu'ils s'excusaient de l'avoir dérangée pour rien. Levant les yeux, elle nous aperçut. Une expression étonnée se peignit sur son visage.

— Anita, regarde ça, dit Bernardo en désignant la boîte aux lettres qui se dressait au bout d'un piquet, sur ma droite.

Une enveloppe blanche portant mon prénom en majuscules était clouée sur la petite porte à l'aide d'un couteau. Apparemment, nous étions les seuls à l'avoir remarquée, et le Hummer était assez haut pour la dissimuler aux voisins d'en face.

— Tu peux m'aider à la récupérer ?

— Avec plaisir.

Je sortis en laissant le Browning sur mon siège. Les flics l'auraient forcément repéré, et je n'avais pas de papiers d'identité sur moi. J'aurais peut-être pu me faire passer pour un agent du FBI, mais dans le doute, je préférais m'abstenir. Bernardo et moi avions agressé un officier de police. Nous n'avions pas besoin d'accumuler les chefs d'inculpation.

Bernardo dégagea le couteau d'un geste qui se voulait naturel. L'enveloppe tomba dans ma main, et je me dirigeai vers la maison en la tapotant sur ma cuisse comme si j'étais descendue de voiture avec. Aucun des deux flics ne hurla « Halte, voleurs ! ». Je continuai à marcher en me demandant ce que Bernardo avait fait du couteau. En tout cas, il n'était plus dans ses mains.

— Salut, Dallas, lançai-je en la rejoignant. Qu'est-ce qui se passe ?

— Un petit plaisantin a appelé les flics en leur disant qu'il avait entendu des hurlements chez moi.

Bernardo secoua la tête d'un air désapprobateur.

— Qui pourrait bien faire une chose aussi vile ?

Je le foudroyai du regard. Il me sourit.

— Vous aussi, vous avez reçu un coup de fil ? interrogea Dallas.

— Oui, répondit Bernardo. On nous a appelés sur le portable d'Edward pour nous dire que vous étiez en danger.

La méprise qui avait eu lieu à l'hôpital se reproduisit sans que je l'y aie encouragée en rien. Les deux flics se présentèrent en indiquant leur grade et leur nom.

— Anita Blake, dis-je en leur serrant la main, et voici Bernardo Cheval-Tacheté.

— Il n'est pas…

Mal à l'aise, le flic baissa les yeux.

— Non, je ne suis pas un agent du FBI, acheva Bernardo à sa place, avec une pointe d'amertume dans la voix.

— C'est à cause des cheveux, mentis-je. Très peu de Fédéraux les portent longs.

— Ouais, c'est sûrement ça.

Les deux flics s'en furent, nous laissant seuls sur le porche avec Dallas.

— Vous voulez entrer ? Je suis en train de faire du café.

— Volontiers.

La cuisine était petite, carrée, bien rangée et reluisante de propreté, comme si elle ne servait pas très souvent. Mais la lumière matinale qui l'inondait lui donnait un aspect chaleureux.

— Que se passe-t-il réellement, Anita? s'enquit Dallas.

Je m'assis à la table et ouvris l'enveloppe. La lettre était entièrement rédigée en majuscules.

ANITA,

AU MOMENT OÙ NOS REGARDS SE SONT CROISÉS DANS LA CAVERNE, J'AI SU QUE TU RÉFLECHIRAIS COMME MOI – QUE TU DEVINERAIS QUE J'ALLAIS ME METTRE EN CHASSE, ET QUE TU SAURAIS QUELLE PROIE J'AVAIS CHOISIE. A PRESENT, TU ES LA, ET JE SUIS TOUT PRES.

Je levai les yeux.

— Il dit qu'il est tout près.

Bernardo dégaina son flingue. Il se leva et alla se plaquer contre le mur à côté de la fenêtre. Je me remis à lire.

JE T'AI REGARDEE VOLER A LA RESCOUSSE DU GENTIL PROFESSEUR. JE T'AI VUE PRENDRE L'ENVELLOPE, ET JE SAIS QUE TU ES EN TRAIN DE LIRE CE MESSAGE. JE ME SUIS MOQUE D'EDWARD QUAND IL A PARLE D'AMES SŒURS. JE LUI DOIS DES EXCUSES. QUAND JE T'AI VUE DECOUPER LE CŒUR DE CE MONSTRE D'UNE MAIN SI EXPERTE, J'AI SU QUE TU ETAIS COMME MOI. COMBIEN DE GENS AS-TU TUES? COMBIEN DE CŒURS AS-TU PRELEVES? TU TE DIS SUREMENT QUE JE ME TROMPE. C'EST VRAI QUE TU NE CONSERVES PAS DE TROPHEES, MAIS TU VIS QUAND MEME POUR LA CHASSE ET LE MEURTRE. SANS CETTE VIOLENCE, TU TE FLETRIRAIS ET TU MOURRAIS. QUELLE IRONIE DU SORT A PHYSIQUEMENT FAIT DE TOI LA FEMME QUE JE TUE ENCORE ET ENCORE, ET PLACE A L'INTERIEUR DE CE CORPS SI FRELE L'AUTRE MOITIE DE MON AME? LA PLUPART DES VAMPIRES QUE TU TUES SONT-ILS DES HOMMES? AS-TU TOI AUSSI UN TYPE DE VICTIME, ANITA? J'ADORERAIS CHASSER AVEC TOI. NOUS POURRIONS TUER ENSEMBLE ET DECOUPER LES CADA-

VRES. CE SERAIT BIEN PLUS QUE JE N'AI JAMAIS REVE DE PARTAGER AVEC UNE FEMME.

La lettre n'était pas signée. Pas étonnant : j'aurais pu la donner à la police.

— Vous êtes toute pâle, remarqua Dallas.

— Qu'est-ce qu'il raconte ? demanda Bernardo.

Je lui tendis la lettre.

— Je ne crois pas qu'il soit venu la tuer.

— De qui parlez-vous ? s'enquit Dallas, les sourcils froncés.

Je le lui dis, et elle éclata de rire.

— Vous savez que je suis une exécutrice de vampires.

— Oui.

— La nuit dernière, j'en ai tué un. Je pense que c'est ce que voulait Itzpapalotl. D'ailleurs, elle m'a aidée. C'est du cœur de ce monstre que parle Olaf.

Bernardo lut plus vite que je ne l'aurais cru.

— Doux Jésus, Anita, Olaf a le béguin pour toi.

— Et moi, je peux lire ? réclama Dallas.

— C'est même conseillé. Parce qu'à mon avis, Olaf n'a pas attendu pour le simple plaisir de m'apercevoir. Si je n'étais pas venue, il serait entré chez vous et il vous aurait massacrée.

Dallas ne semblait guère convaincue. Elle me dévisagea quelques secondes, et le sérieux de mon expression dut la faire changer d'avis, car elle tendit une main tremblante pour prendre la lettre.

— Il avait l'air si gentil, murmura-t-elle à la fin.

Bernardo poussa un grognement.

— Croyez-moi, il est tout le contraire de gentil, répliquai-je. C'est un tueur en série, Dallas.

— Vous devriez le dénoncer à la police.

— Nous n'avons pas de preuve de ses agissements.

— Et puis, ajouta Bernardo, si c'était un vampire, vous feriez confiance aux autres vampires pour se charger de lui, pas vrai ?

— Je suppose que oui.

— Alors, faites-nous confiance pour nous charger d'Olaf.

Dallas écarquilla les yeux.

— Va-t-il revenir ?

— Chez vous ? Ça m'étonnerait. (Bernardo reporta son attention sur moi.) Mais je parie qu'il trouvera une raison de se rendre à St. Louis.

C'était également mon avis. Je savais que tôt ou tard, je reverrais Olaf. Il ne me restait plus qu'à décider comment je réagirais le moment venu. Il n'avait rien fait de mal pendant mon séjour au Nouveau-Mexique – en tout cas, rien de pire que moi. Qui étais-je pour lui jeter la pierre ? J'avais plus de cinquante victimes à mon actif. Qu'est-ce qui me distinguait encore d'un monstre dans son genre ? Le mobile ? La méthode ? Si c'était là les seules différences, Olaf avait raison. Et je refusais d'accepter qu'il ait raison. Devenir comme Edward quand je serais grande, c'était un problème. Devenir comme Olaf, c'était un cauchemar.

EPILOGUE

Marks voulut nous faire inculper de coups et blessures à agent dans l'exercice de ses fonctions, mais Bernardo et moi prétendîmes que nous ne savions pas de quoi il parlait. Le Dr Evans déclara qu'il aurait très bien pu se faire cette bosse sur le crâne en se cognant quelque part.

Nous ne nous en serions pas si bien tirés si les supérieurs de Marks ne l'avaient pas mis sur la sellette pour la façon dont il avait géré toute l'affaire. Il dut donner une conférence de presse pour rassurer la population en affirmant que tout danger était écarté.

Ramirez, l'agent Bradford, Ted, Bernardo et moi montâmes sur le podium avec lui. Nous ne répondîmes à aucune question, mais les journaux publièrent notre photo. J'aurais préféré qu'ils s'abstiennent. Je savais toutefois que ça ferait plaisir à Bert, mon patron, d'autant que tous les articles me citèrent comme « Anita Blake de Réanimateurs Inc. ».

Edward contracta une infection. Apparemment, le pieu avait été badigeonné avec une substance toxique. Je prolongeai mon séjour jusqu'à sa sortie de l'hôpital. Donna et moi nous relayâmes à son chevet et à celui de Becca.

Peter passa beaucoup de temps à jouer avec sa sœur, à tenter de lui arracher un sourire. Mais il avait les yeux cernés de quelqu'un qui ne dort pas beaucoup. Il refusait de discuter des événements de cette nuit-là. Il raconta à sa mère qu'il avait été battu. Il ne lui parla pas du viol, et je ne trahis pas son secret. D'abord, je n'étais pas certaine que Donna puisse encaisser un nouveau choc. Ensuite, ça ne me regardait pas.

Donna me surprit agréablement. Elle fut un vrai roc pour ses enfants et pour Ted. Pas une seule fois elle ne craqua, ne se mit à pleurer ou ne se déchargea de ses responsabilités sur moi. C'était comme si une nouvelle personne avait émergé des cendres de la femme que j'avais rencontrée pour la première fois à l'aéroport.

Dix jours après l'accident, Edward fut déclaré hors de danger, et je pus enfin rentrer chez moi. Quand je lui annonçai mon départ, Donna me serra très fort contre elle et essuya une larme. Je lui promis de passer dire au revoir aux enfants, et elle me laissa seule avec Edward.

Je tirai une chaise près de son lit et le dévisageai. Il était encore très pâle, mais semblait redevenu lui-même.

— Tu as un aveu à me faire ? me demanda-t-il sur un ton neutre.

— Un aveu ? répétai-je, surprise. Qu'est-ce qui te fait penser ça ?

— Bernardo est venu me voir, mais Olaf, jamais.

J'éclatai de rire.

— Tu crois que j'ai tué Olaf, et que j'ai attendu que tu te rétablisses pour me donner le même choix qu'après la mort de Harley ?

Edward se détendit, visiblement soulagé.

— Tu ne l'as pas tué.

— Non.

— Tant mieux. Je sais bien que tu n'aurais pas voulu me devoir une autre faveur.

— Tu craignais que j'opte pour le règlement de comptes à OK Corral ?

— Oui.

— Ç'aurait pourtant été un bon moyen de déterminer lequel de nous deux est le meilleur. Depuis le temps que tu te poses la question...

— Dans l'escalier, j'ai cru que j'allais mourir. Et la seule chose qui me préoccupait, c'était Peter et Becca. Quand tu es montée voir qui m'avait tiré dessus, tu as mis tellement de temps à revenir que j'ai cru que tu t'étais fait buter. Je savais qu'Olaf et Bernardo essaieraient de délivrer les enfants, mais que ça ne serait pas leur priorité numéro un. Puis tu es redescendue, et j'ai su que tu les sauverais. Que tu risquerais ta vie pour eux si nécessaire. Quand je me suis évanoui dans la caverne, je n'étais plus inquiet.

— Où veux-tu en venir, Edward ?

— Si tu avais tué Olaf, j'aurais laissé filer parce que c'est grâce à toi si Peter et Becca s'en sont sortis.

Je pris la lettre dans ma poche et la lui tendis. J'observai son visage pendant qu'il la lisait. Seuls ses yeux remuèrent. Il n'eut pas la moindre réaction.

— Olaf est le genre de type sur qui tu peux compter pour assurer tes arrières, lâcha-t-il enfin.

— Tu ne me suggères quand même pas de sortir avec lui ?

— Non, certainement pas. Evite-le autant que possible. S'il vient te chercher à St. Louis, descends-le. N'attends pas qu'il ait fait quelque chose pour le mériter : abats-le à vue.

— Je croyais qu'il était ton ami.

— Pas mon ami : mon associé. Ce n'est pas du tout la même chose.

— Olaf doit mourir, je suis d'accord avec toi. Mais qu'est-ce qui t'a fait changer d'avis à son sujet ? Tu as eu suffisamment confiance en lui pour lui demander de venir t'épauler dans cette affaire, sur ton territoire.

— Olaf n'a jamais eu de petite amie. Il s'est tapé des putes et il a fait des victimes, c'est tout. Je ne crois pas qu'il soit capable d'amour. Quand il découvrira que tu n'as aucune envie d'être sa maîtresse et sa complice, il deviendra violent. Et tu n'as pas envie de découvrir à quoi il ressemble quand il est violent.

— Probablement pas, concédai-je.

— Si jamais il débarque à St. Louis, appelle-moi.

— Je n'y manquerai pas. (J'avais d'autres questions à poser.) Il y a eu une mystérieuse fuite de gaz chez Riker. Sa baraque a explosé. Il n'est resté ni survivants, ni corps, ni la moindre preuve de tout ce qui s'était passé. C'est Van Cleef qui a fait le coup ?

— Pas personnellement. Et c'est tout ce que je peux te dire, Anita. Pour avoir la permission de partir, j'ai dû promettre de ne jamais en parler à personne. Si je reviens sur ma parole, ils me traqueront sans pitié.

— Je te jure que je ne le répéterai pas.

Edward secoua la tête.

— N'insiste pas, s'il te plaît. Parfois, l'ignorance est synonyme de sérénité.

— Sais-tu à quel point c'est frustrant ?

— Oui, et j'en suis désolé.

— A d'autres ! Tu adores garder des secrets.

— Pas celui-là.

Dans ses yeux, je vis quelque chose qui ressemblait à de la tristesse, et pour la première fois, je réalisai qu'il n'était pas né ainsi. Il avait été fabriqué, comme le monstre de Frankenstein.

— D'accord, capitulai-je. Dans un autre registre, peux-tu au moins me dire si tu as l'intention d'épouser Donna ?

— Si je réponds par l'affirmative, que feras-tu ?

Je soupirai.

— Quand je suis arrivée, j'étais prête à te tuer pour te tenir à l'écart de cette famille. Mais qu'est-ce que l'amour, au juste ? Tu n'as pas hésité à risquer ta vie pour Peter et Becca. Tu en ferais autant pour Donna. Becca lui a raconté ce que tu avais fait, et Peter a confirmé. Donc, d'une certaine façon, ils savent tous les trois qui tu es, ce que tu es. Et Donna reste convaincue que tu es l'homme idéal.

Je me tus.

— Tu n'as pas répondu à ma question, fit remarquer Edward.

— Ce que j'essayais de te dire, c'est que je ne ferai rien. Tu es prêt à mourir pour eux. Si ce n'est pas de l'amour, ça y ressemble tellement que je ne peux pas faire la différence.

Il hocha la tête.

— C'est bon d'avoir ta bénédiction.

— Oh, tu ne l'as pas. Mais côté vie amoureuse, je ne suis pas en position de te jeter la pierre. Donc… fais ce que tu veux. Je ne m'en mêlerai pas.

— Parfait.

— Peter n'a pas raconté à Donna ce qui lui est arrivé. Il aura sans doute besoin d'une thérapie.

— Pourquoi n'as-tu rien dit à Donna ?

— Parce que ce n'est pas mon secret. Et parce que toi, tu le sais. Je te fais confiance pour gérer la suite.

— Tu me traites comme si j'étais son père.

— As-tu vu ce qu'il a fait à Amanda ?

— Plus ou moins.

— Il lui a vidé un chargeur dans la tête, Edward. Il a changé sa figure en spaghettis bolognaise. Et l'expression de son visage… Depuis le jour où il a abattu l'assassin de son père, quand il avait à peine huit ans, il est ton fils bien davantage que celui de Donna.

— Tu trouves qu'il est comme moi ?

— Comme *nous*, corrigeai-je. J'ignore s'il est possible de reconstruire quelqu'un qui a été brisé aussi jeune. Je ne suis pas psychiatre. Aider les gens, ce n'est pas mon boulot.

— Ce n'est pas non plus le mien.

— Je n'ai jamais cru que tu regrettais les morceaux de toi auxquels tu as renoncé pour devenir ce que tu es. Mais quand je te vois avec Donna, Peter et Becca… Je sais que tu te demandes à quoi ta vie aurait ressemblé si tu n'avais jamais rencontré Van Cleef.

Il me dévisagea froidement.

— J'ai mis très longtemps à comprendre ce que je voyais en Donna. Comment l'as-tu deviné aussi vite ?

Je haussai les épaules.

— Peut-être parce que je vois la même chose en Ramirez.

— Il n'est pas trop tard pour toi, Anita.

— Il est trop tard pour concrétiser un rêve de famille ordinaire, Edward. Je serai peut-être heureuse quand même, mais pas de cette façon.

— Tu penses que je vais échouer avec Donna, pas vrai ?

— Je n'en sais rien. Je sais juste que ça ne marcherait pas pour moi. Je ne suis pas aussi douée que toi pour jouer la comédie. La personne avec qui je suis doit me connaître à fond, sinon, ça ne peut pas fonctionner.

— As-tu décidé avec quel monstre tu voulais te caser ?

— Non. Mais j'ai réalisé que je ne pourrais pas me cacher d'eux éternellement. Ça reviendrait à me cacher de moi-même, et je m'y refuse.

— Tu crois que je me fuis moi-même en fréquentant Donna ?

— Non. Tu as toujours accepté ta part de monstruosité. Mais tu viens de te rendre compte que tu n'es pas aussi mort à l'intérieur que tu l'espérais – ou que tu le craignais. Donna correspond à une facette de toi-même que tu pensais anéantie depuis longtemps.

— C'est vrai. Et que représentent Jean-Claude et Richard pour toi ?

— Je n'en ai aucune idée, et il est temps que je le découvre.

Edward grimaça un sourire.

— Bonne chance.

— Pareil pour toi.

— On va en avoir besoin.

J'aurais aimé protester, mais il avait raison.

Avant de rentrer à St. Louis, j'appelai Itzpapalotl. Elle fut déçue que je ne passe pas la voir, mais ne se mit pas en colère. A mon avis, elle comprenait très bien que je n'ose pas me présenter devant elle. Depuis cinquante ans, elle massacrait allègrement tous les vampires et les serviteurs vampiriques qui croisaient son chemin. Pourtant, elle n'avait pas touché à un seul cheveu de ma tête.

J'avais d'abord cru que c'était parce qu'elle voulait le secret du triumvirat. Et de fait, ce secret l'avait intéressée, mais ce n'était pas lui qui m'avait sauvé la vie. Itzpapalotl m'avait manipulée afin que je tue le Mari de la Femme Rouge. Elle m'avait donné le pouvoir nécessaire pour l'attirer à moi et pour résister à ses charmes. Je lui avais servi à la fois d'appât et d'arme. A présent que l'autre « dieu » était mort, je quittais son territoire avant qu'elle décide de m'éliminer puisque je ne lui servais plus à rien.

Elle me demanda de transmettre une invitation à Jean-Claude.

— Nous aurions tant de choses à nous dire, ton maître et moi.

Je lui promis de faire passer, mais on fera du patin à glace en enfer avant que je lui amène Jean-Claude. Elle le goberait tout cru. Il se peut qu'Edward ait raison, que Richard et moi puissions survivre à la mort de Jean-Claude. Mais survivre à sa mort et survivre à ce qu'Itzpapalotl lui ferait sont deux choses très différentes.

Il existe tant de moyens plus faciles de tuer Jean-

Claude, des moyens beaucoup moins dangereux pour Richard et moi. Je sais qu'Edward et la plupart de mes amis votent pour que j'en utilise un. Mais la présidente, c'est moi, et j'exerce mon droit de veto sur la question. Je ne veux pas que Jean-Claude meure. Alors, qu'est-ce que je veux ? C'est une bonne question, et j'ai besoin de l'avoir près de moi pour y répondre.

Je vais rentrer chez moi et recommencer à voir tous les amis que j'ai négligés ces derniers mois. D'accord, Ronnie sort avec le meilleur ami de Richard. Qu'est-ce que ça peut bien faire ? Catherine a eu deux ans de lune de miel. Il est temps que je cesse d'utiliser son mariage comme une excuse pour l'éviter. C'est vrai que je ne comprends pas ce qu'elle trouve à un homme aussi ordinaire et ennuyeux que Bob, mais le fait est qu'elle rayonne depuis qu'elle le connaît. On ne peut pas en dire autant de moi et de mes deux amants.

Après ça, je recommencerai à voir les lycanthropes de la meute de Richard et les vampires de Jean-Claude. Si tout se passe bien, je reverrai les garçons. C'est un plan dont la prudence confine à la lâcheté, mais je ne peux pas faire mieux. La vérité, c'est que je ne suis pas plus avancée que quand j'ai rompu avec Jean-Claude et Richard il y a un an. Certes, entre-temps, il m'est arrivé de recoucher avec eux, mais ça ne compte pas parce que j'essayais toujours de les éviter.

Fini les atermoiements et les dérobades. Je vais découvrir avec lequel des deux je veux être – et voir si l'autre pourra l'accepter sans faire s'écrouler sur nous le triumvirat que nous avons bâti. Il se peut que Ramirez ait raison : si j'étais vraiment amoureuse d'un des deux, le choix s'imposerait de lui-même. Il se peut aussi que Ramirez ne sache absolument pas de quoi il parle.

Edward est amoureux de Donna. Suis-je amoureuse de Richard ? Oui. Suis-je amoureuse de Jean-Claude ? Peut-être. Dans ces conditions, la réponse à mon dilemme devrait être évidente. Mais… Et s'il n'existait pas de bonne réponse, ou s'il n'en existait pas qu'une seule ? Quoi que je décide, j'ai peur de regretter celui que je n'aurai pas choisi. Au début, j'avais peur de coucher avec Richard parce que je craignais que Jean-Claude réagisse mal et le tue. Mais curieusement, le vampire semble disposé à partager alors que le loup-garou ne l'est pas. Peut-être Jean-Claude est-il plus attaché au pouvoir du triumvirat qu'à moi. Ou peut-être Richard est-il tout simplement d'un naturel plus jaloux. Moi, en tout cas, je refuserais de les partager avec une autre femme.

Ce qui me ramène à ma question originelle : qui est l'amour de ma vie ? Aucun des deux, peut-être. Mais si ce n'est pas de l'amour, qu'est-ce qui me ramène sans cesse vers eux ? Franchement, j'aimerais bien le savoir.

DANS LA MÊME COLLECTION

BANKS Iain	Le seigneur des guêpes
BARKER Clive	Sacrements
BARKER Clive	Le royaume des devins
BARKER Clive	Imajica 1
BARKER Clive	Imajica 2
GOLDEN Christopher	Le passeur
GOLDEN Christopher	La passerelle
GRAY Muriel	Peur ancestrale
HAMILTON Laurell K.	Le squelette sanglant
HAMILTON Laurell K.	Danse mortelle
HAMILTON Laurell K.	Offrande brûlée
HAMILTON Laurell K.	Le cadavre rieur
HAMILTON Laurell K.	Plaisirs coupables
HAMILTON Laurell K.	Lune bleue
HAMILTON Laurell K.	Papillon d'obsidienne
HERBERT James	Les rats
HERBERT James	Le survivant
HERBERT James	Le repaire des rats
HERBERT James	L'empire des rats
HERBERT James	Présages
KING Stephen	Salem
KOONTZ Dean	Une porte sur l'hiver
KOONTZ Dean	Le masque de l'oubli
KOONTZ Dean	La porte rouge
KOONTZ Dean	Spectres
KOONTZ Dean	La cache du diable
LEBBON Tim	Le visage du mal
LUMLEY Brian	Nécroscope

LUMLEY Brian	Vamphyri
MASTERTON Graham	Katie Maguire
MASTERTON Graham	Manitou
MASTERTON Graham	Tengu
MASTERTON Graham	Le miroir de Satan
MASTERTON Graham	Les papillons du mal
MASTERTON Graham	Le démon des morts
MASTERTON Graham	Corbeau
MASTERTON Graham	Apparition
MASTERTON Graham	Le glaive de Dieu
MASTERTON Graham	Magie des flammes
RICE Anne	Entretien avec un vampire
RICE Anne	Lestat le vampire
RICE Anne	Merrick
RICE Anne	Le lien maléfique
RICE Anne	L'heure des sorcières
RICE Anne	Taltos
RICE Anne	La reine des damnés
RICE Anne	Le voleur de corps
RICE Anne	Memnoch le démon
RICE Anne	Pandora
RICE Anne	Vittorio le vampire
RICE Anne	Armand le vampire
RICE Anne	Le sang et l'or
SABERHAGEN Fred	L'échafaud pour Dracula
STEVENS-ARCE James	Sauveurs d'âmes
STRAUB Peter	Monsieur X
STRAUB Peter	Julia
STRAUB Peter	Le club de l'enfer
STRAUB Peter	Ghost Story
STRIEBER Whitley	Le dernier prédateur
STRIEBER Whitley	Les prédateurs
STRIEBER Whitley	Le rêve de l'élite
SUZUKI Koji	Double hélice
SUZUKI Koji	Ring
SUZUKI Koji	La boucle
SUZUKI Koji	Ring zéro
SUZUKI Koji	Dark Water
WILKINS Kim	L'envoûtée

WILKINS Kim	Le grimoire
WILSON F. Paul	La tombe
WILSON F. Paul	La forteresse noire
WILSON F. Paul	Le testament maudit
YARBRO Chelsea Quinn	Saint-Germain, l'Égyptien 1
YARBRO Chelsea Quinn	Saint-Germain, l'Égyptien 2

Achevé d'imprimer sur les presses de

BUSSIÈRE

GROUPE CPI

à Saint-Amand-Montrond (Cher)
en juin 2006

FLEUVE NOIR
12, avenue d'Italie
75627 Paris Cedex 13

— N° d'imp. : 61236. —
Dépôt légal : juillet 2006.

Imprimé en France